心色茫然

皇怡 著

团结出版社
UNITY PRESS

图书在版编目（CIP）数据

心花无眠 / 皇怡著. -- 北京 ： 团结出版社,
2017.6（2023.7重印）
ISBN 978-7-5126-5242-2

Ⅰ．①心… Ⅱ．①皇… Ⅲ．①长篇小说－中国－当代
Ⅳ．①I247.5

中国版本图书馆CIP数据核字(2017)第128209号

出 版	团结出版社	
	（北京市东城区东皇城根南街84号　邮编：100006）	
电 话	（010）65228880 65244790	
网 址	http://www.tjpress.com	
E-mail	65244790@163.com	
经 销	全国新华书店	
印 刷	三河市京兰印务有限公司	
装帧设计	成都天恒仁文化传播有限责任公司	

开 本	170mm×240mm	1/16
印 张	24	
字 数	342千字	
版 次	2017年6月第1版	
印 次	2023年7月第3次印刷	

书 号	ISBN 978-7-5126-5242-2
定 价	59.80元

目录

第一回

刀水追命落难受辱
友仇立判举磉救人

清宣统元年，阳春三月，一艘乌篷小船，顺沅水逆流而上。船首坐着一位青衣小帽儒雅而刚健的汉子。他面若冠玉，神目朗朗，确有几分儒将的风采。眉心那颗朱砂痣，更使他增添了几分伟岸与俊逸。他——就是被朝廷罢官回乡的常德知州张恒。这一日，看看天色渐晚，忽一奇山映入眼帘。只见此山犹如一只活灵活现的乌龟，龟背浑圆，四肢强健，龟头高昂，伸颈仰天长啸。在暮色霭霭中跃跃欲试。大有扑身沉水，搅浑一江春水之势。张恒急呼舟子长劲撑船。来到近前，只见龟颈三面临水，峰棱毕露，高耸入云端。颈中有一石洞贯穿东西，形成一个天然万花筒。其间桔天彤云，变幻莫测，不时有苍鹰滑过，美不胜收，龟头杂树参天，犹如美人云鬓高髻。绿树丛中闪现一座红墙黄瓦的道观，恰如一盏小巧玲珑的宫灯。晶莹剔透，给南天第一峰平添了万般秀色。张恒正值感叹，忽觉船身微微一晃，一青巾蒙面的皂衣大汉已降落船首。注目一睹张恒眉心朱砂记，也不打话，手持明晃晃的钢刀当头斩下。张恒"哎呀"一声，头下脚上倒插河中，立时不见踪影，唯有白浪滔滔东去。舟子大惊，慌得忘了掌舵。任由乌篷

小船随波张头，调转船头下漂。皂衣大汉哪管这些，持刀钻入船舱。舱中一美貌妇人搂着一双儿女，跪于甲板已泣不成声。大汉眼见这对童男童女可怜可爱，动了恻隐之心，长叹一声道："拿人钱财与人消灾，罢，罢，罢！今债头已死，我愿做韩琪第二，你们逃命去吧！"说罢，转身钻出船舱，揭下一块铺舱板，扬手一掷，甩出两丈开外，随即一个"蜻蜓点水"掠入江面，落在铺舱板上沿单足一点借势拔空而起，人在空中两个翻转，如大鹏展翅般降落岸边柳树丛中不见踪影。好心的船工只得将船靠在郑家河将母子三人和行李物件安顿在"刘记饭庄"再作调停。

当张恒悠悠醒转时，发觉自己已被冥暗的黑夜吞噬，只有那"哗哗"的流水声告诉他尚在人间。他艰难地试着扭动一下身躯，只觉浑身酸痛，休想移动半分。伸手一摸，身下是硬硬的滑滑的石头，钻心的凉，自己的下半身还浸在水中。他明白了：是一块伸出水面的礁石挂住了他。心中一急，努力圆睁两眼聚目四顾，只见两岸繁灯点点，犹如银河泻落，蔚为壮观，可惜太远了，远得他心灰意冷……他忽觉背后人声鼎沸。求生的欲望使他精神猛振。居然爬身坐了起来，顺着发音的地方瞧去，只见远方篝火熊熊人影幢幢。他大喜过望，拼命疾呼："救命啦！救救我啊……"少许，一群人高挑火把，吵吵嚷嚷涉水来到礁石旁边，见是一位气质高雅的落水汉子，无不惊讶万分，刹那间停止了一切故事，集中火力打量眼前的落魄人儿。心中犯着嘀咕。张恒拱了拱手说："诸位，在下李富贵，因受强人打劫落水，妻儿不知死活，求诸位救我一命！"众人一听毛骨悚然，面露难色。其中一位老汉长叹一声说："唉，只是我等都是叫花子，晚间占据穿石洞过夜栖身，只恐没有招待辱了相公。""前辈说哪里话来，同是天涯沦落人，能救在下一命，已是幸莫大焉，在下哪敢奢求！"老花子听了，微微一笑，一声令下，众花子拉的拉背的背，将张恒背入穿石洞中，烧旺篝火，为张恒烘烤衣服，张罗吃食。张恒自觉缓过劲儿后，对老花子拱手一礼问道："请问老丈，这里是何去处？"老花子微微一笑，手拂苍须说："你问这里么，小名儿叫'啸天龟'大名儿叫'穿石'。山顶的庙叫'伏波宫'相传东汉名将马援，为拯救百姓于水火，冒着炎炎烈日，率兵征讨'武陵蛮寇'，剿灭匪患后，他与大部分将士中暑生病，为了不惊扰百姓，他领兵屯入这'群山如黛，绿树成荫，翠竹万竿，泉水似练'的穿石山。住进了这山洞和深谷避暑，对百姓秋毫无犯。百姓十分感激，把大米泡湿放入茶叶、生姜、绿豆等搅乱，煮成稀糊给将士们解渴降暑。这道偏方很有效，救活了大部分将士，但主帅马援却病死在'壶头山'。马援死后，人们都说他登了仙界。因他别名'伏波'，人们就修建了'伏波宫'世代供奉战神'马王爷'。而这道偏方，和这座庙一样流传至今，现在的人称它为'擂茶'，成了招待客人的佳品，百饮不厌。"张恒连连点头，他已为这动人的故事深深感染了。"还我父亲，还我父亲，还我田来！"这凄厉的呼声自洞外由远及近，张恒感到格外恐怖。"张合来了，张合来了！"花子门一阵躁动，大有"山雨欲来风满楼"之势。紧张到了极点。刹那间，一道黑影如惊鸿般泻落，飘然入洞。他——头发蓬乱而不失英武，衣着邋遢而不失伟岸。静，死一般的静，静得连空气似乎都要爆炸，谁也不敢惹火上身。半晌，张合圆睁豹眼，一声大吼，如惊雷贯耳。当胸一把抓住一个男丐，只一带就将他连根提起，吼道："是你杀了我父亲？""不是，不是。"男丐连连摇手，惊恐万分地分辩。只听"啪"的一声脆响。男丐脸上已被重重扇了一巴掌，打得灵魂出窍眼冒金星，嘴角鲜血汩汩……不知是张合心有慈念还是男丐厄运倒转，张合再未补火，松开了他。花子们哆嗦着，互相拼命拥挤，后退。生怕下一个轮到自己。此时，张合双眼暴赤，驻如核桃，恰如一尊凶神。他跨前几步，双拳再举，作势砸下。一声惊呼，当先一个女丐瘫倒在地，堪堪地尿湿了裤裆倒在地上。一下将坐着的张恒暴露出来。张合又是一声怒吼，越过女丐，将张恒像抓小鸡一样抓了过去。左右五指暴硬如钩，迎面往张恒脸上抓去。花子们一片惊叫。纷纷闭上双眼，内心假设出那血淋淋的一幕……看看张合五指钢钩就要刺入张恒脸面，但五指突然凌空停下，变软变柔，后来竟然只留一指轻轻按住张恒眉心朱砂记，揉了揉，眼中凶光刹那间恢复常态。嘴里莫名其妙地念叨着"朱砂，朱砂，切不可杀，朱砂，朱砂，切不可杀！"慢慢的，他松开了张恒，一声长啸，掠出洞外，霎时不见踪影。花子们如释重负。悬在心口的石头总算落了地。都异口同声地奉承起张恒

来。张恒摆了摆手说"诸位，静一静，静一静。这张合的父亲到底怎么啦！""杀了，杀了，被狗官杀了！"花子们气愤地吵翻了天。张恒更感奇怪，急切问道"诸位，大家能不能说明白一点！"老叫花不紧不慢地压了压手势，待众人平息后，才摇了摇头说"李爷，这事儿你还是不听为好，以免祸从口出！"张恒见老花子支吾，知道定有难言之隐，也不好再多问，哪知有一中年男丐却不信邪，可能是又忘记了张合的厉害，他如打闷雷一样叫道："你知道咱们这儿的义侠铁臂铜头张一刀吗？张合就是他的儿子。只可惜他被狗官和他妈给气癫了。"老花子见话盒子已被男丐打开，叹了一口气说："这张大侠和张合两代人，可给这两个混账给害苦了，去年张大侠在常德救人受伤被官府拿获，在行刑的那天，他的徒弟一鹤冲天郭刚与儿子张合拼死救出了大侠，回家仅三月有余，就因枪伤复发而死亡。张大侠死后，他水性杨花的嫩堂客偷了一个大佬，丢下未成年的儿子，卖掉张家的祖业跟着野老公跑了，张合因此气得疯狂了，别看他身材高大，力大无穷，他今年年方十七。张合自幼聪明伶俐，在父亲严教下，小小年纪练得浑身功夫，打药，蛇药无一不晓。"花子们义愤填膺，纷纷乱嚷："狗官不得好死，贼婆娘下辈子不得为人！"等这些花子们疯够了嚷足了，这谴责之声才慢慢停息。张恒似乎觉得花子们窥出了自己心中的秘密。他感到困惑，无奈，百嘴莫辩。背靠石壁，保持仪态。企图把这深深的遗憾与自责，干干净净地带入梦乡……他真的迷迷糊糊睡着了。

蓦地——他只觉身上一紧，仿佛腾身于空中不着边际。他正挣扎，脸上一阵剧痛，他震醒了。睁眼一看，几十个火把，将石洞照耀如同白昼，一群乱七八糟的花子，不知何时已换成了清一色的凶悍大汉，他们有背长枪的有挎短枪的，还有拿砍刀的。活像地狱里的阎罗。抓着自己的是一个身材高大，满脸横肉的家伙。刚剃过头的脑袋泛着青光，一双斗牛眼贼亮贼亮的，阔嘴唇上下只左边留着胡子，两颗硕大的门牙突出唇外，显得那么滑稽和暴戾。毛茸茸的手，青筋鼓胀，抓着了人似乎还要把人的肉体捏为肉酱。张恒被这突来的变故惊呆了。无可适从地说："好，好汉，饶命，饶命！""他妈的，你这个狗探子，落到爷爷们手里，求死还差不多，哪里还想活命！"说着，扬起蒲扇大的巴掌"啪"的一声肉响，张恒被打得如一个陀螺，滴溜溜滚出一丈开外，四脚朝天地停在一个瘦骨嶙峋尖嘴猴腮的钓竿面前。"大哥，接着。"钓竿飞起一脚，像踢皮球一样，将张恒踢到一个身材颇为魁伟的八字胡面前，八字胡就势一捞，捞个正着。张恒此时已软得像块皮条，只有出气不见进气的份儿了。八字胡叉住张恒的下巴，仔细端详，仿佛是打量一只待宰的羔羊，他情不自禁地"咦"了一声，瞪大双眼颇有几分威仪地问道："你叫什么名字？哪里人氏？从实招来！""说！"大汉们扬威呐喊。"在下姓李，叫，叫富贵……"张恒喘着粗气，语言含糊不清。"怎么不是本地口音，是谁派你来的？"八字胡和颜悦色。"我是个香客，只知敬香行善，谁也不用指派。""那这里是什么地方？供何种菩萨？""这，这，这……""说！"匪徒们一个个都亮出了家伙，如临大敌。"这里叫穿石伏波宫，供奉的是马王爷。""你身上怎么不见香蜡纸钱，刀头斋饭？""这！""他妈拉个巴子，少跟老子装蒜。"张恒后背又挨一脚，身子一阵哆嗦，剧烈的疼痛使他呻吟不止，扭曲的脸惨白惨白的，带血的脑袋瓜子，微微抬了抬，又无可奈何地软软垂下了……"我日你姥姥！"边胡子一把提起地上的张恒，恨不得一拳将他砸烂，张恒有气无力而又理直气壮地说："我，我敬香也有罪吗？""说了半天，这句话倒还中听，我告诉你，这是老子的地盘，不交买路钱，敬香也有罪。"边胡子说出这番道理沾沾自喜。殊不知，这早已是畜生的逻辑。"难道没有王法了吗？"张恒趁机诘问。边胡子哈哈大笑，震得石洞"嗡嗡"作响。"啪！"的一声。张恒的脸上又挨一击。立刻肿起五道血埂。边胡子拍了拍手，洋洋得意地说："这就是王法。"引得群丑们哈哈大笑，仿佛他们已主宰了整个世界。八字胡摇了摇头，止住群匪的狂笑。对张恒说："只要你讲出是谁派你来的，我立马放人，怎么样？"张恒觉得，此人还有点人性，有人性的牲口也许听得懂人话。他哈哈一笑说："可笑啊，可笑，天底下哪有带着妻儿的探子，等着让人连窝端，你们也太抬举我了。""你他妈的屁，找死！"钓竿安静了半天，找到了一个表现的机会，岂能放过？他又提起了那双罪恶的脚，八字胡扬了扬手，止住了钓竿，阴恻恻地说："弟兄们，押着这个猪犄，到郑

家河去抓猪婆捉猪崽，岂不更好！""还是大哥有办法，我们听大哥的！"
群丑们一阵欢呼，巴不得到郑家河出捞姑娘的。

　　天渐渐亮明了，群匪们押着张恒，骂骂咧咧走出了穿石洞，分乘
几船过河来到了郑家河码头。大大咧咧跨进"刘记饭庄"。店小二见
清晨就来了一群背枪舞刀的，惊得目瞪口呆，八字胡摸了摸小二的头，
故装笑脸说："小二，告诉你们掌柜的，就说我余彪带领弟兄们访他
来啦！""哈，哈，哈，哈，是余爷呀，有请，有请！余爷驾到，真
是蓬荜生辉呀！"这时，从里屋走出一个五短三粗，红光满面的中年
汉子。满脸笑得稀烂。一看就是一个滑头。他边走边打拱不迭，恭腰
媚笑着："诸位，里边请！"群丑们也不客套，随着余彪，蜂拥进入
厅堂。余彪仿佛自己成了位得胜的将军，霸气十足地踱到堂中，坐在
太师椅上，跷起二郎腿说："刘兄，今天带来了这么多兄弟，你不介
意吧！""哪里，哪里，贵客驾到草堂，真乃三生有幸啦！"刘老板
媚笑着。心里的小九九却敲得砰砰响。"刘老板，昨天你的饭庄可曾
住进一个妇人？"余彪用他那对丹凤眼盯住刘老板。闪着狡猾的光。"有
呀，有呀，还带着一双儿女呢，你找她？"刘老板极力巴结着，唯恐
怠慢了这位凶神而招来横祸。弓腰静等下文。"带上来！"余彪突然
一声猛喝。惊得刘老板脖子一缩，脸儿蜡黄，脑子一下懵了。喊声刚落，
两个喽啰拖着一个浑身是血半死不活的男人进来。刘老板吓得浑身如
筛糠，生怕此人死在他的堂屋里。余彪回头对刘老板说："你把那婆
娘喊出来见我。""什么呀，婆娘，我堂客哪能见这等阵势？您饶了
我吧！""怎么，你心虚什么？我是讲那个住店的婆娘。""好咧！"
刘老板转过阳来，恨爹娘少生了两条腿，看来躲在里面为妙。急急退下，
打发小二去喊婆娘。钓竿说："大当家的，把这个点子吊起来，免得
他们见面搂搂抱抱的。""你看着办吧，今天，我这眼睛皮儿怎么老跳。"
边胡子接腔说："左跳欢喜右跳财，大哥今天您要发了！"说话间，
钓竿正将张恒四脚朝天捆了个结结实实，一个鸭子浮水之势，吊到了
中梁之上。张恒杀猪般号叫，那凄惨的呼叫惊心动魄，引来三三两两
胆大的人，在门外伸长脖子窥探，个个敢怒而不敢言，有的人甚至连
大气也不敢出了。幺姑听到这熟悉的口音，又喜又急。跌跌撞撞从客

房跑出来，果见吊着的是夫君，发疯似的冲上来，伸手就去解绳索。边胡子钓竿等人见了如此美貌妇人，急急如馋猫嗅腥，忙忙似饿狗抢食，同时扑向幺姑。幺姑一下被边胡子抱个正着，他立即搂美入怀。幺姑那如兰似麝的体香、柔嫩如膏的肌肤，使边胡子浑身骨头痒酥酥的，脑子霎时晕乎起来，结结巴巴地说："大，大哥，这美，美人儿就赏给小弟吧！"话音未落。冷不防幺姑在她毛茸茸的手臂上狠狠咬了一口。边胡子护痛，幺姑趁机挣脱。恰在这时，一对儿女先后赶到。扑向母亲。边胡子嫉从心头起，恶向胆边生。一脚一个将两个孩儿踢到屋角里动弹不得。他再次抓住幺姑，将臭烘烘的大嘴贴到幺姑粉脸上，如脏猪舔食般吸吮不停。引得群丑哄堂大笑。张恒双眼喷火，大骂畜生。但这仅有的心声，显得多么苍白无力，被畜生们的喧闹淹没得一干二净……

"这儿怎么这么热闹呀！"声到人到，一位浓眉大眼目光犀利英武逼人的魁伟汉子，已鹤立当场。大小群丑刹那间放下手中"绝活"笑脸相迎。余彪拱了拱手说："钢八爷驾到，未曾远迎，幸会，幸会！"钢八爷回了回礼，四平八稳地答道："彼此，彼此。听说老兄发了，想必就是发在这个点子身上？"余彪嘿嘿奸笑："八爷见笑了。他只是官府的一名探子，穷酸酸的，咱们正在审问呢，哪里有什么发达。""啊，是吗，如果你不介意的话，让我来瞧瞧。"说着，他迈开八字步，漫不经心地走到张恒面前，托起他的头一看，眉心那颗朱砂记，使他大吃一惊。灵机一动突然仰天大笑。笑得那么潇洒，笑得那么让人费解。余彪等人正值惊疑。钢八爷对余彪拱了拱手说："余兄好造化呀，不仅拿到了探子，而且帮我拿到了杀师仇人，这叫踏破铁鞋无觅处，得来全不费功夫，痛快，痛快！不知余爷如何处置？"吊在梁上的张恒暗暗叫苦：此贼认出了我，今天必死无疑。余彪狡猾地眨巴了几下丹凤眼：碰到这个混球，看来今天不会善罢甘休了，不如做个顺水人情，这块烫人的山芋送给它来啃吧。他哈哈一笑说："既然是八爷您的仇家，咱余彪双手奉上，让您亲自手刃，以尽弟子之孝道。这个女人嘛，二弟老边看上了她，这也是她的造化，至于这两个孩子嘛……""杀掉算了，以绝后患！"边胡子抢先嚷出了自己的主

张。钢八爷连连冷笑："绝人后嗣，够阴够损。不过郝边兄，大丈夫何患无妻，郝兄何必计较一个残花败柳。"边胡子一听，立刻火冒三丈，面色涨得像砸变质的猪肝，紫中带绿，他狠狠说："八爷，你不要欺人太甚，敢情是你要横插一杠，强抢人妻吗？"此言一出，四座皆惊。这无疑是不打自招，钢八爷哈哈大笑说："郝兄说话怎么这么不中听，咱们可不能为了一个妇人伤了和气，郝兄，不如当着众位弟兄们的面，做个公平了断赌上一赌，谁赢，谁就有处置权，凭天而定，郝兄你看如何？"余彪正愁下不了台，听了此话，马上顺杆直下。将手一挥说："此话甚妙，不知八爷如何赌法？"钢八爷答道："外边有个稻碡，我和郝气谁能举起，就算谁赢。""如果都能举起，或都举不起呢？"边胡子气呼呼地问。"都能举起，就围着禾场转圈，谁转的圈多，谁就赢。如果都举不起，我听余兄的，只带走男人。"余彪听了，马上拍板："这很公平，大家不能再有异议。"说完，威严十足地步出厅堂，一行人鱼贯而去。来到街外，果见有个巨大的稻碡横在街边，由于长期无人动它，上面长满了青苔，至少不下四百斤。边胡子打量了一下石碡，自信有能力举起，心中暗暗得意，抢先袖子一捋说："让我先来！"钢八爷答道："客随主便。"这时，看热闹的人挤满了一街，只留着这块空坪谁也不敢越雷池半步。边胡子立刻卷袖扎衣，发辫往后一甩，将稻碡摇了几摇，"嗨"的一声，稻碡被连根拔起，抱在怀中，迈步走入空坪。群丑们一阵欢呼，赞叹声恭维声不绝于耳。边胡子大喜，只见他脸放红光，双腿站稳马步，挺直腰板，使尽吃奶的力气往上一举。他的虾兵蟹将瞪大双眼注视着主子辉煌的一搏。看看石碡举到了头上，边胡子双手一抖，石碡"轰"的一声落地。地下砸出了一个大坑。再看边胡子已脸色刷白，气喘如牛。瞪着斗牛眼呆呆出神。钢八爷气定心闲，迈步走到石碡前，拱手一个罗圈揖，面带微笑说："诸位，钢八献丑了，包涵包涵！"说罢，只见他气沉丹田，力贯百汇，双手运功肌肉暴鼓，马步坐桩扶正稻碡"哩"的一声，长满藓苔的稻碡，硬生生被举到了头顶。再看钢八，脸不变色心不跳，全场一片欢呼。谁也不曾料到，恼羞成怒的边胡子，趁机拔出腰间的鸟头枪，甩手就向钢八后背射去。"轰"一声枪响。硝烟弥漫。再看钢八，其人已不知去向。边胡子只觉人影一闪眼睛一花，他还没来得及反应过来，只觉右手钻心的刺痛，定睛一看，火枪已落入钢八手中，边胡子还想发作，哪能呢？性命都抄到了别人手上，自己还能行吗，他这才体会到了被人整的滋味儿。余彪的丹凤眼，此时破例地瞪得滚圆，死死地盯着钢八手中的火枪发呆。钢八爷提高嗓音说："诸位，钢八今天托大家的福，侥幸胜了一场，承蒙大家做个见证，这一家四口的处置权，就是钢八我的啦！"余彪恨恨地说："技不如人，何须多说，后会有期。弟兄们，咱们走。"此话一出，群丑们拔腿就走。"慢"钢八举了举手中的火枪："讨口本不要啦！"说着，甩手一下将枪扔给了边胡子。

钢八走进"刘记饭庄"放下张恒。张恒夫妇纳头便拜，钢八爷扶起夫妇俩说："张兄，你不必谢我，要谢你还是谢自己吧。"张恒听得丈二和尚摸不着头脑。钢八说："你认得铁臂铜头张一刀吗？我是他徒弟！"张恒听了猛然醒悟，道出了从未告人的一段往事。

第二回

陌路惩凶受伤入狱
熟案难判助侠脱身

初夏，红日高挂中天，就如一团火当头烧烤着大地，旷野，河流，城市都在静静地燃烧。但唯有常德柳叶湖却静不下来。这里旌旗飘扬，锣鼓喧天，鞭炮震耳，湖中游船如织，湖岸游人似蚁。他们人人心中也有一把火在燃烧，比天上的太阳还要炽热。原来，一年一度的龙舟赛正在这里如期举行。看客如痴如醉，赛者如癫似狂，完全忘却了天气的闷热，忘记了自己是何许人也！

黄土店书生黄锴携新婚妻子黄李氏，也赶来观赛了，久居深闺的黄李氏，生年第一次见到如此火热的盛景，高兴得忘乎所以，手舞足蹈起来。她美若天仙的芳容，惹得小伙子们甚至忘掉了看赛船。

谁也没有注意到，一队如狼似虎的官兵已巡视至此。那骑在马上的军官獐头鼠目，一张猴脸上爬满了痘痘，赤红赤红的，令人恶心。那对不安分的鼠眼，辘辘辘地只往女人堆里瞅，一看就是一个色中饿鬼。黄李氏那银铃般的笑声，如琴似瑟震撼了他的心，他这么双眼一翻寻声看去，看出了一起惊天血案——

猴脸急不可耐地催马上前，刹那间撞倒了一群来不及躲避的痴迷看客。硬是活生生地撞通了横在女人身后的人墙。这女子娇靥如花，目光似水，一身粉绿色的衣裙，恰到好处地勾勒出她细柔的腰身，越发显得窈窕。后生望着她亭亭玉立的曲线，牛奶般光滑的肌肤，和那张因惊恐而楚楚动人的脸。暗暗惊叹：上帝塑造了如此完美的尤物，我如不能与她得以鱼水之欢，真是枉来人间一趟。他色胆如牛。鞭梢一指女子说："刁妇，你好大的狗胆，狂呼乱叫破坏秩序，理当治罪，带走！"身后兵丁立刻上前，将女子拿住。黄锴大吃一惊，把妻子死死抱住不放。猴脸恼羞成怒，马鞭似雨点般落到黄锴身上。立刻皮开肉绽。猴脸还不解恨，吼道："要死？我成全你！弟兄们，把他捆在马鞍后面拖走！"兵丁得令将黄凯捆了个结实。像系牲口般系到猴脸马鞍上。黄锴高呼："抢人啦！救命呀，救命呀！"围观的百姓个个敢怒而不敢言。猴脸见了，更加得意。他拨转马头，狠命一鞭，战马立刻扬起四蹄，撞开人群就走。可怜那黄锴立即拖翻在地，痛得连救命也呼喊不出来了……"恶贼，哪里走！"晴天一个霹雳，震得猴脸心头一紧。只见一玄装大汉如大鹏展翅般飘落马前。他出手如电，铁钳般抓住了马缰，左肩一侧一扛，如铁柱般顶住了马胸。硬生生阻住战马前冲之势。战马一声长嘶，人立而起，前腿乱踢后脚猛蹬，哪能前进半步。猴脸惊得掉下马鞍，摔了个四脚朝天。与此同时，玄衣大汉右手如刀，一掌下去切断了吊住黄锴身子的吊绳。他正准备解放女子，猛觉背后一股强劲如矢的锐风，当头照下。来势之快，匪夷所思。玄衣大汉一个急旋，险险避过一刀，顺势朝后猛拍一掌"啵"的一声闷响。突袭兵丁被震得如断了线的风筝，掉到一丈开外。此时猴脸也从地上爬了起来，见有人坏了他的好事，恨从心头起恶自胆边生"唰"的一声拔出腰间手枪。玄衣人身子一侧"砰"的一声枪响。子弹擦面而过，打死了一名前冲的兵丁。玄衣人大怒，一鹤冲天，身形拔起一丈多高。险险地躲过了身后同时刺来的几把刺刀。右手一扬，抖出一点银星。不偏不倚一镖正中猴脸持枪的右手。手枪"啪"的一声落地。猴脸觉得眼前一花胸头一紧。已被玄衣大汉当胸拿住作为人质。惊得他张口结舌，那张猴脸霎时变成了惨白的马脸。兵丁们见主将被擒，立即散开，从四面包围上来救人。玄衣人双眸中精光暴闪，单手微提，深沉得犹如一泓潭水。"呀"的一声，一兵丁提枪刺到，只见玄衣人上身蓦地斜偏，顺手捞住刺过的枪杆，右脚猛踢送到面前的兵丁。兵丁像一个肉球被踢到一边。背后的兵丁见状不敢上前。举枪瞄准了玄衣人，玄衣人手里抓着猴脸，腾挪速度受到大大限制。"砰"的一声枪响。躲闪方位失误，与猴脸双双中枪倒地……

清脆的枪声，惊得百姓立刻像砸烂了的一锅粥。你推我，我挤你，哭爹喊娘乱成一团。阻住了兵丁逃走的去路。捕快们闻声赶到，将他们和黄锴夫妇全部拿获。再看猴脸，胸部中弹，早已命归黄泉。玄衣人右肺受伤也离阎王殿仅那么几步了……知府张恒即刻亲临现场验尸验伤。突审完一干人犯和旁观的证人，已时至午夜。他顾不得歇息，修书一封，差人连夜送往省城。原来，猴脸名叫刘政，官居常德守备之职，系湖南巡抚刘瑰的公子。巡抚得报又惊又怒，即刻率众赶往常德，把怒，恨，怨，痛之情，一股脑儿发泄到张恒头上，好一顿臭骂，限令三天呈报卷案。

张恒十分敬重张一刀侠肝义胆，也怀念刘政的同僚之谊。更惧怕刘瑰的压顶之权，一时没了主意，睡在床上辗转反侧，看看天将破晓，总想不出一个万全之策。幺姑说："老爷，你拼着弃官不做，也要让张大侠越狱逃走吧，免遭万人唾骂。"张恒说："夫人有所不知，张大侠已身受重伤，就是放他，他也很难逃走啊！"幺姑说："老爷，我有几只外国神药叫盘龙西宁，能起死回生，原本想放着以备家庭急需，老爷不如拿去，救张大侠一命吧！"张恒听罢大喜道："贤妻，如此更好，你哪里弄来的？""是刘守备之妻刘张氏送给我的。"张恒说："可怜啦，可怜她年纪轻轻就成了寡妇。"幺姑说："人死不能复生，咱们总不能看着另一个无罪的男人陪着他去死吧！"张恒听幺姑说得有礼有节，认为此法可行。他急忙起床梳洗完毕，差人请来了外科郎中。天已大亮了，他青衣小帽带着郎中一同来到死牢。张一刀正盘腿坐在草铺上。闭目运气疗伤。好一会儿，张一刀吐气收式，抖得手铐"叮当"作响。张恒与郎中走进死牢说："张大侠别来无恙？"张一刀霍地站起身，双目精光四射，冷声道："将死之人，何好之有？"张恒拱了拱手说："义士，留得青山在不怕没柴烧……"张一刀盯住张恒眉心的朱砂记，怒道：

"狗官，关笼之虎，不怕狗欺生！""我是受人之托，治病救人。""你是忠人之事，欺世盗名。""我的真心天地可鉴。""你的黑心猪狗不闻。"张恒故意激他道"本官念你是条汉子，免你受那身首异处之苦。今天，用毒针送你上路，你敢服死吗？"张一刀仰天大笑道："大丈夫生有何欢，死有何惧！狗官，动手吧！"他边说边抬起了左膀，抖得镣铐一阵乱响。郎中畏畏缩缩，不敢上前。张恒说："张大侠乃一代英豪，说到做到，他是不会害你的。"郎中还是不敢。结结巴巴地说："壮士，老爷是真心救你性命，给你用的是世界稀药'盘龙西宁'呀！"张一刀说："我不管是什么盘龙西宁盘虎西宁，大丈夫一言既出，驷马难追，我不会为难你的。"郎中听了，这才战战兢兢地为张一刀做了注射。张恒哈哈大笑说："是条汉子，恩怨分明，祝你好运。"说完，与郎中跨出了牢门。如此一连五天，给张一刀打针送药，他自己再辅以气功疗法，伤势居然一天天好起来了。

张恒将案卷按时呈报巡抚衙门，刘瑰审视了一阵，勃然大怒。飞起一脚，将张恒连人带椅踢到一边，大叫一声"来人！"卫兵上前按住张恒，刘瑰眨了几下鼠眼说："慢，先把它拿去烧了吧！"卫士转身拿过案卷而去。刘瑰又恶狠狠地指着张恒说："尔食君之禄，不思忠君之事，反为贼寇开脱罪责，该当何罪？"张恒跪在地上申辩道："大人，学生知罪，但那张一刀按律罪不该死！""大胆，他打家劫舍，杀害朝廷命官，图谋造反，哪条不是死罪，如不改判，拿你顶罪！"张恒说："大人，若没有证据，如判斩刑，恐触犯众怒。""狗奴才，你就不怕触犯我吗？我说他有罪就有罪。"张恒说："可这证据全无，如要重审请大人宽限些时日吧。""这倒可以，总不会拖到秋后问斩吧。""大人，按律应是这样。"刘瑰说："老夫没有耐心等啦，下月的今天，老夫亲自监斩，不过，你可得小心，不要走了人犯，否则，老夫唯你是问。"张恒诺诺连声退下，连晚赶回常德。

张恒心急如焚，整日闷闷不乐。这天，他猛然心生一计，霎时气定心闲，大叫一声"拿酒来！"从不贪杯的张恒，喝得醺醺大醉。

第二天，张恒着装齐整，就如同上殿面君一般，带领一名亲随，挑着酒肉，来到狱中探视张一刀。张一刀风卷残云吃了个精光。张恒

支走亲随，故意高声怒道"恶贼，你阴谋造反，招是不招？"张一刀说："欲加之罪，何患无辞。""义士，快快动手将我击昏，你赶快越狱逃走吧！"边说边打开了张一刀的镣铐。张一刀说："你这是陷我不义呀，断然不可！"张恒说："机不可失，义士不可推辞！"张一刀故意大吼道："狗官，大丈夫视死如归，你小看我了。""咔嚓"两声，自己锁上了镣铐，张恒急得连连跺脚。张一刀说："狗官，拿文房四宝来，咱家还有话说。"张恒叫狱卒拿来了文房四宝。张一刀说："支退左右，咱家只对你一个人说。""好，张兄你终于想通了！""你哪有这么多废话。"说罢，张一刀铺开纸张，专注地写呀画呀，张恒只好在狭小的牢房中来回踱步。少许，张一刀压低声音说："张弟过来，为兄有件家事拜托于你。"张恒说："拜托不敢当，为弟自当尽力。""好！"张一刀露出了久违的笑容。指着画好的图纸说："这些就算是我的遗嘱吧！"张恒说："我一定转交令郎。""不，这是拜托给你的，你可代我全权酌情处理，文中写得清清楚楚，千万不可走漏风声，否则，你将有性命之忧。"张恒说："你的家事，我怎可处理，弟不敢受命。"张一刀说："弟大可不必推辞，经我多方观察，老弟确是一位难得的好官，交给你，才能替我办好未了之事。"张恒说："我一定想办法救你出狱，张兄大可不必现在交给我。"张一刀说："凭我能力，越狱并非难事，我如越狱，势必害你性命，与其你死不如我死。为防不测，你还是替我保管吧！"张恒说："我们就不能想出一个都不死的办法来吗？"张一刀说："这就靠你我的造化了。"这图你拿着，反正这家事我是清楚的，我如走脱，也不必要此一图。咱们来个双保险。"张恒见他说的恳切，接过了地图遗嘱，郑重放入官袍之内，泪眼巴巴地说："张兄，凡你所戴镣铐、枷锁、囚车，我都会做好手脚，兄只要认为时机成熟，随时可以逃生，切记，切记。"张一刀说："你来的时间也不短了，免得他人生疑，你快走吧，保重，保重。"张恒辞别张一刀回衙。心情如大海波涛，久久不能平静。

六月八日，是张一刀行刑之日。这天，巡抚刘瑰亲临常德，调兵遣将如临大敌。但百密必有一疏。本是赤日炎炎的盛夏，这天却乌云密布，阴风惨惨，平添一种肃杀之气。常德市民家家户户门前摆好酒席香案，为张大侠践行……木笼囚车将张一刀限制得犹如一根木棍，只有头颈尚可摇动，其他部位，休想挪动半分。囚车在两头高头大马牵引下，缓缓而行。张一刀前后左右四队官兵，如铁桶般围住囚车，真是威风凛凛杀气腾腾。当队伍开到上南门时，前后两队官兵中同时降落一物，兵丁们还没反应过来。"轰，轰"两声巨响。炸得兵丁人仰马翻。阵脚大乱。张一刀一声怒吼，如雄狮般破笼而出，飞起一脚踢翻囚车，挥动带镣铁手，两旁官兵霎时了账。此时钢八在房顶大呼："师父，快抓住鞭梢！"张一刀伸手接住钢八的抽下的鞭梢，在钢八的牵引下，身形一闪，落于房顶。师徒俩几个起纵，不见踪影。受惊的战马拖着翻转的囚车，没命前冲。撞得官兵屁滚尿流。等刘瑰、张恒赶到，已死兵损将、车毁马乏，一切证据全无了。刘瑰悔恨不已，限令张恒半月捕到真凶。俩人从此结下冤仇。

张恒说到这里，长长地嘘了一口气，对钢八爷说："八爷，贵师托付给我的东西，我妥善保管至今。未曾走漏半点风声，我前面说的这些，只有你知我知天知地知，千万不可外传！"钢八爷笑了笑说："那个自然，我和师弟接师父回家后，师父因激战纵跳弄破了原伤口，枪伤复发不久身亡，临终前，交代师娘师弟和我说，凡眉心有颗朱砂记的中年人，你们不得害他性命。否则，将遗恨终生！师父故去后，师母随人而去，师弟癫狂，久治不愈。我把这一切变故都迁怒在你身上，决心杀了你报仇。我来到常德，投宿在'迎宾酒家'哪知连日暴雨，沅水猛涨，百姓们惶惶不可终日，阻碍了我的实施行动。这天，风停雨住了，我收拾停当，挨到三更后，穿房越脊来到知府衙门打探。只见府中漆黑一片，空无一人，转到后院，欣喜上房中还亮着灯，我跳上房顶，揭开瓦片一看，只见一丰腴艳妇和两个孩儿正在用餐，我想：到底是官宦人家，半夜三更还吃宵夜，该杀！我正要跳下取他们的性命，只听男孩儿说：'娘，爹爹还不回家吃晚饭，可能饿死了！'妇人说：'你爹正忙着呢，如果堤子被洪水冲垮了，全城百姓就要遭殃……'孩子说：'爹爹在哪儿呢，他有饭吃吗？'妇人说：'你爹爹在下南门，听说那儿缺口了，他哪里能吃得下饭。''我给爹爹送饭去。''你找不到爹爹……''不，我要去，我要去……'孩子大哭，妇人也哭成一团。

我心想，管你是真是假，不如到下南门走一趟。急忙提起纵跳之术，向下南门驰去。来到下南门，果见千百只火把照耀如同白昼，洪水似冲出牢笼的猛兽，号叫着冲击着堤埝，狠命地挤过缺口，呼啸着向市垣冲去……衙役兵丁与平头百姓们一起，来来往往，背着沙包猛堵缺口，我站在一旁寻找，总没发现身着官服的老爷。我想，他可能是在哪儿享福吧，便宜他了。突然，有人高呼：'张大人摔倒了，张大人摔倒了，快来救人！'我顺声望去，果见一汉子倒入街上齐膝深的水中，一滚一滚地顺水直流。我一个飞纵跃过去，将他一把抓住，翻转一看，眉心一颗朱砂记骇然入目。我什么都明白了。这时，身边围拢很多人，有人惊叫：'张大人正发高烧，赶快救人'！衙役们赶到，七手八脚将他抬往医馆……我亲眼看见了这惊天一幕，心中暗暗佩服师傅眼力过人，我感到羞愧，不声不响地投入了抢险的人流，直至堤埝安然无恙。不知大人为何流落至此？"张恒叹了一口气说："一言难尽，我现在也是百姓一个了。"钢八爷说："张兄作何打算？"张恒说："我家祖辈农耕为生，想我张恒堂堂七尺男儿，能违祖训乎？"说罢，双手揉揉擦擦伤处，一副痛苦不堪的模样。钢八爷说："张兄，我有一朋友，姓田名岳，人称药八爷。住在牌楼里，有华佗再世妙手回春之医术。我给你修书一封，你投奔他处去疗伤吧。"说罢，钢八爷给田岳写了一封简短的书信，交给了张恒。说："我要火速去寻找师弟张合，寻到师弟后，即来牌楼与你相聚。"张恒恋恋不舍。钢八爷双手抱拳一礼。笑着说："张兄一路好走，咱们后会有期。"说罢，飘然而去。

第三回

一身伤痛惊听奇闻
十分感叹拜垮忠祠

风，在微拂；船，在飘进。第二天中午，乌篷小船开到了张恒魂牵梦绕多年的牌楼里。原来，这里并非世外桃源。沅水浩浩荡荡，一泻千里。冲到这里遇滴水岩阻挡，急速折向东南，形成一个巨大的漩涡。每年带来数以千吨的泥沙。年复一年，堆积成这一绿洲。播下了一个千古佳话。沙洲最高处，一棵需十人牵手合围的千年巨柳。居高临下，理所当然地成为了这沙洲的保护者、统治者。它千枝百桠，怪藤缠绕，就如一把擎天巨伞，覆盖亩大一块土地。树下光滑平坦，间或有些许顽强的小草寄于翼下，也是耷拉着脑袋，显得那么先天不足。古柳自树兜至树干全部中空。洞大能开铺睡人，顽皮的孩子们搬来稻草，在洞中打闹嬉戏，也不碍手脚。有时他们甚至放上一把火，烧得树洞墨黑墨黑的。巨柳还是那么枝繁叶茂，充满勃勃生机，就连狂风怒涛也无可奈何，这不得不让人惊叹。

这天，一群小孩正围着一位鹤发童颜的老者嬉闹，张恒走上前，对老者深施一礼说："请问老丈，神医药八爷可否在家？"老者上下打量了一番眼前的和善汉子，惋惜说："事不凑巧，八爷上万洋山采

药去了,今天不得回家,你就等等吧。"说着,老人拉过张恒,让他坐到自己身边。张恒说:"在下受了点伤,求神医诊治,他不在家,我只好等了。还得请教老丈,这里不见牌楼,为什么取名叫牌楼里呢?"老者听了,哈哈大笑说:"这个说来就话长了。这里原本不叫牌楼里,而叫犀牛角。传说这廻水荡深不可测,当中住着一头犀牛和它的主人犀牛道人。犀牛每五百年出现一次,见者洪福不浅,可就是无人有福相见。明嘉靖年间,我们这里出了一位文武全才的奇人,名唤陈忠。他十二岁中秀才,十五岁中举人,十七岁中进士。但朝中无人,殿试两届未中。一怒之下弃文习武,两年工夫他居然饱读兵书,天文地理用兵布阵无一不精。二十岁那年,受母之命成婚,娶妻田氏,美貌贤惠人人赞誉。夫妻俩粗茶淡饭,倒也恩恩爱爱,日子如蜜。由于陈忠终日练文习武不理农事。父亲故后,家境逐步凋零。嘉靖十八年,倭寇大举进攻我东部沿海地区,在浙闽一带烧杀抢掠无恶不作。宋兵节节败退,但朝中人才匮乏,嘉靖一筹莫展,只得颁旨提前科考,招募天下奇才抗倭保国。皇榜普贴于各大城市和县城,但报考者寥寥无几。国乱当头匹夫有责。陈忠揭下皇榜,辞别娇妻老母进京赶考应聘。船行至虎皮洲,东方已现出了鱼肚白。渐渐地云层下面投下了光洁迷人的金黄,和天空分清了界线。沉水两岸陡峭的高山,由黑变灰,也渐渐显现出它固有的雄姿,远远望去那莽莽苍苍的成天池山脉,就如一道巨屏,横阻住沉水的去路。让人望而胆寒。猛然间,天际射出一道耀眼的金光,给成天池披上了金红色的彩霞。更让人称奇的是,山顶一面巨大的杏黄旗迎风招展,闪现出万道金光,令人目眩心跳。两旁五颜六色的旌旗下,人影绰绰,就如潜伏着千军万马,神秘莫测。成天池山腰贴满了皇榜,与初升的红日熙熙争辉。忽地,陈忠觉得天旋地转。不,是沉水在旋动,越旋越急。连经验老到的船夫也惊得目瞪口呆,不能自我,任凭小船急溜溜打转。突然,'哗啦啦'一阵水响,漩涡中心鼓出了一个巨大的水柱,托起来一只膘肥肉满的金黄犀牛。此时,元水才停止了旋转。犀牛鼻子上那尖尖的独角,金光闪闪炫人眼目。犀牛冲着陈忠连连点头。陈忠忘记了害怕。他冲着船夫高喊'犀牛去,必有福,船家,快靠过去,靠过去。'船家如梦方醒,对正方向,向着犀牛靠过去。犀牛掉转头，不慌不忙，挥动四足划水，向成天池山脚游去。来到山脚下，犀牛一个猛跳，巨大的身躯，如天马行空般落到岸上，不断面向陈忠'哞，哞'直叫。船家将船靠岸。陈忠跳上坡，径直奔到犀牛身边。犀牛温驯得像条巨犬，望着陈忠连连摇尾。陈忠抚摸着它金黄的浅毛逗乐，犀牛一下趴到地上，眼中流露出友好和善的光芒，出其不意咬住陈忠的衣服，直往牛背上拽。陈忠会意，像骑马一样，跨上了它的背脊，犀牛立刻四脚生风，驮着陈忠腾空而起，向成天池山顶飞去。船家见状，惊得呆若木鸡。好半天，才知道驾船驶回。回家后，将陈忠跨牛登仙的神话，传得更加神奇。从此，人们越传越神，最后索性成天池改名为'挂榜仙山'。陈田氏接此消息，悲痛万分。茶不思饭不进终日以泪洗面。每当日出，她爬上滴水岩，面朝挂傍山默默祷告……陈忠人牛合一腾上山顶，只见山顶地势平坦，椭圆形天池大约两亩，一泓池水清澈见底，平静如镜。池岸有一须发皆白慈眉善目的老道士，正双手合十闭目打坐。他旁边有一美若天仙的妙龄女郎，身穿用瓜子金打造的金衣，浑身金碧辉煌。正笑盈盈地注视着自己。不一刻，道长睁开眼睛，双目精光暴射。二话没说，跨上金犀牛，呼地腾空而起，人兽一头钻入成天池水中不见了，只激起阵阵涟漪慢慢向四周扩散。金衣娇娃微风摆柳般来到陈忠面前。一下投入陈忠怀中。她秋波闪转，吐气如兰，娇靥如花，一切都是那么完美无瑕，陈忠感觉到怀中实实在在地抱着一个美艳无比的金娇娃，陈忠陶醉了，猛然间一杏黄物件在他眼前一闪，道袍，道士的道袍。他推开金娇娃，奔到树边，取下了老道挂在树枝上的杏黄道袍，对着成天池喊道：'道长，道长，您的道袍！'这激昂的呼声，赢来千山回应，愈传愈远经久不息。但杏黄大旗，黄榜，美女这一切的一切霎时全无，只留下了一个千古神话。陈忠垂头丧气跌跌撞撞爬下山来，已时值正午，船家和小船，早已不见踪影。欣喜盘缠还在身上，他只好硬着头皮进县城，从知县那儿借得了马匹赴京赶考。毕竟，自己还是见到了犀牛，机会不可错过。真的，几场考试下来，中了头名状元。经圣上殿试，皇上龙颜大悦，即封陈忠为六品随军主簿，随大将戚继光率二十万人马驰往边关抗敌。几经激战，稳定了战局。随后，增援宋军陆续赶到。

陈忠设立围魏救赵之计，将倭寇引入包围圈，陈忠争先士卒，率军激战，将倭寇全歼于采石矶。混战中，陈忠不幸战死，戚继光收殓陈忠遗骸，葬于采石矶一群山环抱的土丘之上。又将陈忠战绩奏报皇上，皇上念其功绩卓著，追封陈忠为四品侍郎，其妻陈田氏为七品夫人，赏白银千两，锦帛千匹，派钦差择日前往桃源抚慰。

在一个阳光灿烂的日子里，犀牛角的人们迎来了富丽堂皇的官船和尊贵的钦差，不亚于看到了天外来客一样惊讶。将钦差和县令迎到了陈氏宗祠，摆上香案恭迎圣者。钦差宣读圣旨毕，将皇上赏赐之物尽数交给了陈田氏，当即乘船返回桃源。陈田氏睹物思情，更增了对丈夫的怀念。什么荣华富贵，高官厚禄，都是过眼云烟，只有同生死共患难才见真情。逝者于斯乎。我一人苟活世上又有何益？想到此，陈田氏趁人不备，纵身跳入滚滚沅水……族人们有感于陈田氏贞烈可鉴，将陈忠遗骸从采石矶迎回，夫妻合葬于山清水秀群山环抱的犀牛角。万历八年（公元1580年）兵部为陈忠夫妇建陈忠祠，立牌坊，从此，犀牛角便改名为牌楼里，滴水岩改名为望夫岩。客官，这麻条岩建成的牌楼，至今已有三百多年的历史了，还完好如初，您如果有雅兴，我老头子可以带你去观光。您看如何？"老人热情的邀请声，把张恒从沉思中惊醒。他急忙说："理当拜访，理当拜访！"老者站起身来，习惯地摸了摸他银白的长须，紧了紧腰带，欠身说："客官请随我来。"张恒将长辫顺势甩往脑后，双手抱拳拱了拱手说："老人家请。"将老人让到前面。路上，顽皮的孩子们像一群出笼的小鸟，叽叽喳喳的，你追我赶，一会儿急飞上前，一会儿又留落于后。是的，只有儿童才这样朝气蓬勃。永远不知道累是何物。和煦的三月风，邀来了春姑娘。将大地洒满新绿。本来嘛，绿就和这群孩子们一样，是生命的延续，是春给带来的新的希望。你看啦，高大巍峨的麻石牌坊被粉红的桃花，金黄的油菜花，雪白的梨花，和一望无际的新绿拥戴着，显得更加雍容华贵，仿佛蕴藏着一个神秘莫测五彩缤纷的梦，使人联想翩翩。爬上小坡，是一块镶嵌整齐，大约亩许的青石板大坪。坪面光洁如玉，坪左是戏台，坪右是饭厅，一律青瓦红墙美观大方。麻石牌楼六柱五门，三层明楼，飞檐走阁气势宏伟。大门正上方刻"世科芳垅"四个大字。

四个小门上方分别刻有"八仙"浮雕，做工精细栩栩如生。粉白色的牌楼与灿烂的阳光融为一体，闪现出耀眼的粼光，在青山绿水蓝天白云的映衬下，显得那么洁白无瑕。这不正是墓主人高尚人品的真实写照？！张恒怀着崇敬的心情思考着。跨进牌楼，是一块巨大的墓志铭。铭文至今清晰可辨（墓碑，牌楼至今屹立原地，请有关单位考证）。铭后就是陈忠夫妇合葬墓，用麻条石砌成傩围，显得古朴大方，令见者肃然起敬。墓两旁是八棵白枫，高大挺拔直指苍穹。树冠换上了粉绿，柔嫩可餐，微风吹来"莎莎"细语，仿佛为人们述说着墓主人惊天地泣鬼神的悲壮故事……

　　穿过坟茔，爬上十几级麻条石阶，就是"陈忠祠"。建筑青瓦红墙，与粉白色的台榭栏杆相映成趣，古朴典雅。祠后是一片绿色的油茶林，成千上万棵油茶树你连着我我连着你，高低起伏，春风吹拂，万枝摇曳，好像是大海中你推我挤的碧波，一浪滚过一浪，仿佛要将人们的思维，推向那逝去的年代，去寻找那玫瑰色的梦。张恒一行举步而上，来到陈忠祠前，"陈忠祠"三个金色行楷，苍劲有力，一副楹联，概括出了一个悲壮故事："山川依旧，夫妇恩爱惊日月；岁月常新，英雄气概贯长虹。"进入堂中，陈忠夫妇画像，高挂神龛之上。供桌上香烟袅袅，红烛飘摇，显得庄严肃穆。张恒不禁肃然起敬。连多嘴多舌欢蹦乱跳的孩子们，也停止了多余的动作。默默悼念着他们的先祖。殿中一时鸦雀无声，张恒上香燃烛摆上供果。恭恭敬敬拜伏于地……蓦地——房顶"吱吱"作响，接着"哗啦啦"一声巨鸣，瓦片木梢乱飞。陈忠祠突然垮掉一角，砸起一股扑面烟尘，张恒大叫一声，往后倒去……

第四回

苦游木枷惊逢百兽
怅望桃花难会伊人

　　梦，一个金色的梦，风流倜傥的陈忠夫妇在金光中起舞；梦，一个醅香四溢的梦，温柔贤淑的幺姑在憧憬中歌唱。张恒在这惬意与甜蜜的梦中惊醒时，已是第二天早晨。他不等睁目，就嘘气一伸懒腰，忽觉手臂还在疼痛，立刻回到现实，举目一望，发觉自己已置身于一间装饰典雅的书房中。爱妻幺姑坐在床边，正揩拭着泪花，显得那么含情脉脉楚楚可怜。一双儿女站在床头，瞪着惊恐的眼睛望着自己，恰如崩塌了半边天。张恒忽一下坐起身，不解地问道："你们这是怎么啦？"幺姑破涕为笑怯娇娇地说："人家这是担心嘛，要不是田先生妙手回春，咱们可成隔世之人了！"说着，心一酸，忍不住泪眼婆娑，张恒抓住幺姑的手，急切问道："田先生？他回来啦？"幺姑说："昨天他又是给你灌药又是给你扎针，忙了一夜呢！"张恒急切说："我要见他！""我来了——"这时，一位衣着整齐，神态飘逸的中年汉子，跨进了书房，他白白净净的脸，鼻正口方，长得很秀气斯文。神情甚至还带着几分姑娘的羞涩。只不过那双黑白分明的眼球上，还带着些许红丝，是一种劳累过度的样子。也许，每一位救死扶伤的医人，都有这种劳累过度的压抑吧。更何况他还是位首屈一指的医侠呢。他身后跟着一位与琛儿相仿的男孩，怯生生地在门外张望，张恒一眼认去，正是昨天那个最顽皮的小家伙，在严父面前，却规矩得换了另一副面孔。张恒慌了，顾不得穿好外衣，掀开被子跳下床来，对田岳深施一礼说："谢先生救命之恩！"田岳扶住张恒，瞅着张恒那张白净已见红晕的脸，知其病已无大碍。拍拍张恒的手说："大人不必如此多礼。"张恒听罢哈哈大笑，笑得那么放肆，那么洒脱。笑得田岳幺姑莫名其妙。他抽开田岳的手，在自己脸上拍了一巴掌道："大人？什么大人？我现在已是个处处要人照顾的小孩！"田岳会意，安慰他说："您别急，您只是受了点皮外伤，略加风寒，受外界刺激昏厥而已，静养几天就康复了。至于官场上的事嘛，胜败乃兵家常事，张兄大可不必放在心上。"张恒说："官场险恶，对于我来说，罢官是一种解脱，夫复何求？只是请诸位仁兄不要再喊我大人了，其实，称官员'大人'这就是官场黑暗的一块遮羞布，我们的国家在一片'大人'声中沉沦，这是我们民族的悲哀！"张恒简直在怒吼。此时，幺姑已为张恒取来了外衣。待要说什么，田岳向幺姑摆了摆手，对张恒说："如果仁兄不介意的话，我该提醒您，要加外衣了。"幺姑"扑哧"一笑说："他就这副德性，有时真像个孩子，田兄您不必介意。"田岳说："哪里，哪里，嫂夫人多虑了，听君一席话，胜读十年书，我佩服张兄是条汉子。"说得三人哈哈大笑。笑得张琛张媛田聪三个孩子莫名其妙。田岳忽然对田聪说："聪儿，还不快来拜见伯父伯母。"田聪"唉"的一声，飞进书房，鹦鹉学舌般道："聪儿见过伯父伯母！"也学着大人的样子深施一礼。张恒拉过聪儿，爱护地摸着他的头，像欣赏一件古董似的端详了好一阵，笑着说："老朋友，你还要我钻空柳树不？"幺姑打断张恒的话，对田岳说："田先生，您真好福气，瞧这孩子天庭饱满地阁方圆，聪明伶俐必成大器。"田岳说："谢嫂夫人夸奖，只是犬子淘气，还望包涵。"张恒插上嘴来说："见笑，见笑，我家孩子生长在城市，虽然懂事，但总缺少一种男子汉气概。我想这就是城市与乡村的区别吧。"说罢，他语锋一转对子女说："琛儿媛儿还不来拜见田叔叔。"张琛张媛也学着田聪的样儿对着田岳拜了一拜。田岳赞道："好

一双乖儿女。聪儿，领着弟弟妹妹到外边玩去，不要顽皮呀！"田聪道："爹爹放心，孩儿知道啦。"说罢，拉着张琛张媛，一阵风似地走了。张恒问田岳道："贵公子今年几岁？"田岳想了想说："今年五月初八满十周岁。贵公子几庚？"张恒说："琛儿十年前九月十五生于虎皮洲粽叶蓬，也快满十周岁了。"田岳听了耸了耸肩，满脸疑云，欲言又止。张恒说："十年前，我带怀胎之妻紧急赴任，错过宿头，黑夜迷路在虎皮洲，我妻在粽叶蓬中，产下琛儿，是一个叫周文武的麻阳人救了我们一家三口人的性命，我至今还未报恩呢。不知田兄可否认识此人？"田岳说："认识，认识，他是个钓鱼的，人称麻阳佬，是对河牧马口余老汉的女婿。"张恒急问道："他还在本地吗？"田岳说："最近好长一段时间没有看到他的船和人了，可能是回到了上河。"张恒说："可惜，可惜！"田岳说："可巧，可巧，这就是缘分吧。麻阳佬也不愧是条汉子。"正说着，一个中年美妇进来对田岳说："老爷，钢八爷，邵八爷两位求见。"田岳满脸惊喜。对妻子说："快快有请，你多喊几个人帮忙准备酒菜，贵客临门咱们一醉方休。"张恒说："田兄，这邵八爷何许人也？"田岳说："也是一条汉子，咱们共会此客。"说罢，拉着张恒走出了书房。来到客厅，只见身如铁塔的钢八爷，正陪着一位衣着考究，满面红光的中年人言谈。田、张二人还未进厅，田岳就抱拳在胸，高声说："两位仁兄驾到寒舍，真是蓬荜生辉呀。"钢、邵二人起身还礼。抱拳说："打扰，打扰！"张恒，邵八二人四目相对。相视而笑。田岳拉着张恒对邵八说："这位是张恒，张兄，他可不习惯别人称'大人'啰。我首先给邵兄提个醒儿！"邵八说："张兄爱民如子，两袖清风，我邵八佩服佩服！"郭钢说："这位就是封湘坪财主邵春甫。人称邵八爷的便是。"张恒抱拳施礼说："幸会！幸会！邵兄英名，我张某如雷贯耳。"邵春甫那不笑也带着三分笑意的脸，此时已热情得像个和蔼的小罗汉，连眼睛也乜成了二条肉缝。握着张恒的手久久晃动，晃出了各自的真诚，也晃出了双方的友情，两人真有一股相见恨晚的感觉。田、郭二人，也在旁边直乐。少许，田妻陈氏桂香来到客厅。邀请客人入席。席间，四人天南海北，古今中外，时令政局……聊了个海阔天空天昏地暗。张恒不胜酒力，早早地趴下了。

被幺姑扶回了书房。郭刚等也自觉没趣，虽然兴未了，也放下了碗筷。郭刚对田岳说："田兄，兄弟有一事相求。"田岳说："何谈相求，郭兄但说无妨。"郭刚说："不瞒二位，俺师弟张合的病情愈来愈严重了，最近在外面老惹是生非，搞得不可收拾。我想请田兄讨点'血胡竹，田三七'什么的，不知可否？"田岳说："血胡竹成药没有了，郭兄急用，我明天上山挖去。鲜药的疗效比成药不会差，不过最近几天可能应不到急。"郭刚说："那我就代师弟谢了。"田岳说："应该，应该。医者以治病救人为己任，何况还是自家兄弟。"邵春甫站起身来，拱了拱手说："田兄，今天就此别过，改天我想请诸位到寒舍一叙。可肯赏光？"田岳答道："定当拜访！等我将血胡竹扯来后，我和张兄一同前来贵府，到时就有劳嫂夫人了。"说罢，二人告别田岳，乘船各自回家不表。

第二天一早，田岳带着张恒进入了木枷谷。木枷谷坐落在沅水和夷望溪水交汇的三角地带，是狮象二山夹持而成的一道天然荒谷，长约五里，谷中阴暗而沉寂。因入口出口十分狭窄，中间较为宽阔。天地同形，很像锁拷犯人的木枷而得名。张恒一见木枷谷的地形地貌复杂奇特，立刻高兴得像个孩子，手舞足蹈起来。冷不防长辫被一枝荆条挂住，扯了一个翻天印，险险跌下深谷。张、田二人都吓了一跳，田岳拉起张恒说："张兄，此地危险，你要步步小心。"张恒说："田兄说得是，张恒知道了。"但他一双眼睛还是四处张望不停。只见狮、象二山的肚皮如刀劈斧削般陡峭。壁面光滑如镜，黑黑如墨，一条只有采药人才敢走的险路在堑壁上艰难伸展，脚底是千万年来无数次山洪冲刷出来的深沟，沟中怪石嶙峋流水潺潺，萋萋青草柔如地毯。抬头上望，山顶开满了漫漫无际的杜鹃花，赤红赤红的，染红了一线天际，真叫人赏心悦目。石道旁的土荆树，你挤我，我缠你，束束白如绵团的土荆花是那么白嫩嫩，轻飘飘，红白上下相映成趣。岩壁上则蔓生着纠缠不清的藤莽，上面挂着红的、黄的、白的各种颜色的小花。就如新人洞房中挂着的门帘，显得风雅而华贵。就是分不清花属何名，就如分不清水属何人一样。面对此景，张恒一副怡然自乐的神态。田岳笑着说："张兄，你是城里人进山，才知艰险吧！"张恒答道："我

是城里人进山，稳如泰山。田兄，咱们走着瞧！"他们边说边前进，不一会儿，来到一个去处。这里圆圆的一块草坪，坪中一块四方巨石，高丈许宽二丈，就如一张八仙桌。桌子四边还有八方小石，恰如石凳，真是巧夺天工。石桌石凳被青青郁郁的芳草包围着，其间点缀着一些不知名的野花，伸手一摸，染一手芬芳，沁人心脾。田岳说："张兄，这里是八仙经常聚会的地方，每当他们来到，谷外的人总能听到谷中笛琴齐鸣，热闹非凡。进入谷中，却仙踪寥无。这可是谷中一大奇观呀！"张恒说："可惜，可惜！我张某人却无缘相见。"两人坐到石凳上。田岳从怀里掏出红白两种药丸，交给张恒说："我要上石壁采药去了，你就在这儿等我吧。这几颗药丸你带在身上，千万不可丢失。当你遇到危险时，你就向危险之处抛去红丸，方可保你平安。千万记往。"张恒接过药丸，按颜色分别放入两个口袋藏好。田岳从背兜里取出一把四钩矛和绳索来到山崖下，左手持绳，右手持矛，"呼呼"地甩了几圈。"嘿"的一声，铁矛出手飞向石壁上的裂缝。田岳使劲绷了几绷，待铁矛钩紧后，抓住绳索，如苍鹰展翅般飞向峭壁。接着，他伸展四肢，整个身型成了一个"大"字，像壁虎般左右爬行。张恒在下面惊得目瞪口呆，也无暇观赏山景了。田岳在绝壁上忙了好一阵，又将铁矛"呼"地投向对山石壁，钩住了壁上一棵髯松。人像荡秋千一样，凌空越过狭谷，落到髯松上，再几个起纵，不见人影。张恒心中一阵惆怅。这时，一只该死的蝴蝶飞来，不知好歹落到张恒头上，弄得他痒痒的，烦死了，便伸手一巴掌拍下去，将它击得粉碎。不一会儿，又飞来了一只、两只……各色各样的蝴蝶。其间还夹杂着蜻蜓，像雪片般飘来了，围着张恒上下翻飞，打不胜打。张恒恨道："这些该死的昆虫，你们也胆敢欺负我么？"他忘了，是昆虫总不会通人性的。但这回，他却错了。接着，飞来了多嘴的喜鹊、报丧的乌鸦、美丽的山鸡、漂亮的白鹤、凶悍的苍鹰……喜鹊白鹤在起舞，画眉、黄鹂在歌唱，苍鹰、乌鸦在巡逻。沉寂的山谷，霎时热闹起来。草丛中又一阵窸窸窣窣。跳出了可爱的野兔，长腿的麂子，火红的狐狸，长着獠牙的野猪……他们再不分大小强弱食性，像一群温驯的家犬，趴了一地。仿佛山谷中开了一个盛大的歌舞晚会。一只胆大的公麂，它金黄的脊背光滑闪亮，洁白的肚皮毛茸茸的像抹着肚皮肚兜。像羊一样的头脸，唯独没有胡子。四只伸长的腿，黑白相间，是那么温驯和可爱。它大大方方地走到张恒身边，嗅着张恒身上的奇香异味，显得多么的惬意和满足。张恒顺势将黄麂搂在怀里，像爱抚小孩一样抚摸着它柔软光洁的毛衣，人兽达到了互通心声的境界。张恒叹道："世界上如果真能够公平、公正、公安、没有欺诈和杀戮，那该有多好啊！人为何有这么多的贪婪和残忍？"突然，苍鹰、乌鸦发出了凄厉的呼叫。把张恒从遐想中震醒。公麂耳朵一竖，眼现惊恐之色。它挣脱张恒，撒腿急逃。刹那间，满坪动物逃了个干干净净，唯有那些永无忧愁的蝴蝶、蜻蜓们，还在不知死活的起舞。山谷又陷入了死寂。此时，一股腥气飘来，直冲鼻端。张恒举目四顾，猛然，发觉一条大如洞罐、长如树干的巨蟒，穿破谷地藤蔓向他游来。张恒惊得灵魂出窍，拔腿就往石壁边逃。他抓住藤蔓使尽吃奶的力气爬呀爬，可是，自己的脚还是在原地直蹬，休想爬上半步。巨蟒抬起头来，红舌头一闪一闪的，伸出一尺多长。嘴中呼呼有声。张恒没命的呼叫："救人啦，救人啦！"但空谷寂寂，只有自己的呼声在耳边回响。巨蟒来到张恒身边，张开血盆大嘴，张恒在惊恐中甚至看清了巨蟒口中的尖齿，上下腭和喉腔的血红肌肉随着呼吸一鼓一鼓地抖动，口中奇臭扑鼻而来。他头一昏，一阵心悸，倒坐在软绵绵冷冰冰的巨蟒身上，顺手一抓，抓着了巨蟒湿漉漉的大嘴唇。逃生的本能，促使他就地一滚，滚到一片葛藤上动弹不得。这时，田岳在山顶上急促喊道："快甩红丸，快甩红丸！"张恒这才记起来，还有救星。他探手入怀，幸喜红丸还在，掏出一粒向巨蟒投出。红丸撞着石壁"啦"的一声爆炸了，腾起一阵硫黄烟。巨蟒呛得打了一个喷嚏，软了下来。张恒又甩出一颗，巨蟒急忙扭转头向谷底逃去……

　　田岳急速赶来，救起张恒说："张兄，你受惊了。"张恒说："这真是有惊无险，刺激刺激。这样的奇遇，那些城里的达官贵人，是享受不到的。""张兄有所不知，这白丸叫百兽散，有一股禽兽爱嗅的奇香。他们嗅到此香，就会自我陶醉，忘乎所以。红丸叫惊天镭，内有雄黄硝石等物，专治蟒蛇猛兽，乃是我家祖传秘方配制而成，否则，我绝不会带你来探险。"张恒说："原来如此，田兄，药采到没有？"

田岳答道："由于采集季节未到，只挖了些药根，药效一样，只可惜绝了种。"张恒说："田兄何不移栽在家里呢？"田岳说："血胡竹只能生长在峭壁上，否则，它不会成活，药效也会大打折扣。"张恒说："啊，世上本没有万能的东西，咱们往回走吧。"田岳说："不，往前走，由白牛岩出谷。"张恒说："我听田兄的。"他们边说边走，忽觉眼前一亮，他们已置身于白牛岩峭壁上。张恒指着崖壁问："这就是白牛岩？"田岳说："是的，崖下就是桔子坑，深不可测。"张恒满脸狐疑说："这里怎么也看不像白牛呀！"田岳笑了笑，指着对河说："张兄，那座山叫桃花山，因长满桃树而得名，山腰有一石洞，叫'桃花洞'，其洞黑黝黝、阴森森，谁也不知深浅。传说很久很久以前，这里住着触犯天条的洞庭龙君的三公主，被玉皇大帝治罪放牧天马。她日出而牧，日落而归，年复一年，将天马赶到山下坪地和河坡吃草，因而人们管这块平原叫牧马口。三公主美丽贤惠乐于助人，与当地人相处很好，当地人都得到了她的资助，人们十分爱戴她。一甲城有个好色又贪心的土财，听说有如此好事，兴冲冲带领家人来到牧马口，一见龙女果然美貌非凡，浑身骨头都酥了。他色胆包天上前调戏，被龙女狠狠抽了一鞭，脸上立刻留下一道血痕，从此留下记号成为刀疤脸。龙女气鼓鼓地赶着马匹进了桃花洞，从此不见芳踪。"张恒深有感慨地说："这里的山水，不仅美而且没处都是一个故事！"他还想说什么，田岳急忙上前捂住了他的嘴，直往上方一个刺蓬后拖。张恒不解，还待说话，田岳打了一个噤声的手势，一把将他按下，两人趴在野草之中。这时，张恒也听到了清晰的脚步声。不一会儿，从木柳谷走出来五个面目凶悍腰别硬器的彪形大汉，来到了白牛岩崖顶，田、张两人足下……

第五回

水心怀古悠情未了
夷望遇盗横祸忽生

次日清晨，田岳、张恒迎着春德芳菲，放轻舟于沅水，尽情欣赏着如画似屏的夷望山水。

但观水心岩，并不如何起眼，无非是兀立河心，一片灰暗的石山而已。比起背后的马子岩，还矮了那么半截。但你放眼远眺，纵观全景，那可真奇了。座座峻峰，有如破土竹笋，有如擎天利剑，有如咆哮猛兽，有如黑夜鬼魅……千奇百怪，在水上争一派气势，在水下抖一片朦胧。水心岩，钟鼓岩陡峭的石壁，将夷望溪水挤成一道幽幽水谷。一谷清碧之水被染成了清一色的灰暗，在晨光的照映下，反射出粼粼波光。水谷尽头，烟霏云敛，山里人家的小阁楼若隐若现，显得那么的幽深、恬静，真有"明月山前明月池，双崖壁立自生姿"的神奇意境。侧看水心岩，有如一根巨笋破水而出，它雄伟光洁真有刺破苍穹扶摇直上之概。抬头仰望，只见峭壁千丈，山顶庙宇竟似凌空而建，让人望而生畏，有一种胆寒压抑之感。正面的水心岩，又像一颗倒置的巨齿突兀江面。光洁如玉的牙尖，直指蓝天，一抹春霞托着艳日冉冉升起，给水心岩披上了橙红的面纱，形成了天、水、山浑然一体闪闪发光的美景，如画如诗。张恒、田岳二人顺着在峭壁上开凿的台阶拾级而上，来到"牙齿"凹处。龙王殿顺山势建在两峰之间，殿宇雕梁画栋，白栏护树，显得古朴而雄伟。楹联曰："水流山海动，心正鬼神惊。"将自然景观与人生哲学融为一体，发人深省。两棵修剪成型的香樟，就如两把巨大的降伞拱卫着大殿。殿后修竹婆娑，山花野草给这灰暗一片中点缀了几点红绿，更加显现了生命的可贵和艰难。张恒和田岳进殿敬了香，上好供果后，张恒突然发问："田兄，有人称水心岩，有人称水心寨，还有人称水心寺、水心庵，真叫人难以琢磨？"田岳答道："这里原本没有庙，南宋洞庭湖杨幺杀人后，率众驻扎在这里起义，多年后后人称为水心寨。前明湖广总兵陈可立遭国变，领妻小家人凿石筑榭，修庙盖宇，削发为僧隐居于此避难，人们以此称为水心寺。因尼姑常年上供香火，也有人称为水心庵。三名同用，随人的习惯与喜好而称都可。"张恒说："既如此，我就无所顾忌了。"两人边说边走。来到石峰下，这里山是光的，路是光的，连草也是光的。顶庵红黄相间的飞檐耀熠生辉，给人一种高高在上、可望而不可即的紧迫感。他们相互搀扶，拉着铁索护栏，艰难万分地登上崖顶。张恒四下一望，更觉危机重重，只见崖下船只似叶，行人如点，清冽冽的江风"呼呼"上鼓，仿佛硬要把人揪下悬崖，摔个尸骨全无。面积有限的山巅，竟然挤挤扎扎建了三层大殿，大殿飞檐远远伸到江心，令人无不咋舌称奇。张恒、田岳进了大殿，分别上香后转到殿后观望，外河美景尽收眼底。张恒叹道："难怪明人阙闻由衷称赞'砥柱飞流数禹功，天南俯瞰大江东。嶙峋不逐狂澜倒，雄镇何甘拜岱嵩。'那大江东，果有四座雄伟壮观的青山。突兀沅水两侧。就如四根顶梁柱稳住了放荡不羁的江水。那平整一线的挂榜山，更如一扇大门，雄镇紧锁了滚滚大江。真有一股'玉筍秸秸扞浪深'的感觉。无怪乎我们上河人称挂榜山是发财的大门了。"田岳哈哈大笑说："兄台你只知其一不知其二，只知其雅不知其俗耳！"张恒说："我洗耳恭听。"田岳轻咳一声，摇手一指说："夏、商前，这里是一个大湖，属洞庭龙君所辖，不知何时来了一个千年龟精，在湖中兴风作浪，无恶不作，洞庭龙君也无可奈何。有一天早朝，玉皇大帝正与众仙议事，忽然心血来潮，睁开神目向下界一望，见龟精正仰天长啸：'玉帝老儿真可恶，要我背上乌龟壳，还他年年涨大水，管叫人间无稻割。'玉帝大怒，随手操起龙案上的令牌，狠狠向龟精头上砸去。龟精早有防备，潜入湖底逃走了。令牌落下大湖，激起千丈怒涛，滚了几滚，化成了水心岩。龟精又浮出水面，长啸道：'玉帝老儿真可恨，乱棍赶我出天庭，你砸我不到掀起浪，只能淹死凡间人。'玉帝气得发了疯，将龙案上的物件统统砸向龟精，砸得凡间天昏地暗，日月无光，凡人死伤数不胜数。但龟精却毫发未损，只是吓得逃下了凌津滩。玉皇砸下的笔架化成了笔架山，砸下的奔马形笔筒化作了马鬃山，砸下的铜抚尺化成了铜柱山，砸下的御碗化成了奶头山，砸下的砚台化成了挂榜山，砸下的天书则化成了长柳坪、封湘坪，将偌大一个湖泊，几乎填满，只留一道豁口，勉强能让洪水通过。也使沅水改道折向东南，龟精被搁浅在凌津滩上，动弹不得，后被张果老杀死，化为石龟。"田岳说到这里，手指青山说："张兄，你看那几座高山，像不像笔架、奔马、倒碗？"张恒说："像，像极了，真是神乎其神。"田岳说："关于这几座山，还有一个美丽传说呢。"张恒说："田兄请讲，说累了，下山我请你进饭铺喝酒。"田岳说："好，一言为定！"两人互击一掌，田岳接着说："隋朝末年，炀帝荒淫无道，颁旨普选天下美女入宫。桃源大理坪有一罗姓员外，连生三个女儿，个个长得花容月貌，美若天仙。罗员外无子，三女都视如掌上明珠，同时被官府选中，父母家人哭成一团。性情刚烈的三姊妹瞒着父母，连夜逃离家门，逆沅水而上，见这里山高林密、绿水长流，大有仙山道谷之相。三人立下重誓，上山修行。大姐上了马鬃山，二姐上了笔架山，三妹上了铜柱山。姊妹三人一心向善，修炼的精神感动了大慈大悲的观世音菩萨，她驾祥云降落奶头山，每日里隔山发功助三姊妹修行。三姊妹苦修了九九八十一天，冲破了九九八十一关，都觉形态飘飘，心态渺渺，有了一种欲仙欲死的感觉。忽一日，他们同时觉得心神不定。掐指一算，已知父母亡故。他们悲痛不已，急欲下山奔丧。转念一想，自己立有重誓，不能犯戒，立即打坐归真。原来父母都还在，只是一场虚惊。数日后，三山同时各来一美貌少年，身带金银珠宝百般讨好三姊妹，姊妹们大怒，狠狠予以斥责，美少年

自觉惭愧，纵身跳下悬崖。三姊妹大惊，见逼死人命，修行何益，一时万念俱灰，随之相继跳下悬崖自尽。原来，三个美少年都是观音化身。三美男将三女引渡到奶头山，美男霎时不见，只见观音大士高坐莲台，手持净瓶拂尘，笑吟吟地对三姊妹说：'你们已功德圆满修成正果，希望你们永不违背誓言，如有违背，就如此山。'说罢，观音举起拂尘，'唰'的一下向奶头山抽去，'轰'的一个晴天霹雳，奶头山被抽垮一块，山体上留下了一个巨大的新月形石崖。后人们就将奶头山改唤成'月亮岩'。三姊妹诺诺连声，事后，观音菩萨就带着三姊妹上天庭报到去了……三姊妹登仙后，为凡尘除魔降怪，消灾消难，保佑人间风调雨顺五谷丰登，国家也走上了贞观盛世的鼎盛时期，人们有感于三姊妹的恩德，在马鬃山、笔架山铜柱山上分别修了庙宇，常年香火不断。人们出于对仙姑的爱戴，将这三座山统称为'姊妹山'，流经山脚的双叉溪，也改名为'仙人溪'……"田岳的传说讲完了，张恒的一缕灵魂已从肉体上腾升，在这优美的传说中升华、升华，融进了如诗如画的锦绣山川之中。田岳望着痴痴入迷的张恒说："张兄，你是不是该请我吃点什么了？"张恒一惊，如梦方醒。他也似乎觉得饥肠辘辘，笑了笑说："田兄，你的神话，真让我有不食人间烟火的感觉了，既然田兄饿了，咱们下山喝两杯。"说罢，两人辞别尼姑，小心翼翼地倒退下崖。来到龙王殿，张恒感觉到在众多香客中有几张可憎的横肉脸，在不断地打量着自己。他搜肠刮肚地仔细回想，忽地明白，那不正是昨天在白牛岩发现的几个大汉吗？张恒霎时如吞下一把蚂蚁，心中惴惴不安起来。他偷偷碰了一下田岳，田岳此时已手按剑柄，眼中精光四射，也正斜睨着这几个大汉。张恒说："田兄，走吧。下山吃饭去。"田岳眨了眨眼，示意说："急什么，等钢八爷来了再入席吧！"张恒会意，说："咱们也不能在这儿等呀，反正他也应该到夷望溪了，我们到夷望溪去吧！"田岳说："好，还是兄台想得周到。"说话间，两人来到了河边。恰巧有空船正在等客，田、张二人跳上其中一只小船，向船老板吩咐道："请送我们过河到夷望溪。"船老板说："等后面几个人来了，一同渡过去吧。"张恒回头看，这五个彪形大汉如影随形，来到了河边。田岳一掌掀开船说："他们的船钱我补你，开。"

说罢，顺势一推，船一下离开岸边近丈。晃得船家身形一偏，险些掉入水中。田岳一个白鹤冲天之势，飞身降落船头。后面五人暗暗喝彩，急急登上了另一只小船，开船就追。看看就要赶上，田岳忽然说："船家，船开沙塆角。"船老板犯疑，田岳又说："你只管听我的，钱我照付。"船家听了，狠挖一桨，一个急转头。折向了外河。此时，后船已冲向夷望溪了。见前船调头，也紧急调头追来。田岳又对船家说："你放慢速度，等来船上前后，你后转，划到夷望溪。"船家说："田八爷，今天你是哪根筋快活？"田岳说："咱们是熟人，你只管听我的。"船老板听了，只得照办。待来船赶到前头，忽地一个急转弯，将船往夷望溪内河划去。田岳乘空给船家丢下一坨银子，船家喜笑颜开，没命地划。俗话说：行怕屙尿，船怕打调。船家两个急转弯，将后船甩开老远。他们心知中计，急切间，调过船头，加了一把桨赶来。两船距离在一步步缩短。田岳暗想：今天一场恶战在所难免了，我熟人熟地，能怕他乎！想到此，心地忽觉一宽。船一靠岸，两人上坡急走。刚走不远，但见一人影像一缕轻烟似的一闪而至，一劲装大汉已当先挡住了他们的去路。田岳沉声说："仁兄，你我往日无仇，今日无怨，为何阻我去路？"大汉一摆手说："非也，我们是受人之托，请这位仁兄到我家叙叙旧，并无恶意。"张恒说："你我素不相识，叙什么旧？"大汉说："真是贵人多忘事，到了你就知道了。"说话间，其他四人也赶到了，将田岳二人围在核心。田岳说："请人叙旧总不该有这样的阵势吧！"大汉说："三请不如一劫，这你总该明白吧！"田岳面色一寒，冷冷地说："那我如果不答应呢？""那就先拿下你再说。"大汉右臂倏地一伸，五指如钩，猛地扣向田岳的肩井穴。田岳身形急闪，漂开五尺，避开大汉一抓，顺势抽出长剑，向大汉拦腰撩去。哪知大汉只是虚招，招使一半，避开田岳，他右腿由内到外一个急旋，飘向张恒。田岳一剑撩空，背后空门顿现，右足后撤，身形前转，持剑急刹。就这么慢了一慢，大汉已出手如电，扣住了张恒的穴道。张恒只觉浑身一麻，像个泥人一样倒下。田岳大吼一声，持剑舞出漫天雪花，急速向大汉攻去。那大汉一手抓住张恒，一手提足十二分真力，与田岳过了几招，正在吃紧。田岳背后另一红丝线锁边的大汉抽出驳壳枪，朝天"砰砰"两枪，凶狠狠地说："再动，老子枪毙了你！"田岳心头一震，手中慢了一慢，抓住张恒的大汉已将张恒扛在肩上，往船边急奔。田岳不敢怠慢，提足十二分功力，一鹤冲天，腾空急追。其他四汉如影随形，相继赶到，阻住了田岳去路。田岳气愤至极，他横剑在胸，双眸中喷出灼热的怒火，作势以死相拼。红丝眼哈哈大笑说："你不必为此拼命，我敬你是条汉子，你走吧！"田岳说："你放下我的朋友！"红丝眼说："我为什么要放下他，他是你的朋友，也是我的朋友，朋友的朋友更是朋友。你又何必为些许小事伤了和气？"田岳不再搭话。突然长剑一掭，一个乌龙绞柱，倏然攻向红丝眼的面门。红丝眼身形一盘一旋，躲过了田岳长剑的攻击，举起手中的鸟头火枪，逼住田岳的胸口说："不准动，动就打死你！"另一大汉也用鸟头火枪抵住了田岳的脑袋。此时，田岳只能看着其他三人背着张恒上了小船。红丝眼和另一大汉用枪瞄准田岳，侧身一步步退到河边上了船，船立刻向外河驶去。田岳气得浑身乱颤，也莫能奈何，只得租用另一条船跟踪而去。前船开到沙埚角靠了岸，一行人扛着张恒，隐入了长柳坪茫茫林海里，田岳自度不力，只得叫小船开到渡口里，飞速奔到钢八坳向郭刚求救。

第六回

深霄梦断脱身虎口
豪气如虹义结金兰

　　天，已在心焦的人儿期盼中艰难地黑了。月夜的长柳坪显得空寂、骇人。间或几道清冷的目光如利剑般斜破树隙投入林中，忽闪忽闪的，平添了几分神秘、阴森的鬼气。蓦地，两条人影如鬼魅般越过树梢，投入丛林。身法迅如闪电，脚步轻如狸猫，搜索着丛林中的一草一木，生怕漏掉蛛丝马迹。然而，他们要找的，却如石沉大海……

　　长柳坪与虎皮洲本身就是一个冲积洲。只是虎皮洲高，只生长棕叶竹和芭茅，长柳坪略低罢了。洲长约十五华里，宽仅二里有余。一条小路将洲切割成上下两部分，这里就是渡口。不一刻，两条黑影汇合一处，其中一条黑影轻声说："田兄，前面不远就是渡口了，我观前方二百步开外有火光闪烁，很可能就是强人一伙。你走内线，我走外线，咱们包抄过去，他们有枪，只能速战速决。""一击成功，决不可轻举妄动，否则后果不堪设想。"另一条黑影道："这个我自当小心，不知邵大哥的人怎么样了？""他的人没有功夫只能负责控制渡口船只和站岗放哨。有了情况，放炮为号，与带枪匪人交战，人多无益。"原来，这二条黑影是郭刚和田岳，他们是来救张恒的。商量罢，

035

两人凝功飞身上树，只见身形晃动，痴如箭矢般越过棵棵树梢，从内外两侧，悄无声息地向火堆包抄过去。那种美妙而惊人的轻身功夫，的确让人惊心动魄。来到近前，郭刚身形一晃，落在火堆旁一棵高挑的柳树巅上，轻如飞燕，声息全无。他目光精湛，仔细扫视当场，只见篝火堆通红通红的，明火几乎熄尽，间或挣扎着炸出几点火花，经夜风摧袭忽明忽暗，阴森森的形同鬼火，显得更加阴森。火堆四周坐着四个劲装大汉，与田岳讲述极为相似。但张恒却踪迹全无。他正在踌躇，忽见田岳从对面树梢疾如流星般扑下。挺剑向大汉们刺去。郭刚大惊，忽然旁边一棵千枝百桠的柳树上，传来"砰砰"两声火枪响，划过夜空，田岳直挺挺地倒下，郭刚心头一紧，力贯千斤，向暴露出的目标狠狠发出两枚飞镖。只听"哎呀"一声，两条黑影相继跌落树下，郭刚唯恐有诈，聚目静观。此时，奇迹突现，中枪倒地的田岳忽地一个鲤鱼打挺一跃而起，挺剑在二人身上各补一剑，二人霎时了账。原来，田岳在刺中黑影的刹那间，感到剑尖一硬，心知有异，借着剑尖的反震之力，身形后挫，就地一滚。两颗子弹擦身而过，只擦伤了左肩，并无大碍，索性困在地上装死。果然，另一大树上"嗖"地射下两条黑影，举起鬼头刀以泰山压顶之势，向田岳当头砍下。他们却不知暗中还有暗中人，一大汉只觉右手猛的钻心刺痛，鬼头刀"当"的一声落地。原来右手中了一颗丧门钉，鲜血直流。田岳一个踏雪无痕，身形漂移五尺，躲过大汉猛斩的钢刀。回手一剑挑向大汉腰际，大汉一刀砍空，突地一惊。又见长剑挑到，要想抽刀相架，已是不及。身形往后急闪，恰巧与受伤同伙撞了个满怀。双双倒在地上。两人急忙懒驴打滚分开，躲过了郭刚、田岳同时杀到的刀剑。就势一刀向郭刚双腿砍来。郭刚急退，留下一个空档，二人一个旱地拔葱，腾起身形急逃。受伤大汉扯得伤口突痛，慢得一慢，被郭刚赶到背后，一刀结果了性命。持刀大汉见四人已死其三，再无斗志，撒开双腿没命奔逃。哪只慌不择路，"哗"地一下掉入了沼泽地。哪怕你有浑身轻功，无着力借力之处，你也会腾挪不起来，更何况还有稀泥缠身。此时，持刀大汉就如一个掉入水缸的老鼠，没命挣扎，愈挣愈深，眼看就有灭顶之灾。郭、田二人赶到，田岳取出铁矛"呼"的一声投向大汉，投个正着，将大汉钩上坡来。此时，大汉的钢刀已不知去向，浑身黏糊糊的，像个臭皮蛋，再也不见昔日的威风了。他俩押着臭皮蛋回到火堆边，郭、田二人分别在两具死尸边寻得火枪，一人一把别在腰里。郭刚轻身一跃，跳上大树瞭望放哨，由田岳审讯臭皮蛋。臭皮蛋见大势已去，保命要紧，一五一十地招出了内情。原来，他们五人是辰溪匪首冯宇成的手下，受大哥派遣秘密抓捕眉心长有红痣的中年人，获取藏宝图，到虎皮洲来寻宝的。张恒现藏于虎皮洲巴茅棚中，由二哥刘超文看守审问。刘超文武功不弱，身带驳壳枪，秘密看守张恒是万无一失的。田岳审罢，发暗号召郭刚下树，两人押着臭皮蛋，就着清淡月色向虎皮洲尾摸去。因这里粽叶片布、荆棘丛生、芭茅蔟蔟，地形复杂，要想寻找一个失去自由的人，真如大海捞针。腾挪跳跃的轻身功夫已无用武之地，只能分开粽叶蓬，荆棘丛艰难前进，而且还要随时防备毒蛇、毒虫和猛兽的攻击，真是危机四伏。如果没有人领路，在这茫茫荒野中，就是靠近了张恒的藏身之地，也是很难发现其人的。这里三面环水，进可掘地寻宝，退可乘船逃走，亏刘超文想出了这么个声东击西的贼办法。等寻到张恒的藏身之地，远处的雄鸡已像往常一样，放开歌喉纵情欢唱了。他们全然不知这里正是腥风血雨，充满着邪恶的残杀。郭刚压低声音命令臭皮蛋喊叫，引诱刘超文上当。臭皮蛋无法，只好高喊"二哥，二哥，我是陈七，我们回来啦！"在寂静的荒野，黑夜里传出人叫，比鬼哭狼号还要惊人。叫声未落，一阵腥风刮来，飞沙走石，张恒的藏身之所蹿出一只斑斓猛虎，腾身一丈有余，向三人当头扑来。凄厉的虎吼，惊天动地。三人大惊失色，逃生的本能激起条件反射，急速腾身避让。由于脚踩活砂之地，难于借力，腾跃功夫大打折扣，郭、田二人腾身勉强避过了猛虎的扑势。可怜陈七就惨了，本身轻功弱于郭、田不讲，浑身湿泥裹身，功夫哪能施展得开，大如蒲扇的虎掌当头拍下，立刻脑浆迸裂，倒在地上。猛虎好像还不解恨，乘势双爪齐出，将陈七死尸按住，一口连头带肩全部咬下。郭刚抽出鸟头枪，正要射击。田岳急说："别开枪！"扬手向猛虎投出一颗"惊天丸"，"砰"的一声炸响，腾起一阵刺鼻药烟。猛虎怒吼一声，一个急纵，跳入沅水逃走了。郭刚叹道："可惜一张好虎皮！"田岳说：

"郭兄莫悔,是猛虎救了张恒,功过两抵,免它一死。"郭刚说:"这是何道理?"田岳说:"你过来看一看就知道了。"郭刚走过去一看,田岳身边的砂地上趴着一个大汉,头颈已被咬得稀烂,手中骇然握着一把火枪。这不是刘超文又是谁?看来他还未来得及开枪射击,就被猛虎扑倒咬死了。自然,他手中的火枪和身上的弹药,又成了郭、田的战利品。此时,芭茅丛中传来了哼哼呀呀的人声,大概就是张恒了。两人奔过去一看,果是张恒,他被五花大绑着,口中塞满臭袜子。两人急忙给张恒松绑,张恒激动得热泪纵横,连声道谢。田岳说:"莫谈谢字。张兄有难,我们理当解救,这是侠义道的本分。"郭刚说:"张兄,这猛虎为何不咬你?"张恒心有余悸,颤声答道:"郭兄有所不知,我被这五人抓走后,在林中他们捆绑吊打我,拷问我张大侠的财宝埋藏之地,我抵死不说,他们无法。在天黑前,他们又把我背到这里藏起来。只留一人看守,其他四人不知去向。不一会儿,从草丛中忽然跳出一头猛虎向我们扑来。大汉拔腿就逃,他来不及放枪,就被猛虎扑倒咬死了。一口一口地吸食大汉血液,惨不忍睹。不一会儿,猛虎一步一步地向我走来了,我害怕的恨不得一头钻入地下。它来到我身边,一不抓我,二不咬我,甚至连吼都没吼一声,伸过血红的舌头,往我脸上舔来,我吓得连大气也不敢出,闭目等死。它那粗糙的舌头舔得我脸上火辣辣的痛,我胆战心惊,等着它致命的一口。奇怪的是,它不但没有吃我,嘴里还发出亲热的哼哼声,我麻着胆子睁眼一看,猛虎乜着双耳,眼中闪出温驯的光,像一只温柔的大猫,依偎在我身边。我命真大,连猛兽都通人性。我突发奇想:那几个强人再来,猛虎一定会吃掉他们的。果不出所料,你们刚来到,它就冲出去咬人了。"田岳笑道:"张兄,不是你命大,而是我的'百兽散'发挥的作用,畜生是只认气味不认人的。"张恒听了,探手入怀,果然神药还在衣中。郭刚暗暗佩服田岳医道通神,他一转话题突问张恒道:"张兄,我再问你一次,你以后作何打算?"张恒顺口而答:"回乡务农哇!"郭刚两手一摊,在黑暗中做了一个无可奈何的手势,为难地说:"你的退路已断。"张恒大惊失色,急问:"为什么?"郭刚说:"因为今晚杀的人,是你们辰溪匪首冯宇成的手下,他寻宝不成又死人,你回去不是送肉上砧板吗？"张恒急问道："他是怎么知道我有藏宝图的？"郭刚说："因为他现在是我师母的男人。"张恒听了急得像热锅上的蚂蚁团团直转，他对郭刚说："郭兄，我把图交给你吧！"郭刚说："这样你会死得更惨。"张恒停下脚步，叹了一口气说："看来我是在劫难逃了，只是害苦了我的妻儿。"郭刚说："是我的师父交给你一身麻烦，要不，你现在还在当你的官儿呢。"张恒说："这官儿你不提也罢，一提，我更觉得窝囊。"田岳说："张兄，要不这样吧，你们全家就留在我们这儿落户，大家彼此还有个照应，你看如何？"张恒想了想说："看来也只好如此了。"郭刚说："张兄，你留下来是最好的办法，只要我们有口饭吃，绝不少你半口。只是我师父藏宝的问题，再不能向外透漏，知道的人越少越好，避免诸多麻烦。"张恒说："连邵兄也保密吗？"郭刚说："当说的时候可以说，不当说的时候，也不能说，防人之心不可无呀！"张恒连声道"好"。不知不觉，此时天已大亮了，邵春甫一行也驾船来到了洲尾。大家热热闹闹地上船，往封湘坪开去。邵春甫、王贵枝夫妇十分热情地接待了他们，自然不在话下。饭后，邵春甫把大儿子邵大成，小儿子邵小成，女儿邵丽花喊来介绍给张恒认识。大家自然又是一番奉承与亲热。第二天清晨，四人登上马鬃山，来到山门之外。张恒举目四顾，那带着春意的轻雾，等不及太阳的笑脸相迎，就绕着山谷漫游了，惊醒了沉睡地下的笋芽。争先恐后探出脑袋，染一身春晖，沐几粒晨露，尽情享受大自然无私的给予。墨绿的松杉，翠绿的修竹，嫩绿的香樟，路边的小草……都不失时机地贪婪吸吮着春姑娘的芳香，凝聚了一滴滴醉露，把空气也染得绿意浓浓的，伸手一摸，也染一掌新绿。真不愧是"露湿烟浓草色新，一番流水满溪春"啊。张恒顿觉神清气爽，心旷神怡，尽情领略这种"会当凌绝顶，一览众山小"的豪迈意境。爬山的疲劳一扫而光。

　　读书人终归是读书人，逢人遇事总是那么多愁善感，联想翩翩。张恒摇手一指，对众人说："好去处！前有仙人献桃，后有明月照洲，上有玉柱擎天，下有挂榜分流，桃花洞里送宝，马鬃长侍左右，南北交通要道，好建新兴码头，这真是一块风水宝地！"众人见他出口成章，风趣幽默，哈哈大笑起来。豪爽的朗声大笑，惊动了庙中住持和

尚晓剑法师，见是邵春甫等人，急开山门迎接。宾主又是一番客套，晓剑法师说："诸位施主还是借一步说话，大家进殿相商如何？"众人随着法师鱼贯入殿。大家商定，法师吩咐小沙弥摆上瓜果点心，招待客人就座入席。席间，晓剑法师说："诸位施主，昨晚贫僧夜观天象，见有紫微星高照虎皮洲，甚是大异，今果见这位施主气宇轩昂，谈吐不凡，定是贵人降临。"张恒急忙起身，连连摆手，满脸羞愧说："法师千万不可抬举，折杀小人了。小人乃朝廷一罪臣，现已罢官，何谈贵人？惭愧，惭愧！"田岳说："法师眼力果然不差，这位是前常德知府张恒、张大人，辰溪人氏，是咱百姓的好官啦！"晓剑法师站起身来，双手合十，躬身说："阿弥陀佛，施主驾临敝寺，有失远迎，善哉！善哉！"张恒急忙答礼，礼毕，大家重新坐定。郭刚粗门大嗓嚷着说："张兄，你说这虎皮洲可以修一个码头，怎么修？有多大益处？"张恒正要做答，邵春甫抢过话头说："要说这里修一个码头，也是几代人的想法了，山里人要想买点、卖点什么东西，都要老远跑到郑家河燕家坪去，很不方便，只是……"张恒问："只是什么？"邵春甫说："只是听老人们一代代相传，虎皮洲是快火龙地，修房盖屋很不吉利。要触犯火龙起火的。"张恒笑了笑说："火是好东西呀，懂得用火，是从猿到人的关键一步，至于说有火龙，那它在水里怎么生存，此种说法不合天文地理，自然规律。诸位万万不可轻信。"郭刚说："我不管什么火龙水龙的，我只管发不发财。张兄，你说，修码头有没有财发？"张恒揭开碗碟，用茶代墨，在桌上边画边说："诸位，这是沅水，发源于贵州铜仁、麻江等地，有七七四十九条支流，途经两省四十多个县市，注入洞庭湖直达汉口，是条近百万人共享的交通大动脉。每天从虎皮洲过往的船只，少则几十多则上百。诸位看，这是桃源，第一个驿站是剪家溪，距桃源四十余里。第二个驿站就是麻伊府，相距一百二十多里，其中连上四个大滩，浪急水险，中间无像样码头靠船，船夫苦不堪言。如果在虎皮洲建一大码头，地理位置适中，且江宽水深，便于靠船，下有凌津滩上有孟家滩，又利于纤夫休整后冲滩，是多么理想的所在啊！"众人连连点头。张恒又说："最近几天我观游贵地，知这里盛产竹木，这是湖区和城里人的宝呀，我们自己造船，将这些物资运出山外，换来山里人急需的工业品，一举双利。利用虎皮洲的荒地，办商行开旅馆建诊所办学馆刷缆子编凉席，建成一个综合性的集贸市场，何愁生意不活，百姓不富？"郭刚一把掀开座椅，急得鼓起一对环眼吼道："主意虽好，这钱从何而来？"张恒不慌不忙地将碗碟一个个端来放成一排，笑着说："郭兄，只要大家齐心，这一条街不是建成了吗？"郭刚不解，田岳说："张兄的意思是统一安排，分散建修集少成街发展成镇。郭兄，至于钱嘛，谁建房谁拿钱，这是天经地义的事。"邵春甫说："张兄，这个办法好，我一人修两栋。"张恒想了想说："这是件好事，也是件大事。如果大家真有信心和要求，我不妨到县衙走一趟，争取官家的支持。"郭刚反对道："咱们自家办事，关当官的什么事，还要找他？"他一看张恒，自觉失言，转口说："如果像张兄这样的人，找找也不差。"引得大家哄堂大笑。张恒说："平地里突起一个集镇，牵涉到本县政治经济。这等大事，不报告县令于理不合。其二，我们也要争取县令的支持，比如说发个告示什么的，政府总比民间要有权威。"郭刚服了。他大手一挥，声如土雷般吼道："修一栋，我钢八爷也要过一过城里人的日子，快活快活。"大家又是一阵大笑。邵春甫袍袖一撩，兴奋得像个笑罗汉，激动地说："咱们千里有缘来相会，志同道合，一见如故。不如义结金兰如何？"张恒说："想我张恒乃一落魄之人，想借贵方一块宝地谋生，哪能高攀众位英雄。"邵春甫说："张兄乃人中麒麟，胸如浩瀚，我们这些土财村夫望尘莫及。今后，我们还要仰仗仁兄呢！"郭刚说："张兄说话过谦了，你能得到我师父的倚重，就是人中丈夫，义结金兰我脸上有光。"田岳对晓剑法师拱了拱手说："大师请您操办法事，做个见证如何？"晓剑法师说："阿弥陀佛，义结金兰功德无量。善哉，善哉！"不一刻，神龛之上灯烛齐明，香烟缭绕，净酒净茶一应具备。神案前呈放一大碗净酒，四人咬破左手中指，滴血于内后，按长幼次序从左到右，一字儿排开跪下，手举高香发誓曰："苍天在上，仙姑显圣，我等四人不求同年同月同日生，但求同年同月同日死，以善为本，以诚为贵，同生死共患难，同建新兴码头，造福一方百姓，如有违背，天诛地灭。"宣誓毕，将血酒分而饮下。张恒年长为兄，邵春甫次之，郭刚再次，

田岳最小为老幺。张恒真不配当男人，几口猛酒下肚，已是满脸通红，他眨着醉眼，晃着脑袋，结结巴巴地说："'古寺双林带烟廓，平湖十里通春航。远梦似曾迎此地，游子恍疑归故乡。'痛快！痛快！只不过诸位贤弟都有一个江湖名字，为兄没有，诸位就叫我恒八爷如何？"众人齐答："谨听大哥教诲！"随后，四人相商，推举张恒郭刚即日进城面见县令，其他人回家发动亲友投资建房不表。临下山，张恒望着山门两边的对联：昊马行空腾碧云绕铜柱驱走龟精安天下，神灵显应瞻桃花映水心迎来甘霖润凡尘。久久地沉思，沉思——

第七回

暗施妙手古墓取宝
明建码头荒洲改样

　　四人已经一昼夜没有合眼了，找到这座几百年前的古墓真不容易。四人按图索骥，一个粽叶蓬，一个荆棘蓬的查找。在天将破晓前，才找到了这里。他们四家并不缺钱，张恒和郭刚从县令余坚那儿得知：南方正闹革命党，清廷已到风雨飘摇的境地，县衙门更拿不出钱来支援他们，只同意发告示动员百姓自愿带资开发。兄弟四人一商量，决定按张大侠遗愿，取宝于地下，开发于未来，变死钱为活宝。这样既解决了资金短缺的问题，又减轻了张恒个人被人追杀的压力。因此，才有今日的秘密行动。此刻，太阳懒洋洋地从东方爬起来，将一腔怨毒投到地上，火辣辣地烤人。他们四人光着膀子，穿着揪腰裤衩，抢锄舞锹，挥汗如雨。真是钱能通神，连平时很爱享受，很会保养的邵春甫，居然也不怕吃亏，如狼似虎地拼命挖别人的祖坟。他腆着个罗汉肚，那发源于面部，流落到颈部的汗水，顺着心口窝汇成一股急流，遇着大肚皮的阻挡，向四周分散开来。一个劲地往裤裆里钻。裤裆里热烘烘湿漉漉臭熏熏的，很是难受。他提了提裤子，将那个东西抓了几把，才缓解了一下来自裤裆内的告急。但面部忽又奇痒无比，他顺手一抹一抠，罗汉脸立刻变成大花脸，让人啼笑皆非。他挥动着锄头，一挖一歪，活像狗熊赶羊般可笑。郭刚心里骂道：真作孽，这样爱财，何不变把夜壶。张恒虽累，但累得较文雅，他面貌像女人一样眉清目秀，打着赤膊也像女人一样亭亭玉立，只是奶峰换成了两块洗衣板而已，汗珠在洗衣板上横冲直撞，模样可怜。他的心也像女人一样细、一样多，但胆识和头脑却实实在在是个男人，有时比一般的男人还男人。他分明没劲，但还是狠狠挥锄不止，让人不敢相信他以前还是个官老爷。他一锄下去"砰"的一声，震得双手一麻，挖着一个硬物，压低嗓音说："各位贤弟，我挖到棺木了，大家要小心暗器！"众人答道："那个自然。"四人小心翼翼放慢挖掘速度，等将浮土一一清除干净，已是日上三竿，一主大红漆棺木呈现眼前。郭刚双手一挥，对三人说："你们退后卧倒，在棺盖没有打开前，千万不要近前。"说罢，他操起朴刀，猛地一下刺入棺木盖缝，"咔嚓"一声哑响，朴刀刺入深入刀柄，原来棺木已腐朽不堪。郭刚放心下来，抽出朴刀一阵乱砍，棺盖霎时稀烂。大家举目一望，尸骨全无，原来是主空棺。他们心知肚明，宝藏一定是埋在棺下无疑了。大家欣喜若狂，忘记了天热和口渴，也忘记了自己是何许人也！七手八脚一阵忙乎，才将朽木清除干净。初夏的太阳当头直射，让人酷热难忍，口渴舌糙。张恒和邵春甫感到力不从心，真想甩掉家什不干了。但这是赶着鸭子上架，摸着石头过河，是他们自找苦吃，有苦也没有地方说。不一会儿，他们真的又挖到了硬物，比棺材还要硬，他俩又看到了希望和光明，霎时信心倍增。等大家小心翼翼挑走浮土，一块光滑如镜的青石板骇然暴露在眼前，大小就如一扇大门，阻住了下挖之路。郭刚依样画葫芦，举起朴刀刺入石缝，正要使力撬，张恒急乎："三弟住手！"郭刚一惊，停下手来。张恒绕着青石板仔细观察了一会儿，猛地一拍大腿说："这就对了。"弄得三人莫名其妙。张恒说："你看，这儿有锈铁丝，暗器定在旁边，大家仔细清理四周浮土，一定有所发现。"邵春甫不解，埋怨说："我说大哥呀，你有完没完，你不怕累死我，挖旁边的土干什么？撬开青石板不就得了吗？"田岳说："二哥，你吃亏了，不妨歇歇吧，大哥要挑旁边的土，自然有他的道理。"邵春甫还待说什么，郭刚急叫："大家快快闪开！"三人跳在一边，只见郭刚仔细扒开松土，发现平平的小石板，板下是石槽，槽中躺着钢弩，箭矢正对着青石板方向。张恒说："果不出我所料，张大侠机敏过人，我总觉得他不会这么简单地把洞口暴露出来。"三人学着郭刚的样子，扒光周围松土，露出了一排掩埋整齐的小石板，足足把大青石板围了一圈。他们撬开小石板，起出了保护良好箭已上弦的钢弩，竟有三十六把之多。要是触动机关，撬大石板的人不射成马蜂窝才怪呢。三人啧啧连声，暗暗佩服张恒多个心眼。四人同心协力，使劲将青石板撬起掀开。只见石下数十条锈迹斑斑的铁丝，像蛛网般向四周伸展，一直联系在钢弩之上，由大石板凹眼中一个总阀门控制。只要有人用硬物插入凹眼，触动机关，四周硬矢就会倾巢而去，用心之良苦设计之巧妙，无不使人惊叹。洞口大开后，一股阴凉、霉腐之气扑鼻而来。众人稍事休息喝了点水后，田岳手持宝剑，就要飘身入洞，张恒一把扯住田岳说："四弟，不可鲁莽，让三弟用朴刀探探虚实后再进不迟。"郭刚上前，横身卧在洞边，将朴刀伸入洞内，乒乒乓乓一阵乱砍。只听"当"的一声响亮，触动机关，一阵"扎扎"之声后，洞底铁板已经翻转。只见洞底下竖满尖刀，人若掉入，定要钉个透身窟窿。郭刚大怒，奋起神威用朴刀一阵乱砍。自信将机关破坏后，才与田岳下到洞中将尖刀一一清除，通知张邵二人下洞。洞已深入地下近丈了，二人花了九牛二虎之力，才顺利下到洞底。四人一阵搜索，竟无半点值钱之物，只发现了一道暗门。田岳紧贴洞壁，持剑向暗门点去，"吱呀"一声，暗门竟然毫不费力地点开了。原来里面是一条狭窄的甬道，甬道不宽不高，恰好能容一人行进，郭刚在前田岳断后，四人鱼贯而入。走进不到一丈，甬道忽然一个急转弯，改变了方向，洞内光线极为阴暗。忽然，身后传来"咔、咔、咔"的铁器摩擦之声，众人微一怔神，只听"轰隆"一声巨响，火星四冒、霉尘滚滚，一道千斤钢闸落下，已将退路堵得严严实实，一切光线全无。四人大惊失色。郭田二人运功聚目，还能勉强分辨物件，张、邵二人只知混沌一片了。张恒说："各位贤弟不要惊慌，凡是各种暗道机关，无非都是按照五行相生相克的原理安置，有关必有开，大家各自在四周触摸，谁摸到可疑物件，通知大伙及时卧倒，恐有暗器射去。稍停片刻之后，才能转动该物。"三人听罢。也只能依计而行。就这么各自触摸起来。甬道内虽然凉爽，但几百年来与外界隔绝，那种腐臭之气混合着汗味，本已令人作呕。要命的是，他们感觉到氧气越来越稀薄了，心头发慌呼吸困难。邵春甫竟然像三岁小孩儿，"呜呜"地哭了起来，张恒说："二弟，千万别出声，这样氧气会消耗得更快，大丈夫生而何欢死而何惧！"忽听郭刚在前面说："卧倒，我找到机关了。"张、邵二人本已身疲力软，瘫倒在地，已是不卧自倒了……郭刚此时也心慌气短，力不从心。他狠命一扭，只听"扎扎扎"一阵脆响，机关竟让他险险地搬动了。石壁慢慢移动，猛地一震后，石壁洞开，现出了些许光亮，是一间宽敞石室，后边的钢闸却纹丝不动。呼吸一顺畅，众人感觉到浑身一轻松，头脑也清醒了。郭刚当先就要跨进暗门，张恒听到动静，急呼道："三弟当心！"郭刚怔地一怔，心如电转，急忖道：此门开关被我很容易找到了，大哥担心很有道理，过此门必定有诈。他急呼："各位卧倒！"他自己也卧倒在地，抬臂伸掌，往石室的洞底轻轻摸去。摸进半步之遥，摸到一条槽沟，沟内果然藏有若干钢刀。总机关很可能就设在前方半步之内，好险，好毒！如若贪心急进，必死于弹出的尖刀之下。郭刚想到此，狠从心头起，恶向胆边生，即向石室伸进朴刀，贴近地面狠狠扫去。只听"当"的一声，砍着一物件。"沙、沙、沙"上下左右同时弹出尖刀，迎面射来箭矢。郭刚撒刀急忙一个左滚，身法不能说不快，就是这样，右膀还是中了一箭，幸喜只是擦皮而过，并无大碍。他这一滚，留出一个空档。擦伤郭刚的箭矢锐势不减，"啪"地一声钉入邵春甫左肩骨肉，痛得邵春甫杀猪般号叫起来。众人一阵忙乱。郭刚抽回朴刀，乒乒乓乓将尖刀尽数砸倒后，与张恒一前一后，将邵春甫抬进石室，放到一个较为宽敞的地方。田岳跟进，撕开邵春甫的衣服，拔出箭矢，邵春甫大叫一声，几乎昏倒。田岳聚睛察看伤势，大幸不是毒箭，拿出药粉撒在伤口上，再将金疮药膏贴在患处，血流立刻止住。再查郭刚伤情，见无大碍，只贴上金创膏就可。两人立刻感到伤口清清凉凉的，疼痛之感消除了好多。邵春甫暗想：早知如此险恶，我就不该来了，现退路被堵，就是得宝，要想出去，只怕是难于上青天。一阵心酸，禁不住眼泪直涌。又"呜呜"地哭了起来。哭了一会儿，他忽觉头部被一硬物梗得生疼，伸手一摸，是个光滑滑的葫芦，他正纳闷，又摸着了一堆棍棍棒棒，忍痛转头一看，天啦！原来是一具死人的白骨，他一阵恶心，昏了过去。众人又是一阵忙乱。田岳把着邵春甫脉搏，见脉相平稳，放下心来。张恒急问："二弟怎么样？"田岳说："不碍事，只是急火攻心，你俩将他扶住坐起，我来给他推血过宫。"郭刚、张恒左右两边扶住邵春甫，让他坐了起来。田岳盘腿打坐，闭目运功，双掌白气直冒，慢慢推向邵春甫脊背肩井穴……不一会儿，邵春甫悠悠醒转，"哇"的一声，呕出一堆白痰，他叹了一口气说："咱们今日真可能是同年同月同日死了，可悲可叹！"张恒劝道："二弟莫要悲伤，俗话说天无绝人之路，这么多暗关我们都闯过来了，何谈一道闸门，到时自然会有办法的，你尽管躺下休息。""我不躺在这里，我怕！"邵春甫战战兢兢地说。三人即刻将他扶到一个干净点的地方躺下。在这里，他们意外地发现一捆蜡烛，郭刚掏出了火炼，就要燃烛。张恒说："慢点，火是要燃烧氧气的，我们不到万不得已，不能燃烛。"张恒边说边拿了两支在手里。三人定睛四处搜索，只见石室中骇然横七竖八躺着八架白骨，有男有女有长有幼，看来可能是一家人。在一堆白骨边，有两口巨大的白铁箱，虽经百年，锈迹全无。郭刚、田岳随即上前。张恒大叫："谨防有诈！"两人一怔，蹲在地上，点燃蜡烛仔细观察。只见铁箱箱盖和四周都光滑如镜，并无半点瑕疵和可疑之处，一口铁箱有板无锁。另一口铁箱挂着一把巨大的牛尾铁锁。要说机关，真有可能在箱盖缝了。郭田二人趴下，用刀剑小心翼翼刺入缝中。一寸一寸滑进探查，一圈划完，并无异样。即对张恒说："大哥，没有问题。"张恒说："知此知彼，百战百胜，前面安了诸多机关，他就是为了保护这两口铁箱，我就不信铁箱就不安机关了，一定在箱底。只等别人搬箱开箱上当。"二人答道："大哥说的有道理。"心中佩服张恒精明。两人试着搬箱，哪知重逾千斤，休想搬动半分。张恒说："果然底部有机关，凭二位神力，哪能奈何不了这铁箱。"郭刚说："两位退后，让我破此未锁之箱。"说罢，拿起了长柄朴刀。田、张二人退后，郭刚卧倒，将刀插入盖缝，使劲一挑，"啪"的一声，铁箱应声而开，只见箱内白光熠熠，好半天没有动静。三人上前，就要查看。田岳拿出银探针说："让我来试一试，箱中是否有毒。"说罢，将探针插入箱中。少许，抽出探针一看，也无甚异样。三人这才放心上前，只见白花花的银子之上，放着一块白绢，上面书写文字，就着烛光一看，绢上写道："有缘之士，此二箱中分别存放二万两白银和二万锭元宝，都系取于赃官的不义之财。洞中尸骸乃我妻小家人，取宝后，请将石洞填紧，以免我家人抛尸露骨，杨幺拜上。"郭刚睁大眼睛，半天才缓过神来，他激动地说："我师父的先人定是杨幺身边的拜把子弟兄，要不他为何知道这等秘密，难怪我师父的武功这样高不可测，而又不愿收徒弟了，看来他也有难言之隐啦！"张恒说："二位贤弟，我们一齐动手，小心将白银拿出箱外，检查箱底有何机关。"三人依计共同一点一滴地将银子拿出箱外后一摸，箱底果有一铁柱，连着地下。轻轻搬起铁箱两寸，见是一根手指般粗细的铁杆与地下相连。田岳说："我的宝剑削铁如泥，你们俩退后，让我来斩断铁杆吧。"张恒说："四弟小心。""那个自然。"二人退后，田岳抽出宝剑，插入箱底，套着铁杆使劲就锯。只听"扑哧"一声哑响，如同锯着棉絮朽木。田岳搬开铁箱一看，原来是一根牛皮管，里面套着导火索。他即喊道："洞中有炸药。"其他三人听了，大吃一惊。田悦接着说，不过，我已将导火索锯断了。三人听罢，这才放下心来。三人来到箱边，将地上白银又一一拾回箱中原样装好。放进白绢盖抬到一边。郭刚说："第二口箱子的机关，交给我处理吧！你们退后。"张恒说："三弟，炸药雷管千万不能震动，否则即可爆炸，我们一人都跑不掉，还是我来吧！"田岳说："我已有了上次的经验，还是我来较为可靠，待我和三哥稍微抬高一点后，大哥你将我的宝剑插入，套住牛皮管即可，让我一人来锯。"说罢，抓住了铁箱。郭刚走过去，抓住了另一头。两人使暗劲将铁箱抬起寸许。张恒持利剑套住了皮管，他没有放剑，而是使劲就锯皮管，不几下，皮管居然也被他锯断了。他高兴地说："两位贤弟再抬高点吧。"郭、田二人真抬高了两寸。张恒举着蜡烛，趴在地上垂头一看，铁箱再没任何牵连。他高兴地说："没事啦，牛皮管已被我锯断了。"二人听罢，暗暗佩服文人也有武胆。就势将铁箱放到一边。二人放好箱子，对张恒说："大哥，咱们破闸去吧。"
张恒说："不急，让我瞧瞧这炸药下面还有何物。"郭刚说："大哥
不要看，这炸药下面就是雷管，十分危险。我看不弄也罢。"张恒说：
"三弟，四弟，你们二人想法去破闸门，让我陪着二弟。"郭刚田岳
见他说得有理，即刻跨出石室，进入甬道。待二人走后，张恒一块块
揭开小石板，仔细一看，哎呀，小石洞中填满炸药，一包一包的用牛
皮包紧，就是上千年，炸药也不会受潮变质。他找到牛皮导管，顺着
导管的方向，万分小心的一包一包掏起炸药，放到小洞外。不一会儿，
就查到了雷管部位，起出了雷管。事后，他又照此办理，起出了另一
小洞中的雷管炸药。张恒才重重地嘘了一口长气。暗想：这张一刀用
心也太险恶了，如果我贪财，带兵到此鲁莽行事，这层层关口定叫我
粉身碎骨，这真叫做死报生仇了。难怪他不将古墓秘密告诉妻儿徒弟，
而告诉我这个外人了，真是江湖险恶呀。邵春甫见张恒半天并无声息。
问道："大哥，你怎么啦？"张恒说："没什么，我只是在想，这江
湖之事，甚是险恶。"他边说边在两小洞中一阵摸索，摸着一把大刀，
他仔细查看大刀再无物件相连，才放心将大刀拿去洞外。他从刀鞘中
抽出钢刀，忽见白影一闪，从刀鞘中带出一块白绢。他就着烛光一看，
绢上书：用此刀伸入钢闸左右两侧凹口，便可打开或关闭钢闸。他高
兴万分，将刀入鞘，走到甬道内喊道："三弟，四弟，我有办法开闸
了。"郭刚和田岳，使出吃奶的力气，也休想移动钢闸半分，用刀剑
急砍，乒乒乓乓火星四射，也秋毫无损钢闸皮毛。正值发愁，听到张
恒喊有办法，这无异于天降救星，喜出望外。两人掉转身奔进石室，
张恒将刀与绢交给二人观看。郭刚抽出钢刀，只见这刀乌七八黑的，
并无什么特别之处。用手一摸刀锋，锋利无比，真可吹毛断发。郭刚
爱不释手，真比得了一支枪还高兴。郭、田二人急速返转钢闸前，郭
刚举刀近前，忽觉一股无穷引力吸来。大吃一惊，钢刀竟然脱手而去，
"当"的一声贴在钢闸之上，如同生根一般休想拿下。田岳在身后说：
"三哥，这乌刀定是磁铁造就，他与钢铁之器互相吸引，是件难得的
宝物利器，你只有抓住刀把向上抬，一点一点抬高，再用布一点一点
垫上，才可拔掉。"说罢，他脱掉身上短裤，与郭刚面对面站好。郭

刚抽刀他用裤裹刀，才将磁刀拔下。郭刚不敢大意，按绢上所述方法，放置左侧凹处，真的引发了开关，一阵"扎扎"之声后，铁闸隐入石壁，甬道大开。新鲜空气一拥而入，众人为之一爽。二人探头外看，只见皓月已将西沉，皓白清凉的光芒洒落大地，仿佛给万物撒上一层银粉，草丛、水边的蛙声此起彼伏，仿佛是为他们擂响了得胜战鼓。清风吹来，沅水泛起阵阵涟漪，将一轮明月撕得粉碎，抖出万点银星。郭、田二人拼命吮吸着这新鲜空气，精神为之一振，心道：我们在地下做鬼一天一夜，还是人间好呀！他俩不敢怠慢，返回石室。将邵春甫抬出地面，兄弟四人也不管三七二十一，抱着水壶饮了个痛快。狼吞虎咽吃下干粮，才觉气力慢慢复原。郭刚、田岳俩人再次入洞，分两次将两箱财宝抬出后，郭刚立刻用磁刀封闭了甬道。两人捆牢铁箱抬到竖洞下，郭刚纵身上洞，郭刚、张恒两人上拉。田岳在下上送，三人合力将两箱财宝吊到洞外。抬到早已准备好的小船上。张恒说："离天亮还有一个时辰，我们将洞填了吧。"田岳说："大哥，我看暂时不急于填洞，让江湖人物们再找找吧，只有这样，他们才会死心的。"张恒见田岳说得有理。同意以后再填。四人乘着夜色的掩护，将两箱财宝运到邵春甫家中藏好。大家商定：锁住的铁箱，任何人不能打开动用，由四人共同签名，打上封条保存，只能按张大侠遗嘱，用于驱除轪房，等建好新房后，交由郭刚保存。散箱中的白银用于诊治张合疾病，为他修建新房购置地产，保障他的生活来源，剩下的，用于开发虎皮洲。散箱交由田岳保管，张恒有绝对的支配权。邵春甫虽然心中不悦，但也不好说明，他自忖无能力防备强人抢夺，保住财宝万无一失。

俗话说：事不宜迟。兄弟四人第二天就上了虎皮洲，请来工匠，首先为张恒搭起了简易住房和三个大工棚。张恒将妻儿从田岳家接下来，夫妻二人日夜操持在开发工地上。各地的有识之士也陆续来了，开发落户的已有百十户人家。时经半年，改造昔日荒洲，建成了二条初具规模的"丁"字形大街。沿河的后街，一律造成吊脚楼。楼上是篾器加工厂，只见篾条翻飞"唰唰"作响，一根根楠竹篾条在能工巧匠们手中，变成了力拖万斤的篾缆。这篾缆是驾船人船上使用的"三宝"之一，哪条船上都不可缺少，因此，上下船只成群结队，停靠在沿河一线。

只见桅杆如林，热闹非凡。形成了沅水中下游的一道独特风景线。而这里的竹木器具，也成了远近闻名的传统产品。张恒开办的"章恒昌"，邵春甫的"益兴昌"，郭刚的"旺宏昌"，田岳的"田茂昌"四大商场，高高屹立在中心位置。"章恒昌"专卖匹头，"益兴昌"卖百货，"旺宏昌"卖南货，"田茂昌"则是医药铺。这是几兄弟早就定下的规矩，谁也不会影响谁的生意。另外"平平旅社"、凌记饭庄的规模也很气派。什么铁匠铺，鞭子铺，缝纫铺，理发铺等，一应俱全。看看年关将近，这一日，天降大雪。兄弟四人聚集在张恒家。边烤火边喝茶，倒也清闲。在闲谈中，定夺了四件大事。第一，按结拜誓言宗旨，将"渡口码头"正式命名为"扶善溪"，定每月逢五为场期，即日向外公布。第二，动用大侠白银五千两，修建石板岩船码头、小港石拱桥、扶善溪小学和关帝宫。第三，各家打造一只大船，组成船队发展运输业，招收青年儿郎练武习文，力求自保相安。第四，来年五月初五举办盛大的龙舟赛，扩大扶善溪社会影响。四人立刻分工负责，务求四月底全部竣工受益。他们正值商议细节，忽闻营业厅人声鼎沸，一妇人哭天喊地奔进内房，"砰"的一声踢开房门，邵春甫还没反应过来，脸上就"啪啪"挨了两记响亮的耳光，众人大惊……

第八回

联袂救雏斗智斗勇
分赛擒凶有勇有谋

众人举目一看，原来是邵妻王桂枝，她当胸一把抓住邵春甫说："天杀的，你死在外头百事不管，小成儿被土匪抓去了，要是有个好歹，我也不活了……"张恒等人扯开王桂枝，扶她坐下。幺姑筛上盖碗茶说："大妹子，你别急，有话慢慢说，让这几个爷们共同想办法解决。"王桂枝一把鼻涕一把眼泪地说："我也说不清楚，是郭兄弟的相公郭中龙交给我这封信，说我家小成儿被土匪抓去了，要拿钱赎人。"张恒急问："信呢？"王桂枝一边哭，一边在怀里一阵摸索，从内衣袋里摸出了巴掌大一块纸条，张恒接过一看，上面写着："邵八爷，听说你发了，兄弟特向你道喜。白露之财，见者有份，今来信向你商借白银万两，贵府小成公子已到山寨做客，请你收条后，于腊月二十四日中午，将银子送到大洞仙山大樟树下，我自当送还孩子，否则，贵公子将变为一具死尸。记住，只准你一人前往，不准带武器，否则，后果自负。余彪拜上。"郭刚说："二哥二嫂，你先别急，我看大家都到我家去，等问清了小儿具体情况，再作道理，就是拼着一死，我也要把贤侄救回。"张恒说："三弟说得有理，为了避免引起他人不必要的恐慌，这件事情先要保密，大家过街去，千万别慌张，什么事儿也不走漏。"说罢，一行人穿街来到郭刚家，郭妻李桂花手持楠竹桠在后堂正在责打独生子郭中龙。见众人来到，哭脸打成笑脸相迎。郭刚拉过跪在地上的儿子问道："龙儿，小成到底是怎么回事？你快说。"中龙见父亲满脸阴云密布，本已吓得浑身哆嗦，现见父亲转阴为晴，态度和蔼，眨巴了几下大眼，泪珠滚滚，撒起娇来。张恒说："男儿有泪不轻弹，知错就改是好汉。快告诉伯伯啊！"郭中龙伸出被楠竹枝打得红肿的手臂，擦了擦眼中泪珠，不服气地说："不是我要他去的，是他自己跟着别人去的，我没有害小成。""伯伯没有说你害小成，你说，抓小成的人来了多少，他们如何抓住的小成，往哪儿去了？"中龙想了想，结结巴巴说："今天，我和小成在小港那边的田里堆雪人，来了几个叔叔笑嘻嘻地对我们说：'小伢儿，我猜你姓张'小成说：'我不姓张，我姓邵他姓郭。''我猜你父亲叫邵八爷。'小陈说：'我爹叫邵春甫，他爹叫郭刚，他爹有武功，是大侠。'我怪小成多嘴，他还不服气，只听那几个叔叔说：'这堆雪人没有味，跟我们打野物玩去好不好？'小成一听就高兴了，他说：'哪里有野物打？'那几个人说：'跟我们到土地弄就知道了。'小成很高兴，跟着他们就走。回头他还邀我去。我一想，反正土地弄也没有多远，跟着他们来到了土地弄。他们走进王奶奶家，我听他们几个人一商量，其中一个人拿出笔墨写好了一封信，叫我把信交给邵伯伯，就催着我回来了，小成见我回来，他也跟着要回来，这几个人立刻变了脸，像抓小鸡一样把他捉住，捆了起来。嘴里还塞了东西，小成喊也喊不出来了，只知道流泪和哼哼，他们几个人，拿根竹杠子，像抬野物一样地把他抬走了。"郭刚急问："他们往哪儿走的？"郭中龙说："往我家老屋方向走的，他边走边对我喊：'小子，算你命大，快回去送信吧，叫邵八儿拿银子来启人。'"说完，几个人哈哈大笑。

此时，天气越来越坏，北风像发了情的猛兽，呼呼直吼。鹅毛大雪一阵紧似一阵，遮天蔽日。天地间充满了一种似乎要摧毁一切生命的杀气。邵春甫几个人的脸，比天色还要阴暗，仿佛是这鬼天气，带来了鬼事情，令他们快要窒息。

　　腊月二十四日，风停了，雪住了。但严寒却使积雪冻成了冰。屋檐下的冰凌犬牙交错。仿佛要择人而食，空中的飞鸟也失去了往日的欢乐，无精打采地落到地上，为一小块绿色而拼命。邵春甫头戴毡帽，身穿青布棉长袍，足穿棉布长筒袜，外包棕套草鞋，手提一口小皮箱，沉甸甸的。带一位中年伙计，两人赤手空拳，走潘家溶过太子山，风急火燎般来到了久违的大洞仙山。俩人进入大殿，大殿中空荡荡的，只有个道士在念经。邵春甫放下手中皮箱，拱了拱手问道："请问仙长，此地来过余大当家的人吗？"道长抬起头来，眨巴着他那对狡诈的老鼠眼，用阴森森的目光打量着眼前的来人，眼光落在皮箱上，若有所思地说："你们都别想动，佛门乃清静之地，施主请看，我这里能藏那样的人吗？"邵春甫解释说："是他们约我来这里的，我要领回自己的儿子。""他们约你来的，你就找他们去，佛门之地只管香客，你们一不敬香二不拜佛，施主请回吧！"说完，他嘴念着莫名其妙的经语，再也不理邵春甫他们了。邵春甫本想从老道那儿套出点口风，哪知碰了一鼻子灰，无处发作，只能忍气吞声领着随从伙计走出庙门，向山顶大樟树下爬去。邵春甫二人前脚刚出庙门，老道就轻咳一声，从神龛后面转出八个劲装大汉。老道停下木鱼睁开那对老鼠眼对他们说："邵春甫是真的，如假包换。"其中一个头目样的马脸说："道长，你为什么不让我们在庙里动手，省得很多手脚。"道长阴笑了两声。颇有城府地说："你们省手脚，我可就麻烦了。我就不信一个土财，有胆子赤手空拳手提万银来会你们，他后面一定跟着人。"马脸说："那现在怎么办？"道长真有点忘乎所以了，他双手一拍，站了起来，好像是位叱咤风云的将军，信心十足地说："你们分出一半人来，埋伏在铁建桠，消灭扶善溪来人，其余的人到大樟树下抓邵春甫夺银子。邵春甫那样一个生意人，还不束手就擒。"八人齐声说："道长安排高明，高明。"说罢，人分两路各奔东西。

　　邵春甫爬上山顶，他无心欣赏这银白的世界。他知道这洁白无瑕中，隐藏着不可告人的龌龊，起码，这里就是。随时会有人血溅当场，将一片洁白撒出点点猩红，当然啰，也可能是自己。大樟树树干粗如黄桶，上面钉满了锯齿，粗皮糙壳。黑不溜秋的，与银白的世界很不协调。巨大的树冠上落满了积雪，不时"扑哧，扑哧"往下直掉。大樟树下光洁一片，显然没人来过。邵春甫沉声喝道："有人吗？邵某拜见余大当家的！"连呼数遍，还是空山寂寂，连风都似乎被冻死了……片刻之后，身后晶树银丛中，传来一阵喋喋怪笑，令人心头发麻，四个大汉四把鸟头火枪一齐对准了邵春甫二人。邵春甫胜似闲庭信步，回转身来，一阵仰天大笑，笑得四人惊立当场。邵春甫说："我是余大当家请来的客人，你们不想要银子了？真是狗眼看人低！"马脸道："银子是好东西，当然要。不过打死了你们，这银子同样是我们的。"邵春甫说："粒米之珠，也放光华。你就不怕失信于江湖？""哈哈哈哈"四个大汉又是一阵狂笑，马脸把脸一垮，拉得更长更窄。张开的大嘴，几乎要将面颊撕裂。他凶巴巴地说："我说邵八儿，我现在就杀了你们，看有谁知道你们都哪儿去了。"邵春甫笑了笑，将手中皮箱一举说："你可别忘了，我身后有一个营的官兵也想着这箱银子啦，只要枪声一响，就将踏平你们的山寨，杀个鸡犬不留。"四个大汉心中暗暗叫苦，马脸狗急跳墙，吼道："放下箱子，举起手来滚下山去。"邵春甫毫不示弱，坚持说："要我放下箱子可以，除非见到我儿子。"马脸说："哪里有这么多废话，我看你是活得不耐烦了，找死！"四人边说边向二人包围过来，两人对付一个，凶狠狠地用枪抵住二人胸脯。邵春甫一下像泄了气的皮球，软了下来，提着皮箱的手似乎也在瑟瑟发抖。马脸大汉见镇住了二人，大大咧咧弯下腰，伸手就来抢皮箱。说时迟那时快，只听"啪"的一声脆响，梆硬的皮箱角狠命撞中了马脸的双眼，霎时珠破眼瞎，痛得在雪地上翻滚。火药枪也被邵春甫趁势夺过。后面的刀疤脸怔地一怔，正待开枪。腿上一痛，也被邵春甫一个扫堂腿扫个正着，四脚八叉倒在雪地里。邵春甫用枪逼住刀疤脸，下了他的火枪。与此同时，围着伙计的两个大汉见情况有异，还没等他们搞明白，只觉眼前一花，不见了伙计的踪影。正待开枪射击，定睛一看，自己人用枪对着自己人，两人倒抽一口凉气，等到回过神来，两人只觉身上一麻，火枪已到了伙计手中。此时，四个大汉都成了龟孙子。邵春甫朗声喝道："快说，我儿子呢？"匪徒齐声说："八爷，你就杀了我们吧，我不能说。"邵春甫红光满面

的脸，突然间变得像因饥饿而愤怒的狮子。样子十分恐怖。他恶狠狠地说："不讲信用的畜生，我先成全你们。"他忘了，畜生就是畜生，他会讲什么信用。邵春甫一伸手，就用分筋错骨的重手法，点了二人大穴。痛得二人倒在雪地上呼爹叫娘。双腿乱蹬，冰渣飞溅。霎时登出了个大坑，眼看二人将要埋身冰雪下，邵、田二人一人一个，从雪坑中提起二人。此二人浑身雪泥浆，简直成了两只待宰的野狗。邵春甫喝道："你们说是不说。""我们说，全说。"二人异口同声而答。邵春甫拍开二人穴道，实实在在地说："只要你们说实话，保证你们生命安全。"其中一人说："贵公子在，在樟树寨。""你们为什么不讲信用，带他来换银子？""二当家的说了，你不会武功，但有的是钱，要用公子做诱饵，抓住了你再要二万两白银。""你二当家的来了没有？""来了！""在什么地方？""在山下大风洞中。""他那里还有多少人？""连二当家的还有四个人。""你们一共来了多少人，多少枪？""一共来了十二人，六条短火枪，六条长火枪。""好恶毒的用心，我真想全杀了你们，为民除害。"二人急忙说："求八爷饶命，我家中上有老下有小。""你们开始不是说得很硬吗？怎么这时狗熊了？""因为开始我们什么也没说，死了当家的会照看我们的家属。现在我们什么都说了，他们是不会放过我们的，我们死了，父母儿女怎么办？"邵春甫说："你们也知道还有人情世故，念你们还有点人性，饶你们不死，但活罪难逃。你两和瞎眼的就待在这山上吧，省得你们碍老子的事。"说罢，点了两人的穴道，让二人随便动弹不得。接着，邵春甫将四只火枪进行比较，选出两把好的。与伙计一人一把藏入怀中。两人对刀疤脸说："这两把枪你拿着，押着我们俩进大风洞，装得要像点，一切听我指挥，否则明年今日就是你的周年，知道吗？"刀疤脸眼睁睁地见了二人功夫，心想边胡子今日遇到对头了，蝼蚁尚想活命，何况人乎。连声说"是"，那张疤脸，笑得比哭还难看。三人绕道下山，走到了一个僻静处。邵春甫突然问刀疤脸："这大风洞是怎样一个去处，洞内兵力如何布置，你要如实告诉我俩，否则，首先死的将会是你。"刀疤脸停下脚步，讨好邵春甫说："以二位神功，攻垮大风洞并不是难事，这大风洞是个独门斜洞，慢慢向地底倾斜，口小洞大，易守难攻。但出其不意打入洞中，也可瓮中捉鳖，洞底深处有一股神奇的阴风上冲，冬暖夏凉四季如春。还伴有缕缕清香，洞中舒适无比，每年冬夏之际，几位当家的总会轮流到此洞享福。洞内怪石犬牙交错，九曲回肠，住他个把连的兵力绰绰有余。传说山顶上的大樟树修炼成精后，就住在这个山洞里。她美艳无比柔情似水，专门寻找摄入身强体壮的后生与她交合，吸其精血而死，后生们死也死得快活，死得温柔，不像我们过刀尖上舔血的日子，四周的男儿又怕又爱，有志者纷纷逃亡，贪色者心甘情愿。因此，造成本地田地荒芜人烟稀少，后来据说三姐妹登仙后，才将樟树精消灭……"邵春甫听得不耐烦了，沉声喝道："废话少讲，我只问你洞中兵力是怎样布置的。"刀疤脸非但不怕，还满脸淫笑着说："要说洞中的兵力倒很强，大概有两三个肉兵吧，把二当家的摆布得顺顺帖帖，嘻嘻。你们冲进去，恰恰是瓮中捉鳖的好机会。"邵春甫交代说："你见了他们，就说银子和人都带来了，其他的都不要说。"刀疤脸连声答好。三人转过山嘴，在这银白色的世界里，黝黑的洞口虽然不大，但很醒目，邵春甫老远就看到了。两个匪徒斜背着长枪，不断跺着双脚，还不时地用嘴哈着热气取暖，显得懒洋洋的没精打采。肩上背着的长枪晃哉优哉，看样子他们守得很不耐烦了。突然，他们发现来了人，将长枪从背上取下，对准来人喝道："累你能们累是耒哪勒一罗个？"邵春甫根本听不懂匪徒说什么，他警告刀疤脸说："不许答错，照我讲的回答。"刀疤脸听了，扬声答道："裸我累是郎王雷四龙龙。"匪徒又问："懒点磊子拉抓捞到老了呢没努有？"刀疤脸回答："拉抓捞到老了，裸后能正辣押雷来，冷请累你聋通捞报！"三人边答边走，看看已近洞口，只听一个匪徒冲着洞内喊道："报告二当家的，银子和点子都带来了，请您查收。"洞中有人吼道："查收个屁，叫他老老实实在外待着。"刀疤脸心念电转，此时不走还待何时。拔腿要溜，伙计早有防备，举腿朝后踢了他一脚，低喝道："你别耍心眼，小心脑袋，装像点，要有精神。"刀疤脸无法，又举起了两把鸟头枪耍把戏。邵春甫手提皮箱，装成可怜兮兮的样子，战战兢兢来到二匪面前。二匪神气活现地举手正要搜身，他快邵春甫出手更快，二匪只觉身上一麻，已被点了

穴道，两条上了膛的长枪，莫名其妙就到了邵春甫二人手里。他们下掉机头，又交给二匪背着，边胡子在洞中听到枪栓响，怒喝道："二狗，小心看着，别让他跑了，完事后我再赏你。"邵春甫刷地抽出短鸟枪，只见人影一晃，已飘身入洞，洞中漆黑一团，他恐防不测，落地后就势一滚，滚到一块巨石后边卧倒观察。边胡子忽觉人影一闪，不见踪影。与手下进洞的身法有异，他一把掀开铺盖，从女人身上滚下举手就是一枪，"轰"枪口喷出尺余火舌，从邵春甫头顶飞过。砂子击到洞壁上火星直冒岩屑纷飞，惊得铺上的女人"妈呀，娘呀"地尖叫。抓过铺盖裹着了自己。边胡子开枪的火光，恰恰暴露了他自己的位置，没容他开第二枪，邵春甫"砰"的一枪，恰巧正中边胡子持枪的右手。短火落地，边胡子呀呀怒骂："我日你妈，敢打老子，二狗你不想活了。"他一边骂一边光这个屁股用左手摸枪，邵春甫的眼睛，已经适应了黑暗中的环境。他目睹了这一上好时机，猛冲过去朝着边胡子的肉屁股就是一脚。将边胡子踢了个狗吃屎。活像一个癞蛤蟆，趴在地上直喘粗气。被中的女人也吓得抖得老高。俩人的原始兴奋霎时化成了哀鸣。邵春甫随着跟上去，一脚踩住边胡子猛一使劲，边胡子杀猪般号叫起来。邵春甫撕下羊皮化妆面膜，对边胡子喝道："边胡子，睁开你的狗眼，看看我是谁？"边胡子应声抬头一看，吓得倒抽一口凉气，这不是郭刚钢八爷是谁？他认栽了，这次栽得比郑家河更惨。他俯首帖耳地连乎"饶命"。那个随从伙计，自然是田岳化装的了。这时，田岳已经找到了边胡子的枪，打发被中的女人滚了蛋。又叫刀疤脸王世龙找来了绳索和杠子，郭刚对边胡子说："边胡子，你是怎样对待邵小成的，我们就怎样对待你，快穿好衣服，跟我们走！"边胡子听得汗毛直竖，索性躺在地上装他的死狗。郭刚气愤异常，伸指一点他的百会穴，边胡子浑身立刻像千百条毒蝎在撕咬，痛得呼爹叫娘，满地翻滚。郭刚说："你走还是不走？"边胡子气喘如牛哼道："饶命，饶命，我跟你们走。"郭刚见他服了软，才拍开了他的穴道。边胡子浑身一轻松，磨磨蹭蹭穿好了衣服，郭刚走出洞外，同样拍开二小匪穴道，对他们说："你们进洞去，把边胡子捆起来，拖出洞来。"二匪面露难色，郭刚说："他现在和你们一样，都是肥羊，怕他作甚？难道还要我动手不成？"

二匪没有办法，只好进洞将边胡子捆好，拖出洞来。郭刚问边胡子："还有一个人呢？"边胡子喷叭了几下嘴巴，翻了翻死鱼眼，见郭刚满脸怒色，只好如实说："我派他寻鸡去了。"郭刚说："算他走运，不等了。"用手一指二小匪说："你俩抬你们二当家的，记住，把他侍候得舒服点。"二小匪只好转过王世龙递来的竹杠，也像抬野物一样，四脚朝天抬起边胡子，接着吩咐王世龙背着二小匪的长枪，顺着叶溪高低不平的小路，踏着齐膝深的积雪，一步一步地向叶溪河口摸去，一行人来到叶溪河口，邵大成、邱吉山、传兆庆等小青年，已驾小船等在河边了。一行人上了船，邱吉山扯开风蓬，小船乘风破浪，扬帆而上。不一刻就到了扶善溪码头。老百姓见捉来了一个土匪头子，大家又是惊讶又是佩服，一个个奔走相告，争相观看边胡子等人的"尊容"，也像是观赏一只害人的猛兽。邵春甫见生擒四匪而回，又惊又喜。张恒对邵春甫说："二弟，可喜可贺，抓住了四个活宝，何愁贤侄不平安回家。"邵春甫将信将疑，满脸苦笑。经兄弟四人商量，张恒随即修书一封，排王世龙回山送信，约定匪首余彪腊月二十六日在土地弄走马换将，余彪原本不同意边胡子等人绑架小孩，为防边胡子来撕票，才将邵小成押到山寨，见张恒书信后正中下怀，立即回信照办。腊月二十六日双方准时在土地弄交换人质，王世龙因害怕边胡子报复，至死也不肯回山寨。余彪见状，也没强令王世龙回山。刀疤脸王世龙从此就留在扶善溪木船队服务了。王桂枝经过此场劫难，虽是有惊无险，但十指连心唯恐孩子今后有失，再也不愿保管财宝了，打发人将两口铁箱送到了郭刚家。事后，遭邵春甫好一顿臭骂，险些休了王桂枝。但这只是夫妻间的事，外人一概不知。

　　光阴似箭日月如梭，转眼已到第二年初夏，扶善溪街道建设也初具规模。河坡一条用麻条岩砌成的码头，成弧线形顺江而卧，威威武武伸入江心与石板岩相连，远远望去，形如游龙下水粼光闪闪，很是壮观。码头旁边众星捧月般停满了大大小小的船只，桅杆林立人声鼎沸，形成了独特的水上流动之城。每到夜晚灯光闪烁，分不清哪是船上灯，哪是水中影，别有一番情趣。西街口是一座半月形石拱桥，长约四丈宽一丈有二，高二丈有余。它灰白雄伟，屹立在小港之上，与溪边千

奇百怪的百年老柳相依为伴，相映成趣。将扶善溪街道与柳树湾四岭岗原始森林连接起来。结束了人们小心翼翼跨越小港沼泽地带的危险经历。"关帝宫"坐落在"丁"字形街道的石凹里，它飞檐走阁，雕梁画栋，很有建筑艺术。关羽神像身穿绿袍左手按剑右手持书，他丹凤微开，长须飘飘，高高端坐在神龛之上，他身后屹立着美关平丑周仓，栩栩如生。钟鼓楼高两层，做工精巧，上鼓下钟很有气派。此刻，工匠们正夜以继日赶建戏台。它与钟鼓楼隔坪相对，与主庙组成了一个"品"字形建筑群。扶善溪小学校独门独院，坐落在关帝宫旁，它是一个四合盘院落，有六间教室，教师宿舍和办公室一应俱全，准备办成一个现代化的洋学堂。为庆祝新新镇落成，张恒他们决定，于当年端午节举行落成典礼，唱戏划龙舟助兴。

真是天公作美，本是滂沱雨季，进入五月以来，却艳阳高照晴空万里。自五月初三起，各路赛船陆续抵达。五月初四日，主席台摆上香案，烧高香敬红烛，三牲祭礼一应俱全，各领队少不了都要到此祭拜上苍。龙舟赛开幕式由张恒主持，知县余坚到会讲话，郭刚宣布大会纪律和竞赛规则，外地豪绅社会名流陈友为等也会到会祝贺。沿河两岸观众人山人海，热闹非凡。尽管天热似火，地燥如煎，但人们也舍不得放弃这亘古未有的喜庆良机。张、邵、郭、田家四只大船，分停河中和主席台前，作为专用趸船。船船之间相隔几丈宽的水道，这就是竞赛航道了。参赛龙舟两只为一对，从仙人溪出发，到扶善溪为终点。实行抢岗循环赛。主席台三声礼炮冲天而响，两岸鞭炮立刻齐鸣。八只参赛龙舟形如游龙戏水，绕场一周向观众致意。田岳忽然发现一个熟悉的背影一闪，钻入了人群。他扯了扯张恒说："大哥，我刚才看到麻阳佬周文武了。"张恒急忙问："在哪儿？"田岳说："走，咱们找他去。"他一把拉着张恒，向周文武隐去的地方追去。他大声喊道："麻阳佬，有人找你！"周文武忽听有人喊他，心里感到奇怪，不由得停住脚步扭头一看，见是田郎中，立刻转身笑脸相迎，显得十分亲热。张恒走过去，双手握住周文武连叫"恩人"，弄得周文武丈二和尚摸不着头脑。双方都很尴尬，田岳说："周兄，你不认得了，他是张恒张大人。"周文武想了想，恍然大悟。激动地说："自从当年一别，已有十年有余，大人为何到此？"张恒满脸愧色，长叹一声说："一言难尽，恩人，弟妹可好？"周文武说："他和孩子们都好，我的小船靠在响水岛儿，他们还在船上呢。"张恒说："恩人，到我家去，咱们借一步说话如何？"说着，硬拉着周文武回到"章恒昌"家中，随后，又派人从响水岛儿请来了周妻余月香。她怀抱周岁的小儿周前龙引着双胞胎女儿周大梅周小梅，由张恒夫妇和张氏兄妹陪着，自然是一番亲热不表。

五月初五日，又是一个上好的晴天。观热闹的人们拖儿带女扶老携幼，从四面八方涌向扶善溪，涌向赛场，大家都翘首以待争夺头名的精彩一搏。扣人心弦的激动一刻终于来到了。随着一声铳响，王家湾队和仙人溪队形如下山猛虎，快如闹海蛟龙，双双飞掠江面，渐渐地仙人溪队船首超过了王家湾队。两岸观众挥舞拳头，振臂欢呼，气势惊天动地。仙人溪队水手一鼓作气猛划，刹那间，又超过了王家湾队几排。眼看雌雄就决了，王家湾队打鼓匠突然掀掉大鼓，从鼓架上取出顶了火的枪，朝天"砰"的开了一枪，该船水手纷纷取出屁股下藏着的刀枪，仙人溪队水手大吃一惊，立刻阵脚大乱。霎时船翻人落一片狼藉。王家湾龙舟滑行到终点，匪徒们正准备跳上坡杀人抢劫，"哗哗哗"左右两只大船上分别钻出一排士兵，手中武器全部瞄准了匪徒，打鼓匠并不甘心失败，举起枪就待反抗。"砰、砰、砰"一阵乱枪过后，打鼓匠身子一挺，翻身滚入河中不动了。扶善溪龙舟队的小青年，在郭刚的带领下，一个个亮出武器，阻住了匪徒们的上岸之路，匪徒们见三面受敌，只恨上天无路入地无门，纷纷举手缴械。邱吉山、邵大成等一班小青年，将匪徒们全数押到关帝宫，交官兵军官审问。此时，扶善溪这边的观众，已经烂成了一锅粥，有哭的有喊的，都恨爹娘少给了两条腿，你推我挤，互相冲撞得人仰马翻。站在人群中操纵指挥的余彪、边胡子、钓竿等匪首，本想趁机大捞一把，当众接管扶善溪，扩大自己的地盘，现见大势已去，混入人群中逃走了。张恒站在主席台上大喊："各位父老乡亲，不要惊慌，土匪被捉住了，晚上接大家看戏，是常德的大班子。"但在人们的嘈杂惊慌声中，他的喊声只能是沧海一粟，显得太渺小了。一场盛大的庆祝活动，就被土匪这样一竿子搅黄了。

第九回

自投罗网亦恨亦悔
义释余彪能屈能伸

余彪、边胡子、钓竿急急如丧家之犬，忙忙如漏网之鱼，慌不择路地逃回黑石溪樟树寨。天已煞黑，守寨的小喽啰见三位寨主垂头丧气而归，不见其他兄弟回来，心知大事不妙，不敢多问。唯有将寨门紧闭，小心干好自己分内的事儿。三人摸黑拾级而上，来到第二层炮楼前，见里面黑灯瞎火的毫无生气，边胡子正待发作，猛一转念：这里的弟兄不是被自己调去打扶善溪，眼睁睁地看着官兵捉去了吗？现在他们还生死未卜，他不由自主地叹了一口长气。三人心头很烦，烦得就如世界的末日已经来临，眼睁睁地要瞪眼送命一样。来到"聚义厅"三人各自回到自己的座位坐下，再也没有了昨天的威风。还好，一位贴身小喽啰还在，他此刻为他们献上了清茶。边胡子真有点口干舌燥了，他看也不看，仰头就猛喝，一下子烫得哇哇大叫，一碗开茶顺手就向小喽啰头上砸去，小喽啰身形一偏，茶碗擦耳而过。边胡子恼羞成怒，冲上去飞起一脚，将小喽啰踢了个四脚朝天。他还不解恨，拔出枪凶巴巴地骂道："连你也敢欺负老子，老子毙了你！"余彪和钓竿见势不妙，一个箭步冲上去，合力将边胡子的右手一抬，"砰"

的一声，打得瓦片"扑哧哧"往下直掉，小喽啰呆立当场，余彪喝道："还不快滚！"小喽啰如梦方醒，捡了条性命逃走了。到底逃到哪里去，连他自己也不知道。边胡子鼓着一对斗牛眼，脖子上青筋直鼓，双手狠命一甩，挣脱二人掌控"唰"的一下，又将枪对准余彪，气势汹汹地说："都是你害了弟兄们，要不是当初你放走了张恒，哪有今日之羞？拿命来！"他正要扣动扳机，冷不防钓竿一个扫堂腿，将他踢翻在地。俩人一拥而上，下了他的枪。边胡子气喘如牛，愤恨不已，钓竿说："不是我要为难二哥你，难道你忘了结拜情分，忘了结义誓言？以下犯上就得死！"边胡子气鼓鼓地站起来，手指余彪说："他吃里爬外，也得死！"余彪视如无物，轻蔑地一笑，双手背后，在大厅中踱着方步，不紧不慢不愠不怒地说："败军之将，何谈有功，匹夫之勇，何谈其能？笨也，羞也！"前面两句，边胡子如听天书，但他真真切切听懂了笨和羞，气得脸红脖子粗，没有了武器，他能有何作为？钓竿劝道："二哥，这几次失利，本是你的主意，大哥不怪罪你，你怎么还怪罪大哥？这样做，你会寒了弟兄们的心，要怪，也只能怪张恒太狡诈，郭刚武功太强，胜败乃兵家常事，君子报仇十年不晚，在这艰难的时刻，咱们怎么能窝里斗，让他人笑话？"边胡子像条斗败了架的公牛，一下子冲到门外，面对群山寂谷，振臂狂嗷，恨不得撕碎这沉沉的夜幕。

余彪、钓竿二人坐下，商谈稳定山寨局势之计，忽听山下一阵喧哗，两人一惊，正待迎战，原来是被抓弟兄狼狈逃回。余彪、钓竿又惊又喜，连连吩咐坐下回话。小匪们七嘴八舌述说被审被放经过。言词之下充满对张恒、郭刚等人的敬慕感激之情。听得余彪连连点头。暗想：这才是男子汉大丈夫的所作所为。边胡子跟进来，吼道："混账东西，你们还有脸回来？为什么不死在扶善溪？"小匪们心里老大的不服气，一个个敢怒不敢言。边胡子见没人敢回他，一时豪情万丈，他回到自己的座位上，大手一挥目空一切地嚷道："你们都给我听着，什么张恒好郭刚强，老子可不吃这一套，此仇不报誓不为人。大家多动心思，目前我们要钱要枪，到哪里去搞？只有到扶善溪去搞，是他们抢了我们的枪，我们要加倍让他们偿还。活人不能让尿憋死，死卵还要让女引活，前怕狼后怕虎，这是男子汉吗？现成的铁不打，吊着胆皮喝西

北风，自己伸长脖子让人砍？我是吃了秤砣铁了心，怕死就不当土匪，我要血洗扶善溪，誓报今日一箭之仇，有种的跟着老子干，没种的滚蛋！"边胡子一席话，逼得余彪气都喘不过来，他没有更好的理由反驳他，气得脸色铁青，八字胡直抖。他觉得自己很窝囊，很无奈，再也没有老学究的样子了。从此二人心中都结下了芥蒂，为了解决燃眉之急，他们倾巢出动，打劫了沙坪几个富户，轻而易举地劫得白银万两，布匹几十板，粮食糕点食盐无数，还有上好的烟土，这才稳住了山寨的阵脚。

忽一日，有探子来报，张恒现在出手大方，大肆收买人心，出手就是百两白银，资助麻阳佬周文武修房盖屋，还做主租出张合的两个门面，给麻阳佬做起了鱼肉生意。张、邵、郭、田、周五家结了儿女亲家，邵春甫尽占了便宜。小儿子订了张家的女儿做媳妇，自己的女儿给了郭家的儿子，张家和田家的儿子分别对了周家的双胞胎女儿，邵春甫的大儿子邵大成订了焦林坪杨千斤的女儿。八月十五邵家收媳妇，大宴宾客拚酒，这几天正日夜准备。

边胡子一拍大腿，乐得呵呵大笑说："真是天助我也，现在不去收拾他娘的，还待何时？"余彪想了想说："不可，不可，时机还不成熟，恐防有失。"边胡子见不采纳他的意见，十分恼火，眼睛一瞪又要发作。钓竿唰地站起来，晃动了一下瘦长的身躯说："二哥，你听大哥说完，家有百口主事一人嘛！"边胡子怕钓竿，这是公开的秘密，见钓竿说了话，才像泄了气的皮球软在一边。余彪耸了耸肩膀，两手一摊说："孙子曰，知己知彼百战百胜，以我们目前的实力，对付郭、田二家尚感不足，和谈同时对付五家，只有分而治之，方可稳操胜券。"边胡子马上钻起牛角尖来，吼道："你想怎么分怎么治，说明白点，老子想早早宰了这几个畜牲。"余彪冷笑了一声，反驳道："他们五家团结对付我们，又有官府撑腰民团壮胆，所以我们累累吃他大亏，用二三十人，七八条枪的力量蛮干，无疑是以卵击石。怎么分？第一是间离他们五家的关系，要与郭、田两家交好。第二是拉拢他们的随从，分散他们的力量。第三是消灭官府兵丁，他明我暗见者就杀。怎么治？就是重点整治张、邵两家，我看八月十五是个上好的机会，还要在杨家做点手脚，让他们乐极生悲，咱们准能一击成功。"边胡子、钓竿听得连连点头，做着他们发达的美梦。

再说扶善溪张、邵、郭、田、周几家，为了他们儿女的婚事，请客送礼讨八字，也着实忙碌，乐呵了好几天。这天，张恒在货柜铺忙乎着，郭刚忽然来访，张恒对伙计交代了几句，陪同郭刚来到客厅，幺姑笑嘻嘻地问道："今天是什么风把三叔给吹来了！"边说边摁上了盖碗茶。郭刚说："无事不登三宝殿，我麻烦了大哥大嫂，你可别见怪啰！"说罢，他滴溜溜地打量四周，张恒见郭刚神秘兮兮地，感到很奇怪，问道："三弟有什么秘密之事，但说无妨，孩子们都读书去了，这里只有我和内人。"郭刚压低声音说："还不是为了财宝的事，放在我家，我总感到心里不踏实。"张恒说："我们几个人，数你武功最高，这财宝是你师父的，你又是张合弟的监护人，这叫做物归原主，你不踏实谁踏实？"郭刚说："大哥此言差矣，你们是临危接受我师父遗嘱的唯一托付人，他已全权交给你处理，我师弟病重，你有义务保管。第二，我是一个练把子的粗人，树敌过多，时时过着刀尖上舔血的日子。万一哪天我去了，再做处理可就迟了。"张恒急忙摇手，很是伤感地说："三弟为何说此不吉利之话，谁敢动三弟，我们几个都跟他拼了。"郭刚说："都拼了，谁来保管财宝，这就是我所担心的。"张恒感到事态严重默不作声了，郭刚接着说："东西你想办法藏好，名声我背着，只要我在一天，天大的事我都顶着。"张恒想了想，财宝趁早转移，也确实利大于弊，他说："三弟，我看这样吧，财宝是张合的，就埋在张合家，现在麻阳佬把他的房子租下了，我看瞒着他施工也不方便，不如就请他一个，我们三人共同干。只是不告诉他箱中是何物就行了。"郭刚说："这个法子倒是要得，大哥我看连二哥四弟都要保密，不怕一万就怕万一。"张恒说："自家兄弟嘛，何必多此一举？"郭刚说："防人之心不可无，多一个人知道就多一分风险，这件事大哥你就不要多说了。"张恒说："今天我就把图纸设计好，三天之内把所需物资准备停当。"郭刚说："事不宜迟，越快越好。"商量停当，二人各自回家准备。自此，他们三人日出而作，人静而干，所挖出来的泥土，全部秘密堆在后屋里，外面没有半点痕迹。

时经一月有余，他们就将地洞挖就，机关安好，神不知鬼不觉地将铁箱用油布包紧，稳稳妥妥地埋入了地下。再将所挖出来的土还原夯紧，就如未动土一般。在这一个多月中，邵家为收大儿媳妇忙得不亦乐乎，田家采药制药救治病人，也忙得不可开交。张、郭办好如此大事，他们一直蒙在鼓里。

邵春甫的大儿媳姓杨名珍珠，是焦林坪杨千斤的掌上明珠，年方十七，人也长得像她的名字一样美。她端庄秀丽知书达理，行为举止不失大家风范，能收到这样的儿媳，邵家人自然是喜不自胜。珍珠有一胞兄，名唤杨珍贵，他可不是一盏省油的灯。人长得黑不溜秋，瘦模猴样，一爪掐不出二两血不说，吃喝偷赌样样在行。最近，他还抽上了大烟，为了钱他可以翻脸不认人，连亲娘老子都敢打。虽家道殷实，但哪个女人见了他，就如吞下了一个屎蟑螂一样倒胃口，年近三十还是光棍一条，连女人的荤腥都没有嗅到，想女人，他已到了铭心刻骨，神魂颠倒的地步了。甚至于打上了亲妹妹的主意，为此，杨氏家族大开族门打了他个半死，从此对父母族人怀恨在心。眼见妹妹要嫁他人，心里不舍不服，万般无奈。他收拾银两衣物，投黑石溪樟树寨而来。守寨喽啰将他绳捆索绑，面蒙黑布押解上山，他也心甘情愿。来到聚义厅，小喽啰只给他解开黑布。他就对余彪等人纳头便拜。有认识杨珍贵的小匪，急忙对余彪附耳而言，余彪点了点头厉声喝道："杨贵儿，你到山寨莫非是想打探虚实不成，还不快快招来！"杨珍贵大惊，叩头如捣葱，一个不小心趴倒在地，引得众匪哄堂大笑。尽管余彪书生气十足，但他脸一沉，八字胡这么翘上几翘，倒也有几分威严。他阴森森地说："你现在是邵家的舅老爷，杨家的公子哥，你不是到山寨图谋不轨，难道是来入伙不成？"杨珍贵听出个道道来了，急忙答道："在下正是此意，正是此意。"边胡子斗牛眼一瞪，吼道："见面礼呢？"杨珍贵吓了个灵魂出窍，结结巴巴说："邵家有钱有枪还有美人，八月十五他家收媳妇，新娘是我亲妹子，长得可漂亮啦，水灵灵的，一指头可弹出水来，只要您答应我一件事，到那天我可以做内应。"边胡子心想：这小子看来是个脓包，待我来敲他一敲。想到此，他问道："你龟儿子要我们答应件什么事，说给老子听听，兴许老子一高兴，真答应你也未有可知。"杨珍贵说:"给我弄个女人来玩玩,我用妹子交换。"此言一出,四座皆惊,半晌,众匪才雷鸣般哄笑起来。边胡子笑得泪眼蒙眬,连连拍打杨珍贵的脑袋说:"你小子有种,有种,看不出你比我边胡子还骚,我答应你,不过你先交押金白银百两,等得到了你妹子,老子再退你。"杨珍贵连说:"有,有,请大王给我松绑。"边胡子听了,抽出腰刀,将绳索割断。杨珍贵果然从怀中取出百两白银。交给了边胡子。边胡子也不失信,立刻带人下山,只二三个时辰工夫,就从正溪里抢来了一个打猪草的中年女人,交给杨珍贵说:"到客房里过日子去吧!"杨珍贵感激不尽,满脸媚笑,恨不得喊边胡子亲爹。中年女人长得并不漂亮,因操劳过度,脸上的肌肉过早地松弛下来,眼角也布满了皱纹,但她身材丰腴,皮肉粉嫩,手臂小腿浑圆,胸挺腚肥风韵犹存,倒有几分性感。两人进客房后,杨珍贵来不及闩房门,就一把抱住女人,猛地一下将他臭嘴贴在女人脸上,妇人本已吓得浑身发抖,哪敢反抗。任凭杨贵儿三下五除二扒光了衣服,这堆白花花软绵绵的肉,炫得杨贵儿像一头发了情的公猪,面颊通红呼吸急促,眼珠子被欲火烧红。他急忙脱掉自己的衣服,将瘦骨嶙峋的躯体向粉肉堆上压去,不知是女人的幽香还是她柔软的躯体,刺激得杨贵儿晕头转向,他本能地动作了几下,来不及将那硬得发了肿的阳物插入,就如缺了口的黄河一下泄了,流了女人一肚皮。等他回过神来,那个伙计却不争气了。就那么捋了几捋,休想插得进去。此时,边胡子推门进来了,他把眼一瞪说:"小子,让我来。"杨贵儿本钱立刻吓得缩到了包皮里。边胡子对女人下部看了看骂道:"你这畜生,将她的东西搞得脏透了,还不快滚,小心我抓到你给她舔!"说罢,一把甩掉了杨贵儿的衣服,杨贵儿夹着尾巴逃了出来,一百两银子就这么喊冤了。来到大厅,余彪问他说:"你的好事办完了,自己说的话要作数啊。你想清楚,要是敢耍我们,你脖子上的脑袋就不属于你自己的啰!下山去吧。"杨贵儿急了,两手一摊说:"天要黑了,出了百两银子,我还没干好呢,明天走吧。"余彪说:"生意是你自己谈的,钱是你自己给的,这个事我不管,送客!"几个喽啰上前,不由分说将他的双眼蒙上,余彪说:"年轻人,咱们八月十五见,如果事情办得漂亮,我做主，这个女人还是你的。"杨贵儿边走边喊："说话要作数，君子一言驷马难追……"

八月十四、十五日，余彪早早地派了三拨探子，到扶善溪打探虚实。这人选确实下了一番功夫。自己手下的喽啰，绝大部分扶善溪的人都认得，只有威吓利诱，买过几个亲戚朋友才办成。当然啰，其中包括杨贵儿。他们的报告大同小异大体一致。最后经过钓竿化装复核，余彪才定下心来，在边胡子等人的催促下，最后他才心事重重地说："这几天我老是眼跳心慌，此次行动，敌众我寡，各位弟兄千万不可轻敌冒进。凡事要讲究一个'快'字，下手要注重一个'准'字，我们主要的目标是枪，见者必须一击成功，否则后果不堪设想。我带十名弟兄三支长枪对付邵家，三弟带十名弟兄，二支长枪对付张家，两队人马同时动手，不管收益多少，最长时间不得超过二十分钟，三弟登高两处游走观察，见机灵活救助支援，二十分钟后放火为号，见火即撤，违令者斩！"边胡子说："大哥，咱们换换对象吧！"余彪说："不行，知道你的老毛病又犯了，难道我们几十人冒着生命危险就是为了抢一个女人吗？"边胡子听得很不服气，心里骂道：胆小鬼，成事不足败事有余，老子偏不信邪，到时候我得了大手，看你羞也不羞。他猛喝一声"慢"，大家一惊，边胡子眼睛乜斜着。余彪说："大家看见王世龙这小子，格杀勿论，杀者给赏，大哥不给，我个人给。"钓竿随声附和说："除掉卖客，这是江湖规矩，我们听二哥的。"边胡子见钓竿支持，扳回了面子，洋洋得意。匪徒们饱餐一顿，不等天黑就倾巢出动，杀奔扶善溪而来。

来到扶善溪，皓月已经偏西了。喧嚣了几天的"丁"字形大街，仿佛也进入了梦乡，四周黑灯瞎火，万籁俱寂，连狗也醉死了。幢幢高楼大夏参差有序地依次排列，在清冷的月光下显现出十分清晰的轮廓。给匪徒们提供了诸多方便。他们轻身如狸猫，晃动如幽灵。神不知鬼不觉就包围了张、邵两家。钓竿身形一晃，"唰"的一下，当先跳上了张家屋顶。他凝神静听了一会，又轻轻揭开瓦片向内观察，确信张家没有埋伏后，他将身一扭，如一道惊鸿飞身飘落邵家屋顶，那身法之轻身法之美，无不令众小匪咂舌，他一个倒挂金钩，稳稳挂住屋檐，屈身趴到窗前，用手捅开窗纸，仔细对内搜索了一回，邵家也毫无动静，他一个拧身，腾上屋顶把手一招动，两队人马同时撞门而入，自然，邵春甫家的大门是虚掩着的。群匪发一声喊，往里便冲。边胡子一马当先，飞起一脚踢开铺柜房耳门。往里一瞧，嘿，张恒身披长衫，正坐在柜台边记账，身边那支红烛发出一点微弱的光。边胡子大喜，猛吼一声当下就往张恒身边奔，十个喽啰一拥而进，把余彪的交代完全当成了耳边风。边胡子一把抓住张恒，轻飘飘的原来是个假人，他心知不妙，急待回身而退，十一个人挤在一起，只觉天旋地转。"哗啦啦"一声响亮，十一个人同时跌入地下室，室内地下埋着的尖刀，刺得匪徒狂呼烂叫，鲜血淋漓，再也没有战斗力。埋伏在后院的民团队员一拥而上，将他们从洞中一个个掏出，像包粽子一样捆了个结实。余彪多一个心眼，他们摸进院后，蹑手蹑脚来到营业厅，见无动静才招呼小匪用尖刀拨开门闩，轻轻推开耳门，生怕引发机关中了埋伏。事也偏偏凑巧，邵春甫也在油灯下记账。余彪暗自惊疑，正准备召人退走，哪知小匪贪功心切，十个人蜂拥而入，也是"哗啦"一声巨响，小匪们踩动翻板机关跌落地窖，被尖刀刺得呼爹叫娘。可怜这些小子不学好，一个个硬要把爹娘给的本钱往尖刀上送，也真叫人无奈。此时，两边院子灯火通明，邵春甫红光满面，手持驳壳枪瞄着余彪，笑吟吟的说："余大当家的，别来无恙？"余彪素来瞧不起邵春甫，今天居然中了他的圈套，又惊又怒，冷不防他身形一晃，已闪电般跃到邵春甫面前，邵春甫忽然手上一痛，自己的驳壳枪却到了余彪手中。余彪将邵春甫拎到自己面前，用驳壳枪狠命抵住他的头颅说："叫他们让开，否则老子打死你！"邵春甫还得要充好汉，余彪手上一紧，他痛得没命的号叫起来。躲在房顶的钓竿见大事不好，瞄准持枪乡勇天宝的头部"砰"的一枪，打了个脑袋开花。邵家大院立刻大乱，余彪趁机拖着邵春甫退出大院。郭刚、田岳等几个有武功的，知房上匪徒功夫不弱，瞄准飞贼，"砰砰"一阵乱枪，压下了飞贼火力，趁势跃上房顶拿人，哪知飞贼身法快如幽灵，眨眼工夫就跳过了张邵二家，飞到了对街自家房顶，平常乡勇，哪能阻挡得住。郭、田二人瞄着飞贼又是几枪，将飞贼赶离自家房顶。再说邵春甫被余彪抓为人质，为保性命连连讨饶，恰在此时张恒带人赶到，在大街上撞个正着，张恒说："余大当家的，有话好商量，你放了我二弟。"余彪放眼一观，惊得倒抽一口凉气，原来自己已被闻讯赶来的乡勇民团，密密麻麻地围得铁桶一般，比邵家大院内还要凶险。他心一横，挥枪号叫道："我喊一二三，你们赶快给我让路，否则我与他同归于尽！"说罢，他仰头喊了声"一"，邵春甫一下尿了，大叫道："大哥救我！"张恒一摆手中枪说："余大当家的，你放了我二弟，我来顶他。"边说边向余彪靠拢。余彪惊得大叫："别过来，我要开枪了。"张恒顺手将自己的驳壳枪一抛，甩给身后的邱吉山，对余彪摆了摆双手说："怎么样，余大当家的，我来替他，难道分量还不够吗？"余彪还真没弄懂是怎么一回事，张恒已来到面前，一把扯开邵春甫，自己替下了他。此时，被枪声惊醒了的邵大成，才赶到邵春福身前，张恒对邵大成说："快扶你爹回房歇息，将俘房管好，不要管我。邵春甫父子感动得话也说不出来，对着张恒躬了几躬身子走了。余彪抓着张恒走也不是，停也不是。张恒扬声说："各位弟兄，你们让开道吧，我送余大当家的一程。"众人见张恒如此，只好让开了一条道，他们相信张恒自有办法。眼睁睁地让余彪押着张恒走了。此时，整个扶善溪又沸腾了，全街灯火照耀如同白昼。钓竿蹿房越脊飘到哪儿，哪儿就是一阵锣响，乡勇们赶到"噼里啪啦"一阵乱枪，打得瓦片如燕子般翻飞。要命的是郭刚、田岳俩人如影随形逼得太紧，他只好一个劲地往黑暗里钻。哪知一下钻到了河边，再也无房跨越，他思量：如若下地，自己不是被生擒活捉就是被乱枪打死。他心一横，使出浑身解数一个猛纵，身形就如大鹏展翅般越过了码头，险险地落到了一只大船蓬上。船工们知道岸上正在捉土匪，现在发觉自家船上有动静，嘘声吆喝恫吓。钓竿生怕坡上的人听到追来，来不及喘喘气便运功飞身一跃，跳上几丈高的桅杆顶。他不认东西南北，见有桅杆就跳过去，不知跨越了多少只桅杆多少只船，居然让他脱离了包围圈给跑了。再说余彪押着张恒走出扶善溪，见无危险，对张恒说："你请回吧，咱们各不相欠。"说罢冲前就走，张恒说："慢"余彪驻足答道："别要小心眼，小心老子翻脸不认人。"张恒说："你就不想听听我怎样对付你那些兄弟？"这一下戳到了余彪的痛处。他一下举起了手中的驳壳枪说："我现在就杀了你。"张恒不慌不忙地说："那这样他们会死得更惨。"余彪说："你想要怎样？"张恒说："咱们都是读书人，古人说得好，书中自有黄金屋书中自有颜如玉，余兄你何必过着刀尖上舔血的日子。"余彪说："难道我愿意吗？还不是官府逼的，比如说，今天我几十个兄弟又让你们抓了，生死不明，我不拼命行吗？"张恒说："当初你就不该来的，我料定你有今日之败。"余彪说："我一人能做得了主吗，我难啦！"说到这儿，这五尺高的持枪匪首竟然哭了。张恒说："余兄，你的兄弟除边胡子以外，有伤的治伤，无伤的立即放回，我建议为了让老百姓过上平平安安的日子。咱们双方罢兵交友如何？"余彪答道："那敢情好。"张恒说："这样吧，你回去想想，和在家的弟兄们商量商量，如果有意，你差人送信来约好时间地点，我立马来到相商如何？"余彪连声答应。说罢，转身而去。张恒望着余彪高大的背影踉跄而行，心中很不是滋味。

第十回

应邀跋涉杨家岭
奈何又中连环套

　　太阳懒洋洋地从碧云山升起，阳光穿过晨雾斜射过来，让人感到暖暖的很惬意。晨露很重，重得人们认为夜里下了一场小雨。

　　此刻，在通往柳树湾的马道上，风风火火地走着一长二少三个男人。他们每人一身劲装，足蹬草鞋腰挎一把沙刀，是地地道道的山里人打扮。晨露已经润湿了他们的草鞋，脚上滑滑的凉凉的，他们喜欢这种感觉，因为触摸到了各自滚烫的内心。年长者是张恒，年少者是邱吉山和张三儿。原来自八月十五一役以后，张恒合同邵春甫、郭刚、田岳等人教育释放了十二名轻伤土匪后，正在操办天宝的丧事，安排家属的抚恤事宜。忽报余彪信使来访，张恒即到客厅接见了张三儿，张三儿呈上余彪书信。张恒看罢，沉思半晌无语，抬头对张三儿说："此事关系重大，须与众位弟兄商量后才能定夺。且时间还有两天，到杨家岭路途遥远崎岖，你就留下来等我两天，给我做个向导吧！"张三儿听了，精神立刻紧张，畏畏缩缩，样子显得很不自在，张恒笑了笑，一拍他的肩膀说："年轻人，过门为客，送信无罪，我不会为难你的。你可以四处游玩，但有一条不能与边胡子见面，知道吗？"张三儿立现欢喜之色，答道："我知道了，我小孩不理大人事，请张爷放心。"张恒随手从怀中掏出两块银圆，交给张三儿说："你拿去花吧！"张三儿十分意外，内心充满了感激，接过银圆朝张恒深鞠一躬，转身上街逛去了。

当晚，兄弟四人互相传阅了信件后，进行了热烈的讨论与分析，认为只要边胡子还在手上，到杨家岭去会余彪，人身应该没有危险，如果不去，反而觉得胆怯小气了，如果真能说服余彪，双方握手言和，还是扶善溪百姓的一件幸事，何乐而不为呢。因此，才有今日杨家岭之行。

走到新浦里，过了屋屋桥，新开马路就随着弯弯曲曲的小溪流艰难地闯进了大山。虽是艳阳高照，两边黑压压的高山给人一种凉簌簌的、阴沉沉的压抑之感。忽然，一种如笛似钟的美妙之声，飘飘渺渺传入耳鼓，听起来很近，又仿佛很远。张恒为之一振，不由得加快了脚步，转过一个山嘴，只见一道瀑布飞珠溅玉，宛如银帘高挂，腾起的水雾在阳光的照耀下，反射出七彩光芒，美丽极了。帘下一泓潭水幽深清朗，洁净无染。喝一口潭中水，只觉凛冽甘香沁人心脾，张恒喝了一个够，恋恋不舍地双手划划水洗洗脸，顿觉浑身舒畅，他缓缓站起身来。忽然怀疑自己此行的目的是否是游山观水，陶冶性情！那些烦恼事儿，全然抛到了脑后。邱吉山不失时机地告诉张恒说："张爷，传说此潭中藏有青龙化身，才有龙潭暗潮水之说，久而久之，这条小溪就唤成了'龙潭溪'。"

横亘在他们面前的高坡叫"四里岗"张恒想：上到山顶大约是四里之遥吧。山垭是一豁口，四周株树丛生，人们管叫山垭为"株树垭"。爬到这里，张恒已经累得气喘吁吁，满身臭汗。他们驻足于山垭，享受着山风带来的清凉。张恒举目四顾，只见一座黛蓝色高山，被连绵不断的崇山峻岭而簇拥，神奇美丽的夷望溪，如仙女起舞的绸带，时而银光闪闪，时而碧绿漾漾，绕过崇山峻岭穿越悬崖峭壁，一路欢歌一路笑，将山里人的祝福捎往远方。挺直修长的楠竹铺天盖地，挤满了旮旮旯旯。哪怕是荆棘拦路还是顽石压顶，它们都能扎稳根基，挺直腰杆撑起一片自己的天地，创造一份自己的财富。楠竹就是楠竹，

它有自己的精神和品格。山风吹来，竹梢此起彼伏，恰如大海波涛，一浪高过一浪。张恒觉得自己也随波起伏，融身于这翠绿的海洋之中。

张三儿一拉张恒衣襟，兴致勃勃地说："张爷，你看那座高山就叫紫云山，山腰就是杨家岭，我们的山寨就在山那边。"张恒手搭凉棚，朝张三儿手指的方向凝眸远望，只见层岚叠嶂云雾缭绕，哪有半点村落迹象的影子。正值踟蹰，忽然山脚下传来了男高音嘹亮的情歌："哥哥放排这条河，这条河里鱼儿多，提起丝网不敢打，不知深浅又如何？"张三儿一蹦老高。告诉张恒说："这是放排郎唱的情歌，山脚下一定还有女人。"说罢面露惊喜之色望着张恒。邱吉山见张三儿这副轻狂相，很是反感，他纠正说："山里人生来就爱唱山歌，就是老年人一高兴，也会亮起嗓子喊上那么几段，不一定要有女人。"张恒见他俩发生争执，忙打圆场说："两位如果有兴趣，咱们下山赶这趟热闹如何？"两位年轻人高兴极了，一阵风似的飞奔下山，把张恒甩在后面老远。幸喜只有山路一条。来到河谷，才真真切切看到了七八栋木制吊脚楼，依山傍水高高低低地修建在茂林修竹之中。巧如闺中藏娇，咋见人烟住房，张恒倍感亲切。张三儿嬉皮笑脸地说："张爷，你猜这里叫什么地方？"邱吉山抢过话头答道："怎么着，谁不知道叫苗圃，河对面的山叫董家嘴，敢考张爷？我听着就不服！"张恒答道："哎，别这样说，夫子云'三人行必有我师'他问得好。"张三儿俏皮的一笑，扮个鬼脸说："怎么样，张爷都说必有我师，只有你就贫嘴，你听着，现在我又要说了，你该不会反对吧。老人们说'来到苗甫董家嘴，就该吃饭歇歇腿，翻过八溪八道坡，才见有人唱山歌'张爷，我们也该歇歇腿了吧！"张恒哈哈大笑说："原来你小子在变着戏法敲我竹杠，要吃饭算我的。"张三儿急忙矢口否认："我可不是这个意思，这是老人们说的，邱哥也知道。"邱吉山说："不管是谁先说的，要吃饭你可是真的。"张恒说："是该吃点什么了，否则等饿极了要吃东西，却没有地方吃了。走，找个地方买饭吃去。"张三儿说："找吃饭的地方算我的，白吃干饭算邱哥的。"张三儿可没忘记找机会损别人。三人又是哈哈大笑，豪爽的笑声惊动了一位半老徐娘。她胖墩墩的，走起路来一摆一摆，很像狗熊踩球。她对三人一看，知是吃匠来了。

蛮热情地将客人引进了她的吊脚楼。她家凭临河边，环境非常幽静。张恒三人面朝溪河，凭栏而歇。忽然，一阵噼里啪啦的硬物碰撞之声从上游传来。张恒扭头一看，原来是一招竹排冲浪而来。竹排顺着溪流溶口，扭扭曲曲一拖数丈，恰如青龙戏水，灵活异常。忽而竹排猛地一下扎入浪中，没及排工胸部。张恒正值惊疑，排工驾着竹排稳稳钻出浪涛，冲到了平静如镜的深潭水面，缓缓漂浮。青青长龙墨绿倒影，构成了一幅和谐的美丽画卷。码头边，几个大姑娘小媳妇儿正在洗衣洗菜，不安分的放排郎突然昂首高歌："远看妹子嫩鲜鲜，好像山里笋子巅，我想伸手拌根笋，不知山主干不干？"女人们相互一笑，停下手中的活儿齐声答唱："好花也是路边花，好笋也是独根芽，好女也是人媳妇，莫把心肠挂牵她。"唱完，她们一个个笑得前仰后合。"叫声妹妹我的乖，只讲扰来不讲开，莫学竹笋朝天长，要学牛角弯拢来。"女人们又是一阵嘻嘻哈哈。相互一商量，齐唱道："一朵鲜花傍墙栽，花高墙矮现出来，过路君子讨花戴，花少人多枝不开。"唱完，一女郎高喊道："喂，猴子，你有种就莫跑沙，想女人你莫想癫打！"张恒一看放排郎，原来，竹排又搭上了流水，他已经随排漂远了，漂进了水山一色的神奇画卷中。他那雄浑的男高音从画卷中传来："小小菜园四四方，苦瓜丝瓜种两旁，郎吃苦瓜苦想妹，妹吃丝瓜思想郎。"这优美的山歌情意浓浓的，搞浓了一溪碧水，染浓了一抹青山，也搅动了张恒心中的波澜。此次独闯杨家岭如若有恙，将与幺姑成生死诀别。这人啦，活得太累太沉了，他叹了口气，连连摇头。张三儿一跳老高，大笑着说："张爷，您也想夫人了吧，真是一日不见如隔三秋哇！"张三儿的话将张恒从黯然沉思中惊醒。"啊，啊，啊"地答不上话。邱吉山怒道："三儿，太不像话了，没大没小的，看我揍你。"张恒连说："童言无忌，童言无忌，咱们吃饭吧！"他们吃完中饭继续赶路，从猴子坡山脚乘竹筏过了河，三人一头钻入了马林溪。他们顺着溪沟钻进钻出，钻得张恒稀里糊涂，分不清东南西北了。这也难怪，竹子遮天蔽日，就连万能的太阳，也只能无奈地从空隙中挤入些许光柱，在暗林中显得那么光亮刺眼。在这一望无际的竹海中，如果没有向导，陌路人只能在林中空转转，休想得出。三人边走边谈，张恒也不感到

害怕和寂寞。不知不觉来到一个去处，这里两边悬崖峭壁，唯有当中一道山埂通向峰顶，其道坎坎坷坷蜿蜒而上。张三儿在前，轻巧如灵猴。遇到危险的地方，总要伸过手来，搀扶张恒一把。张三儿介绍说："右边崖下山谷叫陈柳溪，左边崖下山谷叫打水沟，谷底都住有几户山民，他们与外界基本隔绝，日子过得很艰难。"张恒说："有空能到他们家做客，倒是一件幸事。"张三儿说："这还不容易，等您事情办妥后，您就可下去看看。"邱吉山倒不以为然，他冷笑着说："三儿你好大的口气，这是你们的地盘，岂容他人酣睡，你就不怕咱们插进手吗？再说，你真做得了这个主？"邱吉山几句诘问，呛得张三儿哑口无言。爬过七弯八拐的山埂，来到了一块地势较为平坦的竹塆，忽然，张恒惊叫道："青猴，有青猴！"其实，张、邱俩人土生土长，哪有不知。不觉哑然失笑。邱吉山说："张爷，那不是猴，那是人！"张恒越感奇怪："是人？是人爬到竹子顶上，从这根跳到那根，吃饱了撑着，再说，人哪有这种轻身功夫？"张三儿答道："这叫做撩梢的本领。他们吃了早饭爬上一根竹子，直到吃下餐饭才从其他竹子上下来。"邱吉山接过话头补充说明："他们的轻功，与郭爷、田爷的轻身武功不同，武功是运用内力弹射，内力越强轻功越高，而撩梢的伢儿是借用竹子的反弹力跳跃，熟能生巧，只是身手比平区的伢儿敏捷些而已。"张恒听得津津有味，仔细注目一看，真的，只见撩梢的伢儿双腿绞住竹颠，压得竹颠上下晃动，他们全然不惧，抽出沙刀只一挠，竹梢应刀而断，轻飘飘掉到地上。他将刀插入刀匣，双手抓住竹颠狠命一压连带身体的重量，迫使竹颠弯成一把大弓。竹颠像通人性一样，当下压之劲已尽时，它立刻反攻，带着伢儿急速向上反弹。在接近另根楠竹梢的刹那间，伢儿长身而起，伸臂抓住了另一根楠竹的竹梢，松腿，一气呵成，轻如猿猴飞身跨过，将另一根楠竹压得几乎翻转。张恒惊得脱口而去出"遭了！"邱吉山说："张爷，不用担心，匹篾吊千斤，在竹梢没有砍伤前，它怎么也不会断的。"果然，楠竹颠又弹上去了。只是不停地晃动，伢子又抽出了他的沙刀……张恒连声赞叹。忽然，前面传来了狗叫声。张三儿说："王儿来接我们了。"邱吉山立刻面色大变。看来他害怕了。可能暗暗怨恨张恒不该点名要他来。张恒问道："还有多远？"张三儿说："我们这里有句俗语，'听到鸡叫狗咬，一天也难走到'，大约还有二三里路程才到杨家岭吧。不过您别急——"张恒急问："别急什么？"张三儿说："我们爬了一整天的山，还在夷望溪的包围圈里转呢。"张恒暗嘲："到底是土匪，三句话不离本行，我看他能奈我何！"张恒气壮如牛，带头急走，邱吉山胆小如鼠，拖拖沓沓，张三儿呢，快乐似犬，纵前跑后，三个人各具心态各怀鬼胎，再也没有前面的和谐。他们形同陌路默不作声地向前跨进，忽觉豁然开朗，原来，他们已经走出了黑压压的竹林。真怪，到这峻岭之巅，楠竹却相应减少了许多。这里生长着杉树株树樟树和常绿灌木。难怪远看群山之巅一片黛青。

此时，西坠的夕阳泛赤烁金，涂彩莽莽林海。张恒终于在万绿丛中发现了山民的小屋，灰中泛白形如纸盒。在这披红挂彩的大山脊梁上与绿色为伴，显得那么神秘幽谧，张恒暗自怀疑自己走进了童话世界。真是看到屋走得哭，他们七拐八拐了老半天，才真正来到了小屋旁。首先迎接他们的当然是王儿，它高大凶猛，见到生人龇牙咧嘴，状如雄狮一扑一纵狂吠不止。好一会儿，总算有人慢吞吞地出来了，是位略显奇异的老妇人，她黑白相间的头发，乱得像顶着个鸡窝，脸上刻满了岁月的年轮，但乱发掩盖不住她粉嫩的双耳。她双眉焦黄，眼珠明亮，身穿皂色大褂，腰抹围裙，显得精明干练。那炯炯有神的大眼审视着眼前的不速之客，分明充满着疑虑，让人不可捉摸。邱吉山对眼前的老妇人视若无物，心里想象着余彪等群匪手持刀枪蜂拥而来的场景，盘算着自己如何脱身的万全之策。到底是年轻人，逢人处事总多个心眼。老妇人手持竹枝赶走了黄狗，来到三人面前，态度不卑不亢。张恒注目老妇，拱了拱手说："鄙人仓促来访，多有得罪！"老妇人一笑，露出一口整齐洁白的牙齿说："无人背着锅火做客，但住无妨。"说罢，径直进屋。张恒趁机扫视四周，只见房子的柱头，屋梁板壁都是竹子，甚至连瓦也是竹子做的。三间小屋，就像三间巨大的鸽笼。更有奇者，主人家的竹制吊脚楼却在屋档，凌空飞架在绝壁上，观之摇摇欲坠，踩之嘎嘎作响。夷望溪那水清水浑、水涨水落变化莫测的美景尽收眼底。原来主人是专为观山赏水而修建的。看来男主人是位

雅士无疑。跨进小屋，只见桌椅板凳床柜等家具，碗杯瓢勺铲等器皿，全部都是竹的，就是用水，也是用竹洞引而来的。还未坐下，老女人就用竹碗揣来了野山茶，张恒抿了一小口，只觉满嘴清香味儿非同一般。张三儿介绍说："娘，这是扶善溪张大爷，是余爷请来的客人。"一声"娘"让张恒和邱吉山同时吃了一惊，不约而同重新打量老妇人。张恒多了份信任，邱吉山少了份担忧。老妇人顺便用围裙揩了一下手说："山里人缺吃少用，恐有招待不周，还请张爷见谅。"张恒所答非所问地说："是，不是，啊，招待不周，张某多有得罪。"他心中却在暗想：这哪里是双老妇人的手，简直如大姑娘的手一般粉嫩。老妇人面无表情，嘴上喋喋不休："张爷才高八斗，家藏万贯，贵人贵体驾临寒舍，乃我家一大幸事，我家老汉早就念叨着您啦，说您心慈手软、积德行善、仗义疏财、扶弱惩强、样样在行。"说得张恒脸热心跳，如芒刺在背。幸喜老妇人没再说了，临走，还这么白了他一眼，闪现着阴毒。老妇人往火坑里堆上干柴，生上了大火。张恒暗想，九月重阳移火进房，现在刚到八月，这老妇又要耍什么鬼点子，他冷眼以对。不一会儿，老妇人抱来了几个新鲜大竹筒，竹筒一头糊着稀泥巴，放在火堆上烧，烧得竹筒吱吱直冒蒸汽。慢慢地，蒸汽没了，竹筒糊了，却传来了一股特殊的香味儿，似饭非饭似酒非酒，张恒心中暗自称奇。老妇人用湿抹布包着手，将糊竹筒一根根从火堆里提上来放在一边。又拿来一个铁衬箍，这么往火堆上一放，安上铁耳锅，就成了灶。老妇麻利地炒了几个菜，围着火坑边随便放好，再搬来几把竹椅放在火坑四周，就招呼大家吃饭。客随主便，他与邱吉山随着张三儿到火坑边坐下，恰好一人一方。张恒一看，吊锅儿里炖着荤菜，白沫子直滚，老妇人端来了一竹筒酒，香气四溢。她说："贵客来了，没有什么好东西招待，喝碗山里人的苞谷酒，吃点野物肉，也好长点见识。"张恒感激地说："嫂子太客气了。在下心里实在过意不去。"他接过了酒碗，双手捧上一举说："嫂子，张某先干为敬。"猛的一口，酒劲太霸，呛得眼泪直滚。他习惯地夹了坨菜送入口中缓解酒力。猛一嚼，口中干干的，香香的，味道仿佛不错。再一品味，只觉口中又辛又辣，喉头鼻腔痛如刀割。原来，他猛吃了一口油炸干辣椒壳。手中酒碗啪的一声掉在地上。老妇连身冷笑，她阴损道："人称张大人英雄无比，七尺男儿还怕烈酒辣椒乎？佩服佩服！"损得张恒满面羞愧。老妇摊了摊手，长长地叹了口气，一语双关地说："早知如此何必当初。"它拿来抹布，递给张恒揩鼻涕眼泪。张恒一嗅一看，又臭又黑，擦也不是甩也不是，鼻涕涎水眼泪汇成一团，直往口里灌，狼狈到了极点。幸喜邱吉山急中生智，扯出口袋里准备己用的纸交给张恒，才解了他的围。老妇人阴阳怪气地说："张大人真是贵体也贵，你喝不了酒就吃饭吧，不过这饭可是苞谷饭，我首先说明，不要噎住了啊。"说罢，拿来明晃晃的沙刀，张恒惊了，邱吉山急了，霎时呆立当场。老妇哈哈大笑说："你们这是怎么啦？大男人还怕刀呀。"说罢，她拿过一个竹筒。三下五除二扒干净泥巴，露出了里面雪白的纱布，她飞起一刀，砍破竹筒，露出了黄橙的苞米饭。不过里面还是掺和着大米。她满满的给张恒装了一竹碗，又从锅中抈了一晚鹿肉炖笋干放到饭上，端给张恒说："张大人用饭。"嗅到肉香，张恒立刻食欲大振，他扒了一口饭，确实与以往不同，香香的甜甜的，不软不硬，他偷眼一瞧他人，有喝酒的有吃肉的也有吃饭的，狼吞虎咽，他这才放下心来，再也顾不了脸面，敞开肚皮吃了个饱。

看看天色已经黑定，老妇人点了桐油灯，屋中生气更浓，邱吉山喝得醉眼蒙眬，完全忘乎所以了。他一指张三儿，嘴中打嗒说："咱俩单、单挑……"张三儿故作醉态，将胸膛拍得铮铮响说："喝，咱们谁怕谁呀！"老妇人对张三儿说："三儿，你好生陪客人喝两杯，我出去有点事儿。"她家事没捡地未扫，就风风火火地出了门，完全不像个老女人。张恒眼看着邱吉山不知死活地斗酒，心中更急。他一把抢过邱吉山的酒碗说："你还喝，连命也不要了？"邱吉山火了，他一瞪斗鸡眼，打了一个大嗝，猴头咯咯作响。他晃了起来，一指张恒说："你不让我喝酒，什么东西，这酒是你……你的吗？"张三儿解开衣扣，敞开胸脯，拿过酒碗递给邱吉山说："喝酒无罪，能喝酒才算汉子，继续喝。"张恒火了，一把抓住张三儿喝问："你们到底安的什么心，你们余彪还讲不讲信用？"张三儿说："张爷，这里可不是扶善溪！"张恒生气至极，扇了张三儿一耳光说："不是扶善溪

又怎样，告诉你，老子出了事儿，你们一个也别想活得安稳！""说得好！"老妇人满脸寒霜走进来，手指张恒怒道："你不讲信用，该死！"张恒见女人来者不善。随机而答："我按约而来，无错！"女人愤愤不平，说："你的心机太毒，可恨！"张恒悠悠而答："我光明正大，无愧！"老女人恼羞成怒："边胡子不回来，你休想全身而退。"张恒坦然而笑说："我能无畏而来，本就没有安全回去的打算，你到底是什么人？"我是什么人并不重要，重要的我想知道你心中的秘密。"张恒说："我心中无秘，脑中有火！"老女人阴恻恻地说："到了这里，就由不得你了，三儿还不动手！"说着，她从怀中抽出了驳壳枪，本已醉眼蒙眬的邱吉山，一见到老妇人手中的枪，立刻吓得头脑清醒，撤退要跑。忽觉脑后生风，他还没来得及闪躲，头上就重重地挨了一竹棒，立刻应声而倒，被张三儿捆了个四脚朝天。老妇人见拿住了年轻的，毫无顾忌地扯掉脸上的面具，拿掉假发，原来是位妖艳中年美妇，光艳照人。哈哈大笑说："张大人，你不是要问我是谁吗，你看，我美不？"张恒将头一扬叹了口气，目视屋顶说："可惜啊——"中年美妇急问："可惜什么？"张恒将声音提高八度说："可惜是人面畜生！"美妇人怒道："你敢损我，这就怨不得老娘心狠手辣了。"他也将声音突然提高八度："贵儿，给张爷来点好吃的！"张三儿迟疑了一下说："娘，张爷对咱不薄。"美妇说："怎么，连娘的话也不听了，算了吧，我自己来。"说罢，用枪杆点了点张恒的头："得罪了，张大人。"张恒吼道："我是你们大当家请来的客人，我看你们谁敢动手！"女人听了连连眨动那对好看的大眼睛，莞尔一笑，露出两个深深的酒窝，戏谑张恒说："客人？什么客人！我说是客人就是客人，我说是敌人就是敌人，我说是情人也可能是情人，这里我做主，你信不信？"她边说边向前逼近。逼得张恒连连后退。张恒怒道："你无耻！"美妇听了张恒骂她无耻，伤了自尊心，怒得像头发怒的母狮，啪的一口唾沫，吐了张恒一脸，用枪点着张恒眉心的朱砂记说："无耻，亏你还知道无耻，你占了张一刀的财宝，杀了冯宇成的手下，设计抓了我们的朋友，这不耻吗？哪条你都该死！"张恒用衣袖揩尽脸上的唾沫，平下心来说："我可以明白地告诉你，我一没占张一刀的财产，二没杀冯宇成的手下，至于边胡子嘛，他是自作其孽，自讨其苦，怨不得别人。"美妇也一改笑脸，放下枪来说："那么，咱们做个交易如何？"张恒说："你说。"美妇说："只要你交出财宝，咱们平半分，我立马放人，如何？"张恒答道："我没有财宝，交不出来。"美妇说："你怎么这么死心眼儿，等余彪回来，你想走也走不了啦！"张恒说："不就是死吗，这有何难，难的是我没有财宝。"美妇眼中荡起春波，妩媚异常，绝不亚于妲己再世。她轻声说："你就这样死了，不可惜了你这一表人才了吗，这样吧，财宝全归你，你就带我远走高飞，让你美人金钱双得，如何？"张恒气得浑身乱颤，呸的一口唾沫，照样画葫芦，吐了女人一脸，骂道："我哪有什么财宝，要命倒有一条，你到底是谁，让我死得明白。"女人就着衣袖擦了擦脸，恶狠狠地说："我是讨债的催命的，放着阳光道你不走，我就让你临死前，看看杨家岭美丽的日出吧。"说完，喝令张三儿将张恒捆了个结实，和邱吉山一起吊在吊脚楼竹梁上，晃晃荡荡的，像吊着两边猪肉。

第十一回

双儒相争你来我往
独盗挑唆杀人奸妻

杨家岭，无家，有岭。月高照，夜已深，风也冷。远处传来阵阵狼号，凄厉，揪心。两个绑着的人儿，骨痛，筋麻，筋疲力尽。邱吉山不停地呜呜直哭。张恒问道："吉山，你今年多大了？"邱吉山哽咽着说："十八了。""啊，是年轻了一点儿。不过，也算成年啦。男子汉大丈夫，生有何欢死有何惧，十八年后又是好汉！""可是，可是我还有双亲呀！""只要你不孬种，我拼着一死也会保护你的。""可是，可是你也自身难保呀！""那可不一定，如果那女人敢杀我们的话，昨天她已经下手了，为何费如此多的手脚，将我们钓上梁了又放下来？我猜得不错的话，余彪天亮后就要出现了，一切担子我担着，与你无关。""那就多谢张爷了。"张恒叹了一口气说："说句心里话，我原本不想带任何人来的，后来一想，如果有事，连个送行的人都没有，才将你带来了，不过，这也是你经风雨见世面的好机会，江湖险恶啊，古人说'当时若不登高望，谁信东流海洋深'。""话虽如此，可眼前……""古人不见今时月，今月曾经照古人。随遇而安吧，年轻人。""安？事到临头，我哪能安得下哟。""小子，平生莫作皱眉事，世上应无切齿人。我与余兄弟关系不薄，他应不会为难我俩，小子你看，东方已经现出了鱼肚白，赶走了最后的一缕月光，叽叽喳喳的鸟儿，也吵醒了沉睡的太阳，天已经亮了。世界上的一切龌龊，一定会暴露在光天化日之下。邱吉山抬头向野外望去，只见朦胧的浮云被抹上了淡红的色彩，与天空渐渐地划清了界限，猛然间，墨黑一线的群山背后，射出一道耀眼的光芒，直入云端。天空由暗变白，由白变亮，由亮变橙……折磨了自己一夜的黑暗终于过去，但吃人的恶魔也将到来。这时，邱吉山反而又害怕天亮，但天终究要亮。

"吉山，怎么不说话啦？你看那河谷真美啊。"真的，朝霭苍苍的深谷，忽而涌出一抹轻雾，像一条洁净的白纱带，飘飘渺渺顺谷轻窜。渐渐地，雾气越来越浓，漂浮越来越急，像浓重的云层拼命往上涌，连雄伟的山脉也抵挡不住它的攻击，在东一块西一块的被吞噬。瞬间，就只剩下一座座黛色的山顶。连成了白茫茫一片雾海。云雾像大海的波涛，一层层一递递涌动翻滚。冲得孤岛摇摇欲坠。连张恒、邱吉山也感到岌岌可危了，张恒诙谐地叫道："小子，你不是说想见大海吗？这就是茫茫大海，你不觉得身体在晃动吗，我可要被冲走啦！"突然，鲜红的旭日，从"孤岛"后面冉冉而上，射出万丈光芒，将乳白的云雾，天空中的云层染成一片橘红，分不清哪是云哪是雾，哪是天哪是地，使张恒、邱吉山真正领略到了云里雾里的神奇境界。忽然，几声清脆的鹤鸣，把他们从梦幻中惊醒，一只、二只、三只……漂亮而矫健的白鹤，击破雾海，冲天而起，带一身晨露，披万道霞光，在天地交织的闪光地带翩翩起舞，轻歌曼舞……构成了一种祥和美满、超凡脱俗的神奇世界。"吉山，你不觉得自己已登入了仙境，真不枉此行吗？"张恒喋喋不休地说着笑话，用以感染邱吉山的情绪。但邱吉山还是邱吉山，他可不相信生有何欢死有何惧。果然催命的判官来了，索命的无常也来了，邱吉山接连打了几个寒战。余彪高喊道："贵儿，贵儿，我的客人起床了没有？"张三儿在房中答道："他俩在阁楼上。"余彪，钓竿来到吊脚楼，惊叫道："贵儿，你来，混账东西，你怎么这样对待客人。"张三儿来到吊脚楼，余彪一把将他提到张恒面前说："还不跪下向张爷道歉！"张三儿跪下了，余彪对张恒说："这是犬子余贵，

张三儿是他的化名,昨天的中年女人是我的内人,他的妈,姓苏叫美桃。"余彪边介绍边给张恒解开了绳索,钓竿也给邱吉山松了绑。余彪赔着笑脸说道:"张三爷,多有得罪,多有得罪。"终日紧绷着无常脸的钓竿,今天居然也挤出了点笑容,露出两颗焦黄的大牙,比哭还难看,他打着圆场跟着说道:"多多包涵,多多包涵。"边说边一欠水蛇腰,单手做了个"请"的姿势。背躬得像只对虾,面对二人的拙劣表演,张恒嗤之以鼻,尽管浑身痛得像要散架,但他还是忍了,径直来到竹屋中堂,大大咧咧居中坐下,一拍竹凳怒道:"说,你们到底想怎么样?"余彪故作大度朗声一笑,轻松自如地答道:"误会,误会,昨天山寨出了点急事,须亲自处理,故而来迟,拙荆与犬子错会吾意,得罪吾兄,敬请见谅!"他说话一点都不脸红,圆滑的像只狐狸。张恒报之以冷哼,不再作声。心中电念急转,思考对敌之策。小小竹屋中一时气氛寂如空谷。半晌,余彪奸笑了两声,故装斯文地说:"张兄,流水下滩非有意,白云出轴本无心。这场误会错在本人,在下给你赔个不是。敬请见谅。"张恒挪了挪竹椅,冷眼盯着余彪步步进逼说:"我是责人之心责己,恕人之心恕人,请你再三须重事,第一莫欺心,你有话不妨直说。"余彪干咳了一声,脸上故意露出一丝苦笑,幽幽而言:"你我是相识满天下知心能几人?我请兄台来,无非是想消除误会,握手言和,哪知事与愿违,他们坏了我的大事!"张恒报之以一笑,说道:"你我最好相逢好似初相识到老终无怨恨心,你不说,我替你说。第一,抓我为人质,解换边胡子;第二,视我为摇钱树,逼我交宝藏,现在我明白告诉你,张某不是贪生怕死之辈,你打错了算盘。"此言一出,语惊四座。余彪的脸由红变白,由白变青,他八字胡一抖一抖的,但起码还保持着一副斯文相。钓竿本是一张惨白马脸,脸上虽然毫无表情,但浑身已气得发抖,作势就要出手。邱吉山惊得脸色大变,像只被因的山鹿,死死盯住余彪和钓竿的手,眼中露出惊恐和哀怜的光。又是一阵沉默,连空气也紧张得像要爆炸。余彪阴恻恻地说:"你就不怕我改变主意?"张恒猛地一下站起身来"哈哈哈哈"一阵仰天大笑,笑得连苏美桃也禁不住在竹壁缝中偷偷观看,暗暗比较两个读书人的能耐。张恒止住笑声一字一顿说:"你改变主意更好,动手吧,我一死百了！"余彪、钓竿你看看我，我看看你，苏美桃在隔壁暗暗摇头叹气。张恒说："怎么还不动手？我告诉你们，杀我者易，杀你者也易，你们现在只有十几个人三条枪，南不敌郭刚，北不敌冻大麻子，西不敌蒋银州，还要时时提防冯宇成寻仇，提防官府拘捕，这种日子你好过吗？余彪，你是一个读书人，忠孝节义礼义廉耻你都懂，以你之能，哪里不能赚钱养活妻儿老小，何必过这刀尖上舔血的日子？"余彪无言以对瞠目结舌。苏美桃暗自怄气，钓竿"唰"地一下拔出驳壳枪，凶狠狠地说："我杀了你！"余彪急忙将钓竿拦住，身躯一转，横在他们中间说："有话好说，有话好说，何必伤了和气。"钓竿说："我就是咽不下这口气，真是欺人太甚！要不就派人到扶善溪给郭刚送信，通知郭刚换人。要不就杀了他们，二者必居其一。"张恒连连冷笑说："郭刚是不会放人的，如果三天不见我回去，他们就会带人杀上山来，那时你们就悔之晚矣！"余彪说："救人一命胜造七级浮屠，你们放边胡子是举手之劳，为何逼人太甚？"张恒说："为善最乐，作恶难逃，边胡子是一个作恶多端的小人，他身犯国法，只能让官府查办，我无权放人。"余彪说："金钱如粪土，仁义值千金，边胡子是我兄弟，我不得不救。"张恒说："择其善者而从之，其不善者而改之，边胡子心狠手辣，多次辱你，你不可不防！"余彪说："人无千日好花无百日红，邵春甫也是一样。"张恒心头一紧，若有所思。但他立刻冷静下来，逼问一句："边胡子你硬是要定啦？"余彪说："我志在必得。"张恒问："为什么？"余彪答："我在弟兄们面前不好交代。"张恒问："财宝你不要啦？"余彪答："宁向直中取，不可曲中求。"张恒盯住余彪，见他满脸诚恳之色，心中暗想，此人良知未泯，如能为我所用，倒也不失为一人才，他边沉思边坐下身来，激动地说："冲着你这句话，我告诉你，张一刀的藏宝图确实在我手里，藏宝墓我也挖了——"苏美桃激动得几乎要喊出声。她几次作势要冲进屋来，但又一想，爷们在前面，我且听他们还说什么。钓竿的芭茅眼鼓得大大的，盯着张恒的嘴，闪着贼亮的光几乎要动手从张恒喉中挤出话来。邱吉山时时陪伴在张恒周围。今天第一次听到如此之大的秘密，也是心如猫抓，只可惜羽翼未丰，只能望洋兴叹！唯有余彪胸有成竹泰然置之。张恒

吊足了他们的胃口，也考察到了他们的心态。他说："墓中危机四伏，机关重重。咱兄弟四人九死一生，才将机关一一破尽，来到墓室，只见乌光闪闪，我们来到发光处，原来数以千计的炸药堆中，藏着一把乌金磁石宝刀，它削铁如泥，造型奇特，现在在郭刚手中，你们谁有本事，可以向他讨去。"钓竿大失所望，先前的亢奋消退一半。他问道："难道一点儿钱财也没有吗？"张恒说："张一刀乃一武夫，他重义轻财，行侠仗义，一生清贫。你们都是聪明人，如果有财宝，他不交给妻室儿女，难道还要告诉我一个要他性命的外人吗？要不，他小婆子为什么只能卖掉八亩良田讨人呢？"气得苏美桃火冒三丈，我一定要手刃此贼。余彪自我找台阶说："财宝的事咱们免谈，放边胡子的事并不难答应吧！"张恒说："我嘴可以答应，但我的良心不可答应，这叫放虎归山，首当其害的就是杨千斤一家。"余彪说："我可以担保，边胡子可以改过自新。"张恒说："除非你解散山寨。"钓竿怒道："你口出狂言，辱我山寨无人，我立刻叫你血溅五步。"张恒说："就是我死，休想他活。"钓竿说："我现在就放了邱吉山，叫他回去通知郭刚放人，能奈我何？"张恒说："这个你办得到，至于郭刚相不相信，却是另一码事。"钓竿说："你不相信？"张恒说："不妨你试试看！"钓竿说："你道我不敢？"余彪说："这倒是个办法。"说罢，他亲笔休书一封交给邱吉山，放邱吉山上路。邱吉山大喜过望。向余彪钓竿张恒各鞠一躬，转身走了。余彪望着张恒，满脸得意的狞笑。张恒脸色阴沉，默默坐着如一尊雕塑。他估摸着邱吉山能否逃得出杨家岭。郭刚等众兄弟，能否识破奸计……他想了很多很多……最后决心一下，他突然站起身来，急速向吊脚楼奔去。钓竿慢得一慢，一把没有抓住。急忙中取出随身携带的飞爪，往张恒背后投去。千钧一发，飞爪钩破衣服，刺破肌肤，紧紧钩住了张恒的髋骨，将张恒险险地倒挂在悬崖之上。等钓竿将他拖上来，张恒已经连惊带痛晕了过去，人事不省了。这一着张恒输了，输得刻骨铭心，输得血迹斑斑。第二天，郭刚按约在屋屋桥释放了边胡子等九人，抬回了奄奄一息的张恒。张恒回家后，邵春甫等人告诉他。几个月前，清宣统皇帝退位，清廷已经灭亡。现在南方成立了国民政府，由国民党人当权，推行"三民主义"，北伐军快要打来了。张恒见之未见闻之未闻，大叫一声，吐出了一口鲜血，病势更加沉重起来。

再说余彪，边胡子等一行，虽然人员无损，全部安全返回山寨，却丢掉长短枪支七条，子弹两千多发，这无疑是割去了他们身上的肉。要不是人家手下留情，全部性命难保。到底还是一件美事。他们一个个默不作声，含羞各就各位。三魔头来到聚义厅，只见景物全在。但风光不再了。余彪十分恼火，边胡子一下跪倒在余彪脚下。大叫一声"大哥！"痛哭失声，余彪摸了摸他保护良好的八字胡，心里哼到：今天你也知道有我这个大哥了，要是早听我的，哪有今日之败。口里惊叫道："二弟，不必如此，自家兄弟不必如此。胜败乃兵家常事，大哥是不会责怪你的，起来，起来说话。"说罢，站起身来，将边胡子搀扶回位。从怀中掏出一支驳壳枪，往边胡子手中一放说："这把枪是我缴的邵春甫的，你拿去用吧。"边胡子满脸羞愧，接过驳壳枪说："大哥，我一定要用此枪取回张恒的首级，来报大哥的救命之恩。"心中想道：你别得意，总有一天我会胜过你的。余彪说："二弟，你的老毛病又犯了，什么仇呀恨的，人家可没招惹咱，咱们要学人家的长处，想着山寨的兴旺发达，要多动脑子，他不是一坨破棉絮，一条乌篷船来到这荒洲上的吗，两年时间平地起了一个大码头，不容易呀！何必要取人家性命？"边胡子说："此仇不报，我誓不为人，杨贵儿可杀得不？"余彪说："杨贵儿该杀，但不急在一时，山寨当务之急是要搞枪，要搞枪，有了枪才能生存，有了枪一切都好办。"钓竿说："二哥，大哥说的是，目前咱山寨的当家，连大嫂带来的那把，总共才有四把驳壳枪，四把枪能打赢谁？"边胡子恨道："起码能打赢杨贵儿。"余彪说："二弟，在没有壮大我们的实力之前，杨贵儿也不能动。为什么？因为他现在是扶善溪邵家的舅老爷。杀了杨贵儿，势必激怒邵春甫，他点兵前来寻仇，我们虽有樟木洞之险，凭四把枪能抵敌吗？更何况还有冻大麻子蒋银州两大仇家时时想吞并我们，占我山寨呢，目前，我们只有和扶善溪搞好关系，才没有后顾之忧，毕竟我们之间还积怨不深。"边胡子说："大哥，那你说该怎么办？难道这仇不报了吗？"余彪说："古人云，君子报仇十年不晚，仇要报，但时机不到，不要坏了大事。"

钓竿说："二哥，听大哥的没错，以我们目前的实力，最好蛰伏一个时期，要做买卖，也只能在远处做。"余彪说："三弟说得对，我最近听说清朝政府垮台了，桃源城里一盘散沙，这倒是个发展的好机会，官府的枪支弹药都流散在衙役们手中，我准备就从这些人手中下功夫，能买则买，能抢则抢，混入城中见机行事。"边胡子说："大哥，有这样的好买卖，你怎么不早说？"余彪说："进城办事，只能出其不意，得手就走，人多了反而不便，我想进城的事儿就由我和三弟及内人化妆下山办理，二弟就领着弟兄们镇守山寨，不知两位意下如何？"边胡子听了，气得七窍生烟，吼道："大哥看人不起，打架不来，这样的好事儿不让我参加，我不服！"余彪笑了笑问道："边字你认得吗？"边胡子说："它认得我我不认得它。"余彪进一步问道："穿房越屋的轻功你有吗？"边胡子说："只有爹娘给我的两条腿。"余彪说："这就是了，城里的房屋多得不分东西南北，不认得字进去了休想寻得出来，没有轻功穿房越屋，坏了事儿也休想跑得出来，再说你的伤也没有痊愈，二弟你不适合城中办事，还是照我前面的安排办吧。"边胡子气鼓鼓地还要争执。余彪说："就这么定了，谁也不许多说，两位都下去休息休息吧，明天各执其事。"说罢，余彪带头起身退入后堂。边胡子老火的不服气，像霜打了的茄子，回到房间里，他躺在床上，越想越气，越想又想到了女人，裤裆里的那个东西也不安分了。你们都去吧，滚得越远越好，省得碍我的事儿，明天，老子就要……第二天，余彪与苏美桃扮成进城购物的生意人，钓竿则化装成云游道士，身藏武器，早早地下山出发了。边胡子闲来无事，把谭太山、印桃生等几个心腹叫到面前说："今天扶善溪逢场，你俩带几个弟兄化妆下山，在半路上抢几个娘们上山来玩玩，有种没有？"俩人听了，高兴得像两只癞蛤蟆，笑得嘴巴扯到了耳根，争着说："我们这就去，我们这就去，抢几个娘们孝敬二当家的。"边胡子满脸淫笑说："不，只要多抢几个，见者有份，少不了你们一份。"两人听了，还"啪"的一个立正，连声答道"是"，风急火燎地带着八个弟兄下了山。人还未抢来，边胡子就在回味女人的滋味了，急得比发了情的公猪还要胜十分。幸喜得谭太山他们只花半天时间，就抓来了大大小小乖乖丑丑六个女人，边胡子首先选了一个,边拉边对众匪说:"其余的弟兄们享用吧,要有个先来后到,不要伤了和气,太山你安排一下。"刹那间,哭喊声淫笑声打骂声响成一片。一场人间惨剧就在这山清水秀的山寨上演了,真是暗无天日。二十来人,足足在她们身上发泄了半天,女人们被糟蹋得半死,匪徒们乐得容光焕发。边胡子玩足了,了够了,走出房来吹起了集合口哨。匪徒们打着赤膊的,提着裤子的,拖着鞋子的,乱七八糟地跑来集合。边胡子站在点将台上,将手一挥,淫笑着说:"弟兄们,边胡子我待大家怎么样?"众匪答道:"恩重如山。"边胡子说:"好,大家玩也玩了,乐也乐了,总不该坐吃山空坐享清福吧。否则,大哥回来查起此事,是不会放过我们的。"众匪说:"那怎么办,我们听二当家的。"边胡子说:"今晚我带大家到焦林坪杨千金家发财去,大家有这个胆量没有?"众匪七嘴八舌的答道:"一个土财主,我们怕他作甚。杨贵儿痦子一个,有卵用,砍了脑袋也只有碗大一个疤,有什么不敢的……"边胡子说:"弟兄们,话可不能这么说,大哥怕杨家可怕极了,他说杨家有扶善溪邵家撑腰,咱们得罪他不起啦,兔子不吃窝边草啦。""混账话,谁说的,老子可不信这个邪!"匪徒们一个个吵得唾沫直飞。"弟兄们,只要大家有种,今晚咱们就做这笔买卖,顺便还抢几个女人来乐乐。只要抢来了钱,大哥他们是不会追究这件事的,否则,他会把我们这些人看扁了。""我们要争气,我们听二当家的……"匪徒们又是一阵激动。边胡子挥了挥手,压下了众匪的吵嚷声。大声说:"那么,大家就提早做饭,饱餐一顿后,一更天准时去发,解散!"一更天,边胡子准时集合了队伍,可怜二十个人,只有一把枪二支矛几把刀,其余的人拿着菜刀锄头什么的,还有几个瘸着腿跛着脚。边胡子说:"弟兄们,别看我们的武器差了点,对付一个土财主还是绰绰有余。大家听明白,抓到杨家的后人,先别杀,统统提到堂屋集中,我要训话。让他们死个明白,火把准备得怎么样?"众匪答道:"准备齐了。"边胡子说:"瘸腿跛脚的留下守寨,山寨出了问题,唯你们是问。"有伤在身的几个人留下来了,其余的十五个人随着边胡子出发了。黑石溪到焦林坪十几里山路,三更时分,匪徒们来到焦林坪,惊得各家各户的家犬扑天扑地的号叫不停，吵醒了沉睡中的人们。大部分的家庭以穷装胆，睡在床上懒得翻身，几个富户的当家人，少不了起床查看一番，无疑杨家也不例外。杨千金见憧憧黑影往他家扑来了，惊得七魂去了三魄，战战兢兢地喝问："谁？是哪个？"匪徒们准确地封死了杨家大小四门，一起点燃火把，照耀如同白昼，边胡子"砰"的一枪，打死了杨家护院家犬。听到枪声，四门匪徒同时踢开门户，高声号叫着从四面冲进杨家，将杨家上至七十多岁的老母，下至两岁多的幼儿，全部抓到堂屋跪下，搜来搜去，唯独不见了杨珍贵。五十多岁的杨千金膝行到边胡子脚前，"咚咚咚"的磕了三个响头，哀号着说："二大王，我们杨家与山寨素来交好，不知什么事得罪大王，还请饶恕！"边胡子狞笑几声，飞起一脚将杨千金踢了个四脚朝天。跟上去当胸一脚踩住说："老狗，你仔细听着，让你死个明白，你身犯两大罪状，第一，你家杨贵儿亲自跑到山寨，将妹子杨珍珠许配与我为妻，你一根骨头哄两个狗，又嫁给了邵大成，你该不该杀。第二，你和杨贵儿串通邵春甫张恒等设计，将我骗到扶善溪跌入地牢，受伤被抓，要不是我命大福大，岂不枉送了性命，你该不该杀？"杨千金如五雷轰顶，边胡子脚下猛一使劲，杨千金杀猪般号叫起来，两个孩子立刻吓得放声大哭，边胡子怒道："人还没死呢，你就先哭起丧来了，我叫你哭！"说罢，抬手"砰砰"两枪，将一男一女两个孩子当堂打死，杨家诸人乱成一团，杨陈氏发疯般向边胡子一头撞去。边胡子见冲来了一年轻妇人，松开踩住杨千金的脚，将身一侧，杨陈氏一头撞空，边胡子顺势一把将她抱住，她那柔软的身躯，立刻使边胡子骨软筋麻，他抓住杨陈氏的乱发，扭过她的粉脸一看，又立刻血脉膨胀。他哈哈大笑说："跑了个姑娘，送了个乖媳妇儿，我边胡子艳福不浅啦。"众匪立刻哄堂大笑，有的还吹起了口哨。边胡子吩咐道："弟兄们，这里的事情就交给你们啦，我先去和这婆娘玩玩！"性情平缓的杨家大儿子杨珍富，一儿一女命丧脚下，本已肝肠寸断，现在眼看爱妻受辱，士可杀不可辱，他像一头被激怒的雄狮，大吼一声，三拳两脚揍倒了押着自己的两个匪徒，抢过一把大刀向边胡子冲去，边胡子甩手一枪，将杨珍富击倒在地，拖着女人就往内房奔。外面，匪徒们三下五除二将三个老人刀劈矛挑，全部了账。接着如一群下山的饿狼，翻箱倒柜疯狂哄抢值钱之物。边胡子将女人拖入内房，一把丢到床上，压着她的娇躯，一层层一件件扯剥衣衫，慢慢欣赏尤物，当扒得一丝不挂后，女人美丽的酮体，炫得他兽性贲张，再也按捺不住，拖着女人的阴部就舔，他忽而一跳而起，"呸"地吐出一口污物，骂道："你这婆娘的东西好骚，害得老子三天吃不下饭。"他"啪"的一声，在女人的肥臀上扇了一个巴掌，裸体女人娇躯扭了一扭，很是诱人，边胡子再也不管骚不骚，迫不及待地爬上身去……他快活得欲仙欲死，冷不防女人身体向上一曲，双手向下一滑，一口咬住边胡子颈肩部，可惜没有咬住颈动脉，双手一把抓住边胡子的卵包根，边胡子双腿猛一夹，护住了要害部位。可惜，又被抓住睾丸，边胡子痛得大叫，爬起身子想跑，无奈女人上下进攻，死死不放，边胡子越犟越紧越犟越痛，他恼羞成怒，趴下身子空出双手，紧紧掐住了女人的脖子，女人的劲越来越弱越来越弱……等喽啰们跑来，女人已经断气了。但赤身裸体的边胡子，也没能从赤身裸体的女尸上爬起来。喽啰们觉得又好看又好笑，如欣赏西洋景般暗暗自乐。边胡子叫道："还不把婆娘的手掰开，想痛死我呀！"喽啰们打着火把上前一看，我的天，一具死尸像蚂蟥一样上下紧紧地錾着一具活尸，光光滑滑鲜血淋淋，女尸右手中食指，像钓鱼钩一般，钩穿了边胡子的卵包皮，休想起得出来，女尸的口，像铁钳一样钳住边胡子的肩喉，休想扯得脱，喽啰们废了九牛二虎之力，砍断女尸的手指，挠开女尸的嘴巴，边胡子被活生生撕去了一坨肉，才像一条快咽气的狗，被喽啰们抬下床来，喽啰们七手八脚给他穿好衣服，要扶着他走，但他还赖着不想走，那双斗牛眼已变成了死鱼眼，但还呆呆地盯住床上的女尸不放。谭太山劝道："二哥，咱们得手了，走吧！"边胡子说："不，我要看死尸。"谭太山小心翼翼地说："山寨里还有活的，死人有什么看头？"边胡子怒道："我喜欢看女尸，尤其喜欢漂亮的女尸！"众匪忍不住掩口吃吃而笑，边胡子跳起来，架势就要打人，睾丸一下从破洞中漏了出来，他浑身一哆嗦，几乎昏了过去，但还是一个站立不住，重重地摔倒在地。谭太山一搂嘴，小匪们就着床上的铺盖打乱家具扎了一个临时担架，抬上边胡子就走，临出门，边胡子叫道："放火，给我一把火全烧了！"谭太山说："二

哥，杨贵儿还没有抓到呢，放了火烧了尸，杨贵儿还能回来吗，只有杨贵儿回来办丧事，我们就给他一锅端，岂不更好？"边胡子想了想，夸道："你小子越来越聪明了。"众匪大包背小包驮，金银珠宝光洋纸币，抢了个满载而归。边胡子在焦林坪杨家这么一抢一杀，引出了一桩天大的奇事——杨珍富鲜血淋淋的尸体却不翼而飞了……

第十二回

几番激斗贼洞胜磊
数弹齐发钓竿殒命

　　张恒在杨家岭身受重创后，因伤口没有得到及时处理而被感染，幸喜有田岳全力救治才转危为安。这天吃过早饭，邵春甫、郭刚、田岳及周文武相邀到张家探视张恒，双方自然是客套一番。张恒忽然想起一事，对众人说："兄弟我有一事憋在心里总觉不爽，现乘此空暇请教诸位可否？"邵春甫爽朗一笑说："大哥何出此言，自家兄弟知无不言。"众人随声附和着，张恒长长地叹了一口气，面色凝重地说："我观余彪此人知书达理头脑灵活，心胸豁达，似有抱负，且有美妻相伴，为何沦为匪类？"郭刚惊奇地插进问道："他有美妻，大哥你看见了？"张恒不解其意，睁着眼疑惑地望着郭刚，半晌才摇了摇头，心有余悸地说："唉！不说也罢，此女面如桃花，心似蛇蝎，就是她为了逼我交财宝，吊了我一夜。"郭刚听了，怒哼一声，骂道："这个不要脸的女人。"接着含口无言了。邵春甫说："余彪原名余虎，出生在小洋溪一个贫苦山民家庭，自幼勤奋好学，聪慧过人，与大侠张一刀同住一个村子里，年长大侠之子张合十岁，无事经常带着张合玩耍，很得大侠喜爱。无事总教给他一招半式，他一学就会，但没有正式收他为徒。他十五岁中秀才，十八岁中举人，由于家境贫寒再未深造，很得知县宋健赏识。留在身边做了师爷，从此春风得意。二十岁那年，经宋知县介绍娶了桃源富绅苏百万之女苏美桃为妻。苏女比他年长八岁，她自幼娇生惯养，长得细皮粉肉，貌美如花，看模样儿俩人很是般配，婚后夫妻恩爱，如胶似漆。一年后喜降一子，取名余贵，三人在回家省亲时，也拜见了大侠张一刀，张一刀爱色，见苏氏光彩照人，很是动心。但好景不长，不久宋县令调任他方，新任知县王兴是个贪得无厌的家伙。""你别说了。"张恒打断了邵春甫的话，满脸绯红，用双手不断拍打着自己的脑袋，不禁泪流满面。众人大惊，张恒向众人摆了摆手，沉痛地说："罪过啊！罪过。我愧对余彪，是我毁了他一生！"田岳说："大哥，你怎么啦？"说着，他走过来要给张恒号脉。张恒急忙说："四弟，我没病，我是恨我自己，有人密报王兴贪赃枉法我碍于官场人情世故，没有及时查处，哪知王兴胃口越来越大，发展到指使余彪做假账贪污朝廷赈灾钱粮与军需款项，被人告发。王兴得信急忙买通湖南巡抚，匆匆调往外府为官，我身为知府，下属有犯罪嫌疑，本应及时查处，但我知难而退却将此案推给了接任知县余坚，因无主谋余虎被下在大狱，判了死刑，只等秋后问斩。"郭刚对张恒摆了摆手，制止住他的话，激动地说："大哥，你别说了，你身为知府，让下属犯官逍遥法外，继续为官害人，而让从犯余虎作为替死鬼，草草结案，你明镜高悬明在哪里？你羞也不羞？余虎在死牢中结识了两个汪洋大盗，一个是沅陵人郝边外号边胡子，另一个是安化人杨南庭，外号钓竿，三人在死牢中数日等死。苏美桃眼见丈夫命将归西天天以泪洗面，求娘家人出面托关系救人。要苏百万出钱简直比剐他的肉还痛，巴不得余虎快死，铁公鸡身上那能拔毛？别无他法，苏美桃猛然想起了我师父张一刀，她立刻回到夫家，求我师父救人，我师父听罢义愤填膺，高声怒骂赃官，当即答应救人。苏美桃本是水性杨花之人，为拉拢和感谢我师父，当晚就留在我师父身边陪他过夜。三天后一个风雨交加的夜晚，我师父杀死狱卒将余虎、郝边、杨南庭救出监狱。余虎获得新生后改名为余彪，三人从此结为生死兄弟。经郝边介绍，落草在紫云山脉的樟树岭为寇，从此改名为樟树寨。开始只是在郝运坪、枞树面、烂泥冲三个金矿收保护费过日子，慢慢发达扩大范围活动在沅桃边境的茶庵铺、太平铺、黄洋坪、唐家坪、王家湾、麻伊府、燕家坪、郑家河、沙坪等地，只时隔半年，山寨就兴旺起来，成了沅桃边境的一股强大土匪势力。余彪妻苏美桃那次以后，一直与我师父关系暧昧，余彪因惧怕我师父武功，且又有救命之恩，对此事采取睁一只眼闭一只眼的态度，不愿戳破这层关系。我师娘逝世以后，苏美桃干脆离开了余彪，嫁给了大他十五岁的张一刀。师父死后，她又跟着我师父的朋友、辰溪人冯宇成跑了。据我分析，苏美桃一直怀疑师父还有其它财产，又听到我师父临死时交代一个眉心有朱砂记的人知道秘密，她不死心挑动冯宇成派人找大哥，哪知派出的人如石沉大海。一直没有回音。苏美桃认为远水难解近渴，就回头投靠余彪来了。所以抓住大哥和邱吉山拷打追问财报的去向。"听到这儿，张恒恍然大悟说："怪不得余彪在穿石洞抓住我时，总是盯住我的朱砂痣不放。原来他早就认出我来了，他为什么不杀我呢？看来此人是个胸有城府大度豁达之人。今后各位弟兄遇到余彪，千万不可要他性命，帮助他改邪归正，也不枉他一生所学。"郭刚说："他已经陷得太深了，要他回头可能不易，再说他的弟兄们也不会答应，人在江湖身不由己啊！"田岳说："大哥，你的话，我们都谨记在心，自古以来两虎争斗必有一伤，要收余彪最好用计擒之，可是此人老奸巨猾，每次交手都成漏网之鱼，很难有一个两全其美的办法啊。如有可能，这股土匪最好全部除掉，我听说几个金矿是这伙土匪害苦了。"郭刚补充说："起码要除掉边胡子和钓竿。"张恒说："除掉边胡子也是我的心愿，但钓竿还有保留的必要，没有钓竿余彪可就完了。这伙匪徒固然可恶，但是他们是土生土长的人，对我们扶善溪还有所顾忌，最近北方冒出了几股政治土匪，比余彪一伙更为险恶。他们也盯着几个金矿和扶善溪，如果将余彪灭了，他们立刻就会取而代之，如果我们接管樟树寨，那我们又成了什么人？因此，我建议只除掉边胡子，保留其他人，我们才有一个缓冲地带，这样对我们扶善溪的长远更有利。"他们正热烈地讨论着，忽听前院门面上人声大哗，众人正值惊疑，一衣冠不整之人闯门而入，"扑通"一声跪倒在众人面前，众人注目一看，来人是邵家的舅老爷焦林坪的杨珍

贵。邵春甫吃了一惊问道："贵老请起，为何行此大礼？"杨珍贵鼻
涕一把眼泪一把地诉说道："昨天晚上樟树寨的土匪把我们全家杀光
了，我躲在床脚下才幸免于难，求各位老爷为我作主啊！"众人听了
大惊失色，郭刚吼道："是可忍孰不可忍，灭他樟树寨！"邵春甫见
郭刚表态，急忙随声附和说："三弟说得对，他这是欺我们扶善溪无人，
骑在我们头上拉屎，不杀余彪誓不为人！"田岳想了想问道："贵老弟，
你看清了没有，是哪些人到的你家杀人，债有头冤有主，我们也好下手。"
杨贵儿说："我躲在床下看得清清楚楚，是余彪这个畜生还强奸了我
嫂子。"众人大怒，此人不除是老百姓的心腹大患，急欲除之而后快。
张恒说："把王世龙找来，问清楚了樟树寨的具体情况后，商定出行
动方案后才有把握，千万不可鲁莽，我们谁也没有去过樟树寨……"
杨珍贵急答："我去过！"张恒感到十分意外，急问道："你去过？
你去樟树寨干什么？"杨珍贵自知说漏了嘴，翻着白眼想了想说："我
没有去过，我是想跟着你们去樟树寨亲手杀仇人，扯的白话。"不一
会儿，田岳将王世龙找来了，大家听取了他详细的讲述，经群策群力，
连晚就制定了行动方案，大家一致通过后，张恒说："对于余彪这个人，
我要活的，我不相信他是个好色之徒，他连自己的爱妻都能大方的让
给他人，何况有夫之妇乎？恐怕另有隐情，拜托诸位手下留情。"杨
珍贵听了连连翻着白眼，想说又不敢说。邵春甫没漏半点声色，嘴上
又随声附和："大哥说的对，读书之人嘛，哪能做这些猪狗不如的事。"
心里暗暗恨道：他保余彪，还不是想扩大自己的心腹势力，可恶！

　　杨贵儿家正在打丧事，凄凄惶堂屋里摆着六柱棺材，装殓着祖孙
三代人的尸体，但孝子杨珍贵却不知跑到哪儿去了。夕阳在一点点地
消失，天色不知不觉渐暗，转瞬间黑暗便吞没了整个原野。此时，郭
刚和田岳正各自分带一队人枪，奔袭在前往樟树寨的道路上。郭刚由
王世龙带路，走对汉溪在黄婆溪过河，经白叶溪翻越人盘岭，直奔一
碗水设伏。田岳由杨贵儿带路，走焦林坪由捏井古渡过河，越凤凰桠
经仙女梳头，悄悄潜入黑石溪，埋伏在神仙坪。双方约定，以郭刚鸣
枪为号，同时从山左山右向樟树寨发起进攻，难怪丧主家不见了杨贵儿。
等到达预定地点，时间已过半夜，荒山野地一片死寂，被乌云遮挡的

月亮隐去了光明，夜色黑得几乎伸手不见五指，偶尔传来一两声夜猫子凄厉的叫声，阴森森的，在冥夜旷野中令人毛骨悚然。杨贵儿哪见这种阵仗，浑身起了鸡皮疙瘩。要命的是夜风裹着腐枝败叶的腥臭扑鼻而来，令人窒息。再加上内汗外湿，浑身上下像有千百只蚂蚁在爬行叮咬，奇痒难忍。杨贵儿接连打了几个喷嚏，要在平时这声音本就微不足道，但在静夜中却显得如此的清晰和惊人。田岳感到十分恼火，低声喝道："不许出声！"忽然"沙沙沙"一阵细微的声音仿佛从地狱里冒出来，飘飘拂拂，似有似无，当然这声音只有田岳能听得出来，渐渐地"沙沙"声变为了"咚咚"声，越来越近，连其他的人也能分辨出来了。这分明是有人爬山的沉重脚步声。一时，人们的心情都紧张起来，端起了手中的枪，杨贵儿竟像个棒呆立当场，被旁边的人按了下来。近了，更近了，黑影依稀可辨，形如鬼魅。田岳定睛一看，竟是余彪，钓竿和一个美妇。仇人相见分外眼红，田岳立刻想起了天宝脑袋崩裂脑浆满地的惨状。他瞄准钓竿瘦高的身躯，扣动了扳机。"啪"的一声枪响，钓竿的身形晃动了几下，他做梦也没有想到在自己的家门口会有人向他开枪。他回过头来，盯住余彪拔出了手枪，他可能是怀疑余彪在背后打黑枪。没容他开枪，田岳第二枪又响了。钓竿猛地一震，像棵树一样重重地倒下了。双眼乱蹬了一阵，一缕青烟往阎王殿报到去了。余彪眼见即将到家，正值欢喜，忽听一声枪响，他本能地就地一滚，滚到一块岩石后面，拔出手枪胡乱的放起枪来，杨贵儿吓得拔腿就逃。黑不胧咚碰着一棵大树，撞得眼冒金星，一下摔倒在地。枪还在响，他不顾一切一头钻入了一个刺蓬。"噼噼啪啪"队员们也还起了乱枪，田岳记起了临行前张恒的嘱咐，急忙喊道："都别打了，他是余彪。"余彪和苏美桃连滚带爬，滚下了神仙坪。连晚逃到杨家岭找余贵去了。田岳来到钓竿尸体旁，在他尸身上骇然搜出了两把手枪和几百发子弹。心里不禁暗生怜悯之情。接着他大吼一声，带领弟兄们突进了山寨围墙……也是钓竿命中该绝，他们从桃源买得三把手枪，几百发子弹回来，来到郑家河余彪本想步行回山，无奈钓竿身体有恙不想走路，只得租船舍近求远逆水而上，船到喜马嘴已时将半夜，如果走岸路，他们在过夷望溪河时，船夫就会透露消息，也就不会与田岳遭遇中枪而亡了。

再说郭刚路途本远于田岳，在过河时又少有耽搁，等他们来到一碗水，已听到左侧响起了枪声，他唯恐田岳有失，带人破门而入，攻入山寨。守寨匪徒听到神仙坪方向枪响，本已成为惊弓之鸟，现见有人破寨而入，急忙往院内狂奔。边跑边喊："郭刚来了，郭刚来了！"他慌不择路，一连摔了几个跟头，被乡勇们冲上拿住。他们进入聚义厅，里面漆黑一团，难分东西南北，搜索半晌无一所获。郭刚扇了俘虏一个耳光，沉声问道："你们的人呢？"俘虏战战兢兢地回答："大当家的和三当家到桃源买枪去了，二当家的受了伤，在樟木洞里养伤，还有几个弟兄在后院。"郭刚猛然记起了杨贵儿说的话，追问道："是谁带你们到焦林坪去杀人的？"俘虏毫不思索地说："是二当家的。""他的伤是谁打的？""是他强奸一个女人，被女人咬伤的。"郭刚什么都明白了，对杨贵儿有了新的看法。接着他按照俘虏的指点，搜寻到后院，果然发现有间厢房中还亮着灯，他与邱吉山扑了过去……匪徒陈少宽和简中元正一人搂着一个抓来的女人快活。忽听有人高喊郭刚来了，他兀是不信，以为是开玩笑破坏他们的好事。他们停下动作仔细一听，沉重的脚步声纷沓而至。这才慌了手脚，从女人身上爬起来，胡乱穿条裤子拔门要逃。说时迟那时快，门还没开，外面猛烈的撞门声，震的整个房子都在晃动。俩人忙而无计，搬来桌子抵住房门，像两条笨重的大黄牛急得团团转。猛然"哗啦啦"一阵巨响，窗户被撞得粉碎，两条身影快如惊鸿，从黑暗中跳进屋来，两把驳壳枪指住了他们的心口，简中元惊得冷汗泪泪，一下瘫倒在地直打牙战。邱吉山收起枪，就势去搬桌子。陈少宽如斗红了眼的牛，鼓着血红的眼睛盯着郭刚的枪口，一步一步向床边挪去。郭刚喝道："别动，动就打死你。"陈少宽举着双手连连晃动说："别开枪，我投降。让我穿件衣服。"郭刚这才注目细看，只见他上身打着赤膊，下身穿一条女人的裤子，胀得鼓鼓的还短了一大截，那个滑稽相，真叫人哭笑不得。陈少宽来到床边，冷不丁从垫单底下抽出一把明晃晃的单刀，一个泰山压顶之势疾如闪电向郭刚当头砍下，看来他是抱定了同归于尽的决心。哪知郭刚心比天高，身如风快，他看看刀将及顶，随即身形一旋，一道白光从郭刚左侧闪过，陈少宽的肉身擦着郭刚滑过。郭刚杀得性起，随手甩掉手中枪，伸手向陈少宽做了个潇洒的挑逗动作。郭刚百密中也有一疏，陈少宽视而不见却举刀向邱吉山砍去，邱吉山正在观战，一见陈少宽向自己砍来，慌忙中求生的本能使他一个懒驴打滚，一头钻入桌下。陈少宽一刀劈入桌面，一把没有拨出钢刀，邱吉山才捡回一条性命。郭刚恨得牙痒痒的，冲上去凌空一掌向陈少宽头顶劈下，陈少宽躲闪不及立即脑浆四溢。尸身倒在简中元身上，简中元惊得大声尖叫，急忙扭动身躯翻了起来，兀自不断地翻着白眼。那黏黏糊糊的脑浆，也喷了邱吉山一身。那股腥味儿，熏得还没有亲手杀人的邱吉山直作呕。陈少宽倒下了，倒在自己寻欢作乐的房间里。他不甘心，脑袋虽破了，但还鼓着一对死鱼眼睛不肯闭目。邱吉山打开了门，郭刚找着了自己的枪。对着床上喊道："床上的听着，我是扶善溪郭刚，是来解救你们的，你们穿好衣服后，到聚义厅集合，带你们下山回家。"随即与邱吉山押着简中元走向聚义厅。此时，聚义厅已经灯火通明，郭刚逐一清点人数，不见了周子胜和傅云成，这二人都是新手，且年龄不大，郭刚心中不免一沉，立即吩咐邱吉山等看好俘虏，自己迈步四处寻找。这时，天色渐明，郭刚寻到后院一间很不起眼的杂屋，见房门打开，郭刚连喊两声无人答应。进门一看，尽管郭刚杀人如麻，也被眼前的景象吓了一跳，只见房中骇然摆着两堆尸体，一个裸体女人坐在床上瑟瑟发抖，郭刚走到靠墙的一具尸体旁，翻转一看，是周子胜，伸手一探鼻息，气息全无。他大惊失色，急忙运功于掌，进行人工呼吸，好大一会儿，周子胜才缓过气来。他又回头掀开赤膊大汉尸体，底下果然压着傅云成，郭刚探手一摸，傅云成气若游丝，还活着。郭刚这才定下心来。不一刻两人悠悠醒转，见到郭刚放声大哭，郭刚说："没事啦，我们胜利了，男子汉大丈夫，流血不流泪！"原来，两人摸黑搜到后院，见这小房中微弱灯光在晃动，摸到门边一叫，里面窸窸窣窣果有动静，俩人同时飞起一脚踢开房门，举枪喝道："举起手来，缴枪不杀！"突见被子猛地一下掀开，险些将油灯扇灭，从床上跳下一赤裸大汉，浑身黑毛犹如一头大猩猩，他见来人一点不慌，张口发出刺耳的狂笑，沉重的笑声带着满腔怨毒，震得傅云成周子胜耳鼓发麻，不觉接连打了两个寒战。憬然中傅云成"啪"的开了一枪，子弹却斜斜地飞上屋顶。打得瓦片"扑哧哧"直掉。没容他开第二枪，只觉手上奇痛，驳壳枪已被黑猩猩一脚踢得不知去向。接着又觉胸口猛痛，身上又着一拳，仰天一下跌倒在地，痛得大汗淋漓，半天喘不过气来。黑猩猩踢飞了手枪，打倒了持枪人，解除了威胁，这下他放心了，像猫戏老鼠一样，玩弄着呆立当场的周子胜。他一步步逼近，周子胜一步不后退，退到墙边再也没有退路了，黑猩猩一阵狞笑，周子胜一阵震颤，面孔扭曲得像戴着一副颊冠，黑猩猩冷哼一声，突然手臂暴涨，当胸一把抓住周子胜，将他抵在墙上举起，周子胜毫无还手之力，只有腿脚兀自乱蹬。眼见周子胜被按得嘴角溢出鲜血，傅云成想帮忙又奈不何，想逃跑黑猩猩又挡在门边，他惊慌失措，一对三角眼急得骨碌碌乱转。猛然发现桌子上有把单刀，他挣扎着爬起来，抓起单刀悄悄绕到黑猩猩身后，求生的本能迫使他麻起胆子一刀向黑猩猩后背刺去——这时，黑猩猩正全神贯注地要结果周子胜的性命，双手像铁钳一样叉住了周子胜的脖子，周子胜的身躯像棉花团一样软了下去。突然，黑猩猩觉得后背一凉，深入腹腔，低头一看傅云成一刀已从后背贯穿前胸，鲜血直射。傅云成来不及抽刀，鲜血已射满一脸，他大惊失色，急忙后退，一个趔趄失去重心，跌倒在地。黑猩猩中刀不倒，双眼暴突，怒得龇牙咧嘴，他想抽刀杀人，无奈痛得总抓不住后背的刀把，他发出撕心裂肺的怒吼，一下压住地上的傅云成，双手叉住傅云成的脖子，用胸口透出的刀尖向傅云成胸部刺下，无奈这只是回光返照，他根本力不从心，没能取掉傅云成的性命，自己首先断了气，但傅云成也昏了过去。等郭刚背着傅云成到聚义厅，天色已经亮明，不一会儿，邱吉山也背来了周子胜，大家围着两个伤员探视，忽听外边一阵喧哗，原来是田岳领人赶来了。两队人马一汇合，双方如久别重逢，高兴得互相拥抱，有些年轻人激动得热泪盈眶，郭刚一清人数，不见了杨珍贵，急问田岳，田岳仔细一回忆，自进寨后一直没有发现此人，急问其他年轻人，大家异口同声说没有发现杨贵儿进寨。郭刚对邱吉山说："吉山，你带两个弟兄上上下下再仔细搜查一遍，凡是活人，统统带到聚义厅集中。"邱吉山带了两个弟兄走了。郭刚回头对王世龙说："边胡子逃进了樟木洞，你带我们到樟木洞去吧。"王世龙吞吞吐吐地说："好是好，只怕边胡子下了软梯，我们进不去！"郭刚火了，对王世龙吼道："你狗熊啦！还是思念故主？"王世龙不敢回话，带头转身走出聚义厅，七拐八拐，拐到屋后一个怪石挡道、树木遮天、荒草盖路的隐秘所在。洞边骇然矗立两座碉堡，可形成直射和交叉的火力网保护洞口，用心之良苦设计之巧妙，无不使人惊叹。无疑这是余彪的杰作，只可惜余彪苦心经营的一点家当都让边胡子拱手送给了扶善溪了。否则，郭刚也难顺利站到这里。来到近前，只见樟木洞是个垂直深洞，洞口大若拦盆，光溜溜的，垂直软梯已踪迹全无，向下一望，洞内黑幽幽的，深不可测。一股奇寒之气直往上蹿，郭刚搬起一坨巨石向下砸去，如泥牛入海悄无声息，众人不觉心生胆寒，到底是艺高人胆大，郭刚就势要往下跃，被田岳一把抓住，郭刚回头怒火直冒，冷不防洞内"啪"的一枪，子弹"嗖"的一声擦着郭刚耳边飞过。王世龙小心翼翼地劝道："郭爷，你跳下去也是没有用的，樟木洞主洞在竖洞的半壁，洞内大洞套小洞神鬼莫测。竖洞直通山底是条阴河，跳下去不摔死也会淹死，管教尸骨无存。主洞只要有一人守洞口，如果用绳索垂直放下去，来一人杀一人，来两个杀一双，真叫一人当关万夫莫开。"郭刚大怒，喝道："老子可不信邪，给我拆他的屋，放火烧他娘的。"众人立刻动手，拆掉杂物，搬来竹枝等引火之物，烧燃纷纷投入洞内，燃物下到一半，就熄得无影无踪，郭刚确实感到无奈。田岳道："三哥，多搬些柴火来，堆在洞口放火烧，熏死他们。"郭刚见田岳说得有理，主意自然来了。"对，熏死他娘的！"年轻人又是一阵忙乎，拆掉大寨偏屋，将洞口严严实实盖住，烧起了熊熊大火，郭刚还在喊："加柴，加柴，烧死他！"看看柴禾即将烧尽，洞中又示威性地"啪"的放出一枪。郭刚气得跺脚直骂："边胡子，你有种的上来，躲到乌龟壳里干什么？"下面喊道："钢老八，你有种下来，看老子扒了你的皮。"郭刚气得八面来火，七窍生烟。指挥众人"啪啪啪"的一顿乱枪。里面又喊道："钢八儿，你给我们放鞭子呀，我们可不卖你这个人情！"郭刚吼道："里面的人听着，你们的钓竿杨南庭、陈少宽、黑猩猩都被老子杀了，有种的出来，我一高兴兴许还给你们留条生路。"洞内

之人听说钓竿死了，不觉心寒，一时鸦雀无声。王世龙又对郭刚说："郭爷，放火薰也不行，横洞中的人只要用床湿棉絮一堵洞口，别说是烟，就是放毒气也莫能奈何。"郭刚无计可施了。田岳试探着问："三哥，要不就将他的老巢一把火烧了，省得他们再害人。"郭刚此时已冷静下来，想了想说："大哥说了，留着余彪还有用，这点本钱就算留给余彪吧，以后等边胡子出来了，再想法找他讨账。"他又想了想，出奇地大方说："索性做个圆满人情，把抓住的喽啰也放了吧。"田岳说："好，我听三哥的。"弟兄们边说边走，来到了聚义厅，郭刚将俘虏们集中起来一数，刚好八人。郭刚铁青着脸，瞪目向他们扫视了一遍。众匪们哪敢仰视，一个个胆战心惊。哭丧着脸如丧考妣。郭刚沉声训道："你们跟着边胡子伤天害理，做尽坏事，将你们凌迟处死也不为过，你们都是人生人养的，念在你们父母的情分上，我再放你们一次，下次抓获，定杀不饶，你们滚下山去吧！"小匪们简直不相信自己的耳朵，等明白过来，一个个举掌就扇自己的耳光，有的打得鲜血直流。郭刚说："好了，好了，浪子回头金不换。你们回去孝敬老人去吧。"小匪们磕了个头，对着众人抱拳敬了个罗圈揖，下山走了。果然，这八个小匪回家后，都改邪归正了。此时，邱吉山带着六个抢上山的女人赶来了。他报告说："杨贵儿生不见人死不见尸，他可能是害怕打仗回头跑了。"田岳说："此人如若不能回去，咱们如何向二哥交代？"郭刚说："这等贪生怕死之辈，你放心，他死不了。"说罢，他派人就地掩埋好钓竿的尸体，叹道："想此人英雄一世，可惜没有走正道。"说罢，吩咐田岳带着六名妇女下山先行，自己割下陈少宽和黑猩猩的人头，带回扶善溪挂在柳树上示众。

第十三回

鄙戏二女地痞该揍
突起内讧贼首受弑

光阴似箭日月如梭，转眼间时间又流逝五年。孩子们长成了大姑娘小伙子，张琛、田聪已考入桃中就读，郭中龙、邵小成、邵丽花考上了天禄中学，唯有张媛则考上了女儿师范。她的理念是当一名合格的教师，而命运却给她开了一个不大不小的玩笑。周氏姊妹苦于传统观念的禁锢和经济限制，只读了小学毕业就帮助父母操持生意。当年的小青年邱吉山、傅云成、周子胜等先后成婚生子，唯有不长进的杨贵儿，眼见三十挂零，还是过着偷鸡摸狗游手好闲的独生日子，成了扶善溪的头号地痞。他也有爱，但他爱上了一个他不该爱的人，那就是邱吉山的堂客刘金娥。这天，杨贵儿闲来无事在街上溜达，一阵诱人的酒肉香味扑鼻而来，他信步来到平平旅社，一摸口袋身无分文，他已赊了老板好几桌酒饭钱，本已抬起的腿，一下缩了回来。心想：慢点，让我找个借口敲他一敲，这样才有个理儿。他转过身抬起头，望着那高不可攀的天空打主意。此时天空乌云翻滚，铜钱大的雨点东一滴西一滴地坠落下来，打得脸颊生疼，他垂下头，主意没打好，他没有脸面进屋。雨越下越密，风越刮越紧，杨贵儿的视线模糊了，主

意更模糊了。他被淋得浑身透湿，感到很冷很冷。他觉得雨点一住，浑身发热，回头一看，是刘金娥。刘金娥打着一把油纸伞，为他遮住了雨，脱下外衣为他御寒，但她却默默无语，只给了他一个腐心蚀骨的微笑。够了，这足够了。美女一笑值千金嘛，更何况……他看到了她温柔含情的眼神，感受到了她温暖香沁的体温，他刹那间觉得灼热的电流击遍全身，他的心醉了，所有的感动都静止在双方身体接触的刹那之间。他把头靠在她的香肩上，轻轻地抚摸她柔柔的秀发，他实实在在地感受到了她的存在她的温柔。他又惊愕地感到，眼前的这个女人又是那样的陌生，她到底是我的谁？"杨贵儿，我们俩人是不该有私情的，一旦有了，那就大难临头了。"刘金娥用美得像洞箫的旋律，吐出了魔鬼般的咒语，狠毒得像一把锋利的匕首，刺入了杨贵儿火热的胸膛，他立时脊背发凉，头脑发懵，愣愣地呆立着，再也没有了触摸的快感。刘金娥好狠，狠得一把推开杨贵儿，转身就走，她愈走愈快，最后她那娇美的身躯竟然漂浮起来，很快融入了茫茫苍穹之中。摔掉的雨伞一下砸到了杨贵儿的头上，生疼生疼的。"娥妹——等等我——"杨贵儿狂呼着。但他怎么也跑不动，猛地一下摔倒在地……杨珍贵惊醒了，原来是南柯一梦。此时已到日上三竿，他在梦中踢垮了帐子。帐篙狠狠地敲在了头上，到现在还觉得浑身疼痛。他一把爬开帐子，蹬开铺盖胡乱穿上衣服，拖着踢踏鞋在街上晃荡，活像一只从草窝中钻出的狗。满街的女人像躲瘟神一样躲开了，他自觉没趣，又想起了黎明时的梦，梦里甜美的感觉还胸中回环。刘金娥秀美可人的影子也在眼前晃动，晃动。他立刻容光焕发，露出满脸傻笑，本能地伸去双手向前拥抱，哪知与一个急急叫卖草鞋的老汉撞了个满怀，引得满街男人哄堂大笑。杨珍贵恼羞成怒，使蛮劲扬手一巴掌，将老汉打了个狗吃屎，他恶狠狠地骂道："瞎了你的狗眼，敢撞杨大爷，你活得不耐烦了。"老汉跪在地上连连求饶，满街看者也只能敢怒而不敢言。杨珍贵挣回了面子，一时趾高气扬，忘记了自己何许人也。作势还要发威……"哟，我道是谁这么英雄，原来是杨大叔！"这美如画眉的女高音一传进杨贵儿的耳鼓，他那高高扬起的巴掌立刻僵在空中，显得那么滑稽可笑。杨珍贵翻动着他那对鼠眼循声望去，立刻三魂被勾去了七魄，周氏姊妹花那美丽端庄优雅的气势，像厚厚的云层向他挤压过来，挤得他云里雾里，压得他喘不过气。他只能笑，痴痴地笑。周大梅、周小梅是对双胞胎，美得像一对含苞欲放的玫瑰，别人很难分清谁是谁，只是周大梅刁蛮任性娇媚，周小梅端庄稳重清秀罢了。姊妹俩来到杨贵儿面前，周大梅嫣然一笑，一摆她莲藕般粉嫩的小手说："杨大叔几日不见，您又长本事啦，敢打起老爸来啦！"转脸又对愣在当场的老汉说："老人家，儿子不懂事儿，你大人不记小人过，回家去吧。"老人立刻溜走了，这诙谐刻毒的话，像巴掌一样扇着杨贵儿的脸，又像雾一样弥漫在空气中，引得街坊看客开心大笑。但杨珍贵无所谓，眼睛放肆盯着姐妹俩骄傲的胸脯，心中暗暗不平：我的天，上帝怎么这样不公平，偏偏这些美好的东西都属于他人！他潜意识地抬起头，像一个刚学会说话的婴儿，结结巴巴地对姐妹俩说："别，别叫大叔，叫大哥，叫大哥好听，亲热，真的。"周大梅听了娇靥放彩，背转双手，仰天"咯咯"娇笑，笑得杨贵儿灵魂出窍，心慌意乱。他矫枉过正一改自秽心态，竟然恬不知耻地说："小姐，您真美，您的笑声真甜，我发觉自己已经爱上你了，爱得铭心刻骨！"说着，他伸出右手向周大梅胸脯摸去，想感受她骄傲酥胸的柔软。"啪"的一声，冷不防左脸上挨了周小梅狠狠一巴掌，杨贵儿收回手，捂住滚滚发烫的左脸，望着满脸寒霜的周小梅说不去话来。周小梅指着杨珍贵说："本小姐今天给你一巴掌，是想告诉你要本本分分做人，规规矩矩做事，要给祖先留点颜面，给子孙积点阴德。"挨了一巴掌的杨珍贵，望着清丽如仙的周小梅不怒反笑，他以退为进戏弄道："小生知道，打是心痛骂是爱，既然话说到这个份儿上，不然我俩索性共同造就后代，给祖先争光，小姐你意下如何？""你！你不得好死！"周小梅气得眼花直滚，急忙转过脸去，她是不会让这个卑鄙的小人看见自己的眼泪的。杨贵儿正得意着，冷不防右脸上又挨了周大梅一耳光，脸上刹那间肿起五道红痕。杨贵儿大叫道："怎么，你这婆娘吃醋了，索性你们姊妹一同伺候本大爷，我是韩信用兵多多益善。"此时此刻，姐妹俩被眼前的无赖气得所有的感觉都不复存在，惟有恨，恨是本能的，是猥亵激起的本能反抗。十七八岁的小娇娃刹那间被气成了母老虎，俩人发一声喊，周大梅一个黑虎掏心"呼"的一拳捣向杨贵儿的门面，周小梅一式老虎钻裆，飞腿直踢杨贵儿胯下……按理说，花花太岁杨贵儿是万能躲过这上下左右分攻合击的毒招的，但与美女斗很是刺激，激发了他的灵性，他腾空一跃躲过了周小梅的飞腿，随即身形一偏，又让过了周大梅的狠拳，周大梅一个失控，身子撞到了杨珍贵面前，杨贵儿趁势一把将她搂住，在她脸上"啪"的一个响吻，羞得周大梅满脸绯红，周小梅又气又急，第二脚踢向杨贵儿后腰，"啪"的一声踢个正着，杨贵儿身子一歪，站立不稳，怀中的周大梅又使劲一鞏，俩人一齐跌倒在地滚成一团，此时看热闹的人已挤满一街，一个个兴奋得放声大喊"打得好，打得妙！"喝彩声叫骂声不绝于耳。周小梅更急了，灵机一动脱下鞋子，冲上前去照着杨贵儿的门面"噼噼啪啪"一顿乱揍，但杨贵儿还是抱着周大梅不肯放手，嘴里喊道"牡丹花下死做鬼也风流"，他尽情享受着这疼痛的至爱。周大梅急中生智，一口咬住杨珍贵的手臂。杨贵儿这才杀猪般地号叫起来松开了双手……张恒四兄弟及周文武正在"田茂昌"楼上忧心忡忡地谈论日寇侵华时局，武汉失守长沙岌岌可危，眼看战火就要烧到家门口了，国家的兴亡民族的兴衰，家庭的生存，无一不逼得他们如坐针毡，忽闻楼下人声鼎沸，知道有异，五人急急忙忙跑下楼来一看——只见杨贵儿鼻青脸肿活像一个猪八戒，周氏双女蓬头污面哭成了两个泪人，街坊邻居还在窃窃私语，他们什么都明白了，一个个气得胡子直挠，郭刚性急，怒斥道："死到临头，亏你们还有心思胡闹，杨贵儿你有本事，找日本人打架去，不要在这里丢人现眼。"周文武恨道："都是大姑娘了，在街上出丑卖乖，真是家门不幸，还不给我滚回去！"说罢，偷偷地观察张恒和田岳的表情，生怕引起亲家的不快。女儿满肚子委屈，"呜呜"地哭着跑开了。杨贵儿拍了拍身上的灰尘，心中恨道："你们等着吧，有朝一日我定叫你们刮目相看。"他也垂头丧气地回到了那间属于他的斗室中叹气……

第二天天刚破晓，张恒照例早早起床打点门面，准备营业早市，当他下到第三块梭门时，骨碌碌滚进一具血肉模糊的男尸，他吃了一惊，大呼众人起床。他探手一摸死者鼻息，觉得还有一丝尚存，急忙吩咐铺面帮工到田茂昌去请田岳施救，自己和幺姑合力将血人抬入偏房床上，不一会儿，田岳风急火燎地赶到张家，经初步查验，此人身中三枪两刀，幸喜没有伤到要害，枪伤也是贯穿伤，脉相也较为平稳，只是因失血过多，极度疲劳惊恐而昏厥，并无大碍。田岳给他洗净伤口，敷上药膏，又开了个药方交伙计到"田茂昌"抓药。张恒总觉得此人面熟，他搜肠刮肚想了半晌，一下明白了，"这不是余彪之子余贵吗？谁把他伤成这样了？"此言一出，众人皆疑。时间在一分一秒地流逝，在众人迫切地期盼中，余贵悠悠醒转。此时，天色已经大亮，张恒、田岳救活了一个死人的消息不胫而走。郭刚、邵春甫、周文武等几个相干之人也先后赶来探视。余贵睁开那对无神的眼睛。眼珠子惊恐地朝众人乱转。当看到邵春甫时，那无神的眼光突然变得很冷酷，他颤颤抖抖地指着邵春甫，咬牙切齿地骂道："边胡子，你，你不是人，我，我要杀了你！"他这断断续续语言含糊的话语，凝聚着他的千万仇恨。穿透了街上人群的喧嚣，在这小小的斗室中显得如此的清晰和惊人。邵春甫感到十分尴尬。由于过分激动，余贵的伤口又沁出了鲜血，头上冒出了冷汗。田岳说："诸位兄长，病人需要安静，大家还是散了吧，一有情况我立刻通报大家。"邵春甫借过台阶，立刻带头退回，众人也各回各家经营生意不表。幺姑端来了红枣稀饭，一勺一勺细心给余贵喂服，也可能是饿急了吧，一碗稀饭片刻喂完，余贵看样子还想吃，田岳说："够了，吃多了反而不好。"说完，也转身回了家。眼见得余贵面色逐渐转红，张恒夫妻这才放下心来。见众人离去，余贵突然泪如泉涌。翻身对着张恒夫妇就拜，口中哽咽着说："伯父救我！"张恒大惊，急忙说："贤侄有何难事需要帮忙，你尽管说。"余贵长长地叹了口气说："我父母皆亡，又遭仇人四处追杀，我已无家可归了。"张恒又吃一惊。余贵接着说："家父死前几天对我说，他如有不测，要我投靠伯父，做一个堂堂正正的男人，他还交代我转告伯父，邵春甫阴险狡诈，他是边胡子第二，要您警惕小心！"张恒听了，惊得瞠目结舌，急忙问："难道余大当家的是边胡子害死的？"余贵怀着满腔的辛酸，断断续续讲出了樟树寨血腥的变故——

自钓竿杨南庭死后，山寨元气大伤，边胡子处处作梗，山寨境况

107

江河日下，剩下的干将谭太山、印树生、邓子元、傅兆庆等都是边胡子死党，余彪成了个被架空的山大王。幸喜山寨仅有的四条短枪，余彪控制了三条，才能勉强维持到前天。为山寨再兴之计，边胡子接连与余彪大吵了几架，几乎操戈翻脸。最近，随着抗战时局的日益恶化，山寨的去留又摆在了余、郝两人的面前。余彪力主联合扶善溪张恒、郭刚组成自卫军抗日，边胡子力争投靠冻大麻子继续为匪，谁也说服不了谁，几乎翻脸动手。狡诈的边胡子突然心生毒计，要想成事必须首先征服苏美桃，让她为己所用。本来苏美桃的心胸与美貌，使边胡子早已垂涎三尺，但碍于她的救命之恩没敢造次，现今要想扳倒余彪，必须冒险一击了。这天，边胡子趁余彪下桃源办事之机，潜入苏美桃房中，一下跪倒在苏氏脚下，苏美桃吓了一跳，急切向弯腰去扶，边胡子趁机一把抱住苏美桃，娓娓巧言："美桃呀，我为了你日不爱食夜不能眠，无时无刻不在思念着你，真的，我恨不得把我的心肝挖出来给你看。你可怜可怜我，给我片刻之欢吧。我给你做牛做马也要报答你这份恩情。"他见苏美桃没有拒绝之意，探手伸入苏美桃怀中，不断揉搓她的奶头，苏美桃本是水性杨花之女，哪里经得起如此折腾，不一会儿已是奶头坚挺阴部来潮，嘴里发出了欢快的呻吟声。两人立时宽衣解带，施云布雨，进入了原始的野蛮状态，苏美桃尝到了猛男边胡子给予的快感，对文弱的余彪逐渐冷淡慢慢发展到对边胡子言听计从的地步。这天，边胡子抽空又和苏美桃亲热后，抱着苏氏放到自己膝上，亲了亲苏氏说："今天，大哥也该从桃源回来了，我这样长期占有他的婆娘，也着实过意不去，等大哥回来后，我一定亲自为他把盏接风，到时也请你通知贵儿一声，回寨让你们一家团团圆圆吃顿欢喜饭，也不枉你服侍我一番，不知你意下如何？"苏美桃媚眼这么一瞥，笑成了一朵烂漫的刺玫瑰，他用手指点着边胡子的鼻尖说："我只知你会杀人放火会玩女人，原来你还会笼络人心，看来在不久的将来，这山寨主该改姓郝了。"边胡子哈哈一笑，又在苏美桃脸上印了一个响吻，指着苏美桃的嘴唇说："这可是你说的哟，我可没有这个野心啰！"苏美桃说："没有这个野心就好，到底还是我和他救了你的性命，你可不能恩将仇报哟！"边胡子的心咯噔往下一沉，就像吞进了一把苍蝇，吐之不去咽之不下，心中很不是滋味，憋得几乎喘不过气来，这女人的心到底怎么啦！为了掩饰自己心中的慌乱，他抚摸着苏美桃光滑似鱼的胴体，尽量满足她的快感要求，而让她转移话题。他边摸边交代苏美桃，一定要从杨家岭接回余贵。苏美桃哪知是计，想都没想就答应了，立刻派人去接。傍晚时分，余彪果然从桃源回来了，并带回了两把曲尺手枪和百多发子弹。边胡子喜出望外，殷勤地大哥前大哥后的奉承。但几次拿话试探，见余彪没有将枪交给他安排的意思，边胡子暗暗下定了除之夺枪的决心。晚宴十分丰盛，设在聚义厅宽敞的大厅里，几十盏油灯照耀得光明如昼。但左等右等，余贵总是迟迟不到，余彪说：“别等啦，别让一个小辈扫了大家进餐的雅兴！”边胡子连声说是。酒过三巡，余彪忽觉肚中不适，以为是肚肠不胜酒力，强装欢笑应酬。突然，肚中如数十把尖刀割肉般绞痛，他脸色惨白，冒汗如雨，手指边胡子“你，你”的说不出话来。接着两眼一翻往后便倒，滚在地上挣扎。边胡子立刻推翻酒席，抢到余彪身前不等他断气就抽枪，哪知他七摸八摸，几乎将余彪尸体开膛破肚，也没搜出半支枪来。苏美桃见情况突变，即刻拔枪反抗，“不准动！”苏美桃快，谭太山比她更快，一把雪亮的杀猪尖已架在了她的脖子上，驳壳枪立刻换了主人。苏美桃灵机一动，高声怒骂：“边胡子，你杀害余彪不得好死！”边胡子没有得到枪，心中十分震怒，照着余彪尸体踢了几脚。“嘿嘿”干笑着说：“你急什么，你还是做你的压寨夫人，他死了，还有我呢！不过，你得把枪交出来。”苏美桃高叫道：“要枪，我还有，不过枪是传给了儿子的，除非你是我的儿。”边胡子哈哈大笑道：“这好说，咱们可以生一群儿子。”苏美桃气得发疯般高喊：“边胡子，余彪做鬼都会寻到你的。你这个杀兄占嫂的畜生！”恰到这时，余贵赶到了，听到母亲的呼喊。他拔出驳壳枪，往聚义厅急冲，来到近前，照着边胡子就是一枪。老奸巨猾的边胡子就地一滚，子弹擦着头皮而过。险之又险，苏美桃高喊道：“贵儿，你快跑，以后再给父母报仇！”余贵已经急红了眼，“砰砰”两枪撂倒两个围上来的喽啰，也就是这时，谭太山的枪响了，余贵的身形歪了一歪，谭太山正待开枪补火，冷不防苏美桃一个笼里捉猪，抓住了谭太山的生殖器，谭太山疼得昏死过

去，苏美桃又夺回了自己的驳壳枪，急切间他大叫："贵儿，你快跑，你不听娘的话就不是娘的儿子。"边胡子趴在地上，举枪向余贵射击，余贵又连中两抢。苏美桃此时已成了一头狂怒的母狮，她照着边胡子"噼噼啪啪"一顿乱枪，压得边胡子抬不起头来。余贵趁机又撂倒了几名喽啰，步履踉跄地向山下跑去。他放喉凄厉高喊："妈——吧——"这撕心裂肺血浓于水的惨叫声，久久在群山中回荡，回荡……苏美桃悲痛欲绝，她对着边胡子再扣动扳机，"咔"的一声空响，枪膛中没子弹了。边胡子站起来，凶煞煞地举枪要追，苏美桃将空枪向边胡子砸去。边胡子猝不及防，被砸得头破血流，眼冒金星。苏美桃冲上前，抱住边胡子拼命。边胡子大怒，反手一枪将苏美桃击毙。印树生连说："可惜，可惜！"边胡子吼道："可惜什么？"印树生灵机一动，转口道："可惜让余贵这小子给跑了！"边胡子气哼哼道："我谅他也逃不过箭门垭。"印树生奉承道："大哥神机妙算，余贵他插翅难逃。"果然，余贵带伤逃到箭门垭，见无追兵追至，往旁边草丛中一倒，想要缓口气儿，就是这一倒，让他逃过一劫。两把雪亮的砍刀，同时从他左右两侧划过，刀剑擦伤了两只肩膀。余贵大怒，不容黑影再次挥刀，抬手两枪结果了他们的性命。再说边胡子望着倒在血魄中的美丽躯体，想着上午还和她缠绵的趣味，他叹了口长气，也只能是隔世的留恋！

第十四回

登山观战恼中又恼
下河遇晦恨上加恨

长沙沦陷，常德垂危，桃源告急，地处穷乡僻壤的扶善溪人心惶惶。这天，兄弟四人相邀登上马鬃山进香许愿，遥望战火，他们再也没有遐心游山观水了，谈笑风生成了久违的怀念。登上山顶极目远眺，只见正南方向黑烟滚滚，轰隆隆的爆炸声如闷雷贯耳，震撼人心。大如苍蝇的日本飞机，一群群钻出云层，机尾一挠，地下立刻火光闪闪，片刻之间腾起冲天大火，浓烟直冲云霄，再也很难分清哪是烟哪是云。可以想象那地下人们的血肉之躯，哪能经受得起钢铁与炸药的摧残。杀害的都是咱中国人啦！郭刚狠狠地一拳砸到树干上，震得树叶簌簌下落，他怒骂道："这些该杀的畜生。"是畜生总有一天是要杀的，但他们毕竟还是人类，是人类中黑了心的败类。张恒呆望着烽火连天的常德，眼中流下了两行浑浊的泪。他仿佛看到了美丽雄伟的上南门、下南门在爆炸中倒塌，自己与数万军民修筑的防洪城墙在战火中崩溃，秀丽的柳叶湖、滨湖在轰炸中的呻吟，奋起反抗的军民在鬼子的屠杀中前赴后继地倒下，无助的婴幼儿被挑刺在鬼子的刺刀上挣扎……他紧握着双拳，痛苦的心在躯壳中挣扎，天啦，这就是人吗？是人为什么要互相残杀？难道这个世界就只属于他们日本人吗？再多的疑问，也抹不平他心灵落寞的创伤。忽地，火光一闪，他看见了成排的雄狮，他们眼中喷着火，身上流着血，手中拿着枪，破碎的衣衫随着浓烟飘拂，分不清他们是军还是民，但总有一条可以肯定，他们是中国人，是中国人中的强者，因为他们冲入了鬼子群中，与穿着黄狗眼的日本鬼子进行惊天地泣鬼神的格斗后，世界又陷入了滚滚浓烟之中……他忽然觉得自己老了，老得不堪回首，老得不堪一击。张恒仰天长叹一声。"大哥，时间不早了，咱们还是进庙上香吧！"邵春甫的语，将他从沉思的懵然中惊醒。再多的感慨，也只能面对客观的现实。他愤愤不平的随众人进了庙门。晓剑法师早为他们准备好了香案，他们敬完香，照例围桌享用庙中净茶糕点，据老人们传下来的说法，吃了庙里的斋点能辟邪隔鬼逢凶化吉。郭刚却不以为然，他暗想：要真能这样，蒋介石早已天天待在庙里吃东西去了！席间，他们安静地坐着，阳光从窗外懒洋洋地斜射进来，显得多余地刺眼。神龛上栩栩如生的佛像笑得那样的无奈，香苔散发着浓郁诱人的香味。张恒呆视着自己面前的清茶，感到索然无趣，懒得端杯沾唇。郭刚端起茶杯，轻轻摇晃了几圈，茶叶在杯中随势漂浮，急欲腾身杯外，郭刚不等香苔清冷，仰脖一口而干。他喜欢这种味道，苦中带甜温中带香，只有这样才能掩熄胸中的怒火。他随手抓起一个圆圆的发饼举在众人面前说："中国就是块甜甜的发饼，我呢，就是日本鬼子，看我怎样把这块发饼吞下去。"说罢，他张开大嘴一口咬下半块，三下五除二不一会儿就吞了一个精光。他嘴中还裹着残存的发饼就说："小日本鬼子为什么敢打大中国，因为中国太甜了，太软了，就像这发饼一样，遇着我坚硬的牙齿，就变成了一块散沫，一坨甜蹋。诸位要想抵御我坚硬的牙齿，为什么不在发饼中埋下钢钉铁针呢？我就想做这钢钉铁针。不知诸位意下如何？"说完，他举目四下扫视。张恒猛地一拍桌子，站了起来，震得杯盘碗盏直跳。他激动地说："听君一席话胜读十年书，三弟之言甚合吾意。咱们不光是钢钉铁针，咱们手里可有二十多条钢枪啊，与其坐着死，不如站着生。咱们这里山高林密，地广人稀，很有回旋余地。成立一支农民自卫军，打他小日本鬼子！"邵春甫也慢条斯理

112

地站了起来。那张罗汉脸上挂满阴阳怪气的笑容，他向众人压了压手势说："别激动，别激动，火车不是推的，牛皮不是吹的，我劝二位现实一点儿，不要自不量力，到时追悔莫及呀！"郭刚瞪着一对牛眼，直逼邵春甫说："你这是什么话？你是中国人吗？"邵春甫还是那样不紧不慢地回答："我是中国人，我还是个东亚病夫，但我是个现实主义者，我知道人的生命只有一次，宁愿世上挨不愿土中埋，我不能拿着自己的生命往石头上碰。"郭刚满脸涨得通红"你，你，你"的答不上话来。张恒将郭刚扯开。对邵春甫说："二弟今天是怎么啦，总是死死死的，我们抗日的目的，不是为了死，而且为了很好地活着，让普天下的好人，劳苦大众都活着，当然包括我们自己。就像我们打土匪一样，土匪死了，而我们还活着，这叫做置之死地而后生！"邵春甫听了，嘿嘿冷笑，他刻毒地说："我虽然只是个土财主，但我也知道人生自古谁无死，留取丹心照汗青，大家不妨再到外面去看看常德方向，在日本人飞机大炮之下，我们这些人只不过是行尸走肉，这丹心怎么留？人家国民政府蒋委员长几百万军队还不是照样节节败退。依我看，日本人真要是到我们这里来了，爹头是睡娘头也是睡，正如清朝垮台了，国民党执政了一样，只要安分守己，是不会把我们这些平头百姓怎么样的。我们年长的人，切不可凭血气之勇，把年轻的生命往日本人的枪口上送。这不比打土匪，我们与人家日本人干，无疑是鸡蛋往石头上碰。"邵春甫一席话有理有据，气得郭刚瞪着牛眼干着急。张恒的心如麻线系豆腐，猛地一紧，裂为两半。对邵春甫的为人，多了一个新的认识。他力争："二弟你只知其一不知其二，北方有共产党八路军，对付着日本人百分之八十的军队，就连日本人的大后方，也有抗日联军英勇作战，百团大战平型关大捷，取得了举世瞩目的战绩，令世界震惊，就是在国民党中，也不乏铁血男儿，血战台儿庄长沙会战，打得日本人闻风丧胆……我们同是中国人，难道不能在民族危亡的严重时刻，能为国家为人民做点什么？"邵春甫说："我不知道这样的党那样的党，我不懂政治，我不在乎别人说我，有奶就是娘，我不同意用身家性命开玩笑！"张恒说："我也不是共产党，但我从他们身上看到了民族的希望，我深信我们桃源有共产党，我们扶善溪

113

在不久的将来也会有共产党。我只想在共产党未来之前，像共产党那样，自己组织起来干，誓死不当亡国奴！"邵春甫又一阵嘿嘿冷笑，笑得是那样的勉强。他将头摇得像个货郎鼓说："我不想当什么共产党，我更不想建什么农民自卫军，要干你们干吧，我置身事外。"郭刚见邵春甫把话说绝到这个份儿上，他转脸对默不作声的田岳喝道："四弟你怎么说？"田岳看了看郭刚，又看了看邵春甫，他知郭刚这一军将得厉害。那张俊俏的白脸涨得通红。他笑了笑答道："我杀过人，杀过该杀之人，我不怕别人杀我。我多少有点功夫，我自量轻功高不过飞机，拳脚快不过大炮，我是个郎中，我信奉悬壶济世救死扶伤，我的前半生也是这么做的，我的后半辈子照样也会这么做。至于与日本人打仗的事儿，到底岁月不饶人，恕我力不从心。"郭刚进逼道："如果日本人要你为他们救死扶伤呢？"田岳答道："我唯有一死以谢天下。"弟兄们出现了裂痕，出现了难以愈合的裂痕。张恒面对笑口常开的弥勒佛叹道："我们这些人的义气和勇气，不如一个土匪余彪。可笑，可悲！"邵春甫嘲哄道："可余彪到底能怎么样呢？还不是为了抗战的事儿埋骨荒野！"郭刚面红脖子粗地吼道："你忘记了当年咱们结拜的誓言，头顶三尺有神明，这里的菩萨就是证人，我可容不得边胡子弑兄欺嫂。我们之间如果有人要这样，小心我先杀了他。"晓剑法师察颜观色，急忙圆场说："买卖不成仁义在，都是自家兄弟，不要伤了和气。来，大家吃点心，这些都是上好的糕点。"连请几遍，谁也没有动筷，人就是人，心绪不对再好吃的东西都没有胃口。再多的危机也显得平淡。晓剑法师的话平淡得如空气一样，不让人察觉到他的存在。可庙外忽然有人接腔道："他们不吃，我们吃！"声到人到，众人一看，原来是邱吉山、傅云成、周子胜、王世龙四人风风火火地闯了进来。众人吃了一惊，邱吉山上气不接下气地说："各位爷，咱们的四条大船卡在桃源了，各位老板怎样定夺？"张恒急问道："各船上的人员有无损失？"邱吉山答道："人员尚都安康，我们是专程来送信请示的。"邵春甫急忙追问："你们为什么不把楠竹运回来退还山主？"四人一听此言，心凉了半截，七嘴八舌答道："这么重的载，这样高的货，反风逆水，如何开船。我们就是拼了命也倒运不回来了。"他们一脸难色。张恒说："只要人在，比什么都好。这样战火纷飞的年月，想必洞庭湖已被日本人封死。这批楠竹与其落在日本人手里修工事，还不如送给老百姓好。各位老板，我看就辛苦他们连夜赶回船，原地卸货送人。船只速速空载返回。不知各位有何高见？"在这个问题上，他们所见略同。大敌当前，保命保船要紧。晓剑法师一指糕点说："各位施主站着干什么，坐下吃点心。"四人相视一笑。也不客气坐下来风卷残云。片刻工夫吃了个精光。邱吉山对张恒、田岳说："张田二位大爷，在桃源我们碰到了少爷小姐，还有田少爷，他们在街上举行了盛大的抗日游行和讲演，连警察都伸去大拇指夸他们啦！"郭刚问道："你们看到了中龙没有？"四人异口同声答道："没有。"郭刚骂道："这个不懂事的家伙，他就不学学好样，这么个大小子比个姑娘都不如，这哪里像我啊！"郭刚自言自语自烦恼。见到其他几人都站起来向晓剑法师告辞。自己也随众人一起下山。回到扶善溪，邵春甫将邱吉山拉到家里交代说："你们从桃源回来时，落天禄将小姐少爷死拉活拽也要把他们拉回来。铺盖行李一齐回家。当然，如果你能接回张小姐郭中龙更好。其他的人看方便，他们不愿回家就算了。特别是小成和丽花，一定要回，你就说我病得厉害。"邱吉山连声答应。张恒无精打采地回到家里。幺姑放下手里的活儿。从铺柜房里走出来笑脸相迎。张恒烦她絮絮叨叨，心中甚是不悦，甩手出门，信步朝河边码头走去。只见河边桅杆林立，船船相挤黑压压地一字儿排开两里多长。有满载船、空行船、上行船、漂江船、大船、小船、华丽船，五花八门不下二百艘，形成了一条水上闹市。橘红色的晚霞映红了江面，平静的沅江水勾画出青山游船的倒影，如诗似画，相比之下，这里显然成了世外桃源，成了上下船只躲避战乱的避风港。衣衫褴褛皮肤黝黑的船夫失去了往日的豪爽，再也不见他们围掷船首大碗喝酒、大块吃肉的欢颜，换成了满脸无限的惆怅和怨毒。一艘大船前围满了人，人群熙熙攘攘发出纷杂的争吵声，一个身形瘦长的男人站在高处指手画脚。样子外强中干，张恒定睛一看，原来是杨贵儿。张恒感到很奇怪：这小子跑到船上干什么？准没有好事儿。他疾步走下河坡，不动声色地掺杂在围观的人群中看表演。杨贵儿见船夫门起哄，

115

他故意一挺瘦小的胸脯，活像一具穿着寿衣的骷髅。他举着双手示意，压了压嘈杂的抗议声，扯着嗓子喊道："各位静一静，静一静，我收大家一点保护费，这是没有办法的法，是张大爷郭大爷的交代，现在到处战火纷飞，我们扶善溪出人出枪保护你们，出钱修码头方便你们，我们的人要吃饭，枪要弹药，没有钱行吗？大船每条交百文，小船每条交五十文本不重，大家紧一紧就过去了，出钱买平安，这是天大的好事儿，过了这村，就没有那店了。不信？土匪就要抢光你们！"平时百无一用的杨贵儿今天倒说出了这些贼理，硬是说服了上百的船民。不由得使张恒刮目相看。他强压怒火一下挤入人群，跨上船头喊道："各位船家，我就是张恒，大家静一静，听我说两句话。"船客们见来了位长者，立刻安静下来，杨贵儿见势不妙，架势要溜，张恒对他说："你留下来吧，都听我说两句，何必急着走？"张恒将胸膛拍得咚咚响，激昂地说："我张恒代表扶善溪百姓，郑重地声明两条，第一、热烈欢迎各位停靠扶善溪码头做客，绝不收取任何费用。第二、热忱感谢各位南来北往，搞活了扶善溪的经济。"众船民听了，立刻喜笑颜开，有人问道："那刚才收钱的小子是什么人？"张恒笑了笑说："他是咱扶善溪邵大爷的亲戚，关于他收钱的事，我调查清楚了，会给大家一个交代。大家人不分贵贱，地不分南北，来到扶善溪就是客。现在天下混乱，日本人侵占我们的家园，杀害我们的人民，抢夺我们的东西，害得大家流离失所。我们还收你们的钱，这与日本人有什么区别！我们于心不忍，杨珍贵，你把收了的钱，当场退给他们。"船民激动得欢声雷动，千恩万谢地收回了自己的辛苦钱。事毕，张恒相邀杨贵儿来到邵春甫家对质，杨贵儿无法，麻起胆子随张来到了"益兴昌"邵春甫家。此时邵家已经打烊，两人转到后堂，只见邵春甫家满堂是客，邱吉山刘金娥夫妇、傅云成夫妇成了邵家的座上宾。由邵大成杨珍珠陪着。而邵春甫王桂枝两老夫妻反而成了陪衬。张恒觉得很奇怪，杨贵儿一双贼眼老往刘金娥身上溜，显然眼前意外的兴奋使他忘却了失落金钱的不快。见到张恒与杨贵儿突然来访，邵春甫感到很尴尬。王桂枝很不懂味地相邀二人入席，张恒抱拳一揖说："谢过了，我只想请教二弟一事……"不知死活的杨贵儿见刘金娥在旁，立刻卖弄能奈，他气愤愤地嚷道："亲家爷，这保护费没法收了，张爷不让，谁敢？收不到钱可怨不得我！"他抢先说法不可谓不毒，憋得邵春甫满脸绯红。他故作怒态斥道："混账东西，你好大的胆子，谁叫你收保护费了？"邵春甫的话，丝毫也没给杨贵儿面子，杨贵儿卖乖不成反挨一顿骂。气得嗓子眼里就如卡着了一根根鱼刺，心里疼痛嘴里一张一合的却说不出反驳的话来。人心都是肉长的，当着心上人的面被骂"东西"这个面子确实刮得难堪。邵春甫见杨贵儿未道出真情，以为他不敢回嘴，故意指责道："你这不争气的家伙，你私自收保护费，你是趁火打劫，想发国难财。今天是碰着了张爷，要是碰见了郭爷，看他不把你的腿打断才怪呢！"杨贵儿越听越不对劲，越听越觉得没面子，那张猴脸由红变白由白变青，他心一横眼一瞪豁出去了。他指着邵春甫说："亲家爷，是你早上交代我收保护费的，说张爷他们都到马鬃山去了，所得的钱五五分账，怎么推到我身上来了？"邵春甫一下气得浑身乱颤，那张罗汉脸扭曲得犹如腌上了一把盐，也张口结舌的答不上话来。张恒立刻拂袖而去，落得邱吉山等四人看了一场不收钱的马戏。

第十五回

惊遇敌机三雄遭厄
戏耍二男秀女逞强

　　1943年11月25日，对于扶善溪人来说，是个沉重的日子，这天天空阴霾遍布，北风鼓捣着雪珠儿如日本人的小钢炮一样，向石板岩码头上的人们发起了狂狂的攻击。码头上虽有往常的喧嚣，人们却没有了往常的愉悦。好不容易，在焦虑不安的期盼中盼来了自家的船。"章恒昌""益兴昌""旺宏昌""田茂昌"相继落下风帆，缓缓靠上码头。船上有人高呼，岸上有人高喊，人们像一阵风似地扑向大船迎接亲人。船舱门一打开，岸上的人立即目瞪口呆，出来的不是亲人，而是一群蓬头垢面衣衫褴褛缺手断腿的男女，他们大包小包哭哭喊喊地拥下船来，使本已阴寒的空气平地增添了死亡的惊恐和抑郁。最后走出船舱的是两男一女三位年轻人。当先那位女郎如玉树临风，势镇群心。她穿一件淡绿色旗袍，外罩一件粉红色毛线衣，将发育良好的少女美丽的线条朦朦胧胧地衬托出来，浑身洋溢着青春火韬。略显不协调的是，圆圆的脸蛋阴云笼罩，晶莹的大眼中似乎闪着泪花。她右手提着把似京胡非京胡，似大同非大同的长把胡琴，走到船头左手理了理略显凌乱的秀发，扫视了一下河坡，对着码头上各怀心事的人们，高声喊道：

"各位叔叔伯伯，兄弟姐妹们，我回来了。不，我逃回来了。可是，还有千千万万中国人他们逃不回家。国民党第七十四军五十七师师长宋程万将军和他的部属八千余人，与日寇激战十六昼夜，弹尽粮绝已与常德共存亡了。他们用血肉之躯，阻挡了十倍于己之强敌。赢来了撤退难民的宝贵时间。他是我们民族的骄傲，大家要记住这个艰难的日子——四三年冬月廿三。"她的语言激昂而甜润，惨烈而清脆，像一个晴天霹雳，震撼了扶善溪人的心。一时气氛紧张的比天气还要冷酷，唯有杂在人群中瞧热闹的杨贵儿，被眼前漂亮高傲、聪明而奔放的女郎所折服了，她是一朵带刺的玫瑰花，他知道她难摘，因为她是邵家的大小姐、妹子的小姑子邵丽花，但他还是咽着饿涎打着鬼主意。

邵春甫见一双儿女和准女婿随船平安到家，心里滋滋直乐，急忙分开众人迎上前去。"爹！"那甜润润的男女三重唱，真比留声机还好听，乐得邵春甫的五官都几乎从罗汉脸上挤下来。郭刚、张恒、田岳、周文武等人见邵家侄儿侄女双双安全返回，也替邵春甫高兴。一起上前迎接学子们回家，紧张的气氛在亲情中消失得无影无踪。忽然，一阵奇怪的嗡嗡声，由远而近，难民中有人惊叫："飞机，日本的飞机来了！"这呼喊，就如重磅炸弹将山旮旯里的人从懵懂中惊醒，立刻像一窝被烧了蜂巢的黄蜂，呼爹叫娘四处奔逃。郭中龙见状，站立船头振臂高呼："大家不要跑，都原地趴下，趴下来！"他的喊声就如泥牛入海，被人们的嘈杂声和飞机马达声湮没得干干净净。这时，日本飞机冲破云层，这怪物就如一条长着翅膀的小船，黑压压地向人们房顶头上压来。巨大的轰鸣声震得地皮都在颤抖，刺耳的呼啸就如利刃穿胸般难受，一个个只恨爹娘少生了两条腿，你撞我我推你乱成一团。日本飞机绕着长柳坪低飞，震得树梢直抖，盘旋几周后，调转机头径直向扶善溪飞来。照着奔逃的人群"哒哒哒"的扫了几梭子，射得地面像炒豆般扑扑地炸响。飞机掠过的那一线地面，刹那间躺下十多个人痛苦地挣扎，直到那可怕的"嗡嗡"声听不见了，有的人还撬着个屁股往渣滓堆里钻……郭刚双手捂住腿肚子骂老娘，鲜血染红了手掌顺着手指缝直往外涌。邵春甫脸色惨白，捂着左脸直哼哼，血流满面像个五花鬼。周文武伤势更严重，一颗子弹射穿了小肚子，连小肠都

露到了外面，张恒躺在地上，他怀疑自己已经死亡，他分明看到飞机从头顶压过，强大的气流就如有人在后背猛击一掌，身不由己一下摔去老远。此刻他一点感觉也没有，试着动弹一下，感到四肢伸缩自如，呼吸也很顺畅，他举目一看，四周景物依旧，他确信自己没有死，心中一喜，精神倍增。一个翻身从地上爬起来，逐一查看伤亡者，总共七死五伤，遭难者的鲜血染红了石板码头，散发出一种令人心悸的腥味。人们奔走呼号，纷纷查找亲人，死难者亲属哭天喊地，模样惨不忍睹。幸喜田岳健壮如牛，否则，张恒真不知该怎样收拾这场惨剧了。他与田岳邀集邱吉山等人及时将伤者抬往"田茂昌"救治。死者中有四人是本地人，自然由亲属将尸体带回家超度安葬。有三人是难民，想不到尽管东躲西藏，最终还是难逃日寇的屠刀客死他乡。张恒只能为他们换了身干净的衣鞋，抬往高粱坡入土为安。

经田岳细心诊断，邵春甫伤势较轻，子弹巧巧地削去了他的左耳，对生命并无影响。给他消毒敷药后，交由邵氏兄弟抬回"益兴昌"家中静养。遗憾的是，邵某人从此成了个缺耳罗汉。其他四人伤势较重，留在"田茂昌"病房细心观察治疗，田岳丝毫不敢懈怠。

邵春甫睡在自家病床上，尽管有王桂枝和一双儿女大儿大媳常侍左右。但内心比脸上的枪伤还要痛，那两箱金光闪闪的财宝总在脑海中闪现，比丢掉耳朵还难受。他想：我能得到四股之一，管他什么日本人也好，国民党也好，共产党也好，咱邵家世代都能过上舒适的日子，带着财宝往山里一溜，也不会受这场洋罪，可惜被不争气的婆娘给郭刚送去了。想到此，他气得直哼哼。王桂枝急忙来到床前探视，见到王桂枝，邵春甫猛地一下坐起来，把满腔的怨气和怒火凝聚于手掌，"啪"地一巴掌扇在王桂枝脸上。将王桂枝打了一个翻天印，趴在地上大哭起来，邵春甫还不解恨。恶狠狠地骂道："我打死你这个败家婆，打死你这个丧门星。"邵丽花听到父母的哭骂声大惊，急忙从内室跑去来，扶起倒在地上的母亲一看，王桂芝的脸已肿得像个包子，邵丽花心痛母亲，瞧了瞧怒容满面的邵春甫说："爸，您怎么啦！"邵春甫眨着血红的眼睛，指着王桂枝说："女人——祸水，败家婆！"邵丽花听得心头一紧，分辩道："爸，女儿也是女人，也是祸水吗？"

邵春甫说："这要看你听不听爹的话。"王桂枝扯了一下邵丽花边哭边说："跟他说不明白，咱们走！"邵春甫怒道："要走你自己走，最好再也不要回来，我对丽花还有话说。"王桂枝赌气哭着走了。邵丽花虽然心里不舒服，还是伺候着邵春甫躺下，谁叫她是他的女儿呢。在父亲面前，她永远是小孩，只有惟命是从。邵春甫见丽花默不作声，问道："你恨老爹啦！"丽花婉转如鹂道："不，爸，天下无有不是的父母，我不敢恨爹爹，我只觉得古人说得有道理，妻财子禄，无妻不以为家，薛平贵三探寒窑，韩世忠让权听令，才有梁红玉击鼓抗金的千古佳话。爹，红花还要绿叶配呀。"邵春甫想了想，长叹一声，眼中涌出了两行浊泪，他猛地一转话题："哎，爹老了，我心里急呀，你与中龙的事怎么啦。""我——"话到嘴边，也不敢伤害自己的老爸，父望子成龙呀。她只能撒娇，一下扑到邵春甫怀里，她强装羞涩地说："爸，咱俩一直很好呀。"实际上，她的心里在滴血。他心中只有张家的小子——张琛，这真是一对生死冤家。可是，这是媒妁之言父母之命，女孩儿家三从四德，这是再重要不过的事儿，她哪敢反对伤害父母之心。邵春甫见邵丽花如此懂事，爱抚万分地摸着丽花柔软的秀发，一字一句地说："你真是爹爹的好孩子，爹知道你喜欢张家娃儿，但我将你和二哥的婚事这样安排，自有爹的道理的，这完全是为了你们好，为了咱邵家。"邵丽花道："爹爹办事，从来不会上当的。"邵春甫说："那当然，一本万利，两箱财宝，我邵某可得四股之三！"邵丽花惊愕地抬起头来，漆黑的眸子闪着疑惑的光。邵春甫说："十年前，我和你叔伯们九死一生，在虎皮洲挖得二箱财宝，本来是放在我家的，可你妈做主，将财宝送到了郭家，怎么样？一直到现在音讯全无，这就是我打你妈的真实原因。孩子呀，只有你才能帮我，帮我在郭家打听到财宝的真实下落！"邵丽花不以为然地说："爸，妈妈这样做也有她的道理，您文不如张恒，武不比郭刚，财宝落在你手里，还会带来诸多麻烦，这样多好，无宝一身轻。"邵春甫说："话虽说有道理，但我觉得心里很不踏实呀。煮到锅里的鸭子让它飞了，我怎能甘心。""爸，国家都快保不住了，财宝就是在你手里，您自信保得住吗？小日本说到就到，他人还未到，你不就挨了一枪吗？我劝你

121

还是安于现状好，钱财乃身外之物！""混账，人家日本人不要钱，打到我们中国来干什么，这钱可通神啦，日本人来了，田可让他毁，房可让他烧，这财宝到了咱手里，咱提着就可走人，只要有钱，哪里都可安身。当家才知柴米贵呀，事不宜迟，今天你就去找中龙，打听到财宝的下落，咱们分了好走人，另谋去路！"邵丽花嘟着小嘴说："爸，你这不是把我当棋子使吗？""做棋子有什么不好，这下棋的人可费神呢，希望你听爹的话，做一颗过了河的卒子，为爹办好这件事，否则，我会丢卒保车的。"邵丽花见父亲软中带硬，她深知老爹爱财如命，说过的话九头牛也拉不回来，她只得认命，提着礼物先到"田茂昌"看望郭刚。当然，这样美丽贤淑的姑娘百中难挑其一，郭刚心里自然喜不自胜，腿上枪伤的痛苦忽觉减轻了许多，乐得李贵花也笑得合不拢嘴来。邵丽花见郭刚夫妇平易近人，觉得也很慈祥，紧绷的心立刻放下来。她笑眯眯地望着李贵花说："婶婶，今天晚上我约中农有点事儿，您老就替着中龙照顾叔父，我有话要对他说。"李贵花以为年轻人要搞那些见不得人的事儿，这婚还未成，传出去成何体统，心中不快，立刻收敛笑容。"这这这"地答不上话来。郭刚说："你这什么，晚上你就在这儿陪我，我哪点烦了你的心。"李贵花自然是无话可说了，在郭刚面前，她向来就是头温顺的绵羊，很听郭刚的话。坐了一会儿。邵丽花很礼貌地告别郭刚夫妇，顺便探视了周文武和其他的伤员，连田岳也赞扬丽花知书达理、贤淑大方，是位好姑娘。

隆冬的天，不阴也冷，太阳也好像害怕寒冷一样，早早地隐入了山峦。使本已阴暗的柳树林子，显得格外的阴寒。此刻，林中没有热烈，也没有浪漫，只有参差不齐的柳树光秃秃地在寒风中发抖，陪伴着两个青年男女，男人还是穿着那套深蓝色学生装，笔挺笔挺显得很精神。女人却穿上了深绿色棉袍。脖子上围条大红色毛线巾，将本已十分美丽的脸蛋儿，衬托得像个熟透了的大苹果，红扑扑地惹人疼爱。这对年轻人就是郭中龙和邵丽花，他们面对面站着，扯一些无关紧要的话题。郭中龙闪烁着炽热的花火，邵丽花肩负着严父的使命。郭中龙觉得邵丽花高不可攀，邵丽花却觉得力不从心，他们都觉得他们的谈话很累。说实话，郭中龙从来没有从邵丽花的生活中离开过，但又随时从她的心中莫名其妙地消失。这就是父母亲强迫给她的爱，她爱得也很累。沉闷的气氛像厚厚的云雾朝郭中龙挤压过来，他不由得打了一个寒战。心如针细的邵丽花及时把握住这一火候，关切地问："你冷吗？"郭中龙惨然一笑，答道："冷，我的心更冷！"在男人面前从不示弱的邵丽花看到眼前这位自小青梅竹马，十年寒窗共读的青年男人，是那样的熟悉和陌生。心中一酸，她感动了，从脖子上解下自己的围巾，一圈一圈地给郭中龙围上。那带着少女特有的温馨围巾，就如一条威力无穷的魔巾，立即使郭中龙所有的感觉都定格在这刹那之间。她又给了他一个甜甜的笑容，那对明眸，是他看见的最明亮最美丽的晨星。一股激情如开闸的洪水，澎湃而去。他再也不能自己，一把抱住邵丽花的娇躯，娓娓而言："丽花，我爱你，你是东方的维纳斯，是我心中的圣洁女神，我爱你海枯石烂天荒地老。"她靠在他怀中，听着他"咚咚"的心跳，感受着他扩大胸怀的温暖，给了她一种原始的慰藉和冲动，也许，父母的决定是对的，我需要他和他父亲的保护。想到此，她的呼吸急促，心跳加快，两个年轻人的心跳合成了一个节拍，组成了一曲闪花的和谐生命之歌。此刻，他感觉到她真正地爱上他了，她幸福地沉浸在爱河之中……

忽然，她感觉到几滴温暖的液体滚落到自己的脸上，流到了自己的嘴边，咸咸的，她一惊，啊！是中龙哭了。七尺男儿，居然抱着自己哭了。她突然认识到了自身的价值，油然而生一种征服男人，驾驭男人的快感。她伸出粉嫩的小手，给郭中龙揩了揩眼泪说："我不愿做女神，更愿做一个被男人爱的女人！"郭中龙在邵丽花香腮上轻轻一吻，嗫嚅着说："可是，可是我总觉得你就像那广寒宫中的嫦娥，让我敢爱而不敢及呀。""不，我不是嫦娥，嫦娥是一朵寂寞的玫瑰花，而我愿做一朵傲立冰雪之中的吐蕊寒梅。""你是圣洁的月亮，我永远是你的伴月星。""不，伴月星太多了，我只希望你是仅有的忠实吴刚。""吴刚只是你的仆人，我要做你忠实的丈夫。""仆人也好，丈夫也罢，这称呼并不重要，我只想知道在这兵荒马乱的年代里，你怎样养活自己的女人和孩子。""我家有良田产业，身有强健的体魄和力气，养活女人孩子轻而易举。""可人家日本人来了，不让你插

田拌土从商经营。""我和他拼了。""老婆却留给了别人！""这，这……"郭中龙惊愕得答不上话来。邵丽花倚在郭中龙怀中，伸出纤纤中指一点郭中龙的额头说："你呀，正是一个傻头傻脑的笨吴刚，只配侍奉人，我告诉你，你父亲保管着两箱财宝，价值连城，只要你探到下落，从中偷出那么一两件，咱们远走他乡，找个清静的地方，过那农耕渔樵的日子，岂不快活？等天下太平了，再回来孝敬老人家，也为时不晚啦！""真的，我怎么一点儿也不知道？你怎么知道的？"郭中龙狐疑地连续发问。"我知道了，还要你查探什么？看来，你是没本事办到了。""好，好，我一定办到，一定办到，幸喜得你今天告诉了我这个秘密，要不日本人来了，抢走了财宝岂不可惜！""此话当真？""一点不假。""你不后悔？""为了你我万死不辞。"邵丽花伸手一下捂住郭中龙的嘴说："怎么开口就是死呀死的，我们要活着，人模人样的活着。"说罢，嫣然一笑，妩媚得像一朵烂漫的山花。在邵丽花面前，本是胆小如鼠的郭中龙，此刻竟然大胆地吻上了丽花的香唇。四片嘴唇就如粘了蜜胶，贴得是那么的紧，吻得是那样的甜，吻得连星星都眨起了害羞的眼睛。围在郭忠龙脖子上的红围巾，此刻也成了多余的累赘，不知不觉地扯落在地上……

　　尽管两个年轻人爱得如此热烈，但时光老人却吝啬每一刻，当他俩从缠绵的温柔中清醒的时候，已到掌灯时分，他俩手牵着手儿，双双走出了漆黑的柳树林，慢步蹚回扶善溪大街。街上万家灯火齐明，街道空寂无人，人们都躲到各自温暖的小家中烤火去了。俩人成了被遗忘的人儿，他们的倒影在街面上拉得老长老长，显得格外的阴森清冷。来到"旺宏昌"铺面前，郭中龙到家了。他对邵丽花说："我送你回家吧。"邵丽花逞强地说："不用了，这日本人还未来，其他人能奈我何？"郭中龙举目向斜对门"益兴昌"看了看，见屋里灯火通明，料想他家诸人未睡，也觉放心，他依依不舍地说："恭敬不如从命，明日见。"迈步进了自家的大门。邵丽花嘴上硬，心里却莫名其妙地虚，忽然觉得缺少了点什么。她停步想了想，她觉得自己犯贱，已经离不开男人了，回味着刚才与中龙的热烈，轻飘飘地漫步而行，猛地一下，她身躯一紧，被男人的臂膀拦腰抱住了，她呻吟着："中龙，别这样，

124

让人撞见多不好意思呀。"郭中龙悄无声息，他见丽花软了，松开一臂，将手掌从邵丽花棉袍的衣襟叉中伸入，径直直逼胯下，在女人最敏感的部位上不断揉搓，邵丽花大惊，反手一巴掌"啪"的一声响亮。实打实地扇中了郭中龙的脸面，郭中龙猝不及防，脸上火辣辣的疼痛。松开手捂住了自己的脸颊，邵丽花怒道："郭中龙，算我父母瞎了眼，看中了你这个人面畜心的东西，还不给我滚。""小姐，我太爱你了，我求你给我片刻之欢，否则，我会死的。"不，这不是郭中龙的声音，邵丽花定睛一看，此人骨瘦如柴，猥亵矮小，腰上还围着自己的红围巾，邵丽花更加感到受了奇耻大辱，低声沉喝道："你是谁，我叫人了。"此人见诡计败露，索性放下双手，一副死猪不怕开水烫的无赖样子，狞笑道："你喊呀，喊呀，来的人越多越好，看吃亏的是谁？"邵丽花气得直跺脚。喝道："杨贵儿，你不得好死，我爹爹知道了，打你个半死。"杨贵儿笑道："我还真想让你爹爹知道，是你先爱上我哟！你我在柳树林里私订终身，这不，我还有红围巾为证呢！这谁不知道是你邵大小姐的，我索性来个明媒正娶，嘿嘿嘿嘿。"他奸笑得像头披着人皮的狼。邵丽花气得面色刷白，心一慌险些晕了过去。杨贵儿趁机一把将她扶住，在她的粉脸上深深一吻，这一吻使邵丽花突然清醒，他不能与这个畜生理论，因为动物是不知羞耻的，它必须智斗才有胜券。她强装一笑，真是沉鱼落雁，就如一颗明珠，在昏暗的灯光下熠熠生辉，吐出的口气如兰似麝清香四溢。杨贵儿乐得昏昏然了。他松开邵丽花嬉笑着说："大妹子，这样就好，我的亲妹子送给你哥哥搞了，他的妹子就不能让我搞吗？这是天经地义的事儿，这叫扁担亲家，古来有之。你就跟我走吧！"他伸手一拉，扑了个空，邵丽花已逃出十步开外。他心里一急，放开脚步大步流星般急追。看看就将赶上，邵丽花猛地一个急停，飞起一脚向杨贵儿裆下踢去。杨贵儿瘦猴般的身躯倒也灵便，将身一扭躲过飞脚，顺势一把抱住擦身而来的脚踝，邵丽花立刻失去重心，只凭单足点地，勉强维持摇摇欲坠的身体，杨贵儿抱住邵丽花浑圆柔滑的小腿，涎着脸说："小姐，夜已深了，是没有人来救你的，跟一个男人睡是女人，跟两个男人睡也是女人，咱们各取所需，都没白活，跟我回去如何？"他边说，那只邪恶的手，顺着光滑的小腿向大腿纵深要害部位探去……邵丽花不躲不避，因为只要杨贵儿轻轻一推，她就会迎面朝天跌倒在地，那样更危险。她只能强忍耻辱，强装笑脸。杨贵儿以为邵丽花成了待宰的羊羔，欲火熏得他双眼泛红，浑身骨头痒酥酥，酸溜溜的，神魂立刻颠倒，他放下邵丽花的腿，伸手就要扯邵丽花的裤子。邵丽花瞅准这个机会，狠命一拳向杨贵儿右眼捣去。"啪"的一声，砸个正着，眼珠子一下砸进了眼眶深处，鲜血直冒。杨贵儿大叫一声，往后便倒，像头死猪一样昏了过去。邵丽花哪管杨贵儿的死活，扯下自己的红围巾扬长而去。杨贵儿从此成了独眼龙。

第十六回

洋狼无心滥杀狂占
瞎狗有意献妹取宠

"杨贵儿瞎了眼啦！""杨贵儿不知被哪个女人打炸了眼珠儿啦！""这真是天开眼啦！活报应！"杨贵儿被打瞎了眼的消息不胫而走，立刻传遍大街小巷，传遍九溪十八梁，几天来成了扶善溪人茶前饭后交谈的中心话题。但人们左猜右猜，就是猜不出哪个吃了豹子胆，敢打瞎邵家亲戚的眼睛。

今年是个难得的暖冬，腊月初几里了，净明的天空还如秋天般瓦蓝，阳光自碧云山顶斜射过来，暖烘烘的让人很惬意。石板岩码头挤满了大船小船，人们一如既往地装卸货物，自然，杨贵儿挨揍的事儿也成了他们解除疲劳的精神良药，一个个从杨贵儿身上又扯到了亘古不变的话题——女人。"这女人的心也太狠了点儿，真是女人心门斗钉。"一位年长一点的搬运，重重地甩掉背上的苞谷，用汗巾揩了揩额头的汗，愤愤不平的说。"话可不能这么说，我敢打赌，这世界上没有了女人，日月也不会放光明。"年轻的汉子针锋相对。"母狗不摇尾，公狗不爬背，女人这玩意儿，祸水。"年长者固执己见寸步不让。年长者一句"祸水"立刻像滚油锅里沾上了一滴水，炸开了锅，引发了一片谴责之声……

　　王世龙站在大船顶篷上，穿着一身黑缎料裤褂，手里拿着账本，像个阔老板。他没有骂，也没有笑，一阵奇怪的"突突"声使他心惊肉跳。该不是日本人的飞机吧，他心里犯着嘀咕。抬头仰望天空，空中碧蓝如洗，没有半点飞机的影子，凭着他多年行走江湖的经验，他感到大事不妙，手搭凉棚往下河一望，我的天，一队蓝白相间的漂亮船队，自牛鼻孔脚板岩向扶善溪飞速开来。船快如风，船头划破碧水激起几尺高的白鹤浪，每艘船顶插一面白绸太阳旗，迎风招展，船上载着黄呼呼一片日本兵。可山里人却不知大祸临头，放下手中的活儿，停下口中的舌战，怀着孩子般好奇的心情欣赏这美丽的船队……王世龙急了，猛地一跺脚，甩掉手中账本喊道："日本人的洋船来了，日本人来了，大家快跑呀！"一听是日本人来了，船民和搬运们如梦初醒，哗啦啦往岸上急逃。这一下可苦了货老板和船主，他们逃也不是藏也不是，只恨地上没有开坼，否则他们早已连人带船钻下去了。眨眼的工夫，日本人的船队已开到码头前，成一字儿排开，包围了全部木船，立即成了他们的战利品。截获了木船，汽艇上日本人的机关枪"哒哒哒"地响起来，像铁帚一样向岸上扫射。疾风暴雨般的弹头，碰在岩石上火星直冒，射得房屋的木板壁扑扑直响，刹那间打成了一把把大筛。受惊的人群哭的哭喊的喊，慌不择路四处奔逃，你推我挤，像倒篱笆桩一样，纷纷摔下码头，掉到河里，乐得鬼子哈哈大笑。街上店铺里的老板伙计，急得抓灰不是抓火也不是，百忙中只好关门，噼噼啪啪的上梭门声不绝于耳。鬼子们打了一阵机关枪，耍足了威风取足了乐，停止了扫射，汽艇上扩音器中传来了一个鸭公嗓高叫道："大家不要慌，不要跑，皇军不杀老百姓，是来帮助你们打共产党，来保护你们的，大家快来欢迎皇军，先来者皇军有赏。"巨大的声音，震得人们耳朵发麻，不亚于机关枪声一样的可怕。哪个敢相信他的鬼话？人们更加慌乱了，连摔倒在地痛得要死的人也爬起来，一瘸一拐地争相逃命。在鬼子的枪口下，他们逃得了吗？"砰砰砰"鬼子的三八大盖响了，这些人成了他们练枪法的活靶子，一枪一个就像小孩玩弹弓一样随便。杀人恶魔乐得哈哈大笑，"哟西，哟西"喊成一片。扶善溪石板岩码头，成了鬼子们的娱乐场。扶善溪在哭泣，石板岩在哭泣，这哪里是惩恶扶善啦，这里成了恶人的天堂！河坡上，卵石边，草丛里，渣堆旁，躺满了手无寸铁的尸体，鲜血顺着石缝流到河水里，一圈圈扩散、淡化，腥气熏天。不怕死的乌鸦不知是被鬼子的暴行激起了愤怒，还是被尸体的血腥诱发了贪婪，它们低飞盘旋，凄厉地呼叫声比受难的人们的呼号还要凄惨。汽艇靠岸了，鬼子们举着太阳旗，端着枪扛着小钢炮，如一群披着黄皮的狼，号叫着冲上码头，涌进扶善溪……王世龙身中数弹躺在大街头，鲜血染红了绸缎衣，更加闪闪发亮。鬼子们认定他是个阔佬，就是死了也要验尸，围上去狠狠给了他几脚。剧烈的刺痛将他从昏迷中振醒，他沉重地睁开眼睛，只见身前身后站满了像树桩一样粗壮的家伙，黑洞洞的枪口指着他的头颅和心口。他恨，他恨自己为什么还没断气，他恨，他恨日本兵为什么比豺狼还狠。浑身骨头像散了架，天空房屋都在倾斜旋转，衰弱得就如一只受伤的麋羔动弹不得。横竖都是日本人的小菜一碟，死也要死的人模人样。他猛地使出临死前的挣扎之力，伸手抓住了鬼子的枪管，"砰"鬼子开枪了，"咔"刺刀捅来了，刹那间，王世龙就被捅成了马蜂窝。可怜王世龙十八岁卖身为匪，二十五岁弃恶从善，孤苦伶仃孑然一身生活在这个世界上，最终死于万里之外的恶人之手。这世界上还有向善人的立足之地吗？鬼子们还不解恨，临走还踢了他几脚，他们分散开来脚踢枪砸，乒乒乓乓狠砸各家各户的店门，再结实的梭门，怎挡豺狼的兽行。他们冲进各家各户，将人们像抓牲口一般从床下柜子角甚至茅厕里抓了出来，统统赶往关帝宫戏台坪集中，就连郭刚周文武等睡在"田茂昌"病床上的伤病员也不能幸免。年轻漂亮的大姑娘，小媳妇儿，匆忙之间急中生智，一个个弄得披头散发，脸上抹满灶灰和锅墨，战战兢兢地往人群堆里挤，她们是在寻求男人们的保护。敌人在戏台的两侧架着机关枪，黑洞洞的枪口对准手无寸铁的老百姓，如临大敌。戏坪四周站满了荷枪实弹的日本兵，贼亮的刺刀和头上的钢盔，在阳光下闪着阴森的寒光，使人们不寒而栗。戏台上一阵"咔喇咔喇"的马靴响，登上了一群身穿深黄色军官服的鬼子军官。当先一个圆墩墩的家伙，矮胖得像个大油桶滚到台前，他脸上泛着红光，上唇留一撮仁丹胡子，足蹬一双贼亮的马靴几乎没及膝盖。滚圆粗短的腰上，硬是挂着一把

129

战刀，吊着一把王八盒子，占据了身高的三分之二，显得那么滑稽可笑。他叉开双腿，挥了挥戴着雪白手套的手，叽里咕噜地嚷嚷了好一会，嚷得唾沫直飞。脸上闪现出得意的笑容，活像个穿着制服的大狗熊，挺着个大肚子等待着人们的掌声。一个长得白白净净戴着眼镜的翻译官，看样子很斯文，斯文得活像一个妓女院中的婊子。他跨前一步，操着鸭公嗓人模人样地翻译道："龟村少佐说了，皇军来到这儿，完全是为了提携你们，他知道你们的日子过得很苦，要给国民党交税交粮，给共产党当炮灰，你们的民族太低下了，低下得统统都是东亚病夫。今天皇军给你们送电来了，你们的政府太腐败无能了，必须由大日本大和民族取而代之，建立大东亚共荣圈，你们的日子才能富裕，你们的民族才能共荣共存。今天皇军到你们这儿来了，可以不给国民党交粮交税，大家只给皇军交少量的钱粮，无钱粮的人出力。首先，在你们的妇女中选出六位女能人，为皇军洗衣做饭，皇军将给予优厚的佣金，两不亏欠！"他说着人话放着狗屁，引起台下的人群一阵躁动，四周如狼似虎的鬼子兵立刻端起了手中枪，对准了人群。龟村摆了摆手，满脸狞笑，用半生不熟的中国话喊道："花姑娘的干活，米西米西的，别的事，皇军的不干，用你们中国的话说，皇军乃仁义之师，你们大大的放心！"喊罢，他故作姿态地"啪"的一个立正，举手环场一个军礼，接着一个向后转，又带头"咔咔咔"地走下戏台。早已等得不耐烦的日本兵，立刻冲进人群中，像老鹰抓小鸡似的，抓出来二十多名披头散发的妇女。山里人哪见这种阵仗，立刻愤怒得如一锅开水鼎沸起来。戏台上的鬼子扣动了扳机"哒哒哒哒"机枪子弹如刮风一样"嗖嗖嗖"地从人们的头顶呼啸而过，射得枯柳枝断杆抖，惊飞起一群饱食人肉的昏鸦"哇哇哇"地凑起了热闹。人们被镇住了，但二十几名被抓出列的妇女没有了主心骨，哭喊声更加凄厉，有的不顾鬼子兵的夹持，倒在地上拼命打滚。龟村等几名军官走来了，鬼子兵费了九牛二虎之力，才把地上的妇女提起来。接受军官们的挑选。鬼子军官饿狼般的目光色眯眯地逐一打量着妇女们丰满的胸脯和浑圆的肥臀，像魔鬼般淫笑起来，笑得妇女们浑身直打哆嗦，笑得男人们心里直怵儿。龟村的鹰眼突然盯住一名妇女白皙的脖颈，几步滚到她跟前，撕掉白手套"吐吐吐"地在手心吐了两口唾沫，往这位妇女脸上一抹，随即用白手套在妇女脸上几擦几抹，露出了一张粉嫩俊俏的脸，乐得龟村满脸红光，眼放异彩。竖起大拇指连喊"亚西"。原来，这名妇女不是别人，是扶善溪头号美媳妇儿，邵春甫的大儿媳杨珍珠。杨珍珠本能地用手捂住粉嫩的脸蛋和白生生的脖颈，露出两只含泪的眼睛，可怜兮兮地向人群中张望，就如一只临死前的羊羔，盼望那么一丝丝亲情的突现。但盼望能怎么样，邵春甫像只狡猾胆小的狐狸，生怕猎人发现自己，战战兢兢地捧着脸蹲在人群中不敢吭声。邵大成泪流满面"嗝嗝"地不敢哭出声来。年轻的邵小成作势要冲出人群，被王桂枝一把死死地拉住，他也落得图个平安了事……他们不配做男人，充其量只是个欺软怕硬的混蛋男人。就这样，日本人顺利地挑足了六名妇女带进了小学校。其中也有邱吉山的堂客刘金娥，他眼见着爱妻被拉走，吓得连屁也不敢放一个。可悲！幸喜得邵丽花打人后疯到了姥姥家，周氏姊妹花驾船出河捕鱼没有回来，才万幸躲过了鬼子的魔掌。随即，鬼子兵驱散了人群，赶走了庙里的和尚和学校的教师，占据了扶善溪的圣洁之地成了他们享乐的天堂。他们从汽艇上抬来了不知名目的机器和圆圈线线，每间屋子都挂上了线，吊上了一朵北瓜花。鬼子的司令部就设在学校办公室，他们成了这里的主人，主宰着扶善溪的一切。不到两个时辰，鬼子兵就从各家各户抢来了柴米油盐肉食水产菜肴糕点牛羊鸡鸭，他们杀人抢妻有功，理所当然地要受到山里人的款待。这就是人畜一般的道理，这就是弱肉强食的逻辑。地球在不停地旋转，日月在不停地轮回，可恶！人低下得还没有走出动物世界。

天，在恐怖中沉黑下来，整个扶善溪就如垮下了十八层地狱，昏暗得没有了半点生气。突然，关帝宫传来了一阵轰鸣，刹那间两处一片通明，照耀如同白昼。扶善溪人惊奇得就如发现了另一个太阳，忘记了惊恐，翘首仰望灯火辉煌的关帝宫小学校。看归看，他们哪能看清此刻里面发生的悲壮故事！

杨珍珠洗了澡，换上了鬼子兵为她从邵家抢来的她最喜爱的粉绿色金花缎料旗袍。紧俏的腰身，将窈窕的身段勾勒得楚楚动人。她每走一步，丰满的胸脯和浑圆的臀部都会隐隐颤动，平添了若干诱惑。

她的披肩长发挽成了一个髻，使她本就十分好看的脸蛋更加妖艳妩媚。她自信她的魅力足能融化一切男人的骨头，龟村绝不会例外，她从龟村的眼睛神色看到了他中了自己的圈套，强烈的欲念使他成了一头发情的公狼，仿佛要把她一口吞噬为快。她要报复她无用的男人和公爹，她要拯救扶善溪的乡亲和父老，她看清了人生是冰凉的，世道是冰凉的，谁也靠不住。人到矮檐下怎能不低头，特别是女人，在野兽面前，她别无选择，只能以女人的方式和本钱以柔克刚，出奇制胜。她觉得自己的决定是正确的，在特殊的场合，肮脏的行为也会很美好，人生的好坏自有后人评说。想到此，她心安理得地对着龟村媚眼一闪，秋波盈盈，岸然道貌的龟村被融化了，他一下子从将军变成了奴隶，真像一只巴儿狗拜倒在杨珍珠的胯下。杨珍珠礼貌柔情地抚摸了一下龟村的横肉脸，随随便便地笑着说："你杀害手无寸铁的好人，容忍部下以杀人为乐。"她摇了摇头，提高八度声音说："你不配做男人！""我是不是男人并不重要。"龟村涨红着脸，站起身来继续说："其实，军人杀人也是被逼无奈，你不杀其人，其人必杀你。"在漂亮的女人面前，龟村竟然说出了流利的中国话。"你们远在千里迢迢的东洋，又有谁胆敢杀你？"杨珍珠不愠不恼地紧追一句。"我们漂洋过海来到支那，完全是为了友谊。"龟村信口雌黄，我真担心他烂掉舌头。杨珍珠乜斜了龟村一眼，恨得牙痒痒的，但表面上还是满面春色。她伸出纤纤秀手一指龟村说："友谊也好，侵略也罢，我一个妇道人家也争执不清，总之滥杀无辜就是罪恶。""分辨罪与非罪这是法官的事，我作为军人，只能以服从命令为天职。小姐，请你不要谈这些不愉快的事情影响我们之间的欢乐。""哈哈哈哈，你也想欢乐？"杨珍珠笑得娇躯乱颤。她话锋突然一转说："这街上死难者的家属又找谁去欢乐？""小姐，这就是战争，战争是残酷无情的，我们活着的人有机会欢乐就得欢乐，说不定哪天我们也会死去，到那时可就噬脐莫及呀。"说到这儿，龟村的脸上不禁黯然失色，杨珍珠气愤地说："这场战争，是你们日本人强加给我们的，杀人与被杀人，这是因果报应，我看不提也罢。"龟村见杨珍珠气恼变色，色眯眯地盯住杨珍珠的脸蛋和胸脯，觉得美人儿的气恼别有一番风味。他更喜欢有个性有野性的女人，他如无福消受这样的美人，真枉到世界上走一遭。他心猿意马地说："小姐，这些问题我们以后再讨论，用你们中国人的话说，春宵一刻值千金啦。""你想怎么样？""我想与你好事成双！""我是有男人的女人，我不敢背叛。""我是有女人的男人，玩玩又何妨？我会满足你一切要求的。""要我答应你，你就再不许杀害我们扶善溪人。""我不杀害他们，他们也不能杀害我！""我是女人，生来就憎恨杀人。""我是男人，生来就喜欢女人。""你喜欢女人，那你就不能杀你喜欢的女人身边的人。你能吗？""能，一定能，我答应你，我和我的部下，再不杀你们扶善溪的人。"龟村说着，像饿狼一样抱住了杨珍珠，吻了又吻，女人特有的香味，美得久不见荤腥的色狼晕头转向。他信誓旦旦地说："我不杀人，保证不杀人，欺骗女人的男人不是真正的男人。"他——堂堂的帝国少佐，在女人面前屈服了。杨珍珠也得到了他的空头支票，龟村正要行事……"AK似纳！"小队长佐田笔挺地立正在门外，规矩得活像一具竖立的僵尸。龟村的兴致正浓，不知死活的佐田破坏了他的好事，使他十分恼火。"八嘎呀路"他怒喝了一句。只得整了整凌乱的军装，挎上腰刀佩枪，就如一条逢春苏醒了的毒蛇，恢复了它的本性，他沉声喝道："进来！"佐田小心翼翼地跨进了房间。叽叽咕咕的用日本话报告了一番，龟村的面色由红转白，显得十分凝重。他吩咐道："叫他进来。""咳！"佐田敬了一个军礼，转身大步流星地跨出房门，不一会儿，他带进来了一个身材猥亵瘦猴模样的独眼龙来。杨珍珠见是胞兄，吃了一惊，急忙背转身去。杨贵儿战战兢兢来到龟村面前，就如见了十八代祖宗，跪倒在地结结巴巴地说："太，太君，我叫杨珍贵，是拥护皇军的大大良民，扶善溪有人阴谋要杀害皇军，他们有二十多条枪，正在'章恒昌'开会啦！"龟村大怒，像抓小鸡一样提起杨贵儿说："八嘎，你的良心大大的坏，说谎的死啦死啦的！"杨贵儿哭丧着脸说："太君，这是真的，如果不信，你会后悔死的！"杨珍珠转过身来，指着杨贵儿说："太君，别听他的，他是个疯子。"杨贵儿乍见亲妹子在场，吃了一惊。独眼翻了几翻，一切都明白了。这个好人不做，更待何时，说不定靠着妹子，自己有飞黄腾达扬眉吐气的好日子。他又跪下说："太

君，她是我亲妹子，如果您喜欢，我就送给您吧！"龟村一听杨贵儿是美人的哥哥，脸上立刻友善了许多。他追问道："你说他们要杀皇军，都是些什么人？""他们是章恒昌的老板张恒，益兴昌老板邵春甫，旺宏昌老板郭刚，田茂昌老板田岳，还有麻阳佬周文武，他们手里都有枪。"杨珍珠听了大叫一声，口吐鲜血昏倒在地。龟村急令军医抬往后院救治，命令佐田集合队伍，由杨贵儿引路杀气腾腾地向章恒昌包抄过去……

第十七回

义士谋动密泄遭劫
烈女施计临危救难

　　冬天的夜，霜风如刀。章恒昌小客房内，炭火熊熊温暖如春，红烛摇曳，忽暗忽明。四方小桌上放着一副麻将，四碗盖碗茶散发着清香，四颗惨白的头挤在一块儿，屋内紧张严肃的气氛，完全不亚于霜风的冷酷，他们正商量着解救妇女的事儿。忽然，郭刚田岳同时瞪大了惊愕的眼睛，郭刚压低声音说："鬼子来了。"四人马上停止了讨论，热热闹闹搓起了麻将。他们沉着得还真有那么一回事儿，鬼子兵将章恒昌围了个水泄不通，"砰、砰、砰"几声刺耳的枪响，子弹呼啸着划破夜空，凄厉至极，刚刚沉寂下来的扶善溪，立刻人哭狗吠，乱成一团。章恒昌前后左右的大门小门耳门，同时被鬼子兵撞开，他们如疯狗般涌了进来。在铺面放暗哨的余贵儿还来不及通报，就被鬼子踢翻在地捆了起来。张恒镇定而客气地站起身，拱了拱手说："诸位太君，黑夜来访寒舍，不知有何见教，小老二张恒有失远迎。"佐田刷地一下抽出明晃晃的战刀，架在张恒的脖子上说："八嘎，共产党的干活，死啦死啦的！"接着手上一紧，冰亮的刀锋划破了张恒的脖颈，鲜血汩汩。邵春甫见状，慌得撅着个屁股往牌桌底下钻。被鬼子兵照屁股

135

一脚，连人带桌踢了个翻天印，重重地砸在对边的郭刚身上，将腿部
受伤未愈的郭刚砸翻在地，挣扎着爬不起来。小小客房内立刻大乱，
惊得幺姑披着衣服跑下楼来，被鬼子兵当场拿住。田岳喝道："住手，
你们这些畜生，只会欺负伤员妇女，还算男人吗？"佐田从张恒脖子
上抽回战刀，咬牙切齿地说："哟西，合由近！"田岳说："我是个
郎中，我的职业是治病救人。"他用手一指郭刚说："他是被你们打
伤的，是我的病人，你们再没有理由抓他。"佐田见这老头儿如此倔强，
毫不卖他帝国军人的账，这真是奇耻大辱。脸一下气成了猪肝色。就
如一个戴着面具的小丑。"八嘎呀路，笨。"刷地一刀如一道晶亮的
匹练向田岳当头罩落。来势之汹其势之狠，佐田自认为这小老头必定
一刀分尸。看看及顶，田岳轻描淡写的只一闪，轻如飞燕般跳出圈外。
顺势一脚，将佐田踢了一个趔趄，撞翻了旁边的鬼子兵。鬼子兵笨重
的身躯又砸翻了高桌，两只红烛霎时翻倒，小客厅刹那间漆黑混乱一
团。鬼子兵一慌神，乒乒乓乓开起枪来。余贵趁机踢翻了抓住他的两
个鬼子兵，在黑夜的掩护下逃离了章恒昌大院，几个起纵不见踪影。
站在屋外指挥的龟村见状不妙，高呼："扎一煞未卡里。"乒乒乓乓
的枪声，如炒豆般急剧响起，枪口喷出的火苗闪闪烁烁，在黑夜中更
加恐怖。但这场闹剧就如给余贵儿开了个欢送会，鬼子兵胡乱开了一
顿枪，龟村猛然醒悟，急忙指挥外圈鬼子兵点燃火把，打起电筒进屋
查看。只见屋中一片狼藉，佐田挠着个屁股，鲜血直流，趴在地上直
哼哼，旁边还横七竖八倒着几个鬼子兵。两位小老头儿昂首挺立当场，
凛凛正气不容侵犯。龟村肥猪般滚到田岳身边。强压怒火问道："你的，
什么的干活？"田岳答道："我是个郎中，他是我兄长。"龟村点了
点头到："哟西，你们的为什么不逃？"张恒答道："我们无罪，为
什么要逃？"龟村伸出大拇指说："你的，男子汉的有。"说罢，又
对田岳问道："你的郎中的干活，到这里什么的干活？"田岳一指郭
刚说："他是我的病人，是被你们无辜打伤的，我到这儿是为他看病的。
你们的人自相残杀，与我们何干？"龟村眨了几眨老鼠眼，奸笑着说：
"不，不。我听说你们都是有本事的男子汉，皇军愿意和你们交个朋友。
专程请你们到司令部去做客。"田岳听了，仰首哈哈大笑说："交朋友，

有五花大绑与人交朋友的吗？有荷枪实弹请朋友的吗？"龟村抬眼一瞧幺姑，面色为之一红，挥了挥手对鬼子兵命令道："松绑，放了她。"他回头对张恒田岳说："误会，误会。女人的，我们的不该抓。"张恒轻蔑地一笑，回头对幺姑交代道："人活着，就该有个活法，爱哭的女人，不是咱张家的好女人。我们无罪，半夜不怕鬼敲门，你在家要特别小心门户，小心仓库里的货物有失。"幺姑会意。强忍着泪水不让外流，点了点头说："你们保重。"张恒说："好，我会一路好走，不必挂念。"幺姑说："你一路好走，我会随你而来。"张恒说："大可不必。"说罢，带头大步流星般走出家门。邵春甫泪眼汪汪，吓得像掉了魂一般，磨磨蹭蹭屁股上又接连挨了鬼子几枪托。龟村和部分鬼子兵押着四人进了小学校，剩下的鬼子在负伤的佐田带领下，分别将四家翻了个底朝天，从邵家搜出了三把驳壳枪，郭家搜出了两把驳壳枪和一把乌磁大刀，田家搜出了一把枪和一把剑，唯有张家未搜出武器。鬼子兵顺手牵羊，从四家共抢得大洋六百多块，布匹粮食若干。

　　小学校电灯通明，从黑暗中走进的人儿感到十分刺眼，连郭刚田岳都眯起了眼睛。张恒在城里做个几年官儿，没有吃肉还看到了猪走路，知道这是电灯。邵春甫这个土财主就感到稀奇了，人家东洋人连用的灯都比中国先进，我们跟它们斗还不是拿鸡蛋往石头上碰。他后悔得摸着自己的脑袋连连跺脚。龟村笑眯眯地坐到原来校长坐的位子上，将枪和战刀解下来，示威性地"砰"的一下，放在办公桌上，伸手向四人一招说："坐下，统统地坐下来说话，我虽是个军人，但很爱结交江湖朋友，早就知道四位义气大大的好，不知你们交不交我这个朋友？"张恒不卑不亢地答道："请问太君，这愿交朋友怎么样？不愿交朋友又怎么样？"龟村哈哈大笑说："痛快，痛快，我不妨坦率地告诉你们，这愿交朋友嘛交出你们手中所有的武器和人员，用你们中国的话说，化干戈为玉帛，不愿交朋友嘛，对抗皇军死啦死啦的。"张恒耸了耸肩，报以轻蔑地一笑说："哦，我明白了，顺我者昌逆我者亡，可是我也不妨告诉你，这是在我们中国人的土地上，你们开的价码太不公平了吧。"龟村面色一寒，拍着桌子说："你们扶善溪人中有人举报你们私藏枪支，图谋杀害皇军，良心大大的坏，今天落在我手里，

137

还和我谈什么公平？"张恒猛地一下站了起来。惊得身后的鬼子立刻端起了枪，张恒指着鬼子兵的枪质问道："请问太君，只许你们持枪杀人，不许我们私藏武器，不知你们代表了我们中国哪家政府？"龟村听了，不怒反笑，他猛地一把拿起战刀，双手平托着举到头顶说："我代表了我们大日本天皇陛下所领导的政府，用你们中国人的话说，成者王侯败者寇，你要问就去问你们的蒋介石先生，问他有何感想。"龟村放下战刀，哈哈哈哈一阵狂笑，这猖狂的笑声久久在礼堂中回荡，就如一把把锋利的尖刀，刺得四人心痛异常，干瞪着眼你看看我我看看你，气得说不出话来。山里人哪里知道，日寇在太平洋战争中正节节败退，他们的猖狂已成强弩之末。龟村见四人再不说话，怒道："看来你们是不想与我交朋友了，真是不见棺材不落泪。"来人！""到！"一鬼子兵像段木头般立在龟村面前。龟村叽里咕噜地向鬼子兵交代了几句。鬼子兵退下，不一会儿，两个鬼子兵将查获的刀枪，稀里哗啦地摆到堂前。龟村铁青着脸，连连冷笑，就如阎王催命一般，笑得邵春甫软成了一堆稀泥，瘫倒在地上。龟村叽道："你们还有何话说？"郭刚眼见得自己的宝刀落入敌人之手，心痛万分，他撅着伤腿，晃晃悠悠地站起身来，鼓着一对环眼吼道："小鬼子，这乌刀是老子的，你们连刀都不放过吗，强盗！"龟村兴奋得面发油光，玩着猫戏老鼠的游戏，他向来就喜欢以杀人为乐，以戏人为荣，他——帝国的堂堂少佐，主宰着这四个人的生命，这就是权力，这就是荣耀。他自豪地说："那当然，连你们的命我也不会放过。用你们中国人的话说，无毒不丈夫。"这家伙真是个狡猾凶残的中国通，连中国的俗语他都能准确无误地信手拈来，不得不让四人刮目相看。龟村站起身来，抓起桌子上面的刀枪，吩咐鬼子兵道："这四位客人就交给你们啦，好好地招待招待他们。"说罢，转身进入内室，因为他还有更重要的事情要做。刹那间，一群如狼似虎的鬼子兵将四人按倒在地，拖到关帝宫大殿，一个鸭子浮水式，四脚四手地吊在大殿梁上。毒恶的皮鞭，如雨点般泻落在四人身上。邵春甫杀猪般高叫起来："哎呀，我说，我什么都说。"佐田挠着个伤屁股，"嗯"了一声，示意抽打邵春甫的鬼子兵停下手来。让他吊着观看其他三人继续受刑。皮鞭抽在三人身上，棉花布片如雪花般飘落下来。片刻工夫，他们就被抽成了一个肉人，眼见得皮肤由青到紫，由紫到破，活生生的人肉随着皮鞭一块块撕下，三人又变成了三具血尸。久伤未愈的郭刚首先昏了过去，日本兵一瓢冷水洗醒了他，又让他观看其他俩人继续受刑。突然，一个披头散发的女人发疯般闯进大殿。撞开行刑的鬼子兵，伸出自己粉嫩的双臂和身躯，护住奄奄一息的张、田二位长者。哭道："他们都是好人，你们这些强盗，作孽呀，作孽呀。"皮鞭落在她身上，立刻皮开肉绽。鬼子兵见识她，惊呆了，停下了罪恶的手。龟村穿着和服，仓促之间跑掉了一只木屐，对着行刑兵啪啪两个巴掌，吼道："八嘎呀路，滚"这个路人是杨珍珠，她藏在后堂，什么都看的清清楚楚。她哭喊着撕咬龟村，挣脱龟村的怀抱跑进来救下了张、田的性命。鬼子兵放下四人，将重伤的三人抬往后殿关押。龟村留下邵春甫笑着对他说："我知道，你是珍珠的公爹，大大的好人，你的说说，还有哪些人手中有枪？说得好，我给你个维持会长干干怎么样？"杨珍珠对着邵春甫瞪了一眼，邵春甫心中有愧欲说又止。恰在这时杨贵儿满面春风地跑进来。他兴高采烈地说："亲爷，皇军给了你一个立功赎罪的机会，你不说，我可就统统说了，到那时，这维持会长的官儿就归我了，你可就后悔莫及了。"杨贵儿一番话，气得杨珍珠脸色苍白如纸，几乎昏倒。龟村一把扶住她，急令手下将杨珍珠送往卧室。邵春甫醋气熏天，他本就垂涎儿媳已久，但碍于脸面，没有机会下手，今天这块肥肉落到龟村嘴里，他怎能不怄？他本能地调过头，不忍心看着儿媳妇被人带走，他转念一想，又打起了小算盘。这样也好，凭着珍珠的关系，自己总会有飞黄腾达的一天。他有钱，但没有权，受够了郭刚张恒的窝囊气。他要出人头地，只能在此一搏，有道是：大树底下好乘凉。日本人这棵大树我靠定了。小不忍则乱大谋呀。想到此，他将扶善溪枪支隐藏情况一五一十地全部交代，并将准备组建抗日自卫军的全部责任添油加醋地推在其他三人身上。龟村十分赏识，伸出大拇指夸道："你的大大的好，够朋友，你们明天的，打锣通知藏枪的各家各户，全部上交皇军，藏枪不交者，格杀勿论。""是，太君。"俩人就如两条巴儿狗，异口同声讨好龟村，都望着主子赏他们一根骨头。关二爷还是那么正义凛然地高坐在神龛之内，可立过血誓的邵二爷就这样卖友求荣了。他真不知世界上还有"羞耻"二字，这也是对关二爷莫大的猥亵。杨贵儿嬉笑着一张猴眼，单眼中奴光闪闪，他学着鬼子兵的样子，叭地一个立正，举起左手敬了一个军礼，就如举手遮阳光一般无聊，龟村不禁皱了一下眉头。"报告太君，郭刚家里还藏着两箱财宝，价值连城。"邵春甫心里"嘎登"一下，心痛得几乎发晕。他老谋深算地说："杨贵儿，这等大事我怎么不知道，你可不能欺骗太君啰。"杨贵儿说："那还有假，我亲耳听到你家大小姐告诉郭中龙的，该不是你想欺骗太君吧。"邵春甫偷鸡不成反蚀一把米，心中一慌，结结巴巴地说："太君，太太君，我真的不知道，可，可能是小女道听途说，要是郭刚家里有宝，他成年的儿子哪有不知的道理？"杨贵儿说："不管郭刚有没有宝，他有万夫不当之勇，太君还是杀了他好，免得成为心腹之患。"杨贵儿害怕郭刚，想借日本人之手除掉郭刚。邵春甫急忙说："郭刚虽勇，但他现在已身负重伤，练武之人只要挑断脚筋就武功尽失，谅他也不敢危害皇军，他还要感谢皇军不杀之恩呢！"邵春甫打着小算盘，杀了郭刚，财宝的下落就无人可知了。狡猾的龟村不动声色，面上平静得就如一个木偶，让两狗心中惴惴不安，心中却大喜过望，如得财宝。他将是天皇大大的功臣，前途不可限量。邵春甫否认，这无疑是此地无银三百两。这个老狐狸，待我来好好考察他一番。龟村抿了抿嘴，上唇的任丹胡不断地抖动，这是他的习惯。每逢思考问题时，他都会情不自禁地这样做。他立即做出决断，指着两人说："你们俩不必争执，你们还是先办好追枪的事儿，如有走失，唯你们是问，赶快走吧。"他下了逐客令，俩人诺诺连声而退，急急如丧家之犬。财宝的事儿，乐得龟村十分惬意。他轻飘飘地进入杨珍珠的卧室，杨珍珠披散着头发，面色虽没有了往日的红润，但那病西施沉鱼落雁之美，已使龟村神不守舍，那浑圆洁白的手臂上红肿的鞭伤如一条条难看的水蜮，往外浸润出殷红的血液。这点小伤小血，在偏爱观赏他人鲜血的龟村眼中，本就如屎壳郎不知屎臭一样平常。但偏偏是伤在美人身上。不由得使他那颗扭曲的心也为之一颤，心痛得眼中湿乎乎地。充盈了泪水。他的眼泪是不会让别人看到的，他认为自己是人中之龙，但在杨珍珠面前却是例外，他必须以此来取悦美人心。他疾步奔到床前，一把揭开绣花缎铺盖……"你要干什么？"只穿内衣的杨珍珠护住女人敏感的部位惊叫起来，雪亮的电灯光将她雕塑成了一尊美不可言状，而又凛然不可侵犯的半裸女神。那楚楚可怜的模样，也如一株带露的吐蕊寒梅，超凡脱俗，不带一丝人间烟火。那娇柔可人的丰腴曲线，就如神奇的海底世界，隐藏着女人的私密，是那样的幽深如梦。被欲火熏急了的龟村，一下将绣花被甩到地上，就要上杨珍珠的身，杨珍珠晃动着两条带血的臂膊说："你的部下将我打成这样，你就忍心在我的伤口上抹盐吗？"龟村停下动作，摸着上臂说："这些混蛋我会惩罚他们的，为你出这口恶气，真的。"杨珍珠一下坐了起来，她含恨而说："也许，这些你能为我做到，但尸横码头的冤魂，和我同样受玷辱的姊妹，含冤受苦，至今被关的老人……他们的恶气由谁来出？""小姐，这些都是政治，政治是残酷的，我也无能为力，让我带你共赴美好的天堂好吗？""你只知自己要美好，被你们奴役的千千万万中国人就无权要美好吗？这太不公平了！""你要公平，可以，你给我美色享受，我给活着的老人自由，等价交换，这总算公平了吧。""如果你真那么做，那我替他们谢谢你了，怕只怕你口是心非，得到好处你就反悔，你先听我讲一个故事。""我洗耳恭听。""以前，在一个荒无人烟，豺狼虎豹横行的荒洲上，有四位可敬的中年人邀集百十余人艰苦奋斗十几年，几乎耗尽了心血和家财，终于建成了一个繁荣昌盛的水陆码头，极大地方便了上上下下的过往船只，为山里的老百姓创造了文明，创造了财富，却引来了贪婪的土匪，不断来这里抢劫掠夺，打破了人们的幸福平静生活。四个人又用他们的智慧和勇敢多次设计擒获土匪，根除了匪患，保卫了这块世外桃源。你说这四个中年人算不算真正的男人。"杨珍珠不等龟村回答接着补充："就是这几个男人，在你们来到时如果组织起来与你们抗斗，你们能顺利无损地侵占这儿吗？他们的武器取之于土匪，又没有拿起武器反对你们，他们何叫私藏枪支？你们严刑拷打他们，还要杀害他们的性命，你们良心何在？他们是有威望的成名老人，你们借故杀害了他们，会激起更大的民愤，你们在这儿还能不能顺利安身？"杨珍珠连珠炮的发问，攻得龟村面红耳赤，无言以对，他暗想，这个女人不仅美，而且很厉害，她怎么知道最高司令部中日亲善的政策方略？我险险地铸成大错。他由衷地说："明天收齐了枪支，我无条件的放了他们。""此话当真？""我说过，欺骗女人的男人不是真正的男人，君子一言驷马难追！"一个杀人恶魔，他还有脸自称君子，我想，他应该知道中国还有个寓言——披着羊皮的狼。龟村见杨珍珠再未发问，立刻疯狂地奋跳起来，放到了杨珍珠，像头膘肥肉满的大公猪，准确无误地压上杨珍珠的身躯，几乎将她挤出油来。不结实的木床"嘎哧嘎哧"直叫，仿佛诉说着这个悲惨故事，为娇美的丽人大鸣不平……

"噔，噔，噔，噔"一阵急骤的铜锣声将两人从梦中惊醒，杨贵儿扯着个破锣般的喉咙喊道："各家各户听了，皇军说了，大家快交枪，凡是藏有枪支弹药的人家，必须马上上交皇军，要是逾期不交，无论是谁格杀勿论，张恒郭刚就是榜样。"这无耻的破锣嗓慢慢远去了，龟村从这个独眼瘦猴的身上，对最好统帅部以夷制夷，以战养战的策略又有了新的认识，更坚定了释放三个老人的决心。他心满意足地从床上爬起来，换上军服丢下委屈得哭成泪人的杨珍珠走了，还有很多事等待他去做。这件件事都是关系到他的命运，关系到这场战争最终的胜负大事。他作为帝国的军人，不能满足沉浸在温柔之乡不能自拔。凄厉的集合号吹响了，日本兵踏着"垮垮"地整齐节奏，跑步来到关帝宫戏坪集合，邵春甫像个跟屁虫，歪戴一项日本小毡帽，跟在龟村身后。小人得志格外猖狂，在邵春甫身上印证得活灵活现，他自鸣得意得几乎要飞上了天。龟村叽叽咕咕地说了一通邵春甫听不懂的日本话，刷地抽出战刀，朝街上一指，用都能听懂的日本式中国话命令道："开路！"百多个日本兵立即如临大敌，成双队列奔上扶善溪大街，街上家家关门闭户，谁也不愿自寻麻烦，只从门缝中观察到鬼子兵包围了旺宏昌，他们如一群饥饿的恶狼，穷凶极恶地破门而入。刹那间人哭猪叫，鸡飞狗上屋，鬼子兵将李贵花，郭中龙和商店伙计们，像赶牲口一样赶出屋，集中在街坪中，邵春甫"嘿嘿"几声奸笑。扯得罗汉脸肌肉乱颤。他对李贵花说："弟妹，不要误会，是杨贵儿告诉日本人你家藏有两箱财宝，三弟昨晚由此吃尽了苦头，你就把藏宝的地方告诉日本人吧，钱财乃身外之物，免得自己受皮肉之苦，也免得郭家受灭顶之灾。"李贵花狠狠地呸了一口，对邵春甫厉声说："我看着你戴着顶日本帽就恶心，人不人鬼不鬼的，出你祖宗十八代的丑，我家没有财宝，你这只哈巴狗可以到屋里去嗅，嗅出来了主人可以赏你几根骨头，请你让我清静点，免得我临死还让你吵得心头烦。"邵春甫气得面色苍白，但又不好发火报复，超越主子做过激行动。只好赔着笑脸说："没有就好，没有就好，你和三弟一样，都是硬汉子，老哥我佩服，佩服。""死狗当然服人，你废话少说。"李贵花回头对郭中龙叱道："你看清楚了吗，这就是你的好丈人，他父女俩一直打着什么财宝的主意，今天又投靠日本人来害我家，如果咱娘俩今天不死，你以后还和丽花交往了，我打断你的腿。"郭中龙百感交集，两行清泪从十八岁的男儿眼中涌出，可怜得像个三岁的小孩儿。李贵花见了，更加生气。喝道："男儿有泪不轻弹，大丈夫何患无妻？"邵春甫贼眼滴溜溜转着，心想，看来郭家从此完了。既然李贵花首先挑明，那正好给爱女找条退路。他干咳了两声，打着小九九卖着乖说："三弟妹，这可是你当着这么多人说的，你如看着咱丽花不顺眼，我并不勉强你，从此中龙和丽花的事儿一刀——"邵春甫两断还未出口，郭中龙急忙接过邵春甫的话头抢先说："一往情深，海枯石烂不变心。"邵春甫奸笑道："你看看，你看看，三弟妹怎么这样死心眼，中龙，只要你跟着二伯我干，我保证不干涉你和丽花的亲事。"李贵花怒不可遏，反手抽了郭中龙一巴掌，邵春甫自知没趣，溜进郭家对龟村说："老婆子至死不说，我看杀掉他们算了，太君。"龟村将戴着白手套的手一扬，打断邵春甫的话说："亚西，我自有办法。"邵春甫急了，日本人不杀李贵花，可能还要留着郭刚，以郭刚之能，势必动摇自己的地位，他一下感到凉了半截腰。"给我掘地三尺！"龟村一声猛喝。将邵春甫从不安的思索中惊醒。他正要献媚，一鬼子兵跑来报道："发现洞口。""亚西！"龟村跟着鬼子兵就走。洞口一开，几个鬼子兵要抢头功，一拥而入，不料踩动机关，一阵扎扎声响，洞壁硬矢如飞蝗般射出，地上尖刀如竹笋般出土，射得鬼子兵呼爹叫娘，倒在地上。尖刀入肉，这几个短命的霎时了账。龟村大惊，一把抓住旁边的邵春甫说:"你的扶善溪人,机关大大地懂,你的带路。"邵春甫吓得面无人色,罗汉脸上汗水直冒,眼中哀光闪乱,"哎,哎,哎"地说不出话来。龟村恶狠狠地瞪着邵春甫,鼻中重重地哼了一声,手掌把住了刀柄。邵春甫无法,只好像条丧家之犬,麻着胆子夹着尾巴跳入了地洞。洞中血肉模糊的伤兵和尸体,踩在脚下软绵绵的,血腥腥地恐怖至极,熏得过惯了舒服日子的邵春甫连连干呕。他只能苦水泪水一股脑儿往肚里咽,暗暗求菩萨和祖宗保佑自己。邵春甫心里明白得很,要想活下去,眼前最主要的还是要靠自己,这叫置之死地而后生。凭着他与张恒探室古墓和张恒指导自家建地窖安机关的经验,他战战兢兢地顺利破坏了郭家地窖剩下的机关。高兴地喊道:"太君,全部机关我都破了,你们下来吧。"他再也不想要这追命钱,因为旁边站满了要命的无常。鬼兵闻言蜂拥而入,救人的救人,抬尸的抬尸,抢东西的抢东西。虽没有查出两箱财宝,但搜出了郭家几代人的积蓄,得白银千两大洋千枚,乐得龟村笑开了花。拍着邵春甫的肩膀说:"你的大大的好,对皇军大大的忠。"龟村命令收兵回营。临走,指挥士兵抢走了郭家所有的值钱之物,当然包括了商品和现钞。杨贵儿早已回到了关帝宫,将收来的长短十七条枪支,恭恭敬敬地献给了龟村。龟村大喜过望,当即封邵春甫为扶善溪维持会会长,授权主管政务,杨珍贵为扶善溪治安大队队长,授权主管治安。当然这两人受宠,其中也有杨珍珠见不得人的关系。龟村命令道:"邵会长,你眼前的首要任务,就是带领扶善溪人,在二十天内砍伐完长柳坪的树木。运送到常德司令部交令,有不听指挥的人,可现场格杀勿论。杨队长你的任务是在三天之内,组成二十人的治安军,收缴来的枪支弹药,原物交归你们使用,保护邵会长完成砍树任务。"二人听了,高兴至极,忘记了自己的亲娘老子是谁,学着鬼子兵的模样"叭"的一个立正,"咳"了一声,从此摇身一变成为了二鬼子。龟村见一切按计划顺利进行,心里一高兴,命令手下放了张恒郭刚田岳。当然,他今晚还有求于杨珍珠。在女人面前说过的话,是要算数的。

第十八回

珍贵不贵取宠丢丑
珍珠如珠舍生取义

　　长柳坪，树高，林密。莽莽苍苍，一望无垠。大自然恩赐给扶善溪的这块原始森林，受到祖祖辈辈勤劳勇敢的山里人的珍惜和保护。它面临沅水，背靠高山，整齐齐一马平川。这里是珍禽的王国，走兽的乐园，是山里人聊以自慰的一块风水宝地。鬼子们用刺刀机枪押着扶善溪人向老祖宗留下的财富开刀了。树林在流泪，人们在哭泣。乒乒乓乓的伐木声，高大的树木砰然倒地，树断枝碎的嘎嘎声，惊走了飞鸟，赶跑了走兽，就如剜扶善溪人的心头肉一样的痛。龟村站在树桩上，登高环顾四周，就如一个监斩官督查处决犯人一样威风。他的意志能改变一切，这就是权力，他自我陶醉着。独眼瘦猴杨贵儿小人得志，身穿一套不合体的伪军服，戴着一顶平顶帽，空荡荡的活像一具穿着军服的木乃伊，脖子上吊着一把驳壳枪，手拿一条从自己腰上解落下来的武装带，像一条主人喂饱了食物的猎犬一样，忠实卖力地上蹿下跳。他不时往女人多的地方瞅，看年轻女人们注意到他的威风模样没有，心里美滋滋的直乐。他狗仗人势，不时用皮带狠抽他看不顺眼的劳工，就如饿狗摇尾一样取悦主人。他无意中发现五大三粗的邱吉山在向他瞪眼，一股妒忌的烈火如火山般爆发。好你个邱吉山，你占着个美堂客神气活现，看我今天整落你的皮。他一下将皮带折叠成圈，晃晃荡荡地向邱吉山这边走来，边走边用皮带圈怕打着自己的左手掌，乜斜着个独眼示着威。他对两个抬着木头的中年劳工吼道："你他妈拉个疤子，两个人抬根树，想磨阳光是不是？！"两个劳工吓得一下愣在那儿喘着气，像两个玩杂耍的小丑一样可怜。杨贵儿扬手一皮带"啪"的一声抽在当先一人的头上，那人"哎呀"一声惨呼，肩膀一偏，水桶般粗壮的木头掉落了地，后面那人猝不及防，大树落地的震弹力，猛地一下震伤了腰杆，痛得在地上直打滚。杨贵儿敲山震虎，这是要威风给邱吉山看的。他走到邱吉山面前说："他们两人劲小，这木头你给我背下河坡去。"连说两遍，邱吉山埋着个头使劲地砍他的树，就像有人在旁边放屁一般理也不理。杨贵儿当众出了洋相，气得如一条发了疯的狗，冲上去照着邱吉山一皮带狠狠抽下，其势之快来势之猛，让旁边的人都替邱吉山捏了一把汗，有些胆小的，甚至闭上了眼睛。"啪"的一声响亮，就如凭空落下了百余斤肥肉一般脆响，人们定睛一看，倒下的不是邱吉山，而是杨贵儿。原来，邱吉山身子一侧，顺手抓住落下的皮带，使劲一拨一甩，将杨贵儿甩去一丈开外，趴在地上直翻白眼，引得众人哄堂大笑。连在场的日本兵，也伸着大拇指，"哟西，哟西"地高声喝彩。杨贵儿恼羞成怒，艰难地从地上爬起来，顾不得揩干净脸上的尘土，拔出驳壳枪瞄准了邱吉山。邱吉山眼明手快，一个旱地拔葱，腾身丈余，在空中一个漂亮的前空翻，轻如惊鸿，在收式落地时轻舒猿臂，杨贵儿只觉眼前一花手上一麻，大张机头的驳壳枪，已轻而易举地到了邱吉山手中，这一气呵成的几个轻身动作，惊得人群鸦雀无声，龟村看得明明白白，一下从树桩上跳下来。双手鼓掌。嘴中"哟西，哟西"地赞不绝口。他像狗熊彩球一样，滚到邱吉山面前问道："你的什么的名字？"邱吉山熟练地关上驳壳枪机头，双手捧着献给龟村说："邱吉山"龟村将枪交给勤务兵，笑眯眯地拖着长音说："哦——你的功夫大大的好，什么的干活？"邱吉山不卑不亢的说："太君不是看到了吗，苦力的干活。"龟村点了点头。问道："家里还有些什么人？"邱吉山面上一红，触到了他的痛处。沉声答道："一个父亲，半死不活，一个堂客，被你们抓走洗衣去了。"
龟村故作一惊："还有这样的事？这堂客又是干什么的？"鸭公嗓翻译解释说："太君，这里的人说堂客，就是城里人说的妻子、夫人。"
龟村连连点头："哦——你夫人能为皇军服务，大大的好，你如能为皇军服务，我给你一个治安军副队长的干干好吗？""除非，你放了我堂客和所有女人。"龟村听了道："哟西，妇女们不愿意，我立即放人，好在咱们是等价交换。"邱吉山说："太君，如果你能放人，我立即答应为您效劳。"龟村说："哟西，用你们中国人的话说，君子一言驷马难追，我立即放人。"他俩越来越近，把杨贵儿晾在一边。满肚子醋气直窜。狡猾的龟村知道，为了达到以夷制夷的最佳效果，杨贵儿只配做一条看家护院的狗，他更需要邱吉山这样的吃人斗狠的狼。舍掉几个慰安妇算什么，他还可以从另外的地方弄来，收买人心，稳定扶善溪局势，巩固扩大战果才是首要的。他跳上树桩，用流利的中国话喊道："乡亲们，皇军是爱护你们的，信任你们的，你们能为皇军贡献木材，支援皇军圣战，是你们莫大的荣耀，皇军的政策是中日亲善，建立大东亚共荣圈，建立王道乐土，为了感谢你们的支持和表示我们的善意，我郑重地宣布，第一、我无条件的奉还皇军借用的六名妇女，第二、启用邱吉山先生担任治安军队副，即日上任。"说罢，那对鹞子眼向四周不断扫视，等待人们雷鸣般的掌声，但他估计错了，人们的反应非常冷淡，冷淡的不见一丝笑容。因为会讲人话的畜生是不可信任的，就如鹦鹉学舌般只能作为逗笑。恰在这时，一小鬼子呈上一份密件，才打破了这尴尬的场面，龟村看了看电文，朗然一笑说："好吧，大家继续干活儿，皇军大大的有赏。"他急忙忙地跨上战马，领着几个勤务兵走了。杨贵儿像一条打断了脊梁骨的狗，那套本不合体的军服被扯掉了扣子，耷拉着衣领开着胸，单瘦得只见骨架的身体撑着颗大头，走路一晃一晃地，让人担心不知哪天被折断颈椎，可他颈上偏偏吊着个空枪匣，在胸前直晃荡。那顶平顶帽不知滚落到了何方，光着颗猴头，满脸都是泥土，不时"扑哧，扑哧"地吐着喉咙里的泥沙，几乎咳出血来。见主子封了老对头为队副，丢下他走了，醋气怨气恨气几乎撑炸了他的头脑，急得跐着个跛腿团团转。乐得砍树的劳工像

147

看猴戏一样哈哈大笑。这笑声比扇耳刮子还要厉害，杨贵儿大怒，习惯性的一掏枪，没了——，这一惊，惊得如见了阎王般目瞪口呆，皇军知道了会要了他的小命。他换上一副笑脸，比哭还难看，双手抱拳，对众人敬了个罗圈揖说："各位老少爷们，捡到我的枪没有？哪个拾得交给了我，我赏他十块大洋。"他信口说话不怕闪了舌头，自从父母死后，他家财散尽，靠在扶善溪做小混混过日子，这十块大洋不知从何而来。两个日本兵不声不响地来到他的身后，他感到身后有异，回头一看，日本兵蒲扇大的巴掌已向自己脸上刮来。他一惊，本能地一低头，耳光从头顶刮过，虽然感觉不怎么痛，但脸上还是丑得火辣辣的，鬼子兵骂道："八嘎，你的无能的有，大大丢皇军的脸，滚！"杨贵儿不敢回嘴，如一条丧家犬灰溜溜地走了。邱吉山看在眼里，心中一寒，忖道：给日本人当差，真的比狗都不如，泼出去的水是收不回来的。他感到吉凶难卜骑虎难下……当晚，关帝宫小学校内灯火通明，龟村在校长办公室召开了营长以上的军官会，他满脸沮丧，低沉着音调说："大日本皇军在太平洋战场上败局已定，美国猪在本土广岛长崎接连投了两颗原子弹，将两座城市夷为平地，国内一片混乱。在支那，我们的战场拉得很长，兵力财力物力都深感不足，且有苏联红军在东北边境陈兵百万，随时可以参战，因此，常德司令部命令，众军官立刻木偶般起立，垂首静听，'收缩兵力，我部立刻回归建制，撤退常德驻防。'鉴于扶善溪地处湘黔要塞，且出产丰富的战略物资竹木，又有优良的港口码头，地理位置比桃源还重要。经我多次陈述要害，司令部才同意留下一个小队驻守扶善溪，这留守任务就由佐田小队担任，其他两小队随我今晚撤退常德，佐田君，你能担此重任吗？"佐田"啪"地一个立正，昂首挺胸答道："佐田万死不辞。"龟村说："佐田君，这里民风凶悍，且有张恒郭刚田岳等胸怀大志异人操纵，你千万不可莽撞办事，注意发挥治安军的作用，以弥补兵力之不足，故而，我决定立即释放完本地慰安妇，以缓和民众不满情绪。我回常后，即可征调其他慰安妇来供你使用。""咳"佐田精神抖擞地回答。"佐田君，你肩负帝国圣战重任，切切不可因小失大，撤退诸君于凌晨两点准时上汽艇开拔，只留两艘交由佐田君使用，切记，各部要严守秘密，不留痕迹地悄悄撤退，以免民众摸清驻军实力。""咳""散会，大家分头准备。"众军官离去了，龟村还要向珍珠道别，临别还要分最后一杯羹。

他进入卧室，就被室内的温馨的气氛熏得骨软筋麻，在柔和的灯光下，珍珠身穿睡服，坐在桌旁正对镜孤芳自赏，镜中的她飘飘逸逸，是那么的超凡脱俗。她暗叹，自古红颜多薄命，自己不该长得如此美丽，她委屈，委屈得像个不懂事的美丽女孩儿，愁容满面的要哭不得脸变。龟村自搬一把椅子坐在她旁边，不敢打扰她，甚至不敢正眼欣赏她的美丽。他不停地吸烟喝酒，喝酒吸烟用以麻痹自己的满腹愁肠，那浓浓的酒香烟辛汗臭，混合成了一股奇怪难闻的味儿，拼命地往珍珠鼻孔中钻，熏得她喘不过气来。他推翻酒杯，扔掉烟头，忽然一把抓住她的手，她像受到惊吓的小鸟，挣扎着想把手抽回来。他却抓得更紧了。他的心更紧得痛苦的收缩。他受她爱得心痛，爱她爱得要命，喃喃自语道："中国人信仰公平，就如日本人信仰天皇一样，我现在才体会到'不公平'的真正痛苦。这个世界上没有真正的公平，连情感也是一样。我呆呆地爱着你，就如爱惜自己的眼睛一样，但你，却从来没有给我一个笑脸，这公平吗？"她沉默着，几天来，她感受到他真的爱她。自己却无法接受他，话多成仇，谈有何益。于无声处，无声胜有声，虚无缥缈，使对方难以琢磨，这才是上上之策。但弱女哪能斗过猛男，被欲火烧急的龟村再也忍耐不住，打破自己道貌岸然的面具，露出了豺狼的本性，一把将珍珠抓上了床……

他一阵疯狂过后，肝肠寸断地依偎着她，用自己的温存止住了珍珠的抽泣。用男人特有的方式送她进入了梦乡。

床头灯闪烁着朦朦胧胧的玫瑰之光，恬静宜人。睡美人曲线楚楚，妩媚如花，让人觉得似登仙境。温馨如梦又足能溶化一切男人骨头的魔力，龟村又何尝不是如此。但他——帝国的军人，是大和民族之魂，具有举世无双的武士道精神，岂能因色失大。他一狠心，轻轻跳下床，穿戴整齐，就要举步出门，但总有一种难分难舍的失落感，迫使他回头一瞥，就是这一瞥，使大和民族魂如发现新大陆般发现了一个真理——这场战争，为我送来了她，也迫使我失去她。也许，今日一别，

将是最后的晚餐，这场战争是不义的，它摧毁了许多幸福的家庭，什么大东亚共荣，什么武士道精神，见鬼去吧。这世界上只有爱才是永恒的，只有爱才是铭心刻骨的，这是人，乃至整个动物世界繁衍生息的真谛，这枪炮能奈'爱'何？！他急骤走回床前，在珍珠牛奶般娇嫩的脸蛋上深深一吻，心道：别了，美人！愿你健康长寿，永远美丽。他心一横，悄然遗恨而去……

珍珠一觉醒来，清冷的月光已洒落床前，她伸手一摸，不见了龟村，这个肥猪死到哪里去了？该不是又去杀人了吧。他心一紧，立即穿衣下床，悄悄一拉房门，门是敞开的，她摸黑来到礼堂，走出校门，奇怪，不见了两层岗哨，整个小学校空无一兵，她乘着朦胧的月色向关帝宫走去，一阵阴风吹来，她激凛凛地打了几个寒战，关帝宫也没有了往日的喧嚣。她高兴极了，终于逃脱了魔鬼的掌控。她兴冲冲往街上跑去，就如飞出笼的小鸟，几乎引颈高歌。街上黑灯瞎火，静悄悄的，静得如阴曹地府般可怕，她讨厌狗，这时她多么希望有只狗能亲热地欢叫，为她壮个胆儿。她哪里知道，龟村实行灯火管制，连狗都难逃厄运。她麻着胆子往熟悉的益兴昌摸去，要给大成一个惊喜，他的爱妻回来了！她举起拳头就要敲门，挥起的拳头猛然僵在空中不敢敲下，自己已经是不干净的身子，在男人们的眼中她已成为破鞋，成为婊子，他还能接受我吗？自己和他无儿无女，万一怀着野种回来，自己又能怎样做人？不，这里已是不能再进的家。她回过头，漫无目标，孤零零地走着，只有自己的影子忠实地陪伴着自己，这是自己仅有的财富。她的心冷了，冷得浑身都是恨……

圣洁的月亮好像嘲弄珍珠似的，悄悄地躲入了云层，夜灰蒙蒙冷清清的，也故意给珍珠为难，她不知不觉地走出了街口，跨过了石拱桥，桥下流水淙淙，在静夜中就如乱拨的琵琶，震得珍珠心烦意乱。他想：不回那个家也好，这家人老少两代，已经背离了扶善溪人，成了日本人的狗，自己的亲哥哥，本就是一条人见人恨的癞皮狗，现在又成了日本人的狼，自己是什么人？自己也沦为了日本人的姘妇，这世界之大，足以能滋养万物，可属于我杨珍珠的却很小，小得无立足之地。明天，可怕的明天，明天自己一出现街头，就会被扶善溪人的口水所淹死，她仿佛觉得自己已成为了过街的老鼠，多么害怕灿烂的日出。人的生命是无价的，珍贵得人人都只有那么一次，自己二十二岁的生命已臭如狗屎，人们不会允许我的存在，"苍天呐，我杨家坏了哪门子德呀！"她歇斯底里的呼号着苍天无情。她彻底崩溃了，她无力地坐在巨柳之下，就是那棵吊着土匪人头示众的巨柳之下，她不怕，她已经成了人不人鬼不鬼的弃儿。啾啾的冬虫在为她鸣哀，凛冽的夜风在为她送行，月亮姐姐出来了，它要为美丽的珍珠送去最后的一丝光明。她解下自己的腰带系在树桠上，套上脖颈腾空而去……

　　当人们发现她的时候，还是那么美丽可爱，只是那双清澈如镜的眸子紧紧地闭着，她不想再见那人间悲惨的沧桑。

第十九回

挖空心思美梦得逞
变幻戏法酷刑惩弟

    杨珍珠死后，邵家人说秽了祖宗，罪该鞭尸。杨珍贵说："泼出门的水，嫁出门的女，与他无关。"张恒得报，他痛心疾首，立即舍弃自己的寿木，净尸收殓，大开中堂，与郭刚田岳等为杨珍珠举行盛大的超度法事。

    出殡那天，扶善溪送丧的人群几乎挤破了大街，有同情惋惜的，有放声悲恸的，有高声怒吼的，群情激奋得如火山爆发，当灵柩抬经益兴昌之二门面时，丧夫硬是抬着灵柩撞破了大门，在邵氏中堂中拖了一个来回，邵春甫气得几乎吐血，更加对张恒郭刚恨之入骨。鬼子二鬼子如临大敌，全部处于临战状态。在正义面前，邪恶显得总是那么苍白，尽管他们武装到了牙齿。

    杨珍珠安葬后，亲兄杨贵儿才一块石头落了地，他害怕闹出了大事儿，由他这个哥哥当替罪羊。现在，他如一条解冻了的蛇，恢复了元气又歪着个脑袋打着鬼主意。他轻描淡写地对邱吉山说："邱哥，咱俩是好哥们，又是正副队长，这带队的指挥权，咱俩都担着，这样吧，从今天开始我值白班你值夜班。五天一轮转，咱俩谁也不吃亏，等我报告了佐田队长，他同意了咱就这样执行，你有意见吗？"邱吉山对杨贵儿独断专行的作风早就不满，但碍着个邵春甫没有发作。今天见杨贵儿主动交出指挥权，哪有不乐意之理。他说："你妹子刚过世，心中难免悲哀，你杨哥有事，这个担子我担着，谁叫我们是兄弟呢？"杨贵儿一拳打在邱吉山肩上说："好，够朋友，咱们是梁山好汉，不打不相识，如果邱哥你有事，我杨某两肋插刀。"杨贵儿喜哉乐哉地走出关帝宫治安军办公室，来到佐田办公室。他巧舌如簧地向佐田报告了一通，佐田翻着白眼，满脸狐疑，转念一想，此人胆小无能见利忘义，不是可重用之人，过来只是碍于龟村的面子，没有撤换于他，他这样让权何尝不是一件好事，佐田一声"哟西"，批了他的方案。杨珍贵走后，佐田着人将邱吉山喊到办公室，佐田面朝大日本太阳旗，手扶战刀巍然屹立，在邱吉山眼中，就如一尊凛然不可侵犯的战神。他紧张得心跳加快呼吸急促。恓惶地站在门口等待佐田的训斥。半晌，佐田才说："你的，治安军队副的干活？""咳"邱吉山一惊，日本话脱口而去。佐田转过身，笑了笑。那撮特意修饰的仁丹胡随即抖了几抖说："你的，好好的干，队长的位置迟早会是你的。"邱吉山"啪"地一个立正，标标准准地敬了一个军礼说："为皇军效劳，万死不辞。"佐田满意地点了点头，像购买大牲大口般慎重地上下打量着邱吉山，瞧得邱吉山心慌意乱，立刻变得像只斗败了仗的公鸡。佐田向门口走来，沉重的马靴踩在石板地面上咯噔咯噔直响，就如踩在邱吉山心口一样，心头也咯噔咯噔直跳，佐田走到邱吉山面前站住了，拍着邱吉山的肩膀说："你的，武功的有，力气大大的，大大的好，不过——"随即，佐田放慢语调，阴阳怪气地说："不过，你必须与张恒郭刚划清界限，他们是皇军大大的敌人，你的明白？"邱吉山心头一紧，马上一挺胸脯说："报告太君，属下只忠于皇军，他们也是我邱吉山的敌人，再敢对抗皇军，我立刻将他们捉来。"佐田说："哟西，他们聚众闹事，你的为什么不捉？"邱吉山慌了，他想了想说："报告太君，我只是个队副，杨珍贵的不捉，我的无权发布命令。"佐田说："杨贵儿的，不是他们的对手，我的对他不放心，晚上你要监视他们的一举一动，不能离开半步，如有不轨格杀勿论。""咳"邱吉山见没有追究他的

153

责任，立刻精神得活像个日本种。果然通宵带队监视张郭两家，没有离队半步。

夜幕降临了，浓了。沉重的黑暗如给杨贵儿心头灌满了蜜，杨贵儿喜欢黑暗并非怪癖，是因为今天他要趁着黑暗去偷人，偷一个令他魂牵梦萦的女人。

他蹑手蹑脚摸进邱家，东厢房黑灯瞎火，想必那病老头已经入睡，他也并不担心他。西厢房亮着盏微弱的桐油灯，他摸到窗下，手沾口水轻轻点破窗户纸往内窥探，一缕昏暗的灯光照着刘美娥姣好的面颊，使美丽的少妇更加富有一种言之不尽的韵味，那对眸子在昏光中熠熠闪亮，蕴含着难以琢磨的故事。一身紧裹的粗布旧袄，也没能掩盖住她的圣洁典雅，浑身上下洋溢着一种健康的朴实美。充满着诱惑。三岁的儿子独睡在床上，她剔了一下灯芯，油灯闪跳了一下，室内亮了许多。她放下手中的针线活儿，走到床前，为儿子捂紧了棉被，在孩子苹果般嫩滑的脸蛋上吻了又吻，母爱的滚滚春潮汹涌而出，兴奋得脸颊微微泛红，使夜深盼郎归的女人更加高雅，魅力无穷，躁得杨贵儿的色心怦怦直跳，似乎立马破喉而出。下面的伙计在裤裆里蠢蠢欲动，扰得他饥渴难熬。他使出偷鸡摸狗的看家本领，毫无声息地用匕首拨开了木门，急切间在门斗中撒了点尿，悄悄推开门闪身入室，反手将门闩上，轻手轻脚转到金娥身后，饿狼扑食般扑上前用手捂住了刘金娥的眼睛。刘金娥一惊，反手一摸，摸到了来者吊着的驳壳枪和裤裆里的那个硬家伙，哑然失笑说："你喝酒了，吓我一跳。"杨贵儿胆子虽大，但不敢急于出声，不能因小失大。"都老夫老妻了，还像个小孩子一样顽皮，你急什么？"杨贵儿还是没有放手，因为他已被女人的体香和柔软酥呆了。他在享受着，刘金娥觉得有异，猛地一个转身，身子一矮，滑脱了杨贵儿的掌控就着昏灯一看，这一惊非同小可，就要张口高声呼叫，杨贵儿猛地一下捂住他的嘴说："你别叫，叫对你没有好处，宝贝儿。"刘金娥挣脱杨贵儿的怀抱，给了他一巴掌说："你就那么自信？""我确实很自信，因为邱吉山今晚不会回来了。由我来陪你。""呸，凭你那模样也配？""咱们彼此彼此，歪锅配歪灶，反正你也不是一个什么正经材料。"刘金娥被杨贵儿的刻毒之

154

言惊住了，一时答不上话来。气得眼泪直流。如一朵带露的雪梨花。杨贵儿嬉皮笑脸说："娥妹，我爱你，就如梁山伯生生死死爱着祝英台。"刘金娥说："梁山伯与祝英台有缘无分，你就不怕邱吉山杀了你？"杨贵儿一摸刘金娥的屁股说："你还首先考虑我的安全，谢谢！"说着，他挠着个臭嘴就要与刘金娥接吻，刘金娥匆忙中只好将头一低，杨贵儿一口吻住了她的头发，他火了，拍着胸前的驳壳枪说："我可以告诉你，我是日本人的红人，是治安军的队长，邱吉山只是个队副，我随时可以找个荏儿杀了他。"刘金娥心里像吞了把苍蝇般难受，她心一横麻着胆子说："这家伙吉山也有，这年头还不知谁杀了谁呢。""那你等着吧，我可等不及了，明天我就将你与日本人的事儿捅出去，试试看，我妹子就是榜样。"刘金娥的精神防线彻底崩溃了，她结结巴巴地说："别，别这样，我，我不喜欢别人强迫我做，我不想当婊子。"杨贵儿哈哈一笑说："那你还想立牌坊咯，那就叫佐田为你立去吧，再见了，亲爱的。"说罢，对着她一个飞吻，带着满脸阴险的笑拉开门架势要走。刘金娥软了，软得像头绵羊，她拉住杨贵儿可怜兮兮地说："你别走，只要你不把那事儿公开，我答应你。""我杨爷办事向来光明正大，不强人所难，这是你自己愿意的啰。""我自己愿意的。""你不后悔？""我不后悔。""真心？""真心。""有道是，朋友妻不可欺，我太爱你了，没有办法，只要你是真心的，我也就放心了。""你是怕邱吉山打瞎你另一只眼睛。""胡扯"杨贵儿边说，边抱起刘金娥往床上放，刘金娥说："不能在床上，惊醒了孩子就麻烦了。"杨贵儿见她说得有道理，放下了她在昏灯下，瞪直个眼睛瞧着刘金娥从柜中抱出一床旧棉絮，就着地上开了个地铺，一件件脱掉了衣服——那奶白的酮体连月亮都觉得含羞。和谐完美的曲线，使油灯更加失色，杨贵儿还没有看够这天生尤物，人就已经被消融了，那积蓄已久的体液，如溃堤的洪水，泄向平原，流入深谷，不过，这不要紧，他们还有的是时间，自此以后，他俩的风流韵事不知不觉成了公开的秘密。

杨珍贵累得筋疲力尽后，才由刘金娥催着回了他那间斗室，一阵敲门声将他从沉睡中惊醒，此时，已是第二天，日上三竿。他被佐田派人叫去，狠狠地训斥了一顿不算，脸上还重重地挨了两耳光，火辣

辣的痛。昨夜的兴奋一扫而光。他由邵春甫作保，才了了这桩不明白的糊涂事。他无精打采地随邵春甫到长柳坪督促劳工伐木，看着将近正午，他肚中饿的咕咕直叫，头晕眼花站立不稳，那把挂在颈上的驳壳枪一晃一荡的，活像一只套着绳索玩杂耍的猴子。他唉声叹气地对邵春甫说："亲爷，你担待着点，我还没吃早饭呢，先到馆子里填报了肚子，才有劲执行公务，您批个假吧。"邵春甫阴笑了几声说："你小子也真是的，放着这样升官发财的机会不好好干，偏要吊儿郎当，让人家日本人看不上眼，你这个队长的位置，我看是坐不稳咯。""啊！"杨贵儿这一惊非同小可，吓得张口结舌半天答不上话来。邵春甫接着说："不过，这饭还是得吃的，你快去快来，这点时间我担着。""谢谢亲爷，谢谢亲爷，那我去了啊。"他吊着把驳壳枪，一摇三摆跨进了平平旅社，一摸口袋身无分文。他脑子一懵，停下脚步急切间灵光一闪，计上心来，提高嗓子喊道："龙老板，现在是非常时期，你店里有共党分子没有？我奉命检查。"龙老板一见是杨贵儿，心里凉了半截，只好自认倒霉。他赔着笑脸说："您查吧，查吧。""怎么？你不乐意？""没有呀，我欢饮您还来不及呢。""欢迎？你脸上皮笑肉不笑的，分明是在耍我，我看你这张肉脸是油水太多了，要让我砸砸。""您，您这是什么意思？"杨贵儿学着佐田打他的样儿，在龙老板胖脸上啪啪打了两巴掌说："就是这个意思，如果您觉得不过瘾的话，我还给你加点油盐。"说着，他举起了拳头，龙老板双手捧着火辣辣的胖脸，当即矮了半截，连声说："别，别。"原来，哭脸打成笑脸就是这个样儿。"如果你不想挨打的话，快给老子搞酒饭来，吃了再查共产党。"杨贵儿从身上摸出一根纸烟，龙老板急忙擦燃了洋火，点头哈腰地给他敬上火，嘴上连声说："我这就去办，就去办。""慢着。"坐在后桌的一个独饮独斟的汉子猛地一拍桌子，震得桌上杯盘碗盏叮叮当当直跳，站起身来像一座铁塔。杨贵儿注目一看，此人头戴一顶鱼标的斗笠，低低地压着脸，穿一身山里人的土灰布裤袄，腰里抹把杉刀，脚蹬一双旧草鞋，分明是个穷酸，这土蛤蟆扯哈欠敢管本队长的事儿，简直是反了。他刷地抽出驳壳枪，大张着机头走到山里汉子面前："我看你是活得不耐烦了，自己找死。"说着，扬起左手就是一巴掌向壮汉脸上煽去，壮汉不躲不避，低头向杨贵儿巴掌迎去，出手如电，一个小擒拿抓住杨贵儿持枪的手腕，只一扭，就将杨贵儿连手带枪扭到了背后，黑洞洞的枪口反而对准了自己的后背心。杨贵儿的左手砸在壮汉头上，虽然打掉了壮汉的斗笠，但鱼标斗笠的尖顶，已戳得手板鲜血直流。壮汉不顾打落的斗笠，手上一紧，痛得杨贵儿哎哟哎哟的大叫起来。头上冒出了点点虚汗，身子不由自主地弯了下去，他越弯，壮汉越往上抬，痛得杨贵儿扑通一声跪在地上，样子就像个待决的犯人一样狼狈。龙老板心中一喜，表面上急得什么似的，跑上前来劝交，他摇着双手说："有话好说有话好说，好汉，他可是扶善溪治安军大名鼎鼎的杨队长，日本人身边的红人，您可得罪不起啊。"他一语双关，就如火上加油，壮汉气打一处来，猛地一抬杨贵儿的右手，杨贵儿杀猪般号叫起来，身体几乎趴在地上。壮汉说："这是咱家的私事，老板不必担心。"说罢，缴过了杨贵儿的驳壳枪，将杨贵儿从地上一把提了起来，捡起斗笠说："畜生，你看看我是谁。"杨贵儿活动活动了麻木的双手，注意一看，立即喜形如色，高叫道："哥，你还在人世？"这一声哥，吓得龙老板几乎尿裤子，很知趣地去安排酒席赔罪了灾。杨珍富戴上斗笠说："畜生，谁是你的哥，你害死了全家，害得我挨枪子儿血溅五步，你还算人吗？""哥，你误会了，你听我解释……""我不听，现在要我听，迟了。""哥，请你看在爹娘的份儿上，将枪退还给我吧，你拿着枪没用。""哈哈哈哈，死到临头，你还想要枪？此枪是扶善溪人的，我已代表扶善溪人收缴了。""哥，听你口气，好像是共产党，如果是共产党，你听我一句，还是投降吧，几个土包子是办不成大事的，我保你无事。"杨珍富大怒，一把抓住杨贵儿说："闲话少说，走！""哥，你要我去哪？我还未吃早饭呢。"杨珍贵可怜巴巴地哀求着，他想磨时间，望日本人救他小命。杨珍富说："带你到你该去的地方。""哥，你不会杀了我吧，要我死，也得让我做个饱死鬼呀。""畜生，你让爹娘做了饱死鬼了吗？"说罢，他一撩衣襟，将驳壳枪插入裤带，提着杨贵儿就走。龙老板在后面说："你兄弟俩吃了饭再走不迟呀。"杨珍富边走边说："谢啦，我的酒饭钱在桌上，请你查收。"龙老板叹道："这真是一娘生九子，九子九个样啊。"杨贵儿磨磨蹭蹭赖着

157

不肯走，被杨珍富点了穴道。他身不由己地被杨珍富推着走出了扶善溪大街。走上了石拱桥，来到吊死杨珍珠的大柳树下，杨珍贵一双贼眼滴溜溜转，偏偏连个日本人的影子都没有。他想高喊救命，张了张嘴，想喊却发不出音来。杨珍富说："畜生，你害死了祖母，爹娘侄儿侄女不算，你又害死了仅有的一个亲妹子，猪狗不如，白披了一张人皮。跪下！"杨珍贵跪下了，但哪里跪得稳。他一下瘫倒在地，像堆稀泥。这时，围上来好多看稀奇的人，大家交头接耳议论着。猜测着，就是不知道这条好汉是谁，都只认得杨贵儿恶贯满盈，遇到了对手，巴不得杀掉他与扶善溪除害，没有半个人上前讲情。杨珍富本想在这里了结杨珍贵的性命，以慰珍珠在天之灵。但转念一想，这是家事，家丑不可外扬，他忍住了，提起杨贵儿往龙潭溪而去。他为了减少不必要的麻烦，没有走大路，推着杨珍贵踩山而行。越过马岭盖，穿过大坪里，来到焦林坪学堂包杨氏祖坟墓地时，已到太阳偏西。杨珍富提着杨珍贵扔倒在杨千金夫妇坟前。跪在墓前放声哀鸣："爹，娘，你们地下有知，我把杨氏的败家子给您抓来了，给你们雪恨报仇，你们在地下好好地管教他吧，阳世间已容不得他存在了……"杨珍贵听得清清楚楚，心里明明白白，他不能死，他怕痛，怕流血，还舍不得刘金娥妹妹……在求生的欲望下，他猛憋一口气，狠命一挣扎，歪打正着，居然让他冲破了哑穴，他痛哭道："爹，娘，您别听大哥的，我没有害你们，我本想为民除害消灭土匪，才给邵老爷送信，抓住了边胡子，哪知张恒使了坏心眼，悄悄放了边胡子，才有您命丧黄泉之恨呀，爹，我是冤枉的，冤枉的呀。"杨珍富瞪着血红的眼睛问道："张恒是谁？"杨珍贵见假话生效，心中一喜，更加详细地说："张恒就是扶善溪章恒昌的老板，额头上长者红痣的老家伙。"杨珍富吼道："不，你说谎，我师父说了，额头上有红痣之人是好人。不但不能杀还要保护。""大哥，这就是你的不是了，怎么胳膊往外拐呢，是父母重要还是师父重要？""一日为师，终身为父，父母给我第一次生命，师父给我第二次生命，死者已死矣，可师父还活着，我当然只能听师父的。你当汉奸没有错，我为民除害也没有错。""爹爹呀，亲娘呀，这些年来，都是我给你们挂山送亮下饭烧钱纸，大哥他干过吗，他躲在山里伺候别人去了，你们可要救我呀，我死了，连个送亮的人都没有了。""呸，在生不孝顺，死了哭鬼神，你认命吧，让我送你上路。"说着，杨珍富掏出了驳壳枪，张开了机头，杨珍贵回头一下跪倒在杨珍富面前，抱着兄长的腿哭道："哥啊，只有这生的兄弟，再无另生的兄弟，我血管里和你血管里流着同样的血呀，你就舍得放血吗？只有兄弟才是真的，其他都是假的，相煎何太急呀，哥！""老弟，你我血是一样的，但心确不是一样的，决定了你我的结果也不是一样的，师命难违呀。"杨珍富提着驳壳枪，双手抖动得很厉害。他不忍心看着老弟立刻死。抬头仰望青天，天还是那样的高，云还是那样的淡，但他眼中却模糊了，再也忍耐不住，眼珠如断了线的珍珠，纷纷泻落。两个男人，两个亲嫡嫡的敌对男人，在生与死、存与灭的决断面前，都痛得哭了，哭得惊心动魄，连树上喳喳直叫的鸟儿也停止了争吵，被人间生离死别的场景惊呆了。这就是亲情，血浓于水的亲情，他是天生的，尽管他们各为其主，在亲情面前却是相同的。杨珍富的心被老弟哭软了，他首先说："老弟，我受师命下山抗日锄奸找共产党，这是事关国家民族的大事，我第一关就难过，你这是陷我于不义呀。""哥，只要你饶过我了，我一定改过自新，重新做人。""老弟，我就冲着你这两句话，死罪我免但活罪难逃，怪不得兄长我心狠手辣。"说着，他一指点了杨珍贵的昏睡穴，杨珍贵砰然倒地，杨珍富抓住他右手食指垫在石头上，抽出了杉刀，刷地一刀剁下，鲜血飞溅，那断指掉在地上，居然还能跳动。杨珍富给杨珍贵敷上止血药，又从怀中掏出苞谷粑粑放入杨珍贵怀中，对昏死的杨珍贵说："老弟，杨门不幸，世上就只存咱哥俩了，希望你改邪归正，自食其力。"说罢，他大步流星走了。

心花无眠

XIN HUA WU MIAN

第二十回

勇斗色魔双娇受辱
力战群狼英侠遇难

　　天高云淡，气爽宜人。佐田身着笔挺的戎装，腰跨配枪战刀，项吊望远镜，端坐在小汽艇船首甲板上晒着太阳。桌上一杯清茶，一碟瓜子，他口吐香烟圈，打发着这美好悠闲的时光。望着波光粼粼的河边，洗衣服的女人们，色心不安分的蠢蠢欲动。自从龟村下令放走了刘金娥后，就再也没见她的面儿了，这不，在河边这么多的女人中间，唯独没有她。就如在百花盛开的花园中，唯独不见寒梅一样，勾起了他和刘金娥淋漓酣畅一抱为乐的销魂往事，使他颓唐不已。那张木然呆板的横肉脸上，荡起了莫名其妙的苦笑。原来，无论是支那狼还是东洋狼，在对女人的态度上，都有着一个永恒不变的共同名词——色狼。不管它穿戴着怎样高贵的服饰，都是一样。当然知道刘金娥是邱吉山的堂客后，那股醋劲，恨不得立马将邱吉山乱刀分尸。但他忍住了，因为他手下只有三十个兵，在远离本部百多里的扶善溪，他要为大日本皇军护理沅水交通线，筹备军需物资——铁路枕木，还要收买支那人心，以战养战……再说邱吉山的勇猛，也令他有所顾忌。他改用了拉拢收买的策略，甚至准备提升邱吉山为正队长，给他足够的甜头，以后借故除之，只是碍于龟村，他的计划还没实施。真是说曹操曹操就到，邱吉山急急忙忙蹿上汽艇，"啪"的一个立正报告道："报告太君，吉山有话要说。"佐田垂着水泡眼，漫不经心地说："邱的，白天你的休息，就不用报告了。"邱吉山答道："因为杨珍贵还没来接班。""八嘎！"佐田怒形于色地骂了一句说："杨珍贵良心大大的坏，大大的偷懒。"邱吉山走到佐田身边，压低嗓子说："杨珍贵被土八路俘虏了，还缴了枪，砍断了手指，恐怕是回来做内应的。"佐田鼓着水泡眼，怒视着邱吉山说："在我的防区，八路共党的大大的没有，你的不要乱说。"邱吉山争辩道："太君如果不信，传来杨珍贵审问就知道了。""八嘎。"佐田抬手军刀一指，险险地戳到邱吉山，邱吉山一惊，急忙后退。佐田道："邱的，你的到长柳坪木材的干活，我的不去了，你的要邵会长的回来见我。""是。"邱吉山一挺胸，敬了个军礼，如小鬼得了阎王令一般，跑步来到长柳坪伐木工地去了。

佐田疾步跨下船，吹响了紧急集合的哨子，两艘汽艇上二十多名鬼子兵闻令而动，在河坡高低不平的鹅卵石地面上站成两排，军容之齐整，行动之迅速，却也叫人刮目相看。佐田叽里咕噜的说了一通日本话，鬼子兵一个左转，排成两列纵队，脚步垮跨地向益兴昌邵府跑去。街上行人唯恐让之不及，早早地退避三舍，鬼子们冲到益兴昌，将杨贵儿的斗室围了个水泄不通。佐田一脚踢开房门，把藏在床上瑟瑟发抖的杨珍贵提了下来。可怜的杨贵儿面色苍白，胡子苍苍，一天一夜似乎瘦了许多，老了许多。佐田那对水泡眼，瞪得几乎冒血。但他故作平静地说："杨的，你的穿好衣服背好枪，随我出去干活的有。""是，是。"杨珍贵惴惴不安地穿他的衣服，心急神慌，急忙中将军裤反穿在身上。那件衣服上泥土斑斑，血迹点点，脏的几乎成了黄皮狗，还掉了几粒扣子，穿在身上邋里邋遢地敞着怀，样子十分狼狈。佐田又气又恨，吼道："帽子的有？"杨珍贵神经质地回答："帽子？帽子……"睁着惊恐的双眼找他的平顶帽，佐田一把抓住杨珍贵的右手，右手用布包着，只留大拇指尚有活动。佐田问道："你负伤了，什么的干活？""我，我不小心摔伤了右手。"杨贵儿小心地搪塞着。佐田从

161

鼻孔中嗯了一声。提高嗓音问道："你的枪？""枪——"杨贵儿一惊，尿了裤子……佐田刷地抽出指挥刀，只见白弧一闪，冰凉的钢刀已架在了杨珍贵的脖子上，杨贵儿扑通一声跪倒在地。哭道："太君，饶命，饶命啦，昨天晚上我出去查哨，不小心摔了一跟斗，摔伤了右手不打紧，枪从匣中滑去，和帽子一齐掉到河里去了，我没敢报告，我该死，该死！"他不断地用左手扇着自己的耳光，眼见得苍白的脸上扇出了血痕。佐田吼道："八嘎呀路，带走。"吼罢，抽回了战刀。日本兵得令，五花大绑着杨珍贵往关帝宫而去。王桂枝望着鬼子们的背影叹道："自作自受，不知哪天，就会轮到我家那个老不死的了。作孽呀，作孽……"佐田凶神恶煞般稳坐关帝宫大殿，四周站着八个荷枪实弹的鬼子兵，佐田案前摆着各种刑具，威风凛凛如阎王殿，杀气腾腾似鬼门关，只等着邵春甫自投罗网。邵春甫急匆匆赶到了，他一看形势小心翼翼地进入大殿，"嘿嘿"干笑了几声，那张罗汉脸紧张得肌肉直跳，明知故问地说："太君，您找我？"佐田背着手，那对水泡眼凶光闪闪，瞪着邵春甫一眨不眨，仿佛要看穿他的五脏六腑，他一步步逼到邵春甫跟前，"啪"的一巴掌，扇了邵八爷一个大跟斗，跟上去当胸一把提起邵老头，手指戳着他的鼻尖说："你们良心大大地坏，杨珍贵的不上班，你的为什么不报告？"邵春甫哭丧着脸说："太君，他昨天没有吃早饭就上班了，后来他向我请假到平平旅社去吃早饭，我同意他去了，晚上他对我说他在码头督促装载木头，我想也是一样的，太君，我真的不知道呀，太君。"邵春甫哭喊着，张着个大嘴直哼哼，活像个挖断了足的癞蛤蟆。佐田松开邵春甫，吼道："你的，狡猾狡猾的，不老实的有……"说着嘿嘿几声阴笑，转过身去，右手猛一挥命令道："关上。"鬼子兵一拥而上，按住邵老头，霎时捆成了一个粽子。往后殿土牢拖去。邵春甫高喊道："太君，我冤枉呀，太君……"那凄厉的哭喊声，只换来了佐田几声轻蔑的阴笑。佐田转身向鬼子兵命令道："平平旅社共产党的干活，出发！"鬼子兵倾巢而动，包围了平平旅社，佐田指挥刀一挥："柯和及里。"鬼子兵闻令冲进了客厅，慌得用餐的客人东躲西藏，刹那间，桌翻盘打，人哭酒流，美味佳肴一片狼藉……佐田抽出了王八匣子枪，"砰砰"两枪将神龛上的财神菩萨击得稀乱。

用中国话吼道："不准动，搜身检查，一个个的开路。"食客们爬的爬滚的滚，好容易站好了队，一个个双腿直敲梆。鬼子兵逐一进行登记询问搜身验证，当场扣押了二人。送往关帝宫地牢关押。鬼子兵冲进账房，将龙老板像抓小猪一样捉了出来。佐田劈头盖脸几巴掌，打得龙老板晕头转向，再也不知自己姓甚名谁。佐田用军刀背敲着他的秃头说："你的共产党的有？将杨贵儿的枪缴了？"龙老板立刻吓得屁滚尿流，分辩道："太君冤啦，缴杨队长枪的人，是他的亲哥哥，我只知道他是我的一个食客，我哪知他是共产党呀，太君，你饶了我吧。""你的，不老实的，搜。"鬼子兵立刻闯入内室，翻箱倒柜乒乒乓乓比土匪进屋抢东西还要凶狠十分。一个鬼子兵搜出一定伪军帽交来，帽里表格上骇然登记着杨珍贵的大名。佐田狞笑着说："哟西，你的不认账，手枪一定在你家里，给我掘地三尺。"鬼子兵立刻像在郭刚家查室一样大挖起来。龙老板哭道："太君，帽子是杨队长忘记在我店里，我给他捡起来还有错吗？手枪真的是杨队长的哥哥抢走了，我可以对天发誓……"佐田心里当然有数，他到龙家来，是冲着龙家的钱，约莫顿饭工夫，挖开了龙家的地窖口，佐田害怕中暗器，派兵押走了龙老板，放出邵春甫破机关。邵春甫随鬼子兵来到龙家，被鬼子逼着下了地洞。不一会儿，邵春甫爬上来说："洞里没安机关，请太君放心搜查。"佐田拍着邵春甫的肩膀说："哟西，你的不坐牢的有，维持会长大大的干活。"邵春甫破涕为笑，连连发誓："谢谢太君，为皇军办事，万死不辞。"鬼子兵下到地窖将龙家财产积蓄一扫而光。为杨贵儿掉枪的事，鬼子兵发了一笔小财。佐田即刻电告常德司令部，受到了司令部的表彰。乐得佐田心里像吃了蜜一样甜。他遵照上级电文指示，放出杨珍贵，撤销了他"队长"的职务，调任食堂管理员，这倒是个肥缺，杨贵儿爱钱当然乐意，邱吉山接任治安队队长，邱吉山也如愿以偿。群丑皆大欢喜，苦就苦了龙老板一家，成了杨贵儿的替罪羊。万贯家财被一扫而光。

暖烘烘的太阳，慢慢西沉。落日的余晖，烧红了半边晚霞，绚丽的色彩透镜而入，将小汽艇的驾驶台，映得满室通红，佐田微闭着眼，坐在驾驶座上。回忆着今天的得意之作。兴奋得满面红光。渐渐地，

163

刘金娥巧笑盈盈，清丽脱俗的脸庞，又在脑中闪现，他渐入佳境。他娘的，今晚定要弄他个娘们玩玩。好好地庆贺庆贺。他走出驾驶室，拿上高信望远镜，不断向两岸扫视，他在猎取目标。忽然，一叶扁舟从太阳落下的地方划来，一前一后两个划船的大姑娘，披万道金光乘一路顺风，袅袅婷婷搅乱一江橙水，如出水荷花仙子般向扶善溪码头飘来，瞧得佐田热血膨胀，兽性大发。他命令道："发车，截住渔船，抓住姑娘的有赏。"轮机兵启动马达，驾驶员搬动了方向舵，佐田还嫌速度慢，亲自持篙拦头，将小汽艇一篙撑离码头突突突地向小渔船迎面驶去。驾驶渔船的是大梅小梅两位姑娘，两人替代父亲早早地下了钩放了网，匆匆赶回家与父母团聚，不意偏偏遇到了鬼子兵。她俩见汽艇向自己开来，料想靠岸码头已属不能，立即调转方向，急速向停靠在响水岛儿装树的旺宏昌号大船靠去。佐田发现了她们的意图，指挥舵手将汽艇向旺宏昌号开去，企图切断姊妹俩的归路。佐田站在艇首高呼："花姑娘的，不要跑，停船检查。"姊妹俩心急如焚，划动双桨，狠命冲刺，无奈小船快汽艇更快，汽艇抢在渔船前横在了中间，准确地切断了渔船的归路，气得两人花枝乱颤。周大梅跺了一下脚对妹妹说："小梅，站稳了，咱们再往码头上靠。"她深挖一桨，扁舟调转船头，又往码头划去。佐田狂笑连连，得意地喊道："花姑娘的，我们的船大大的快，你的，跑不脱。"说罢，指挥汽艇开足马力，围着扁舟转大圈，汽艇高速航行涌起的波涛，足有三尺多高，连汽艇也几乎埋身波下，周大梅的扁舟，像冲碓一样，随波高低晃动，激起的浪花，将两姑娘的衣衫淋得透湿。紧紧地箍在身上，苗条起伏的曲线更加诱人。佐田高喊道："花姑娘的，你们跑不掉的，皇军大大地欢迎你们，请你们来汽艇上大大地做客。"鬼子兵又是跳又是喊，淫秽之相不堪入目。尽管两姑娘在渔船上长大，水性娴熟，但娇嫩之躯如何经得起如此折腾。不一会儿，已被急速晃动的汽艇身影和惊涛骇浪，涌得头晕目眩，手忙脚乱，小扁舟几次险些翻转。佐田高叫道："花姑娘的，只要你们不逃跑，我们立即停船。"周大梅忍无可忍，回敬道："小鬼子，死了你们的心吧，我们宁愿玉碎也不顾瓦全，妹子准备了。"说罢，调整方向拼出最后一点余力，将扁舟向汽艇一头撞去……但事与愿违，扁舟哪是汽艇对手，扁舟一头撞空，汽艇尾部的螺旋桨哗啦一声，将扁舟搅翻，两位姑娘被自家船扣在水下。佐田慌了，急忙命令轮机兵熄火停船，舵手利用汽艇余速，打转方向，缓缓向底朝天的扁舟靠近。佐田叫道："快快的，拿着枪干什么，快快地救人，救人，花姑娘的不能死。"鬼子兵急忙放回武器，手忙脚乱地拿来救生圈，挠钩等器具，寻找目标救人。姊妹俩掉入江中，冰冷的江水刺激得她们的头脑十分清醒。她们潜游到船下，抓住翻船的隔舱板，头浮在水面伸入船舱内。靠那么一点点空间维持生命，静等汽艇撤离……岸边停靠着很多船只，人们伸长个脖子想上前救人，但迫于鬼子的淫威，个个敢怒而不敢行，替周氏姊妹捏着把汗，胆小的女人们大哭起来。有的人急急忙忙跑上坡，给在街上打点生意的周文武夫妇送了死信，岸上一下也炸开了锅。佐田半天不见姊妹俩的芳踪，料想必死无疑，暗叫可惜，命令汽艇靠近翻船，用绳索系着扁舟缓缓向岸边靠近，他活要见人死要见尸，来到岸边将木船翻转来看看。水下的周氏姊妹感到木船在移动，水似乎也越来越浅了，姊妹俩一商量，猛吸几口气，松开了双手，让空船随汽艇而去。当他们探出头换气时，汽艇几乎靠岸抛锚了，艇尾一鬼子兵发现了姊妹俩，高叫道："花姑娘，花姑娘的有。"佐田回头一看，那不，两颗黑漆漆的人头依稀可辨，他高声命令道："卡里，扎扎，熬味卡里。"鬼子舵手来不及调整方向，倒车拖着翻船后退。姊妹俩穿着长衫长裤，打湿后裹在身上重逾千斤，水性再好，她们也只能维持身体平衡，要想游走已属不能，看看汽艇逼近，她俩芳心一沉，高叫道："爹，妈，女儿不孝，我们走了——"佐田叫道："花姑娘，不必，不必的干活，皇军大大的喜欢你们，我们来救你。"人与畜生岂能对话，二人心一横，沉了下去，哪知穿衣过多，要想下沉也非易事，姊妹俩在不沉不浮的状态中挣扎着，浮起一阵气泡，鬼子挠钩手在艇上下望，看得清清楚楚，挠钩手如探囊取物，稳稳地钩住姊妹俩的衣服，像钩大鱼般钩上了汽艇。姊妹俩哇哇地直吐苦水，呛得喘不过气来，乐得群鬼们哈哈大笑，比群狼抓住了猎物还要高兴。佐田来到艇首分开众人，当先抓住了周小梅，心急如猴地抢着水淋淋的周小梅就往驾驶台走，当官儿的榜样就是无声的命令。

众鬼一拥而上按住了周大梅，扯的扯脱的脱，几把扯光了周大梅的衣服，群鬼们只觉眼前蓦地一亮，只见大梅肤如凝脂，白中透红，酥胸高耸，双峰微颤，玉腿修长，芳草如茵，每一寸肌肤都散发着灼然的热力。好一尊天生尤物。群鬼们一阵昏眩，嘴在狂笑，心在战栗，人在膨胀……都想一泄为快，有占强者大吼一声，就往丽人身上爬，被旁边的丑鬼一把抓住衣领提了起来。两人恶斗扭打起来，有一人不信邪企图再占便宜，急忙就上，又被旁边的人一脚踢了下来，如此这般，艇首的鬼子兵互相争斗，刹那间乱成一团。佐田抱着周小梅进入驾驶室后，乐得直哼哼，不断叫道："小宝贝，不要冷着了的，我给你换大大的衣服。"那双猴手，迫不及待的就解周小梅的衣裤，急切间，冷不防周小梅飞起一脚，蹬在佐田的胸口，将佐田蹬下驾驶台，重重地摔倒在铁栏上，又像个肉球一样反弹回来，倒在廊上痛得爬不起来。鬼子兵见佐田受挫，有两人退出战团，爬上驾驶台，按的按脱的脱，刹那间也将周小梅脱成光溜溜赤裸裸的一个肉身，他俩被炫得兽性大发，也顾不得什么狗长官，抢着小梅吻的吻舔的舔，忙得不亦乐乎。冷不防佐田忍痛从甲板上爬上来，"八嘎呀路。"拳脚交加，才将鬼子兵打下驾驶台……

正在这电光石火之间，猛听旺宏昌上一声怒吼"畜生，住手——"郭刚气得须发愤胀，手持斩篙，身轻如燕飞腾空中。在身形即将下落之时，斩篙插入水中，像现代运动员撑竿跳高一样，借力反弹，又腾飞空中，刷地一个前空翻，弹身三丈余。稳稳当当泻落翻船船底，不等翻船移动，一蹬脚，身形再度拔起，如惊鸿下坠般泻落汽艇之上，加入了鬼子的战团。郭刚提气敛神，力聚于手，向当先一名鬼子兵头上拍去，只听咔咔一声闷响，如砸在瓜葫芦上，鬼子立刻颅碎浆流尸横甲板，此时鬼子兵才看清了他的本来面目，本能地退后端枪对准郭刚，哪知手中轻飘飘的，哪有半点武器影子？一个个都傻了眼，郭刚趁势飞起一脚，踢在临近一名鬼子的小肚上，鬼子兵哎呀一声，如肉球般掉入江中，挣扎了几下，沉入江中不见了。有一名鬼子兵霎时明白，退后就要去取枪，郭刚眼明手快，刷地飞镖，直刺鬼子后心，鬼子枪未到手性命先丢。郭刚杀得性起，又将一鬼子兵一拳砸入江中……

佐田兴奋得眼红耳赤，脱光了自己的衣服，正要兴云布雨，发觉外面响动有异，他心中一紧，伙计立刻软了下来，他爬起身往窗外一看，一须发惨白的老者，键如雄狮，捷似猛虎，拳打足踢，十人中只剩四人勉强抵敌。他大惊失色，急切间猛地伸手到腰间去掏枪，摸到的只是自己光滑的肚皮。他这才发现自己是赤身裸体这般难堪，仓皇中他四处乱抓乱摸，终于在自己的衣服堆里找着了王八盒子。他抽出手枪，左瞄右瞄战斗中的郭刚，终于捉住了目标，他扣动扳机，郭刚的身形摇晃了一下，流弹却将郭刚抓住的一名部属击倒。佐田恨恨不已，又举起了手中枪，"啪"的一声枪响，佐田只觉右手一阵剧痛，手枪掉落在地。原来是周小梅冲上来，抱住了他的右膀，咬住了他的右手。时间就是生命。就这么晚了短短的几十秒钟，一代大侠郭刚，就倒在了佐田的阴枪之下。周小梅光着身子，已经拾起了佐田掉落的手枪，佐田大惊，飞起一脚，将周小梅连人带枪踢下了驾驶台，赤裸裸的佐田，眼睁睁地瞧着围上来的小船，蜂拥而上的人群，救走了赤裸裸的周氏双娇。抢走了郭刚的尸体，他无法制止和报复。他没了武器，轮机兵和舵手都死了，他无法控制他的小汽艇，小汽艇也和他这个人一样，赤身裸体地随波逐流……等另一只小汽艇上的鬼子兵听到枪声赶来时，周氏双娇已消失得无影无踪，见到的只是血淋淋的同伴尸体和赤身的佐田，他们真不明白，自己现代化的装备，为什么斗不过扶善溪人的原始武器。佐田这只扒光了毛的公鸡，也百思不得其解……

第二十一回

怒炸汽艇冥夜复仇
勇斗佐田义士负伤

　　豪爽，耿直，疾恶如仇的大侠郭刚，如今就躺在旺宏昌中堂那口黑漆寿木里。李贵花，郭中龙哭成了两个泪人儿。邵春甫父女前来吊唁，被李贵花严词赶出了中堂。郭中龙哭得更加悲哀，家中诸事，都由张恒田岳两位老兄弟操持着。夜已深，人已静，风更紧，来宾道士相继就寝。丧堂里香烟袅袅，纸钱纷飞，昏暗的长明灯，摇曳不定的烛火，忽暗忽明。后半夜，天气更冷了。阵阵北风吹过，沙沙作响，听起来仿佛有人在冥冥中幽幽的呼唤，阴森森的，令人毛骨悚然。不，死人旁边有活人。老弟兄张恒田岳还有周文武，余贵都陪着他，为他守灵。四人在丧堂里商量着一件天大的事，稍有不慎，也许明天寿木里躺着的，就会是自己了……

　　小学校里则是灯火通明，双层双岗，严密得连苍蝇都难以逃过。他们在商讨大事，佐田召集了曹长以上的军官会，他气得面色苍白，一言不发地倾听着下属的发言。邵春甫害怕郭刚，就如老鼠害怕猫一样，不过，他比老鼠狡猾得多，他表现得很自然，旁人都不见痕迹，当然也包括郭刚，今天郭刚死了，日本人为他消除了一大心病，自然心情显得异常轻松。他脸发红光，双眼笑得眯成了两条缝。佐田对邵春甫的尊容，本来就很反感。在这样严肃的会场上，他还笑得起来，佐田格外恼火，他将右手手指曲起，连连敲打桌子，阴森森地说："邵会长，你今天大大的高兴，我的觉得，你的是在看皇军大大的笑话。"邵春甫吓了一跳，急忙收敛笑容，脸上肌肉乱抖，那副怪相，真令人哭笑不得。他见众人都怒目而视，故作神秘地说："不敢，不敢，如今郭刚已被太君所除，这是皇军大大的胜利，田岳又即将送上门来，叫我如何不乐？啊，哈哈哈哈。"佐田眨巴着眼，脸上的横肉抖动了几下。他思索着，在部属面前，他永远是尊天神，是不会轻易表态的。半晌，他盯住邵春甫沉声问道："什么的意思？"邵春甫媚笑着，如此这般的说出一番道理来……

夜，沉郁，浓黑，一片死寂，仿佛空气中都浮荡着血腥。一道黑影箭一般穿过关帝宫，凌空一个翻身，轻如飞燕般落身于小学校的四合院中。他举目四窥，只有上房中还亮着一盏昏暗的灯，惨绿惨绿的，形如鬼火。黑影穿过内操坪，悄无声息地来到上房窗下，用剑尖戳破窗户纸，从怀中掏出迷魂香，正要施药，忽听房内一个刻毒的声音说道："朋友，深夜来访，何不进来坐坐？"这分明是邵春甫的声音。这个卖友求荣的小人，待我先宰了他，以泄心头之恨。黑衣人飞起一脚踢倒房门，一个飞纵掠进房中。人还未站稳，几把刺刀同时扎到，紧急中他一个铁板桥狼狈地向后跃出，砰砰两声枪响，弹头贴着肚皮飞过，扑扑两声钻入对边墙内，射得泥土纷纷掉落。黑衣人大怒，他咬紧牙关，不知何时已有两枚飞镖在手，没容鬼子再度开枪，力敛手腕，突然出击，两点寒星直取对方咽喉。接着长剑一挥，另一鬼子斗大一颗人头滚落在地，血桩仰天倒下，颈上的鲜血，箭一样直射待在一旁的邵春甫面门，刹那间罗汉脸染成了一张大血脸，举手投足间，黑衣人连取三人性命，本已惊人，这时一道寒光又取邵春甫咽喉，他本仗着鬼子狐假虎威作诱饵，不想自己死将临至，紧急中一个懒驴打滚，钻入鬼子尸体之下，险险地躲过一击，黑衣人不待邵春甫再逃，唰地一个雪花盖顶向邵春甫拦腰斩下，"当"的一声，斜刺里一把日本战刀架住了长剑，黑衣人觉得，此人臂力有些分量，他不管来人是谁，在倒满尸体的房中打斗，难免碍手碍脚对己不利，他飞步纵身房外，站在内操坪上高呼："小日本，有种的出来，不要装神弄鬼，枉送性命！"他话未喊完，院中突然灯火齐明，照耀如同白昼。"哐啷，哐啷"四合院窗户全部打开。机枪步枪驳壳枪布满窗口，黑洞洞的枪口全部对准了黑衣人。这阵仗，只要黑衣人稍有一动，就将被射成马蜂窝……

　　石板岩码头，同样有三条黑影形如幽灵，忽闪忽现地跃到水边。其中一条黑影上了一条敞口划子，提起铁锚，不见撑篙，也不见荡桨。小船居然自动离了岸，行约两三丈，停于河中，黑影静静地趴于中舱之内。其余两条黑影毫无声息地钻入冰冷刺骨的河水中，有船不坐向河中潜游而去，他们形迹可疑，让人不可思议。河中两人是周文武余贵，他们悄悄接近了抛锚停泊于河中心的鬼子小汽艇。艇上兵力严重不足，平常每艘只有七八个士兵，今日又临时抽调了几人到小学校布网去了。鬼子兵胆虚，认为停在河中心较为保险。佐田哪里知道，这恰恰便利了精通水性的周余二人，省掉了误伤他人、鬼子兵接应等诸多麻烦。他两人分别游到这只小汽艇的船底慢慢探头观察敌情。两艘小汽艇的驾驶台都亮着灯，隐隐约约有人影晃动。该死，这些日本人还在放哨。二人一个潜游穿过船底，在两船的空档弦边水下汇合，简单商议了一个对付鬼哨兵的办法。从艇尾分别爬上了两艘汽艇，蹑手蹑脚摸到驾驶台附近，隐身于廊柱之下，周文武从怀里掏出一颗卵石，一下抛向艇首，"当"的一声响亮，在静夜中分外清脆，两艘艇上的哨兵几乎同时打开了探照灯，两道雪亮的光柱，如两道魔鬼的眼光刺破黑夜，雪亮清冷，显得怪异而吓人。两个鬼子兵隔船叽里咕噜的商量了几句，他们感到怪异而不耐烦。俩人握着把转动着探照灯，扫视了一下万籁俱寂的河面，见无动静，提着手枪，打着手电筒跳下驾驶台查看。他们的警惕性还是蛮高的，哪知，他们走出驾驶台犯下了一个天大的错误。周余二人同时从黑暗中跃出，两把匕首准确地插入了鬼子兵的后心，鬼子连哼都没来得及哼一声，就无力地瘫下了。二人扶住鬼子放在甲板上，鬼子无声无息地挺了尸，二人取下鬼子的手枪和子弹，相互一个手势，轻如猿猴般钻入了轮机舱，还好，有鬼子探照灯的余光照亮，很容易地找到了油箱软管，他们准确地割断软管，汽油如泉水般汩汩而流，刹那间流得满舱皆有。汽油味儿充满了整个汽艇，二人不敢怠慢，分别从怀中取出油布小包，打开小包取出洋火和媒子，擦燃洋火点燃媒子，同时投入轮机舱，汽油遇火，轰的一声燃烧起来。眼见的火势汹涌难于扑灭，二人一个手势急奔船头，扑通一声跳入江中，急速向岸边游去……

内操坪上的黑影原来是田岳。他长须飘飘，气定心闲，就如关二爷再世，凛然不可侵犯。他提气敛神，长剑一指沉声喝道："佐田，是军人就该身先士卒，为何胆小如鼠不敢出来？"这狮子吼的功夫在四合院中久久回荡。震得鬼子兵双耳发麻，怔怔地望着这位须发斑白的中国老头不敢开枪。这时，一阵璨璨怪笑，佐田与邱吉山步出上房，形如一对小丑，佐田单刀一指田岳说："你的，老头的，上次饶你不死，你应该大大地感恩皇军，为何闯我禁地，杀我属下？"田岳怒道："笑话，此地是我开，此屋是我建，何时成为你的禁地？我为兄长报仇，索命理所当然。"佐田单刀一指四周，狞笑着说："你的，今天的，用你们中国话说，插翅难逃。"田岳连连冷哼道："粒米之珠也放光华，老爷我今天到这儿来，就没有想着活着回去，我三哥还等着我们呐，我等但愿同年同月同日死的义气，是你们这些日本猪所不懂的。"佐田收回军刀，当拐杖撑着右手，左手连连摇着说："不，不，不，不，你们的二哥不是在我这儿活得好好的吗，只要你答应与大日本皇军合作，我同样让你活得大大的好。""呸，"田岳猛呸一声，气愤地挖苦道："是狗当然摇尾乞怜，是人哪能苟且偷生，我与他早已不是同类。"邵春甫本不是个好东西，他向佐田献计，原本想借佐田之手除掉田岳，日本人一走，这扶善溪不就是他邵家的天下了。哪知弄巧成拙，今天要不是邱吉山出手相救，早成田岳剑下之鬼，此刻，它如一只缩在窝里的王八，田岳不死，他哪敢现身。佐田挥了挥手中的军刀，雪亮的日本刀在电灯光下寒光闪闪，让人见之不寒而栗。他一把拉出身后的邱吉山说："邵春甫的是狗，邱吉山的是人，是你们支那人大大的武士，不也在为帝国卖力气吗？"从上房中的刀剑之试，他早就猜出了是邱吉山，仇人相见分外眼红，田岳哈哈大笑说："武士，他也配是中国的武士，充其量只能算一条发了疯的小狗。"邱吉山羞得满面通

171

红，他的那一点功夫，也是郭刚田岳平时指点的结果，哪能与田岳对敌。但他比邵春甫要强，有点自知之明，起码还懂羞耻二字。佐田对邱吉山说："邱的，你的和老头比试比试，杀了老头，皇军大大的有赏。"说着，将手里的日本战刀硬塞给邱吉山。眼中喷出严厉的凶光，就如催命的阎罗。邱吉山接过军刀，刷地向佐田敬了一个军礼。佐田才较为满意。邱吉山走前两步，对田岳深鞠一躬说："谢师父承让。"田岳怒道："凭你也配？认贼作父的东西。"他长剑一指佐田说："佐田，是军人就得冲锋陷阵，是男子汉就该勇往直前，怎么放出一条杂交狗来咬人，孬种。"孬种也好，混蛋也罢，佐田是个死猪不怕开水烫的角色。他的狡猾之处在于，他要让支那人斗支那人，让其两败俱伤。他要玩猫逗老鼠的游戏，不急于要田岳的命。佐田突地叫道："邱的，杀。"说罢，他掏出王八盒子枪，指定了邱吉山，田岳缓缓推动招式，一个白鹤亮翅立定门户。突然，刀光一闪，邱吉山的日本刀已经出手，闪电般刺向田岳的胸口大穴，那阴森森的破空刀气比闪电还要摄人。狡猾的邱吉山首先出手，他拿着刀，没有取劈势。因为劈势幅度较大，换式慢门户空档时效长。他也没有直刺田岳的咽喉，因为咽喉目标小上盘避让较下盘灵活。与田岳这样的高手过招，他不敢有丝毫大意。田岳冷笑连连："自作孽，不可活。"看看战刀逼近胸口，等邱吉山招式用老，田岳突然长啸一声，冲天而起，长剑已化成一道银灰的长虹，邱吉山一刀刺空，心中大骇，要想收式换招，已属不及。紧急中战刀一抬，护住头颈，只听当得一响，溅起点点火花，战刀已被剥掉一截，邱吉山的反应确实敏捷。徒觉手上一麻，他知长剑就势而下将取其性命，急忙就地一滚，妄图滚出战团，田岳一击未中，双足一蹬地面，凌空倒转，长空一剑化作无数光影，尽管邱吉山反应再快，也没能滚出笼罩着的剑气。阴寒的剑气逼得邱吉山手忙脚乱，半截战刀非但不能进攻，连遮挡也很困难，无论他向哪个方向闪躲，都已避之不开。邱吉山只觉左膀一凉，从肩到肘，巴掌大一块肌肉已活生生被削下。白骨森森滴血不粘。邱吉山"哎呀"一声，倒下尘埃，闭目等死……

周文武，余贵二人潜游上岸，与小船上担任警戒的张恒合在一起，眼见得两艘小汽艇燃起了熊熊烈火，四个日本兵烧得鬼哭狼号，要想扑灭大火已是回天无术了。张恒才压低嗓门说："破坏发电厂，让鬼子一片黑暗，掩护田岳撤离战斗。"三人如飞直赴关帝宫。未进入发电厂，就见一道黑影快如闪电，从他们头顶一闪而逝。三人一惊非同小可，此人如要取我等性命，易如反掌，绝非田岳。因为小学校中打斗正酣，不管是敌是友，破坏发电厂是首要的。三人悄悄进入发电厂，室内光如白昼，两个鬼子兵正侧耳倾听小学校的打斗，对近在咫尺的三人毫无察觉。周文武，余贵抬手"砰砰"两枪，两个鬼子兵像两段木头倒下了。巨大的机器轰鸣声，将枪声淹没得干干净净。三人进入发电厂，只见轮机飞转，不知从何处下手。三人原想故伎重演，放油烧机，但这不行，扶善溪将会全部化为灰烬，怎么办呢？正在此时，院内一阵枪响，三人心中一沉，不知田岳是死是活，急得团团乱转。张恒仔细将这怪物摸索了一阵，看出了端倪，将一个小小阀门左右一拨动，电灯光随之忽明忽暗。他狠狠往暗边拨，机器居然慢慢停止轰鸣，最后戛然而止，四周霎时一团漆黑……

田岳一剑削倒邱吉山，大出众人所料，他没有就势取邱吉山的性命，而是一剑刺到中途，剑锋突然翻转，飘落身形如老雕扑食般闪向佐田。只听砰砰砰一阵枪响，子弹擦身而过。就是这恰到好处的一闪，田岳捡回了一条性命。田岳大怒，一道银弧向佐田头顶照落。佐田大惊，本能地抬手一枪。田岳人在空中，与佐田又近在咫尺，要想避让，已告不能，身形勉强一扭，避过了要害部位。但弹头还是穿场而过，长剑失去准头，一剑刺入佐田左琵琶骨下，将佐田钉在地上，王八匣枪也掉得不知去向。鬼子兵一拥而上，正要拿人，全场突的一黑，黑得伸手不见五指，鬼子兵立刻大乱，他们唯恐伤着佐田，不敢使枪弄刀，七手八脚寻来电筒火把等物一看，倒在血泊中的田岳已不见踪影，唯有佐田被钉在地下直哼哼……

张恒周文武余贵治熄电灯，正准备冲进小学院子救人，忽见一团黑影如幽灵般从学校院中腾空而起，眨眼就到面前，一陌生的声音说："田岳负伤垂危，我已救走，各位自当保重。"说罢，转眼不见踪影。三人猜不透恩人是谁。但总算放下心来回旺宏昌，尽心操持郭刚丧事不表……

突然，外河传来惊天动地的两声巨响，震得地皮都在颤抖，佐田用微弱的声音叫道："完了……完了……"原来，小汽艇上大火烧爆了油箱，油箱引爆了迫击炮弹，两艘小汽艇霎时化成千万碎片，自此永远沉睡在沅水河底。这盘棋佐田彻底输了，输得人财两空，体面丧尽，他恨邵春甫，恨他出这样的馊主意，他怀疑，邵春甫是个间谍，只等天亮他就要拿邵春甫开刀，将邵春甫作为他失职的替罪羊。

今晚的恶斗，邱吉山铭心刻骨，切肤惨痛，这么多武装到牙齿的日本兵还斗不过一个老头田岳，可能是日本气数将近，他也在反省，自己是不是投错了衙门。鬼子卫生兵为他包扎好伤口，天也就即将破晓。虽然伤势严重，奇痛难忍，但总算保住了性命，他要回家一转，为娇妻报个平安。这个世界上只有妻父子才是自己信得着的亲人，特别是娇妻，她那么美丽，温柔体贴，令多少年轻人垂涎羡慕，他不该冷了她，必须回家安慰她一颗寂寞的心。虽然他的伤现在还痛得要命，他心在思美，脑却昏昏沉沉，脚像灌满了铅踉踉跄跄走到家门口。他忽然发现自己房中还亮着灯，想必是娇妻挑灯未眠，他心头一热，伸手就要敲门，等待着她热烈地一吻，忽然，房中似乎有男女做爱的嬉笑气喘声，他怀疑自己的听觉有毛病，伸出右手拍了拍头，不，那颇有节奏的小木床嘎嘎的欢叫声是那么的熟悉和真切。怎么，难道这婆娘有野男人，他的头脑刹那间清醒过来，自己重伤在身，单拳难敌四手，他从枪套中取出驳壳枪，张开机头，飞起一脚踢开房门，只见小木床上，自己的娇妻正和杨贵儿赤裸裸地绞在一起，像两条绞索的公母蛇，邱吉山气得大吼一声，照着白花花的人肉堆砰砰就是两枪，清脆的枪声将自己从懵懂中惊醒。他奔到床前，一把推开上面的杨贵儿，娇妻还睁着眼，眼中盈满泪，泪在滴滴流。刘金娥断断续续地说："我……我不是好女人……带，带好孩子……忘掉我。"说完头一偏，死了。枪声也惊醒了娇儿和病父，两人见到这不堪入目的一幕，惊呆了……邱吉山奔出房屋，面朝马鬃山，发出歇斯底里的长啸……

第二十二回

多行不义佐田受死
猛逢惊变两情相依

　　清晨，晴。但很冷。喧嚣了一整夜的扶善溪，早晨却寂静得吓人。这一夜的黑暗虽然很长，但总算已经过去。邵丽花年迈的父亲一整夜没有回家，这年头兵荒马乱的，又是枪又是炮，响了一整夜，就如一块千斤巨石压在丽花的心头。自从爹爹干了那个该死的维持会长，两个哥哥当了二鬼子，她——邵府的千金小姐，就再也没正儿八经的上过街，她怕扶善溪的人将她的脊梁骨戳得稀烂。今天，她懒得梳洗，更没有打扮，任由长发散乱披肩，可还是像一个刚刚出浴的仙子般清丽。幸喜街上还不见半个人的影子，她就是赶这个大清早起床寻她的父兄，她担心她的父兄像郭刚叔叔那样突然死去。替日本人死了，那可真不值。寻到了他们，她一定死拉活扯将他们拉回家，再也不能让他们干这些缺德的事儿了。她来到关帝宫，真怪，怎么不见了鬼子岗哨？邵丽花想着心事，脚下一点儿也没有放慢步伐。她跨入没遮没拦的关帝宫，里面静悄悄，空荡荡的，连个鬼影儿都没有，静得超常静得可怕。似乎那讨厌的乌鸦和麻雀也被寂静吓跑了，没有了它们半点吵闹。邵丽花心里有些不安，站在钟鼓楼下喊道："庙里有人吗？有人吗？"她

175

在给自己壮胆，少女的呼声打破了寂静。在高墙内显得如此清晰，惊得自己头皮发麻，血脉暴缩，双手双脚不听使唤，呆呆地站着不知进退。忽然，一点雨水滴在他额上，黏糊糊的，又一点滴下来，流到她嘴边，咸咸的，还有一股令人作呕的腥气。讨厌，这该死的天，说变就变。又一滴落下来，邵丽花伸手一摸，鲜红鲜红的，是血！她心里一悚，抬头仰望，立刻吓得魂飞魄散。只见钟鼓楼三丈多高的爪角上，掉着一颗血淋淋的人头，圆圆的罗汉脸上沾满了血灰，鼓着一对死鱼般大大眼。看来他死得很不甘心，这不是老爹是谁！这一下，就如五雷轰顶，吓得邵丽花脸色苍白，冷汗直流。一下跪倒在地，磕了几个响头说："爹，女儿不孝，没有给您送终，您一路走好。"说罢，她夺门狂奔，边跑边喊："老爹被杀了，快来人啦，老爹被人杀啦！"这凄厉的惨呼，将人们从梦中惊醒，各家各户将门窗打开点缝，争相偷瞧满街疯跑的大姑娘。她那乌黑的头发飘飘洒洒，粉红的睡袍拂拂扬扬，她——清丽中透着癫狂，哀号里杂着哭腔，让人百感交集……邵丽花声嘶力竭狂呼猛跑，刚刚看到益兴昌招牌，就虚脱得两眼一黑晕倒在地。王桂枝大惊，急叫人将邵丽花抬回房中，派人去请田岳，哪知田家关门闭户，主仆诸人不见踪影，偌大的田茂昌只剩一幢空宅，急得王桂枝手忙脚乱。此时有人通报，邵八爷被日本人砍了脑壳，挂在钟鼓楼上扬尸示众呢！此言一出，如惊雷炸顶，王桂枝哎呀一声，也晕倒在地……

　　街上有胆大者，三五成群进入关帝宫，围着钟鼓楼观看究竟，有人说是邵八爷，有人说不是，争得不可开交，此时，有一年轻人语出惊人："死者不是邵八爷而是日本军官佐田。""不可能！你好大的胆子，日本人听到了，不要你的命。""我不怕，我有三点理由，第一邵八爷没有这人年轻，第二邵八爷没留日本人的任丹胡子，第三佐田在世没有这么安静。""吼——"众人恍然大悟。那年轻人又说："各位请看，太阳旗上有字。"众人涌进钟鼓楼，只见日本人的太阳旗被包在大钟上，白底绸布上用鲜血写着"杀人者，张合也。"六个血字，暗红暗红的格外醒目，人们立刻大哗，"疯侠没有死，他出山除了日本人……"吵声惊动了日本人，他们从小学校二楼窗口哒哒哒地扫过一梭子机关枪，子弹射的大钟叮当作响，火星直冒，人们立刻四散奔逃。

这颗人头果然是佐田的。原来，昨夜佐田被田岳长剑刺伤后，经卫生兵抢救并无大碍，扶善溪也慢慢平静下来，佐田吩咐，除留值班人员以外，其他人都自行休息。鬼子二鬼子得令陆续就寝。四周寂静如死，连空气也像凝结了似的，没有一丝流通，闷得佐田心里发慌，他迷糊着双眼，正准备骂人，忽觉颈项上一凉，身不由己打了一个冷战，睁眼一瞧，霎时冷气直冒，一高大健猛的黑衣人，正一剑顶住了自己的脖颈，这不是田岳是谁。他差一点被活活吓死，狠睁着大眼，面现惊恐哪有半点武士道精神。他张嘴正要惊呼，黑衣人手上一紧，佐田一颗斗大的人头就与身体分了家，死在远离亲人万里之外的中国武士剑下。几名闻声赶到的鬼子兵见是田岳去而复返要了佐田的命，惊得面如死灰，连枪也不知怎么开，刺刀也不知怎么用，回头就跑。黑衣人冷哼道："鞑子还想活命。"话音未落，人已掠出一鹤冲天，从四个日本兵头顶疾掠而过，后发先至，抢先飘落院中，阻住了鬼子兵的出路。四个鬼子兵见逃路已断，把心一横端起枪，挺着明晃晃的刺刀，呀呀呀地向黑衣大汉刺来。在朦胧寒月下，只见织起了一片刀光的冷幕，将黑衣大汉围在核心。乒乒乓乓四个鬼子兵从四个方位扎来的刺刀，都被长剑一一荡开，一道惊弧过处，四个鬼子兵持枪的手，也尽数离开了自己的躯体，院中随即响起一片鬼哭狼号，黑衣大汉挺剑要取四人性命，忽而略一迟疑，转身挺剑向佐田病房走去，一把提起佐田鲜血淋淋的人头，来到佐田办公室，两把扯下墙上挂着的太阳旗，用手粘上佐田的鲜血，写下了六个苍劲的大字，写罢，他收拢太阳旗，提着人头，飞起一脚踢翻办公室，来到院中。四个鬼子兵还在惨呼翻滚，黑衣大汉沉声喝道："告诉你们当家的，早早滚出中国，要不佐田就是你们的榜样。"说罢，箭射而去不见踪影。

等全数鬼子兵赶来，一查人数仅存十四人，其中还包括四名半死不活的伤兵。两个曹长一商量，决定集中所有战斗人员困守小学校，紧急发电常德司令部求救待援。二鬼子见佐田一死，邱吉山受伤，不等天色亮明，东一个西一个全部溜之大吉。邵大成邵小成趁机潜到关帝宫，进入地牢救出了邵春甫，三人不敢即刻回家，藏在汪家山树林中静等变故。所以，关帝宫成了一座空庙。

　　扶善溪震惊了，扶善溪惊醒了，他们人不分男女岁不论长幼，职不限农商，听说佐田被除，汽艇被炸，杨贵儿被杀，如久旱逢甘雨，个个高兴得喜形于色。奔走相告，砍树的劳工发一声喊，跑了个清光，强征运料的船老板掀掉树料，也逃了个干干净净……同时，他们也清楚地知道，鬼子们会报复的，家家户户都在安排转移财产疏散老弱小孩。

　　傍晚时分，落照的余晖给大地洒下了一层橘红的亮粉，给近夜的扶善溪蒙上了一层美丽而恐怖的神秘面纱。这里的人就害怕危机四伏的黑夜。这不，危机果然来了。只见一衣衫褴褛蓬头垢面的后生，一下冲进章恒昌，跪倒在幺姑面前泣不成声。幺姑大惊，一边搀扶一边说："小哥，你为何行此大礼？你我素昧平生，折杀老身了，快快请起。"年轻人抬起头，泪眼蒙眬地喊道："妈，你不认识我了呀，我是琛儿呀，妈！""琛儿？真的是你呀，想煞我了。"幺姑捧着张琛的脸蛋，摸了又摸瞧了又瞧，忍不住热泪纵横。"琛儿，你人长高了，可是黑了瘦了，你妹妹呢？你们到底跑到哪儿去了，一直杳无音信。"幺姑一边问着话儿，一边给张琛搬来板凳坐下，张琛长长地嘘了一口气说："妈，孩儿这次能回来，真是九死一生啦，我和妹妹、田聪一群青年学生，本想到延安去寻求抗日救国的道理，可那儿太远了，沿途日寇横行交通堵塞，我们身无任何证件，只好夜行昼歇，长途跋涉到长沙时就被日寇铁蹄冲散了。据我分析，妹妹他们可能凶多吉少哇。""哎呀！我那苦命的媛儿呀……"母子俩抱头痛哭，那一年三百六十五天的痛苦思念，化作滚滚泪雨倾盆而下……半晌张琛才一拭眼泪，惊慌问道："爹爹呢？"幺姑也拭了拭眼睛说："你爹爹，哎！说来话长，你三叔被日本人杀害了，你爹爹和余贵哥正在郭府帮忙呢，昨天夜里响了一整夜的枪，死了很多人，到现在还不见他们的人影儿，真叫人担心死了。"她用手指挑了挑掩盖在额头的惨白头发说："余贵哥是你爹爹救的一个孤儿，他人可好啦。"张琛觉得父母确实老了，他对不起老人家，"哇"的一声又大哭起来。俗话说："儿哭一声惊天动地，张琛的哭声，惊得四邻八舍的乡亲都来探望。因为扶善溪的人，对哭声太敏感了。幺姑说："好了好了，人回来了就是天大的喜事儿，乡亲们，没事儿，是我儿子回来了。"众人见张琛平安到家，都替幺姑高兴。张琛说："妈，我到三叔家吊唁三叔去。"幺姑挡住张琛说："浑小子，你瞧你这身打扮，不要污了丧堂，还是洗个澡，换身干净的衣服再去吧，也不必急在一时。"张琛对自己的尊容一看，也真是哭笑不得，向母亲扮了个鬼脸，跑到后堂洗澡去了，不一刻张琛洗澡换衣来到堂前，变成了一个面神如玉俊逸潇洒的男子汉。幺姑爱抚地看着儿子，觉得他真的长大了，张琛说："妈，我走了。""见到日本人，不要乱跑。""我知道，妈……"话未说完，人已一溜烟跑过了街，张琛答话的余音，听在幺姑的耳里觉得心里甜丝丝的。

　　张琛来到旺宏昌丧堂，立刻被眼前庄严肃穆悲惨的气氛所感染了，他跨入灵堂，跪倒在地泣不成声，当时，谁也没注意闯入了这么一个青年后生，因为吊唁的人太多了，灵柩前跪满了一坪人。忽然，他觉得有四点宛若晨星的目光一闪，丝丝直入心扉，当他仔细在人群中捕捉那深情的一瞥时，看起来隔得很近，又仿佛隔得很远，就如一颗璀璨的明珠，忽而消失在幽柔的梦中。他并不死心，还是情不自禁地用眼睛的余光，冲破昏暗烛光的阻挡，偷偷瞟射过去。三人眼睛相接，立刻形如触电，先是一惊，接着一麻，然后同时失声大呼"啊……我命苦的郭叔啊……"这不是大梅和小梅是谁。难道他们和郭中龙好上了？身穿如此重孝。张琛一阵晕眩，心在漂浮，人在膨胀，身在飞升，他忘记了自己置身于丧堂……张琛温情的一瞥如一道灼热的暖流，注入了周氏双娇的心田，他们一惊一喜，霎时又觉得像天塌下来了一般苦苦地堪忧。他们觉得软绵绵的浑身乏力。日本人狰狞的面孔像幽灵般出现在她们的面前。"破鞋，张少爷是不会爱你们的，来陪我们吧，哈哈哈哈！"姊妹俩像心有灵犀，只觉心头一悸，眼前一黑，晕倒在地。丧堂里立刻大乱，原来，虽经双方父母做主，小梅已许配张琛为妻，但大梅也一直暗恋着张琛。今情郎近在眼前，却无缘相会，心中方寸一乱，晕了过去。张琛见状，立刻一跳而起，跟着要进后堂，被几个大汉阻住去路。待要发火动粗，转念一想，自己是来吊孝的，不能失了章法，转身老老实实跪在灵前。道士义一阵紧锣密鼓，好容易才将丧堂里嘈杂的声音压了下去，郭中龙怔怔地跪着，心中暗暗赞叹姊妹俩深明大义情真意切，不失为女中丈夫。"郭叔叔啊，您走得好急啊，

179

郭叔啊！丽花还没有为您尽孝呀，郭叔啊……"一阵凄厉的哭声，比一曲妙歌还要动听，将人们的视线同时引向大门外：只见一肤如凝脂，面若桃花的姑娘，身穿重孝，手持高香，那一身雪白轻纱孝衣肥肥大大，也难以掩盖她那优美的身段与楚楚诱人的的曲线。她袅袅婷婷跨进丧堂，就近跪倒在张琛旁边，惊羡得道士们也敲错了鼓点念错了经。她的到来，又如一道柔美的冲击波震撼了郭刚庄严的丧堂。张琛仔细一看，是邵丽花，真是女大十八变，丽花变得越来越美了。李贵花一见邵丽花到来，立刻恨得七窍生烟，不顾众人劝阻，指着邵丽花说："小狐狸，你们害得我家家破人亡，还嫌不够吗，人死了还来猥亵郭老头的英灵是不是？你给我滚出去。"邵丽花没有回嘴。只是稍微抬了抬头，珠泪滚滚，如受伤的小鸟一般楚楚可怜。郭中龙从前排站起身，走到母亲身边劝道："妈，你们大人之间的恩恩怨怨，怎么强加在我们小辈身上，丽花是来吊孝的，再怎么样，吊孝无罪呀！""住嘴，你懂什么，她这是诸葛亮吊孝——没安好心，普天下的女人死绝了，我也不会答应你和她在一起。""妈，我父亲在天有灵，也会被丽花的诚意感动的，妈。""畜生，你如果还认郭刚这个父亲，你就给我承伏去，丧堂里不是你们谈情说爱的地方。""妈，我听老人们说，在丧堂里拜堂成亲大吉大利，丽花为什么不能来？""啪"李贵花的大耳刮子已扇到了郭中龙脸上，李贵花本来就是个男人婆，连郭刚也要让她三分，郭中龙当堂顶撞，她哪能不火？三莲冠也被一耳光打落在地。道士们又惊又笑，急忙连声诵经拐弯："大慈大悲南无观世音菩萨"李贵花也自觉过火失态。从地上捡起三莲冠，重新扣在郭中龙头上，怒气冲冲地说："你如果还是郭家的子孙，就给我跪下，这里没有你的事儿。"郭中龙跪下了，李贵花转脸对邵丽花说："你走吧，我郭家领受不起。"邵丽花说："婶婶，郭叔走了，再怎么样，你还是让丽花尽尽孝，悔悔罪吧。""笑话，你小小年纪能有什么罪，我李贵花再泼，恩怨还是分明的，我不想你和中龙的关系过于密切。"说话间，邵春甫那张令人生畏的罗汉脸，如幽灵般在李贵花眼前晃动，晃动……日本人凶神恶煞的魔影，也在李贵花眼前漂浮……渐渐地，两个影子合成了一个双目泛赤、巨口流血的恶魔，向郭刚头顶压去，郭刚立刻鲜血飞溅……

李贵花一下崩溃了，只觉眼前一黑，换不过气来，"哇"的一声，吐出一口血痰，立刻人事不省。这一切，张琛看在眼里，暗暗叹息，这人比动物活得还要难还要累，太多的计较，太多的恩怨，这又何必呢？

蓦地——一声惨呼，只见白光一闪，邵丽花已一头撞进了茫茫黑夜。张琛暗叫一声不好，飞起几步跨出丧堂，跟定白影紧紧追去……黑夜，像一头巨兽，吞噬了整个扶善溪，三处丧堂，同时传出凄厉的鼓点"咚咚咚，以咚咚咚咚，咚"给大地蒙上了一层恐怖而残酷的阴影，是那样的阴森凄迷。邵丽花边跑边哭，果然，她没有奔回只一街之隔的益兴昌，而是向长柳坪那苍凉的旷野奔去。只见白影忽闪忽闪的，形如鬼影，快如疾风。张琛大声疾呼："丽花妹妹，你别跑，我是张琛哥哇，等等我。"丽花迟疑了一下，停下了脚步。凄惨地答道："不关你的事，你回吧，如果你还要追，就关你的事了。"说着，"哇哇"地哭得更凶了，张琛对环境很不熟悉，接连被砍倒的树桩和枝桠绊了几个大跟斗。浑身疼痛不已。当他看到白影又将消失，急得喉头一酸，哭了起来。他哭着喊道："丽花妹妹，等等我，要死咱们一块死——"那惊慌失措的哭喊声，在这沉郁浓黑的夜空中，显得格外真诚而悚栗。"张琛哥哥，你又何必呢，为了一个被人遗弃的姑娘。"他停住了，在等他。终于，他俩挨近了，近了，双方一伸手，石破天惊地抱在一块儿，他俩任由夜风吹。任由鼓点儿催，这时，他们才认识到：生命是那样的珍贵。半晌，他们回过神来，张琛一看，脚下是波光粼粼的滚滚沅水，将两岸黑影幢幢的大地一分两半，再跨两步，他们就真的上了天国。张琛倒抽一口凉气，抱着邵丽花就往回拉。邵丽花娇喘连连就势一倒，黑暗中俩人一下滚倒在河边枯草丛中，软茸茸的，柔如地毯。丽花还在张琛怀中一惊一颤地抽泣着，她吐气如兰，浑身散发着灼人的青春热力……他忽然感到一阵燥热，浑身上下似乎都不大对劲儿，丽花的胴体，到处都是诱惑，那种通体舒坦，酥酥的软软的痒痒的感觉使他无法抗拒……"朋友妻不可欺，我和中龙是兄弟，你这个畜生！"张琛心头猛地一震，他的意识回来了，整个人儿，从甜蜜的野性中回到了冷酷的现实。他松开邵丽花劝道："丽花妹妹，三婶母正在哀痛中，说几句气话在所难免，你美得如画似屏，怎么舍得和自己的生命过不

去？""我宁肯死，也不愿活在世上。""为什么？""因为这个世界上容不得美丽的女人。"邵丽花语出惊人，张琛反而懵了："你，你听谁说的废话？""真话，老人们说，自古红颜多薄命。""你胡说！""我没有胡说，琛哥哥，你告诉我，我到底长得美不美？""真美。""真的？""真的，美得就如一朵盛开的玫瑰花。"邵丽花突然惊恐地叫道："不，不，我宁愿是刺，不愿是花。""为什么？""因为刺比花坚强，刺比花长寿，刺人有怕，花逗人采。""这是自然现象，与人无关。""有关的，这太可怕了，我珍珠姐妹就是因为美得像花儿，死了。美娥姐姐也美得像花儿，死了……周小梅周大梅也……""够了，这不是真的！"张琛急得拼命摇着邵丽花，摇得她生疼生疼的，她喊了起来："这是真的，美娥姐姐现在还睡在棺材里，没有出门啦！""这是真的吗？这是真的吗？天啦，难道这美也是罪恶吗？"张琛忽然想到自己的亲妹也很美，现在死活不知，张琛呼喊着，严酷的现实使他不得不相信有这样巧合的内在联系。"琛哥哥，我好怕啊，怕啊……抱着我，抱紧我，我好孤单啊……"张琛抛开嫌疑，重新抱紧丽花。让她像一头受伤的小鹿依偎在自己怀里，她不能再有伤害了，他害怕这美丽的女孩儿像花一样的凋谢。珍珠和美娥两位姐姐的倩影也不断在脑海中漂浮。年纪轻轻都成了隔世之人，这是谁之过？眼前，这美丽的女孩儿倒在自己怀里，我又能怎么办？周小梅是我的未婚妻，是我魂牵梦萦的恋人，我如对不起她，我又该怎么办？此时，他突然觉得自己太无能了，天下美丽的女人都能让他动心，可他无力救助天下的女人啦。半晌，邵丽花突然在他怀里幽幽地问道："琛哥哥，你爱我吗？""爱！""你敢爱我吗？""爱！""你大声说，我听不到！"邵丽花几乎在喊。"爱……"张琛回答的越来越低，他不敢理直气壮。"哼，男人没有一个好东西，我就知道你不敢爱我，如果你有种，凭天地为证，我现在就可以给你，你敢吗？"说着，她一下挣脱张琛的怀抱，猛地抱住张琛的头，用她那甜甜的红唇，在张琛脸上鸡啄米似地不断乱吻，吻是很甜的，但邵丽花吻得很辛苦，她那足以融化天下任何男人的美唇也引发张琛发自内心的一波又一波的悸动和战栗。他怯懦地说："丽花妹妹，你听我说，我爱你，只是兄妹手足之爱，还不是夫妻之情爱呀,对不起。"邵丽花吃惊了。停下了她放肆的动作,惊问道:"有分别吗?""有,因为你是名花有主,我不敢横刀夺爱。""什么名花有主,什么夺人所爱,这都是借口,是假话,你今天不是亲眼看到了吗?""唉"她幽叹一声"这无需我多说……哪怕我心中有伯仁,伯仁却容不下我啊。""唉"张琛也深深一叹,"要不是媒妁之言父母之命,我是真敢爱你的,我说话对得起自己的良心,真的。""良心,什么良心,让它喂狗去吧,大梅小梅也长得美,凡是美女都有罪,他们活得生不如死。又有谁的良心去疼他们?""那不尽然,我一定很好地爱护小梅,就像爱护小妹你一样。""你这张嘴真甜,甜得让人发苦,只可惜——""可惜什么?""可惜你心口不一,我害怕你这种心口不一的男人,郭中龙比你直爽多了,可惜他不像个男人,他畏母如虎。""孝顺有加,这是男人的一种美德,就像女人贞洁一样闪光。""怎么?你把我看成了一个荡妇,这你就错了,你的周氏姊妹贞洁吗?闪光吗?""我想,他们应该是的。""错,她们早已不是处女之身了。""你疯了,你这无耻的女人。""我没疯,也知耻,她们被日本人干了,要不,郭刚叔叔怎么会死的。"邵丽花在幸灾乐祸,张琛在天旋地转,难怪周氏姊妹穿如此重孝,行如此大礼,原来事出有因啦。张琛一把拉开邵丽花,仰首朝天,振臂长啸,恨不得砸碎这个世界。悲壮的呼号,惊飞了宿鸟。噼啦啦一个炸雷,宣告严冬已经过去,春雨随即淅沥而下,在闪电撕碎大地的刹那,邵丽花看到巍巍男子汉,像一座山似地倒下去。她知道,男人也可怜。她艰难地爬到他身边,抱住了这个不是自己男人的男人,两个同病相怜的人儿,相互依偎着,任由风吹雨打,让春雨洗涤着他们心酸的情爱……

第二十三回

东洋鬼子猖狂似鬼
山里人家逼归山林

田茂昌关门了，人们有病无处医，旺宏昌关门了，家有不幸其情可谅，章恒昌也关门了，人们议论纷纷。恐有不测，平日里车水马龙的扶善溪大街，一时冷冷清清，店铺饭庄，门可罗雀，种种迹象表明，扶善溪将有灭顶之灾。唯有益兴昌还开着门，照常做生意。老板就是老板，他有着维持会长的头衔，他邵某春甫和龟村有不平常的交情，何况手里还有人枪，他不相信扶善溪这块天会塌下来。大清早，他手端水烟壶，跷着二郎腿坐镇店铺，督促着掌柜的先生盘底清账。因为他要趁着生意清淡的日子盘一盘底，看看又有多大的进账，这钱是要赚的，其他都是小事，他相信自己的本事。突然，轰隆一声巨响，震得山摇地动，一发炮弹落在益兴昌门前，炸了一个板桶大的坑，巨大的气浪扬起弹片，尘土漫街飞溅，憋得人透不过气来。邵春甫手上的水烟壶被震落在地，轱辘辘滚到一边，他一下惊得目瞪口呆，尿了一裤子。接着火光一闪，更大的一声巨响，炮弹准确地落到铺房里，屋毁货乱，巨大的气浪将邵春甫掀起老高。一个狗吃屎摔倒在掌柜的血肉模糊的尸体上，糊了满脑袋的人肉浆。邵大成冲进来，一把从血肉堆中拉起邵春甫说："爹，快走吧，还不走就来不及了。"邵春甫猛地一下挣脱邵大成的手，扑倒钱柜边喊道："钱，我的钱啦，炸没了……"邵大成叹了一口气说："爹，命都快没了，还要钱做什么？"邵春甫怒道："混账，捡回了命，没有钱我看你又能怎样。""爹，炮弹是不长眼睛的。""炮弹不长眼睛，我人长着眼睛，凭我的三寸不烂之舌，龟村还不至于这么绝情。""爹，你好糊涂啊，要是来人不是龟村呢？何况日本人早就想杀你了。""不至于吧？我只有靠着日本人才有好日子过，过了这村就没了那店，错过了结交他们的机会，我会倒八辈子霉，不要说了，你们走吧，我和你妈看屋。""小成，快来呀，抬着爹爹走。"小成正在劝母亲，听到哥哥叫，急忙起来，兄弟俩不由分说，抬起邵春甫正要出门，藏在小学校的鬼子兵听到炮弹的爆炸声，知道是援兵到了，叽里咕噜地一顿乱喊，端着机关枪冲出关帝宫。哒哒哒哒吐出疯狂的火舌，子弹如雨点般横扫两边房屋，几天来积累起来的怨恨，如火山般爆发，幸喜邵大成机灵，就地一个翻滚，将父亲压在身下，才躲过了疾风暴雨般的子弹，兄弟俩等鬼子兵冲下码头，与炮艇上的鬼子会师之机，背着邵春甫夹杂在逃难的人群中没命的逃跑，跑到大山里的姥姥家避难……

此时的龟村，不可同日而论，已从少佐升为中佐，故地重来，他带来了十艘小汽艇一艘炮艇二百多人的编队，浩浩荡荡杀奔扶善溪而来。他巍然屹立在指挥官的位置上，陶醉在荣耀感自豪感征服感的光环里，不可一世，他要血洗扶善溪，报灭他佐田小队的切肤之痛，长大日本皇军的声威。船队还未靠岸，就命令炮艇开炮轰击。炮弹雨点般泻落在扶善溪，封湘坪仙人溪木马口夷望溪等凡是有人居住的村落。炮弹过处，立刻浓烟滚滚烈焰冲天，耍足了大日本皇军的威风。船队刚一靠岸，鬼子兵就如潮水般涌上了大街，街上出奇的平静，仅十分钟，就占领了章恒昌益兴昌旺宏昌田茂昌四大货栈。将四家翻江倒海掘地三尺地搜寻了几番。传说中的两大箱财宝一无所获，但从益兴昌地窖中，意外地发了一笔横财，搜出黄金百两，白银上万，银圆五千多枚。龟村还是不遂意，指挥鬼子兵将各大小商店的货物尽数一扫而光，装上了轮艇，更意外的是，偌大一个集镇，仅抓获老弱病残三十多人，

185

要抓的疑犯一无所获，仅抓获了他们的家属李贵花王桂枝两个老婆子，这一气，可气得龟村七窍生烟。大大的骂了一通"饭桶"。鬼子兵将三十多人押到拱桥头垮沙丘，傍田坎一字儿排开绑好，望着鬼子黑洞洞的枪口，几十人大放悲声，有的人甚至吓软了腿。王桂枝忍不住呜呜地哭了。李贵花扶稳她说："老姐姐，咱们的老头子在菩萨面前发过愿，不愿同生但愿同死，但他们总走不到一块儿，咱老姐妹一没结拜二没发愿，却要结伴一路回家了，这就是缘分。不要哭，我搀着你走。二十年后，咱俩争取都做男子汉。""好，我听你的，老头子给扶善溪丢脸，我决不。""有种，咱要赛过须眉，视死如归。"胖猪龟村撕下他中国通的面衫，趾高气扬地登上了石拱桥，他横瞪着眼扫视了一下四周，惨碧的眼连鬼子兵都感到心寒，他挥舞着戴着白手套的手说："我大日本皇军待你们扶善溪人不薄，可你们却要仇视我们日本人，杀害大和民族的勇士，炸毁我们的战船，你们支那武士算什么？屁！杀了人却叫你们这些手无缚鸡之力的人顶着，自己跑到娘肚子里去了，这算什么英雄好汉，你们，你们也是有子有女的人，没有享到子女的清福，现在却要替他们挨枪子儿，这真叫冤，但这没有办法，他们杀一名日本武士，我就要你们十个支那人抵命，怨不得我龟村心狠手辣，用你们中国人的话说，这就叫做无毒不丈夫。"说罢，他嗯的一声举起了右手，鬼子兵唰地一下端起了枪，三十多人哭的哭喊的喊骂的骂，嚷成一片，"好由近——笨——"龟村手挥了下，鬼子的机枪向手无寸铁的无辜老人开火了。三十多名中国普通山民，像园篱笆桩一样一个个倒下了，他们的鲜血染红了半个垮沙丘……

当人们发现张琛和邵丽花时，已到了第二天下午，此时，郭刚美娥等都已入土为安。只见两人烧得面色绯红，身如滚炭，紧紧地抱在一块儿，双双晕死在泥地里。大家七手八脚将两人分开，田岳不在，只得分别送到乡下，求土郎中看病抓药，张琛由周氏双娇陪着，一叶渔舟送到了牧马口，郭中龙瞒着李贵花陪着邵丽花来到了大洞山。藏进了大风洞。等李贵花寻找郭中龙转移财产上船时，已不见了郭中龙的踪影，气得李贵花破口大骂，没有办法，只得求亲戚朋友帮忙，将仅存的一点货物，钱粮转移到旺宏昌号大木船。连夜开船逃进大㳇溪娘家，自己死活不肯上船，留在家中看屋，落得一个暴尸野外的下场。昏迷中的邵丽花，口中娇呼："琛哥哥，我爱你。"气得中龙几乎撞石壁。邵春甫三父子来到后，支走了郭中龙，听到丽花娇呼琛哥哥，心中不免一喜，郭家已彻底垮了，丽花如果和张琛联姻，这倒是件美事。张家不但家底殷实，而且定知两箱财宝下落。这一下，不就全归了我的儿女了吗？想到此，交代两个儿子持枪把住大风洞洞口，自己一个心思盘算着鬼主意……

张恒余贵将郭刚送上山后，辞别李贵花分头上街动员街坊们收拾细软贵重之物，火速分散避难，等他们苦口婆心将动员工作做完，已到掌灯时分。回到章恒昌家中一看，幺姑已把一切疏散准备工作安排就绪，张恒十分感激，父子俩人和帮工一起动手，将钱财贵重之物以及货物和必用家什，尽数装上大船章恒昌号，会同周文武夫妇，将船连夜开上孟家滩，来到牧马口。船未靠稳，天已大亮，龟村和船队已到扶善溪。轰隆隆一阵炮响，惊得周文武余贵张恒急忙拔篙摇桨，急速过河奔逃。几发炮弹落在刚才停船的地方。炸起了冲天水柱，来不及开船逃跑的几只木船，立刻化成碎片飞上了天，炮弹追着章恒昌号木船爆炸，冲天水柱涌得木船颠颠簸簸，机枪子弹"嗖嗖嗖"在他们头顶身边飞过，长着眼睛的炮弹，一直追到他们转过卵子岩，阻住了鬼子炮手的视线才罢手，随后，罪恶的炮弹就落到了牧马口、夷望溪的头上。张恒他们见木船行踪已经暴露，恐防鬼子汽艇追来，只得硬着头皮往夷望溪上游硬撑，且喜船载不重，倒也勉强能够航行，船到朱岩坝，一道门槛急流阻住了木船去路，普通篙桨已失去了作用，如果鬼子汽艇追来，就会船毁人亡。余贵周文武相继跳入冰冷的急流中，由张恒拦头，余月香把舵，几乎是背着大船跨过了门槛水，上了朱岩坝。随后，他们有顺利地越过了牯牛岩险滩，来到了龟灵庵山脚下深潭中。这里青山绿水，红墙倒影、绝壁飞流、五色斑斓，风景十分秀丽。张恒本想停船于此避难，道路精熟的余贵连连摇头说："万万不可，这里地处大路，船大目标大，如有细作报密，引来鬼子兵我们就插翅难逃了。不过，听老人们讲，大樟树后面还有座皇坟，战争结束后，我领你去开开眼界。"张恒听了又惊又奇，连连感叹。穿行到一个去处，

张恒陡觉胆寒，只见三座光秃秃的石山，如三个巨大的罗汉，阻住了木船的出路。三座石山之间形成了二道漫长的峡谷，这里怪石夹岸，曲涧幽壑，两道天然瀑布，如银河倒挂般洋洋洒洒一泻十丈，确有一种风飕飕的森严之气。余贵说："这里叫童子拜观音，瀑布下隐藏着三个古洞，叫深水洞，洞洞相通，据说有两条千年巨蟒驻守洞中，谁也不敢接近。"张恒啊了一声，他已经被这异域仙境所吸引。绕过雷打岩，就到了焦林坪，一棵巨大的樟树，形如巨伞，老远就能见到树上停满了白鹤，就如一株巨大的白玉兰，屹立在焦林坪中，蔚为壮观。余贵说："这就是有名的樟、腊、柳三而合一的怪树。"船过焦林坪，就开进长潭，这里十几里路一潭碧水，两岸青山，巍巍屹立遥接天际。山间清流翠如碧玉带，环绕其间，左手几间农家的吊脚楼，犹如凌空飞架在河墈绝壁之上。屋后竹林婆娑，屋旁绿树掩映，有一种超凡脱俗的幽静。右手一突出的山嘴上，一棵巨柳千枝百桠，树干千孔百疮，由于还未发新叶，孤零零地坐镇在青山绿水之滨，虽饱经了人间的沧桑，但还是显得那么凛然不可侵犯，一旦逢春，它就会生机勃勃重振风采。树下是渡船老人的小竹屋，一道超人高的竹篱笆，将小竹屋围了个密不透风，其下河边停靠着小巧的乌篷渡船，倒影如画，真有一种野渡无人舟自横的潇潇意境。余贵说："这就是捏井古渡。这里是通往沅陵的交通要道，虽然水深景美，也不能停船。"张恒无法，只得依言继续航行。船行过长潭，越过汇窝滩，才将大木船稳稳地钻进白叶溪树木参天的深沟中。至此，两家人就在这深山老林里，过上了近两个月的隐居生活……

鬼子的炮弹炸毁了河边的小木船，像长了眼睛一样，又落到了牧马口余老汉家门口，余老汉急领全家出动，将张琛和两个外甥女藏进桃花洞，虽然衣食铺盖医药用具一应准备俱全，但还是显得凄凄惶惶无限落寞。他们哪里知道，这一住就是二十多天。几乎过着野人般的生活……

张琛的烧虽然退了不少，但身体的极度虚弱，使他脸色苍白，神智还处于昏迷之中，周氏姊妹俩轮班伺候，精心呵护，却也照顾得无微不至。这天他忽然轻轻地吁了口气。四肢咯咯地不停挣动，显然身体很不舒服。几天来，周氏姊妹连惊带忧，已眼窝深陷，面色憔悴，露出极度疲惫之色，她俩依偎在张琛左右，浑浑噩噩地似睡非睡。张琛猛地一抖，一脚踢在小梅身上，小梅一惊，正要说话，只见张琛秀目圆睁，额上的冷汗如雨露般沁出，顺脸直流，双手舞动，口里大叫道："丽花妹妹，你不要死，你不要死，我敢爱你，我真的敢爱你——"张琛的狂呼，将大梅惊醒。姊妹俩你看看我我看看看你，四目相对，泪光闪闪。心中的哀怨，陡然发泄出来，四行清泪，如甘泉般涌出。姊妹俩的痛哭声，使张琛的神智陡然清醒，他忽然道："丽花，别哭，我们在什么地方？你到底说话呀。"小梅闻听此话，芳心一颤，一甩手冲出了洞口，张琛不期然地打开疲惫的秀目，只见一青年女子，如一尊完美无瑕的雕塑，坐在地铺边抽泣，瘦削的双肩一抖一抖的，是那样的楚楚动人，他心神一荡，饱含深情地问道："丽花，是你……救了我？"他挣扎着要坐起来，伸手一摸，摸到了冰凉的石壁，透过洞外斜射进来的阳光，定睛观望，才看清了自己置身于一巨大的石洞之中，只觉浑身一凉，如掉入了云里雾里一般。周大梅微伸玉臂，一下按住张琛说："别动，你身体还很虚弱，先好好养养神吧。"张琛顺手抓住大梅玉臂，万般爱抚地搓着："丽花，你要好好地活下去，我不能失去你，我可爱的小妹妹……"这荡气回肠的情语如莺歌燕语般感人，但在大梅小梅心中，就如一段恶毒的魔咒，打破了她们心中憋藏了已久的百味瓶，酸的苦的咸的涩的……这些痛苦的感觉，一股脑儿向她们袭来，使她们芳心震颤，浑身麻木，表情痴愣，只有一个劲儿的流泪，流泪……情爱，这玩意儿，真像眼睛里粘不得一粒沙子般敏感。张琛见大梅流泪，以为是丽花在痛念他，也感动的真有千言万语一时难以说出，泪水一个劲儿地直往心里流。少许，他猛地挣扎着爬起来，一下抱住了大梅，仔细一看，他愣住了，这朵带露的雪梨花，显得那么晶莹剔透，洁白无瑕，他惊呼道："小梅，是你呀，想得哥哥我好苦啊！"原始的冲动，使张琛变成了一头虚弱的情牛，眼睛黑得发亮，俏脸通红，挂满一种野性的笑。此刻，轮到大梅惊愕了。她惊得张大了嘴，止住了哭，朦朦胧胧中，只觉得嘴唇一甜，她小巧性感的嘴唇儿，以教张琛火热的嘴唇给封住了，张琛那带有侵略性的舌尖，柔柔的黏黏的，一个劲地往大梅牙缝中钻，大梅屈服了，门户大开，舌与舌碰在一起，相互搅拌蠕动，光光的滑滑的，将大姑娘带到了一种好甜好甜的神奇世界，她刹那间呼吸急促，一波又一波令人心荡神怡的炽热，从她的小腹心口涌来，然后直抵大脑。她已经完全失控，醉倒在张琛的热吻中。不，醉倒的不光是大梅，情牛张琛醉得更厉害，要不是自己是个病人，虚脱得不能邀请动自己的小老儿，否则，他会粗鲁得撕开了她的裤头。舌战了好几个回合后，张琛累得直喘粗气，他松开了嘴，望着双眼如晨星般美丽迷人的大梅。他又是痛又是爱，又是颠又是狂。不断抚摸，揉搓着大梅娇美如花的颈、颊。又放肆地侵略到了白嫩如脂的胸部，将大姑娘柔软的双峰，撩拨得竖挺竖挺的，充满了甜蜜的诱惑。情牛忍无可忍，将头一低，嘴再一次叼住了大梅的双唇……

隐身于洞口巨石下偷窥的小梅，被张琛大梅出格的举动，撩拨得春心荡漾，宛若碰鹿，她银牙紧锁，四肢百骸都如冬天的一把火，越烧越炽烈。张琛大梅双双抱成一团儿，轻轻呻吟着，低低喘息着，那种强烈的诱惑，迫使张琛冲昏了头脑，伸手向大梅最后的阵地——神奇的三角地带探去。大梅一惊猛地清醒，妹子在旁，岂能出格。急忙夹紧双腿，推开张琛说："张哥，我是大梅，大梅呀。""什么，你是大梅？我不信。"张琛一惊，还是心有不甘地停下了他的行为。不好意思地瞄了大梅一眼。"你是大梅，那小梅在哪儿？我怎么被你们越搞越糊涂了。""小梅见你在昏迷中老叨念邵丽花，她赌气出去了。""病人在昏睡中的话她也信？小气。"这无情的伤心话儿，如晴天一个霹雳，将小梅猛地一下惊醒。这样见一个爱一个的男人，不是自己终身所托，不如早早退出战团，以免今后受气。想到这儿，她起身就往洞外走。张琛忽觉洞口倩影一闪，知是小梅，他从地铺上艰难地站起来，几天粒米未进，要想站立行走，就没有接吻那么容易了。他头一晕腿一软，几乎跌倒。大梅扶住了他，也惨然一笑说："谢谢你。"这很平常的一声谢谢，听在大梅耳中就如一声分别，她心里酸酸的懊懊的，意识全然麻木，任由眼中温暖的液体慢慢地流出，流到嘴边咸咸的。"大梅""啊——""扶着我，我要去见小梅。""啊，"

她脑子一片空白，根本没有听清他在说什么，怔怔地站着一动不动。任由张琛颤颤抖抖地向洞外摸去。

　　洞外春光明媚，风景这边独好。给小梅黑的发亮的秀发，修长丰腴的身体，镀上了一层金色的光彩，微风轻拂，发衫飘飞，小梅就如一尊披金抹彩的女神那么端庄肃穆，清美得无可挑剔。张琛跟跟跄跄赶出洞外，顿觉眼前豁然一亮，昏昏然就向小梅扑来。小梅惊得秀目圆睁，娇面生霜，边退边喊："别过来，别过来，你再过来，我就跳下去了。"张琛"啊——"的一声惊叫，一屁股坐在光滑滑的岩板上。原来，他们已置身于几十丈高的悬崖峭壁之上。踏足的这块巨石形如鸭嘴，远远地伸到半空，险险地为桃花洞后洞口设立了一块光溜溜的平台，地势慢慢上升的桃花洞，已将洞中人不知不觉地送到了桃花山的山腰。布满山脚山腰的桃花树没有开花，也没有发叶，光秃秃的形如干死了的辣椒树一般，在微风中瑟瑟发抖，山下农家人的大水牛，小如爬蚁，在崖下缓缓移动。张琛惊出了一身冷汗，乱摇双手喊道："小梅，别，别，我……我不过来……听你的，你看……我没动。"其实，他一惊吓懦了腿。小梅冷峻的一张俏脸，那架势，真是神圣不可侵犯。她一字一句地说："姓张的，你给我听好了——""是，我正听着呢。"张琛急忙表白。"今后，你胆敢欺负我姐姐，我决不轻饶。""是，是，我不敢动她一根汗毛。""你敢爱就爱吧，我无所谓。""是，是，啊，你什么意思，咱俩是有媒妁的。""不，还是我自己说了算，从今以后，我只是你的小姨子，其他你休得妄想。""可，田聪，田聪他——""你还是管好你自己吧，一切顺其自然，怎么样？啊，不答应，我跳下去了。""别，别，我答应，答应你——""那好，你回洞陪我姐去吧，我在这儿望风。""望风？我们还怕谁？""你还不知道哇，几百小鬼子占领了扶善溪，杀了很多人，连牧马口都挨了他们的炮弹，要不我们躲在这儿干什么？""哎呀，坏了，我老爹老娘还不知道怎么样呢，还有丽花……""我一听你提到邵丽花这婆娘，心里就烦。""丽花怎么啦，她只是我妹妹，我们的关系很正常。""正常？你们要死都还抱在一块儿，还正常？""哥哥爱护妹妹，本来就很正常嘛，何况——""何况还没脱衣服？够了，我还是那句老话，你胆敢对我姐

三心二意，我决不轻饶你。"张琛听了，若有所思，他还是像饿狼一样紧紧地盯着小梅的娇面，贪看她清丽的容颜。"你紧看什么，我脸上又没花。""你的脸蛋儿，比花儿更好看，真的。""我的话你胆敢不听？"小梅被他看得满脸绯红，作势要跳下悬崖。张琛大惊"我听，我听，我这就进洞。"他一边说一边退回洞，几乎是爬着进去的。

阳光暖洋洋地射在小梅身上，她十分怅惘，心里有种说不清的滋味。就如喝下了十二瓶陈醋，醋气熏天。又如咽下了十二瓶苦酒，苦不堪言。她恨日本人强加给自己的侮辱，她恨邵丽花天生丽质，她也恨胞姊夺人所爱。她知道自己无法和邵丽花抗争，违心祝愿胞姊美满幸福白头偕老……内向坚强的她，终于崩溃了，坐在石板上，呜呜地哭，哭得情真意切，哭得花枝乱颤，哭得惊天动地，她那一颗破碎的心，又能向谁诉说？

第二十四回

姊妹花姊妹生怨
桃花山桃花斗艳

日寇占线愈拉愈长，战事越来越吃紧。龟村带领大队人马和装备扫荡扶善溪战果不佳，被司令官狠狠训斥了一番，几乎剖腹自杀。这天，他忽然心生一计，下令全体人马收队上船，浩浩荡荡开船而去。船队行到桃源，上岸进馆饱餐了一顿后，连夜回航突袭扶善溪，他满以为这一回马枪，即可抓获全部要犯，哪知全镇还是空无一人。不同的是，三十几具尸体全部不翼而飞了，气得他暴跳如雷："扶善溪人狡猾狡猾的，不可教化，不可教化。"他下令各队下村进山清剿，务必要踏平高山峻岭，全歼刁民。这一下可苦了老百姓，逼得他们有家不能归，有粮没得吃，过着风餐露宿的原始生活。

转瞬间，又到了春暖花开的日子，阵阵清脆悦耳的鸟鸣声划破了清晨的宁静，也吵醒了洞中人的春梦。小梅正想坐起来，忽觉自己胸口沉甸甸的，很不舒服。她揉了揉惺忪的睡眼一瞧，真要命，张琛的一只臭脚毫不客气地斜放在自己的胸脯上，他和大梅手搭着手儿脸对着脸抱在一起，那个亲热劲儿，简直叫人脸红心碰，自己反而成了一个多余的人，心中的妒火几乎破壳而去，死不要脸的，捡着一个臭男

193

人当活宝，我走，此地不留人自有留人处，不要碍了你们的事儿，想到这儿，她轻轻地挪开臭脚，悄悄穿衣着鞋，摸着黑，头也不回地逃出了令她窒息的是非之洞。

一觉醒来，张琛发觉床上没有了往日的拥挤也感觉不到了小梅温馨的体温，他想，可能是这妮子小解去了吧。等了一会儿，还是不见小梅的踪影，他推了推大梅说："大梅，醒醒，小梅不见了。"大梅嗯了一声，一个翻身挣脱张琛的怀抱，滚在一边又睡了，睡得像个不懂事的娃娃。张琛摇了摇头，穿上衣服，他感觉通体舒坦，体力也恢复得很不错，站在地铺上习惯性地踢踢腿，伸伸腰，他乘兴猛吸一口新鲜空气，沉气定神振臂一呼："小——梅——"这雄浑的男高音，在洞中震耳欲聋，他一半是喊小梅，一半是惊大梅，果然，大梅一跳而起，"你穷喊什么？真坏。""小梅不见了。""小梅不见了，她解手你也要跟着去？真是的，不害臊。""但我总觉得忐忑不安呢。"大梅歪着头，带着淡淡的笑意，双眼温情地一瞥说："你是不是做了什么亏心事，将小梅气跑了？""没有呀，我连你都没敢做，何况是她，她只是我的小姨子。""那你干吗那么急？"她想了想，接着说："要么，她是趁早下山搞吃的去了。"说着，她连外衣也没穿，率先光足走出后洞，来到石板平台上，深深吸了一口早晨的新鲜空气，舒舒服服伸了一个懒腰，回头对洞里喊道："喂，你不觉得老待在洞里很闷吗？外面多美啊。"说罢，咯咯咯一阵娇笑，山鸣谷应。

旭日跳出了碧云山，天空像一块精心制作的画布，东一抹西一抹布满了桔红金黄粉紫粉蓝的色彩，出巢的鸟儿高声吟唱，成群结队划过天际，远山层岚叠嶂，近水烟波浩渺。低头下望，山腰一抹淡淡的轻雾，像神秘的面纱缓缓揭开，很吝啬的将山脚山腰粉红的画卷慢慢展开……突的，漫山遍野粉红一片，真如一朵粉红的祥云在脚下漂浮，让人有一种飘飘欲仙之感。啊，桃花盛开了。大梅将双掌合成了一个喇叭筒，放在嘴边高声喊道："哎——，桃花开了——我乘云登天啦。"那娇滴滴的喊声充满了幼稚，甜甜的如仙乐般动听。喊罢她将双手高高举起，双足乱跳，如一个天真的小姑娘，张琛吃了一惊，担心她一个不小心，真的乘风而去。他也没来得及穿鞋，疾步走出洞口，一把将大梅揽在怀里，大梅啊的一声惊叫，随即又咯咯地娇笑起来。张琛在她粉脸上啪的一个响吻，眯着眼睛陪着她笑。"这里是不是很美？我不骗人吧。""美，当然很美，山美水美花儿美这怀中的人更美，我已经被美色包围了。"张琛真想振臂高呼万岁。他嘴角挂满邪笑，黑得贼亮的眸子盯着大梅呼之欲出的胸脯发愣。"也许，有那么一天我真的乘云而去，我想，你不会想我吧。"她刻意不去理会张琛那散发着魔力的眼神，提出了一个不着边际的奇怪问题。"没有也许，只有甜蜜的现实。"说着，他将大梅几乎半裸的胴体搂的更紧，双眸闪射着炽热的欲光，反复欣赏大梅因激情而显得益发红艳的脸庞。大梅莞尔一笑，问道："你会永远爱我吗？张琛哥。"张琛在她脸上深深轻吻，贪婪地吸吮了一口含着大梅体香的空气说："会的，爱你爱到天荒地老，爱你爱的海枯石烂！"他信誓旦旦。这些话显得比较俗气。但大梅还是喜欢听，喜欢得就像粘了蜜一样的甜。因为张琛是她心爱的男人，他的话就是她命运的保证。"其实，其实我心里早有了你。""其实你也够狠的，连亲妹子的男人也敢抢。"大梅娇嗔着，挥着她的拳头在张琛身上无助地轻打，撒着娇放着泼。"不嘛，人家就是喜欢你，她也亲口答应了的。"她因兴奋而满脸绯红，甜唇一张一合的，美丽的唇瓣黏糊糊的，充满了诱惑，张着双眸，温柔的目光发出无声的邀请，让人腐心蚀骨。张琛抬正她的头，把自己温热的舌头插入她的口中，一场舌战惊心动魄，瞬间，幸福的暖流充满了两人的大脑，发出含混不清的快乐呻吟。张琛不老实地伸入大梅酥胸，越过紧挺的双峰，直逼芳草如茵的三角地带，不一会儿，美丽的胴体，就展现在张琛面前，眩得充满野性的情牛一阵战栗，捧起娇喘吁吁的大梅，在她双峰间一阵热吻，随即一口含住了高高耸立的蓓蕾甜甜地允吸。她粉藕般的双臂钩住他的脖子，无私地奉献着她的一切。激情的闸门一下敞开了，他们在那桃花盛开的地方，光溜溜的石板上硬斗硬地翻滚，惊得连旭日都隐去了笑脸，空气也充满了醉人的浪漫……

小梅跌跌撞撞摸到了十分隐蔽的桃花洞口，眼前陡的一亮，她觉得外面的世界的确精彩，扒开荒草正准备跨出洞来，洞内传来了张琛的呼喊声，经拐外抹角的声波折射，显得是那样的无助和悲切。她心

头一震扪心自问：我这样不辞而别是否过分？转念一想，算了吧，不要自作多情，这个色魔当着我的面儿与大梅卿卿我我，他不怕过分我怕？走吧，走得远远的，最好不再见面。她一狠心，拨开蒿草，像个黄狼精一样钻了出来。树叶上挂满晶露，她抚一把晨露抹在头上，理了理凌乱的头发，面对明净清泉，仔细打量自己的容颜，她觉得自己就如这一泓清泉般洁净清丽，她自信，只要走出这扶善溪，自己就是一朵出污泥而不染的白荷，洁洁净净地展现在世人面前。她越看越高兴，像一只冲破牢笼的小鸟，在桃花林中飞呀飞，尝一口晨露好甜好甜，闻一闻晨风好香好香，她醉了，十多天的烦恼一扫而光，天真的像个不谙世事的小姑娘。她来到了熟悉的外婆家，她想给老人们一个惊喜，猛地一下撞开大门，眼前的景象首先让自己惊呆了。只见家中凌乱不堪，风烛残年的外公外婆相对而泣。老人一见小梅，呆滞麻木的脸上抹过一丝惊愕的苦笑，随即像闪电一样消失。小梅一下扑到老人们身边哭喊道："到底是怎么啦，外公？"余老汉用不见本色的衣袖揩了揩眼睛半晌才反问道："你怎么不听话，跑下山来干什么？是找死吗？"他严肃得像尊泥塑。小梅更加委屈，把心一横，如实诉说："我不住山洞了，我要去找爹娘，跑得远远的，跑到没有日本鬼子的地方去。""混账，你爹娘到底在哪儿，连我都不知道，人海茫茫豺狼当道，你到哪儿去找他们？""那我就陪着你们。""你真疯了，昨天夜里日本人开着洋船来到牧马口，把你两个舅舅都抓走了，两个舅母也被鬼子糟蹋了，大舅母跳了河尸骨无存。小舅母连晚逃回了罗家湾娘家。你还嫌鬼子糟蹋得不够吗？"小梅一下吓蒙了，外婆断断续续补充着什么，她一点儿也没听清楚。外公想了想对外婆说："家里还有点米，油盐什么的，一齐给小梅吧，山里还有三个年轻人呢。"外婆摸摸索索地去清东西，小梅说："姥姥，你们自己保重吧，我走了。"说完转身就走，要去哪儿，天知道。余老汉一把将她扯住，从破碎的棉袄里，瑟瑟抖抖地摸索出两块带着体温的银圆，放在小梅手中说："乖孩子，别怪外公说话重，拿着，也好救救急。"小梅的泪水夺眶而去，像触电一样缩回手："外公，您老糟了这样大的劫，还是自己留着吧，咱们年轻人还没来得及孝敬您呢。"外公老泪昏花，一字一板说："孩子，外公外婆老了，这年头，不知是今朝死还是明天亡，一世就要上岸了，你们是东方日头才出土呢，听外公的话，好好活着。"说着，硬将银圆塞到了小梅的口袋里。外婆也寻来了米和油盐，用布袋装着，塞到小梅手中说："孩子，你快走，我们不敢多留你，在这儿多待一会儿就多一份凶险，日本人可恶啊，你别担心咱俩，就是死了也是顺条路，走，你走，你快走吧。"两个老人边说边将小梅推出了门，再也不理哭死哭活的周小梅。小梅几乎哭断了肝肠，老人们还是铁石心肠一块。小梅只得听外公外婆的话，一步一回头向桃花洞走去。她哪里知道，慈祥的两老已经双双上吊自尽了。

忽然，一阵男人的说话声隐隐约约传来。小梅立即长了个心眼，一下趴到地下贴耳静听，沉重的皮鞋踩地声清晰可辨，不好，是鬼子。不能再往洞中去，暴露了洞口一切都完了。想到这儿，她弓着腰，一下闪进桃树林，向黑松林方向跑去。她身穿粉红色上装，下穿草绿色长裤，恰巧与桃林混为一体，起到了保护作用。跑了一程，她趴在一块巨石后面回头窥望，只见七八个鬼子像嗅到了荤腥一样，端着步枪向自己这边搜索追来。小梅一惊，拔腿就跑，惊慌之中，将杂草树叶碰得哗啦啦一片乱响。鬼子们同时一惊，见是一个貌美如花的大姑娘，高兴得手舞足蹈，手中的枪似乎成了多余的长棒棒，口中狂呼烂叫："哟西，花姑娘大大的好。""站住，站住，皇军大大的喜欢花姑娘——"小梅心头一紧，脑子急念电转，快跑，快跑，跑进黑松林就有救了。那里舅舅布着捉野物的机关，我熟悉。逃命的本能，使他一双修长的腿儿，发挥了巨大的作用，她——大山大河的女儿，愈跑愈快，愈钻愈灵活。真像一只粉红的蝴蝶，在桃林中忽闪忽闪的，使穿着大头靴，端着长枪的鬼子兵看花了眼，笨重得像狗熊一样的鬼子，看看要跟丢美女，心中一急，举起步枪朝天放起枪来。清脆的枪声将大梅和张琛从甜蜜中惊醒，俩人对下一望惊得几乎喊出声来。几个翻穿着黄狗皮的鬼子兵，在粉红一片中格外醒目，他们凶神恶煞般追赶着手无寸铁的小梅。大梅惊得紧紧抱住张琛瑟瑟发抖，明亮的大眼泪花闪闪："怎么办，琛哥？小梅也是为了我们呀。""我们能有啥办法，自己也难保啦。""你不是男人，不是男人，光想女人拿不出一点办法，坏，坏。""喂，你别光打我好不好，你看，鬼子兵追你妹不上，他们是不会开枪杀小梅的，因为他们也喜欢女人，这是小梅占的一个大便宜。"大梅注意一看，真的。她捏紧拳头为小梅暗暗长劲……

鬼子兵越掉越远了，有个鬼子兵被桃树枝戳瞎了眼睛，蹲在地上直号。还有一个鬼子兵被桃树枝挂住了枪带，狠命一啦扣动了扳机，砰地一声伤了同伙，鬼子们一乱，叽里咕噜地吵起架来，小梅趁机愈跑愈快，等鬼子兵反应过来，小梅已快逃出桃树林。眼看小妹就要钻入黝黑洞洞的松林中，鬼子一急端着步枪向小梅射击，子弹嗖嗖嗖地从小梅头上飞过，小梅一急，就往一堆巴茅蓬里逃，来到近前，她分开巴茅，像野猪一样直往蓬中钻，忽然，只觉脚底一虚天旋地转，一下跌入丈许深的土洞中，洞口的巴茅刹那恢复原形，将洞口封盖得严严实实。鬼子兵追到巴茅蓬前，盲无目标地放了几枪，见无动静，仍不死心，又急速向前追去。追了一程不见人影，只得对着黑松林一阵乱枪，打得枝叶纷纷直掉，他们如此这般地发泄了一通，只得悻悻而返。回到巴茅蓬边坐下，喘着粗气骂着人，叽里咕噜地互相埋怨。

原来，这群鬼子兵是开着汽艇巡逻的，发现桃花山桃花盛开，招人喜爱，一时游心大发，私自靠船登山游览，忽听少女咯咯浪笑，那甜润的娇呼如银铃般清脆，这美女桃花，该是多好的意境，招惹得强盗们兽性大发，他们在桃林中搜索多时，不见人影，只好悻悻下山，不期与小妹夹路相遇，今人未抓到，还伤了两个同伙，叫他们如何不恼。只好抬着伤者下山，登上汽艇开往夷望溪另辟蹊径。

大梅见鬼子下山，抹了一把杉刀，拉着张琛就往深洞中奔，越往里进洞势越陡，光线越暗，洞中光滑滑的，又是下坡。张琛接连摔了几个跟斗。要不是大梅牵着，非跌的鼻青脸肿不可。洞顶滴答滴答地直掉泉水，如古筝般悦耳动听。忽然，一阵拨哧哧乱响，使人毛骨悚然。黑暗中，还有毛茸茸的东西碰在脸上。张琛吃了一惊，生怕有条巨蟒张着血盆大口袭来，害怕得几乎是抱着大梅往前摸。"注意，右边是阴河，水深可及腰，我们的用水就是这儿取的。"大梅不时指点着。两人摸着水路走了很长一段距离，才觉眼前有了微弱的光亮，张琛心中不觉一喜，刹那间胆壮了不少。他正要朝着光亮急奔，以显示男子汉的气概，大梅从背后一把将他抓住："你找死呀，脚下阴河其深无底，不淹死你也要冻死你。"张琛吓得伸出了舌头。大梅将他拉入了旁边一个小洞，里面漆黑一团，越走越狭，狭得几乎是一道岩缝，仅能容一人扁身通过。摸了一段，大梅又叫道："弯着腰走，小心别碰了脑袋。"原来石缝又越来越低了，几乎成了一个狗洞。张琛心想：要不是大梅引路，自己非困死在洞中不可，油然而生敬佩之情。如此这般摸了一段距离，突觉石洞豁然开朗，而且还见到了拦盆大一块天。俩人扒开杂草，钻出了山洞，举目一看，他们已置身山脚。大梅嫣然一笑说："这里才是桃花洞的前洞口，洞中还有两个出口呢。就是鬼子进了洞也抓不住咱们。""还有其他人知道吗？""老人们说，这里住着仙女，都不敢进洞，是我两个舅舅打猎，跟着野猪走发现的。""那咱们俩以后就住在这儿，做一对仙童仙女，养一大堆儿孙。""你该死，我妹妹还没救出来呢，你就忘了她？"说着，给了他一粉掌。"哪能呢，我只是随便说笑而已。"大梅再不理他的油嘴滑舌，抽出杉刀，三两下砍来了一根粗藤。"喂，你吃饱了撑着，人不救砍藤干什么？"大梅再不理他。抄近路来到了芭茅堆边。抽出杉刀，使劲砍芭茅，张琛插不上手。对着洞口不断呼喊，洞内寂静无声。大梅将粗藤伸入洞内，一直捅到了底。她温柔地喊道："妹妹，抓住藤条，姐姐拉你上来。"连喊几声，洞内不见动静，两人慌了，张琛不管三七二十一，傍着洞壁滑下，一脚踩到两条玉腿，痛得小梅呼天大叫。"小梅，对不起，我来给你揉揉。"边说边蹲下身去。冷不防屁股触到了洞壁，一个站立不稳，身体往前一冲，实打实趴在小梅身上，只觉软软的香香的，舒服至极。小梅狠狠地在他肩上咬了一口骂道："畜生，畜生，连你也欺负我。"嗯嗯嗯地泣不成声。"小梅，我不是故意的。"说着，他爬起来，抱住小梅直往上扶。"别碰我，我够累的了，让我一人死在洞里吧，你给我出去。"说着，她狠狠地挣扎着，踢得土洞嗡嗡直响，大梅对着洞口伸长脖子喊道："小妹，听姐的话，上来吧，日本人来了，咱藏也藏不住了。""你们别管我，快走吧，免得我心烦。""小梅，咱们是嫡亲的姊妹呀，别说气话。""谁说气话了？这是事实，其实，你们心中也有数。""我心里当然有数，咱们同时来到这个世界上，

199

亲的彼此就是对方的影子，谁也离不开谁，今天你到底怎么啦？""没什么，你们俩滚吧，滚得远远的，我不想见到你们——"小梅虚脱了，哭声越来越小，张琛一急，将她抱了起来。她软绵绵的，没有了半点力气，别说是要她抓住藤条向上爬，就是站立着也很困难。张琛抱着她拼命往上托，但怎么也不能够着洞口边儿。张琛想了想喊道："大梅，你等着。"他放下小梅，将她直立扶住，一头钻入小梅裆下，像小孩儿骑马马一样，靠着洞壁慢慢将小梅顶到了洞口。大梅伸手抓住了小梅，她趴在地上使不上劲儿，自己和小梅险险地掉入洞内。张琛喊道："大梅，你抓住小梅的手，站稳身子拉。"她乘着大梅站起身子的机会，歇了口气儿，喊道："大梅，抓稳小梅，一、二、三。"他猛吸一口气，双手托着小梅的屁股，死死地将小梅托出了半个身子。大梅一使劲儿，终于将小梅拉出洞外。大梅一看，小梅脸上毫无血色。两只手臂红肿如棒槌，原来小梅中毒了。张琛一惊，仔细一看洞中，骇然有五条几寸长的大蜈蚣，掉在洞中一动不动。显然是被小梅打死的，要不自己没有这么幸运。他喊道："你快拉我上来，时间长了，我可能真被蜈蚣咬了，你别心痛啊。""我就不拉，谁心痛你。""你拉不拉，不拉我也不起来了。"真要命，自己心疼妹妹还来不及，这个小冤家又整人了。她对洞口喊道："你抓紧了。"张琛答道："好。一、二、三……"张琛使劲猛一跳，大梅使劲猛一拉，两股劲同时发动，张琛像荡秋千一样荡出洞外。俩人轮流背着小梅，一步一步摸进桃花洞。刚将小梅放到地铺上，轰隆一声巨响。震得洞壁碎石直掉。张琛急忙奔出后洞一看，只见夷望溪烈焰冲天……

第二十五回

救人救火田岳断腿
重枪重炮龟村施威

　　一沟清泉，遍山嫩梓，修竹蔽日，花香鸟语。张恒，周文武两家居住在这深山老林溪中的船上。日子倒也过得休闲清净。你看怪之不怪。蓦地，一阵开怀大笑发自头顶，震撼深谷，真有鬼神莫测之威力。听得五人毛发倒竖。大家正值惊疑。只听一老者沉声说道："好哇，你们炸了鬼子的洋船，虽隐身于此，但地势险恶，就不怕鬼子居高临下杀了你们？""谁？"余贵一个翻身，拔枪在手高声喝问："是朋友，就下来，何必这样装神弄鬼。"张恒急忙摇手制止，高声问道："来者莫非是四弟，请下来一叙。""好，还是自家兄弟耳熟，瞒不过你大哥的耳朵。""你也是一样，不管我们藏到哪儿，总瞒不过你老四的眼睛。""哈哈哈哈"说着田岳长须飘飘，身如飞鸿，穿过树桠空隙，稳稳降落章恒昌船头。老兄弟们大难不死重新见面喜从悲来，三个老者抱成一团不觉大放悲声。半晌，张恒望着田岳满是皱纹面色苍白的脸说："四弟，瞧你面色很不正常，何不多多修养一阵，你急着出山干吗？""瞧你们又是炸洋船又是杀鬼子的，多有劲！小鬼子不除，我歇不着哇。""身体是大事，弟妹还好吧。""好，好，她

住在娘家，船藏在麻布港，人船都安全。"余贵急忙插嘴问道："四叔，救你的高人是谁呀？我真想拜师学艺。""他叫张合，有很高的独门功夫，只是此人性情孤僻古怪，做事刁钻，从不正式收徒，留在身边最长的一个人，就是杨珍富，最近也被打发走了。"张恒说："此人我见过，比我年轻大约十几岁，是郭刚的师弟，正当年富力强，不知他仙住何处？""大哥，疯侠反复叮咛过，恕我不能奉告。""好，好，大家就此打住，如果四弟感到不方便的话，就不要再提及此事了。"周文武笑了笑问道："田兄，你刚刚出山，怎么知道咱们昨天炸了鬼子的洋船？""还不是疯侠告诉我的，如此，他就指点我寻到这儿来了，我想，只有你周老兄才有这么好的水上功夫。""过奖，过奖，余贵也不错，真是后生可畏呀。"张恒叹了一口气说："咱们都老了，岁月不饶人啦，我们把一切希望都寄托在了他的身上，这小鬼子不除，我死也不会甘心的。""我们都有同感，大哥，你是读书人，所谓老骥奋蹄，我想就会是这种心情吧。"四人愈扯愈宽，愈拉愈热乎。看看时当用餐，接着议题一转进入主题，四人坐在船头，头挨着头，在木板上写写画画，紧张商讨抗敌大计，等幺姑月香喊他们吃早饭时，已成竹在胸。田岳说："大哥，你们的船一直停在这儿？""是的。""大哥，这沟顶有一条小路，直通扶善溪，开始我就是站在路上说话的，时间长了，恐有不妥，咱们尽快转船吧。"众人同声应承。早饭后，几个男人抓紧休息，由两名老妇一前一后值班放哨，寂静得就如一道空谷。那些不知名的美丽小鸟不甘寂寞，它们在林间穿来穿去，有时引颈高歌，欢快嘹亮的鸣叫，给隐藏于此的枭雄带来了些许欢乐。也报告着平安的嘱咐。难怪乎唐人李白曾叹道：露湿烟浓草色新，一番流水满溪春。要不是有小鬼子，他们会永久在这儿住下去的。

午饭后，他们收拾停当，神不知鬼不觉将大船转移到对叉溪沟中，水沟两旁楠竹枝繁叶茂，低头哈腰，恰巧把木船遮盖得严严实实。男人们向女人交代了要事，就跳下船急速隐身于茫茫竹海匆匆而去。

大晌午，一群鬼子还在封湘坪邵家老屋饮酒作乐，几天来的清剿虽战果不佳，但也没遇到什么麻烦，生活平静得就如住在自己家里一样。这天，他们改变策略，深夜出发，在马家冲干溪冲等地抢到了不少吃货，还意外抓到了十几个男女，可谓战果不菲。白天，他们不急于归队，躲在邵家老屋宽敞的庭院里喝酒吃肉玩女人，日子过得逍遥快活。田岳等四人三老一小要对付这么多鬼子按理说是很麻烦的。但鬼子们得意忘形，大意地撤了岗哨放下了枪，给了四人很大的方便。四人摸到中堂，探头往里一看肺都几乎气炸了，酒席上，鬼子们喝酒行令，闹翻了天不讲，旁边站着四名赤身裸体的妇女，鬼子们以女人为筹码斗酒，每干一杯就可吸吮摸女人的奶子。连干两杯就可怀抱女人接吻取乐，欢叫声就如鬼哭狼号，不容女人丝毫反抗……四人一使眼色，从窗口瞄准鬼子开了火，复仇的子弹霎时要了几个鬼子的命。清脆的枪声吓得女人尖声呼叫，也震醒了鬼子的酒意。一名军官模样的鬼子飞起一脚踢翻桌子，抱住一个白花花的女人挡在前面，翻着醉眼向放枪的墙边退去，其他几个鬼子照样画葫芦，也抱着女人做了人质，四人飞身进屋，用枪指定鬼子，阻住了鬼子的退路，有一个倒在地上装死的鬼子，乘四人不注意，拾起地上的破盘一跳而起，狠狠地向张恒斑白的头颅砸来。张恒忽觉脑后生风，将头一偏，鬼子一盘砸在张恒肩膀上，立刻皮破血流。驳壳枪啪的一声掉地，余贵一看急了反手一枪，要了这个鬼子的命。如此慢得一慢，他两人瞄定的鬼子退到墙边已抓枪在手，形势急转直下。田岳飞身一跃，腾空而起，惊得鬼子忘了开枪，被田岳一脚踢飞丈余，掉在地上不断翻滚，呼痛不已。周文武趁机跳到鬼子侧面，抵住鬼子扣动了扳机，在沉闷的枪声中，鬼子倒了，但尸体还是搂着女人一同倒下，吓得女人杀猪般号叫起来。还有一个持枪鬼子兵一把推开女人，端着明晃晃的枪刺向负伤的张恒刺来。张恒一闪身，鬼子刺了个空，他紧急撤步后转，举枪就是一个突刺，但人未刺着忽觉眼前一花，头上已重重挨了田岳一掌，立刻头破血流瘫倒在地。恰在此时，余贵一把抓住了女人伸过来的手，顺势一带，女人背后的鬼子一个趔趄，绊倒在同伴的尸体上，被周文武一枪要了性命。余贵捡起鬼子的步枪，一枪一个，挑通了倒在地上挣扎的鬼子的肚皮，统统送他们到阎王老子那儿风流去了。小小一役，除张恒轻微伤外，其余安好无恙，取得全歼十一名鬼子，收缴长短枪支十一条，其中还有一挺轻机枪的战果。张恒经妇女们指点，来到邵家后院，从大仓里

203

放出了被抓的男人，大家千恩万谢回了家。

余贵从鬼子尸体上搜出了多个像红薯一样的圆蛋，不知是什么东西，拿给张恒看，张恒告诉他这是手雷。往敌人堆里丢，一下可炸死一大片。余贵听了，唰地向门外扔出一颗，但怎么也不见爆炸。田岳问道："你拉导火索没有？""什么导火索？这家伙圆圆的光光的，我没有看见什么索。"田岳接过余贵递过来的手雷，边说边示范："第一，揭开盖，第二扯开索，第三冒烟后立刻向敌人投出去，很管用的。"说着，走到院外他扯燃导火索，向野地扔出一颗，轰隆一声爆炸了。立刻尘土飞扬，弹片四溅，惊得三人直咂舌。接着，田岳又指导三人各投一颗，照样雷声震天。余贵高兴得跳了起来："有这东西炸洋船，那可方便多了。"紧接着田岳又详细介绍和示范了轻机枪的使用方法。三人又各轮流扫射了一梭子，觉得很过瘾。枪声，爆炸声惊动了扶善溪鬼子司令部。龟村急忙调集队伍，分兵两路向封湘坪包抄过来。余贵说："来得好，正好用这些新式武器打他娘的。"张恒严肃的说："贵儿，咱们不是来拼命的，如果我们的人受到了损失，晚上的行动怎么开展？这样的赔本买卖咱不干，往干溪冲撤。"田岳周文武一致同意张恒意见。余贵见老人们都不支持自己，也无话可说。张恒说："贵儿，你力气大，就背这挺机关枪吧，走，留着力气晚上使。"四人背的背扛的扛，将战利品尽数搬走。等鬼子大队人马赶到，邵家大院只剩下一堆同伴的尸体，气得鬼子一把火将邵家老屋烧了个精光。

夜幕重垂，阴风惨惨，几颗残星伴着一弯朦朦月，显得那样的寒碜和无奈。扶善溪非但不能扶善，而且日复一日笼罩在这样阴沉恐怖的气氛中，深受诸多的蹂躏和摧残。此时，四条人影时奔时伏，如雄狮猛虎般扑到石拱桥旁，简短的一碰头，三人立刻隐身于大柳树下，黑洞洞的机枪口对准了大街。还有一道黑影一鹤冲天，跳上屋顶，身法疾如闪电。几个起落，稳稳降落鬼子司令部——益兴昌屋脊之上。来者是田岳，他轻轻揭开瓦片，趴在屋顶向屋中张望，只见邵春甫雅致的客厅成了龟村的办公室，室中灯火通明，胖猪龟村手挂指挥刀，望着太阳旗呆呆的出神。它很不理解司令部的意图，在自己白天受辱的情况下命令俏俏撤离不漏风声。使他体面丧尽，他恨那些高高在上的将军们腐败无能指挥无方节节败退。动不动强令部下剖腹自杀，拿别人的生命涂亮自己的光环……忽地，一声生猛吼，挥舞战刀将墙上的太阳旗一劈两半。他犯了军人之大忌，部下们都为他捏了一把汗。参谋人员正紧张的收拾地图文件，见龟村刀劈国旗，不动声色，拾起破旗就火一炬焚之。院内鬼子兵扛着枪背着包，如蚂蚁一样成群结队向炮艇汽艇上转移，看样子鬼子兵真准备撤离扶善溪，全盘打扰了他们的夜行计划。田岳急速从原路返回，会合三人商议对策。四人一致认为：鬼子的撤离，一定是受到了战局的压力，不得不收缩部队，重点防守常德。龟村是不会死心的，在临走前，一定会疯狂报复，保护扶善溪成了今晚的重中之重。他们及时调整部署，张恒年老体弱，由他持机枪在钟鼓楼担任警戒，其他三人分赴各个重点部位防范。

石板岩码头人流滚滚，几百鬼子如临大敌，纷纷挤上了战船，等待着扶善溪的冲天火光，等待着纵火工兵凯旋……

此时，扶善溪大街却寂静得怕人，鬼子的发电机已拆，街上黑灯瞎火，几乎伸手不见五指。张恒嫌钟鼓楼地势太偏死角大，很难发挥机枪的作用，他扛着机枪和弹匣，摸到码头上高高屹立的碉堡边，碉堡门敞开着，他气壮如牛地摸进去，鬼子尽数撤出碉堡里面空无一人，他选了一个枪洞口，只见炮艇里黑影幢幢，角度十分理想，他悄无声息架好机枪，只等鬼子下船送死。

田岳隐身于益兴昌屋顶，果见几条黑影在院中忙碌。他们提着汽油，炸药等纵火物质，飞速往内房奔去，田岳大怒，悄无声息飘落于地，忽一个旱地拔葱，后发先至，阻住他们的去路。三个黑影正要进入内房，忽见屋檐下一黑影阻道，怒从心头起恶向胆边生，放下物质取出武器正待行凶，田岳早有防备出手如电，几点寒星直取对方咽喉，其中一个家伙见机眼快，一个忽闪躲过飞镖，还未等其身形站稳，田岳如影随形，飞起一脚将他踢到院中，跟上去叉住脖子猛一使劲，咔咔一声，颈骨碎断眼见得不得活了，转身来到阶檐前，其他俩人飞镖入喉，早已气绝身亡。田岳见益兴昌危险已经解除，提着汽油炸药急速转移，抛到了沼泽地中，转身一纵上房，几个起落，来到了自家田茂昌院中。院内墨黑如洞，不见半个人影，他正值奇怪，忽然内房火

205

光一闪，田岳心中暗暗叫苦，急潜步入内施救。还好，敌人未曾放火，只是点上了一盏小油灯而已。在自己原来睡觉的床上，睡着二男一女三个人，男人已经穿好了衣服，跳下床来，嘴里叽里咕噜说着日本话，大约是催促女人快快穿衣逃走。田岳十分震怒，飞起一脚踢向房门，哪知房门没有上闩，田岳这一脚含怒而踢，力贯千斤，哗啦一声巨响，房门踢飞，重重砸在一鬼子身上。鬼子还没反应过来即被门板砸倒在地爬不起来。另一鬼子大吃一惊，瑟瑟发抖四处寻枪，枪是他抓到了手，但他的头同时已经破了，脑浆迸射，倒地而死。被门板砸翻的鬼子兵困在地上装死，田岳哪能放过。掀开门板，狠狠几脚踩在胸口，血箭急速从口中喷出。眼见得不能活了，田岳对床上索索发抖的女人吼道："还不滚去出，我不要你性命。"田岳打着油灯，在自家客房中寻到了放火引火爆炸之物，尽数提着甩到了沼泽地。余贵可就没有这么顺利和漂亮了。他摸索着冲进旺宏昌院内，举目四看不见动静，他想：偌大一个院落，我到哪去找放火人，弄得不好还会着他的道儿丢了性命，待我等等再说。他圆睁虎目，企图射破黑暗，静观了一个来回确信无人，他一下趴在地上，侧耳静听，也无响动。他料想前院无人，起身向后院摸去。突然上房中火光一闪，两道黑影已跳出门外，他不会用镖，紧急中只得抬手两枪结果了纵火人的性命，清脆的枪声响彻长空，在黑夜里是如此的清晰，就如在火药桶上点燃了导火索，扶善溪的空气刹那间紧张得快要爆炸。余贵冲进房，汽油味儿浓浓的，床上已经着火，他上前冒着烈焰三把两把将着火的铺盖滚成一团一把丢去门外，接着拖着火棉被丢入后院水塘中，汽油浮上水面，满塘闪着蓝绿的火光，他再次进入上房，扑灭了余火，好险，放在床下的炸药包还未着火，否则，他这条小命真给搭上了。他抱着炸药包跑到后院，就要丢入水池，猛地灵光一闪，池中有火我丢下去岂不爆炸？还是炸鬼子的洋船去。他想到这儿，背着炸药包，寻来梯子翻过围墙，我的天，鬼子的洋船就停在塄下河里。船上鬼子听到枪响乱成一锅粥，他放下炸药包，七找八找没有火源，他又重新翻过围墙进入旺宏昌。周文武的运气好极了，他摸黑进入章恒昌，正在患疑这样大的院子怎么保护，突然旺宏昌内枪响，他心头一紧，心想余贵完了。因为他们商量过，非万不得已，谁也不许用枪惊动敌人。这下可好，死的不是余贵是谁？枪声同样惊动了在章恒昌纵火的敌人，他们来不及纵火投炸药，拔腿夺门而逃。周文武正值暗暗伤心，忽听木门吱呀一响，两条黑影从客厅中闪出。这不是放火的敌人是谁？反正枪声已响，周文武瞄准黑影砰砰两枪，黑影应声而倒，他也不管敌人死活，反身疾步进入内房，点燃火折子，四处搜索引火之物。在客厅中，他点燃了灯，仔细一看，好家伙，汽油炸药包一应俱全，全部堆在客厅，客厅桌上还放了糖食糕点，杯中清茶余温灼人。显然，这两个家伙还在贪嘴，要不是这样，章恒昌早会付之一炬了。周文武想：这汽油炸药都是好东西，我何不从河坡里扔下去烧鬼子的洋船？他提着汽油炸药就往大门外跑。冷不防一具尸体"叭"的向他开了一枪，子弹从耳边嗖地飞过，他没理会他，我要办大事，等大事办完了，再来收拾你，谅你也不会飞到天上。他继续飞奔，奔到了旺宏昌屋后河堪上，不意与余贵相遇，二人不谋而合，十分高兴。接二连三的枪声惊动了敌人，长久又不见工兵回船，龟村大怒，料想工兵有失，他抽出指挥刀就要指挥反扑。鬼子参谋急忙建议，先派小股部队下船搜索，时间拖长了恐有不利。龟村听取了建议，派一个小队下船搜索，三十多名鬼子气势汹汹跳上码头冲来了。在碉堡射击孔中张望的张恒看得清清楚楚，他瞄准鬼子兵扣动了扳机。哒哒哒哒一阵欢叫，鬼子兵做梦也没想到，自己修的碉堡成了置自己于死地的坟墓。枪声过处，倒下了一片鬼子，剩下的转身就回跑，因为他们担心汽艇开船丢下他们不管。张恒越打越欢。龟村大怒，指挥炮艇上的重机枪开火还击。子弹如暴风骤雨般猛刮过来，击得石块火花乱溅。压得张恒抬不起头来，轻机枪立刻哑巴了。龟村指挥鬼子上岸冲击，冷不防坡上滚下几包东西，鬼子兵以为是石头，也没在意，他们要进碉堡抓活的。突然轰隆轰隆两声巨响，炸得鬼子血肉横飞。还没等他们还手反击，汽油股着火燃烧了，冲天大火乘着风势，向鬼子汽艇卷来。龟村大惊，顾不得码头上剩余的鬼子，急令起锚开航。鬼子兵七手八脚一阵忙碌，锚是起上来了，可船上又落冰雹似的降下一阵手雷，在爆炸声中，鬼子兵立刻手脚分家，身首飞天死了一大群。有两艘小汽艇船身一歪，横在河边不能动弹。水中的鬼子没命地攀爬渐渐离岸的汽艇，这时，张恒的轻机枪又不失时机的欢叫起来。哒哒哒哒子弹到处，靶的尸横，龟村急得满头大汗，以为遇到了正规部队，急令开船。余贵高兴得一蹦老高，不断振臂高呼。田岳循声赶到，找到周余二人说："快，撤离此处，不可再留。"余贵不解，田岳说："你我手枪射程已失去作用，此地已经暴露，敌人马上就要开炮轰击了。""他敢？要开炮他早已开炮了。""撤，这些道理一时说不清，快撤。"他边说边跑到街口进碉堡，替张恒背上打红了枪口的轻机枪，死拉活扯地撤出了碉堡。炮艇开到脚板岩，达到大炮最佳射程位置，龟村立刻指挥开炮轰击。钢筋混凝土结构的碉堡，轰隆一炮掀上了天，石板岩霎时变成一片火海，来不及逃走的鬼子兵一个不剩地丧生于自家的炮火之下。这也可能是龟村武士道精神创意的发挥吧。不多时，炮火延伸，龟村对扶善溪进行灭绝人性的轰击。刹那间，扶善溪尘土飞扬，碎料翻飞，四人穿梭于弹片纷飞的街上，往来四处救火。幸喜得汽油全部处理，要不就会学沼泽地码头一样，扶善溪全部葬身火海了。忽然，尖锐的呼啸声压头而来，要想躲避已来之不及，田岳鱼跃而起，将余贵压倒在地，没容余贵反应过来，只觉身后火光一闪，他俩就什么也不知道了……鬼子炮艇直至倾泻完所有炮弹，才开船离去。当张恒周文武寻到两人身边时，火势已基本控制，敌人也走了。张周二人急忙打着火把察看，两人都有呼吸，显然是被炮弹震昏，急忙救醒二人。余贵完好无损，舍己救人的田岳，被弹片削断了右腿，五十多岁的老人，自此终身残废、武功尽失……

第二十六回

虎去狼来边镇易主
梅娉花靓二女争风

转眼间时近端午，扶善溪人陆陆续续从山里返回自己的家园，忙着修缮房屋，充实柜台重新自谋生计，店铺相继开业。国民政府桃源县县长王协武，带一个排的保安团，亲临边区新镇扶善溪，主持接收庆典及庆功表模大会。会上特别追认郭刚为抗日锄奸英烈，王世龙李贵花王桂枝等为抗日模范村民，张恒田岳周文武余贵等为抗日模范。邵春甫及时抓住这一变革的大好时机，极尽巴结奉承之能事，居然也捞得了一个舍家赴难，曲线救国典范的头衔。会上，王协武庄重宣布：成立国民政府隆平乡乡公所，下设六个保，保长由乡任命报县府备案，邵春甫被任命为隆平乡第一任乡长，邵大成为乡队副，傅云成为干事，周子胜为警长。从此，扶善溪成了邵家的天下，在庆祝成立乡公所的喜宴上，王协武亲自举杯为媒力主张邵两家联姻。协调两家关系为己所用，并当众表示将亲自主持张琛邵丽花的成婚庆典。弄得张恒哭笑不得。邵春甫不枉在大风洞修炼月余，终于修成正果。

被接二连三的喜讯蜜得够甜的少女邵丽花，已连续十多天追着旭日到石板岩码头迎接张琛回来。自从与张琛短暂的生死相聚后，历经兵荒马乱贫病交加，风餐露宿的磨练，她挺过来了，唯有心中的他——
张琛这个人使她缕缕萦念愁肠寸断。此刻，她怀着难以驱逐的空虚和
孤寂，在石板岩码头来回不安地踱步。朝霞似锦碎浪如银，丽花偶尔
一望水中自己洁白无瑕的倩影，被碎波击得支离破碎，心中不免暗自
悲恋。忽然，水中出现了另一个男人的倒影，他痴痴地站在自己身后，
手里拿着她那顶洁白的太阳帽，完全不见了往日的风采。邵丽花瞬间
只一亮，立即恢复平静，她懒得转身，平淡地问道："你怎么来了？"
郭中龙有些慌乱，一丝无奈的苦笑勉强爬上他那张棱角分明的脸。"我
怎么不能来？夫妻不成朋友在嘛。难道我就那么讨厌？"邵丽花浑身
一颤，瘦剥的双肩一耸一耸地，她分明在哭。但此时此刻，她千万不
能让这个男人瞧见自己的眼泪。无奈，郭中龙那双有力的手已经搭上
了她的双肩，一下将她的娇躯扳了过来，搂着她说："丽花，我爱你，
我不能没有你。"她感觉到，他抖动得很厉害，他的感情已接近崩溃
的边缘。"中龙，我该死，日本人杀了你的父母，可我，我不该杀害
你的感情，我俩相爱，只是我父亲设下的一个局，我没有真心。""不
可能，我不相信，是张琛这坏小子横插了一杠子，我不会怪你的。"
郭中龙越说越激动，说到后来鼓着对牛眼儿几乎在喊。惹得船员，洗
衣妇们扭断了脖子。邵丽花一惊，挣脱郭中龙怀抱，走到一边揩拭着
眼中的珠泪。郭中龙追上来，娓娓而言："丽花，我爱你，你是我头
上的太阳心中的女神，没有你，世界真寂寞，我没有了灵魂，我会因
此而死去的……"他痴了，抬头向天任由泪珠洗面，不敢再看邵丽花
那张带露的俏脸。"我没有太阳的温暖和明亮，没有女神的美丽与无暇，
中龙哥，我不是个好女人，我的感情一直被张琛这个魔鬼束缚得牢牢的，
没有真情的女人不值得你爱，忘掉我吧中龙哥。"她一狠心，拭干了
泪水，歪着脑袋瞧着中龙，不像天真也不像调侃，郭中龙见邵丽花去
意已决，强压妒火慢步走到邵丽花身边，将太阳帽扣在她头上。"不，
我不会忘掉你的，哪怕你给我心上抹了把盐。"他给丽花正了正帽檐，
端详着她的脸："除非我死了。"丽花凝视着他那对因失望而显得恍
惚和迷茫的眼睛，替他轻拭泪水，忍不住自己的泪水还是夺眶而流。
丽花的笑固然很美，但她的哭更令人心醉。郭中龙猛一把抱住她，丽

花睁着充满战栗的泪眼环视了一下四周，推开郭中龙说："中龙，你听我说，王县长做媒老父做主，已将我许配给了张琛，你我回天无力，认命吧，对不起。"邵丽花对着中龙深深一躬。郭中龙一闪身，避过丽花一揖，眼内一下射出闪闪凶光，脸孔也扭曲得吓人，他恶狠狠地说："谁夺我的女人，我立刻叫谁从这个世界上消失。"邵丽花大吃一惊，他知道郭中龙有他父亲的基因，言必行行必果。我这样脚踩两只船，只会毁了两个男人。她狠心喊道："郭中龙，你听着，我从来就没有爱过你，如果你杀了人，我只会恨你，永远恨——你——"邵丽花歇斯底里的呼叫，惊得船工洗衣妇们睁大了眼睛停下了活儿。郭中龙脸面丢尽，他大声回敬道："不，这不是真心话，我知道你是爱——我——的。""不，两个男人中，张琛更有气质，我更爱他。""说得好，我真佩服你，邵大小姐说话，不给自己的脸蛋打声招呼的本事儿。也不知张琛爱不爱你。"众人一看，是周大梅的小渔船靠码头了。她手持竹篙一下稳住渔船儿，睐斜着丽花，绽出笑靥，那笑也有韵味儿，透着嘲意。"哦，是周姐，我同样佩服你的脸皮真厚，竟敢当街与杨贵儿接吻，当众与日本人亲热。"邵丽花故意用温柔得像粘了蜜一样甜的语调，吐出这句狠话挖苦大梅，气得大梅满脸绯红，几乎当众要哭。躲在船舱中的张琛见大梅受辱，大有英雄救美打抱不平的英雄气概。猛地一下钻出船舱。可是，一下被邵丽花优雅，超凡脱俗的气质慑服了，他不敢放肆也舍不得放肆，站在船头指着邵丽花："你……你……你……""我怎么啦，我变了吗？张琛哥哥。""你太过分了，丽花。"邵丽花浅浅一笑，那对酒窝儿，几乎招魂摄魄，她瞟了他一眼，慢条斯理地说："哟，张琛哥哥，我说了她你心痛了，如果我没记错的话，你原来的对象应该是小梅才对。"张琛跳下船，几步跨到邵丽花面前说："丽花妹妹，人谁能无过？大家都是女人，我不许你这样侮辱她，她是无辜的。""如果你有良心的话，你应该为我作证。""我为什么要为你作证？""因为她侮辱我在先。""我不能。""为什么""因为，因为，咳，反正和你说不清楚。"说着，张琛转身要走。郭中龙跨前几步，硬生生地阻住了张琛的去路，指着张琛一字一板地说："你这坏小子，今天碰到我，你说不清楚也得说清楚。""中龙兄，如果没

有记错的话，我可从来没有得罪你呀，你别欺人太甚。"郭中龙铁青着脸，喘着牛气说："好你个小子，如果你有种的话，咱们背着女人找个地方单挑。"张琛扑哧一笑："君子动口不动手，有理由，有本事，单挑大可不必背着女人。"郭中龙大怒伸手一把抓住张琛胸襟，右手紧握拳头，气势汹汹地吼道："你还有脸谈君子，你和你父亲猪狗不如，我父亲尸骨未寒，你们就扯碎四家联姻婚约抢走我的女人。"张琛听罢哈哈大笑，他笑得很狂，有意无意伸出右手按住了郭中龙挺值的左手关节，左手变拳伸肘，护住自己的面胸部，撤左腿成弓步，避开前裆胯腹部，几个动作一气呵成。郭中龙吃了一惊，这小子会功夫，难怪他有恃无恐。如果他右手用劲一按我的左手肘关节岂不断了，他心念转电，松开张琛，撤回左手，虚步上架，如果张琛进攻，他将起旋风腿击之。张琛又是哈哈一笑，背转双手，气定心闲的一步一叨，似教书先生般胡侃："中龙兄，如果你是个男人，就该活得像个男人的样子。用男人的魅力征服女人，不该小心眼儿假设情敌，寒了女人的心。"他边说边用余光扫视着郭中龙，谨防他致命的一击。郭中龙见张琛踱开，撤式站定，怒道："我是不是男人，还轮不到你教训我，大家彼此彼此，反正事实胜于雄辩。"张琛见郭中龙话出有因，奇怪地问道："什么事实？你说，你说呀，我什么时候抢了你的女人？我不知道哇，我的天。"他没有了武士的气概，连连击打着双手，一副含冤受屈的样子。郭中龙也没有了武士的风采，两眼呆滞双肩下垂，像只斗败了的公鸡。这女人真是祸水，令所有的男人神魂颠倒，朋友反目。邵丽花走到张琛身边，身心便不由自主地陶醉在张琛那双似乎散发着魔力的眼神中，柔媚的双颊一红，颤声对张琛说："琛哥哥，经王县长做媒，我爹已将我许配给你为妻了。"张琛大惊，一把抓住丽花说："你说什么？""我说，我已经是你的人了，难道你不爱我？""爱，爱，你就只知道爱，你这是陷我于不义呀。""人不为己，天诛地灭，我是个女人，当然只知爱心爱的男人，不知义为何物。""不可理喻，不可理喻。"他一把甩开邵丽花，头也不回地向自家跑去。"张琛哥，等等我。"周大梅边喊边跑下船，拔步急追。妒火激得邵丽花醋气熏天，在周大梅擦身将过的刹那伸出右腿。绊了周大梅一个狗吃屎，倒在鹅卵石遍布的河坡上，痛得直叫哎哟，引得看客哄堂大笑。邵丽花正得意，周小梅不声不响跳下船，若无其事地走上前，从后背一把扯住了邵丽花的头发，伸出右手噼噼啪啪狠掌邵丽花的脸，邵丽花痛得没命的呼叫。郭中龙上前企图分开周小梅，郭中龙愈扯，周小梅愈使劲抓，眼见得邵丽花的头越按越低，几乎就要跪下，郭中龙忍无可忍，伸手狠搽了周小梅一巴掌，煽得周小梅天昏地暗。倒在地上直哭喊，手里还抓着一把扯掉的头发，三个少女倒在河坡里打滚，哭哭喊喊闹翻了天。周子胜带着邵小成邱吉山几名乡丁赶来了，简单的一问情况，就将郭中龙周小梅抓进了乡公所。

张恒和幺姑正在谈论县里要求开垦长柳坪，修建天主堂和乡公所之事，冷不防砰的一声房门洞开，闯进一个人来，两人吃了一惊，一看是张琛回来，又惊又喜，幺姑扶着儿子问这问那，喜不自胜。张琛喘着粗气理也不理，张恒威严地问道："怎么啦？回来了你还发脾气。这么没教养。"张琛定了定神，抓过桌上张恒的盖碗茶，仰脖子一口喝了个干净，方始说道："爹，咱们先不讨论有没有教养的问题，正如这碗茶，先不怀疑有不有毒的问题一样，我只问你——"张恒打断他的议论"怎么？看来你是要教训爹？""孩儿不敢，老子曰'唯不争，天下莫能与之争。'""我没有阻止你说话，说吧。""真的？""那还有假？"张琛趴到张恒膝下，仰望着老爹说："我和小梅的婚约八字呢？""废了。""废的好，那孩儿就自由啦。""爹又给你订了一门亲事。""这女方是谁呀？""是咱扶善溪头号大美人儿。""是邵丽花？""对，是邵丽花，难道你不愿意？"张琛站起身来，瞧了瞧娘，又瞧了瞧爹："您老了，真的老了，岁月不饶人啦，我忽然觉得你们的老好糊涂。"张恒老脸涨得通红，啪的一声重重地放下水烟袋，指着张琛骂道："大胆，狗才，你，你，你敢教训老子。""爹，孩儿不是故意的，我只觉得郭叔父尸骨未寒，周叔父大恩未报，你们就干出如此丑事，有损您的人格呀，爹，您三思。"张恒气得浑身乱颤，胡子直抖，憋着一口气儿，涨的喉头咯咯直叫。幺姑急忙扶住老头，给他捶背揉胸，好一会儿张恒才缓过气来。幺姑埋怨道："你这孩子，你怎么可以这样说爹呢？他也是被人逼的，没有法子的法哟。"

213

张琛从娘亲的脸上瞧出了端倪，他膝行而前，跪在张恒面前说："爹，您怎么不像以前的爹了，您打土匪，杀鬼子的勇气到哪儿去了，就这样害怕邵春甫？""混账！"张恒一拍桌子站了起来，儿子的话是对的，他打心眼里高兴，但不能因此而破坏他的大计。"你们的亲事是王县长定下来的，我能说什么？""爹，我还是要说，他王县长算个什么东西，打鬼子没本事，倒管起人家的家事来了。""畜生，你该死，大敌当前团结为重，他王县长乃一县之长，代表了政府，代表咱中国人的政府，你不听县长的话为不忠，不听爹的话，乃不孝……""夺朋友之妻乃不义，为虎作伥乃不仁。""滚，你给我滚，就当我没生你这个儿子。"幺姑扶住怒发冲冠的张恒，"老头子，你踢坏了儿子，我一定和你拼命，不就是个订婚的事儿吗，听听儿子的有何不可？"张琛从地上爬起来，扶住张恒坐下。"爹，娘，其实孩儿觉得邵丽花倒无可挑剔，只是，我见着邵春甫就不舒服。再说——""说下去。"张恒一怔，注意倾听儿子的见解。"我娶了丽花，中龙怎么办？如果郭刚在世，你们敢这么做吗？""哎！此一时彼一时哟，孩子，这就是我的心病……"张恒垂下了头，"靠山倒了，虎落平原被犬欺呀。"张琛忽然觉得，他的严父是那样的可怜，他委婉地说："爹，丽花虽然可爱，但大梅……咳，大梅，大梅已经是我的人了。"张恒幺姑同时一惊，俩人瞪着双眼张着嘴，你看看我，我看看你，半晌，张恒指着幺姑说："你看看，你看看，你养的好儿子，平时护着他，现在叫我这张老脸往哪儿搁？""我养的儿子怎么啦，他在外面避难，我哪里管得着。""养不教父之过——""是嘛，古人都说父之过，怎么推到我身上来了。"张恒自知说漏了嘴，转对张琛发脾气："畜生，你连礼义廉耻都不要了，叫我怎么向田岳交代？""爹，只要您不干涉我的事，此事由我自己处理。""混账，不行，不能由着你的性子胡来。这样不但害了我，还会害了周叔父全家。""有这样严重吗？难道邵春甫是只虎？"张恒降低嗓音，求着张琛说："孩子呀，做父母的这样逼你，也是迫不得已呀，这里面不仅牵涉着团结抗日，保一方平安之大计，还牵涉到一个秘密，弄不好玉石俱焚呀，其实，你和丽花的婚事，也是你周叔同意了的。""爹呀，丽花还有郭中龙疼爱，周大梅周小梅身背污案，有谁能理解她们？我和丽花好了周大梅怎么办？天啦，她会因此而丧生的。"张琛号啕大哭起来，一个急转身，冲出了家门……张恒连连摇头："自作孽，不可活，自作孽，不可活。"

满脸污浊头发散乱的邵丽花，形同花子般在章恒昌大门前不安的徘徊，忽听内院张琛痛哭失声，她心中一急正待挺身闯入，一下与外冲的张琛撞了个满怀。她小巧玲珑的娇躯像断了线的风筝，被撞飞到阶檐之下，头脑嗡的一下失去知觉。张琛见撞倒了丽花大惊失色，疾步奔到檐下扶住丽花，掐住她的人中穴，悲声大号："丽花，丽花，你别吓我呀，丽花。"他见丽花不醒，肝肠寸断，吻住邵丽花脏兮兮的脸蛋儿，真心实意地热泪横流，刹那间，人流围了上来，里三层外三层的，围了个密不透风。张恒幺姑听到街上闹哄哄的，知道有事，疾步出门，分开众人一看，张恒怒道："畜生，你还不把丽花抱回家中，请郎中救治，在街上出丑卖怪呀。"张琛如梦初醒，抱着丽花进入后堂，放在自己床上，好一会儿，邵丽花缓过气来，见张琛抱着自己哭得泪人儿似的，心里一热，忘记了身上的伤痛，不由自主地陶醉在男女之爱的温馨中，她张了张干渴的嘴，似乎有很多话要说。张琛的泪眼丝毫没有离开她，自然也把她的真情与蜜意瞧在眼里，天，我这臭男人有什么好？这些美丽的女孩儿太天真了，人说爱情是甘露，是美酒，可我一点儿也不觉得香，不觉得醇，倒是一杯难以下咽的苦酒啊。邵丽花舔了舔自己的嘴唇。"琛哥哥，抱紧点，我身上酸酸的，好痛啊，琛哥哥，怎么不说话啊？""我无话可说！"丽花睁大眼睛眸子忽闪忽闪的，惊奇地问："怎么啦？你？""我的良心在自责，头脑在作痛，我，我，我没了灵魂，活得好累呀。"他说着这些不着边际的话，听得邵丽花陡然心寒，她一下坐了起来，伸出双手捧住张琛的脸蛋儿，炽热的双眸仿佛要洞穿他的内心世界，张琛流下了两行热泪，"你为什么爱我？"丽花嫣然一笑，"因为，因为能适合做我男人的人只有你。""我不是个好男人，其实郭中龙还是蛮不错的。""我说过，我只爱你一个男人，能和你成婚，我终身享受感情的温馨。""可是，可是我是个不负责任的男人，我害怕不会真正给你幸福，委屈了你。""不，你的眼神告诉我，你是爱我的，这就是幸福。"张琛再

也忍耐不住了，一下将丽花的头揽在胸前，用手慢慢梳理着她凌乱的长发，丽花在他怀中娇喘连连。逸出了一声声幸福的呻吟。张琛见丽花对他这样深情，他决定，再也不能欺骗着美丽单纯的女孩儿了，他鼓起勇气说："丽花，我，我不是人，我会令你失望的。""我没有失望，重要的是，你不会让我失望，你不要这样自暴自弃，会令我不安的。"张琛从怀中扶起丽花，抚摸着她满是灰尘的俏丽脸蛋，眼中布满了令丽花琢磨不定的激情，丽花心神一荡，理了理自己的一头乱发，随即真的不安地低下了头，避开了张琛迷茫的视线，张琛没有理会丽花情绪的变化，抬头长叹："既生瑜何生亮。"邵丽花抬起头，分开张琛的手说："你何不直接地告诉我，既生小梅何生丽花？""不，是大梅，我已经和大梅有那层关系了。""啪"邵丽花在张琛脸上实打实地狠揍了一巴掌，"张琛，我恨你，我——恨——你。"大哭着夺门逃出了是非之地……

第二十七回

忽婚忽悔混郎诈死
亦爱亦恨痴女殉情

　　一九四四年腊月十五日，天寒地冻，但张家却温暖如春。这天，章恒昌彩灯高挂，鼓乐齐鸣。鞭炮火铳震天动地，可谓是高朋满座，喜气洋洋。恭喜声，欢笑声不绝于耳。王协武县长也没食言，亲带保安团长郭炎，警察局长潘才锦等要员及一个排的兵力前来祝贺，给张恒、邵春甫撑足了面子。华灯初上，跳动的红蜡烛照映着满堂的红色，欢声笑语催动着吉庆的喜气。王县长的证婚讲话，将婚礼推向了高潮。张琛俊目朗朗神采飞扬，穿一套银灰色西装，足蹬黑皮鞋，披两条大红绸彩，那条大红色领带，点缀得男主人更加俊逸潇洒，不讲别的，山里人就为这一套得体的婚装就惊服了，相比之下，邵丽花出乎意料的并没有浑身珠光宝气，她不是没有，而是不喜欢刻意的打扮，一切都顺其自然合乎大众。她上穿大红缎料夹袄，下套大红色罗裙，红红火火就如一朵盛开的玫瑰花，在千百只红烛的映照下，显得朴素大方，娇媚可人。婚礼结束，大戏散场，已近午夜，张琛应酬完毕，忽一阵悠扬的音乐自洞房中逸出，他双眼一亮不由自主地停步倾听，那美妙的二胡旋律如春风送暖丝丝入扣，将张琛的思绪带入了一个桃红柳绿，美艳无俦的意境。只见繁花如锦中，好些好些不知名的美丽鸟儿，叽叽喳喳穿花扑蝶浪戏花间，撩起缕缕幽香，雅丽如仙的新娘，悠悠闲闲倚着花树，正美目含笑顾盼生姿……新娘邵丽花一曲空山鸟语，将新房的喜庆推向了天花烂漫的境界，充满了醉人的醇……张琛疾步回房，二胡声戛然而止，张琛笑道："怎么，我打扰了你的雅兴？""不，夫妻双双飞归爱巢，我何须还要拉琴？""丽花，你真好。""是吗？你抱抱我。"说着，将二胡塞到张琛手中。张琛接过二胡放好，抱着邵丽花回坐床沿，忐忑不安地揭开她的红盖头。丽花那头披肩长发，已在头顶卷成了一个孔雀开屏的发髻，露出优雅的前额和粉颈，正秋波盈盈地望着自己甜笑，就仿佛在他面前升起了一个光芒四射的太阳。张琛抱着丽花，猛一下吻住了她的嘴，四片火辣辣的嘴唇结合了，吻得好辛苦。张琛见丽花一往情深，心道：好痴情的姑娘啊，要不是有了大梅，我可真满足了，唉。你我命该无缘，我无奈啊。他心一酸，眼中泪光闪闪，一把搂着丽花说："丽花，也许，也许有朝一日我有对不起你的地方，希望你见谅，就当我是个白痴。""咱们都成夫妻了，你还要这样客气生分，我会生气的。"他很爱抚地摸着丽花的脸蛋，垂下头，他害怕丽花瞧见他的眼泪。"你千万别生气，我，我……""'你''我'什么？大梅的事儿我已经原谅你了，只要你以后不再藕断丝连，我是不会介意的。""可是——"丽花一下捂住了张琛的嘴，"今天是我们大喜的日子，我不要听这些倒胃口的话儿，我不要——""好，好，我不说，我不说。我们喝杯交杯酒吧。""这话儿我爱听。"邵丽花伸出纤纤食指，点了一下张琛的额头说："你还不把酒儿拿来。"张琛的内心已经乱成了一团麻。这两个要命的女人，我能丢得开谁呀。"你听到了没有？拿来呀。""拿什么呀。""拿什么呀？""交杯酒啊。""如果我记得不错的话，你是滴酒不沾的，今天怎么硬要喝什么酒啊？我看免了吧。""不，听老人们说，这交杯酒硬是要喝的，这是吉利酒，喝了可以白头偕老永不分离。"张琛睁大着一对黑白分明的眼睛注视着她，没有要去端酒的意思。邵丽花火了，"怎么？我的话你不听，还惦记着那个乱女人？""不，不，我是害怕你醉。""今天我高兴，就是醉了，我也认了。"张琛推辞不掉，慢吞吞地走到桌边，到了两半杯美酒，缓缓回到床前，温文尔雅地递给丽花一杯，自己拿了杯稍多的，相视一笑，举杯祝福，俩人右手臂勾着右手臂，张琛仰头就要喝下，丽花急叫道："夫君，慢，应当你喝我这杯，我喝你这杯，这才叫交杯酒。"她张开樱桃小口，"来，你给我喂下。"张琛暗叹一声，将自己的一杯酒送到丽花嘴边，丽花一笑，一饮而尽，接着她也将自己的一杯送到张琛嘴边，张琛也一饮而光，他觉得，这杯酒好苦好苦，他接过丽花的酒杯放好，回头抱起丽花坐上床，将她的娇躯放到自己膝盖上。丽花格格娇笑，媚眼如丝，解开了自己的上衣，张琛吻着丽花的香腮，继而又贴上了她的香唇，单手轻抚着她柔软的臀部，慢慢引导她进入了一个极其舒服的迷蒙殿堂，她整个身躯软绵绵地靠在张琛的怀里，再也没有动弹。这杯加了蒙汗药的酒，张琛临时立意是要自己喝下的，哪知丽花硬要争着喝，恰恰中了大梅和张琛拟定的圈套。张琛情不自禁的一哆嗦，身心如遭雷击，怔怔地抱着这痴情的女孩儿不知所措。他不敢看她，他害怕她百花齐放的脸蛋儿会使他无法抗拒。一阵沉寂过后，他又不得不看她，那张艳绝尘寰清丽脱俗的白净脸蛋儿上，还挂着淡淡的笑意，小巧性感的红唇蠕动着，仿佛向他发出了无声的邀请，嘴角流出丝丝白沫，又是那样的楚楚可怜。张琛心神一荡，舔干净了丽花嘴角的吐物，深深吻住了她张合着的香唇。他觉得是那样的香醇甜美神清气爽飘飘若仙。他的手也没闲着，很不老实地滑倒她雪白粉嫩的颈肩，觉得光溜溜的好舒服，百揉不厌。继而，他那不安分的手臂，像毒蛇一样迅速转入了丽花的酥胸，只觉双峰坚挺，充满弹力。他松开嘴，慢慢放下丽花的头，挪出了另一只手，三下两下扒开了丽花的上衣，丽花坚挺的双峰之下那道深深的乳沟嫩白如脂，将双峰衬托得更加性感，更富有吸魂摄魄的韵味。难怪多少文人墨客百描不厌。难挨的欲情促使张琛如发了情的野兽，放倒丽花扒光了她全身的衣服，啊，春光现处，那晶莹白净臀圆玉润曲直得当的胴体毕呈眼前。炫得张琛血脉贲张，心火难熬，灵魂几乎出了窍，他抱着丽花的胴体，含住丽花骄傲的蓓蕾，深吻她柔嫩的乳沟，侵入她平坦的腹部和隐秘的三角地带……用自己的肮脏行为，撕碎了纯情的伪君子面纱，一阵欲仙欲死的疯狂过

后，夺取了丽花的贞操，种下了自己的种子。他的头脑渐渐地清醒过来，愧疚怜惜，悔恨的心情一股脑儿向他袭来，闷郁之情几乎破壳而出。他恨恨地捶打自己，最后，搂着丽花泣不成声……哭着哭着，从丽花紧闭着的双眼上，似乎又见了另一对凄迷的泪眼，他忽然记起了大梅的话："我等你等到鸡叫两遍，否则，就请你替我收尸吧。"他看了看红蜡烛，长明烛已燃烧多半，坏了，还不动身更待何时？他心急火燎般给丽花处理干净身子上的垢污，穿好衣裤，盖好被单。心道：丽花，情非得已，救人如救火，你跟着中龙好好过吧，你我如果有缘，来世定续前缘。最后深深一吻，他环顾四周，好像一切都在梦幻里，连自己的新房也是朦朦胧胧的，充满着玫瑰的色彩，一切都那么美好，温馨如春，幽柔如梦。他的心一横，舍下了，像小偷一样潜出了自己的家。只有流泪的红蜡烛陪伴着床上半死的新人……

折腾了大半夜，余贵睡得死死的，一觉醒来，天已大明，他见河里退水，急忙直奔船头持篙撑船，船刚撑活，无意中发现石板岩上一坨衣服，举目一望，四周并无洗衣妇，他感到奇怪，涉水奔上石板岩一看，这不是琛弟装新的衣鞋是什么，那条红领带还是那么鲜艳夺目。他大吃一惊不敢声张，拿上衣鞋急奔章恒昌报讯。张府上下喜气洋洋鼓乐鞭炮闹个不停。欢声笑语伴着酒肉的香味弥漫整个大院。余贵找到张恒拖到背处说："干爹，你瞧瞧，这是不是琛弟的新装？"张恒接过来看了看，奇怪地问："贵儿，你拿着弟弟的外衣干什么？到时候干爹给你买套更好的。"余贵急忙分辨："不，干爹，这套衣服鞋袜是孩儿在石板岩捡的，您还是和干娘赶紧进新房看看，查查琛弟是否在家。"张恒的脸唰地白了。站在那儿呆若木鸡，幺姑见二人神色不对，放下手中的活儿奔来。余贵又轻轻学说了一遍，幺姑拉着张恒就往后院新房奔。房门未开，红烛长明，一切依旧。幺姑不管三七二十一，举手就在窗格上擂："琛儿琛儿，要给客人搋茶了。"没有人回答。"丽花，丽花，快给妈妈开门。"也没人搭腔，张恒一推门，门是虚掩的，张恒指使幺姑进屋。幺姑直奔床前，扒开罗帐一看，只有丽花一人睡在床上，面色憔悴通体冰凉。幺姑大惊，哭道："老头子，快来呀，丽花死了。丽花死了。"张恒一惊，撩袍急进。

一下绊住高高的门槛儿，啪的一声摔了个狗吃屎。他顾不得疼痛，一撇一拐地奔到床前，伸手一探丽花鼻息，见丽花呼吸均匀，一摸丽花脉搏，心跳有力，这才放下心来。只是床上果然不见了自己的畜生。他吩咐幺姑打好丽花的招呼，交代谁也不许进入新房。他奔到外屋，交代余贵不许透露半点风声，火速请来田岳发药施救。这是自己的杰作，田岳自己心知肚明。他交代余贵说："丽花没有大碍，不须用药，还等一两个时辰自然醒来。"张恒不动任何声色，谈笑风生应酬客人。好不容易送走了县里的贵客。世上哪有不透风的墙？张琛抗婚投水自尽的消息不胫而走。一时扶善溪就如落下一颗重型炸弹，人人皆惊。张邵两家的关系，再度紧张起来。邵丽花得知夫君已亡，数情数由怨这怨那地哭得天昏地暗。闻者无不陪着悲伤落泪。邵春甫却不以为然，连连冷笑，心里打着如何计算张家的鬼主意。十几艘钓渔船儿下网放钓打捞，把水并不很深水流缓慢的河床儿乎翻了个个儿。直忙到天黑，张琛还是活不见人死不见尸。张家乐极生悲，喜事办成了丧事，真是好不凄惶。

皓月当空万籁俱寂。大河与青山似乎也相抱着睡着了。新婚丧偶的丽花跌跌撞撞爬上了石板岩，她跪在坚硬的石板上，泣不成声，半晌，她忽而抬头哀呼："琛哥哥，回来吧，你快回来吧，随丽花回家，我接你来了。爹爹妈妈都盼着你回家。琛哥哥，你怎么这么傻，我说过，我不会怪你的，有千条万条路可走，你为什么要走这条路？琛哥哥，你不爱我，我也不会勉强你，你为什么不会明说，丢下我，欺骗我走到这一步？琛哥哥，你为什么这么狠心，丢下我和父母不管？为什么？为——什——么？我恨——你。"她站起来，整了整自己的衣衫和一头乱发，"好，你不答应我，你等着我，我来——了——"那凄厉的呼喊，打破了大地的沉寂，传得很远，很远。丽花心一横，眼一闭，一头扎进了冰凉的沉水。正当她的生命就要被河水融化掉的时候，一条粗壮有力的臂膀捞住了她，将她托出了水面。她觉得，这个世界真是可恶，连死也受人控制。她筋疲力尽了，任由一个男人抱着自己回到一只大船上。邵丽花感到很恶心，大口大口地吐着苦水，男人很及时地抬着她的头。揉着她的背，一股熟悉的气息钻入她的鼻孔，她一怔，

就着皎洁的月光一看，哇——的一声又哭了。一头钻到男人的怀中。哽咽着说："中龙哥，真是你呀，谢谢你救了我。""丽花，当你哭着走下河坡的时候，我就发现了你，我想让你痛痛快快的哭一场，心情就会好点，故而就没惊动你，哪知你这样痴情，相信张琛真的死了，你真傻。"丽花冻得浑身哆嗦，牙齿直打战，"中龙哥，你不该救我的，我现在人不人鬼不鬼的，活着也累。"郭中龙边揉着她的湿发边说："也许，你说的也有些道理，但我觉得为了一个薄情寡义的负心汉去死，多么不值！"丽花身体一颤，紧靠着中龙说："咳，我现在是苦海无边，回头无岸啦。"中龙紧紧地抱着湿淋淋的丽花柔情万分地安慰道："不，你回头有岸，我说过，海枯石烂不变心，我永远爱你，报答你忠贞不渝。""中龙哥，我知道，可是——""没有可是，只有但是。""我已不是从前的我了，和张琛拜了堂成了亲，就是张家的人了，这你是知道的。""我们逃到一个很远很远的地方去，生活从这里重新开始。你说好吗？"丽花揩了一下脸上的河水，挑了挑盖住前额的乱发说："那什么时候能回来？"郭中龙激动得一下捧着丽花的俏脸，浅浅一吻说："到咱们开了花结了果的时候。""我总觉得，心里不踏实呀，万一张琛真的活着，我——"郭中龙一下打断丽花的话："他不仁咱们就不义，到那时生米已成熟饭了。"说着，他摸索着爬进睡舱，拿来自己的棉衣棉裤给丽花说："将就点穿着吧，不要凉了身子。""那你不准瞧我。""放心吧，当你还没有开恩前，我是不会乱来的。"说着，他爬到了船头，自己去换衣。邵丽花也不作声了。紧张地换着衣服，她感觉到下身火辣辣地痛，他明白自己已不是处女之身了，张琛这个负心贼。郭中龙一篙撑开船头，旺宏昌号大木船静悄悄地离开石板岩，顺水漂流而去……张恒心里有事睡不着觉，起了一个大早，发觉后院后门洞开，情知不妙，急唤幺姑，老两口来到上房，试着一推丽花新房门，房门应手而开，两人前找后寻，不见了丽花踪影。张恒叹道："天作孽犹可违，人作孽不可活，天亡我也。""老头子，别再之乎者也了，现在不是显示文采的时候，快想个办法吧。我再也经受不起这个折腾了。""你，先别声张，解铃还须系铃人，求邵春甫去。""求他？"幺姑惊得打了个寒战，"这不等于是飞蛾扑火，送肉上砧板吗？""那有什么办法？到底是我家理亏呀。""他要是不同意呢？""精诚所至金石为开，你先给我准备一份厚礼，我立即去。""我看还是和贵儿商量一下，先寻寻再说。""不，先通知对方，才显我家诚意，否则更落人口实，顺便可套套邵家口风。"幺姑被说服了，急忙去打点礼物。来到益兴昌，张恒对邵春甫深施一礼说："在下是来给亲家爷赔罪的。"邵春甫居高临下，端坐在太师椅上，背后站着荷枪实弹双手叉腰的乡队副邵大成，看样子，他小人得志，从眼睛里溢出有了地位后的矜持与权威。"请坐。"邵春甫伸伸手，随便一摊，"今天哪有在下的座位，昨晚，昨晚丽花又不见了，不知可否回到府上。"邵春甫脸色突变，一下惊得跳了起来。"什么？丽花不见了，你真该死，这可是我唯一的千金啦。还我女儿的命来。"他哭得一下瘫倒在太师椅上。邵大成从父亲背后跳出来。当胸一把抓住张恒，啪啪左右开弓，张恒的老脸立刻肿起几条红梗，邵大成还不解恨，抓住张恒前后推搡，推得张恒头昏眼花，这些，张恒都认了，谁叫他养了这么个忤逆不孝的儿子呢。接着，邵大成用劲一按，一脚蹬在张恒膝弯，张恒扑通一声跪下来。邵大成目露凶光，拔出腰间驳壳枪，咔咔一声张开机头，点住张恒的太阳穴。恶狠狠地说："老狗，还我妹子的命来。"张恒闭目等死。"住手，休得无礼。"邵春甫摆摆手，邵大成会意，放了张恒。邵春甫皮笑肉不笑地说："起来吧。"转脸面对邵大成眨了几下眼："快给伯父搬凳子，看茶。"张恒勉强一笑，笑得很心酸。"承蒙亲家看得起我家，将丽花嫁了过来，她是位好姑娘，我比儿子还要看得重，可今天这事儿，我对不起亲家，只求一死以谢丽花，何蒙亲家夸我。"邵春甫摇了摇头说："你我兄弟一场，亲家不成朋友在，我虽是个粗人，这点大节还是知道的，我这个人看似复杂，其实，心底却很善良，这事儿也不能完全怪你，天下无有不是的父母呀。"张恒感动得像小孩一样哭了，邵春甫叹了一口气说："这事儿谁碰着谁倒霉，这样吧，丽花现在也不见得真死了，你先回去，咱们合两家之力，共同仔细找找吧。"张恒连声称谢。千恩万谢起身告辞。邵大成瞪着狗眼，气呼呼地说："爹，难道就这么便宜老狗了？""哪能呢，戏只是才开锣，凡事都要长个心眼儿，打死了张恒，咱们找谁去要财宝？

你快带几个人到河边查查，看郭中龙和他的大船在不在，如果都不在了，十有八九丽花跟着郭中龙这小子跑了，这只在你我心里，千万别向外说。这倒是个好机会，老张头逼死了我老邵家的人，这两箱财宝非乖乖地交给我不可。哈哈哈哈……"他得意得手脚狂舞大笑不止。叮当一声，碰翻了盖碗茶，盖碗滚到地上，摔得粉碎。邵大成一惊，"晦气，晦。小妹一定不在人世了。""大胆。"邵春甫一拍桌子，点着邵大成的鼻尖说："你呀，四肢发达头脑简单，尽说丧气话，哪天才长劲儿。只等小成和吉山回来，就有戏可唱啰。""爹，都什么时候了，您还有心思唱戏，不怕人家笑掉大牙。""唱你娘的匹，我是说要整倒张恒，首先要从周文武和余贵儿身上开刀，就好比斩断了张恒的手脚。""爹，何必要等他们回来，孩儿就去杀了他们。""混账，我们是土匪呀？说杀人就杀人？咱们现在是官员，是统治扶善溪的土皇帝，要动脑子，叫它们死得心服口服，旁人也无话可说。""那我们该怎么办？""唱戏！唱一曲借刀杀人的戏，就像当年诸葛亮借东风一样。"邵大成越听越糊涂了。正在这时，大门外一阵吵嚷，余贵和周文武势如破竹地闯了进来。余贵一指邵春甫说："我干爹呢？"邵大成见来者不善，立刻手握枪把，邵大成快，余贵更快，手中一把小巧的曲尺手枪指定了邵大成："不准动，动就打死你。"余贵目中精光聚敛，就如两道强劲的锐光直射二邵，其势之强悍，已令二邵不寒而栗，半晌，邵春甫才回过神来。嘿嘿一阵奸笑，故作冷静地说："年轻人，火气太大恐伤身，我家丽花不明不白的死了，我还没有找你们要人，现在你们倒还动起家伙，兴师动众问我要起人来了，这岂不是天大的笑话？啊。三斤半的鲤鱼倒提着来了，你们眼中还有没有王法？啊。"他越说越神气活现，居然还自命不凡的站起身，摸了一把胡子："告诉你们，我是县府任命的一乡之长，我背后，有近千名保安团，就不怕我告你们一个私藏军火，持枪抢劫之罪？啊——""那我先杀了你，大不了再上山为匪。"余贵飞起一脚，踢翻了邵春甫面前的茶几，没等邵大成反应过来，就拔走了他腰间的驳壳枪。邵春甫父子立刻变成了一对熊鸡。周文武见一切进展顺利，哈哈一笑说："余贵侄子，你怎么可以这样对待邵乡长呢，按理说他还是你的叔父呢，不得无礼。"余贵把曲尺放进口袋，咔咔几下，退出了驳壳枪中的子弹，将空枪甩给了邵大成。周文武对邵春甫拱拱手说："对不起，邵乡长，年轻人火气大，由着性子胡来，冒犯你了，请你多多见谅，乡里乡亲的，低头不见抬头见，多多包涵，其实，我俩是来接张兄回家的，丽花不见了，家里很多事要等着他调理呢。"邵春甫虽捡回点儿面子，心里实在是如憋着十条毒蛇般难受。他说："张兄刚刚从我这儿离开，我并没有把他怎么样，难道你们没有碰到？""没有哇，这真是一场误会，告辞。"说罢，两人一拱手，大踏步走了出去。邵春甫气得面色铁青，扬手给了邵大成几巴掌。"你这个没用的东西，传出去，你这个乡队副的面子往哪儿搁？"他长长地叹了口气："咳，真是乱世出英雄啊，死了郭刚，残了田岳，又冒出来余贵、周文武，此二人不除，终是我的心腹大患。"他一把扯住邵大成的耳朵，将他硬拉过来说："小子，爹这大一把年纪了，以后扶善溪的天下，还不是你的，多学着点儿，看人家多勇敢，你还未出手就被人所制，真没用，你给我听好，""是，我听着。""除此二人之外，你还要注意邱吉山，他虽是我们的人，但他心狠手辣，野心很大，千万不可重用，记住，也不能逼得太盛，谨防他反水为张恒所用。""是，爹，孩儿记住了。""不管怎么着，这场戏咱爷们三人得唱下去，财宝还得夺回来，打仗还得父子兵嘛，走，先寻你妹妹去——"

第二十八回

巧施暗算抽丝剥茧
狠焚新镇釜底抽薪

十几天来，张恒为两个相继失踪的小冤家已经整治得筋疲力尽了，觉得自己又老了许多。老两口正值挑灯哀叹，蓦地，一阵轻微的脚步声由远及近，在窗户下停了下来，两人心惊肉跳，大气也不敢出，惊待更大的祸事突然降临。果然，哐啷一声亮响，窗户应声洞开，一点银星擦着老两口头皮飞过，扑的一声钉在柱头上直抖动。眨眼工夫，一切又趋于平静。夫妻俩一看，是只飞镖，飞镖下钉住一张纸条。张恒使劲拔下飞镖，取下纸条一看，八个字儿使他如梦方醒，他对幺姑说："你睡吧，我要出去一趟。""都深更半夜了，你还要到哪儿去？""找田岳和周文武商量大事儿。""要不要喊贵儿？""不必。""等天亮了去不行吗？天不会塌下来，真是的。""事关生死存亡。""有这么严重？""妇人之见。"说罢，张恒轻轻开门而去，苍老的背影消失在黑夜中。留给了幺姑莫名其妙的担心与猜测。几经周折，三人才在田岳的书房中碰面。张恒展开纸条，只见上面骇然写着："祸起财宝，好自为之。"田岳道："点破迷津之人，定是疯侠无疑。"张恒接过话头："既如此，张大侠何不取走财宝，这本来就是他家的，免得我等担惊受累。"田岳叹了一口气，揉了揉惺忪的眼皮说："疯侠一生坎坷，性情古怪，飘无定所孑然一身，他要之何益？"周文武重重一拳擂在桌子上，震得小油灯直晃荡。"张兄，疯侠明明交代你好自为之，希望你早作打算，千万别落到邵春甫这奸人之手，反之，则祸害不小啊。""话虽如此，我看并不尽然，周弟，藏宝之地只有你知我知天知地知，只要你我不说，凭我的设计，他休想得手。"周文武一听火了，"锣鼓听音，说话听声，张兄原来不放心我？两位大哥在上，如果我周文武背信弃义，天打雷劈不得好死。"张恒急道："周弟言重了，我没有这个意思。""你根本就是这个意思。"田岳急忙分开二人，"都是自家兄弟，何必计较这些，他邵春甫是什么人，难道两位还不知道？我看财宝埋着，倒无大忧，大不了一切推在郭刚身上，只是各位的活动产，必须尽快转移为妙，如果我估计的不错的话，他得不到财宝，很可能就会向我们几家下手了。"说得张恒周文武毛根直竖，冷汗直流，一个劲地连连点头。

大清早，邵大成身背驳壳枪，晃哉优哉地跨进章恒昌大门，幺姑急忙笑脸相迎，"老板呢？"邵大成贼眼四溜，大大咧咧地问了一句，一屁股坐到铺房里，跷起了二郎腿。幺姑摁来了盖碗茶，赔着笑脸答道："老头子在后院瞎忙乎着呢，我这就喊去。""不用喊啦，哟，不知乡队副驾临寒舍，未曾远迎，多有得罪。""我是个爽快人，闲话少说，老头儿，算来我妹子过世已经二十多天了吧。我家也没有如何难为你们，你们该知足了。""邵爷海涵，邵爷海涵。"邵大成放下二郎腿，脸色陡地一变说："海涵？海涵能顶个屁用，你们也太不量力了，到现在还不表示表示，你们家的生意还是做的蛮红火的吧。""托你们邵家的福，我们外乡人能勉强有口饭吃。"邵大成听了满脸奸笑："谁叫咱们是老亲戚呢。爹今天叫我送信来，请你一定照信上的意思办，反正你们张家也家大业大，在我们这儿发财，大家皆大欢喜，从此恩怨一笔勾销，如何？""定当照办，定当照办。""你拿去自己看吧，我等着你的回话。"张恒接过信一看，满脸凝重，想了想说："亲家开出的这个条件，按理说是再公平不过了，但是，我劝你最好还是把我抓去杀了为好。"张恒两手一摊，一脸难色。"难道你不愿意？""不是，

227

因为这事儿……后来我压根儿都不知道，我无能为力。""你无能为力？老子有的是力，看来你是不见棺材不落泪，我现在就毙了你。"说着，他一把抓住张恒，张恒哈哈一笑说："这很好哇，这样总比问我要两箱财宝轻松得多，大少爷，我得谢谢你了。"邵大成大怒："你找死！"狠狠给了张恒一个嘴巴。嘴角立刻渗出血来。"大少爷，这两箱财宝本来放在你家，后来听说你妈为了救你弟弟，将财宝送到了郭刚家，郭刚在世你们不敢要，郭刚死了倒问我要起来了，这成何道理？我还要问你们要呢？""你嘴巴倒还硬呢。"……邵大成的耳刮子还未扇到张恒，自己屁股上却狠狠地挨了一脚，双膝一软，"扑通"一声跪在地上，他回头一看，余贵的曲尺已对准了自己的脑袋，立刻吓得灵魂出窍，软了下来。余贵恶狠狠地说："你回去告诉你们那只老狐狸，他后天不给我交两箱财宝，我当晚就取他老命，小爷说到做到，滚！"一脚将邵大成挑出铺房，邵大成灰溜溜地爬起来逃走了。张恒说："孩子，你太莽撞了，冤家宜解不宜结呀，何况我家尚且理亏。""这样的奸人，你敬他一尺，他就欺你一丈，我看不解也罢。"余贵满脸愤恨之色。"贵儿，害人心思不可有，防人心思不可无，你随我来。"余贵随张恒来到后院，进入一个黑不笼懂的小杂屋，搬开一口破缸，摸索到一颗小小梅花钉，张恒说："这是咱家暗道机关，你只要左转三转，再在钉上狠拍一掌，机关自开。"说着，他照样做了一遍，只听一阵扎扎声响，屋内现出一个四方洞口，张恒高举蜡烛，指导余贵踏着八卦步伐，走乾门摸进洞内深处。张恒点亮油灯，只见内洞宽敞如室，张恒走到左洞角，又摸到一颗梅花钉："孩子，此钉转法，正好与上面相反，先右后左，再上拔，否则，一下用错，顶上的铡刀就要落下，立刻让人身首异处。"听得余贵直伸舌头。张恒照着做了一遍，只听噼啪一声响亮，洞壁又现出一小洞，小洞内放着一口朱红漆箱子。张恒搬出箱子交给余贵说："贵儿，这是干爹一世的积蓄，干爹和干妈都老了，钱财乃身外之物，对你们总得有个交代，你收下好好保管吧。"余贵只觉得箱子沉甸甸的，闻听此言，大惊失色，立刻跪在地下说："干爹，孩儿身无寸功，着实不敢接受，愧杀孩儿了。"张恒拉起余贵说："贵儿，现在是多事之秋，外忧内患，干爹自谅将不久于人世了，你大可不必转入这漩涡之中去，要将有用之躯报效国家民族，你带着钱走吧。"余贵哭道："干爹，你们年纪大了，弟妹都不在身边，没人照顾，您不能赶我走。我不走，干爹，我不能离开您。"张恒立刻垮下脸来，严肃地说："好男儿志在四方，目前国难当头，你带着银钱上路，找共产党，当八路打鬼子，这才是对我和干妈最大的安慰。你走吧，最好今天晚上就带着银钱偷偷上路。""不，干爹，你不能赶我走，我不会走的，钱我也不要，我至死都要照顾保护干爹干妈的安全。""混账，难道你忘记了你爹娘临死前交代你的话吗？如果你跟着我，就可能最终被逼为匪，走上万劫不复的道路。这值吗，孩子！"说着说着，张恒老泪纵横，余贵也哭了，父子俩抱着哭成一团，半晌，张恒猛地一声干咳，首先止住哭泣，揩干余贵的泪水，在余贵肩上擂了一拳说："瞧咱爷儿俩，真不像男人，男儿有泪不轻弹嘛，我的泪是被你气出来的，孩子，你却不该掉泪。""我对不起干爹，道理孩儿都懂，只是——""没有只是，只有听话，你肩负着余张两家的深仇大恨啦，孩子，干爹和干妈是不会轻易倒下去的，我们等着你的立功喜报，等着你平安归来，我们还等着喝你的喜酒呢。""孩儿知道了。""记住，白天你装着没事一般，晚上偷偷走，免得你干妈舍不得你，坏了你我的大事。""干爹，我不忍心啦。""不忍心也得忍，因为你是男人，是一个立志报国的男人。"

邵大成一出章恒昌大门，马上就神气起来，一卖柴老汉躲避不及，被他一脚踢了一个跟斗，柴担压着，半天爬不起来，街上的人敢怒不敢言，他总算出了一口闷气。旁若无人地回到了益兴昌。邵春甫像迎接一位得胜的将军一样，印上去问道："怎么样？""哎，别说了。"邵大成从身上起掉驳壳枪，随随便便一把丢在桌子上，"这老狗的嘴硬得很，把所有的事情都推到郭刚和我妈两个死鬼身上，还反转来问我们要东西呢。真是羊肉未吃到反惹了一身骚，我看杀掉他们出口气算了。"邵春甫一把拉过邵大成，将他按坐在椅子上，盯着儿子说："搞死张恒还不容易？就如踩死一只蚂蚁，但他的嘴值钱啦，我们只能用软法子一点一点从他嘴里掏，这叫量小非君子。""老爹，我拜托你好不好，不要土地老儿打屁，装神气。量小也好君子也罢，这些

都不重要，重要的是谁也不能和我们作对。"邵大成激动得满脸通红。双拳握得咕咕叫，猛地一下站起身，仿佛自己已砸碎了余贵的人头。邵春甫拍了拍邵大成的肩膀说："有种，这才像我的儿子，但，要他们死，现在还不是时候。""为什么呀？爹，你有耐性，我可等不得了。""就为这个心。"邵春甫拍打着自己的胸脯。"就为争取人心征服人心，张恒除了掌握财宝的秘密外，还是本县有名的人士，在我的地盘上不明不白的死了，我这一乡之长脱得了干系？你这个乡队副脱得了干系？切不可以小失大哟，我的孩子。""爹，得不到财宝这还不大吗？真麻烦。""不麻烦，借东风用火攻。"说着，邵春甫压低嗓音在邵大成耳边说出一番道理来，邵大成大惊，"爹，这太狠一点儿了吧。""不，这就叫无毒不丈夫。"邵大成皱着眉头，心中暗自叹服老爹的心毒。忍不住两手一摊争辩说："可是，可是咱家的损失也不小哇。"邵春甫火了，罗汉脸一垮，说："舍不得孩子套不住狼，要怪也只能怪张恒的心太贪。"他目露凶光，咬牙切齿接着说："我要一把火烧出地下的财宝，烧服扶善溪的人心。"邵大成被感染了，激动地说："那我今天就下手。"邵春甫连连摆手"不，不，不，东风未到不宜动手，先转移自家的财产吧。注意，千万不要让外人知道。""是，爹。您真伟大。"邵春甫呵呵大笑。"爹，你笑什么？""笨，我笑你笨。""笨？"邵春甫踱着步，在客厅中转了一圈，像思考着什么，忽而，他坐到太师椅上，邵大成急忙递上纸烟，邵春甫嗅了嗅："这家伙没劲，拿水烟袋。""是。"邵大成从内房找来水烟壶递给了邵春甫，邵春甫接过边按烟丝边说："你笨就笨在一味和余贵等蛮干，你身手不如人，不吃亏才怪，要多动脑子，老爹这回叫他们临死前还叫我一声恩人，这就叫做劳心者治人，劳力者治於人。"

邵春甫的计划虽周密，但受到王协武的干预，在此期间，他先后两次到扶善溪协调邵张两家的关系，督促隆平乡加快开垦长柳坪的工程进度。一手派人抓紧训练乡丁，稳定基层政权，另一手在扶善溪丁字形街道左凹部新建了一栋四盒盘大院为乡公所，起名为天主堂。并请来传教士，加紧用西洋文化团结驯化奴役山民思想的进程。邵春甫也加紧了用小恩小惠收买民心，打击张恒威信的步调，这一拖，就拖到了第二年四月八吃枇杷的时候。

　　夜——一绽墨黑，阴悄悄的，寂静得怕人。吱呀一声益兴昌后门开了一条缝，一条黑影从门缝中挤出，像幽灵般潜入周文武的烤鱼棚，屋内空无一人，一股烟臊鱼腥直冲鼻息，他仔细一看，火坑里暗火红红星火闪烁。他心中一喜，真乃天助我也，往火坑里倒下汽油，轰的一声，汽油爆燃起来，冲伤了他的右手，头脸。黑影扔下油桶回头就逃，他跑回益兴昌回头一看，火势已冲出了头，良知猛地受到撞击，他放开喉咙没命的高喊："起火了，周文武的烤鱼棚着火了，快救火呀，救火呀。"雄浑的男人呼叫声将人们从睡梦中惊醒，手忙脚乱地从床上滚下来，穿错了鞋子拿错了衣，惊恐万分地纷纷扯开各自的大门，呼儿唤女扶老携幼，夺门而逃。大火摧枯拉朽般呼呼向两边吞噬，势不可挡。仅有一墙之隔的章恒昌首当其冲，等张恒和幺姑从梦中惊醒，火势已封住了大门。炽热的气浪势略大院，将老人接连冲了几个跟斗。张恒猛憋一口气，扯开了后门，回头一看，幺姑已被气浪熏倒在地爬不起来。张恒大惊，张口要呼，一股炽热无比的气浪冲来，自己一个趔趄，险些晕倒。他稳定身形，扯着幺姑的身子，死活拖出了后门。安置在菜园之中。这时，只听轰隆一声巨响，前院屋架倒塌，两位临工丧生火海。

　　风助火势，火借风威，噼噼啪啪，越烧越猛，大火映红了半边天，火乌鸦在浓烟滚滚的上空哇哇直叫，真如催命一般凄厉。砰，啪啪，鞭炮油桶爆炸了。哗啦啦，轰，屋架倒塌了。强烈的空气对流，卷起冲天火柱，就如一条火龙乱窜，势如破竹无可阻挡，所到之处，屋毁人亡。刹那间，整个扶善溪成了一片火海，人间地狱，其惨状，真比日本人来了还要恐怖。

　　熊熊大火一直燃烧了二个多时辰，等到天亮时，因无物可烧才自然熄灭。因关帝宫小学校天主堂，麻阳佬周文武的住房隔着大街一段距离，才幸免。其余房屋全部夷为平地，只剩一片瓦砾。幸存者趴在自家屋场地址上，捶胸顿足号啕大哭。有些人凭一双肉手，拼命挖刨滚烫的瓦砾，企图寻找侥幸残留的一点点什么金属熔物，还有些人呼儿唤女，喊爹叫娘，寻找失去的亲人，但是，烧焦的尸体四肢不全，

231

再也分不清彼此的真实面貌了。这场大火，使张恒如掉进了冰窟一般，透身冰凉，精神崩溃，豪情壮志荡然无存。夫妇俩互相搀扶者，呆呆呆地站在屋坪里，形如木偶，邵氏兄弟连连冷笑，只累坏了邵春甫，他在瓦砾堆里前呼后跑，安慰灾民，不时从自己口袋里掏出零钱，赠送该送之人。与张恒形成了鲜明的对比，从此大善人的美名众口皆碑。

当天傍晚，县长王协武就带着警察局长潘才锦，保安团长郭炎及十几名警察，骑着高头大马赶到了扶善溪，在天主堂听取邵春甫巧舌如簧的报告，他很不耐烦地打断邵春甫的话："邵乡长，我要知道的不是过程，而是根源，不是灾情，而是措施，不是评功，而是追责。如果我记得不错的话，我每次到扶善溪来，反复交代的四个问题是什么？"邵春甫做贼心虚，张口结舌地答不出话来。"废物！白吃干饭，是防火防匪防特防共。你，你，你究竟在干些什么？""我，我知罪。""知罪，我今天毙了你也不为过。""报告县长，小民觉得，这场大火不是偶然的，是人为纵火，邵乡长应当脱不了干系。"

王协武一惊，注目望去，见一身材魁梧的汉子挤了进来。邵春甫对着大成眼一眨，邵大成急忙上前拦住："去，去，去。这里没有你的事儿。""怎么没有我的事儿？"他鼓着双眼，目光炯炯。使邵大成不寒而栗，他扒开邵大成说："请你不要忘记，我也是受灾户，我有权力向县长诉说。""说得好。"王协武鼓起了掌。"年轻人，你叫什么名字？"邱吉山挤上前来"啪"的一个立正，"报告县长，小民邱吉山，隆平乡乡丁。""好，好，你说，我支持你说。"王协武打着气。"报告县长，张邵两家向来不和，据小民所知，最近几个月这几家都不约而同地向外转移财产，清冷了生意，好像事先知道要起火一般，值得怀疑呀，县长，您得为民做主呀。"邵春甫大惊，脸上青一阵红一阵，像个花罗汉，邵大成吼道："你胡说，在这里闹事，小心我毙了你。"王协武摆了摆手压下了邵大成的话，暗想，此父子二人，一对脓包，成事不足败事有余。看样子得趁机换了他。嘴上却说："年轻人，你有种，你还有什么话，不妨当着本县直说。"邱吉山高声答道："在下怀疑，扶善溪这把火，是场拟定的阴谋。"此言一出，惊讶当场，王协武，潘才锦，郭炎不由得同时盯着邱吉山，王协武赞许地连连点头，邵氏三父子惊出了一身冷汗。王协武站起身，拍着邱吉山的肩膀说："年轻人，很好，很好，就由你协助潘局长查清此案，给隆平乡的民众一个满意的交代。""是，吉山定当效力。"王协武点点头，走出天主堂，率众来到火灾场，登上高处喊道："乡民们，你们受苦了，我代表国民政府衷心向你们道歉，你们扶善溪人是有着光荣斗争传统的乡民，连日本鬼子的枪炮都不怕，难道还怕火吗？失去了的，就让它成为历史，大家振作起来，重新创造生活，创造更加美好的明天。这场大火，不是偶然的，我一定要为大家做主，查出真凶，还你们一个说法。顺便，我向大家报告一个好消息，日本鬼子快完蛋了，美国人在日本人国内投了两颗原子弹，兵工厂都炸完了，苏联红军出兵百万，消灭了日本鬼子最精锐的王牌关东军，在国内大片土地上，国共两党联手，正在举行大反攻，胜利在即。当然，这里面也有你们一份功劳。今天你们受了灾，县府理所当然要救济你们，但县府的财力有限，不能从根本上解决所有问题。首先，你们在乡公所的安排下，住进所有现存的房屋；其次，希望你们发扬斗争传统，认真生产自救，让扶善溪在不久的几年中重新旺起来。我建议，新的扶善溪更名为：兴——隆——街，不知大家意下如何？""好，好，拥护王县长，我们听县长的，我们的家，兴——隆——街。"

乡民们的喊声，震撼了夜空。

233

第二十九回

哗众取宠东山再起
百口莫辩亘古奇冤

夜里，风紧，哀莺啼鸣。邵春甫的大窝棚里，亮着两盏油灯，惨碧的灯光抵挡不住河风的摧袭。忽闪忽闪的形如鬼火。邵春甫阴沉着罗汉脸，也满脸鬼气。他坐在一个木凳上，前面摆着一张摇摇欲坠的旧方桌，上面有三四个菜碗，窝棚里溢满酒香。他送走了王协武和郭炎后，特意准备了这桌酒菜等一个客人，一个令他寝食难安的人。不一会儿，窝棚处响起了咔咔的脚步声，来到窝棚门口，迟疑了一下，又绕着窝棚转了一圈。"进来吧，贤侄，难道害怕老叔设鸿门宴？"邵春甫坐着纹丝未动，提高嗓音说。"哈哈，乡民们正处在水深火热之中，深夜请我喝酒，亏你还有此雅兴。"说着，邱吉山一推栅栏，走进了窝棚。"请坐，吉山贤侄，现在是非常时期，略备薄酒慰劳慰劳你，以示加勉。"他站起身，满满斟上两杯酒，"贤侄，请。""乡长，请。"两人端起酒杯，叮当一碰，一饮而尽。"痛快，痛快。""同感，同感。"双方哈哈一笑，其乐融融。邱吉山坐下身来，夹了一坨菜嚼在口中，是干牛肉，这家伙真能通神，烧了个乌七八糟，居然还留有干牛肉，看来是有备而做啊。他心里正推理着，邵春甫的问话打断了他的思维。"贤侄，你们白天调查了一天，准有眉目了吧。"边问，边为邱吉山斟满了酒。"啊，你问这个，这怎么说呢，这是秘密。""连我也不能听吗。""这是潘局长发下的话。""到了这儿，就由不得你啦。"邵大成邵小成腰插张着机头的驳壳枪闯了进来。邱吉山一惊，问道："怎么，要动粗？"邵大成说："没有那么严重，他是乡长，我是乡队副，发生在本乡的案子，我们有权过问吧。"邱吉山就要站起身，邵大成邵小成按住他的双肩，邱吉山试着一挣扎，没能奈何，邵大成说："吉山老弟，喝你的酒吧，不过你别忘了，你永远是我的部下。"邱吉山哈哈一笑说："乡队副，不过你也别忘了，我现在是特别协查员，直接对县府负责，有权保守案件秘密，你们难道要请我吃罚酒吗？"邵春甫喝道："你们还不放手，得罪我的客人。"说着，对二邵连连眨眼。"贤侄，别理他们，敬酒也罢罚酒也罢，喝酒为快，一醉解千愁。"冷不防邱吉山出手如电，拔下了二邵腰间的驳壳枪，咔咔几下退出了堂中的子弹，将空枪甩到桌子上："和我玩这个，你们也配？"邵春甫脸色一变。对二邵喝道："还不退下，出丑卖怪。"二邵灰溜溜地走了。邵春甫酒杯一举说："贤侄，请喝酒，请喝酒，别和他们一般见识。"邱吉山鼻中一哼，轻蔑地挖苦道："你的两个相公太不长进了，真坏了你家的风水。""贤侄教训得是，你不愿说，我也不勉强，不过，为了扶善溪的劳苦大众，我有一条有价值的线索，不得不说。"邱吉山放下到嘴边的酒杯，睁大眼睛问道："啊，有这样的好事，您不妨直说。"邵春甫夹了坨菜，慢慢放入口中细细咀嚼着，吊着邱吉山的胃口，"老叔，你快说嘛。"邵春甫压低嗓音说："这火，是从周文武的烤鱼棚烧起来的，小成又在烤鱼棚地基上捡到了日本人的汽油桶，我看这火——""是周文武放的。"邱吉山接过话头，哈哈大笑。邵春甫说："对，对，定是这小子，他经常和我作对，我还怀疑他是汉奸。"邱吉山故作一惊："真的？""真的，我敢打包票。""包票值多少钱？""起码值几百块大洋。"邱吉山一仰脖子吞下一杯酒，将空杯重重一放说："好，够朋友，不过，如果我记得不错的话，凭你和龟村的关系，你起码是汉奸他爹。"邵春甫大惊："你，你血口喷人，不过，你也一样，大家彼此彼此。""所以嘛，我提醒你一句，

235

当你说别人是汉奸的时候，要谨防祸从口出。据我所知，起火那天晚上，周文武还在沅陵，直到目前还未回来，单凭一个烧焦了的破油桶下结论，不嫌太轻率一点儿了吗？邵乡长，我要提醒你一句，王县长可是一个顶认真的人喽，说谎，都要有凭证，天底下哪有在自家房屋里放火的笨蛋。搞不好，你这个乡长的位置不但坐不牢，恐怕连小命都会搭进去。"邵春甫越听越虚，越虚心越怕。"这，这，这，贤侄不信也罢，不信也罢……""不！"邱吉山打了个酒嗝，乜斜着醉眼说："这时恐怕你是想罢也不能啊。""哎，你说话嘴里放干净点，这起火的事关我屁事。"邵春甫大张着嘴，一副惊慌失措的样子。"当然关你的事，头顶三尺有神明，那我问你，谁先喊起火？""是大成儿呀，怎么，这发现起火，喊打火还有罪呀？"邵春甫啪的一下放下筷子，很是不满地质问。邱吉山夹了一大坨干牛肉，有滋有味地嚼着，嚼着，突然一拍桌子说："这就对了。""什么对了？""恐怕是贼喊捉贼吧。""你放屁！""这不是屁，邵乡长，这是命。"邱吉山压低声音伸长脖子凑到邵春甫脸上说："有人检举邵大成是从周文武烤鱼棚溜出来的，他脸上手上都有火创伤，而不像烧伤，这到底是怎么回事？""谁说的？""是张恒，请你想一想，张恒在王协武面前说话的分量到底如何？恐怕你邵乡长也是在劫难逃呀。"邵春甫一惊，走下席来，对着邱吉山纳头便拜："贤侄救我，贤侄救我。""好说，好说，不过要这个。"他还怕邵春甫不懂，伸出了四个指头在邵春甫脸前晃动。"四十块大洋，好说，好说。"邵春甫边答应边从地上爬起来。邱吉山笑了笑："不，是四百块大洋。""四百块大洋？这太狠一点儿了吧。""不狠不狠，要把案子翻转来，我要上下打点，四百块我嫌还不够呢。""我也受了灾，四百块大洋从哪儿凑呢？"邱吉山冷哼一声，推开酒杯，站起来说："这叫做自作自受，那里就等着受死吧。"邵春甫一把拉住邱吉山，哭丧着脸说："贤侄慢走，贤侄慢走，我想办法，想办法。"邱吉山连连冷笑。心想：这只老狐狸也可怜，我这么轻轻一诓，什么都知道了，看来见好就收，我还得帮他，免得张恒田岳占了便宜。邵春甫喊道："大成儿，大成。"邵大成应声而进，"爹，有何吩咐？""去，给吉山取四百块大洋来。""爹，这，这……""你这什么？要你去你就去。"不一会儿，邵大成取来大洋交给了邱吉山，邱吉山边数大洋边说："识时务者为俊杰，我还真佩服邵乡长拿得起放得下的本事，哈哈哈哈。"他收好银圆，手一拱"告辞。"邵春甫还手一礼："一切拜托，不送。"等邱吉山走后，邵小成走进了窝棚，问道："爹，这到底是怎么回事？""怎么回事？"他一把扯住邵大成的耳朵拉过了，"跪下！"邵大成跪下了，邵春甫指着邵大成的鼻子尖说："你这没用的东西，要你放火都不会，怎么让张恒这老儿给瞧见啦，你该死。""不可能吧？""不可能？要不是吉山，你死定了。"邵大成一惊，"是邱吉山说的？爹，你中计了，邱吉山是讹诈咱们的。"邵小成也说："对，爹，我明天就放放风，看看张恒的反映，如果他强硬，就将他悄悄做了灭口。"邵春甫说："事到如今，也只能这么做了，这个邱吉山，等事平之后，我也不会放过他的。"三父子越想越气，狠狠不已。

　　第二天，邱吉山赶早来到天主堂，几个警察接待了他。潘才锦在内房问道："是吉山吗？进来吧。"邱吉山一推门，门是虚掩的，潘才锦已经穿好制服，正在抹武装带，他啪的一个立正说："报告局座，邱吉山报到。"潘才锦戴好警帽，显得更加威严，气势压得邱吉山几乎喘不过气来。潘才锦说："好，坐吧。"邱吉山说："局座在上，哪有小人的座位？"潘才锦就喜欢这样有奴性又精明的汉子，对邱吉山更有好感，他一指竹睡椅说："坐下说话，不要拘谨，我可不是清朝的官员。"说着，他关上房门，自搬一把木椅坐在邱吉山对面，说："昨晚王县长临走时交代，隆平乡发生了这么大的事故，乡长和警长是有重大责任的，要求换人，你看谁是最佳人选？"邱吉山听了，啪的一个立正："报告局座，在下不才，愿担警长重任。""啊，毛遂自荐，有胆量。不过——"邱吉山眼望着潘才锦，满脸乞怜，瑟瑟抖抖地从胸前掏出了一筒用红布裹得很紧的银圆说："局座，这是吉山孝敬您的。"潘才锦脸色一变，故意作态说："你干什么？你把我当成什么人了？本座清如水，明如镜，从来不收下属银钱，君子爱财取之以道嘛。啊。"邱吉山脸上青一阵白一阵，拿着光洋呆立在那儿。潘才锦注意观察了半晌，知邱吉山可能是巴结他，好感更增一成，他叹了一口气说："这样吧，感情却之不恭，我也不能打你面子，这光

洋我收下，权当公用。""谢局座，谢局座。"潘才锦收下光洋，放进了公文包。邱吉山献计说："局座，关于乡长人选嘛，张恒倒也合适，不过，先要看看邵春甫的表现再说。"潘才锦走到邱吉山面前，拍着邱吉山的肩膀说："知我者，吉山也，这个主意好，你给我把邵春甫叫来。""是。"邱吉山如接圣旨飞奔而去。潘才锦刚刚梳洗毕，邵春甫就气喘吁吁地赶到了，潘才锦说："吉山，我找邵乡长有事相商，你到外边等等吧。""是。"邱吉山走出门。"哎，坐吧坐吧。"潘才锦谦让着。邵春甫哪里敢坐。呆呆地站着，如听审判。"邵乡长，隆平乡发生了这样大的案子，你知罪吗？"邵春甫如五雷轰顶，几乎瘫了下来。"不过，人总有见面之情，你也无需心中有愧，为了对乡民有个交代，我决定先撤换周子进。""换，换谁？"邵春甫结结巴巴地问。"换邱吉山。""换他？此人野心太大。"潘才锦突地一下站了起来，狠狠一下扔掉烟头，别转身躯，背着双手，阴阳怪气地说："野心总比贼心要好吧。他不行，先换你。"邵春甫大惊失色，罗汉脸苍白得毫无血色，脑子里一片混沌。嘴一张一合的答不出话来。潘才锦心想：这个土财，是个铁公鸡，老子今天也要拔坨毛，他脖子一扬，喊道："邱吉山，给我把张恒叫来。"邱吉山跑进屋，拉过吓得呆若木鸡的邵春甫，晃动着两根指头，邵春甫恍然大悟，结结巴巴地说："局长大人，我有错，我有错，我出二百块大洋赔罪，请您高抬贵手。"潘才锦转过身来，围着屋子踱步，马靴咯噔咯噔直响。如敲击在邵春甫心头上。他停在邵春甫面前，用手指头点着邵春甫的蒜头鼻说："这是你罪有应得，我看张恒就比你能力强，出钱买点教训也好。"邵春甫见事有转机，大喜过望："局长大人，小人知罪，我这就回去拿，回去拿钱。"说着，他一哈水桶腰，退了出来。吃早饭后，三人关着房门，密谋了好一阵，接着分工，各执其事。布下了一道无形的大网，单等周文武自投罗网。果然，周文武的渔船刚靠码头，就被几个彪形大汉按住，嘴里塞满破布，五花大绑着丢上了一只乌篷船，接着，又在周文武钓鱼船上搜出了一把日本王八盒子和一桶汽油。其实，这些东西都是战利品，现在却成了罪证。周文武被秘密装走了。平常百姓谁也不知道，但周文武是日本奸细，放火烧了扶善溪的消息却越传越神。慢慢的，三五成群地聚在一起，交头接耳地议论吵嚷。有信的有不信的，争得面红耳赤。有眼尖的人忽然在火场地里发现了邵小成，如见了救星似地说："不信，可以去问二少爷，消息还是他透露给我的，连人都被抓走了呢。"众人一听，立刻将邵小成里三层外三层围了起来，七嘴八舌地发问。邵小成挥舞着拳头说："好啦，你们别吵啦，到底是谁放的火，你说的不算，我说的也不算，当官的说了了算，你们这样逼问我，我问谁去？不过，我可以告诉你们一点，嗯。"众人立刻停止喧闹，静听下文。"不过——""不过什么呀，你到底说呀，卖什么关子。"人们又骚动起来。"不过我可以告诉你们一个消息，放火的人已经被警察抓走了。""好呀，好呀，天开眼了。"群情激奋，立刻大哗。"大家静一静，大家静一静。"邵小成挥舞着双手，人们慢慢安静下来。邵小成见人越聚越多，气愤地说："他一个外乡人，凭什么烧我们的屋子，还不是有靠山，大家想想看，咱们现在都住在窝棚里，过着人不是人鬼不是鬼的日子，为什么他们就有房子住，还不是靠着人家日本人。""对呀，二少爷，你讲的不错，走，找他们算账去，烧了他们的房子，报仇，报仇！"众人同仇敌忾，一阵旋风似地刮到了麻阳佬住处，将六逢五间木板房圈了个铁桶一般，张恒夫妇正安慰着余月香母女，忽听屋外人声鼎沸，张恒知道来者不善，急得没了主见。幺姑说："老头子，你与周弟朋友一场，你出去扛一阵吧，好歹对乡亲们有个交代。"张恒见幺姑说得有理，整了整焦煳的衣衫，开开门，站在阶檐上喊道："乡亲们，大家静一静，静一静，听我说两句好不好？"大伙儿见是张恒，满脸通红浮肿，渗白的头发胡子烧得焦黄，唯有那对大眼，还是那么炯炯有神，有一股百摧不倒的摄人气概，大家不禁肃然起敬。立刻停止了怒骂呼喊，张恒激动得热泪盈眶，向大伙儿拱了拱手说："乡亲们，大家受苦了，我张恒不才，不能救大家于水火，惭愧惭愧，可是大家却要相信政府，政府一定会给大家一个满意的交代，切忌不可胡来，中了他人的圈套，就是烧了周家的房子也事无补，我想，大家再也经不起过多的折腾了，大家请回吧。"邵小成吼道："请回？说的比唱的还好听，我们要周家血债血还，火债火还，关你什么事？你滚开吧。老家伙，要不连你

239

也一块儿烧了。"张恒火了，一指邵小成说："邵小成，你身为乡丁，带头闹事，成何体统？你就不怕引发事端，由你父亲这个乡长背着？"邵小成一听，心里也在发麻，但还是硬着头皮挑拨着："哎，大家看，外乡人帮外乡人，坑害咱们本地人——""不许胡说。"邵春甫寒着罗汉脸挤了过来。对大伙儿拱了拱手说："乡民们，张兄说得对，现在一波未平二波不能再起，这案也破了，县府会给大家一个交代的。""这交代有屁用，我们的损失由谁来补？我们要吃饭要穿衣要租房子，找谁去？我们要周家赔。""这个世道，谁有钱谁有理，烧，烧他狗日的。"邵春甫急了，这事儿如果弄巧成拙，还不是自己吃不了兜着走。急中生智，高举双手，"乡亲们，你们要放火，就从我身上踏过去吧。"说着，他真的在阶檐上一躺，像堆五花肉。张恒也照此办理，阻住了另一股人的去路。被激怒的人群稍许清醒了些，到底没敢踩着人身上前。几个年长人长叹一声，带头离开周家，邵小成见目的已经达到，也带着一帮人溜走了。慢慢地，大部分人骂骂咧咧地气呼呼走了。剩下一批看戏不怕班子大的人，再也形成不了气候，也无趣的走了。张恒对邵春甫深施一礼说："谢邵乡长解围。""哪里，哪里，这是父母官之本分啊。"他弄明白了，张恒没有报复他的意思，是邱吉山搞鬼，险些杀了自己的摇钱树，可恨。

张恒随即辞别余月香，到田岳窝棚秘密相商营救周文武的大事，当天，哥俩凑齐二百块大洋，部分纹银，张恒连晚租船顺水而下，找县长王协武疏通关系。

船靠漳江阁，已过第二天正午，只见码头军警密布，街上行人神色匆匆，张恒对一老头拱拱手说："请问大哥，行人何故惊慌？"老人驻足，四下一望后轻声说："县府在黄花井处斩汉奸周文武，正待行刑，人群中一青年人突然拔枪，连开数枪，打死了刽子手，打伤了监斩官潘才锦，现在全城戒严，正捉拿刺客呢。""请问老哥犯人处斩了吗？""斩了，不过是被保安团乱枪打死的，正在扬尸示众呢。汉奸，活该。"张恒只觉天昏地暗，全身凉了半截，事到如此地步，张恒只能将错就错，几经周折上下打点，王协武才同意张恒为周文武收尸装殓。张恒只得高价租船运灵柩回家。逆水顶风，艰难航行，船到尧河，忽遇一敞口小船阻住去路，张恒心一紧，正待喝问，嗖的一声，从敞口船上跳过一年轻汉子，纳头便拜，张恒一看，是余贵，他明白了，劫法场者一定是他，二人心知肚明，什么话都没说，拿篙使桨，拼命赶路。尽管如此，路上还是耽误了两天时间。

扶善溪一把大火，从简家溪狮子山狮子洞烧出了两个半人，那就是失踪了多半年的张琛和周大梅及他们的胎儿。他们半夜到家喊门，几乎将两个老妇人吓了个半死。张琛大梅跪在幺姑膝下，愁肠寸断，一声妈，已泣不成声。幺姑百感交集，泪如泉涌。伸手就要搀扶，月香暗地扯了她一下，立即感悟，很平静地说："你是谁？我不认识你，张家已经没有家了，扶善溪百多户人家也没有家了，你为什么这个时候回家，张家供不起你这个不孝子，你走吧。""妈，正因为这样，我才回来赔罪的。""赔罪，你赔得起吗？几十条人命啦……"幺姑沉痛得身形一晃，几乎昏倒，月香急忙扶住她。"妈，你怎么啦，妈，是孩儿不孝，你原谅我吧，我错了。"幺姑躬下腰，勉强睁开泪眼瞧了瞧张琛又瞧了瞧大梅，他们都瘦了，黑了。心中一酸，紧闭双目，慢慢摇着头说："原谅你，又有谁原谅你周叔？能有谁原谅你爹？你把他们都害苦了。""妈，妈，你听我说，妈。""别叫我妈，我也不会听你说，想我张家是何等门户，都被你给毁了，你叫我和你爹死后，有何面目见张家的列祖列宗。"幺姑越说越激动，啪的一声，给了张琛重重一记耳光。张琛抱着幺姑的腿，哭着说："妈，孩儿不孝，没有听你和爹爹的话，惹下了大祸，孩儿只有以死谢罪，可是我要拜托你，你们要善待大梅，她已经有了两个月身孕，她怀的可是张家的血脉呀，答应我吧，妈。"幺姑的泪水如断了线的珍珠，点点滴滴落在张琛头上，长叹一声说："你们快走吧，现在走还来得及，晚了，谁也别想活命，这是老祖宗定下的规矩啊。"张琛听了，一下止住哭泣，目射凶光："老祖宗，什么老祖宗，我知道了，哈哈哈哈，你们分明就是怕邵春甫。"他大吼一声，电一般射出大门……

第三十回

棒打鸳鸯生生死死
刀切骨肉离离别别

　　只听——哗啦一声响亮。张琛脚下绊到一物，身体失重，一个饿虎扑食之势，摔倒阶檐之下，痛得眼冒金星四肢百骸如散了架一般。倒在地上直翻滚。黑暗中涌上几名大汉，紧紧将他按住，被五花大绑起来，人到此刻，不用说要报仇，就是连分辨的份儿也没有了。室内的人听到响动，急忙提着马灯出门观看。懵然间，只听一人高叫道："就是她——"立刻上来几个打手抓住了周大梅，周大梅拼命反抗："你们干什么？救命啦，救命啦。"幺姑、月香、小梅、小前龙一拥而上，抓的抓咬的咬拼死抗争，哭喊声，怒骂声响彻夜空。将龟缩在小窝棚中的灾民从梦中惊醒。纷纷打着灯笼火把循声赶来。将撕扯扭打的男女围在核心。邱吉山吼道："丧门星催命婆，有本事你们找邵八爷哭闹去，否则，我就不客气。"邵大成一脚踢倒幺姑，跳上阶檐，揉了揉火辣辣的脸，一见满手是血，恼羞成怒，又是一脚，将赴身而前的前龙踢飞在地，人群立刻大哗。邵大成砰地放了一枪，嚷道："吵什么吵？难道你们忘了，是谁烧了你们的屋，是谁夺了你们的饭碗，又是谁男盗女娼，玷污了你们的风水宝地，你们口口声声要我们当家作主，难道这败坏风水的奸夫淫妇也不能抓吗？"邵大成的喊话，如一剂毒雾，立刻触到了灾民的痛处。迷住了他们的心窍。"对，邵大少说得对，奸夫淫妇该抓，该杀，该千刀万剐，留在世上不要教坏了榜样。"灾民们如中了邪一般，吼声如雷，刹那间无情地将余氏母女分开了。周大梅被卷入了人流的漩涡，灾民们挥舞着拳头，棍棒用脏得发臭的语言，对张琛大梅进行人身侮辱，倾泻他们胸中的怨毒。邵大成唯恐天下不乱，及时火上加油，扯开鸭公嗓喊道："大家现在不要乱来，有你们算账报仇的机会，现在离天亮还有个把时辰，人交给我们带走，你们各家各户派人进山，亲通知亲，邻通知邻，天亮后赶到火烧场开大会，这对狗男女要杀要剐全凭大家一句话，此等丧门星不除，咱兴隆街兴隆不起来，大家说好不好？""好！"众人异口同声，声如雷鸣，光这吼声就将身怀六甲的大梅震了个半死。邵大成邱吉山分开人群，把张琛周大梅分别关进了日本人修在关帝宫的地牢中。

地牢里湿漉漉的，一片墨黑，难闻的霉臭味儿令人作呕，周大梅蜷缩在角落里，呜呜地哭。突然，当啷一声，沉重的圆木大门裂开了缝，一股凉爽的新鲜空气一拥而入，凭直觉，周大梅就知道有人来了，她怯生生地问道："谁？""我，你的救星。""你是谁？"周大梅紧张得起了哭音。"别怕，我是你邱大哥，我是来救你的，宝贝儿，因为我喜欢你。""我不喜欢你，我是有男人的，你出去，你出去。""你的男人自身难保，他是救不了你的。"邱吉山循声摸索着，一步一步向大梅逼近。"你别过来，你别过来，你这魔鬼，我要喊人了。"邱吉山嘿嘿阴笑了几声："你喊啦，喊啦，我邱吉山堂堂男子汉到底怕过谁？"周大梅双手交叉护在胸前，坐在地上瑟瑟发抖，邱吉山脚蹬手摸，摸到大梅身边蹲下，再一伸手，莫着了大梅一头柔发，心中一酥，骨软筋麻。大梅急中生智，缩成一团贴地滚，滚到一边，再也不敢吭声，邱吉山估计好方位，双手一抱，搂着了一团霉气，心中一惊，急忙起身后退，堵住了洞口，柔声说："大梅，别跑，你听我说，邵春甫父子早就想杀你和张琛，今天抓到了，外面加着双岗，你是跑不掉的，只有我才能救你，只要你答应嫁给我，我立刻带你远走高飞，脱离这是非之地，天亮了，你想走也走不脱了。大梅，你听到了没有？

我爱你，是真真切切的爱，我可对天发誓。"大梅趴在地上，凭着感觉，一步步地向空气清凉的地方爬。邱吉山一边唠叨着一边左右探摸，慎防大梅突然出逃。他话锋一转，深情地说："大梅，你爱张琛，这没错，真如我爱你一样，可是，邵家人不让你爱他，你莫能奈何，你知道吗，由于你的爱，已经害死了你亲爹，你这样无知的爱下去，马上就要害死张琛和你自己，三条人命啦，这值吗？"这一晴天霹雳，震得大梅一跳而起，揪住邱吉山的胸襟问道："死了，你说我爹死了？""死了，我不会骗你，昨天中午你爹已被县府砍了脑壳，张恒也到桃源收尸去了，我估计，明天下午就可到家。"周大梅如一头发了怒的母狮，双手在邱吉山胸头乱擂。"畜生，你们这些畜生，还我爹爹的命来。"邱吉山抓住大梅双手，嗅了嗅大梅的气息，感到通体舒泰，他争辩说："状是邵春甫告的，人是县府杀的，关我屁事，要是我的老丈人，也不会落得如此下场。"大梅挣脱邱吉山的掌控，追问道："邵家为什么要害我爹？""因为你抢走了张少爷，邵家人又想得到张家的财宝，你爹又维护张家的利益，所以邵家必须先除掉你爹性命。""这条老狗，不得好死。""邵春甫整死你爹的招儿确实太狠毒了，简直是天衣无缝，他先自己放火，然后栽赃陷害，最后卖通官府取人性命，你说毒也不毒？""哎呀，我的爹爹呀——"周大梅哭的一口气没接上来，倒在邱吉山怀里晕了过去。邱吉山大喜，抱着大梅又是舔又是摸，一团灼热的欲火从心头涌起，直冲大脑，如狂风怒涛般向周身扩散，灵魂儿几乎脱壳而去。他正待行事，冷不防脑袋上挨了重重一击，剧烈的疼痛使他猛醒还阳，正待起身反抗，头上又挨一记重拳。眼一花，抱着大梅如死狗般倒下。大梅碰在地上，刺痛如电流般传遍全身，头脑刹那间清醒，她挣脱邱吉山，夺门就逃，黑暗中，又被一男人抱住，臭烘烘的大嘴贴上了自己的脸蛋，大梅一惊，反手如钩向来人抓去，来人正在享受，猝不及防猴脸上立刻抠出几道肉槽，鲜血直涌，来人大怒，狠命一把推倒大梅，骂道："你这臭婆娘，你以为你是谁，只不过是日本人的一双破鞋，张琛的姘头，我本想和你成其好事，再放你逃生，这是你自己找死，怪不得本乡队副。""你，你是邵大成？""是我又怎么样，想报复？还是想亲热？性命握在你手里，何去何从自己决定，天一亮，我想放你也放不了了。""好，我答应你，不过——""不过怎样？""不过你说话一定要算数。""我骗你是小狗，男子汉大丈夫，君子一言驷马难追。"说着，他将邱吉山拖出门外，转身反锁木门，淫笑着说："大梅妹妹，哥哥我好想你哟，爱死我了，来，让我亲，我来亲亲。"说着那双邪恶的手一上一下抚着了大梅的酥胸好臀部，大梅亲昵的一嗯，"你猴急什么？"娇躯一扭，避开了邵大成的双手。"真是的，好野蛮，你不脱光衣服，我不和你做了。""好，我脱，我脱，不过，你也要脱。""你没看着，我也在脱呢。"邵大成窸窸窣窣一阵忙碌，将自己扒了个精光，嘟囔着："妈的，老子越急，老二越不争气，怎么搞的。"大梅说："你是男人吗？真没用。""谁说我没用？"邵大成一把抱住大梅，猛然一惊："你耍我，怎么不脱？""你自己还不行，我脱了有什么用。"她那柔软粉嫩的娇躯，散发着足以能融化天下任何男人的青春气息，引起了邵大成发自骨髓的悸动，下面终于挺了起来。但就在这时，大梅的手顺着邵大成的肚皮急转直下，狠狠捏住了邵大成的性命根，邵大成猛一震颤，直挺挺地晕倒在地，大梅手一滑，失去了进攻要害，摸着黑，狠踢狠踩邵大成的身躯。"我叫你还我爹，打死你，打死你，为我爹报仇，报——仇——"周大梅愤怒的呼喊，惊动了摸黑而来，企图分一杯羹的老色鬼邵春甫，他察觉有异，猛一跑，绊着了地上的邱吉山，跌了一个狗吃屎，他爬起来没命的高喊道："快来人啦，快来人啦，杀人啦，杀死人啦。"几个值班的乡丁背着武器，打着灯笼懒洋洋地赶来了，邵春甫一看，是邱吉山，他不管邱吉山的死活，对乡丁们命令道："快，快打开门，看看人跑了没有。"乡丁们一推，门是关着的，几个人合力一撞，好歹将门撞开。邵春甫打着灯笼一瞧，地牢中的场景让他啼笑皆非，一下呆若木鸡。周子胜挤上前，伸手一探邵大成鼻息，轻声说道："八爷，邵队副还活着，救人要紧。"邵春甫咬牙切齿地说："给我狠狠地打这个贱婆，往死里打。""是。"周子胜诺诺连声。乡丁们想笑，又不敢笑。七手八脚给邵大成穿好衣服，将他死猪般抬出了地牢。周子胜当着邵春甫的面，狠揍了周大梅几下，邵春甫冷哼一声，转身离开地牢。周子胜将大梅捆成一个粽子，丢在地牢里再也没有理她。锁上门，

245

救醒邱吉山灰溜溜地走了。

人心似火，朝阳如血。隆平乡的乡民从山旮旯里争先恐后涌向扶善溪火烧场，真比五月初五赛龙舟还要热闹。示众高台搭在原益兴昌地基上。八个乡丁荷枪实弹，赤膊卷裤高挺两旁，真有一股肃杀之气。会勤人员忙上忙下，只是不见一乡之长——邵春甫。台下万头颤动熙熙攘攘。对今天的大会人们议论纷纷莫衷一是。

只听——当的一声锣响。人们相继安静下来，身着黑狗皮的周子胜提锣宣布："扶善溪纵火案案情通报，及公开处理私奔奸情案现在开始。请大会主席傅云成讲话。"瘦模猴样的傅云成登上台，他一见黑压压的人海，立刻矮了半截，喉头咕咕直叫，想好的开场白忘了个精光："乡，乡民们，邵乡长他气病了，邵，邵队副被周大梅，打，打破了脸，都，都不能来，我，我代替……"台下万人哄堂大笑，有不怕事的人喊道："被女客抓破了脸，是想占人家的便宜吧，该打，该打。"一时间，口哨声，嘲弄声此起彼伏。周子胜在旁急得直跺脚，敲着铜锣喊道："乡民们，肃静肃静，听傅干事讲话。"傅云成知自己说漏了嘴，脸憋得通红，定了定神说："乡，乡民们，告诉大家一个好消息，扶善溪纵火案破了，放火人周文武，前天已被县府砍了脑壳，为大家报了仇……""不对呀，这是天大的冤枉，起火的那天，周文武分明还在沅陵钓鱼，难道他会飞呀？"一个陌生面孔的黝黑汉子高声质问。"是呀，这么快就把人杀了，你们不要草菅人命啦。"台下起了大哄。傅云成一慌，没命地高喊道："我骗你们的是狗，是小狗。"有人高声回敬道："你这是打狗屁，他为什么放火，癫打？"傅云成急忙分辨："因为他是汉奸。汉奸。"黝黑汉子高叫道："乡民们，他说谎，难道汉奸他还炸自家的洋船，杀自己的人啦，天底下哪有这样的道理？这是另有阴谋。""对呀，对呀，周文武是汉奸，那公开当日本人的维持会长，治安队长的人又是什么呢？这太不合情理了。"人们争相连声质问，呼喊，怒骂，嚷成一团。傅云成急得连连摇手，活像一个举手投降的俘虏。周子胜拼命敲打着铜锣，好像是给群中助威。躲在人群中的邵小成眼看事情就要砸锅，急忙冲上台，凶神恶煞般拔出驳壳枪，砰砰放了两枪，恶狠狠地嚷道："谁再造谣生事，我当场毙了他，弟兄们，准备。"八个乡丁如机械人一般，端起了手中枪，邵小成眼中凶光闪闪，真比天上火辣辣的太阳还要恶毒十分，他耐不住天气的炎热，用衣襟儿揩了揩脸上的汗，晃动着手中的驳壳枪说："这扶善溪也烧了，周文武也杀了，铁案是县府办的，难道你们想翻天？县府的救济你们也不想要？有活得不耐烦的人站出来，不要影响了大伙儿的生计，大家说是也不是？""是，是，我们要救济，要救济。"情形急转直下，邵小成得意的一摆驳壳枪，很犀气地插回腰间："要想得救济，就要听县府的话，不要相信谣言，现在，把奸夫淫妇押上台来。""押上台来。"周子胜猛喊。这一下，就如西洋景开了窗，人们翘首踮足，你推我搡，争相一睹为快。不一会儿，张琛周大梅被身着警官服的邱吉山和几个乡丁提来了，他俩口中塞满破布，被五花大绑着推到台前。邵小成指着周大梅说："乡民们，大家睁大眼睛瞧一瞧，这婆娘长得乖不乖？""长得乖。"人们逗乐了，大声起哄，有淫笑的有嘲哄的，也有同情的可惜的……邵小成压了压双手，止住人们的哄笑，提高嗓音喊道："我说她是一个绣花枕头。大家不要忘记，当日本人还在欺侮屠杀我们的亲人的时候，就是她——这个偷人婆，绑着张琛躲在桃花洞淫乱，当我们现在过着日无粮可食，夜无家可归的日子时，又是她——这个婊子，偷着有夫之妇在狮子洞快活。你们说她的心黑不黑？""黑，黑得流油。"又是一阵震天哄笑。周大梅受到如此奇耻大辱，气得又是蹬足又是晃身，鼻中嗯嗯直哼，泪水如开闸的洪水夺眶而溢。张琛怒目相向，拼命挣扎，看样子唯想呼破苍天。邵小成如欣赏尤物般打量着大梅，满脸邪笑。他鼻中一哼，继续喊道："乡民们，大家都是养儿养女的心，可能看着这样美丽的人儿不忍下手，但是，请你们不要忘了，大家同样都有妻室儿女兄弟姐妹，如果都像这对奸夫淫妇，想嫖就嫖，岂不乱了套？这三纲五常礼义廉耻何在？""对，说得对，老祖宗的教诲不能忘，不要让他们教坏了世间的榜样，杀了他们，杀了他们。"人群怒吼了，大地震颤了，乌云升空了，鸦雀停飞了……它们不知为谁在悲哀。邵小成见氛围已经形成，压了压手，故意压低嗓音，用商量的口吻说："国有国法，族有族规，这等伤风败俗玷污风水宝地的奸夫淫妇，不除不足以平民愤，大家说

怎么办吧？""按族规，沉潭，沉潭，用梯扦，梯扦简便。"灾民们
怒吼着，争执着。在生与死的重大选择上，活生生的年轻生命激起了
山民的良知，他们再也没有应声附和。邵小成发觉有异，立即指挥乡
丁背来早已准备停当的楼梯，将张琛周大梅绑上了楼梯，正要抬走。
"慢——"邵春甫适时走上台来，挥舞着双手说："乡民们，大家静一静，
静一静，我有事相商。"人们见乡长已到，侧耳静听，邵春甫长长地
叹了一口气，慷慨激昂陈词："乡民们，鞑虏未除，共党未灭，国家
正值多事之秋，也正是用人之际，我恳求大家赦免张琛一命，让他充
当壮丁投军效劳吧。"说着说着，他嗓子梗塞，居然老泪纵横。乡民
们被邵八爷突然的举动惊呆了。感动了，欺骗了，会场一时鸦雀无声，
有人还赔上了眼泪。邵春甫哭着说："想老朽和周文武，也是多年之交，
今他命丧黄泉，而我健在，我岂能忍心看着老友堂屋中存放两柱棺木？
大家——"邵小成一把拉开邵春甫，喊道："爹，你疯了，族规立而
不施，很难服众，丧门星不除，兴隆街还会多灾多难，你这一乡之长，
如何对得起隆平乡的乡里乡亲？这是乡民们的要求，你怎么能扫了大
家的兴？""对，我们要报仇，我们要救济，我们要生活，我们要运气，
除了这丧门星。"灾民们义愤填膺。"我们听乡长的，我们听八爷的，
不能杀人，不能杀人。"山民们争执着，台下两派互相对骂，推推搡搡，
动起了拳脚……"儿呀，儿呀，我苦命的儿呀，等等我，妈妈来了——"
一阵凄厉的惨呼由远及近，如阵阵寒风声声入耳，仿佛要撕裂人们的
胸膛。狂热的两派不约而同停止争斗，回到了冷酷的现实，两位老妈
跌跌撞撞，几乎是爬行着赶到了会场。老人所到之处，人们纷纷后退，
让出了一条通往台前的甬道。邵春甫火冒三丈，暗暗责骂看管人员不
力。他向邵小成一使眼色，邵小成邱吉山抬着周大梅就从后台溜走了。
等两位可敬可悲的老妈妈爬上台时，已不见了大梅的踪影。台上立刻
哭叫连连，惊天动地，台上台下诸人都沉浸在悲哀惆怅之中。

　　邵小成，邱吉山将周大梅抬到石板岩，邵小成正准备就势一下插
入水中，"慢——"邱吉山一把按住楼梯，邵小成休想动得半分，惊
问道："干什么？""我叫你放下来。"邱吉山瞪着一对牛眼，邵小
成不得不放下了楼梯。邱吉山说："我把话挑明了吧，这女人不能淹，

我要了。""你敢？"邱吉山一拍胸脯："我为什么不敢？"邵小成退后一步，拂然作色说："难道这警长你不想干了？"邱吉山粲然大笑说："凭你们父子也配？"说着，脸色一沉，右手把住了枪把。忽然，从旁边船上跳下一披头散发的女子，趴在周大梅身上大哭起来。俩人同时一惊，停止了争吵。"姐姐呀，是妹妹我害了你呀，要死只能我死，你不能死呀，姐。"周小梅边哭边掏出了大梅口中的破布，大梅干咳了几声，喘着粗气说："妹妹，该死的人是我，我亏欠你的，死而无憾。""不，你不亏欠我什么，姐呀，咱俩谁也不该死，你不能死，咱姐妹花就是要骄傲地活着。"周小梅不断抚摸着大梅的脸蛋，高喊道："天啦，老天爷，你睁开眼看看，难道你也忍心让这美丽的花儿凋谢吗？为什么，为什么？邱吉山，邵小成难道你们的人心不是肉长的？你们放了我姐吧，我求你们了。""傻妹妹，别求了，他们不是人，爹爹刚过世，需要人照顾，咱姐妹俩一生一世，共同照顾爹娘。这也是上天有意的安排啊。""什么？姐，我爹他死了？""死了，妹妹，我拜托你一件事，等你答应了我，我就告诉你你爹是怎么死的。"小梅哽咽着说："姐，你说吧，妹妹万死不辞。"小梅止住哭声，辛酸地倾听胞姊的遗言。大梅勉强笑了笑，笑得好辛酸，"张琛哥被抓了壮丁，他是个好人，我死后，你一定要嫁给他。本来你们是上好的一对，是姐姐不该拆散你们的，才让邵家人有机可乘，引来今日杀身之祸，我，我好悔啊！""姐，你别说了，这不是你的错，其实，爱本来就是自私的，只是——""只是你不会答应是吧？咳，这样我会死不瞑目的。""不，姐，我恨死他了，这一切恩怨情仇都因他而起，他是罪人——""咳，妹妹，他也没错，他是因为我才逃婚的，其实，他是万不得已而为之呀。他心里爱的人还是你啊。""他爱我？他还爱着丽花呢。这个花花公子，事到如今，你还想着他。""妹妹，是邵家人要谋夺张家的财宝，才指使丽花这样做的，也不能全怪张琛和丽花。""姐，你如果真的放心不下张琛，我答应你，但是我最多等他五年。""好妹妹，这我可以放心走了，爹爹是邵家人买通官府加害的，你和小弟要报仇呀。"小梅大惊，急问道："姐，你听谁说的？"大梅话未出口，小梅就被邱吉山抓住后背一把提开。邵小成趁机将大梅倒插河中，楼梯一阵震动，顷刻间，咕咚咕咚腾起连串白色的水泡……小梅发疯似的厮打着邱吉山，挣扎着要随大梅而去。撕心裂肺的哭喊声惊醒了狂热的人们，如潮水般向石板岩涌来了，远处的小船也竞技般的划来了。此刻，盲目的热潮化作了倾盘泪雨，被愚弄的心灵变成了满腔的悲愤。但，一切都迟了，唯有一叶乌篷小船不早不迟。恰巧赶来石板岩，几个汉子从船上抬下了周文武的灵柩，父女冤魂适时相逢了……

第三十一回

大腹便便思亲回返
小肚幽幽擒女套供

　　邵春甫像段木头，木然呆立在一片狼藉的宅基地上，保养得很好的罗汉脸气得白中泛青，本已损缺一耳的脸显得更加扭曲，望着田岳张恒等几家的房子，不断升高，眼中直冒血水。他深算凭自己的势力，本可以从扶善溪挤走张恒，强占张恒宅基地挖取财宝，哪知张恒以动用乡丁强占宅基地的指控，一纸状子告到县府输了官司，王协武亲自判令邵春甫品补张恒银圆百块，并将邵家第二宅基地划归张恒所有结案。邵春甫费尽心机，烧掉自己豪宅两栋，家具物件不计其数，花出银圆近千块，财产几乎散尽，在张恒张合郭刚等原宅基地上，动用几十人掘地三尺，翻了一个底朝天，财宝还是一无所获，鸡飞蛋打，叫他如何不气。

　　这时，邵小成优哉游哉晃到身边，凑到父亲独耳边说："小妹回来了。"邵春甫一怔，扬手就是一巴掌，指着邵小成怒喝道："滚，都给我滚。"邵小成揉了揉发麻的脸，调头就走，邵春甫喝道："你给我回来。"邵小成站住了，赌气没有转身。邵春甫紧走几步，赶上邵小成，悄悄地说："去，告诉丽花，不许露面，否则，我沉了她。"

邵小成讨了个没趣，白了父亲一眼，灰溜溜地走了。

余贵起了个清早，将田茂昌诊所内外清理得干干净净，整理得井井有条后，挂好招牌，准备迎接新的一天繁忙的业务。自从安葬了周文武、周大梅父女后，余贵遵照田聪张媛的指示，相邀周小梅拜在田岳门下，学起了中医。租用麻阳佬木房，办起了秘密制药厂，在田岳的精心研究指导下，造出了药效可与西药盘龙西宁相媲美的中成药"清炎灭毒散""止痛生肌液""老板，生意兴隆啊，有当归吗？""有，当归不归，气断肠胃呀。"家里来人了，余贵兴奋异常，"有红色的吗？""有，不管红色白色，能治病的就是好货色。"余贵急忙迎出柜台，只见——从浓雾中风风火火走来一魁梧汉子，就如天神驾云下凡一般，余贵定睛一看，是郭中龙。喜道："原来是中龙兄。"俩人握住手久久不放。郭中龙随余贵跨进药房，回头警惕地四处张望了一下，才放心地进入内房，阶檐宽阔，建筑风格很奇特，走进去后，才发觉这屋子高阔亮敞。墙壁粉刷得雪亮生辉，地面铺着崭新的芦苇席，室内摆设着一条条矮几，几上摆满了玻璃瓶瓶罐罐，里面存放着名目繁多，颜色各异的药物，四周墙壁上盯着烛台，烛暗火低，看来此屋主人彻夜未眠。屋里还燃着一炉香，香气浓郁奇特，典雅恬静。余贵说："这就是田老的工作室，加工厂在地下，具体由我操作。这些都是干爹设计的，在新修的田茂昌，章恒昌的地下室，设计更加巧妙。到时，咱们的制药厂将扩大规模支援全国的解放战争，干爹正日夜奔波忙碌在建设工地上，我建议，两位可敬的老人，可吸收进我们的组织，请报告考察委批准。"郭中龙说："好，我会如实汇报的，家里说——"余贵摇了摇手，打断郭中龙的话，径直走到外房观察动静。小梅已经上班，余贵对小梅说："有贵客到，请你注意点，有情况，用暗语联络。"小梅笑了笑："我知道，不就是个郭中龙吗，真的的。"余贵严肃地瞪了她一眼，小梅收敛笑容，吓得伸了一下舌头，忙碌着她的活儿去了。余贵回到郭中龙身边坐下，拿出了纸和笔，郭中龙说："不用记录，具体工作家里有指示，全部在文件之上，我口头通报一下战争形势，因此，县委要求我们，发展组织，成立支部，发动群众深入开展敌后游击战争。摧毁蒋介石基层政权，骚扰敌后，支援解放军对敌作战。"

说着，从怀中取出了县委文件交给余贵："记住，看后立即销毁。"余贵打开信件，神情显得十分严肃，看完文件后，余贵诚恳地说："中龙，请转告县委，余贵坚决完成任务。"就着灯火烧毁了文件。郭中龙一拍余贵的肩膀，正待说什么，忽听小梅连连咳嗽。"吉山大哥，早啊，是什么风把你吹来了。""不早，不早，是你的香风把我给钩来了，我这只大头蜂，总恋着你这朵花儿，一刻不见如隔三秋哇，真像丢了魂儿似的。"他满脸淫笑，伸长个脖子，隔着柜台在小梅身上嗅着："好香，好香啊。"忽而，他脸色一变，问道："怎么？我嗅着还有别的男人的味道，让我进去瞧瞧。"说着拔出驳壳枪，跨进柜房。小梅恨不得扒了这个无赖的皮，但为了大事儿，她只得忍辱负重，强装笑脸拦住邱吉山，"哎，别，别，别，你身上没有消毒，不要带进了细菌，反正没别的男人，你觉得我香，我就陪着你喝香茶吧。"娇滴滴地将邱吉山拉出药房。邱吉山将驳壳枪插入腰间神气地坐到小茶几旁，接过小梅摁来的盖碗茶，顺手在小梅屁股上抹了一把，淫笑着说："这人儿香，摁来的茶也格外香，让我尝尝。"揭开盖，抿了一口，张着嘴儿半晌没有合拢。小梅浅浅一笑，两个酒窝儿像灌着蜜。"大哥，你觉得香就多喝一杯吧。""不不不不，我喝一口就醉了。你想醉死我啊？我还有一件重要的事情告诉你呢。你可有兴趣？"小梅不卑不亢地说："说吧，也许对我来说，可能是件坏事儿。"邱吉山放下茶杯，拊掌奸笑说："美人儿果然聪明，不过天大的事儿有我呢。我告诉你，邵丽花和郭中龙回来了，难道你不想报仇？"小梅故意将小嘴一撅，头一歪，眼直直地望着橡皮说："吉山大哥，请你不要忘记，我现在是个医生，医德告诉我应该救死扶伤，不该害人性命，这报仇两个字我不想听。""小梅，你这是骗我的，周邵两家的仇，是不共戴天，只是你一个女孩儿家要报仇，谈何容易，不过，只要你答应嫁给我，我马上就可找个理儿取二人性命。""不，我不听，我不想杀人，你走吧，走吧，要杀人的人，诊所不欢迎你。"说着，硬将邱吉山推出大门。"砰"的一声将门关上，靠着门板长长地叹了一口气。

郭中龙余贵二人将曲尺藏入腰间，郭中龙恨声不迭地说："此人不除，终是祸害。"余贵叹了口气说："要除此人，还不容易，可惜

现在还不是时候，现在杀了此人，可能会暴露自己，如果引来强敌，于我们的地下制药厂不利呀，邵春甫向来对邱吉山存有疑虑，面和心不合，干爹正在考虑锦囊妙计，消灭色魔于无形之中。"郭中龙说："不过，小梅的话，倒提醒了我一件事，不妨让小梅与丽花真的见个面谈谈，解开双方的疙瘩。"余贵急道："这合适吗？""有什么不合适的，总不能把上代人的仇恨延续到下代人身上吧，冤家宜解不宜结呀。""邵丽花那么复杂的社会背景，知道了咱们的秘密怎么办？""嘻嘻嘻嘻……"郭中龙笑得前仰后合，"请你不要忘记，这几个月来，我还和她同床共枕呢，何况她早见过了张媛、田聪等几个儿时的玩伴，只是不知道我们的核心机密而已，我了解丽花不同于他的父兄，她正直温情、善良。能解开二女之间的恩怨，或可对我们的工作有所帮助。"余贵面露难色，单手撑着下巴，在屋中来回踱步。忽而，他停下脚步对郭中龙说："这样吧，我征求一下田老的意见后，再通知你，如何？""好，静候佳音。"

月儿弯弯，秋风习习，余贵陪着小梅如约来到虎皮洲尾汊河边，幢幢芭茅丛，迎风飒飒作响，在沉郁的夜色中，犹如一缕缕精灵在颤动。出奇的阴森。他们正忧虑着，背转了身，前边芭茅丛中传来了一个优雅而甜润的女声："小梅姐，请留步。"小梅答道："是丽花吗？既然有心约我前来，为何不现身相见？""小妹心中有愧，不敢面见姐姐。""难道你约我来，就是让我听这些空话？""我，不，不是的，我是真心的，我真心赔罪。""赔罪？老少两代人都死在你的家人手里，你赔得起吗？"小梅说着，发亮的眸子渐渐变得迷惘而空洞，脸上充满了怨毒，连离她几尺远的余贵，似乎都听到了她怦怦的心跳，她将滚到眼边的泪花儿强忍回心田，长叹一声说："事到如今，你不嫌说得太晚一点儿了吗？""是晚了，这都是我的错，早知今日何必当初。""不，这不是你的错，咱们都是弱女人，被人当棋子使了，卷入了一场重大的阴谋当中，你也是受害人，而我的父姐，首先成了替罪羊，咳，你我他她共同来到这个世界上，天生只有这种带血带泪的缘分，我不怪你。"邵丽花吃惊得大叫："阴谋？棋子？天啦，我真的被人当棋子使了！——"邵丽花挺着个滚圆的肚皮，大哭着冲出了芭茅蓬。"谁？"余贵一声猛喝。蓦地一条黑影从背后粽叶蓬中掠出，抡臂向余贵天门穴猛拍而来。只见掌影如山，锐风腾射，快如电光火石。余贵很稳健地侧身腾转，轻易避过来掌，哪知此掌却是虚招，黑影一声冷笑，身形晃动，欺身化掌如钩，向呆立一旁的周小梅抓去。余贵大惊，慌忙中犯了争斗中之大忌，拔步急跃，头脸前胸空门大现，看看小梅已成黑影囊中之物，黑影突然换式，转身旋腿，黑虎掏心，同时从上下两路攻向余贵空门，电光火石之间，余贵侧身避让已是不及，惊变中本能地双臂变肘护住脸胸，只觉双肘一麻，下盘砰的一声又中一脚，被踢得倒退几步，双腿一软，跌坐在地。黑影一招得手，连连冷笑，如影随形，双拳化掌，一刀一盾向余贵当头劈下。不想脑后锐风突至，"给我躺下。"为求自保，黑影左闪几尺，刚好避过来掌，这样慢得一慢，余贵一个鲤鱼打挺，站了起来，就势一个跨步腾空，运起连环双腿跟踪黑影袭去，黑影出右掌化为勾手，扒开余贵前腿，人却出乎意料地斜跨两步，同时躲过了余贵旋势踢到的后腿和背后郭中龙呼的一记重拳。黑影且战且退，余郭二人哪肯放过。余贵杀得性气，咔咔咔漂亮的二起脚，呼呼攻向黑影面门。郭中龙就地一个十八滚，滚到黑影左侧，阻住黑影左侧退路，呼的一个扫堂腿，攻向黑影下盘，三脚齐出，三股劲风势如排山倒海，一齐攻到，黑影视如无物，一鹤冲天，身形拔起丈余，轻描淡写躲过二人攻势。后飘丈许，退出战团哈哈大笑。二人大怒。飘身跟进，只见三人拳掌翻飞，恨声连连，斗得难解难分……

正斗着，余贵突然醒悟，边招架边喊道："中龙，上当了，快撤。"郭中龙一惊，虚晃一拳跳出圈外，黑影嘿嘿冷笑，不追不赶，扬长而去。余贵郭中龙奔回沙洲，小梅已惊得呆立当场，不晓动弹。四处寻找，不见丽花踪影。郭中龙余贵大叫道："丽花，丽花，丽——花——"除了惊飞一大群栖息在荒洲草丛中的野鸭外，并无半点丽花的回音。余贵捶着自己的脑袋说："该死，该死，丢了大嫂，这如何是好？"郭中龙却表现得意外的冷静。"余弟不要自责，如果我没有猜错的话，一定是邵家的人劫走了丽花，只可惜我们着了他们的道儿，与我们决斗的人我料想是邱吉山，此人武功长进不少，是个劲敌。""现在咱们该怎么办？"郭中龙说："先公后私，今晚咱们不如趁机将货物上

255

船装走。还省了不少麻烦。""可是，人到底落在别人手里，何况大嫂还怀有大月身孕呢。"郭中龙反而安慰余贵说："虎毒不食子，我想邵春甫还不至于将丽花也沉了潭呀，走一步看一步吧，老弟。""好，同志。"余贵一拳擂在郭中龙肩上，给了他由衷的赞许。三人离开汉河口，连夜转移药品上船。郭中龙迎着旭日，将船开往那神圣的地方。

邵丽花被装在麻袋中，昏昏沉沉只觉得又是抬又是船，麻袋中那股奇臭味儿，憋得她心慌气短，头痛得几乎要爆炸，喉中像有千百只虫子在爬。大口大口的吐着酸水，她满以为自己要被沉潭了，然而，出乎意料被打开了麻袋口，她看到了人间微弱的桐油灯光，贪婪地大口大口地吸着新鲜空气，不理身边众多的鬼魅是何许人也。"哎呀，作孽呀，我的孩子。"一个熟悉的老妇哭声传入耳鼓，她揉了揉眼，见是大姨，心中一酸，大哭道："大姨，救救我，我快死啦。"大姨扑上来拼命扒开众多男人的阻拦，撕掉装着丽花的麻袋，抱着丽花说："别怕，别怕，我的孩子，到了这儿，谁也别想欺负你。"说着，很艰难地扶着丽花，进入自己的睡房，扶上床躺下。大成小成跟进来，大姨抓起床头的剪刀，怒吼道："别进来，别进来，你们这两个畜生，你不见丽花怀着大月份身孕吗，她犯了哪门子王法？"邵小成说："姨妈，你误会了，要害丽花我们早害了，我们这是救她，要不，怎么送到你这儿来？"邵大成像打土雷似的吼道："你们真是狗咬吕洞宾不知好人心，要是让乡民们知道了，准沉她的潭，真是的。""你别以为大姨老了，什么都不知道了，要不是你们俩兄弟，乡民们会沉大梅的潭吗？你们会短命的。""你敢咒我？"邵大成双眼一瞪，看样子近乎吃人。"咒你又怎么样？苦海无边回头是岸。"邵大成怒得一跳，举起了耳刮子，紧急中，邵小成出手抓住了大成的手。大姨怒道："畜生，你想打我？"邵小成嘻嘻一笑："姨，你误会哥了，他脸上被蚊子盯住了，是举手打蚊子，哥，你说是也不是？"邵大成瞪着个牛眼"我，我，不是。"邵小成说："姨，丽花怀着孩子，这些日子也没吃好的，请您给她打对鸡蛋补补身子吧。""姨，我不饿，你别离开我，我怕……"邵小成柔声说："小梅，自家兄妹你怕什么？难道你还不了解我吗？我们完全是为了你好，为了咱邵家人的脸面啦。别怕，有什么事小哥会保护你的，让姨给弄点吃的，你不饿，我还饿得很呢。姨，帮帮忙吧。"大姨眼望着丽花问道："怎么样，我听你的。"小成拉着大姨撒着娇："哎呀，大姨，咱娘不在了，您就是咱们的亲娘，娘，您怕咱弟兄真害丽花吗，人在你家，我的弟兄们也走了，退一万步说，哪个吃了豹子胆敢害丽花？帮帮忙，我饿了，真的。"邵大成说："大姨，你去吧，我找小妹还有公事。"说着，他自认不凡地搬来板凳，坐在丽花床前跷起了二郎腿，大姨本已准备去做饭，听邵大成讲得可疑，回身问道："公事？啥子公事母事。连我也不能听？"大成鼓着眼说："你听，你是公门中人吗？耽误了公事，我唯你是问。""畜生，我老婆子是日本人吗？是奸细吗，不像你还是日本人的一条狗呢。"邵大成火冒三丈，作势就要打人，邵小成说："哥，不得无礼，妈，你听我说。我们和丽花到底是兄妹，手足之情，不会害她的，真是公事，要是上峰知道了，吃亏的还是丽花自己，您还是干您的事儿去吧，妈。""你真喊我妈了，算你小子嘴甜，出了事儿，我饶不了你。""是，是，我知道，我用性命担保，妈。"大姨唠唠叨叨走出了房门，真的下到厨房去做饭。邵大成乜斜着斗鸡眼，晃着粗大的脖子对丽花说："小妹，你好大的架子，哥只好用这样的办法把你请来，这也是万不得已呀。""你不是我哥，我没有你这个六亲不认的混蛋哥。"邵大成忍者火儿，放柔声音说："混蛋也好，清蛋也罢，你骂我不会放在心上，哥完全是为了你好，只要你把知道的事情告诉我，咱们亲兄妹还是亲兄妹，手足之情嘛，天生的，没有人可以破坏。"邵丽花转过脸，很轻蔑地一哼哼："不就是跟着郭中龙跑了吗，他寒天冷冻冒死救了我的命，这命也是他给的，我跟着他有错吗？"邵大成拍着巴掌说："好，好，说得好，到底是亲妹子，懂哥的心，你没有错，就这样说下去，你说下去。"邵小成问道："这些日子，你跟着郭中龙干了些什么？和些什么人接触？他又没有瞒着你经常外出欺负你？你们这次冒死回来，又是为了什么？""啊，我明白了。"邵丽花笑了，笑得很天真，"到底还是小哥疼爱我，关心我，我听小哥的，有事儿我告诉小哥您。"邵小成说："这样就好，我听着。"说着，对邵大成乜了一眼，示意他不要乱插嘴。邵丽花答道："郭中龙带着我，在洞庭湖一带驾船谋生，每天都是接触一些生意人，货老板，这次回家来，一是想看看爹，二是想找田岳瞧瞧病，三是想在家坐月子。""就这么简单？""不简单，哥哇，在外糊口，确实不简单，小妹我几次险险地丧生日本人之手，好难啦，哥。"说到伤心事，邵丽花热泪盈眶。邵大成急问道："你知不知道郭中龙是不是共产党游击队？""共产党？是的呀。"兄弟俩一喜，相视一笑，邵大成问道："那他们都干了一些什么事？还准备怎么干？还有哪些人？"邵丽花忽闪忽闪地眨着那对美丽的眼睛问道："这些你们也想听？咱夫妻之间的事你们也想听？这太无聊了吧。""这，不不不不，我只听你们和外人的事。"邵丽花一笑："哦，这就好说多了。"邵小成说："好妹子，你就放心说吧，说错了有哥哥们作主，看谁敢欺负你。"邵丽花长长地叹了一口气说："难啰，出门在外的人难啰，我们每天给货老板运货，他给钱，人货上了咱的船，船儿开到湖中心，就生生死死连在了一块儿，这就是共产，保护共同财产，货老板上了船，和船老板本来就是一党，还何必多问？""混账。"邵大成一拍桌子，油灯翻到滚到地上，房中漆黑一片，兄弟俩大惊，急忙按住床上的丽花，丽花大叫道："姨，姨，快来呀，他们打我，救命啦。"大姨破门而入，急问道："怎么啦？妹妹，怎么啦？""姨呀，我肚子痛，快救我。"大姨骂道："你们两个猪脑袋，快点亮来，点亮来，妹妹如果有个好歹，老娘和你们拼了。"邵小成走出房门，从厨房中点来了一支蜡，跑进房中寻到油灯，点燃了灯盏，大姨掀开单被，打着蜡烛一看，哎呀，满床是血……她恨恨骂道："畜生，畜生，不知邵家坏的什么德，出了两个报应……"邵大成委屈地说："姨，这些都是爹安排我们做的。"邵小成骂道："放屁，你怎么敢说是爹。""你们还吵？都不是人，虎毒不食子啊。"大姨老泪纵横，"作孽呀，作孽。为什么受害的总是女人？连亲妹子都不放过。"大姨急急忙忙脸蛋儿挨脸蛋儿地扶住丽花。心痛地安慰道："好闺女，别怕，别怕，有大姨呢，你是要生了。"转脸对大小二成呼道："愣着干什么？快，快备船，送扶善溪，找田岳……"

第三十二回

劫后余生女儿心碎
祸福莫测男儿情伤

　　天主堂，烛光飘摇。乡公所小小的办公室，坐满了七八个人，几乎都是年轻人，主持会议的人却偏偏是个满头白发的糟老头子，他——就是隆平乡乡长邵春甫。会场上与会人谈笑风生，主持人一言不发，罗汉脸绷得紧紧的，嘴巴翘得可以挂把夜壶，气氛充满了火药味儿。突然砰的一声，邵大成破门而入，气喘吁吁地说："爹，邱吉山在田茂昌诊所，与周小梅打得火热，那个亲热劲儿，啧啧，真是——""真是眼热死了，是不？哈哈哈哈。"年轻人加入了兴奋剂，立刻哄堂大笑。邵大成乱舞着双手嚷道："敢水本队副，我毙了你们。"他见众人静了下来，才继续说道："邱吉山他说有事儿，会议精神叫爹您给他补。"邵春甫翘着的嘴现在气歪了，一把抽出怀中的曲尺手枪，砰的一声拍在桌子上，众人吃了一惊，面面相觑再也不敢瞎嚷嚷了。"岂有此理，出了乱子，我毙了他。"由于气愤至极，喉头发涩，一阵咳嗽，哇的一声，吐出一口浓痰，邵小成急忙给他捶背，咳了一阵，邵春甫才缓过气来，将手一摆说："没事儿，现在开会，按县府郭团长，潘局长指示，最近我县共党活动猖獗，游击队掌握了一种特效药，能医死人，肉白骨，他们的伤病员恢复很快，县府怀疑出自田岳之手，限期破案，根据蒋总裁'宁肯错杀一千，决不放走一个共产党员'的训令，及戡战时期的特别治理法令，凡接触此药者，就地正法，当然，田岳除外。""请问乡长，田岳为什么不杀？""你小子这都不懂？杀了田岳，我们的伤病员找谁抓药去？会议精神要严格保密，失密者一经查出，以通共罪格杀勿论，邵队副要严密部署，切实做到万无一失，散会。"会议精神稀奇得咋舌。会议简短得称奇，刹那间，会议室里就只剩下三人父子兵。邵大成气呼呼地说："爹，邱吉山这小子，越来越不像话了，我看不如趁机以通共罪名将他除了。"邵小成连连冷笑："哥，以你我之能，能制服邱吉山吗？再说，他现在是县警察局下辖的警长，名正言顺，怎么能说除就除呢？难啦！"邵大成辩道："打冷枪也不难吧。死人是不会开口说话的，除了他后，将案子推给共产党。"邵大成恨邱吉山与他争小梅，急欲除之而后快。邵春甫抖了抖新缎褂上的烟灰，指着桌子上两只燃着的蜡烛说："你们俩人说的都有一些道理，不过，我要借光。""借光？"邵氏双狗听到这一新鲜名词，大大疑惑不解。邵春甫嘿嘿一笑："对，借光。"说着，吹熄了其中一只，室中为之一暗，邵春甫得意地说："郭中龙和邱吉山就好比这两支蜡烛，都能发光，也都烫人，郭中龙可能投共，该杀。邱吉山虽烫人，该留，杀一支，仍有一支放光明，所以我要借邱吉山之光。"兄弟俩惊奇得睁大了眼睛，如看到了仙人下凡一般。邵大成说："爹，邱吉山忤逆不驯，我看你这是养虎为患啦。"邵春甫一摸他光秃秃的脑门，不慌不忙地微笑着说："正因为如此，我略施小惠，就能得到他的虎心，恶虎定能为我所用。"邵小成会意，连连点头，笑吟吟地望着老兄。邵春甫干咳了一声问道："大成，你说邱吉山喜欢大梅小梅是吧？""是。""你觉得咱家丽花比二女长得怎样？"邵大成傻乎乎地转不过弯来。答道："当然妹子要乖。""这就对了。"邵小成一拍大腿，站了起来，接过父亲的话说："杀了郭中龙，将妹子再配邱吉山，哪怕此人野心再大，必服我家爹爹和你。""妙，妙，此计大妙，只是便宜了邱吉山这小子。"邵大成伸着大拇指连连傻笑。邵小成说："老兄，你也可放心大胆地去追周小梅，岂不是两全其美吗？""好，好，我立刻去杀了郭中龙这小子。"邵春甫连连摇头，"就凭你？咱们家谁也别插手，否则会贻笑万人，只能借刀杀人，借邱吉山之手杀人，借邵丽花为饵捉人，小成儿，这事儿就交给你办了，要办得不留一点痕迹。"邵小成慎重地答道："是，爹。"邵春甫长叹一口气说："丽花，爹对不起你了，老父也是不得已而为之呀。大成，我明天到田茂昌诊所瞧瞧丽花，如果身体并无大恙，你领几个弟兄立刻下手抢人，记住要做得天衣无缝，千万别惊动张恒这只老狐狸，也不可和田岳余贵正面冲突，搞得好，小梅就是你的。""是。"邵大成立刻优哉乐哉，如坠仙境。

今天，风和日丽，是丽花的孩子——郭全胜的三朝，小梅正给孩子洗澡，忽闻门外鞭炮震响，众人一见是邵春甫，一起避而远之，仇人相见分外眼红，小梅恨不得生食其肉，为孩子洗完澡，交给睡在床上的产妇，借故泼水退出了产房。"女儿呀，女儿呀，爹爹看你来了。女儿呀，女——"邵春甫跨进产房，见丽花搂着儿子面壁而卧，对他理也不理，深感尴尬，他哭脸变成笑脸："丽花，还好吧，让家公瞧瞧外孙，我瞧瞧，哎呀，乖。""别碰我，你是什么人，我不认识你。"邵丽花大声惊呼，护住孩子，死活不肯放手。"我是你爹爹呀，丽花你糊涂了，连爹也不认了，真是，有了郎忘了娘呀。"邵春甫满脸委屈。"你无聊，我没有你这样的爹，你出去。"邵丽花在放泼，双脚踢得被子乱动。"爹知道，爹有对不住你的地方，但这一切，都是张家丧了良心，是张家逼的，你怎么帮着外人说话？""不该发生的事儿都发生了，一切都晚了，我不会认你这个爹的。"说到伤心处，邵丽花忍不住哭了。邵春甫气得涨红着脸，浑身直抖，喃喃地说："你认也好，不认也好，不管怎么说，咱们是嫡亲父女，血浓于水，你是我一把屎一把尿地拉扯大的，这是铁打的事实，谁也否认不了，如果你要否认，那我问你，你养孩子又干什么？你就不怕天打五雷轰？""你别说了，别说了，我不想听——"邵丽花尖叫连连，吓得婴儿哇哇直叫。邵春甫放低音调，拭了一把眼中的泪，很动情地说："丽花，你回头看看爹，你的亲爹，为了你们，爹的头发都累掉了，爹老了，就指望着你们三兄妹孝顺，难道你就一点儿也不疼爹？"邵丽花心平气和地说："你老了，确实老了，也真的累了，你有田有土有山林有生意，你不干那个狗屁乡长，

261

也许你会活得更好些。"邵春甫呵的一笑，比哭还难看："丽花，你好不懂事理，我如果不干乡长，手里没有权，张恒这个老家伙会骑在我头上拉屎，爹会为此而短二十年阳寿，你知道吗？"丽花嘿嘿冷笑："权？为了这个权，你葬送了儿媳，迫害了女儿，陷害了朋友，损毁了家产，失去了民心，丢掉了人格……够了，这合算吗？"邵春甫气得在产房中团团乱转，几乎要发疯。吼道："你，你，你一心向着外人，你这个不忠不孝的畜生，咱四人拼死拼活得的财宝，凭什么他张恒一人要独占，这也是他的理儿吗。""财宝，财宝，哈，你先说是郭家，现在又说是张家，明天又会说田家，到底是哪家？都黄土埋了半截的人了，要那些白露才干什么？干什么？你说呀，倒霉了，你还要定毒计拆散我和中龙，咱们会与财宝无关吧。你好狠的心啦，这是为什么？为什么？"邵春甫一惊，急问道："你听谁说的？"邵丽花猛一翻身，吓得孩子哇哇直哭。"我听邵大成讲的，你走吧，不要吓着了孩子。"邵春甫气得青筋暴涨，手脚发凉，颤抖着嗓子说："好，好，都反了，畜生的话你也信？不管怎样，父女还是父女，亲人总是亲人，爹有错也好，有罪也罢，但总不能看着你在外受苦，爹接你回家。"邵丽花惨然一笑，泪花却在眼中忽闪，紧紧搂着孩子说："回家，笑话，我哪有自己的家啊，天地之大，哪里有我邵丽花的立锥之地呀？你走吧，是死是活我就住在这儿，哪儿也不去。"邵春甫恨声道："你太让我失望了，你会后悔的，不可救药，不可救药啊。"邵春甫仰天长叹，慢慢转过身，步履踉踉跄跄地走出了产房。望着父亲苍老的背影。邵丽花强捂着嘴，一缩一耸地将眼泪往肚里咽。她害怕天性的情感会如黄河的洪水一样溃堤宣泄……

清晨，余贵拖着疲倦的身子从地下室出来，眼前的景象却让他大吃一惊。只见大门洞开，看家黄狗直挺挺地死在院子里，高喊小梅也无人应声，一股不祥之感袭上心头。他急速奔入产房，房中一片狼藉，小梅倒在地上，邵丽花母子踪迹全无。余贵一探小梅鼻息，觉得呼吸正常，少许放下心来，他猛敲西屋田岳住房门，将田岳从沉睡中惊醒。余贵扶着师父来到产房，救醒小梅，余贵问道："小梅，还好吧，丽花呢？"周小梅坐在地上，揉了揉眼睛，半晌没有出声。突然哇的一声哭了："师父，我错了，着了敌人的道儿，我还算郎中吗？"田岳安慰道："这不怪你，是敌人太奸狡了，使用的五鼓断魂香，香气扑鼻，奇毒无比，严重麻痹人的中枢神经系统，使人防不胜防，不要说是你，就是我不事先在鼻中塞上解药，同样也会中毒的。"余贵恨得牙痒痒的，狠狠一拳砸在桌子上说："是邵家人所为，我找他们去。"说着，挽袖要走，田岳一把将他拉住："别冲动，看来事情并非如此简单，快请张恒过来，注意，不必声张，快去快回。"余贵奔到建筑工地，找到张恒，附耳说了几句话，回身就走。张恒暗暗观察了一下四周，绕道直奔麻阳佬家，二人先回来到诊所，田岳留余月香看店，余贵扶着田岳，四人鱼贯而入地下室，张恒听了情况后，沉思了一会儿说："根据目前状况，丽花母子尚无大碍，不过，透过这件事，让我看到了一个危险信号：邵春甫绑走丽花，定是以此为饵，引诱郭中龙、余贵上钩，从而一举破获地下药厂，擒获二人邀功领赏，此二人不除，他邵春甫如芒刺在背，因此，我建议，制药厂立即停办，转移，来不及运走的成药转移或销毁，决不能落在敌人之手。邵春甫拿不到证据，也奈何不了咱们两个糟老头子，不知四弟意下如何？""大哥说得对，反正两个年轻人制药技术已经掌握，在哪儿生产都是一样，迟一分钟行动就多一分危险，不如余贵小梅马上出发，抢在敌人前面拦住郭中龙。"周小梅说："师父，我不走，我不能走。"田岳说："为什么不听话？"周小梅说："母亲年老，弟弟年幼，师父您腿又不方便，家中需人照顾。"田岳正待要说，张恒接过话头说："这样也好，两人同时外出，免得敌人怀疑。"田岳说："小梅，你帮余贵清理好东西，让他马上出发，对了，还得早点准备早餐，你们上去吧。"俩人走后，两个老人继续留在地下室密谈，着手清理应转移销毁物件。师兄妹一齐来到余贵房间，余贵炽热的双眸激情闪闪，猛一下握住周小梅叠衣的双手，红着脸说："小梅，我，我爱你。"小梅一惊，脸燥热得一下红到脖颈，不由自主地陶醉在他那双似乎散发着魔力的眼神中，嫣然一笑说："放手吧，别让妈看到了，你这个人看似正经，其实很不简单，竟敢占我便宜。"余贵很不好意思缩回了不安分的双手，嘴角有意无意地挂出一抹苦笑："我知道你会拒绝我，因为你压根儿瞧不起我这个人，但

我的爱是真诚的。"小梅睁着充满战栗的大眼注视着余贵说："我知道，你的爱是真心的，可是，可是我——""可是怎样呀，你说，你说呀，到底怎么啦。"小梅慢慢站起身，转过了脸儿垂下头，很不自然地玩弄着自己的辫梢："余贵哥，你是好人，但现在我还不能接受你的爱。"余贵急问道："为什么？""因为，因为革命尚未成功，同志仍需努力，我重孝在身，也不能谈婚论嫁。"余贵更急了，他扶住小梅的双肩，摇晃着，眼泪在眼眶中直打转儿。"不，这不是真的。"小梅轻声说："是真心话。"余贵猛一下扭过小梅的身躯，在小梅的脸蛋儿上吻了一下，小梅一声尖叫，挣脱了余贵的怀抱。余贵很不自然地说："对不起，我太冲动了，我该死，我，唉！我是个孤儿，没有自己的家，女人是家，你是我心灵深处的家，只有你适合做我的女人，我不能失去你。"说着说着，七尺男儿热泪滚滚。小梅掏出手绢，不断为余贵拭擦眼泪，你瞧你，都革命了，还在女人面前哭，俗话说得好，男人有泪不轻弹啦，怎么了？""因为我太爱你了。答应我吧，小梅。"小梅长长地叹了一口气说："余贵，说实话，你是个好男人，我也爱你，但你必须等我五年。"余贵一喜，答道："五年，可以呀，只要你答应我，我愿意等，等。"小梅大大方方握住余贵的手，绽出笑靥说："五年不长，也不短，你可要想清楚啰，在这五年中，你要多制药，多立功多杀敌——"余贵接过话头"多想你。"双方的手越握越紧。

吃过早饭，余贵抹着杉刀背着锄头，包裹出发了，刚到土地弄，一声"站住"，就被邱吉山领着乡丁围住了。邱吉山嘿嘿一笑说："余贵老弟，人熟礼不熟，接上峰指令，凡出入兴隆街者，搜身检查。""呵，还有这等怪令？"余贵放下锄头包裹"如果你们不嫌麻烦，查吧，查吧。老子是个挖药的，行的稳坐的正，半夜不怕鬼敲门。"邱吉山用驳壳枪顶着余贵，几个打手上上下下，里里外外检查了几遍，除了几件换洗的衣服，绳索，少量的金元券外，其他一无所有，邱吉山用怀疑的目光打量着余贵，低沉地喝道："你心慌什么？""身正不怕影子歪。""几时回来？"余贵两手一摊，辩驳道"我出门靠朋友，在家靠兄弟，多则十天半月，少则三五天即回。""要到哪儿？""挖药之人，当然是进山，大约是到紫云山，巴尔岩，黑洞沟一带吧。"邱吉山见余贵神色自若，不像有诈，阴阳怪气地说："希望你快去快回，免得小梅不安。""那个自然，谢邱哥指点。"余贵勉强一笑，清点好家什，甩开大步向山里走去。邱吉山等目送余贵远去。邱吉山恻恻一笑说："有你好去的，收队。"乡丁得令，巴不得早早打道回府，一行人稀稀拉拉回到了兴隆街。

郭中龙和他的大船靠了码头，他心系邵丽花，船还未靠稳，就跳下船上岸寻找张恒打听。建修工地上，锯木匠泥瓦匠乒乒乓乓干得热火朝天。十几天的小别，兴隆街面貌又换新颜。新房如雨后春笋般屹立，新镇又倔强地崭露了头角。郭中龙不断地向人们拱手敬礼，询问丽花下落，诸人的回答各有差异，可其中一点是相同的，都没见到丽花其人。郭中龙凉了半截，正继续打听着，忽听一人高喊道："中龙，中龙——"郭中龙回头一看，是邵小成，他不由自主地打了一个冷战，真是冤家路窄。转念一想，解铃还须系铃人，问者不相欺，他又能奈我何？郭中龙站住身，含笑答道："啊，小哥，爹爹好吧。"邵小成笑嘻嘻地说："爹好，你也好，恭喜恭喜。""我喜从何来？""你当爸爸了，你要不要听听，是男孩儿还是女孩儿？""丽花生了。"他高兴得像个孩子，一跳老高，焦急感激甜蜜和兴奋的感觉同时涌上心头。亲情使他放松了警惕，握住邵小成的手，不断摇晃，很诚恳地问道："小哥，请你告诉我，丽花母子在哪儿？"邵小成微微一笑，拍了拍中龙的肩膀说："你急什么，难道自己做了父亲，就忘掉了丽花的老父亲，走，先见见老爹，到时他自然会让你们夫妻团圆，全家相聚的。"郭中龙拍了拍自己的脑袋瓜子："瞧我这死脑袋，高兴得发昏了，是该先见爹，请请安，爹在哪儿？"邵小成说："自打起火以后，咱全家都住在天主堂，我想，现在爹应该还在那儿，咱们走吧。"邵小成手一伸，很礼貌地做了一个请的姿势。让郭中龙前行。

郭中龙脑海急念电转：他要是在后面做我手脚咋办？犹豫了一下说："真是的，我还没买东西呢。"邵小成说："算了吧，郎女半边子，爹不会怪你的。"说着，拉着郭中龙就走，街上的人都用惊奇的目光审视着这对年轻人，犯着嘀咕。

刚进天主堂大门，邵小成就高叫道："爹，中龙来了，中龙来了。"

邵春甫迎了出来，望着一脸奸相的糟老头儿，郭中龙心里很不舒服，但出于礼貌，只得深施一礼说："小婿见过岳父大人。"邵春甫嘿嘿奸笑说："免了，免了，屋里坐，屋里坐。"大家进屋，郭中龙挑了个临门的位置坐下，邵大成挎着把驳壳枪，打着呵欠，懒懒散散地挤进来，贼眼对着郭中龙那么溜瞅了几下，一言不发坐到了郭中龙的旁边，鸿门宴，郭中龙心里亮堂得很，但为了丽花母子，龙潭虎穴也得闯。来硬的，这几个人，他还没有放在心上。邵小成哈哈一笑，首先打破沉寂说："中龙兄，你在大街上逼问丽花的去向，就不怕乡民们知道了，给我们邵家出难题，沉了她的潭？她的性质和周大梅是同样的啊。"郭中龙见他说得诚恳，心中不觉一宽，微一欠身说："感谢小哥关照。"邵春甫大笑道："人之常情，人之常情，分别一日，如隔三秋哇，何况妻子还怀着大月孕呢。小成，通知厨房备酒菜，你帮着忙去。""是，爹。知道了。"邵小成进了厨房。邵春甫接着说："中龙，我告诉你，丽花生产是周小梅接的生，咱们是生死仇人，我们不接走丽花行吗？"郭中龙点点头，连声称是。邵春甫移了移椅子，靠近郭中龙说："中龙，你的八字儿真好，丽花为你生了个白胖小子，我真替你高兴，他们母子住在何家嘴她大姨家，安全得很，你放心吧。"郭中龙听了，忽觉浑身一轻松，提着的心放了下来。不一刻，佣人摆下酒宴，父子四人相邀入席，三人轮番把盏，在融洽亲热的气氛中，郭中龙吧嗒一声栽倒在地，口吐白沫不省人事。邵春甫连连冷笑，三人一拥而上，用粗麻索将郭中龙捆了个结结实实，丢到了地洞之中。邵春甫喊道："快，快，调集所有力量，围困诊所，不要走了余贵。"邱吉山得令，集合队伍，飞奔田茂昌诊所。将麻阳佬住房团团围住。邱吉山啪地放了一枪，吼道："弟兄们，不要走了余贵，抓共产党，冲啊。"吓得看病买药之人屁滚尿流，跌跌撞撞逃命要紧，有走得慢的，每人都挨了一顿拳脚。清场完毕后，邱吉山邵大成等人进屋逐一搜查，最后发现了地下室，里面空空如也，不要说没有抓到余贵，就连闹得全县沸沸扬扬的神药，制药工具，半成品等也一无所获，这伙凶神拿田岳、小梅毫无办法，邱吉山等人装扮成码头工，来到旺宏昌大船边，邱吉山高声问道："老板，要工下货不？"船工走出船舱，打量了一下来人，很客气的说："师傅，我是帮郭中龙驾船的，不装货，他叫我歇歇脚，等会请我打牙祭，嘿嘿嘿嘿。"邱吉山跳上船，盯着船工说："这牙祭就别指望他打了，我上坡请你吃好东西吧。"船工正待说话，邱吉山的硬家伙已顶住了自己的胸口，船工立刻目瞪口呆，邱吉山喝道："别动，动就打死你。"船工扑通一声跪下："好汉，别杀我，我只是一个做工的，家中还有八十岁的父母，别杀我。"众乡丁一拥而上，不由分说将他捆了个四脚朝天。丢在一角，船工吓得哭不成声。众匪徒乒乒乓乓，翻舱清包搞了个乌七八糟，终于在铺盖卷儿中翻出一把驳壳枪，邱吉山提着枪，瞪着血红的牛眼，狠狠踢了船工几脚，吼道："这是什么，你找死。"船工哀号道："好汉，这枪不是我的，压根儿不是我的，我可以找郭中龙对质。"邱吉山弯下腰，啪的给了船工一个嘴刮子，骂道："瞎了你的眼，老子是隆平乡的警长，什么好汉好汉，你叫我好爹都迟了。"邱吉山对众乡丁们吼道："收队。"乡丁们站成一排，邱吉山注目一看，还欠"老十二"贾三强，问道："贾三强呢？"乡丁们答道："还在船上呢。"邱吉山跳上船，弓腰往船舱中一看，气得要命。贾三强正往腰间藏钱呢。邱吉山大怒，跑进舱狠狠揍了贾三强几巴掌，夺走钱放进了自己的口袋。邱吉山吩咐乡丁押着船工回到关帝宫，将他也关进了地牢。

第三十三回

隔水施暴敲山震虎
触景伤情立誓除凶

　　早晨，大晴天，可太阳却偏偏躲在云层中不肯出来，它那照耀万物的光辉，悄悄地从云隙中钻出那么几缕雪亮雪亮的光，仿佛要扫除世间万恶的孽障。

　　张恒、郭中龙、船工被乡丁们五花大绑着押来了，郭中龙、船工衣衫破碎，血迹斑斑，口中塞着破布，邵小成在前开道，邱吉山、邵大成在后压阵，再后面奔跑的就是一大群孩子和狗……

　　一群人畜蜂拥而至石板岩河坎下，邱吉山一声大喝，停了下来，只有狗不安的在人的胯间钻来钻出，等待着那惊天的枪响而带来的血腥美食。邱吉山背负着双手踱到三人面前，腰间的驳壳枪一晃一晃地，好不威风。此刻，他主宰着三人的生死，他嘿嘿狞笑着说："现在你们说还来得及，谁愿意交代，高声哼哼两声，谁是共产党？"船工连连跺脚，鼻中嗯嗯直哼。眼中闪现着哀怜的光，邱吉山踱到船工身边，像小孩儿欣赏玩物一般打量着船工涨红的脸，歪着头问道："你有话要说？"船工连连点头，口中嗯嗯不休。邱吉山指着船工说："你们俩看着，他要交代了，交代就可重生。"说着，他指示乡丁扯出了船工口里的破布，船工哇哇的吐了一摊，邱吉山指着张恒问道："说，他是不是共产党？"船工扑通一声跪下，哭着嚷道："大王，饶命啦，饶命啦，他是共，共产党。"邱吉山仰天一阵哈哈大笑，接着马脸一板，冷酷如魅地喝道："你大声说，他们是不是共产党？"船工无法，拼命喊破喉咙说："是共产党，都是共——产——党——"邱吉山手一招，转脸对张恒说："怎么样？张老，听清楚了没有？人证物证俱在，我现在就可杀了你。"张恒鼻中鄙夷地一哼，扭过了脸。邱吉山连叫道："好，好，够狠的，不见棺材不落泪。"说着，对周子胜一噜嘴，周子胜猛地抓住船工，推到河坎下，照着船工肩上狠狠几枪托，船工跪下了，周子胜抬起步枪，抵住船工胸部啪的一枪，鲜血四溅，接着上前几步，照着船工生殖器，像踢棉絮一般狠踢几脚，可怜船工就这样莫名其妙地死了。孩子们一阵惊叫，吓得哭的哭喊的喊，乱成一团，野狗们冲上前，舔的舔撕的撕，船工的尸体刹那间被撕咬得血肉模糊，惨不忍睹。邱吉山挥舞着驳壳枪说："你俩还不交代，这人就是榜样。说！"郭中龙突然去腿踢翻了身旁的乡丁，接着垫步腾空，双脚直取邱吉山面门。邱吉山侧身一闪，踩着了身边一名儿童，一个趔趄，几乎绊倒，手臂上挨了郭中龙一脚，驳壳枪吧嗒一声落地，郭中龙由于双手被绑，身体失去平衡，也轰然倒地。邱吉山大怒，飞起一脚将地上的儿童踢下码头，拾起驳壳枪，几个乡丁一拥而上，按住了郭中龙，邱吉山将驳壳枪插入枪套，弯腰从日本马靴中抽出一把明晃晃的匕首，走到郭中龙面前说："佩服，佩服，中龙兄，可惜啊，可惜你走错了道儿，可惜又有谁能救你，可惜你的娇妻将来属别人，人生一世草生一春，这信仰又有何益？我劝你还是实在一点好。"郭中龙双眼泛赤，脸上肌肉抖动扭曲着，就像一头被囚的雄狮，邱吉山晃了晃手中的匕首，走至郭中龙面前，手起匕落，众人倒抽一口凉气，有胆小怕事的一声尖叫，眼前只觉血雨纷飞。邱吉山只是出人意料的踢着了郭中龙的下巴，匕尖顶着郭中龙的咽喉说："郭中龙，我告诉你，你是上峰指明要杀的共党分子，你服也好，不服也好，但念在我们朋友一场，我给你一丝生机，你可以从河中泅水逃命，在没有入水前，咱们的弟兄谁也不向你开枪，入水后，就看你的运气了，记着，我只向你开一枪。"说着，邱吉山将匕首收回叼在口中，抽出驳壳枪，咔咔几声退

掉弹夹，一推机头，真的只顶上一颗子弹，左手一挥匕首，割断了郭中龙身上的绳索。这一举动，大出张恒所料，郭中龙几把扯掉口中的破布，吼道："开枪吧，老子清白一生，决不挨你的黑枪。"邱吉山说："别发火，成者王败者寇，我这样做是对朋友，对上峰都有个交代。你走吧，但不能上河坡，否则，我就制止不住弟兄们的乱枪了。"张恒对郭中龙连使眼色，郭中龙说："张伯父，丽花母子就托付给您和伯母了，告诉孩子，父亲不是孬种。"说完，他转过身，甩开膀子大步向石板岩走去，郭中龙涉水登上了石板岩，转身对邱吉山吼道："开枪吧，打黑枪者，老子不领情。"邱吉山扬了扬手，喊道："我说过，你不入水我不会开枪，谁叫咱们是兄弟呢？"郭中龙狠狠呸了一口，说道："人和狼不能为伍，老子走也。"说完，一个鱼跃插入江中不见踪印，岸上的人一片哗然，半晌，江中冒出一个黑点，邱吉山抬手砰的一枪，连连冷笑，只见黑点一阵沉浮，鲜血染红了一片河水，黑点慢慢沉入河中再也没有浮上来。张恒痴痴地望着江心，几颗浊泪夺眶而溢，邱吉山趾高气扬地走到张恒面前说："我敬你是位老前辈，顶着杀头大罪冒死放你一马，希望你这把老骨头安分点，不要给我制造麻烦。"张恒高昂着头，理也不理，任由泪水洗面，邱吉山将手一挥，命令道："把张老放了。"贾三强疾步上前，给张恒扯出了口中破布松了绑。张恒抬手一擦泪痕，仰天长吁一个"换"字，当时，谁也没有在意，恰在此时，一条叼着人肉的饿犬从邱吉山身旁一闪而过，邱吉山飞步上前急追，几个纵跳，拖住了狗尾巴，一把将它甩下了河坡……

夜已深，凄风惨，万籁俱寂。张恒与幺姑双双坐在工地小窝棚中，灯不点，人不眠，唉声叹气。轻似狸猫的脚步声由远及近，停在窝棚外不动了，俩人正值惊疑，随着一阵冷风，闪进一条黑影，二人大惊，只听黑影嘘了一声，轻声说道："干爹，孩儿余贵。"两老大喜，张恒对幺姑说："你在新屋边张罗去，有情况咳嗽为号。"幺姑退出窝棚，隐在暗处观望。余贵继续说："干爹，我是受命来救中龙的。"张恒长长地叹了一口气说："晚了，都晚了，中龙已被邱吉山杀害，尸骨无存啦。""邱吉山这个畜生，我非宰了他不可。"张恒说："对，此人不除，终是祸害，比邵春甫有过之而无不及啊，你来了多少同志？"

余贵说："连我只来五个同志，你看如何部署力量，打下乡公所，消灭邱吉山？"张恒一拍膝盖说："够了，够了，咱们的机枪取来了没有？""取来了，我早已擦得亮亮的，包管好使。"张恒说："好，算我一个，你还要通知一下田岳，制服邱吉山，还是田岳有办法。"说着，爷儿俩轻声研究了一套攻敌方案。

凌晨，几条黑影飞奔天主堂，朝门外，两个乡丁一左一右靠着墙在打盹儿。余贵一挥手，两名队员如离弦之利箭，结果了二人性命。两条恶犬听到响动，狂叫着扑上前来，在静夜中分外刺耳。余贵将早已准备好的毒包丢过去，两个畜生嗅也不嗅，满怀敌意地狂吠不停，余贵正待想其他办法，两条狂吠乱跳的恶犬同时倒地，哀鸣几声——死了。余贵这才发觉，独腿田岳在小梅的搀扶下赶到了。余贵知是师父以独门暗器飞镖，取了二犬性命，心中十分感激。田岳两手一伸，对着余贵说："枪呢？"余贵从游击队员手中接过机枪，朝内院架起了轻机枪。田岳趴下，手握机枪把手朝内瞄了瞄，很有把握地压低声音说："大门就交给我老头子了，不过，你们一定要戴好白毛巾啰，小心子弹不长眼睛。"众人仔细紧了紧手臂上的白毛巾，跟着余贵冲进了天主堂大院。首先，他们悄悄包围了邱吉山住的西厢房，房内黑灯瞎火，毫无半点生气，余贵好生奇怪，示意同伴趴下，自己飞起一脚，噼啪一声蹬垮木门，余贵暗叫不好，一个鱼跃前滚翻，跃过门槛，滚入房内，哪知房内还是毫无动静，余贵定睛搜索一通，确信房内无人，顺手拔出匕首，贯劲向床底扔去，"当"的一声，匕首扎到石礤磴，火星直冒，几乎是同时，余贵一个就地翻滚，滚离原地，碰翻了小桌子，桌子上的东西"叮叮当当"纷纷落地，余贵一惊，腾空而起，双手抱住扯坊等待着邱吉山的还击。但是，只是虚惊一场，床底下也无动静，此时，余贵确信房中无敌，松手跳下地来，檫燃了洋火，火光一闪，几名战士冲进门来，点燃蜡烛满房搜索，只见床上铺盖叠的好好的，伸手一摸，里面凉凉的，余贵恨得牙根直痒，连叫可惜。

邵大成听到看门狗哀鸣，知有动静，逼着两个乡丁外去查看，余贵见邱吉山漏网，其他人根本不放在心上，抬手砰砰两枪，霎时了结了乡丁的性命。枪声一响，天主堂立刻混乱一片，剩下的乡丁杂工像没头的苍蝇，四处乱撞。砰砰砰的胡乱放起枪来。老贼邵春甫几乎是

光着屁股滚下床，四处摸不着他的曲尺枪，心中一慌，碰着茶几，他心爱的水烟壶，盖碗茶等一齐撞翻，叮叮当当不绝于耳，更让他心慌意乱，一个站立不稳，摔倒在撞翻的茶几上，碰得浑身生痛，头下脚上，两头不着边际，挣扎着想喊又不敢喊。忽而，院中枪声大作，弹头的呼啸声如在耳际。为保性命，灵机一动，一个懒驴打滚，滚下茶几，勉强从地上爬起来。拍了拍秃脑门，定了一下神，此时不走，更待何时？拔步就逃。哪知认错了方位，啪塌一下，肉头撞着木柱，脑袋嗡的一晕，眼中金星直冒，倒在地上再也爬不起来。邵大成、邵小成气喘吁吁地跑进房来，兄弟二人一边一个扶起父亲，几乎是拖着邵春甫就跑。这时，天已破晓，屋外景物依稀可辨，邵大成灵机一动，对小成说："敌人一定不多，要不他们早冲进来了。"邵春甫惊魂稍定，听了大儿的话，连声说："对，对，快吹哨子集合队伍抓贼，决不能放走一个。"邵小成摸出哨子"嘟嘟嘟"的吹得贼响，邵大成趁机扶着父亲拐向了后围墙门。朝门外哒哒哒哒一梭子机枪子弹射来。邵小成应声而倒。双腿被子弹射穿了十几个窟窿，血如泉涌。他倒在地上，还不停地喊道："弟兄们冲啊，冲出去的有赏。"仅剩下几个乡丁勉强凑合起来，端着枪向外冲去。田岳的轻机枪又欢叫起来。几个乡丁立刻成了活靶子。听到轻机枪声，邵春甫、邵大成知道形势不妙，父子俩连滚带爬，穿过厅堂径直往后院逃去。张恒搭着楼梯，双手持枪站在楼梯上，如一尊门神守住后院门，发觉两个黑影连滚带爬逃来，装着假嗓喝道："口令。"幸喜邵大成还算机灵，急忙按到父亲，张恒一弹夹子弹射来，弹头带着尖锐的啸音从父子俩头顶飞过。射得身后猪笼板扑扑直响。邵大成趴在地上问道："爹，伤到哪儿没有？""我，我浑身都在痛，这个该死的邱吉山，都是他惹的祸。"邵大成着急地问道："爹，你不是挖了地道吗？在哪儿？"邵春甫这时才记起地道，他急促地说："在，在我房里。""你为什么不早说？"父子俩正在争吵，忽听前面传来了急促的脚步声，邵大成再也顾不了许多，抱紧邵春甫一个翻滚，就近滚入猪屎坑中，一股恶臭扑鼻而至，求生的欲望迫使二人连大气也不敢出，只留口鼻在外换气。两名游击队战士听到后院枪响，循声赶来支援，张恒用假嗓喝道："口令。""打狗，有情况吗？"张恒用假音说道："有两个往猪楼边跑了，注意搜索，我还听说有什么地道，可能在邵春甫房中，请赶快堵住。""是。"两名战士冲到猪笼边，前前后后左左右右查了几遍，除了打死的猪外，连个鬼影儿也没发现。临走朝着猪屎坑内放了几枪，邵大成发觉有人往猪屎坑边搜索过来，为保性命，猛一下将邵春甫的头按下猪屎中，邵春甫正憋得难受，腿上又中一枪，一阵钻心的剧痛迫得他口一张，猪屎猪尿一涌而入，呛得老贼眼一翻昏死过去，等两名战士刚刚离开，邵大成自己就钻出猪屎坑，将父亲的头托出尿外，邵大成一探邵春甫鼻息，觉得呼吸尚存，看看天色渐明，父子俩更不敢出坑，只得在猪屎猪尿中苟延喘息。

余贵等人搜到东厢房，发觉房中开着大地铺，铺盖家什乱七八糟，知是乡丁们的临时住所，一摸铺上的被褥，尚有余温，余贵只觉脚下一软，踩着一条人腿，他将驳壳枪一举，喝道："把手举起来，出来。""我没枪，没枪，司令饶命。"一个乡丁战战兢兢地像狗一样，爬出了被褥，余贵注目一看，是老十二贾三强，一股厌恶之感涌上心头，喝道："老十二，邱吉山，邵春甫藏到哪儿去了？不说，就杀了你。""我说，我说，只要我知道的都说。"贾三强腿一软，跪在地上磕头如捣蒜。余贵缓解了一下语气："共产党优待俘虏，只要你老实交代，我们会宽大你的，起来说话。"贾三强抬起头，不断地眨巴着那对三角眼。望着余贵手中的驳壳枪，哪敢起来。他挤动着满脸横肉，挤出了一丝媚笑，真比哭还难看。"我，我跪着回话舒服，舒服，回司令的话邱吉山昨天杀了郭中龙后，就到何家嘴找郭中龙的堂客邵丽花谈恋爱去了，到现在还没回来，要不，您带人到何家嘴去抓他，他准在……""这个畜生，我绝饶不了他。邵春甫父子呢？"余贵紧跟一句。贾三强结结巴巴地说："这，这，这个，我，我就不晓得了……"说着说着，头和语音越来越低。"嗯。"余贵威严地哼了一声，贾三强浑身一颤，抬起头望着余贵黑洞洞的枪口说："别杀我，别杀我，我不是包庇亲戚，没有包庇亲戚，您别误会，别误会……"说着，连磕了几个响头。余贵厌恶地一把提起贾三强，活像提着一只落汤鸡，"我没误会，看来还是你自己清醒清醒头脑。"贾三强急忙高声喊道："我说，我什么都说，我只听说邵春甫房里挖了一个地洞，可通外边，邵春甫父子

273

到底逃到了哪儿，我就真的不知道了，你就是杀了我也不晓得了……"
余贵想了想，对游击队员吩咐道："通知一号二号部位，撤。""是。"
游击队员离开了，余贵一把提过贾三强喝道："带路。"一行人押着
贾三强赶到了邵春甫卧室。只见房门洞开，桌翻床移，屋内空无一人，
余贵只得打扫战场，一件一件仔细搜寻，功夫不负有心人，不一会儿，
就搜出了邵春甫来不及带走的地契、银票、账本、借据。在床上被褥里，
骇然搜出了一把上了膛的曲尺手枪和一大包银圆。这些都是邵春甫的
命根子啊，由此可以推断，邵春甫出逃时的狼狈相了。此时，天色已
经亮明，余贵等搬开木床，发现床底有块松土。余贵一挥手，命令其
他人退后，自己趴到地上，小心翼翼地扒开松土，一块小方桌大小的
木板呈现眼前，揭开木板，果然有新洞，余贵朝着洞内啪啪放了几枪，
洞内毫无反应。一名战士上前，弓腰就要入洞，余贵一把拉住他说："不
必了，想必老贼已走多时了。"几个人随着余贵出房逐一搜查，看看
已经日上三竿，偌大的天主堂，就如一潭死水般沉寂，就连喜欢瞧热
闹的孩子，也破天荒地退避三舍，两三个大胆的男女，像贼一样在朝
门外向内窥探，不敢越雷池一步。余贵等来到前院，见操坪中横七竖
八倒着几个乡丁的尸体，贾三强三角眼一亮，指着一具尸体说："那
是邵小成。"说着，讨好地飞步上前，照着邵小成的尸体，踢了两脚。
这不踢尚可，这一踢，可把邵小成装死的噩梦踢醒了。剧烈的疼痛，
使他哎呀一声叫出了口，贾三强如获至宝，大喊道："他还活着，他
还活着。"他边喊边将邵小成翻转过来。邵小成那对失神的眼睛，可
怜巴巴地望着余贵，嘴唇不断蠕动。艰难地挤出几句不情愿说的话：
"我残废了，你们，你们开恩吧。"余贵鄙夷地一哼，背转了身子，
贾三强像条忠实的狗，围着余贵转了几圈，转到余贵面前说："余队长，
我知你有难处，共产党不杀俘虏嘛，要不我帮你这个忙。"余贵不置
可否，大踏步登上了台阶，一名游击队员一拉枪栓，顶上一颗子弹，
将步枪交给了贾三强，贾三强持枪走到邵小成身边，用枪指定邵小成说：
"对不起了，小老表，明年今日是你周岁，哥送你上路，哥会安葬你的，
给你烧纸钱。"邵小成咬牙切齿地骂道："你这条——"砰的一声枪响，
邵小成永远闭上了那张能说会道的嘴。

第三十四回

占强逞狠吉山兴劣
临危受命张琛回兵

坐月子的邵丽花哭得二天二晚没有合眼了。她不信她的爱人死于共党余贵之手，但她深信她的男人已经离她而去，因为邱吉山这条狗他嘴里吐不出象牙。"丽花，别伤心了，人死不能复生，再说还有我呢。"邱吉山背着把驳壳枪，一掀门帘闯了进来。"哎呀，你积点德好不，人家在坐月子呢，伤了风怎么办。"大姨紧跟着跑进房，扯住无赖就往外拖，邱吉山一甩手，甩了大姨一个趔趄。"去，去，去，这里没有你的事儿。""放屁，这是我家，丽花是我的外甥女，你是什么人，倒是你的事儿了，不摸摸自己是啥嘴脸。"大姨嘴里丝毫不饶人，行动更是敏捷，抢先坐在丽花床沿，伤者脸阻住了邱吉山，邱吉山厚着脸皮，扬手在大姨脸前打了一个响指，嬉笑着说："姨，这你就有所不知了，我岳父邵老太爷，大舅兄，小舅兄，早已答应将丽花许配与我为妻，丈夫看妻子理所当然，怎么不管我的事儿？"说着，他也挤上床沿，顺手捏住了丽花的小腿："丽花，你说是吧。"丽花一声尖叫，抽回小腿，"下流，痞子，你无耻。"挣扎着坐起身子，依偎在大姨怀中直哆嗦。"什么？我无齿，要不，咱俩亲亲，你就知道我有齿无齿了。"说着，他狠狠一把扯开大姨，抱住丽花就要亲嘴，还未等邱吉山的臭嘴贴到脸上，邵丽花脸一偏，一口咬住了邱吉山的左膀，邱吉山痛得呀呀大叫，抡起右掌啪的一巴掌，打得丽花晕头转向，趁机抢过哇哇大哭的婴儿，丽花、大姨大惊失色，双双挣扎着扑过来拼命。邱吉山双眼泛赤，面孔狰狞得如阎王殿上的催命小鬼，高举着婴儿说："我就等着你们一句话，答应我，我就是这伢儿的亲爹，不答应我，我就是这伢儿的催命判官。"说着，手上一使劲，捏得婴孩喘不过气来。"怎么样，嘿嘿嘿。"丽花大姨惊呆了，脑子一片空白，神情木然地望着邱吉山，近乎一对泥塑。"警长——警长——"贾三强风风火火地跑了进来。"报，报告警长，大事不好，郭团长潘局长到了兴隆街，命你立刻回去。"邱吉山一惊，不知不觉垂下了双手，大姨趁机扑上去夺过了孩子，邱吉山像只泄了气的皮球，问道："他们到兴隆街干什么？"贾三强眉飞色舞地答道："你这还真不知道哇，他们还带来了两个连的兵呢，可能要抓你是问吧。"邱吉山大惊，"抓我？他们凭什么抓我？"说着当胸一把，像抓小鸡一样提过贾三强："说，凭什么抓我？"贾三强毫不买账："就凭余贵领人杀害了邵小成和我们十一个弟兄，打伤了邵乡长，你也吃不了兜着走。"这一下，邱吉山又成了只斗败的公鸡，无力地松开了贾三强，嘟囔着："这是真的？真的？"贾三强弓了一下腰"真的。""他妈的一个屁，这一定是共产党干的。"邱吉山忽而又成了一头蛮牛，目中凶光闪闪，贾三强结结巴巴地更正："不，不，不，潘局长反复交代，是余贵和边胡子一帮土匪干的，叫我们不许胡说。""一群胆小鬼。"邵丽花如晴天挨了一霹雳，再也把持不住，"爹呀"一声瘫倒在地。邱吉山阴森森地说："怎么样，这你会相信了吧，只要你答应嫁给我，我一定替你讨回公道。"丢下这句话，跟着贾三强乘船回到了兴隆街。刚进乡公所，就遭到全身戎装的潘才锦劈头盖脸一顿耳光，尽管如此，邱吉山还是笔挺挺地站着，从日本人那里继承来的武士道精神丝毫不减。赢得了郭炎的暗自赞许。潘才锦怒道："你是吃饱了撑着，乡公所发生了这么大的事儿，你倒跑到外面泡娘们去了，我毙了你。"邱吉山胸头一挺，分辩道："报告局座，属下冤枉，属下到何家嘴，是调查邵丽花失踪案，不小心中了共党调虎离山之计。"潘才锦一听，更加火上加油，化掌为拳，狠狠一拳对邱吉山面门捣来，邱吉山头一偏，轻而易举避过了，身躯却丝毫未动。潘才锦恼羞成怒，待要拔枪，被郭炎止住了，郭炎点着指头对邱吉山说："不，不是共党，而是仇杀，报你滥杀郭中龙之仇，祸，是因你而引起的，余贵的目标是来杀你的。"邱吉山答道："报告团座，我要验尸。"郭炎白眼一翻，待要答话，潘才锦抢先道："等你回来，死尸都要发臭了，验尸，验尸，难道你比我的法医还专业吗？要验，还剩两条狗。""狗也行，局座。"潘才锦眉头一皱掏出香烟，邱吉山急忙掏出洋火，咔的一声檫燃，给潘才锦点燃纸烟，潘才锦深深地吸了一口，仰头悠悠地吐出一口烟圈，背转身躯，慢踱两步，脚步突然一停，举着一个手指说："好吧，我等着你的报告。"邱吉山脚跟一碰，胸头一挺说："是。局座。"一个向后转，小跑步出了乡公所办公室。郭炎指着邱吉山的背影说："在隆平乡，此子还算个人才，我看他是乡长的合格人选。潘才锦回到座位，鼻中阴哼一声说："郭兄只知其一不知其二，就是我等的位置给他，也未必能满足他的胃口。"郭炎面上一红，还想争辩，"潘才锦举掌一摇，接着说："郭兄，我劝你学一学诸葛亮用人的策略，对魏延只能利用不能重用。"说着，哈哈一笑，递上了一支"小刀牌"香烟，郭炎接过烟，跟着呵呵大笑，点着潘才锦的头说："你呀，真是老奸巨猾，我什么时候能有你这样聪明，只配当老粗，只配当老粗。"一声报告，打断了二人的互相恭维。邱吉山已兴冲冲地立在门外。"进来。"郭炎一招手，邱吉山走进了办公室。潘才锦冷冰冰地问道："狗尸验完了？""报告局座，吉山受命验测完毕。"潘才锦鼻中一哼，勉强扯动了一下表情肌，让人不可捉摸，半晌，才无足轻重地问道："有何发现？"邱吉山心中一寒，很不服气地回敬道："报告局座，不知法医有何见解，吉山不敢乱说。"潘才锦不安地移了移身子，双眼紧盯着邱吉山："我和郭团长今天转听你的。"郭炎不过意，一指板凳说："吉山，坐下说话。""报告团坐，属下以为，双犬毙命，系死于同一种暗器，不属枪伤。"郭炎一听，身子几乎离座站了起来，急追一句："理由何在？"邱吉山不紧不慢地伸出三根指头，答道："理由有三，第一伤口呈线条撕裂状，系冷兵器所伤，第二，家犬倒在朝门边院内，伤口恰恰只危及心脏，如此凶猛的狼犬，不可能同时就近刺刀准刺心脏而不贯穿，第三，贾三强再三申明，狼狗狂叫时没有听到枪响。就是用无声手枪，这么近的距离，也不可能不贯穿心脏，只有一种可能——"郭炎张大着嘴，脱口而出"哪种可能？""死于飞镖之下。"邱吉山一语石破天惊，二人同时追问："飞镖？现场怎么没有发现？"邱吉山不削地冷笑一声："请问二位长官，你们在现场发现了强人作案的枪支了吗？"郭炎"这个，这个"的答不上话来。一摸秃脑袋，却碰歪了大盖帽，显得先天不足。潘才锦憋得满脸通红，想发怒又难找理由，邱吉山很得意地走到二人身边，小声说："有如此功力者，只有田岳。"二人找到了台阶，头摇得像拨浪鼓，郭炎抢先否认："笑话，田岳生活都不能自理，哪能黑夜杀狗？"邱吉山挺直腰，轻蔑地一哼说："它不但能杀狗，更能杀人，我请求立即逮捕田岳，张恒，追查共产党下落。"郭炎正了正军帽，很是认真的指明了口径："无凭无据，咱们桃源没有共产党。"邱吉山急了鼓着那对牛眼争辩道："请问团座，那武陵支队算什么？郭中龙、余贵算什么人？"郭炎大怒，一拍桌子猛站起来，指着邱吉山吼道："大胆，还轮不到你小子来教训我，告诉你，我说是共产党就是共产党，我说不是共产党就不是共产党。"潘才锦见郭炎动怒，劝道："郭兄，算了，不知者不罪。"将气喘呼呼的郭炎劝回原座。潘才锦转过身对邱吉山斥道："你怎么可以这样对郭团长说话，武陵支队在汉寿常德一带活动，不属咱们桃源管辖，你小子要小心祸从口出，无凭无据，田岳张恒就是那么好抓的吗？告诉你，张恒的儿子张琛，现在是常德绥靖公署主任李默庵将军身边的红人，你得罪得起吗？"邱吉山很不服气地嚷道："只要查证据实，我照样可以告他。""告他？"郭炎嗤之以鼻，"纱蚊子扯哈欠，好大的口气，你也不掂量掂量自己有几斤几两，我搞死你，现在是天下大乱，共产党解放军节节胜利，现正挥师南下，白长官不听老头子的，程潜陈明仁不听白长官的，谁有实力听谁的，你小子有几根筋，能跳得那么高，无知。"邱吉山越听心越凉，后来，就好像掉进了冰窟窿，暗暗警诫自己以后不可强出头。潘才锦见邱吉山默不作声，脸皮儿绷得像干尸，他故意干咳一声训道："你身为警务人员，擅离职守，铸成大错，还不思悔改，倒在此强词夺理，别出心裁，唯恐天下不乱，枪毙你都不为过，鉴于隆平乡治安状况严重混乱，留你一命戴罪立功。接李将军电令，从即日起对隆平乡进行二十天的清乡围剿，全面根除匪患，援兵正在途中，着你立即组织乡勇，查清各保底子，如有失误，格杀勿论。至于张恒田岳嘛，我们会考虑你的意见，彻底调查清楚，但你不可私自行动，以免打草惊蛇，知道吗？""是，属下明白。""去吧，明天听汇报。""是。"邱吉山向二人敬过礼，闷闷不乐退出乡公所，事后，郭炎潘才锦也礼节性地询问了张恒田岳，至此不了了之。郭炎潘才锦带领一个营的兵力，对隆平乡一镇六保进行了地毯式搜捕，真正土匪一无所获，为了应付上峰，抓了十几个横蛮山民，打道回府，郭炎的两个连在箭门垭却中了土匪的埋伏，几乎全军覆没，为此，县长王协武被罢免，新任县长宋旭新官上任三把火，首先整顿了保安团，免去了郭炎团长职务，更名为桃源县国民党自卫总队，潘才锦为总队长，重组了隆平乡乡公所，傅云成任乡长，邱吉山为乡队副，周子胜为警长。而邵大成则被降为钱粮干事，以年老体弱为名，给了邵春甫一个县参议的虚职。此后一年多，兴隆街相对有了一个恢复时空。农历一九四七年腊月二十二日，天寒地冻。挑水工二八苏起了个清早就到河里去挑水，朦胧中，觉得有几条黑洞洞的枪口对准了自己。他揉了揉眼，定睛一看：船上，河坡到处是兵，他们头戴钢帽，与日本鬼子没有什么两样，吓得甩掉水桶回头就跑，口中狂呼乱叫，大喊救命，将清冷的兴隆街搅翻了天。随着一阵吭吭吭的脚步声响，跟上来一名青年军官和两名勤务兵，径直走到邵春甫铺房叩响了门环。"谁呀？""我，琛儿。""来啦，来啦。"随着"吱呀"一声，大门开了一条缝，露出了一张苦瓜皮般的瘦脸，苦瓜皮见是几个全副武装的大兵，惊得目瞪口呆，敞着胸怀弓着腰，连扣子都忘记了扣，露出瘦骨嶙峋的单薄骨架瑟瑟发抖。张琛拱手一礼说："请问先生，我父亲起床了吗？烦你通报。"苦瓜皮见大兵和气，这才缓过神来，冻僵了的脸皮扭曲了几下，挤出了一丝笑容："啊，是少爷回来了，我去通报。诸位，屋里坐，屋里坐。"他还是顾不得扣扣子，露着怀拉开了沉重的大门。随后，拖着一双鱼

尾鞋踢踢踏踏跑进了后院。张琛对两名士兵招了招手进入客厅，军大衣一挥，坐到堂中太师椅上，两名肩挎汤姆式冲锋枪的士兵分立左右，那架势真有衣锦还乡之惬意。让老爹也不可小视。邵春甫得报，老狐狸的花花肠子在急速翻转，搜肠刮肚也想不出个当军官的儿子来，小成刚死，怎么凭地又冒出一个，要不，就是宋县长派来的什么人自称儿子，千万不可得罪。自从吃了猪屎喝了猪尿，老狐狸再也没有先前的风光了，人也邋遢了许多，一边穿棉袍，一边撅着条腿赶出来，长袍子一甩甩的，活像滚动着的一只老企鹅。天出奇的冷。张琛脚穿大头毛皮鞋，也冻得像老鼠啃，他不由得晃了几晃，暗暗埋怨爹老了，办事拖沓，要不是有两名士兵在场，他早跑到后院见父母撒娇去了。"何方贵客驾到？未曾远迎，得罪得罪。"邵春甫人未到虚伪的寒暄却抢先赶到了。张琛内心猛一顿，几乎站了起来，邵春甫企鹅般滚了出来，仇人相见分外眼红，张琛岂肯起身相迎，他瞋目盼之，右手情不自禁地按上了手枪套，两名士兵"啪"的一个立正，对邵春甫敬了一个军礼，将张琛的灵魂扯回躯壳，想道：我是国军军官，岂能公报私仇。掏枪的右手很自然地改成了军礼："邵乡长好。"这声音好熟，邵春甫定睛一看，不禁瞠目结舌，这小子真是命大福大，居然没死，他还称我为父亲。难道他对丽花还怀有旧情？老狐狸不愧为老狐狸，罗汉脸一下由阴转晴，一阵跌然大笑过后，拉住张琛的手说："琛儿呀，当军官啦，可喜可贺，这真是张家的祖公积的德呀。"张琛抽回手，从口袋中掏出"双刀牌"香烟，递上一支说："请抽烟。"邵春甫接过，放到鼻头嗅了嗅："好香，好香，可惜没劲。还是我的水烟壶好哇。"张琛嘲哄地笑了笑："乡长真好怀旧，可惜故友都一个个死了呀。"邵春甫听出张琛弦外有音，狐狸眼一轱辘，转换了话题，哈哈一笑说："贤侄还未吃饭吧，咱略备水酒为你接风。"张琛双手一摇说："张某军务在身，不敢耽搁，就此谢过。"说着，正了正军帽，双手一拱，迈步走出了错进的大门。天，虽大亮了，兴隆街却没有了往日的朝气，家家关门闭户，男男女女都躲在门缝和窗洞中向外窥探，谁也不愿开门惹身霉气。不，还有一条汉子，满脸刻着生活的艰辛，满头披着岁月的风霜，恰如一尊雕塑阻住了三人的出路。张琛认出来了，这是生他养他的爹，爹真的老了，心中一酸，加快脚步高扬双手，喊道："爹，是我呀，是孩儿张琛回来了——"张恒还是一尊雕塑，"连长，危险。"两名士兵扯住张琛，黑洞洞的枪口对准了张恒，张琛一惊，这才发觉他的老爹高举着一颗手榴弹，张琛压低二士兵的枪口，低声说："他是我老爸，不管发生什么事情，你俩都不能开枪，这是命令，向后——转。"二士兵无法，依令转过了身体，"向前十步——走。"等士兵走远后，张琛脱掉毛料军大衣，唰的一下丢到地上，从枪套中抽出左轮手枪投入大衣之中，起掉头上军帽，平平端在左手上，走到父亲面前，跪下说："爹，不争气的儿子回来了，爹，您处罚我吧。"老头儿丝丝白发在寒风中抖动，一字一板问道："我只问你，你到兴隆街搞什么来了？"张琛抬起头，眼泪吧嗒吧嗒直掉，"爹，咱们是国军，国军。"他拍了拍军帽上的军徽，"您瞧，咱们的规矩，装备都是世界一流的，绝不会像其他队伍乱来的。"张恒铁寒着脸，吼道："畜生，什么样的军队我都见得多了，不管国军省军，都不会好到哪里去，不说实话，谁也别想活着离开。"张琛万般无奈摇了摇头，恳切地说："爹，这都是军事秘密，恕孩儿不能如实相告，我只能告诉您，咱们的队伍昨晚就到了石板岩，到现在动过老百姓一草一木吗？""那就好，希望你们永远如此。"张恒放缓了语气，但扣着环儿的手榴弹丝毫没有放松。张琛趴在地上，磕了一个响头，泪如泉涌："爹，不信你可以下去看看，这些士兵都是父母生父母养的人啦，刚刚从战场撤下来，就接受了这个倒霉的任务，他们通晚就挤在船上或睡在霜地里，不信，身上还有白晶晶的霜呀，爹。""这么说，你们的长官是谁？""是李默庵，李将军。""怎么不是程潜陈明仁？"张琛惊奇地抬起头，注视着风霜中的老爹，热潮滚滚："爹，您人老心未老，还蛮懂政治，可我，我是军人，以服从命令为天职，从来不问政治，更无能力选择长官。""但是，你可以选择道路，为自己选择一条光明的道路，像你妹妹一样。""妹妹她还活着？"张琛像个孩子，兴奋得破涕为笑。"活着，她比你活得有出息。""我会有出息的，爹。"张恒满脸苦笑，放下了高举手榴弹的手，长叹一声说："起来吧，带我到码头去看看。""是，爹。"张琛站起身来，拍了拍膝盖上的尘土，转身紧走几大步，拾起佩枪，穿好大衣，戴正大沿帽，回身一个军礼："父亲，请吧。"张恒将手榴弹藏入棉袍，右手伸入怀中扣住拉环，走到张琛身边，严肃地说："上前带路，你要耍什么花招，先死的可是咱爷儿俩。"四人来到码头，果见黄乎乎一堆大兵，个个冻得浑身哆嗦，满脸倦容，就是没有一个乱跑的，张恒感动了，从怀中抽出右手，握着身旁一位士兵冰凉的手说："孩子，冷吧。""冷，大爷。长官不让我们上街。""为什么？""怕我们惊扰百姓，丧失民心。"张恒为这位稚气未退的士兵正了正帽子，叹了口气说："你们的长官能如此，哪有今天。"士兵正要答话，一年轻军官跑上前来，吓得兵士伸了一下舌头，咽回了到嘴的话，青年军官对张恒敬了一个军礼说："张老前辈好。""岂敢，岂敢，小老儿张恒，欢迎贵军来我兴隆街做客。"张琛插嘴介绍说："爹，这是孩儿的副手，上尉军官，陈定中连副。"张恒对陈定中第一印象就很好，现在更加亲热，紧握着陈定中冰凉的手说："好，好孩子，贵军准备驻多长时间？"陈定中迟疑了一下，立刻满脸严肃，抽回手，又敬一礼说："报告前辈，奉李将军电令，原地待令，何时开拔，我也不得而知。"张恒闻听此言，头脑急速飞转，搓了搓手，不觉脱口而出："兴隆街复杂啊。"张琛陈定中同时一惊，陈定中急切问道："老前辈，有难处？"张恒如梦初醒："啊，啊，我说什么啦？可以，可以。"陈定中恳切地说："老前辈，不瞒你说，船上是从芷江运来的军火，目前战局动荡，可能常德方面又出问题，干系重大，我等想得到前辈的指点和帮助。"张恒大怒，狠狠盯着张琛骂道："这等大事，还对老父保密，你这是要把百多条年轻的生命往冰冷的水里推呀，当的什么官？"张琛情不自禁地打了一个寒战，眉头一皱，裹紧了大衣，陈定中笑了笑："老前辈，连长没有错，我口没遮拦，患了自古兵家大忌。"张恒又长长地叹了一口气："连副有所不知，此地土匪横行，近来又成了兵家必争之地，周围就有冻大麻子，蒋银州，冯宇成，姚尚富燕桂洪等几股土匪势力，他们在三二天之内，就可集中千余兵力，前年保安团二个连，就几乎全军覆没，如发现你们还有军火，必来抢夺，贵军就凭这百多号人要保住军火，难啰。"陈定中眉头紧锁，急切问道："前辈有何良策？"张恒想了想，答道："自古用兵，都讲究个天时地利人和，贵军挟重要物质驻守码头，在地利上就失一筹，贵军初来乍到，在人和上又失先机，为今之计，只有如此一搏，或可扭转乾坤，你们看——"说着，张恒棉袍一撩，蹲下身来，拾了颗石子，在地上画起了一张草图，指着说："这是兴隆街丁字形大街，这是你们现在的位置——码头。这里，这里，还有这里，是通往码头的几条大道，我建议，第一，立即伴动，集中半数以上兵力，在今天白天抢修这几条道口工事，给土匪造成一个贵军要固守码头的假象，麻痹探子和暗桩；第二，分散隐蔽，占领制高点，你们看，这里是汪家山，扼南、西、北三条大道，在此修建工事把守，兴隆街整个街区及附近河道，都在轻重机枪，三八步枪的有效射程之内，山腰有户姓李的人家，忠厚善良，贵军可派部分兵士今晚出动，隐蔽于此，北面长柳坪，一马平川，是土匪必经之路，麻阳佬家地势高阔，可在此隐蔽一批兵士，张琛你是熟门熟路；第三，加固码头工事，抵御沿河之贼船和对河来敌，发扬贵军武器精良，训练有素之长处，将来犯土匪歼灭在兴隆街外围，可保军火无恙，到时，我可发动老百姓，给贵军运送军需，此计可否，请连副定夺。"张恒不信张琛，有意把他排除之外。

陈定中想了想，圆脸盘直放红光，一双炯炯大眼直对张琛瞅，张琛知他促自己表态下令，他深知自己的副手谨慎忠诚，心中一暖，点了点头，答道："我看行吧，你说呢。"把球踢了回来。他也不敢妄自决断，因为定计的是自己的父亲。陈定中一笑："连长，那我就实施了。"张琛决心一下，一拳砸在膝盖上："好。""滴滴哒哒滴——"号兵吹响了集合号，眨眼工夫，百多号人就在河坡站成了齐刷刷四列纵队。

第三十五回

军民同心力挫悍匪
官兵一致血洒前沿

    腊月二十四日凌晨，一声凄厉的枪响划破夜空，随即，轻机枪炒豆般脆响起来，迎来了人们津津乐道的农历小年。老人们和小孩，还以为是燃放鞭炮呢。接着，街上响起嘡嘡的铜锣声，一个苍老的声音高喊道："街坊们，一千多土匪向我们兴隆街杀来了，与国军交上了火，老弱病残，妇女儿童统统趴在地上，谁也不要出来，青壮年到天主堂集合，为国军送吃送喝送弹药，还要抬伤员，帮国军就是帮自己，土匪打进来了，谁家也跑不脱。""嘡，嘡，嘡……"听声音，就知道是张老头儿，他的话，大家服。

    枪声愈来愈紧，呼啸的弹头越耳而过，不时夹杂着男人们冲啊，杀啊的号叫声。令人毛骨悚然。蓦地，只觉住房一颤，夜空中腾起一道道淡蓝色弧线，向长柳坪方向飞速伸展，接着，一个个落地惊雷轰轰炸响，腾起团团桔红色的火光。炸得匪徒们呼爹叫娘，血肉横飞。阵脚立刻大乱，急急如惊弓之鸟，没命地调头后逃，黑夜中，匪首蒋银州休想制止得住，反而被落荒而逃的小匪撞了几个筋斗，一直退到清水场，见无人追赶才稳住阵脚。担任主攻的蒋银州部，做梦也没有想到未进兴隆街，在麻阳佬前就遭到了打击。锋芒初试，就吃大亏，叫蒋银州如何不怒。将报信的探子叫到跟前，几个为什么答不上来，蒋银州抬手一枪要了他的性命。

驻守在麻阳佬前沿阵地上的是刘健的第三排，总共只有三十五个弟兄，当他们打垮两拨土匪的集团冲锋后，天已渐明，一经清点，无一伤亡，弟兄们高兴得相互拥抱，大呼万岁，士气非常高涨，余月香送来了一篮子刚起笼的糍粑粑和红糖茶，喊道："哎，孩子们，快趁热来吃年粑粑吧，吃了粑粑，万事滔滔顺啦。""哎呀，真香啊。""伯娘，还真有点饿了，谢了。"士兵们七嘴八舌边吃边嚷。余月香心里甜得像灌满了蜜，喊道："孩子们，多吃点儿，等赶跑了土匪，伯娘好好生生请你们过伢伢年。""好哇，好哇，伯娘万岁……"

看看天色大明，其他几股土匪迟迟未到，蒋银州又气又急，正在骂娘。冯宇成带了二百多人气喘吁吁的赶到了，两个老匪商量，合兵一处，如一群惊了巢的湖鸭，气势汹汹地向兴隆街杀奔而来。看看冲到阵前，守军毫无动静，蒋银州直着鸭公嗓喊道："弟兄们，兴隆街有的是乖婆娘，杀进兴隆街过小年，由着大家放水，冲啊。"匪徒们听了兽欲顿涨，冲啊杀啊，几百人舞枪弄棒，潮水般向上街口涌来，看看近前，刘健猛喝一声："打。"三挺轻机枪同时欢叫，汤姆式冲锋一齐开火，织成了一道死亡的火网，密集的匪徒如稻草人一样，一排又一排纷纷倒下，随着，成束的手榴弹又落到土匪堆里，炸的土匪人仰马翻，活着的，踩着尸体抱头鼠窜，只恨爹娘少生了两条腿。蒋银州大怒，连开两枪，击毙两名逃匪，但也无济于事。冯宇成藏在一座坟丘后面喝道："趴下，快趴下，蠢猪，趴——"话未落音，一梭子机枪子弹飞来，射得泥土扑扑直掉，冯宇成惊出一身冷汗。众匪如梦初醒，呼啦啦一下趴倒一片，蒋银州躲在田埂下骂道："没有吃肉，总看到了猪走路，当兵的武器好，但人比咱们少，大家就这样边爬边打枪，爬到他们面前，大家揸也全部可以揸死他们。听清楚了没有？啊——混账！谁在后面，我毙了他，谁在前面，夺得一挺机关枪，我赏他光洋十块，乖婆娘一个，冲啊——"蒋银州满嘴吐粪，逼着群匪，畏畏缩缩向士兵的阵地爬来，土匪们撅着屁股，头也不抬朝天乱放枪，

声势倒也热闹。刘健一看土匪改变了策略，统统降低了身位，黑压压的一大片，如爬出土洞的癞蛤蟆，成扇扇形阵势包抄过来，内心不觉一惊，起了一身鸡皮疙瘩，他急促地喊道："弟兄们，兴隆街的老百姓看着我们，咱们决不能给连长丢脸，多准备手榴弹，炸他狗日的，打！"机枪、汤姆枪怒吼起来，子弹如狂风怒涛般席卷敌方，压得土匪无还手之力。胆小的弓着腰回头就跑，人未逃生命先亡。不一会儿，阵地前又留下了一片尸体。蒋银州暴跳如雷，将驳壳枪插回腰间。夺过小匪手中的大刀，提着两颗手榴弹，几个翻滚越过一片开阔地，猛然一个虎跳，赴到一条田坎之下，仔细观探地形。他发现：右边地势低洼，其中有条小沟，深可没人，且蒿草丛生，恰恰绕过敌方阵地，直通石拱桥下，越过石桥，就可进入中街口。心中大喜，使出吃奶的力气，向敌人战壕扔出了手榴弹，想借着烟雾撤离前沿，刘健正在聚精会神地寻找目标，只觉身后掉下一物，火光一闪，扑通倒地，就什么也不知道了，陈定中在汪家山见土匪久战不退，立刻下令开炮轰击，炮弹炸处，浓烟滚滚，地裂山摇。土匪还未见到敌人的影子，又纷纷转身逃亡。蒋银州穿过烟阵火海，狼狈不堪地逃了回来。一见大势已去，随着众匪呼啦一阵退到了桥子港。

待浓烟散尽，士兵们忽然发觉不见了排长，在他的指挥位置上，只剩下一堆松软软的尘土，士兵们大声惊呼："排长，排长，你在哪儿，别吓咱们啦。"随着兵士们的呼喊声，只见土堆一阵抖动，钻出来一个浑身泥土的钟煋，军帽不知丢到了哪儿，头发如鸡窝一样散乱，嘴唇干裂，瞪着魔鬼般血红的眼睛，提着汤姆斯冲锋枪，像要吃人似的，抬手一抹嘴边的尘土，狠狠吐出一口浊泥浆，破着嗓子骂道："妈的，想要老子的命，还没那么容易，老子还没有吃伯娘的小年饭，阎王老儿是不会收我的。""孩子们，打得好，伯娘给你们送饭来了。"余月香抓着战斗的空隙，给兵士们送了饭菜。有个调皮的兵士风趣的说："伯娘，土匪打不死我们，恐怕你会胀死我们啦。"哈哈哈哈，阵地上扬起一片欢声笑语……

蒋银州躺倒桥子港绿草地上，喘着粗气，望着碧蓝的天空飘过一抹浮云，仿佛自己怅惘的灵魂，也随浮云而去，脑子一片空白，"老蒋，抽杯烟，压压火儿。"冯宇成喷着满嘴烟臭，坐到了他的身边，从烟荷包里掏出了一坨烟丝。蒋银州突然挺身坐起，一把拉住冯宇成的手，将烟丝碰掉一地，"老冯你说，咱老哥儿俩是不是叫冻大麻子这个小辈给卖了。""卖了？"冯宇成鼓着一对牛眼惊愕得张大嘴巴，露出满嘴黑牙，关不住的口水直往外滴，蒋银州狠狠一拳砸到地上："大家约定今天同时进攻，他到现在还无动静，不是明摆着要咱哥两吃亏，他好保存实力发洋财吗？""到时候，还可能回过头来吃了咱们。""他敢，老子几百条人枪不是吃素的。"冯宇成听了，吵得口水纷飞。蒋银州挪近身躯，突显亲热地搂住冯宇成的脖颈说："还是老哥们好啊，有你这句话咱就放心了，这块肥肉咱俩啃，咱俩打下兴隆街，让这小子抱筒卵！"冯宇成心有余悸，但浊眼中却闪着贪婪的精光"老哥，这不是肥肉，可能是块难啃的骨头吧。"蒋银州一下推开冯宇成，"不，再硬的骨头旁边也有精肉可啃，这么着，我侦察发现有条暗沟，直通石拱桥中街口，你带你的人马从暗沟悄悄绕过去，我在正前掩护你，咱俩前后夹攻，不怕啃不出味儿来。"冯宇成一听，这不是自己明摆着捡了一个大便宜吗，只要进了兴隆街，什么好东西，还不是由我先抢。乐得他呵呵大笑，伸着大拇指夸道："高，老兄的主意实在高，不过，如果这次还打不赢，老子就扯乎。""对，这次输了，脚板里抹猪油，溜了。"蒋银州随声附和。冯宇成一声猛喝："弟兄们，跟我来，路上谁也不许说话，打下兴隆街，大家随意乐三天。"说完，手一挥，带领他的人马，从何家湾偷偷顺山脚而下，经团包，悄悄进入低洼地水沟潜伏，等待正面打响，蒋银州也不失信，发一声喊，带领他的残兵败将，一窝蜂似地涌到麻阳佬前方田坎下趴下来，口里喊道："冲啊，杀啊。"噼噼啪啪放起了排字枪，子弹如飞蝗般飞射，打得士兵阵地扑扑直响，扬起了呛人的尘土，样子也是够吓人的。说也奇怪，就这样打了半个钟头光景，就是不见土匪冲锋，潜伏在蒿草中的冯宇成见正面打响，派出了五十人的敢死队，顺着草沟绕过了刘健的阵地，慢慢接近了石拱桥，自己带着大队人马，悄悄随后接应。看看接近石拱桥，兴隆街林立的店铺历历在目，敢死队员们一颗颗躁动的心，几乎跳出了嗓子。忽觉眼前一亮，他们已走出了蒿草蓬，前面是一片田园，他们觉得自己已暴露在光天化日之下，箭在弦上不得不发，他们发一声喊，几个纵跳，已到桥头。一双双强盗眼赤红赤红的，几乎要喷血，担着枪，猫着腰提心吊胆地高度注意着街口。生怕哪栋房子内射来一束要命的子弹，哪知，千虑必有一失，背后汪家山上的轻重机枪一起开火，子弹如暴风骤雨般泻落，匪徒们还未摸清方道，就稀里糊涂地送了命。他们的血肉，成了来年水稻的上好肥料。冯宇成大惊，暗骂蒋银州不得好死，正准备发令死冲，哪知小匪拔腿就逃，踏得荒草纷纷晃动，陈定中，刘健同时发现目标，调转枪口，两面夹击，朝低洼地里一阵猛烈扫射，土匪们立刻死伤过半，活着的呼啦一下作鸟兽散，有的掉进沼泽地爬不上来，蒋银州见冯宇成失利，肚中也饥肠辘辘，无心再战，领着众匪又退回桥子港。坐在石头上出长气，正懊恼间，忽听群匪们一阵欢呼："救兵来了，救兵来了，好威武呀。"蒋银州抬头一看，只见一队战船，高挑着冻大麻子的大旗，机枪拦头一字儿排开三十余艘顺江而下。对河风坡岩纤路上，急行着约二百人的队伍，水陆并进，好不威风。蒋银州气打一处来，醋气十足地骂道："龟儿子，神气个卵，老子出道的时候，你不知在哪里摸糖鸡屎，要老子拼命，你躲在后面得现成！"他觉得还不解恨，高喊道："弟兄们，弟兄们，大家不要动，就在这儿看冻大麻子的把戏。"众匪们巴不得如此，他们一个个饿得肚皮巴了背架骨，浑身像散了架，东倒西歪睡在青草坪里。冻大麻子这条初出茅庐的狼，凭着他的小聪明和心狠手辣，几年工夫，就成了湘西众匪之首。今天清晨，他领着队伍和船队杀奔兴隆街而来，忽听兴隆街方向枪声大作，知道已经交火，灵机一动，命令队伍停在牌楼里，乐得个隔岸观火，把捏着驻军元气大伤，自己的队伍饱餐一顿，这才催马上前。船下孟家滩，还不见敌方动静，心中暗暗欢喜。

张琛亲带两个排驻守码头工事，乍看土匪如此阵势不觉内心一寒，正准备下令开火，哪知匪徒抢先开火。贼船船头的机枪，狠狠吐出凶猛的火舌，子弹狂风暴雨般从士兵们头顶啾啾飞过。打得民房噼啪乱响，片片纷飞，房中百姓立刻狂呼乱叫，看看贼船近前，张琛大喊一声："打。"轻重机枪，汤姆冲锋枪，同时直射贼船。当先一条船上的机枪立刻成了哑巴，机枪手和着机枪扑通一声掉到了河里，船只多处涌进了河水，匪徒们一片混乱，船只失出掌控，滴溜溜在河中打转，此时，一满头白发的老匪挥舞着驳壳枪，凶神恶煞般跳到船尾，一脚踢开舵手，亲自把住了方向。他扯开喉咙喊道："弟兄们，不要慌，兵痞子人不多，咱们冲上去杀了他们，上坡抢他娘的。""快划，快划。"忽听街上有人喊道："张连长，白脑壳就是边胡子，杀了他。"张琛听得明白，闭气提神，瞄准边胡子一个点射，砰的一声，边胡子一头插入水中，后面的贼船陆续赶到，机枪步枪一齐开火，子弹如铁帚般扫向码头，张琛大怒，挺身端起机枪一气猛扫，匪徒纷纷落水。"连长，你负伤了。"传令兵小赵爬过来，一把扯开张琛，替下了连长，张琛倒在壕沟里，伸手一摸左膀，满手是血，这才感到左膀割肉般疼痛。这时，只听小赵嗯的一声，身体软绵绵地倒在张琛身旁，张琛一看，小赵头部，已被子弹射得面目全非，眼见得不能活了，眼泪夺眶而去。七尺男儿伸手一擦眼泪，弄得自己成了一个血花脸，他全然不顾，端起机枪吼道："龟儿子，血债要用血还！"哒哒哒哒一梭子响过，复仇的子弹将敌人的机枪打成了哑巴。此时，敌船越来越多，成扇形向军火船包抄过来，形势危急万分，汪家山陈定中的六〇炮适时奏响了，刹那间，就像是爆发了强烈的地震，霹雳闪处，炸起了冲天水柱，破碎的船板，尸骨碎片被气浪冲到空中，又雨点般落下来，匪徒的血染红了一江清水。血腥味儿，火药味儿凑成了一道奇异的大杂烩，弥漫在空气之中，活着的匪徒纷纷落水，就像浮着的一碗泡儿。没有炸翻的贼船，急速调头而逃，再也顾不得落水的匪兵。张琛高喊道："陈定中，你小子，干得好，干得好哇。"他正得意，一阵猛烈的弹雨横扫过来，压得士兵们抬不起头来。张琛拿起望远镜向枪响处一望，惊得张琛伸长了舌头，只见对河千人岩处，一字儿排开了一长溜匪兵，看样子不会少于二百人，他们肆无忌惮地疯狂扫射，个个面露轻狂之色，真是小人得志。张琛喊道："弟兄们，对河的不要管他，瞄准河里的，狠狠打！"话音刚落，汪家山麻阳佬处同时响起了激烈的枪声。汪家山的炮弹再也没有打过来，他明白，敌人的总攻开始了，心情十分沉重。原来，陈定中正指挥着炮手轰击敌船，忽觉山下有异，举目四望，只见西北方向，黑压压的涌来一片匪兵，顺着龙潭溪向自己身后袭来，督阵的就是匪首燕桂洪和姚尚富，如果越过杜家坪，后果不堪设想。陈定中只得停止炮击，换上轻重机枪居高临下猛烈开火，将群匪压在杜家坪开阔地带，双方立刻斗成胶着状态。

蒋银州、冯宇成部见兴隆街打得火热，贪欲色欲又使得群匪们眼放异彩，来了精神，呼啦一阵又杀回麻阳佬前沿阵地作困兽斗。四周激烈的枪声，给困在船上的匪徒打了一剂兴奋剂，呀呀呀的狂呼着，又启动了他们的长桨，拼命向军火船冲来，张琛暗暗叫苦，忽然，对河斜刺里又杀出一彪人马。张琛举起望远镜，只见来军个个生龙活虎，猛不可挡。张琛暗叫"完了，完了，我死不足惜，可惜军火落入贼手。"然而，张琛惊得张目结舌，他不相信自己的眼睛，放下望远镜，揉了揉双眼再仔细观察，千真万确，来军不但没有向自己开一枪一炮，相反已冲入敌阵，将匪徒压下了河坡。密集的手榴弹居高临下，投入敌群，"轰轰隆隆"炸得匪徒血肉横飞。活着的，纷纷落水；机灵的，顺着河坎向两头逃命。冻大麻子的陆军，顷刻瓦解。张琛大喜："弟兄们，土匪反水了，瞄准河里的狠狠打，消灭他们……"

刘健正与二百多顽匪激战，忽觉自方枪声稀疏下来，吼道："机枪，机枪怎么啦？""报告排长，没子弹了。""他妈的，真要命。"他摸了摸自己身边的弹匣，也全部打空，汤姆式冲锋枪枪口也打得通红，他一下扔掉冲锋枪，夺过旁边机枪手的机枪，喊道："弟兄们，咱们是正规军，决不能活着落到土匪手里，这是奇耻大辱，为国捐躯的时候到了。"他抱着机关枪，打出了最后一梭子子弹。几个狂喊："抓活的，抓活的。"的土匪，立刻倒在他的枪下。土匪呼啦一下又趴在地上。忽然，一兵士喊道："子弹来了，子弹来了。"刘健回头一看，是连长他爹，领着一群男人们背着弹药箱赶来了，刘健大喜，士兵们以惊人的速度，压满子弹，单等敌人来送死。只听蒋银州喊道："弟兄们，兵吊子没子弹了，冲啊，缴一挺机关枪，换一个乖婆娘呀。"乒乒乒乒敌人的子弹如飞蝗般飞过。他们大胆地挺直腰杆，如一群饿极的豺狼向兵士们压来。"打！"刘健一声令下，三十多条枪喷出三十多条火舌，将冲在前面的匪徒尽数吞噬。蒋银州一下目瞪口呆。刘健杀得性气，端起机关枪，自立身躯向敌人猛烈扫射。可是，他犯了一个大意失荆州的致命错误。一颗流弹飞来，夺去了他年轻的生命。老英雄张恒接过刘健的机枪，哒哒哒的又怒吼起来……

　　红日西沉，暮霭苍苍。土匪的枪声渐渐稀疏下来，士兵们也累得筋疲力尽。当夜幕完全低垂的时候，土匪们弹尽粮绝，溃不成军的遛走了，留下四百多具尸体增加了大地的养分。战斗刚停止，张琛吊着个左膀，摸黑独自一人来到打得最艰苦的麻阳佬前哨阵地视察，老远就听到麻阳佬堂屋里哭声如涛。内心一惊，急走一阵进入堂屋，昏暗的灯光下，只见余月香抱着一名浑身是血的士兵痛不欲生："孩子呀，你才二十二岁呀，在富人家里，这样的年龄还在撒娇哇，还没有吃伯娘的年夜饭呢。你也是爹妈养的肉呀，白发人送黑发人，造孽呀，爹妈会痛断肝肠的。"大妈的号哭，引得大兵们一片抽泣，当然咯，老英雄张恒和兴隆街的男人们，也掉下了出自内心的热泪。张琛走到近前，这才看清是三排长刘健，他慢慢脱下军帽，对着刘健遗体恭恭敬敬地三鞠躬，长叹一声，满腹惆怅……

291

第三十六回

正错有心张琛认子
恩怨二平小梅投军

　　田茂昌诊所，伤员人满为患。雪白的煤气灯光，照耀得病房手术室如同白昼。伤员们痛苦的呻吟，将张琛的一腔热血搅得稀烂。望着伤员们毫无血色的脸，他思绪万千，国家的兴旺，民族的复兴，都需要这些年轻的生命流血淌汗啦。但作为这支队伍，今后又将何去何从呢？"报告。""混蛋，这里不是战场，不需你大呼小叫，什么事儿？"张琛压低嗓子。对站在门外篱笆桩样的传令兵发着虚火。"报告连长，抓住了负伤的土匪头目冯宇成、边胡子，怎样处置？""好。"张琛点了点头，对传令兵吩咐道："告诉陈连副，给我好好养着，等刘健等五人出葬后，在坟前杀他们祭奠亡灵，记住，砍脑壳。""是。"当田岳小梅和卫生员处理完最后一个伤员时，已是晨曦初露。小梅长长地嘘了口气。启下了口罩，虽然她那对漂亮的大眼睛充满了倦容，但还是情不自禁地向张琛瞟了过去。目光纯真，温柔如水。二人的眼神电样相触，小梅白皙的粉脸刹那间飘上红晕，心如蹦鹿。张琛情意缪缪，当着众人羞于启齿。迟疑着正要离去，小梅突然叫道："慢，张连长，请你代我送师傅回房歇息。"张琛不怒反乐，连连叫好不迭，扶着田岳进了内房。待张琛回转后，小梅已将器械收拾的井井有条，小梅吞吞吐吐地对张琛说："现在我值班，陪着我，我有话要说。"张琛停下脚步，怔怔地瞅着小梅的俏模样，心神一荡，就觉身前升起了一轮光彩夺目的太阳，一股灼热的暖流直入心扉，他惶怯着问道："你要说什么？""我要当兵。""当兵？"小梅的话，大大出乎张琛的意外，他惊奇得如发现了外星人，情不自禁地重新审视着小梅。"对，当兵。"回答得铿锵有声，她歪着个脑袋看着张琛，不像调侃，也不像天真。"你为什么要当兵？""我受人之托。""谁？""我不告诉你。"张琛忍不住扑哧一声笑了，拉过小梅，双双同坐在一条长凳上，"你呀。"男人心里最原始的欲望促使张琛伸手捏住了小梅的下巴。"就是这样顽皮。"将小梅性感的嘴捏成一个○形，充满了醉人的诱惑。色胆包天的张大连长眼看就要吻上去了，小梅伸出纤纤玉腕，毫不客气地拦住了张琛那张不安分的嘴，张琛玉面一红，底气明显不足地说："你到底说不说，不说，我可要走了。"小梅低垂下头，倦眼中泪光闪闪。

张琛心神一紧，握住她如脂玉臂，恳切地道歉："对不起，是我不好，是我轻浮，要不，你打我好了。"说着，抓着小梅的手在自己头上连连击打。小梅抽回自己的手，伤感万分的说："别这样，琛哥哥，我不会怪你的，要怪也只能怪自己命运不好。""我求你了，你不要哭，你的泪水，使我的心更加伤痛，你要知道，军人是不许流泪的。""我知道，战场上只能流血不能流泪。""那你为什么要哭？""因为，因为我想起了情场上失败的可怜姐姐。""该哭的是我，是我这个混蛋害死了她，而我却好好的苟活着。""我姐姐的死，没有你的错，也许，这是命中的注定。""这不是命，这完全是邵春甫这条老狐狸给害的，你要哭，就痛痛快快的哭吧，这个仇，我迟早会报的。""现在我又不想哭了。""为什么？""因为我想当兵，我还要告诉你，我受人所托。""谁？""我姐姐。""难道你姐姐当时就交代你去当兵？""不，她临死前托付我，要我一生一世照顾你。""大梅呀，你……"张琛浑身一抖，黯然泪下……流泪，流泪，连空气也伤感得冰凉无情，酷冷的晨，万籁俱寂，只有煤气灯很不知趣的咻咻轻响，叩击着二人几乎断裂的心弦。半晌，张琛泪眼婆娑，朦胧地盯着小梅

说："小梅，我是个军人，更是男人，我不需要你的照顾，只要你的爱，我爱你，你知道吗？""知不知道并不重要，重要的是你收不收我这个兵。"小梅为张琛揩了揩泪痕，很认真的说。"收，队伍上就需要你这样救死扶伤的天使，我替所有的士兵向你道谢，可是——"小梅一掌堵住了张琛的嘴，"不要可是，我跟师傅说了，他同意，我娘身边还有弟弟，我参了军，今后弟弟就不用当兵了，俗话说'女大娘难留'嘛，她会同意的。""好吧，你交班后就到连部文书那儿登个记，我找陈连副通个气儿，顺便问问有没有女军服，不过——""不过怎样？""不过登了记后，就不准反悔咯。""决不。""好，一言为定。"张琛的疲劳一扫而光，兴冲冲走去田茂昌。这才发觉外面满是白霜，不亚于下了一场小雪。回到连部找陈定中商量完公事后，才拖着疲惫的身子回家，想痛痛快快睡个安稳觉。

甜睡中，一阵激烈的女人尖叫和男人的怒骂声将他惊醒。张琛侧耳一听："救命啦，救命啦，张琛，快救我。""我打死你这不要脸的婆娘，你喊，我叫你喊……"这是谁呀，指名道姓的喊我救命。张琛一急，掀掉铺盖穿上衣服就走，刚出房门，发觉自己没抹武装带。这不行，万一有情况没武器怎行，急忙返回，不小心伤手碰着门楣，钻心的痛，白纱布又渗出了红迹。女人的救命声越来越急，不时还夹着幼儿的哭叫。张琛抹上武装带，蹬蹬蹬甩开大步跑出家门。此时，哨兵已将男人扯开，女人抱着个孩子，披头散发，往张家大门里逃。恰巧与张琛撞个满怀。二人同声惊呼："丽花，张琛。"邱吉山挣脱士兵的阻拦，赶过来拉住邵丽花说："走吧，回家去，别在这儿出丑卖乖。"说着，嘿嘿嘿嘿地对张琛点头哈腰。邵丽花拼命往张琛背后躲，小孩惊恐地盯着邱吉山，哇哇大哭。张琛好言相劝道："丽花，回家吧，夫妻吵架没有隔夜之仇嘛，别吓着了孩子。"邵丽花边哭边喊道："他不是我男人，是他杀了郭中龙，霸占了我。"张琛大惊，右手按上了手枪套，邱吉山嘿嘿奸笑说："别听她的，她疯了。"邵丽花边挣边喊："这是真的，他还杀了周大梅。"张琛大怒，刷地一下拔出左轮枪，瞄定邱吉山说："放手，你还有何话说？"邱吉山丢下了邵丽花，胸脯一挺，跨前一步逼近张琛说："张琛，你听明白了，是邵大成、邵小成要报你家夺宝之仇，放火烧了扶善溪，再嫁祸于周文武。"说着，贼眼一闪，对着张琛身后说道："张老爷子，你在明处，你说是也不是？"张琛朝后一望，呼的一声，邱吉山已飞脚向张琛持枪的右手踢到，电光火石之间，张琛一闪，躲过了飞脚，却撞掉了邵丽花的儿子，就这样慢得一慢。邱吉山一个就地十八滚，已滚出三丈开外。张琛连开数枪，邱吉山如泥鳅一般灵滑，休想得中。急得他大叫道："快，快抓住他，抓住他。"枪声一响，十几个中央军蜂拥而至，邱吉山见事情危急，从怀里抽出驳壳枪，砰砰几个连发，两个士兵应声而倒，突然长身而起，呼啦一下跳上一个土棚，跟着如弹丸般一蹦，飞身落到屋脊，随后身形一晃，不见踪影。士兵乍见如此轻功，惊得张目结舌，身经百战的斗士，倒忘记了开枪还击。待到回过神来，才噼噼啪啪开枪送行。张琛高叫道："算了，算了，以后见着此人，格杀勿论。"张琛飞步赶到倒地的士兵跟前一看，还好，没有伤到要害，吩咐抬往田茂昌诊所救治。张琛转身就要去天主堂连部，不想被邵丽花抱着个孩子拦住了去路。邵丽花亲了亲孩子，情深盈盈地瞟了张琛一眼，满脸含春，对儿子说："胜儿，叫爹，快叫爹，他才是你的亲爹。"说着，将儿子递到张琛面前。小儿子乍见穿着如此服装的男人，吓得连连后靠，躲在母亲怀中，睁着惊恐的眼睛巴喷着嘴。张琛乍听此言，心中一慌，脸一下子红到了耳根。分辩道："你胡说些什么？还不赶快回去。"丽花睁大了眼睛争辩道："你要我回到哪里去？我哪有家啊，你不要我，连亲儿子也不要了。"张琛大惊，回头看了看士兵，又看了看越来越多的街坊，拉着丽花说："走，跟我回家。"回到家里，他砰的一下推上大门，靠着门直喘粗气，张恒幺姑见张琛拉来了丽花母子，心中也感愧疚，悄悄避入了内房，看着像渔鼓筒一样呆立在屋中的邵丽花，张琛越想越气，恶狠狠地指着邵丽花骂道："邵丽花，你这臭婆娘，今天我才真正看清了你，你和你爹一样心狠手辣，死不要脸。"这绝情得近乎杀人的恶语，如一记重拳击得邵丽花面色苍白，摇摇欲坠几乎晕倒。孩子从无力的手中滑落，摔在地上半天没有喘过气来。她神情恍惚地喃喃自语道："骂得好，该骂，该骂，我还是个贱女人，痴情女人，来到这个世上，天生就是男人作践的玩物……"突然，她伸展双臂仰天哈哈大笑，眼泪却无奈夺眶而去："天啦，我无助呀，只有苍天，你能知我心。"张琛乜斜着眼打量着邵丽花，一股可怜、厌恶之感油然而生，猛一下跑到邵丽花身边，抱起地上哇哇大哭的孩子自嘲道："张琛啦，张琛，你真幸运，怎么从天上突然掉下个儿子。别哭，啊，小模样儿倒还长得不错嘛，可惜啊，可惜你的母亲却死不要脸，自己水性杨花，怀了野种，今天却给我搭稀泥巴来了，嘿嘿，可笑，可笑……"突然怒吼道："可恨！"邵丽花也如发了怒的母狮，扑上前来，从张琛手中夺过孩子放到身后，骂道："天杀的，不要吓了孩子，你不痛我痛。"说着，抡起双拳，在张琛宽阔的胸怀上擂打，擂着，擂着，拳法越来越轻，越来越亲，继而，猛一下钻到张琛怀里嘤嘤直哭，瘦削的双肩一耸一耸的，楚楚可怜。张琛突然觉得自己也有对不起怀中女人的地方，心一软，拍着邵丽花的脊背哄道："丽花，对不起，是我不好，不该这样刻毒的骂你，你打我吧……"男人在女人面前，永远是弱者，特别是在漂亮女人面前，张琛也不例外。小男孩儿慢慢止住哭声，惊恐地瞧着大人们的悲壮表演。邵丽花慢慢抬起头，委屈的泪水点点滴滴如诉衷肠。张琛紧了紧手，实实在在的将她搂在怀里。邵丽花顺势靠在张琛肩头。在他耳边窃窃哭诉："琛哥哥，你骂我，打我我认了，但是，你千万别委屈了我们的孩子。这孩子真是你的骨肉呀，可怜他今天才见到他的父亲。""丽花，别的都好商量，你强迫我承认这孩子是我的，总该有个根据吧。""难道你自己做的事儿，还要我点穿吗，光明正大的夫妻不做，为什么要下麻药麻翻我？你不爱我，为什么又施暴于我？我们既然有了夫妻之实，为什么又要偷偷逃走？你对得起我？对得起死去的大梅、周叔、中龙，还有兴隆街所有的受灾的人吗？你知道吗，那天，风也是这样的大，天也是这样的冷，我想你，恨你，想你，喊天天不应，喊地地不灵。我是个女人，是个凭了三媒六证，天地祖宗父母高堂，与男人拜了天地的女人，新婚之夜，男人却自己投水死了，我的名誉何在？尊严何在？我能独活吗？我，半夜，我就穿着睡衣，摸黑来到石板岩哭呀，喊啦，肝肠寸断啦，后来，无力再喊了，就跳下了冰冷的沅水，要不是郭中龙救我，我还有人吗？凭良心而论，郭中龙他爱我，他舍身救我，我就不能知恩图报吗，于是，咱俩驾船逃走了，但这孩子，却真真实实是你的，只有你，才是这孩子和我的真正依靠呀。"张琛长叹一声说："丽花，我知你爱我，我很欣慰，但我有苦衷，世道动荡国破家危，作为一名军人，随时随地都会马革裹尸，我不会给你幸福的。"说到伤心处，七尺男人，抱着女人哭了……丽花一惊，抬起头来，抱着张琛的头，踮起脚尖，脸儿挨脸儿揩擦着张琛脸儿上的泪水说："琛哥哥，如果你死了，我会随你而去，在我们还没有死前，我要你亲口对我说，邵丽花是你的女人，孩子是你的儿子。"半晌，张琛结结巴巴答道："邵丽花，是我张琛的女人，但孩子就不要勉强了吧。""勉强？"邵丽花一下松开张琛的头，三下两下扒开自己的棉衣内衣，撸起袖子，裤脚，只见雪白如脂的皮肤上，到处是青红紫绿的伤痕，她愤愤不平的说："我邵丽花也是喝过墨水的大家闺秀，能这样的人不人鬼不鬼的熬到今天，就是图个夫妻团圆，父子相认。难道你还要把我推给邱吉山，让他凌辱我们母子至死吗？你还算男人吗？不认孩子，我也不是你的女人。"说着，她拉过孩子，指着小男孩说："张琛，平心而论，你看，这眉眼鼻子嘴巴脸盘儿，哪点儿不像你呀，我知道，你恨我爹，但不能因此而把上代人的恩怨，强加到孩子身上呀，难道你连承认孩子是自己骨肉的勇气都没有了吗？"张琛狠命地单手一挥，吼道："够了，够了。"他急匆匆奔入内房，拉着张恒和幺姑走了出来。恭恭敬敬扶他们坐好，扑通一声跪下，长天一揖说："爹，娘，我和小梅的亲事，是你们从小给订的，我和丽花的婚事，又是你们给办的，而今小梅为了我，不惜投军相伴，丽花又牵来个孩子相认，要我怎么办啦，爹，娘，你们说话呀。到底孩儿因该怎么办啦？"说着，泪如雨下，不断摇着老人的膝头哭喊："咋办，咋办啦……""我知道该怎么吧。"嘎啦一声大门洞开，闯进一个人来。她——周小梅，歪戴一项国际船形帽，乌黑的秀发错落有致地蓬松在帽檐外，一身合体的美式军服把她细柔的腰肢装束得越发窈窕。腰束武装带，斜挎一支勃朗宁小手枪，将胸脯臀部勾勒出更加美丽匀称的线条。两条浑圆秀美的腿，配上了一双女式马靴，一切都显得那么秀美，协调，英姿飒爽而凛然不可侵犯。她抬手一个军礼："报告连长，女军医周小梅向你报到。"羞得张琛手足无措，狼狈不堪地从地上爬起来，习惯性地还了一个军礼，这才发觉自己没戴军帽。周小梅放低嗓音说："你们的话我都听到了，连长，不能因为我的存在而拆散你们的家庭。"张琛摊了摊手，气急败坏地说："小梅，你怎么可以这么说，我可以对天发誓——""不必了。我是医生，只信医学，不信上苍。我可以认真地告诉你，郭全胜真是你的亲儿子。""这不是真的，你胡说。"张琛垂下手，哈着腰，可怜巴巴地望着小梅，希望她收回自己的话。小梅严肃地瞪着张琛，明眸似箭，语音如刀："小全胜是我接生的，治的病，他的血是A型，邵丽花是B型，连长，你的伤口流的血经我检测，也是A型，两人的血型完全吻合。连长，现代医学证明属实。你要负起责任。"张琛像个孩子似的拉过小梅的手，机械地说："可是，可是你答应过大梅，要一生一世照顾我的，怎么反悔了？"小梅礼貌地抽回手，很有分寸地辩道："我没食言，你是军人，我是军医，当然有责任一生一世照顾你，但我没答应大梅，一定要和你成亲。"邵丽花正用惊恐而嫉妒的目光打量着小梅，回味着小梅的表白，一阵咯噔咯噔的皮靴响过，小梅已亭亭玉立在自己面前。她立刻感到一阵压抑，准备应付突然的事变，小梅莞尔一笑，弓腰抱起了孩子，在他苹果似的小脸蛋上亲了亲说："全胜乖，全胜真听话，阿姨抱你去认爸爸。"说着，她已将孩子抱到了张琛面前："来，接着儿子，你看他长得多可爱，多像你啊。"张琛心乱如麻，千丝万缕怎么也理不清，神情恍惚如在梦中。机械地接过孩子，人如一个"呆"字形立当场。小梅笑嘻嘻地走到两位老人面前，深深一鞠躬，笑靥如花地说："恭喜伯父伯母，你们儿孙满堂，子孝媳贤，福寿安康啊。"张恒幺姑一颗悬着的心总算放了下来，站起来拱了拱手说："同喜，同喜，还是咱的侄女儿懂事，有出息。"继而，小梅又来到邵丽花面前说："嫂子，咱们都是女人，我理解你的心，我佩服你执着的追求，祝你幸福。"说着，她拍了拍邵丽花的肩膀："好好把握。"大踏步走出了张家的大门。那咯噔咯噔的脚步声，敲碎了张琛的那颗花心。

第三十七回

各为其主兄妹斗嘴
共谋决策两军突围

　　翌日清晨，一阵烦人的敲门声将张琛从温柔的梦乡惊醒。天生赖床的邵丽花还死猪般的酣睡着，两片小嘴唇儿一嘟一嘟的，扯动着两个醉人的小酒窝。这个天生的美人坯子，睡着了也是那么惹人疼怜。张琛爱不忍离，在她香唇上轻轻一吻，留下了终生的思念。他轻轻拨开了邵丽花搂着自己的玉臂，像贼一样钻出了被褥。装束停当，张琛走出房间，对睡在床上的邵丽花看了最后一眼，轻轻带上了房门。幺姑走上前来说："琛儿，别慌，是我叫你。"张琛停下脚步问道："妈，什么事儿？吓我一跳。"幺姑很慈祥的笑了笑说："好事儿，你随我来，看谁来了？"说着，不由分说，拉着儿子就往自己的偏屋里跑。屋中炭火熊熊，温暖如春。像办啥喜事儿似的，挤满了人，见张琛到来。哗啦一下全站了起来。"哥。"一声亲热的呼唤，将张琛从懵然中惊醒。"啊，妹妹。"张琛惊喜万分的奔过去。抱着妹妹一下举了个老高。将张媛憋了个满脸通红。"哥，你说过要永远保护我的，怎么自顾自的当兵去了？"张琛放下妹妹，长叹一声说："哎，一言难尽啦。算了，别提它。"说着，他注目扫视，全是亲人，有田聪、余贵，三人自然又是一阵亲热。田聪拉过张琛坐到一块儿，瞧着他一身美式装束，微微一笑说："前天一仗，张兄你打得不错啊，士别三日，真叫人刮目相看啦。"张琛摇了摇手："惭愧、惭愧，靠着天时地利人和与弟兄们浴血奋战，才侥幸胜得一仗，要不是土匪反水，还不知是怎样一个结果呢。"话虽说得如此谦虚，但面上总不免呈现得意之色。哪知三人同时捧腹大笑，余贵点着指头说："老弟，天上掉不下馅饼，土匪也不会自动放下屠刀的，这是我们共产党领导的武陵游击队帮了你，田聪老弟是支队长，张媛妹子是教导员。"张琛一惊，条件反射的一弹而起，手一下摸着了手枪套，转眼一看是自己的妹妹，不好意思的举手敬了个军礼："幸会、幸会，卑职万分感谢贵党帮助。"田聪说："哪里哪里，土匪人人得而诛之，何况是自家兄弟，不过，仁兄以后作何打算？"说着，站起身伸手握住了张琛的右手，张琛面上一红，微一沉吟说："张某在此休整待令。"田聪微一皱眉，正待说话，张媛突然发问道："哥，你什么时候离开常德？""大约是一个月以前吧。""目前国内解放战争的形势你可了解？""为兄略知一二，不知妹妹有何见教？""何为略知一二？""这个嘛，这个，对，第一，你们的军队取得了三大战役的决定性胜利，第二，白长官扼长江天险固若金汤，国共两党隔江而治的局面业已形成。"三人扑哧一笑，连连摇头。张琛面上又是一红。正要发火，田聪拉过张琛，二人双双落座，张琛抓过火钳，百无聊赖地拨弄着木炭火。弄得灰尘腾腾。田聪拍了拍张琛的肩膀说道："张兄，实话告诉你吧，我中国人民解放军百万雄师，已从江西九江、湖北鄂州、宜昌等地突破长江天险，打破了白崇禧长江不可逾越的神话，程潜、陈明仁二将军已通电起义，正式脱离蒋介石集团，湖南解放指日可待，希你早作打算，我代表中共桃源县委，热忱欢迎张兄弃暗投明，回到人民的怀抱。"张琛抬起头惨然一笑说："想我张琛乃一下级军官，如此大事，焉能做主？"田聪鼓励道："张兄，有道是将在外君命有所不受，这一百多人的队伍——"张琛不待田聪把话说完，抢过话头说："田兄，话虽如此，但我有苦衷，李默庵对我有知遇之恩，再生之德，我岂能背他？知恩不报，猪狗不如，恕我不能从命。"张媛一听此言，杏目圆睁，怒道："张琛，亏你还是我哥，你好糊涂啊，水至清则无鱼，人太紧则无智，难道你硬要与人民为敌到底，陪着蒋家王朝一块儿葬送自己吗？"张琛猛一下站起来，将胸膛拍得咚咚直响："妹妹，我告诉你，为兄时至今日，还没有向人民开过一枪一炮，何谓与人民为敌？妹妹，我还提醒你，力微休负重，言轻莫劝人，我，张琛，男子汉大丈夫，自当马革裹尸，杀身成仁，何谓为谁陪葬？只谓各为其主。"张媛气得眼泪汪汪："张琛，你——你硬要用你手中的武器向你亲妹妹的胸口开枪吗？你现在就杀吧。我无所谓，只可惜，螳螂捕蝉黄雀在后哇，我告诉你，共产党不怕多你一个敌人。""不，不是敌人，是朋友，国共合作，不是打败了日本佬吗，咱兄妹相煎何太急啊。"幺姑见兄妹两吵得不可开交，挤进身来劝道："好啦，好啦，都别发小孩子脾气，你们俩兄妹好不容易聚到一块儿，爹高兴娘高兴，不要因为一些芝麻大的小事儿，搞得气鼓鼓的，大家吃早饭去，谁也甭提这些伤脑筋的事儿。"张媛拉了拉母亲，解释道："妈，咱们商量的都是些天大的事儿，关系到成百上千人的性命啦。"幺姑一听，吓得惊慌失措，叫道："性命？你们谁要杀人了，我跟你们说，咱张家的人谁也不许胡来，否则，你爹绝饶不了你们。"田聪看老人家那个紧张样儿，很不过意，劝道："伯母，你别听张媛瞎说，您老忙去吧，我们先别急着吃饭，还要扯事儿啦。"幺姑看看这个，又望望那个，总觉得心里不踏实，像窝着一团火一般难受。田聪转面对张琛说："张兄，人各有志，我们也不可勉强，不过，我要提醒你，你中了李默庵丢卒保车之计了。"张琛一惊，急问道："此话怎讲？""事实可以证明，自程潜、陈明仁通电起义后，湖南就只剩下李默庵一个正规师了，他感到无力回天。第一，收编土匪，网络社会势力，企图与我军最后一搏，第二，先命你押运军火到常，后命你原地待令，看来老狐狸已做好了丢下辎重，乘机开溜的准备。第三，这批军火本来就是作为装备土匪之用，你打散了冻大麻子的队伍，不但无功反而有过。因此，张兄，何去何从，希你早做决断。"田聪一席话，如一盆水，将张琛亢奋的神经，浇得透身儿冰凉，他不禁打了一个寒战，目光呆滞，盯着红红的炭火再也不出声儿。这时，在柜台里放哨的张恒急急忙忙跑进来说："琛儿，陈定中来了，大家快到后面隐蔽。"三人起身就要离开，张琛说："妹妹，你留下，听听来人怎么说。"张媛略一思考，答道："好。"兄妹二人装作无事一般，谈笑风生的烤着火儿。陈定中风风火火地闯了进来。一件有位漂亮女人在场，抬起的脚老半天没有放下。张口结舌的进退两难。张琛哈哈大笑说："啊，舍妹，舍妹，称雄，不碍事的，小妹——张媛。妹，这是上尉连副陈定中先生。"陈定中彬彬有礼的对张媛微一欠身，赞道："幸会，幸会，张小姐果然闭月羞花，不失大家闺秀。"张媛嫣然一笑，答道："过奖，过奖，陈先生态度轩昂，不愧栋梁之材呀，请坐。"陈定中正了正军帽，微一点头说："谢谢。"笔挺笔挺地落座在张琛身边，眼不斜视面不改色。真有一股坐怀不乱的男儿气概。他烤了一下手，从公文包中抽出一道电令交给张琛，张琛一看，神色立刻大变，沉吟半晌，就着炭火烧掉了电文。指示道："立即回电照办。另外，请通知各排排长，连部干事，上午九点在连部会议室准时开会。""是。"陈定中就要出门。张琛叫道："慢，陈兄，留下一块儿用餐吧。""谢谢连长，咱还要下通知呢，咱回连部再吃。"边说边走出了张家大院。田聪，余贵走出内室。问道："仁兄，什么事儿？"张琛略一思索，答道："撤退。"他背负双手绕着围炉踱步，马靴扣得地板咯噔咯噔直响。突然，他停下脚步，对田聪果断地说道："事态非常严重，这样吧，贵党派一名代表参加我们的军事会议，我保证他的人身安全。"田聪思索了一会儿，答道："可以。"张媛说："我去。"张琛答道："也好，你是女人，安全系数更高，不过，你得把衣服换一换，军人吗，不许穿着大家闺秀的衣服参加军事会议。""是，哥。"田聪握住张琛的手，晃了晃说："大哥，一切拜托了。""放心吧，她是我妹妹，我不会出卖她的。"

　　九点未到，张琛兄妹双双进入天主堂连部会议室，与会者见连长带来了一位标致的女共军，又是惊奇又是紧张，不亚于见到了天外来客。张琛压了压手介绍道："这位是小妹张媛，武陵支队指导员，前几天与我们合力打垮冻大麻子的友军，特邀参加我们的军事会议，希望大家以诚相见。"陈定中见张琛带来了女共军，本已吃惊不小，现在一听还要参加军事会议，更是惊上加气，不由得重新审视了张媛儿眼。她——蛾眉淡扫，一双炯炯有神的大眼里，带着精明而奔放的笑意，齐肩短发，额头整齐的刘海，将红扑扑的脸蛋修饰得更加妩媚明艳。穿一套淡黄色解放服，腰束武装带，挎一把皮套驳壳枪，缠绑腿，着解放鞋，整个人显得风采如玉，文雅中透着刚健，年纪虽然不大，但却精华内蕴，狂傲中犹如包着一团火。陈定中啪的一个立正，对张媛敬了一个军礼说："张小姐单人独骑驾临敝部赴会，该不是蒋干过江吧。"张媛站起身，还了一礼说："陈连副真会说笑话，蒋干乃一奸细，小女子乃受本部百多名战士所托，与贵部共谋抗敌大计，其本质与目的与蒋干根本不同。陈连副何必多虑，再说，你我两军已很好地合作了一次，希望贵军与我们再次精诚合作。"陈定中阴阳怪气的一笑："佩服，佩服，巾帼不亚须眉，有胆有识，不过，连长你还有何话说？"张琛轻咳一声，扬手示意二人坐定，举目一扫全体人员，沉声道："诸位，从全国大形势看，湖南解放迫在眉睫，从小环境观察，我部处境更是险恶，北有冻大麻子蠢蠢欲动，要报前日一箭之仇，南有桃源潘才锦部一个团，东有武陵游击队隔江狙击，这些人都是为了同一个目的——军火，即日就可引发兄妹相残，友军火拼，自相残杀危害地方，李长官电文通知只说'移交军火，立即撤离'，我的意见不妨将军火就近移交游击队算了，以免久拖生变，咱们撤不出去，诸位，你们意下如何？"陈定中一拍桌子站起身，斩钉截铁吼道："不行，这样有违委员长训令。"张琛扑哧一笑，调侃道："老兄，火气太大恐伤肝啦，连程潜、陈明仁那样的高官都与老蒋分道扬镳了，何况咱们乎？"接着面色一凛，补充说道："我申明，我可没说咱们要投共，我只说移交军火，轻装撤离。"陈定中铁寒着脸，喊道："来人。"呼啦一下，跑进四个全副武装的士兵。"将他们兄妹给我拿下。"四兵士正要上前拿人，张琛抽出左轮枪，啪的一声砸到桌子上，"我看谁敢？"吓唬住了四士兵，畏缩着不敢拿人。陈定中从口袋中取出一考究的蓝本本晃了晃说："军统常德站上尉谍报员陈定中，只有我才是你们的真正连长，服从命令，拿下！"话声刚落，陈定中一声闷哼，像狗一样一头栽倒在地，挣扎不已。后心深插着一只弩箭，还在微微抖动。大家正值惊疑，哐当哐当，会议室大门窗户同时洞开，"不准动，举起手来。"黑洞洞的枪口全部对

303

准了屋中的蒋军官兵。"嗖"的一声，一条黑影轻如落燕般从梁上落下。来人正是余贵，原来余贵等早已从邵春甫挖的地道进入天主堂潜伏了。余贵轻描淡写地从陈定中背上取出箭矢，就着陈定中的衣服揩了揩血迹，握在手中。他一脚挑转陈定中身躯，只见陈定中龇牙咧嘴，气若游丝。拼命瞪着死鱼般的眼睛。仿佛在发泄着不甘心失败的怨毒，胸口鲜血喷射，血腥气几乎要把小小会议室撑破。余贵不断抛着他的箭矢，嘴中若无其事地训道："蒋军弟兄们，放下武器，不要给蒋介石卖命了，谁要反抗，陈定中就是榜样。"话音未落，乒乒乓乓，室内官兵全部把自己的佩枪放到桌子上。张琛却不以为然，反而握起了自己的左轮手枪，来到陈定中面前，对着痛苦不堪的陈定中补了一颗子弹，陈定中两腿一伸咽下了最后一口气。随后，张琛将手枪砰的一声甩到桌子上，回到座位上，跷着二郎腿说："干哥，如果情报无误的话，桃源潘才锦的一个营，现在已开过了泥窝潭，九路军罗文杰的一个团，也开过了王家湾，近两千人的队伍最多两个时辰，就可以对我们形成南北合围之势。干哥，我提醒你，现在最重要的不是命令我们放下武器，而是要我们拿起武器对付共同的敌人，保卫军火不落贼手。""说得好。"田聪突然大步跨进了会议室，握着张琛的手晃动着。"仁兄，谢谢你。"张琛红着个眼圈儿，长叹一声说："这人啦，活在世界上真艰难，军人啦，以服从命令为天职，陈定中这样年轻有为的军人，就为了蒋介石而夭折了，我张琛这百多斤，不知何日抛尸荒野，不说了，这样吧，军火贵军全部运走，我掩护你们，再迟就来不及了。"田聪见张琛情绪伤感，安慰道："对死心塌地的军统分子，我们只能如此，否则，对仁兄不利，你的意见我们会考虑的。""好。"张琛轻声呼道："一排长、二排长、三排长、四排长。""到。"四人赤手空拳站成了一排，现在我命令："第一，对于陈定中的死，大家都不许透露风声，第二，所有军火，全部移交武陵游击队，第三，带齐你们各自的队伍，在半个钟头之内赶到这里集中。""是。"田聪将他们的武器一一交还本人。"司务长。""到。"一脸络腮胡子的中年军人抬头挺胸立在了张琛面前，"你听仔细了，第一，立即寻几个洋铁皮桶，买几十卷鞭炮，送到连部备用，第二，将各南货铺所有糕点，全部购进，分发各位士兵，去吧。""是。"司务长转身走了。"连部文书。""到。""立即填发陈定中与共军作战阵亡报告表，通知书。""是。"四个兵士正要离去，张琛猛喝道："慢。""立正，向后——转。"四人机械地站成一排，张琛喝道："你们是不是军统的人？""报告连长，我们还不是，只是陈定中的心腹。""好吧，你们对谁也不能乱说，你们的任务是用白布包好陈定中，抬出去埋了。""是。"四人将陈定中的尸体抬出了会议室，一切后事安排完毕。张琛走到张媛面前说："妹妹，哥哥求你一事。"张媛瞪着那对明亮的眸子问道："哥，什么事？""我拜托你将爹娘嫂子侄儿带入你们的队伍，我连累了他们，他们在兴隆街再也待不下去了。"张媛答道："爹娘都好说，邵丽花这个富家小姐能和咱们一条心吗？""咳，我以前也像你一样，误解丽花了，对她造成了很大的伤害，我欠她很多，很多。她会成为一名好战士的。""好吧，我答应你。"张琛从左腕上起下手表，递给张媛说："丽花昨天见到这个东西，高兴得像个孩子，左听听右瞧瞧，问这问那，爱不释手，我告诉她，这是指挥军队用的，等到了常德，我再买一块新的给她，看来我许的这个诺言不能兑现了，妹妹，求你交给丽花吧，就算是我给她的结婚戒指。""哥，你别说了，你不会有事的。""不，妹妹，我有预感，我和她再也没有见面的机会了，不过，你一定要骗她说，少则十天半月，多则半年，我一定会和她团聚的。"说到伤心处，张琛已泣不成声，泪水一个劲地从眼角泻落，张媛也被感染了，呆呆地接过手表捧在手上，那表"滴滴答答"轻声吟唱，仿佛就是她的胞兄那颗善良多情的心脏在跳动。张媛的心一酸，劝道："哥，要不，还是你自己亲自回家一趟吧。""咳，我哪能呢？我这一回家，就再也回不来了，这样，会毁了这两支队伍的。"田聪说："张哥说得对，还是你回家去办吧，我和张兄还要具体研究作战方案呢。事情办妥后，你协助余贵一并接收军火，尽快将船开往对河。""是。"张媛受命而去。果然，不去两个时辰，罗文杰潘才锦两支人马先后杀气腾腾赶到兴隆街，潘才锦部立刻与田聪交上了火，枪声一响，罗文杰部匪徒漫山遍野席卷而来。张琛带领全连士兵，如一颗铁钉般钉在汪家山，将罗文杰部千多名匪徒狙击在长柳坪、杜家坪，沅水河畔响

起了惊天动地的阵阵巨响。张琛知道军火余件已被武陵支队销毁，他们已顺利撤离战场，立即命令士兵高挂洋铁桶，点燃了桶中鞭炮，刹那间，响起了疾风暴雨般的机枪声。士兵发一阵喊，跳出工事，杀开一条血路，向东南方向突围而去。这个加强连，张琛带到常德归队时，仅存八十多名士兵。后来，兴隆街的老百姓为了纪念这支队伍保卫群众，保卫军火与土匪英勇作战的事迹，将汪家山改名为碉堡山，现在的汪家山仅指碉堡山脚下的一个小土包了。

第三十八回

狼争虎斗大摆杀场
泣血回肠文杰认姑

　　桃源自卫总队，潘才锦部一营营长刘彪，奉令统部属三百余人赶到仙人溪八方岭时，与武陵支队遭遇，激战了十几分钟后，刘彪担心军火有失，无心恋战，督促部属脱离战斗，一窝蜂涌到仙人溪，上下一望，只有千人岩停泊着几只大船，心中一喜，急令匪兵向大船包抄过去，来到近前，船上空无一人，匪兵一涌上船，果见船中存有枪支弹药，刘彪得报，大喜过望，数也没数。命令一个排的士兵开船押运三只大船急速赶回桃源。三船行不过数十余丈，如遭天雷轰击一般，连续发生惊天动地的爆炸，待水柱硝烟散尽，沅水河面只剩下像浪渣般漂浮着的木船碎片和匪兵们的肢体不全的尸身，惨不忍睹。刘彪又恨又急，像头受了伤的狗熊，在仙人溪河坡团团打转。此时，对河忽然枪声大作，他如梦初醒，是圈套，是圈套，他妈的等着我钻，这不，河那边石板岩码头，还一字儿排开十几只大船呢，那才是真正的军火。想到此，他恨声如牛，像个泼妇般骂开了大街："我日你老娘，妈拉个巴子，老子挨炸，你他妈的想独吞，没门。弟兄们，快杀过河去，谁先得到军火船，赏大洋一百块。"众匪兵齐声答道：

"营长，没有船我们不得过河。""混蛋，你们不会去找船吗，这赏银就是那么好容易拿的吗？"匪兵们得令，如一窝黄蜂般四散开来，顺着河坡到处找船。重赏之下必有勇夫，有匪兵终于在溪河中搜出了大大小小二十几只木船，刘彪亲带一个连的匪兵上船，如急红了眼的斗牛，舍生忘死划过了大河，木等船停稳，就命令士兵冲上河坡，占领了张琛所造工事，立即布置好滩头阵地，他自开的赏银不能全归别人，亲自跳上一艘大船，揭开油布一看，哎呀，我的天，全是黄灿灿的迫击炮弹，他正准备发令转移船只，千人岩的惨景立浮眼前。他只觉得浑身一紧，脚心一麻，惊出一身冷汗，仿佛这艘大船就是自己的坟墓。他三步并作两步跳下船就逃，再也不敢亲自检查其他船只。他登上码头，看看自己的又一连人马运到了江心，踮起脚尖喊道："快，快划，一连已经得了一船炮弹，剩下的就是你们的啦。"

再说罗文杰见张琛的部队突围而去，也不追赶，急令匪徒全力抢夺军火，一千多匪徒得令，如蝗虫般铺天盖地向兴隆街压来。他们穿过丁字形大街，径直冲向石板岩码头，猛一见沿河两岸全是黄乎乎的大兵，刘彪正待喊话沟通，土匪们杀得兴起，不管三七二十一，瞄着大兵乒乒乓乓一顿激射，子弹如疾风暴雨般射到，刘彪的人马立刻人仰马翻，鬼哭狼号。河心满载匪兵的船只，慌得滴溜溜直打转。刘彪画虎不成反类犬，大惊失色，挥舞着手枪喊道："弟兄们，报仇，报仇，给我打。"此时，蹲在工事里挨揍的匪兵才清醒过来，抓过机枪，瞄着街口黑压压的土匪群，一顿猛烈扫射。正在兴高采烈的群匪如倒园篱笆一样，前面的稀里糊涂送了命，后面的又神情亢奋地冲上前，他们满脑子都装着抢。督阵的罗文杰见势不妙，朝天砰砰放了两枪喊道："停下，停下，你们疯啦，停下，谁敢不听话，老子毙了你，停下来……"好不容易将匪徒们止住，急令冻大麻子找来了邱吉山，对邱吉山吼道："我日你妈，你敢骗我。"骂着，举起手中的左轮手枪对准了邱吉山的头颅，邱吉山扑通一声跪下说："司令饶命，饶命，小人不敢骗你。""你说只有一百四十人的中央军，这是什么？"邱吉山磕了几个响头，趴在地上说："司令，可能是桃源自卫队的人，你们之间误会了，我去调停。""调你妈的屁，我要他们血账血还。"说着，飞起一脚，将邱吉山踢了一个筋斗。以邱吉山之能，这一脚他完全可以避让的，但他不敢，狗就是狗。罗文杰回头对冻大麻子嚷道："你打过仗没有？蠢材，难怪你要老吃败仗，快带着你的人马，从上街绕下河坡，从上面发起冲锋。"冻大麻子哈了哈腰："是，团长。"接着，将驳壳枪一挥，嚷道："弟兄们，跟我来。"一阵躁动，几百土匪随冻大麻子而去。"谭太山。""到。"老土匪像根篱笆桩一样立到了罗文杰的面前。"你带本部人马从下街绕下河坡往上冲。""是。"谭太山得命领人而去。罗文杰自统主力，纷纷占领制高点，瞄准挤在狭长开阔地带的刘彪队伍，就如点名一般，将他们的机枪统统打成了哑巴。机枪一停，三股土匪同时"冲啊，杀啊。"如决口的洪水一般涌来，将刘彪的百十来人挤入了冰冷的河中，失去了还手之力，纷纷举手投降。毫无人性的土匪却不吃这一套，他们枪击刀砍，如砍瓜切菜一般，杀了个痛快淋漓，眨眼工夫，横尸遍布，鲜血软红了半边河水。刘彪也死于乱军之中，河中心的那个连见势不妙，吓得连枪也不敢放，急忙调动后撤。慌乱中，船只相互碰撞，士兵相互拥挤，船只失去控制，翻的翻沉的沉，再加上天寒地冻，淹死不计其数。不到半个钟头，刘彪的两个连全部成了落汤鬼，罗文杰大获全胜。匪徒们高兴得大喊大叫，忘记了自己何许人也。罗文杰兴冲冲跳上码头，振臂高呼道："弟兄们，这军火属于我们了，特务队上船去查查，看军火有没有走失，完了，大家再上坡打牙祭。不过有一条，不许抢平民的东西，否则军法从事。到时可别怪大哥我不讲义气。"匪徒们老大不高兴，但也不好发作。这时，特务队长报告："每船都有武器，只是陈放凌乱。显然被人动过。""他妈拉个巴子。"罗文杰愤怒地骂了一句脏话。手一挥吩咐道："算了，先到为君后到为臣，白露之财，我安能独得。""三营长。""到。"冻大麻子风风火火跑到跟前。"你带你的弟兄们在此值头班。看守军火，半个时辰后，再斛你们打牙祭。""是。"冻大麻子当着罗文杰的面，煞有介事的着实安排了一番，他要的就是这个差事。待罗文杰领军撤离码头后，冻大麻子部立刻乱了套，上船的上船，翻死尸口袋的翻死尸口袋，值钱的东西净往自己口袋里装。他们哪里知道，这些枪支弹药不过是武陵支队换下

309

来的旧枪及上次战斗后打扫战场收缴的他们同伙人的枪。他们不识货，以为拣得了几船金元宝……田聪，张媛等听到兴隆街方向炮火连天，放心不下，正准备回师接应张琛，忽见刘彪的队伍溃不成军，抱头鼠窜而回，推断匪徒们中了张琛一石二鸟之计，他们自家人干起来了。截住刘彪的残兵一顿狠揍。敌人哪敢迎战，急急如丧家之犬，惶惶如漏网之鱼，丢下十几具尸体逃回县城向潘才锦报丧去了。田聪也不追赶，率领战士们返回千人岩丛林，隔江观望土匪们偏劣的表演。蓦地，刺眼的电光一闪，继而隆隆的爆炸声雷滚地，震耳欲聋，待浓烟散尽，石板岩码头一字儿排开的十来只大船不见了踪影。张媛拊掌叫道："好了，好了。李默庵查无实据，再也不怕潘才锦罗文杰告我哥的刁状了。"田聪叹道："张兄真有大将之才，可惜为腐朽政权所用。""我却不敢恭维，他放着阳光大道不走，偏要过独木桥，只能说是笨蛋一个。"张媛愤愤不平。"这可能就是旧军人固有的一种愚忠吧，人各有志不能勉强。你看，张媛咱们要不要再送他们一程？"张媛举目一望，只见被连珠爆炸震晕了头的匪徒，又像三月的毒虫一样惊蛰过来。撅着个屁股在死人堆里爬。张媛又气又恨，命令道："同志们，瞄准土匪狠狠打。"战士们得令，轻重武器一齐开火。子弹如雨点般泻落对岸。打得土匪喊爹叫娘东躲西槎。有些倒霉的，还没认清东西南北，就两腿一伸成了新死人……战士们使用着新式美式装备得心应手，"哒哒哒"的扫了个痛快。只可惜射程太远，冲锋枪没有发挥到它应有的作用，还是有部分机灵的匪徒给跑了。余贵大喊道："咱们打过河去吧，彻底消灭土匪，解放兴隆街。"田聪想了想果断地说："夺取武器，炸毁军火的任务我们已经完成，还有更重要的任务等着咱们啦，不能在乎一城一池的得失而违背上级命令，撤！"余贵狠狠地蹬着脚说："干爹，干粮，师父师娘都在兴隆街，他们怎么办？我不撤，我留下。"张媛听了，一石激起千层浪，心中也如压着一块石头，就要表态批准，田聪对她狠狠瞪了一眼。张媛随即转变语气说："余贵哥，你的孝心我理解，你是党员，必须以革命利益为第一需要，你还是医生，党要你不必作无谓的牺牲，再说，我爹我娘田叔也不是马虎人，他们会随机应变保护自己的。"余贵在自己头上揍了一拳，自责道："余贵我无能，没有完成弟弟之重托，将弟媳侄儿接出来，我，真没用！"张媛劝道："这岂能怪你，我知邵丽花的脾气，老人们没有撤出来，她岂能听咱们的独自走。再说，她内心还是关心着她的亲爹呢。这是人之常情，血浓于水嘛。"说着，张媛在余贵背上推了一把。继续劝道："大哥，走吧。服从命令，战士们都看着你啦。"余贵一下扒开张媛，双手握拳高高举起，面朝兴隆街高声呼喊："干爹，你等着，贵儿会打回来的——"望着狼烟四起的兴隆街，一贯坚强的余贵，也不禁掉了几滴英雄泪。他激昂的呼声，招来了土匪几梭子机枪子弹，打得树叶子沙沙直落，就如给年轻的游击战士们奏响了欢送的乐章。

几声惊天动地的巨响，震掉了罗文杰夹到筷子上的肥肉，他猛地一甩酒杯，掀翻了阻挡去路的酒席，急急忙忙来到河街口。见冻大麻子的队伍被对河的弹雨袭得屁滚尿流，再望码头河边，十来只大船也不见了踪影，大叫一声"上当了"。腿一软，眼一花，一屁股坐到石板地上，有气无力地命令道："撤，撤到乡公所，通知排长以上的军官开会。"传令兵传达命令去了，罗文杰带领残兵败将占领了天主堂，自己独自坐在会议桌旁，双手撑着头微闭双目，回忆着今天的战斗，检讨着战斗中的失误，觉得自己太窝囊了……忽然，厅外一阵喧哗，三营长冻大麻子胡高强气呼呼地闯了进来，嚷道："罗团长，我不服，这是打的什么鸟仗，光要老子打打打。老子的一点血本全赔上了，一个营的人剩下还不足一个连，老子要杀尽兴隆街的人！"嚷着，他呼的一下拔出驳壳枪，满脸横肉涨得血红，飞步跳到院子中央，怒吼道："弟兄们，要报仇的跟我来，杀人抢东西去。"罗文杰正值恼火，见冻大麻子一副赌徒恶棍的样子，将污水往自己头上泼，居然要违抗命令，这无疑是向自己叫板。他拔出左轮手枪，飞步跳到院子中央，朝天砰的放了一枪，怒道："站住，都给我站住，谁敢以身试法，我毙了谁。"罗文杰镇住了群匪，小匪们迟迟疑疑回转身瞧瞧冻大麻子，又瞧瞧罗文杰。冻大麻子觉得罗文杰当众刮了他的面子，一股无名烈火胸中乱撞，几乎撞炸了肺。水泡眼凶光闪闪，两片厚厚的阔嘴唇互相干架似的抖动着，咽下了到嘴的脏话，举枪瞄准屋檐上喳喳欢跳的麻雀群"砰砰"两枪，两只麻雀应声落地，赢得了群匪们一片喝彩。

罗文杰轻哼一声，转身就走。几步跨到阶檐下，抬右腿蹬着阶檐，左右两腿合成了一个大大的弓箭步，右手持枪从膝弯中伸出，瞄准惊慌四飞的麻雀，枪声响处两只飞雀跌落尘埃，惊得群匪们鸦雀无声。罗文杰吹了吹还在冒烟的枪口，顺势将左轮枪在手中玩转了几个漂亮的转，匪徒们还没完全看清，他已将手枪插回了枪套。罗文杰索性一下跳上阶檐，清了清嗓子喊道："弟兄们，共产党大兵压境，迫得我们要人没人，要钱没钱，要枪没枪，我们的敌人是谁？是共产党，俗话说老百姓是咱们的衣食父母，杀老百姓出气，这样的人蠢得像猪，他不配做男人，更不配当土匪，杀了老百姓，咱们找谁要人要粮要钱？这无疑是自杀。得民心者得天下，老蒋几百万军队，飞机加大炮，为什么打不赢共产党，就是因为失了民心。我奉劝大家再也不要蠢下去了，要跳出土匪的圈圈，学会搞政治，收买人心，否则，咱们会无立足之地的。现在我命令，从现在开始，谁要敢乱杀老百姓，抢他们的妻室女儿，钱财物件，一律就地枪毙。大家听清楚了没有？"土匪们一听傻了眼，这跟着罗文杰还有什么乐趣，一个个交头接耳窃窃私语。罗文杰见众匪情绪有异，挥舞着双手做着安静的手势，继续嚷道："各营连排班长，都要管好自己的弟兄，不得犯戒，以后大家的任务是，深入各家各户看望老百姓，动员他们的男人砍香起誓，参加我们的队伍，只要他们的家人参加了队伍，我们再下条子问没有砍香的人要钱粮，这不名正言顺了吗？谁动员的人越多，他的功劳就越大，得的奖赏就越多，记住，这是不流血的奖赏。你能动员一个班的人来，就提你当班长，班长动员一个排的人来，就提你当排长，如此类推，机会难得啰。"土匪们的士气被鼓动起来了，这当官的滋味，谁不想尝尝。嚷着嚷着，罗文杰忽然心血来潮，前后左右瞧了瞧，高声叫道："邱吉山。"无人答应。"邱吉山！"也没人吭声。罗文杰面上一红，对群匪问道："谁见过邱吉山？"有个小匪结结巴巴地答道："报，报告团长，邱吉，吉山在，在一个老头儿家吵，吵架，抓着老，老头儿要堂客，嘻嘻。"小匪的话未说完，引得群匪哈哈大笑。罗文杰挥了挥手，宣布道："没有吃饭的，快去吃饭，吃了饭的，抓紧开铺休息，明天开始上户，大家解散吧。"交代完毕。罗文杰猛呼道："警卫排，集合。"随即，警卫排长吹响了集合的哨子，三十多人的警卫排齐刷刷地站在院子里。罗文杰叫住正要走出朝门的小匪说："喂，别走，你带路。"说罢，一行人即匆匆跟着小匪赶往章恒昌。罗文杰人未到，老远就听到了邱吉山直着个鸭公嗓怒骂连连。再看此户架势，高楼大店，招牌曰"章恒昌"，也算兴隆街一户头面人家。心中不禁一动，计上心来。疾步跨进此家堂屋，见邱吉山正在大打出手，断然一声猛喝："不准动。"邱吉山正在狠发淫威，吓了一跳，待他回过神来，几十条长短枪支已经指定了自己的全身，其形势是插翅难逃了。凶神恶煞的气焰如泄臭屁般全消了，只得趴在地上磕头求饶。罗文杰怒斥道："邱吉山，你身为党国基层治安人员，不知体恤民间疾苦，反而动辄殴打乡民，你知罪吗？"邱吉山趴在地上耍赖道："报告团长，此人叫张恒，是个共党分子，其子叫张琛，就是押解军火，仇杀贵军的元凶，其女叫张媛，武陵支队共匪头目，对付这样的人，就是把他碎尸万段，小人也不至有过，请团长见谅。"罗文杰听了不置可否，上下打量了张恒几眼。此老纵然是挨了打，但身体仍然站得笔挺，绝没有丝毫的屈服和老态龙钟，倒显得精神矍铄，凛然不可侵犯。眉心那颗朱砂记，由于万分愤怒，变得紫红紫红的。罗文杰心中一沉，大脑中犹如几十个莽汉在搏斗。他背负双手，在堂屋中来回踱步，陷入了极度的痛苦和尴尬中。他踱到邱吉山面前突然止步，邱吉山一惊，死死盯住那双黑得发亮的马靴，提防着出其不意的一脚。半晌，只听罗文杰意外地柔声吩咐道："起来吧，你立刻代我通知隆平乡保长以上的人员，今晚到乡公所听我训话。如有失误，唯你是问！"邱吉山如释重负，大大出了口长气。从地上爬起来。叭的一个立正说："是！"说罢，向后转小跑而去。警卫排的士兵也收起枪，静听训示。罗文杰吩咐道："从现在起，你们分三班不停地在街上巡逻，如有不听训令者，就地枪毙。去吧。"士兵们在排长带领下，鱼贯而退。张恒见此人三言两语将事态平息，也不禁消除了部分敌意。举目向来人望去——这不看尚可，这一看，简直惊奇得就要大喊出来。只见此人身躯伟岸，面如冠玉，要不是穿一身老式蒋军军服，腰插杀人凶器，文质彬彬的简直是个教书先生。这不是张琛是谁，难道这个家伙，一日之内又当

313

了土匪头子。正要责骂,忽见罗文杰三步并作两步跨过去,从地上扶起幺姑,扑通一声跪地喊道:"姑母,姑母啊,我是你的亲侄儿文杰呀,您不认识我了?"幺姑简直不相信自己的耳朵,激动得如坠入云里雾里一般,伸出颤颤抖抖的手抚摸着罗文杰的脸蛋:"你,你是杰儿呀,真是杰儿呀,我苦命的孩子,快起来,快起来。"她拉起罗文杰,捧着他的脸蛋儿左瞧瞧右瞧瞧,浊泪夺眶而出。罗文杰脸紧贴着幺姑,笑了笑:"姑母,孩儿真是文杰,不信您摸摸,我左耳后面有颗肉痣啦。"罗文杰脸上虽笑着,但泪水却流湿了腮帮。将幺姑的手放到了左耳后,幺姑摸到肉痣叹道:"孩子,二十年了,这二十年咱们没有见面,真难啦。那时你才七八岁,兵荒马乱的,从此音讯全无,不知你们是怎么熬过来的。""姑母,过去的伤心事儿别提它,您也老了,要不是我认出了姑父的朱砂记,和您家的招牌章恒昌,我还真不敢认您呢。"姑侄俩相互依偎着,张恒心一酸忍不住陪着姑侄俩流泪。屋中的气氛沉沉的,也充满了辛酸。蓦地,灶房中哐当一声响亮,铁锅已翻转在地,从灶膛中钻出一个披头散发,锅墨粘面浑身尘土的女人。哇的一声大哭,奔出灶房,一头钻入罗文杰怀中哭诉道:"琛哥哥,你真的守信用,你知道吗,失去了你,就如失去了太阳,你再不回来,我会死掉的……此时,又一阵哇哇的小孩哭叫声,如黄蜂般蛰了女人一针。她猛一战栗,抬起了泪眼婆娑的头。罗文杰一惊,推开女人争辩道:"妹子,你认错人了,我是罗文杰,罗文杰。"邵丽花仔细看了看,连连摇头,泪水和着锅墨,糊成了一个黑花脸,只有那对明亮的眸子闪着泪光,还是那么妖冶妩媚,她紧握双拳争辩道:"不,你是琛哥哥,我自己的男人自己认得,分明是你变了心,不要我了,你这个没良心的……"说着,挥舞着那对墨拳,在罗文杰宽阔的前胸叩打,那墨黑的脸蛋儿,也撞在他胸前揩擦,罗文杰那套旧得发白的军装,立刻被染成了马舔花,弄得七尺男儿哭笑不得。幺姑见状,扯开邵丽花说:"孩子,你真的认错人了,他是你表兄罗文杰。你看,他的年纪比张琛大,个儿比张琛高,听妈的话,没错。"邵丽花吃惊得张口结舌,怔怔地盯着幺姑那张刻满年轮的脸,她不得不丢掉幻想,一下扑到幺姑的怀里哭道:"妈,媳妇儿命苦,怪不得媳妇儿出丑卖乖啊……"幺姑抚摸着她一头乱发，劝道："孩子，你没有错，怪只怪琛儿委屈了你，回房去洗洗吧！"邵丽花捂着脸儿，"呜呜"的哭着跑回了自己的房间。罗文杰望着邵丽花哭得花枝乱颤的背影，不由的想起了死去的爱妻，连连叹气，一时间呆立当场。此时，张恒抱着个二三岁的男孩儿走过来，笑着对罗文杰说："这是你表弟的孩子，刚才的女人是你表弟的媳妇儿，我和你姑母被邱吉山殴打，就是为了她。"罗文杰不解地问道："姑父，想来其中定有隐情。""不怕你见笑，家门不幸啊。你表弟当兵在外，邱吉山以这孩子的性命相胁迫，霸占了你弟媳一段时间，邱吉山其人阴险毒辣，翻脸不认人，对他，你必须严加防范。"罗文杰愤愤不平地答道："有这等事？罗某绝不会轻饶他。"张恒顿了顿，严肃地说："不是姑父我说你，正事儿你不干，怎么干起土匪来啦？"罗文杰面一红，两手一摊，连连摇头说："唉，姑父有所不知，侄儿能苟活到今天，真不知道是怎么熬过来的，那年，日本鬼子攻占辰溪，我父母弟妹都被日本飞机炸死了，父母尸骨还未上山，日本兵就闯进丧堂，见我媳妇儿漂亮，将她抓住，就在我父母灵前奸弄而死。我手持砍刀，杀出一条血路逃入深山，侥幸捡了一条性命，终日与野兽为伴，野草为生，苦撑了两年，后走出深山投入程潜的湘军，在连长侯宗汉手下当了一名传令兵，得到侯宗汉赏识，一路官运亨通。今年下来，被提成中校团长，程潜宣告起义后，侯宗汉不服，带领本部脱离了程潜，自称为中国革命军第九路军，一直在湘西一带游荡，吞并了几股土匪，势力反倒强大起来。最近得到李默庵将军收编，令我帅本部人马到兴隆街接收军火，在沅陵我又收编了土匪冻大麻子残部，从中认识了隆平乡警长邱吉山，一路杀奔兴隆街而来。不想押运军火之人是张琛表弟，糊里糊涂与他干了一仗，惭愧呀，惭愧。军火未捞到，反而损失了三百多兄弟。我怎么向侯师长交代呀。"张恒沉吟半晌，问道："不知贤侄作何打算？"罗文杰胸脯一挺回答道："不瞒姑父，侄儿想在此招兵买马，恢复元气，静等上峰调遣。"张恒连连冷笑，笑罢，又在小孩儿脸上亲了一口，不紧不慢地说道："恕姑父说话冒昧，你说的真比唱的还好听，简直比这三岁小孩儿还糊涂，你放眼四下瞧瞧，全国到处都是共产党，就

315

凭你和侯宗汉这点人马，你们能抗拒得了吗？我劝你不如在此静等解
放军和平接收，才是你罗家这根独苗的根本出路。""姑父，你——"
罗文杰面色一变，急退两步，唰地一下掏出了他的左轮手枪。

第三十九回

芳心似煎扑水追爱
巧舌如簧借刀杀人

　　张恒大惊失色，抱着孙儿就地一滚，压得小孙儿哇哇大哭，砰的一声枪响，子弹贴耳呼啸而过，一顶旧礼帽应声而飞。不过，却不是张恒的。罗文杰一个虎跳，退傍墙壁，持枪怒喝道："何方朋友，不要装神弄鬼，现身说话吧。"随着一声喝问，冻大麻子光着头提着把驳壳枪走了进来。罗文杰怒道："是你？你躲在门外偷听什么？刚才这一枪还打低点儿，不要了你的命。"冻大麻子嘿嘿一笑，将满脸黑麻子扯得稀乱，活像一张开了坼的苦瓜皮。大嘴唇抖了几抖说："我，我什么也没听到。不过，我料定团长枪法好，不会无缘无故杀害部下的，所以不曾报告。""什么事儿？"罗文杰将手枪插入套中，装作很不经意地问了一声。冻大麻子横眼瞅了瞅刚从地上爬起来的张恒，欲言又止。罗文杰摆了摆手说："不碍事儿，他是我姑父，但说无妨，今后还得仰仗胡营长多多关照呢。"冻大麻子一听此言，不由得对张凤看了几眼，心道：他是张恒，这可是个扎手的主儿。余彪、边胡子就毁在他手里，可得小心点。听罗文杰给他戴了几顶高帽子，心里又像六月天喝了凉水一样舒服。阔嘴一下扯到了耳朵根，对张恒抱拳一礼

317

说："久仰，久仰，也仰仗张老先生大力鼎助在下。"边说，边用一种怪异的目光扫视了张恒几眼，转对罗文杰道："听文书说，总部来电，令我部立刻赶往常德接受整编。""啊，你怎么不早说。走，回团部开会。"转而，罗文杰对张恒惨然一笑："姑父，告辞。"率先大踏步走出了张家大门。他们的谈话，被刚刚梳洗完毕走出房门的邵丽花听了个明明白白。灵机一动，喜上心来，三步并作两步赶到张恒跟前。"扑通"一声跪下说："爹，恕媳妇不孝，请爹爹答应我随表哥一起去常德，寻琛哥回家吧。"张恒闻听此言，怔怔地盯着邵丽花，忽然觉得她一下成熟了许多，心中徒地冒起了无限的爱怜，长叹一声说道："起来吧，何苦这样，起来说话。"说着，放下孙儿，弓腰就要搀扶，可小全胜更快，赴到妈妈身边，眼中含着晶莹的泪花儿，食指伸入口中，奶声奶气地说："妈妈别哭，爱哭的孩子不是男子汉！"邵丽花心中更加酸楚，撸着儿子哭成一团。张恒心道：这娘儿俩怪可怜的，与其在家受邱吉山凌辱，不如放她一条生路。他擦了擦眼中的泪花，对邵丽花道："走，进内屋和你母亲商量商量。"

傍晚，密云低布，街上过早的没有了行人。家家户户的门窗都紧紧地关着，霜风飒飒，充满了足以冻死一切的霸气，连往日满街乱窜的饿狗似乎都被冻死，没有了它们繁忙的身影。仿佛世界末日就要来临了。唯有天主堂会议室里却炭火熊熊，温暖如春。开会的匪军官们更是争论得热火朝天。此时，坐在首席上的团长罗文杰一拍桌子，站起身躯，神情严酷地扫视了一下全场，众匪们立刻静下声来，他咳了一声清了清嗓子说："好，就这么定了，我同意胡营长带领本部人马，会同邱吉山的乡丁留守湘西门户——兴隆街。不过，胡营长，话又说回来，此举你的责任重大，可要学会搞点政治啰，再不能违背禁令了，否则军法不容。还有，你要抓紧扩编，补齐你营编制人数，我才有计划向上峰申领物资装备。"冻大麻子当了一世地道的土匪，跟着罗文杰过了十几天军人生涯，多少学会了点套路。此时，他胸脯一挺，站起身来敬了一个标准的军礼。"是，团长，胡高强明白。"心中却想道：只等你小子滚蛋，老子天高皇帝远，你军法个卵。罗文杰打量着胡高强那张阴险毒辣的麻脸，也不由得打了个寒战。心中打着小九九：这样也好，省得这奸诈的小子在侯宗汉的面前打我的小报告，省了诸多麻烦。他正要下令开拔，忽听会议室外一阵喧哗。有哨兵来报："院外闯进来一个老汉和一个妇人，外加一个孩子，嚷着是团长的亲戚，要面见团长。"罗文杰想了想，命令道："着他进来。"众匪立刻将疑惑的目光投向门外，张恒抱着孙子，领着邵丽花不卑不亢地挤进了会议室。开门见山地对罗文杰说："文杰，姑父求你将表妹母子带往常德，送她们母子与表弟相聚，姑父拜托了。"罗文杰支支吾吾还未答话，邱吉山就一跳而起，指着邵丽花骂道："你这个不要脸的婆娘，你敢？"邵丽花冷哼两声，不削地说："怎么啦，你管得着吗，你……"邱吉山猛扑过去，像抓小鸡一样抓住了邵丽花，怒道："反了，你这淫妇。"举手就要打人。罗文杰大怒，猛喝道："邱吉山，放手，你要坏我禁令吗？"邱吉山一惊，不得不松开了邵丽花，嘴中却强词夺理道："报告团长，她是我的女人，决不许她跟着张琛。""大胆，你做的好事，以为我不知道吗，再狡辩，老子毙了你。"罗文杰见邱吉山满脸霸气，料想他不会就此善罢甘休，姑父姑母今后也不好为人，再也不忍推辞，转面对张恒说："姑父，我答应你，一定将表妹亲手交给表弟。"张恒抱拳一罗汉揖道："如此有劳各位老总帮忙，老朽这厢有礼了。"罗文杰道："姑父，事出无奈，侄儿没有时间拜别姑母，小侄就此谢过。"说着，深深一揖到地，待张恒还要说什么，罗文杰转面对全体匪军官命令道："诸位，立即开拔，散会。"匪军官们一阵忙碌，刹那间走了个干干净净。不多时，集合号声此起彼伏，一时间人呼马叫，闹成一团。邵丽花跪在张恒膝前，泣不成声。张恒哽咽着劝道："丽花，天下无有不散的筵席，爹妈老了，无力保护你们母子，出门在外，一切谨慎为事，多多注意冷暖，我这里还有一百块大洋，万一投亲不遇，也好回程花销，拿着吧。"邵丽花大哭道："爹，媳妇不孝，丢下白发苍苍的双亲远离他乡，使得大人牵肠挂肚，本已折损阳寿，实实不敢接受您老的钱财，爹，您留着自己养老吧，免得媳妇更是过意不去。"张恒躬下腰，硬塞到邵丽花手中说："出门在外，金钱是人的胆，你母子如果有个三长两短，我张老头更是悔之不尽，你接着吧，让我心里好受点……"罗文杰走过来说道："弟妹，接着吧，这是老人的一

点心意，出门在外，是免不了要用钱的，不要耽误时间了，你会不会骑马？"邵丽花含泪答道："会一点，但不很精。""会就行，你抱着孩子，骑我的马上路吧。"说话间，勤务兵已牵来了马匹，张恒取出包裹中的小棉絮，将孙儿包了个严严实实，邵丽花跨上马，接过张恒递过来的孩子，抱在胸前，小全胜恐惧，看着就要变脸，张恒走过来，难丢难舍地抚摸着孙儿粉嫩的脸，哄道："全胜很听话，男子汉是不兴哭的，跟着妈妈去见爸爸，乖。"小全胜懂事地咽住了到喉的哭声，小鼻子一缩一缩的，憋得满脸通红，眼泪还是像断了线的珍珠，滴滴直入张恒的心肝……马儿可不管这些，随着队伍冒着风霜驮着丽花母子得得地踏上了另一条辛酸的道路。张恒站在石拱桥头，目送他们消失在茫茫夜色中。他忽然觉得自己很孤独，很可怜也很无奈，就如一株不经风霜的枯草，再也经受不住世道的捉弄和折腾了……

　　第二天下午，罗文杰的队伍人困马乏地赶到常德绥靖公署，李默庵已经为侯宗汉的队伍检阅整编完毕，侯宗汉这只流浪队伍正式命名为国民党暂编一师，侯宗汉本人晋升为少将师长，罗文杰晋升为上校。李默庵迫不及待地与侯宗汉交完防务后，抓紧时机，争分抢秒地率领本部人马，乘多艘轮船撤离了常德。罗文杰对侯宗汉说明了民女邵丽花的遭遇后，侯宗汉深表同情，立刻派车送她们母子及罗文杰等人赶往常德下南门码头，此时，李默庵所部乘坐的轮船，已开至了德山，邵丽花顾不得汽车停稳，跳下车冲上码头凄厉高喊："张琛，回转来呀，快来接我和孩子——转来呀——"哪里还有回音，转眼间，船队绕过德山嘴，消失在灰蒙蒙的水天一色间，只留下了一串串袅袅青烟，无奈地随风飘浮。邵丽花惊叫一声，跳下码头，顺着水流向下狂奔，踢得鹅卵石哗哗直响。将抱着孩子的两个军人甩在后面。"琛哥哥，转来吧，你不要我了，还有孩子啊，我们活不下去了，回来啊……"这撕心裂肺的呼声，声声滴血，惊得大河街的生意人放下手中的活计，纷纷挤往楼廊，街巷口张望。只听哗啦一声响亮，狂呼疾跑的女人摔倒在河坡里，扯破了棉袍，散乱了头发，甩掉了鞋子，踢破了脚趾……看样子，她完全崩溃了。眼见得青烟散尽，邵丽花的心猛一收缩，奋力爬起身躯，对着轻烟消失的方向，径直跌跌撞撞地往水里追去。冰冷刺骨的江水，浸湿了棉衣，沉甸甸的裹在身上，如戴枷锁，她再也把持不住了，重重地摔倒在齐胸的江水中……惊得岸上的人们齐呼大喊救人。

当邵丽花醒转来的时候，发觉自己已睡在了医院的病床上，床前站着表哥，怀中抱着她的孩子。旁边还坐着一位大胡子军官。邵丽花怀疑是在梦中，揉了揉眼睛，迟疑了一会问道："表哥，张琛真走了吗？""走了。""他开到哪儿去了？"罗文杰勉强一笑，答道："军人四海为家，我也不知道。"邵丽花猛地一下坐了起来："我也要当兵。"罗文杰，惊问道："你要当兵？""对，我要当兵，别无选择！""那你还得问候师长，看他答不答应。"侯宗汉习惯性地摸了摸他的大胡子，沉吟半晌，深有感触地说："眼下世道纷乱，人们都痛恨蒋记军队，唯有此女却要当兵，令人感慨，我答应了，就留在特务队，好好学习收发报技术，报效党国吧。"从此，邵丽花就在国民党暂编师中，做了一名谍报员。

与此同时，桃源县隆平乡县参议邵春甫家里，已是贵客盈门，高朋满座。邵春甫不厌其烦地晃动着那颗秃脑袋，提壶把盏穿梭在食客们中间，那张爬满皱纹的罗汉脸因兴奋而通红通红的，可惜残缺了一只耳朵。尽管春风满面，还是显得那么不协调。明眼人一看，其中就充满着虚情假意，隐藏着玄机。冻大麻子"咕咚"一声吞下一口酒，将酒杯往桌上重重一放，美美地咋了几下舌头，一递声叫道："好酒，好酒。只可惜没有——""女人！"有嘴快者如信手拈来一般补上了下文，引得群丑呵呵大笑。有人甚至跳下了酒席，愤愤不平地嚷道："他娘的，没有女人，真他妈的可惜了这几桌酒席。"冻大麻子朝他翻了一下白眼，张口塞进一坨肥肉，包口包腔嚷道："我可没有这样说啊，再讲女人，小心他妈的罗文杰知道了，割了你的舌头，我的意思是可惜没有钱，钱——""罗文杰不搞女人？我看他把如花似玉的表妹接走了，压根儿就没安好心。"邱吉山袖子一将，嚷道："这龟孙儿，抢走了我的女人，下次被老子碰着一枪崩了他，我就不相信他搞得咱就搞不得，土匪就是土匪，唉，可惜啊，这兴隆街再也寻不出上料的货色了。"冻大麻子将酒席桌狠狠一拍，震得杯倒壶歪，酒液横流，

扬脖子吼道:"别扯谈女人了,闹得老子心烦,谁搞到几百块大洋,老子带你们到桃源逛窑子去,龟儿的罗文杰可没规定嫖不得姑娘。"邵春甫见火候已到,提着壶酒,嘿嘿奸笑了几声,提高声音喊道:"诸位,诸位,静一静,静一静,我有个好消息告诉胡营长,马上能搞到大批钱。"众匪听说有了钱的门路,马上停止了争吵,吃肉的吃肉,喝酒的喝酒,还是图个实在。邵春甫见众匪平静下来,走到冻大麻子身边,阴阳怪气地说:"古人云,不信但看筵中酒,杯杯先劝有钱人,看来我今天却劝错了对象啰。哈哈哈哈。"冻大麻子脸一僵,眼一翻,将口中的肥肉咯噔一声吞下肚,挤得阔嘴角油腻直流。"妈的,你,你什么意思?"他站起身,脚下一软,踉跄了一下,闭着眼摇了摇头,长长地打了个酒嗝儿,熏得邵老爷子皱了皱眉头,但还是压低嗓音对冻大麻子激道:"现在兴隆街就摆着两箱金元宝,就看胡营长有没有胆量拿。"冻大麻子酒醉心明,猛地一下睁开眼,赤目精光爆射,当胸一把提起了邵春甫,邵春甫正故弄玄虚吊着冻大麻子等人的胃口,冷不防着了冻大麻子的道儿,心中一慌,"咣当"一声,手中的酒壶落地,摔了个粉碎。冻大麻子瞪着邵春甫,语无伦次地骂道:"妈的,你狗眼看人低,胆,胆敢戏,戏弄于我,我,我人都敢杀,不,不信,我毙了你这个狗,狗参议。"说着,手上一使劲儿,捏得邵春甫"哎呀,哎呀"直往下挪。邱吉山眼看事情越闹越毛,走过去劝道:"营长息怒,营长息怒,邵老爷子说的是根本话,张恒家中就私藏着两箱财宝,别说养活一个营,就是养活一个师一个军的人,那有何难?"冻大麻子闻听此言,头脑一热,努力睁大眼睛,眨了几眨,又疲乏地合上了眼,手一扬人一晃,挣脱了邱吉山的搀扶,嘴里不停地嘟囔:"罗,罗文杰的亲戚,亲戚,不动,不好动,馊主意,馊主意,啊,这么多人问我要吃要喝要女人,我他妈的容易吗,我,嗯嗯,嗯嗯。"鼻子一酸,土匪头儿竟当众哭了起来。邱吉山扶住他,在他耳边说:"营长,张恒是共产党,你的死对头,你不杀他,他就要杀你,过了这村就没有了那店啰。""对,他是共产党,是共产党,我亲耳听到他,他劝降罗文杰……""那你还不抓他,只要抓了这老混蛋,他罗文杰也准完蛋,咱们都不会受他的气了。"邱吉山在他耳边打着边鼓。冻大麻子激灵地打了一个寒战,晕乎的大脑一下清醒过来，他努力挺直腰杆喊道："长腿，长腿何在？"一个长得像麻秆儿一样的年轻人马上应声而到，冻大麻子唰地一下抽出驳壳枪，伸到了长腿的面前，惊得长腿啊的一声一个翻天印坐在地上直发抖。冻大麻子呵呵大笑："你他妈的真熊，我还没说什么个事儿，就吓得摔倒了，我冻大麻子是不养胆小鬼的啰。"长腿畏畏缩缩地从地上爬起来，连屁股上沾着的污物也不敢拍一拍，弓腰静听吩咐。冻大麻子硬将驳壳枪塞到长腿手里，吩咐道："拿上我的枪，带上几个弟兄，到章恒昌把张老头儿给我捉来，要，要活的，听到了没有？"到这时，长腿心中的一块石头才落地。"好呢！"点上几个土匪，向章恒昌匆匆而去。邱吉山见状，急忙喊过贾三强附耳交代了几句。贾三强也带上几个乡丁跟在长腿后面，气势汹汹地杀奔章恒昌而去。自然，毫无防备的老汉张恒，就如瓮中捉鳖一样手到擒来，押到了天主堂。冻大麻子心神一宽，再也把持不住，挪在地上烂醉如泥，几个马仔将他抬走了，堂屋里就只剩下了邱吉山和邵春甫。邵春甫对邱吉山交代道："这主审官的角色还是由你担着，我派邵大成帮着你，多张个心眼儿，张恒一开口交代了地方，立即借故将他杀了灭口。罪名全部推给冻大麻子，注意，要做的天衣无缝，滴水不漏，这财宝只能由咱爷儿俩得，不能落入冻大麻子这个混球之手。"邱吉山哼了一声，为难地说："张恒到底有恩于我，亲手面对面取他性命，我不合适。"邵春甫面色一寒，眼中碧光闪闪，就如一头饿极了的老狼，阴恻恻地说："妇人之见，难道你就忘了夺妻之恨了？"邱吉山闻听此言，就如挖了他家的祖坟，立刻恨从心头起恶自胆边生，狠狠一拳砸在饭桌上，震得杯盘碗盏叮当作响，怒道："为了丽花，我豁出去了。"邵春甫拍了拍邱吉山的肩膀，伸出大拇指夸道："好，好，这才像我邵某人的半边子呢。古人云，无毒不丈夫啊。"邱吉山用疑惑的目光打量着邵春甫，厌恶之感油然而生，想道：这只老狐狸好滑，小心为妙，不要又着了他的道儿。脱口问道："岳丈，你为什么不杀张恒？"邵春甫嘿嘿奸笑了一阵，肆无忌惮地答道："财宝没有下落，我以后也不杀他的，张恒的儿子、女儿、女婿、侄儿，哪个都手握兵权，要不是有冻大麻子这张挡箭牌，我得罪得起吗？"邱吉山抢先说道："这就叫借刀杀人。""对，借

323

刀杀人，人为我用，哈哈哈哈。"两人笑声未落，窗外一点银星夹着劲风电射而至。邱吉山一掌推倒邵春甫，自己借势往后便到，狼狈至极，就这样慢得一慢，等邱吉山爬起来跃出门外，只见一道黑影快如一抹轻烟，刹那间消失得无影无踪。邱吉山只觉脖子上一凉，探手一摸，探得满手鲜血，他狠狠不已。回到屋中，只见中柱上骇然钉着一把飞镖，上面一张纸条格外夺目。邱吉山拔下飞镖，见纸条上写着："自作孽不可活。"邱吉山心头一紧，似乎佐田血淋淋的人头立刻呈现在眼前。

第四十回

杀人祭旗砍香拜把
机关算尽梦断黄粱

　　吊在天主堂正厅扎坊上的老头张恒，已是第三次晕死过去了。邵大成、贾三强唯恐有失，匆匆进入内室报告，只见冻大麻子、邵春甫像两条对虾一般，蜷曲在睡床上抽着大烟，冻大麻子嫌二人啰里啰唆，大手一挥说：“报告什么，将他放了。”邵春甫大惊，毒瘾吓走了一半，一张口来不及吞下的毒雾见缝而逸。他急得结结巴巴说：“营长，万，万万不可。”冻大麻子过足了烟瘾，显得容光焕发豪气万丈，他啪嗒一下放下烟枪，瞪着水泡眼问道：“谅他一个糟老头子，还怕他跑了不成？有何不可？”邵春甫陪着他放下烟枪，不忙答话，从火炉上提来蒸汽直冒的铜水壶，送上一碗香喷喷的盖碗茶，恭恭敬敬献给了冻大麻子，随即手持火钳，将炭火拨弄得更旺，无足轻重地问道：“营长，砍香起誓的壮丁可否踊跃？”冻大麻子揭开盖碗茶，吹了吹茶叶菊花，送到嘴边正要享用，闻听此言，重重放下茶碗，阴恻恻地问道：“娘的，你敢笑我？”水泡眼对邵春甫瞪得滚圆。邵春甫浅浅一笑，不慌不忙地说：“营长息怒，不杀张恒，休想有人砍香。”冻大麻子脸色更阴，黑麻子紧急动员，扭曲了整个脸面，恶狠狠地：“我他娘的不相信他

325

张恒有这样大的手段，我偏要放了他，惹急了老子，我马上派人把壮丁一个个抓起来了，不砍香就砍头，谅他们有几个胆子！"邵春甫将盖碗茶重新摁给冻大麻子，顿了顿说："营长，火气太大恐伤身，喝点热茶，压压火儿。"随后，压低嗓音说："营长有所不知，这张恒是个拿鹅毛扇子的家伙，老百姓全听他的，我当了几年乡长算是白当。上次贵军攻打兴隆叫，全然是吃的他的亏，他鹅毛扇子一扇，国军听他的，老百姓也听他的，依我看，只有杀鸡给猴看，灭了这个狗头军师，老百姓才会听您的。""有这样的事儿，这老王八蛋真是活腻了。敢与老子作对？我立刻，就拿他当共产党杀了，谅他罗文杰也不敢放屁。""慢着，营长，人在你手上，也不急在一二天，最好把傅云城传来，他是乡长，令他派人到各保打锣通知到人，就说共党张恒已抓，各家各户男丁必须砍香，不砍香者就砍头，张恒就是榜样，再在你当司令的那天杀他祭旗，以壮声威，岂不更好！"冻大麻子转怒为喜，拍着邵春甫的肩膀说："对，对，对，一语惊醒梦中人，我听老哥的。"冻大麻子紧了紧腰带，仰脖子咕咚咕咚灌下几口茶，放下茶碗一挥手说："走，到外边看看去。"邵春甫虽然不愿意，也只得棉袍一揪，跟了出来。主审官邱吉山急忙起身笑脸相迎。张恒低垂着头，吊在坊上晃晃荡荡。破旧的衣衫被皮鞭抽得布巾条条，形若死人。冻大麻子托起张恒的下巴，张恒已是面无血色，双眼无光，连朱砂记也黯然泛白。冻大麻子凑近张恒的耳边问道："财宝在哪儿，你招还是不招？落到我冻大麻子手里，就是个死人我也要踢出你的屁来。说了实话我一高兴，或可放你一条生路，怎么样？"他将耳朵凑到张恒嘴边，静等下文。只听张恒喉头咕咚一响，猛一张口，哇的一声，带血的浓痰喷射而出，冻大麻子只觉脸上一凉，一股腥气扑鼻而入，令人作呕。他气得喊也不是打也不是，竟然像段木头一样愣在那里。还算邵春甫乖巧，遂步上前，哗啦一下翻转自己棉袍衣襟，为冻大麻子细心揩擦完脸上的血痰，给冻大麻子挽回了些许面子。邵大成举鞭要打，冻大麻子故作大方的一举手，止住了邵大成拍的马屁，漫不经心地说："放下他。"邵大成简直不相信自己的耳朵，怔怔地看着他的老爹。邵春甫没好气地说："你没长耳朵，司令要你打你就打，要你放你也得放，还等着老子动手吗？"

邵大成还是不放心，望着冻大麻子直翻白眼。冻大麻子对邵大成点了点头，又对张恒嚷道："老王八，你有种，老子留着你这条命在砍香会上见。"说罢，头也不回怒气冲冲地跨进内房烤他的火去了。邵大成贾三强等人一阵忙碌，放下了张恒。此时，张恒已经奄奄一息。哪能动弹，几人七手八脚为他穿上棉袍仰面朝天放到冷地上。邵春甫走过去假惺惺地说："亲家哥，咱们都是黄土埋了多半截的人了，谁不知冻大麻子心狠手辣，你落到他手里，不死也要脱层皮，我劝你还是好汉不吃眼前亏，钱财如粪土啊，别死心眼儿了。"张恒吃力地睁开眼，上气不接下气地说："你，你怎么不说下文了，我听着呢，是土，土匪，对老，老百姓，有什么仁，仁义，你，你，你不敢说是吧。""唉，我，我没有力，力气大声说话，附，附耳过来，我，我告诉你，你真话。"邵春甫心中一喜，蹲了下来。张恒歇了歇气，继续说："念，念在亲，亲家的份上，拜，拜托你告，告诉幺，幺姑，要她给我洗个澡，换，换上寿，寿衣。让我干，干，干干净净去见先人。""这个自然，亲家，你交出了财宝，一切都不会有事儿的。""啊，要，要财宝，你可去，去问郭刚。要共，共产党，你可去找田，田聪，要，要性，性命，你可去叫胡高强……"邵春甫脸色一变，一挥手，邵大成贾三强等将张恒用铺盖卷儿一转，抬往关帝宫地牢。

　　天，酷冷，心，特沉。今天，是暂编师暨隆平乡铲共救国军砍香起誓的日子，一大早，就有青壮年农民被全副武装的土匪陆陆续续押进了关帝宫戏台广场。冻大麻子、邵春甫、邱吉山、傅云城筹划了半月之久的阴谋，总算紧锣密鼓的开场了。关帝宫戏台正中，排着香案，香案上摆着猪头斋饭，净酒供果，一对碗口粗的红烛熠熠闪闪，三尺长的高香青烟缭绕，戏台后幕上挂贴一个八尺见方的大红"忠"字特别醒目。香案前一字儿摆开八海晚誓酒，香气四溢，戏台两侧摆着八把太师椅，首座当然是冻大麻子的，县治安总队来宾燕桂洪、向铁江座位也自然显赫。台角架起两挺轻机枪，黑洞洞的枪口使人不寒而栗，戏台前磊起了砍头台，台中埋立一根粗壮的绑人桩，桩后一字儿排开八个荷枪实弹的彪形大汉，虎视眈眈盯着全场。广场四周布着篱笆桩一样紧密的武装匪徒，如临大敌。其架势，真不亚于鬼门关阎王殿。

被赶进会场的壮丁别说要逃脱，就是吓也被吓了个晕头转向。在群丑中，唯独不见了主角之一——邱吉山。壮丁们被匪徒驱赶着，成行成排席地而坐。膝前老老实实摆着各自的神香和菜刀。随着傅云城一声吆喝："隆平乡铲共救国军砍香誓师大会现在开始"鞭炮声火铳声立刻震耳欲聋，使本已阴霾四布的天气，平地增添了几分肃杀之气。"现在，请铲共救国军胡司令为我们训话，大家鼓掌欢迎。"喊罢，傅云城带头鼓起了掌。壮丁们懵了，别说他们不知鼓胀是啥玩意儿，光是冻大麻子那副尊容，就惊了他们一个目瞪口呆。只见此人身高八尺，头若巴斗，鹰鼻阔嘴，满脸黑麻子配一副络腮胡子，活像狗嘴里含了一坨棕，着一身很不合体的蒋氏老军服，将浑身箍得紧紧的，显得不伦不类。他甩开步跨到香案前，大手一挥喊道："亲爱的壮士们，今天隆平乡铲共救国军成立了，我当司令，你们当士兵，皆大欢喜，从此跟着我吃香的喝辣的，这是他妈的八辈子祖宗积的德。"冻大麻子自我感觉良好，双手伸到头上鼓起了掌，哪知台下毫无反应，只有台上群丑即兴鼓起了掌。稀稀拉拉如报丧一般。冻大麻子尴尬得满脸通红，双掌顺势滑下，摸着他钢丝般的络腮胡子，自我调整心态。他嗯嗯了几声，随即继续发表他的演讲："你们知道什么叫铲共救国军吗？就是他娘的铲除共党，救助党国，你们看，我身后这个忠字多威风，这忠就是忠于党国，你们，就是要忠于我胡高强胡司令。为什么要铲共？共产党是魔教，他们要共产共妻，细一点讲，他们到这里来了，就是要分你们的财产，占你们的堂客，我是坚决不答应的，有血性的男人都不会答应，怎么办？他们手里有枪有炮，所以，我们也要联合起来，跟着我胡高强拿起枪拿起炮赶走他们，消灭他们，不让他们在我们隆平乡落根，才是你们的出路。今天，我还要告诉大家，隆平乡已经有了共产党，只是他们羽翼还没丰满，已经被我胡司令抓起来了，他就是张恒这个老王八。"此言一出，满座皆惊，台下一片哗然。"怎么？你们不相信！我胡高强把丑话说到前头，谁要是相信共产党，对我胡某人三心二意，我就把谁当共产党办，今天，我就要用张老儿的人头来祭我们的大旗。"邵春甫兴奋得满面油光，站起身来连音嚷"好！"冻大麻子几步跨到台前，狮眉倒竖，鸷眼圆睁，咄咄逼人的目光来回扫视了几遍，沉声喝道："有不愿意砍香的人有没有，有不愿意的，立刻滚蛋，我冻大麻子从不强人所难。"连呼几遍，众人噤若寒蝉，哪敢应声。冻大麻子嘿嘿鸷笑了几声，提高八度嗓音喊道："一、二、三。"将手狠狠一挥喊道："无人反对，砍香。"一喽兵提来一只大公鸡，刀光闪处，鸡头落地，倒提着双翅还在折腾的公鸡给八碗酒中滴入鸡血，八个大汉上台每人端上一碗，分送到台下，逼着每人饮下一口血酒，乐得冻大麻子呵呵大笑。傅云城手持一把神香高高举起，面朝冻大麻子，双膝一跪喊道："敬香开始，一叩首，二叩首，再叩首。"台下众人照样画葫芦，不得已跪了一地。"叩首毕。"傅云城站起身，右手握拳平肩，举起继续喊道："我喊一句，大家跟我喊一句，我起誓，我自愿参加铲共救国军，跟着胡高强，忠于胡高强，保卫胡高强，至死不渝，永不背叛，如有反悔，就如此香，起誓人，傅云城。"傅云城拿起了明晃晃的单刀，举刀就要砍下，台下众人跟着他"傅云城"一声吼，吓得他一刀砍偏了，险险砍下了自己的手指头，惊出一身冷汗。再看下面，其丑态更是花样百出。有的人高高举起菜刀，不知要砍什么，东张西望到处看，要不是适时响起了震耳欲聋的鞭炮声，锣鼓声，闹剧还不知如何收场。锣鼓一停，冻大麻子高声吼道："将共产党张老儿押上台来！"此一声吼，就如晴天一个霹雳，惊得众壮丁张目结舌，仿佛地球也停止了运转。邵大成、贾三强、长腿、牛二等人身穿红袄，腰挎连枪，手持鬼头刀，应声将五花大绑着的张恒推上砍头台，绑到断头柱上大活祭。张恒今天特意换上了高领青平江布长寿袍，足蹬粉底青面寿鞋，周身上下装扮得干净利落。那颗朱砂记还是那么光彩照人，神态举止是那样镇定自若，要不是满脸青红紫绿绳索加身，真像是要出门走趟远房亲戚一般。台下人群中忽然传来嘤嘤细泣，这哭声，就如穿胸利箭，开山大锄，一下掘开了人们感情的闸门。众人刹那间拜伏在地，大放悲声。冻大麻子大怒，挺身而起，就要下令开刀。邵春甫向他使了个眼色，轻声说："等等，最后听听他还有何话说。"财宝的诱惑使冻大麻子咽下了到口的恶气，慢慢坐了下来享他的清福。张恒使劲儿抬起头，那张惨无血色的脸上展开了欣慰的笑意，提高嗓子喊道："乡邻们，我张恒是个远来人，是你们的父辈收留了我，是

扶善溪这块宝地养育了我和我的家人。今年，我已七十有八，现在回归自然已是顺条之路，我求大家笑着送我上路吧。怎么，你们不愿笑？想我张恒从小就听到灾民哭，青年听到冤民哭，壮年听到难民哭，老年听到堂客儿女哭孙儿媳妇哭，做梦也听到中华民族在哭……我的希望如肥皂泡一样一个个破灭，就在我的心结即将要了的时候，我却看不到了明天的太阳，我张恒无奈呀！天啦，难道我张恒就这么与笑无缘？也罢，乡邻们，你们别哭了，让我安安心心上路吧。"说罢，引颈悲吟："展观世道悲凉，料人寰颠倒不久长，莫看眼前霜。冬去春来，摧枯拉朽，红旗飘扬。唯有遗筹，难展吾心，连累乡邻遭祸殃。空悲切，化满腔热血，回赠上苍。"吟罢，他突然仰天大笑："哈哈哈哈，他们，这些人类的垃圾，硬说我是共产党，可是我还不够格呢，上苍啊，我遗憾。遗——憾——啦。"两行浊泪，如雨而下，他哭的时候，已歪脖咬着了衣领，狠狠地咀嚼，咀嚼，慢慢地，头一低，声息全无。贾三强走上前去一探鼻息，惊叫道："张恒掉气了，掉气死了。"群丑大惊，冻大麻子气急败坏地嚷道："死了？他娘的，晦气，晦气，死了也要割下脑袋，挑在竹竿上祭旗示众！""是。"贾三强应声而动。手起刀落，张恒血淋淋的人头滚落在地，颈项上血浆直冒。邵大成拾起人头，众匪一阵忙碌，放倒张恒尸身，将人头系在楠竹竿上，一声吆喝，竹竿高高竖起，牢牢地绑在杀人桩上。张恒那颗花白人头，如瓜葫芦般直晃荡，洒落点点血雨。壮丁中，有人惊叫一声，晕倒在地，人们如梦方醒，一个个再次拜伏在地，失声痛哭。全场秩序一下大乱，冻大麻子拔出手枪，正要杀一儆百。邵春甫扯了一下他的衣襟，轻声说："司令，众怒难犯，小不忍则乱大谋呀。"说罢，他自命不凡地走到台前，双手乱摇着喊道："弟兄们，弟兄们，大家静一静，静一静，听我说两句。"台下有人喊道："你们这么乱杀人，我不干了。""对，我们都不干了，不干了。"真是一呼百应。吼声如雷。邵春甫一下撕开假惺惺的笑脸，取出腰间手枪放了一枪，台角的土匪机枪手应令扣动了机枪，哒哒哒哒机枪喷出长长的火舌，子弹呼啸着从人们头顶飞过，随时都会择人而噬。在野兽的淫威下，人们不得不回到残酷的现实，慢慢安静下来。邵春甫挥舞着小手枪喊道："怎么样？你们吼呀，吼呀！死了亲爷老子啦，谁吼，我就代表县府毙了谁，在兴隆街，我说话还是算数的。我现在告诉大家，只有胡司令才是你们的再生父母，发财的祖宗。张恒算个什么人，他是共产党，是你的仇……"邵春甫敌字还未出口，一条黑影，如金雕扑食般降落戏台，电弧闪处，邵春甫那颗光秃秃的人头，就如熟透了的西瓜，滴溜溜滚落台下，眨着眼睛，不相信自己已死，尸身如木桩般直立戏台上。不只是心有不甘还是心有不知，半晌不肯倒下。颈中喉管惨白惨白的，随着心跳节奏一伸一缩，血箭朝上直射，碰着戏台顶棚，化作血雨飘飘落下，惊得台上台下看客只恨爹娘不该生了这双眼睛，纷纷掩面乱钻。少许，邵春甫尸身轰然倒下，将砍头台上的邵大成、贾三强砸翻在地。二人灵机一动，索性躺在地上装死，捡回了两条性命。与此同时，皂衣人如疾风扫落叶般，取了两名机枪手性命，随即长剑翻转，一道白光向冻大麻子当胸刺去，看看冻大麻子死期已至，怎料此贼命不该绝，他一惊一乍，压翻了太师椅，轰隆一声响亮，连人带椅翻落台下。皂衣人一剑刺空，冻大麻子就地一滚，钻入人群，皂衣人也不追赶，跳落砍头台，痛快淋漓地取了八个彪形大汉的性命。人群中有眼尖的人高喊道："疯侠，疯侠，疯侠张合。"张合也不答话，一鹤冲天，腾身竹竿之上，伸手就摘张恒头颅。砰的一声枪响，张合如断了线的风筝跌落尘埃，一代大侠就此陨落。张家独门武功从此失传，只有化了装的邱吉山混在人群中连连阴笑。

第四十一回

秀女镀金闪亮登场
莽汉受制怒发冲冠

　　光阴似箭，日月如梭，转眼间张恒老汉已经归天一年有余了。余月香见幺姑独自一身无依无靠，伤心得寻死觅活的，很不放心。只得放下自家活计，带着十一岁的小儿子周前龙，搬到章恒昌与幺姑同室而居。两位老妇人相依为命，辛勤操持着小本生意，日子倒也过得下去。这天，初夏的太阳阴毒如火，旷野、街道似乎被烧烤得就要燃烧。街上行人很少，店铺门可罗雀。只有冻大麻子的匪兵和乡公所大小走狗却异常忙碌，他们的举止行为似乎比以前规矩多了，但总掩饰不了匪类固有的暴戾之气，不由得不使心细如发的幺姑感到惴惴不安。她笑声对月香说："大妹子，天气炎热，也没有几个正经人买东西，咱们不如把铺门给关了，安安静静歇伏吧。""姐姐，我不热，门迎春夏秋冬福，户纳东西南北财，生意是做出来的。"幺姑指了指门外，小心翼翼地说："街上有狗，不如关门大吉，图个平安。"月香会意，惨然一笑说："既如此，关就关吧。"袖子一挽，粗手大脚收拾着柜台上的东西，幺姑也匆匆忙忙去清理前后的门户。收拾停当，姊妹二人相邀登上阁楼，就着小窗向外偷偷观望。好不容易挨到日头西移，忽听天主堂哨音贼亮，人声鼎沸。不一刻冻大麻子领着匪兵倾巢出动，成两路纵队，穿街而来，前队刚到石拱桥头，冻大麻子手一挥，前队停了下来，后队匪兵却接踵而至，一时间你推我搡，乱成一窝蜂。冻大麻子气得破口大骂，砰的放了一枪，"憨猪，谁叫你们挤在一起，没有吃到肉，也看到了猪走路，给我站到街两边，谁也不许乱跑，谁在特派员面前丢了我的脸，我就毙了谁。"匪兵们怄了一肚子酸气，只得碗里的芋头拨一下动一下，懒懒散散当街站成两列纵队。站了顿饭工夫，匪兵们累得手脚发麻，腰酸背痛，一个个汗流浃背骂着老娘。有的甚至打了赤膊，席地而坐，匪首们正在责骂，只听一阵得得的马蹄声由远及近，匪兵们还来不及穿好衣服，三乘健马已腾起滚滚灰尘，绕过了碉堡山脚。眨眼工夫，驰到眼前。三名全副武装，身着美式夏装的国民党暂编师军官勒住马头停下。当先一名年轻军官含笑拱手一礼："弟兄们好！"语音美如黄鹂，沁人心脾，匪徒们定睛一望，原来是位美若天仙的丰腴少妇。立刻目放异彩，心如碰鹿，不亚于见到了仙女下凡。少妇双跨一紧马儿扬蹄缓缓而行。匪兵们哪顾队形，如众星拱月般簇拥着她，生怕落到人后，来到章恒昌前，少妇一勒缰绳，马儿长啸一声，原地打转，踏步不前。少妇眼中似有泪光一闪，垂下了头。如一朵带露的花，她微一怔神，一抖缰绳，打马而去。匪徒们欢呼一声，拔步追赶。这一幕幕，都没有逃过幺姑的眼睛。这女军官圆圆的娃娃脸，瀑布般飘逸的秀发，不是邵丽花是谁？胸前分明紧箍着她魂牵梦萦的小孙孙。幺姑啊的一声惊叫，险些昏倒，幸喜月香眼明手快将她扶住。幺姑手指窗外，语无伦次地喊道："快，快，我，我的孙儿，我的小孙孙，心肝宝贝……"月香往下一望，只见到了那堆肮脏的背影。

邵丽花策马进入天主堂，翻身下马，随即抱下儿子，将马系在桂花树上，其他两人下马后，各自从马鞍上起下一口沉甸甸的黑色皮箱。这时，冻大麻子、邱吉山等匪徒才气喘吁吁地跟来。邵丽花皱了皱眉头，对冻大麻子说："大当家的，请集合队伍，我要训话。"冻大麻子虽然心中不快，但也不好发作。邱吉山更是喝了瓶白醋，一根肠儿酸到了底。他们费了九牛二虎之力，才将百十余号人堆成了个四不像的人堆。不过，还好，没有了往日集合时的喧嚣。因为，他们已被

美丽的少妇吸引得灵魂出窍了。只见邵丽花那身得体的美式夏装，闪闪生辉的少校军章，腰间紧束的子弹带和斜挂着的左轮手枪，将少妇修长的身姿，丰腴的曲线勾勒得尽善尽美。尤其是那两条柔美轻盈的芭蕾舞演员般的腿，更是美得让人无可挑剔，难怪那些久未沾荤腥的匪徒们不想入非非。

邵丽花一个旋身，轻盈地跳上台阶，两位腰挎手枪平端汤姆斯冲锋枪的哼哈二将，立即分左右两侧立在身后。腿旁各放一口皮箱，如果不是面貌略有区别，简直一人就是另一人的化身。邵丽花很自然地整了整军容，抬手一个军礼，甜得众匪如喝下了一口蜜。她清了清嗓子，微挺骄傲的酥胸说："本人邵丽花，是隆平乡土生土长的姑娘，奉侯宗汉将军命令，现任国民党暂编师一团三营少校特派员，掌管隆平乡防区军政要务，请诸位同舟共济，共赴国难，现在我宣布，第一，人事任命：胡高强先生任国民党暂编师一团三营少校营长，胡高魁任三营一连上尉连长，姚尚富任三营二连上尉连长，邱吉山任三营三连中尉连长，兼隆平乡乡队副。朱长青任中尉副官，刘永太任中尉军事教官，只要大家精诚团结，努力报效党国，我会如实呈报上峰，给予各位弟兄升迁和嘉奖。"说完，接过朱长青递过来的委任状，发到了以上诸人手中。分发毕，邵丽花继续宣布："第二，重申禁令，自即日起，全体官兵不得再向百姓送条子、催款子、抢妻子，否则，就地枪决。生存问题怎么解决，排长以下战斗员，每月每人三块大洋，由我邵丽花按月发给，不打折扣。连长以上军官，由总部配给。立功者，另有奖赏。第三，强化训练。自明天早晨六时开始，全体官兵必须强制军事训练，任何人不得请假，不得缺席或迟到。"讲到此，停下话头，圆睁杏目，向群匪扫视了几遍，心中略为有数，只有冻大麻子似有愤恨之色，她灵机一动，计上心来。提高八度嗓音呼道："胡营长，请你把本营各排战斗人员名册拿来，以便我给弟兄们发饷。"冻大麻子正值狠狠不已，闻听此言，更是气打一处便来，怒道："老子没有名册，自家弟兄你知我见，何必弄此破玩意儿。"两个头儿，两种态度，匪兵们一经对比，心中昭然若揭。邵丽花被冻大麻子反呛一记，也不争执，低头对下面的邱吉山说："邱连长，请你派两个弟兄搬张桌子和两三条板凳来。"邱吉山见邵丽花主动找他讲话，心中一酥，哪要别人动手，自己险些踢破了脚趾拇，不一刻就安排完毕。邵丽花一个响指，朱副官提起身旁的皮箱"啪"的一声放到大桌之上。邵丽花转脸对刘永太说："刘教官，请你打花名，登一个记盖一个指印，再在朱副官处领取银圆。"朱长青见邵丽花为他找好了下手，急忙打开公文包，拿出纸笔印泥交给了刘永太。安排停当邵丽花振臂呼道："各排长注意，请带齐本排弟兄，自一连到三连，成一路纵队到台前领薪水。"话音刚落。朱副官一按机栝，皮箱盖啪的跳开，只见箱中银光闪闪，白花花的银圆美煞了人。足足花了一个多时辰，领钱的人流才打发完毕。不过，冻大麻子的兵力也让邵丽花摸了个够。冻大麻子无奈，只得缩在后面生闷气。邵大成正要离去，邵丽花轻声喊道："哥，你没意见吧，咱家可不靠这几个钱养家呀！"邵大成扮了一个苦脸，站在妹妹面前不好意思地挖着鼻孔，半晌才答道："没有，没有，钱多不咬人。"邵丽花听哥哥话中有刺，转而说道："哥，爹一生爱财，最后还不是死在钱上。"邵大成双眼一鼓，眼珠儿几乎跳出眼眶，呛道："亏你还有脸说爹，我以为你是树木眼里榨出来的呢。"邵丽花听言，双眼一黑，几乎晕倒。伸手按住额头，暗暗告诫自己：不能倒下，不能倒下。她长叹一声答道："爹爹在众目睽睽之下悲惨过世，女儿哪能不痛，但此时不是讨论短长之时呀。"说完，弯腰抱起身旁的孩子。对朱、刘二人说："走，到我家去。"一行人，跟着邵大成回到了邵丽花四年未进的邵家大院。

次日，天刚蒙蒙亮，急骤的哨音将匪徒们从梦中惊醒。他们如一窝没头的苍蝇，摸东找西，口里骂着老娘，不时还张着大嘴打哈欠。其中有一匪徒忽而清醒，叫道："弟兄们，不要吵，是发光洋的乖婆娘叫我们啰，大家不要好了伤疤忘了痛，伤了小娘们的心，快去大饱眼福啰。"一语惊醒梦中人，大家一乐，立刻停止了吵嚷，顾不得拿刀背枪，争前恐后就往关帝宫戏坪跑。等这群穿戴不齐的莽汉赶到。三位军官早已面带寒霜高高屹立在台上。匪徒们自知理亏，一时间兵找官，官寻兵，你推我挤，混成一团。邵丽花叹了口气，连连摇头，心中像压着块石头。幸喜刘副官机灵，拿出领薪花名册一一点名。这才理出了个头绪，但唯独不见营长胡高强和他的胞弟胡高魁露面。邵

丽花强压怒火，双臂负于背后，若无其事走到台前说："弟兄们，大家真好福气呀，脑壳吊到了裤带上，自己以为是在荡秋千，佩服，佩服！"此言一出，有些较为聪明的人垂下了头。有些人憨憨地望着女人笑，丑态百出。邵丽花突然面上一寒，话锋急转直下骂道："睁开你们的狗眼瞧瞧，四周都是共产党解放军，紧急集合你们居然连枪都不拿，你们的小命赌得起吗？下次如果这样，扣你们半月薪水。你们的营长到现在还没到，我真怀疑他有没有本事当这个官。我一定报清上峰严肃查处。"说着，她低头看了看表，"给你们十分钟时间回去拿枪，解散。"匪徒们得令，一窝蜂跑了，邵丽花对朱、刘两个副手说："警惕胡高强邱吉山二人发难，如有越轨，立即扑杀。""是。"二人齐声回答。交代完毕，邵丽花走下戏台回到邵家。一头钻进自己的房间潜心摆弄着他的宝贝——收发报机。

　　一连三天，朱、刘二位副官忠于职守，着实将这些匪徒折腾了个臭汗直流，呼爹叫娘。一个个拌着大腿过门槛儿。这天下午，邵丽花心机一动，顶着烈日，全副武装来到教场看望匪兵，在刘教官"立正，敬礼"口令声中，邵丽花走上戏台，匪兵们成四列纵队，齐刷刷地举起右手致敬。邵丽花抬手还礼后，随着"稍息"的口令声，匪兵们放松了身躯，队列丝毫未乱。几天下来，这群乌合之众，居然被训出了个人模人样。邵丽花心中一紧，计上心来。及时调整了策略。她春风满面地说："弟兄们辛苦了，军中有句名言，平时多流汗战时少流血呀，我已电报司令部，上峰不日就可派船送来给养装备，到时也会让大家像我一样穿得整整齐齐漂漂亮亮的，这当土匪可不是人干的，只等船一到，我还要请你们打牙祭，喝个一醉方休，百事不想。大家说好不好。""好，好呀，特派员，我们喜欢你——"土匪们感动了，疯狂了，真以为自己会进入天堂。邵丽花顿了顿，放低嗓子说："可是，抱歉！现在还没有条件办到，要不，大家听我唱支歌儿放松放松吧。""好，好，特派员的话儿我们爱听，歌儿更爱听，特派员，我们听你的。"这时，邵丽花也真有点感动了，她忽然觉得，这群杀人的豺狼，也有做人的良知。她一甩钨丝般的秀发，忘情地亮嗓高歌："金鸡拍翅闹洋洋，今天这里开歌场，开起歌场大家唱，唱的月落出太阳。"歌甜嗓甜人更甜，匪徒们立刻忘记了自己何许人也。和唱道："要唱山歌先起头，菜籽不打不出油。菜籽还要油匠打，山歌还要妹起头。"邵丽花嫣然一笑："去年共同吃杯茶，香到今年八月八，不信哥到妹家看，床头开着茉莉花。"我们信，我们信啊："月亮无灯它也亮，井水无风它也凉，看妹生得实在好，头上无花自然香。"邵丽花伸手擦了一把汗："好花也是路边花，好笋也是独根芽，好女也是人媳妇，莫把心肠挂牵她。"邵丽花歌声刚落，自己急忙打住。伸出双手连连挥动，高喊道："弟兄们，听我说两句，大家再唱好不好。""好！"呼声如雷。邵丽花放慢语调，背着手来回踱着步儿说："听话听声，锣鼓听音——"突然，她停下脚步，高声问道："弟兄们，你们想家了吧？现在，我可以向大家宣布，既然大家不再是土匪，成了党国的兵，根据党国兵役条款，三年后，大家都可以离队回家。我邵丽花再没钱，就是砸掉咱邵家、张家、郭家的锅卖了，也要给大家发路费。"邵丽花的话，一石激起千层浪，土匪们鸦雀无声，垂下了头。邵丽花继续用低沉的语调说："弟兄们，咱们都是人，是人啦！谁没有妻室儿女，父母兄弟？当我们奸人妻女杀人劫财的时候，就要想想自己的妻女父母……我邵丽花也和大家一样，同是父母生父母养啊，可我年纪轻轻，现在却一无所有哇，我的妈妈，被日本人杀了，父亲不明不白的被杀了，小哥被杀了，公爹也被你们当做共产党给杀了。他真是共产党吗？不是，他是位忠厚的老人啦，前夫被人杀了，后夫又音讯全无，生死不明，我的亲人都是被人杀的，弟兄们，我不冤吗？冤啦！这就是我不许大家胡作非为的道理。"邵丽花的血泪控诉，使金戈铁马的操场，扬起了男人的抽泣声。三天后，县治安总队受命送来了给养。邵丽花的许诺得到实现。匪徒们对邵丽花更是敬若神明。

这天，邵丽花检查归来。正准备回家休息，一连长胡高魁喊道："特派员请留步。"邵丽花停下脚步，用审视的目光盯着胡高魁说："一连长，什么事儿？"胡高魁狡诈地眨了眨眼睛说："我哥请你有要事相商。""要事？他怎么不上阵督查工程质量？"胡高魁嘿嘿奸笑了两声说："这个，你问问我哥就知道了。"说着，他一哈腰，手一伸说："特派员，请！"邵丽花不再理他，昂首挺胸，咯噔咯噔向天主堂走去。办公室的门关

着，她没好气地咣当一声推开门，冷丁一下看见冻大麻子铁青着脸，正襟危坐在首席座位上。大张着机头的驳壳枪，正对着自己的胸膛，她也实实在在吃了一惊。转念一想，冷静下来，咯噔咯噔向自己的座位边走去。冻大麻子瞪着水泡眼，大喊一声"拿下！"邵丽花止步只觉后颈一凉，胡高魁的驳壳枪已顶住了争嘴窝，正待质问。一只贼手以迅雷不及掩耳之势，抽出了她的左轮手枪。武装一解除，邵丽花反倒不惊不诧，冷冷问道："什么意思？"冻大麻子驳壳枪一挺说："你是共产党。""哈哈哈哈，我是共产党？笑话，笑话。"她边说边踱到座位前一拉板凳，坐了下来。接着猛拍桌子，厉声问道："证据呢？"冻大麻子反倒被质，暴跳如雷，吼道："证据？我冻大麻子杀人从来不要证据。"邵丽花冷冷一笑说："请你不要忘记，坐在你面前的人是和你平起平坐的特派员。"冻大麻子收敛了一下杀气，恨恨地说："特派员？卵。自打你来了以后，老往自己脸上贴金，往我脸上摸屎，搞得弟兄们三心二意，让老子的圣旨失了灵，我阴去了你的绿眼屎。昨天，你居然还乱我军心，拆我台子，挑动弟兄反水，还说要发给路费，不杀你，难解我心头之恨。"邵丽花俏嘴儿抿了抿针锋相对说："哦，原来这就是共产党。不过，我也要告诉你，蒋委员长、侯宗汉、罗文杰都是这样统领军队的，难道他们都是共产党？既然你们成了党国的兵，就必须按党国的军法军纪办事，我的讲话没有错，有兵役条款可查。"冻大麻子怒不可遏，轮动蒲扇大的巴掌在办公桌上连连拍打，发狠道："我不管你这样的党，那样的法，老子是土匪，我讲的话就是法，谁拆我的台子，就得死！"邵丽花连连冷笑："我拆了你的台子？自打我来了以后，已有半月有余，请问，跑了几个弟兄，为什么我未来之前，你的人朝来晚逃越玩越少，亏你还敢对上峰谎报扩编四百多人，我敢断言，照你这种玩法，不出三年，就是共产党不打你，你也会成为一个光杆司令。我告诉你，人心都是肉长的，光靠打杀是管不住弟兄们的心的，要笼络军心，这就是政治。"说着，邵丽花话锋一转，叹道："可惜啊，这时候你想顺顺利利的杀我，已经迟了！"冻大麻子一惊，转动着眼珠子四下张望，立显外强中奸的本色。邵丽花哈哈大笑说："以小人之心度君子之腹，我没有你那么无聊。你不以我为友，我还有同仁之谊呢，不会在人背后捅刀子的。你想想，杀我容易，但杀了我这电台不转了，侯宗汉罗文杰能放过你吗？杀了我，你的弟兄们能放过你吗？你这是自掘坟墓。"胡高强的麻脸不断颤抖，不断扭曲，啪的一下甩掉驳壳枪，双掌握拳大吼一声，飞起一脚将桌子高高踢起，往胡高魁和邵丽花的头上砸去。胡高魁眼明手快，撸着邵丽花的腰肢跳向一边，尽管如此，胡高魁肩头还是狠狠挨了一下，桌子轰隆一声落地，立刻大卸八块散了架。冻大麻子一脚蹬在座椅上，对胡高魁喊道："老二，这婊子谅我不敢杀她，我偏杀了她，拖出去给我崩了。"胡高强叹了口气，柔声劝道："哥，算了吧，这纯粹是场误会，何必为这点小事同室操戈？"冻大麻子翻着白眼问道："连你也不听我的？"胡高魁答道："哥，我早在听你的，你自己舍不得杀这乖婆娘甩了枪，我也舍不得杀这乖婆娘，谁叫她长得这么好看呢？难啰！"说着，咔咔一声拉开枪机"哥，你看，我的枪连子弹都没上膛呢。"邵丽花伸手拢了拢散乱的秀发，歪着个脑袋对狗兄狗弟侃道："你们舍不得杀我，我可没有兴趣陪你们玩儿了。"说着，从胡高强腰带上抽回自己的左轮手枪插入皮套中，微抬手腕招招手说："再见！"说罢，背负双手，咯噔咯噔走出天主堂。胡高强胡高魁两兄弟，色眯眯地盯着邵丽花扭动着的两块屁股，像两条打断了脊梁骨的狼。

第四十二回

哼哈二将合力捉丑
兄弟双枭异心护娇

　　一轮明月，满天繁星，秋风送爽，冥夜寂寂。邵丽花的小房中还亮着一只红蜡烛，烛泪陪佳人。他正专心致志地摆弄着她的宝贝，搜索着她需要的频率波段，捕捉着她感兴趣的信息，以至于忘记了时间，淡化了围烟雄黄的刺激。她情不自禁地打了个哈欠，抬腕看了看表，深夜一点。自我嘲哄的苦笑了一下，摇了摇头。这时，一个奇怪的信号使她激动不已。精神陡地一振，马上调整频率，还没等她对准波段，一阵窸窸窣窣的轻微响动传入耳鼓。一下转移了她的思维。蓦地，吱呀一声，房门洞开。只见黑影一闪，一个高大的男人已经站在了自己面前。邵丽花大惊，伸手就去拔枪，男人出手如电，铁钳般按住了她的手腕。轻声说："别怕，是我。我多想你呀，你知道吗，我想你，瘦了几斤肉呀。咱俩再续前缘吧。"邵丽花抽回手，狠狠骂道："邱吉山，我告诉你，我现在是你的上司，再不是以前的弱女人，你走。你现在走还来得及。"邱吉山笑着说："何必那么神气呢，你知我见的，深更半夜，难道你不寂寞吗。我知你寂寞，要不为什么还摆弄这些破玩意儿，春宵难熬呀！"邵丽花大怒，顺手一巴掌往邱吉山脸上掴去。

邱吉山嘿嘿一笑，轻描淡写地接住了她的手掌，捞到嘴边深深一吻说："哎呀，香，好香。只是嫩了点，胆敢在男人面前偷施妙手。"邵丽花又急又恨。提高嗓音喊道："来人，快来人！"邱吉山一急，连人带嘴捂了个结结实实。嬉笑着说："白天，你是特派员，我听你的，晚上，你是我堂客，你听我的。你喊，只会出自己的丑，降你自己的格，顺了我吧，我爱你。"说着，埋下头，在邵丽花脸上，胸脯上狂吻。不料，一记重拳砸到后脑，邱吉山立刻晕头转向，一个把持不住，抱着邵丽花轰然倒地。邱吉山丢下邵丽花，就地一个翻滚，拔出驳壳枪，对准了赤手空拳的朱副官，咬牙切齿慢慢站将起来。朱副官盯着邱吉山说："放下武器，马上走人！"邱吉山一挺驳壳枪嚷道："姓朱的，我告诉你，邵丽花是我堂客，孩子都这样大了，你这个野老公管得着吗？"邵丽花听了气得浑身发抖，大声叫道："邱吉山，你混蛋。"抬起左轮手枪，指定邱吉山的后脑说："举起手来，我要开枪了。"邱吉山略一分神，朱长青抓住时机，急施连环腿，"啪"的一声，将邱吉山手中的驳壳枪踢飞。邱吉山身形一挫，头一低，险险地避过了朱长青跟踪而至的第二脚。力沉丹田，双手托地，一记扫堂腿回敬朱长青的会阴。他脚刚发，身形急倒，伸手就去捞自己的驳壳枪，三个动作一气呵成，把地躺功用得出神入化。尽管这样，但他还是慢了一步，只觉抓枪的手彻心一痛，连手带枪已被刘永太一脚踩住。邵丽花一声娇喝："给我拿下！"朱、刘二人弯腰正要拿人，哪知邱吉山突地一个鲤鱼打挺，站起身躯马步上架，挡开了刘永太的重拳，黑虎掏心捣向朱长青的胸膛，朱长青抓人去招式使得太老，胸膛空门大现，情急之下，只得闪身避让。才险险躲过邱吉山来拳。不过，邱吉山醉翁之意不在酒，这只是虚招，他要的就是朱长青的避让。他适时矮下下盘，一个凤凰夺窝，错步急绕身形反了过去，轻而易举地突破了二人的包围。黑暗中，刘永太飞脚直取邱吉山脊心穴。忽而，眼睛一花，失了攻击准头，一下收势不住，狠狠一记踢在闪身而来的朱长青身上。朱长青哎哟一声倒地。邱吉山正待痛下杀手，刘永太斗转星移急速攻到，邱吉山呵呵大笑说："你二人耀武扬威坏我好事，本事倒也平常，今晚正好做个了断。"边说，边化解了刘永太的攻势。朱、刘二人气得七窍生烟。

邱吉山却气沉丹田，虚步曲肘静等二人心躁攻到，他就可以一鹤冲天腾身直取二人天灵，火速结束战斗。朱、刘二人猜透了邱吉山的狼子野心，也不答话，各使穿花绕树绝技，在不大的空间里，围着邱吉山左穿右插，身形摇晃不定。有如蝴蝶穿花，又似长江骇浪，越转越快，分散邱吉山的注意力。这下邱吉山傻眼了，身子不由自主顺着二人转动，警惕着二人石破天惊的一击。僵持片刻，二人害怕邱吉山以静制动，刘永太一声暴喝，抢先出手，腾身五尺，一个凤点头，双虹贯耳，直捣邱吉山太阳穴，邱吉山大叫一声"来得好"，下盘一矮，分花拂柳，双手使用粘衣十八贴的功夫，盘开了刘永太的双拳，刘永太胸膛空档立刻突显。邱吉山大喜，趁刘永太落脚未稳，突地一招二龙夺珠，施二指禅的功夫直取刘永太双眼，邱吉山专心致志要废掉刘永太，不料朱长青转到了自己侧身，一招大魔献酒，一记勾拳直取邱吉山下颌。只听啪的一声，击个正着。邱吉山的牙巴骨立刻脱臼，门牙掉了一嘴，头重脚轻往后便倒。邱吉山人痛心明，心想这一倒下，可能就再也起不来了。紧急中收指变掌，一下按住刘永太肩头借势稳住了身形，刘永太意外地逃过了一瞎眼之苦。朱长青正要拿人，邱吉山使一个旱地拔葱，呼地一声跳上邵丽花的机器桌。朱、刘二人哪肯放过，同时力贯千斤，拳脚并举直取邱吉山下盘，邱吉山急中生智，鲤鱼跳龙门向窗户电射而去，怎知邵丽花早已用铁丝网将窗户封得严严实实，邱吉山一头撞在钢筋铁丝网上，双眼一黑，反弹回来。啪的一声巨响，掉在地上换不过气来。朱、刘二人的拳脚没有砸到人，收势不住，全部砸在桌子上，轰隆一声翻了，红烛立刻熄灭。邵丽花的心肝宝贝叮叮当当散落一地，邵丽花心痛得直流眼泪。摸摸索索找到了洋火和蜡烛，拾起了邱吉山的驳壳枪，朱、刘二人摸黑逼近邱吉山，吸取教训，两人发一声喊，惊扰邱吉山，见无反应。同时出脚踩住了他的后背，接着使用大擒拿手法，将邱吉山双手扭到背后。分筋错骨，只听几声脆响，邱吉山双臂的肘、腕关节全部脱臼，两条臂膊成了两条肉带子。邱吉山尽管痛得冷汗直冒，但他连哼也没哼一声，邵丽花高挑红烛，走到邱吉山面前说："邱吉山啦邱吉山，我说，你也活的太窝囊了，放着如花似玉的小媳妇儿不珍惜，偏偏拼命做人家日本人的走狗，媳妇儿让个小瘪三给害了，到头来人财两空，你还是个男人吗？现在竟敢欺辱上司坏我规矩，我岂能容你。在你死之前，让你死个明白，我已经和朱副官定亲了，本来有心请你喝喜酒，看来没机会了。"朱副官不解，邱吉山大惊，怒呼道："臭婆娘，你真狠，我悔不该当初杀了你，才会有今日之羞，要杀就杀，动手吧，来个痛快的。""好，俗话说，鸟之将死其鸣也哀，人之将死其言也善。你怎么这么可恶？和女人说话，就不能温柔点吗？"说着，两眼含春，像欣赏野物一样打量着邱吉山。"妹妹，妹妹，刀下留人，刀下留人啦——"房门一响，邵大成风风火火闯了进来，邵丽花一怔，斩钉截铁地说："哥，你如果还认我这个妹妹，就不要趟这蹚浑水。"说着，伸手就去掏枪。邵大成拼命按住邵丽花的手，横身挡在邱吉山面前说："妹妹，国难当头，正是用人之际，未曾兴兵，先斩大将，你好糊涂啊。"邵丽花一扒邵大成，严肃地说："哥，你错了，此等害群之马不除，岂能稳住军心民心，蒋介石就吃了这个亏。"邵大成见妹妹吃了秤砣铁了心，声泪俱下表演道："妹妹，你要杀邱吉山，就先从你哥哥身上开刀吧。"边说，边解开纽扣，露出胸膛拍得啪啪响。邵丽花皱了皱眉头，诘问道："与你何干？""你知道吗，妹妹，就是他——邱吉山，为咱邵家报了血海深仇哇。你想想，以你我兄妹之力，能杀张合吗？"

长哥长嫂当爷娘，人言可畏，邵丽花迟疑了。一下沉吟不语。邵大成适时吼道："邱吉山，撑什么好汉，还不快滚。"邱吉山正准备咬牙挨这一枪，听邵大成这么一说，喜从天降，像乌龟爬坡似的爬起身，晃动着两条断膀，一拐一拐地走出院子，在皎洁的月光下，拉出一道长长的黑影。邱吉山一连多天，藏在家里不敢露面。不见邱吉山报到，冻大麻子大怒，连骂："反了，反了……"无奈，邵大成只得对大麻子透露了这个秘密。冻大麻子一听，几乎笑掉了大牙。几天过后，邱吉山无精打采地找到冻大麻子，如此这般地学说了一遍，自然，都是说的邵丽花的坏话。冻大麻子叹了口气说："要我咋办呢，她有侯宗汉罗文杰撑腰，后台硬得很，别说是你，就是我也要让她三分，老弟，忍了吧！"邱吉山哭丧着脸，连连拍打着自己的脑瓜子，没了门牙的瘪嘴一张一合说："借口气我引不了，我奇缴要报球，喜人席不会削

话的。"冻大麻子听了，分析了半晌，一下明白过来，哈哈大笑说："怎么，你想杀了他们灭口？"邱吉山连连摇头说："不，不，不，不。"说着，挪动身躯凑近冻大麻子耳边，五音不全的如此这般说了一席话。冻大麻子明白过来，乐得一拍邱吉山的肩膀说："好，事成之后你要人我要钱，皆大欢喜。不过，咱们谁也不许乱说，阴到肚里烂了它，哈哈哈哈。"

邵丽花带兵打靶归来，匆匆忙忙就往家里跑，儿子全胜早晨就食欲不振，丢在家里实在揪心。回到益兴昌，偌大的院子空无一人，连邵大成这个舅舅也不见踪影，她心感不详，高呼："全胜，全胜，胜儿。"无人应声。邵丽花头脑嗡的一晕，浑身凉了半截，发疯似的推开房门，只见儿子两颊绯红，脸上泪痕依稀可辨，昏睡在床前地上。邵丽花心如割肉，跑过去抱起儿子，觉得滚发大烧。全胜惊醒，发觉是妈妈，哇的一声大哭。邵丽花抱着儿子就往田茂昌跑，刚出门，迎面碰到邱吉山，更不答话，擦身而过。邱吉山目送着邵丽花进入田茂昌直咽口水。田岳先生为全胜做了全面检查，诊断为伤风感冒，为全胜打了针发了药，邵丽花权衡利弊，决定还是带药回家自己看护。田岳也不勉强，临行还千叮万嘱，孩子才是大事，意味深长。等朱副官端着饭菜请邵丽花用餐时，母子俩相拥而抱进入了梦乡。朱副官知道这个女人太累了，不忍叫醒退了出来。夜深人静，砰的一声枪响，将邵丽花从酣梦中惊醒。她顾不得儿子的哭闹，从枕头下取出左轮手枪，顶上子弹，爬上小阁楼观察动静。此时，圆月偏挂西天，乌云蔽月，间或几道清冷的月光，如利剑般刺破云层，穿过树隙房顶投入院中，忽闪忽闪地凭增了几分恐怖。街上，黑影幢幢，一个个纵跳伏爬形如鬼魅。向自己这边包抄过来，邵丽花大惊。挺枪喝问道："什么人？站住！"这一喝问，就如抛砖引玉，黑影中有人大呼道："同志们，土匪婆就在楼上，冲啊，不要走了邵丽花。""砰砰砰砰"响起一阵枪声。子弹嗖嗖嗖嗖划破夜空，就是不见有弹头飞来。邵丽花朝发音处放了两枪，但是显得多么苍白无力。来人再不放枪，爬在街面喊道："邵丽花，我们是武陵支队的，你跑不了啦，投降吧，我们可以饶你不死！"话音刚落，四周多人一起鼓噪，形势确实严峻，邵丽花傻了眼。爬在楼上，没了主见。

朱长青刘永太可不是吃素的，他们手提冲锋枪，如猛虎下山般冲出厢房，跨过天井，飞身一跃，登上围墙暗观形势。片刻，两人跳下一商量，分前后两处堵住了前后门静等援兵。哪知，援兵迟迟不到，黑影却吵得更凶了，二人忍无可忍，各从窗口瞄准黑影猛烈扫射。来人不断开枪还击，反而就地翻滚，隐入墙角土垴喊话骂人。朱刘二人气冲斗牛，冲锋枪喷出长长火舌，正打得激烈，邵大成喊道："朱副官，不要慌，我来了。"一边喊，一边放了几枪，跑到朱长青身后，瞄准朱长青后心砰的一枪，朱长青像段木头似的倒下了。做鬼也不知道自己是怎么死的。邵大成一脚踢开朱长青尸体，夺过了他的冲锋枪，吱呀一声打开了大门。守后门的刘永太听到前门冲锋枪声突停，正要喊话，突见一条黑影从屋顶如幽灵般向自己扑来。心知有变，急速调转枪口，他快，来人更快，砰地一声枪响，他眼一黑立步朱长青后尘而去。透过月光，这人吃人的悲惨一幕，邵丽花尽收眼底。她连气带急，一个把持不住，眼睛发黑，自己昏死过去……

不知过了多少时间，邵丽花悠悠醒转，只觉自己浑身沉重，头如灌铅。身上重重压着一块门板，鼻内不断钻入男人的身臭，耳旁传来公牛般呼呼的喘息声，她心中一急睁开双眼，果然看到了一张她不愿看到的脸。邵丽花愤怒得长啸一声，使用吃奶的力气拼命挣扎，无奈，双手已被分开紧紧缚在床柱上。要命的是，门外还传来了全胜儿揪心的哭喊声："妈妈，我要妈妈，你们不能杀她，妈妈呀——"邵丽花悲愤得如一头发了狂的母狮，口中不断喷着口水，破口大骂："畜生，畜生……"但这丝毫阻止不了邱吉山的野蛮冲刺，反而增加了他的快感。只见他——浑身一阵震颤后，像乌龟出壳一样抬起头来，美美地嘘了口长气，张着嘴，口水一丝一丝掉到邵丽花脖子上脸上。接着又像牛儿问骚一样，垂头一阵猛舔……将邵丽花折腾了个半死。得到满足后，他翻身下床，高举红烛近前欣赏邵丽花的酮体，挖苦道："我说过，你是孙悟空，变化的本事再大，也打不过我如来佛的手掌心。认命吧，你还是当你的特派员，我听你的，保准比那两个男人强。"此时，邵丽花的脑子已一片空白，似乎已经掉进了万劫不复的深渊中……

清脆的冲锋枪速发声撕裂夜空。啾啾乱飞的弹头钻进板壁击得人

们的家什叮当作响。但兴隆街的人已经见怪不怪了，抱着一条硬理：事不关己高高挂起。将杀人的枪声当成了节日的鞭炮。但经过邵丽花训练的土匪却不一样了，纷纷翻身下床抄起家伙，逼着头儿前去救人。冻大麻子他不急，坐在太师椅上跷着个二郎腿，悠闲自得地吐着烟卷，孤芳自赏。胡高魁全副武装闯进来说："哥，武陵支队打进来了，特派员有难，你可不能不就哇。弟兄们等着你发话啦。"冻大麻子嘿嘿一笑说："你慌什么？只等冲锋枪声一停，咱立即出发，我告诉你，千万注意邵丽花的钱匣子，这事儿办好了，准没错。"胡高魁拍了拍自己的脑门。着急地说："还等什么，人命关天啦，弟兄们可要冲出去了。"冻大麻子猛地一下弹起身，怒道："我看谁敢？谁要闹事，我毙了他。"话音未落，啪的一声枪响，有人喊道："救特派员去啰——"匪兵们如脱缰的野马，呼啦一下跑了个精光。胡高魁再也不管他哥拔腿就跑。冻大麻子傻了眼叹道："厉害，厉害，这个女人真厉害。"匪兵们狂呼乱叫着高挑火把，将益兴昌围了个水泄不通。但奇怪的是，益兴昌内却黑灯瞎火，寂静如死，丝毫不像有武陵支队攻到的迹象。胡高魁大奇，高声命令道："弟兄们，大家围住院子，不要走了共产党，一排长带着你的人，随我进屋救人。"说着，率先一跃，腾身近丈，一下窜到了大门口，飞起一脚向大门踹去。不料门是开的，他踢了个空，一下收势不住，身体前冲，跌了个狗吃屎。身下压住了一个人，他伸手一摸，湿漉漉的，疑是死人，滚向一边，为了壮胆朝着堂屋铺房连连放枪。后面的人见头儿开枪，也砰砰砰开起了乱枪，众匪兵门歪打了一通，不见有人反击，胆子壮了起来，胡高魁高声道："火把，快来火把。"有人及时打来了火把，众人一看，果然是个死人，身穿整齐的军官服，不是朱副官是谁？胡高魁接过火把仔细观察，只见朱长青前胸创面洞大如碗，翻转尸身，背后伤口小巧如豆。胡高魁嗯了一声，结合尸体倒地的方向，马上判断出根本没有共产党，而是自己人背后就近开黑枪。这人到底是谁呢？他无暇多想。就着朱长青尸体上的军服擦干净手上的血污，拍了拍自己身上的灰尘后说："弟兄们，没事儿啦，大家进内屋仔细搜索特派员吧，生要见人死要见尸。还有，就是上天入地也要找到特派员的钱匣子，这可是咱们的度命钱啦。谁找到，重重有赏。"此言一出，匪徒们就如一群赶山狗，呇呇吥吥翻箱倒柜寻了个底朝天，除了找到刘永太的尸体，其他一无所获。忽然，房内传来了小孩的哭声。胡高魁一喜，循声找到了邵丽花的睡房。只见小全胜坐在地上，拼命拍打着内房门，胡高魁抱起全胜问道："妈妈呢？你告诉我，妈妈在哪儿？"小全胜抽泣了两声，石破天惊说了一句话："那你不许害我妈妈。""我是你妈妈的朋友，是救她来的。"小全胜再不答话，小手儿指了指内房。胡高魁退身后跃，将孩子转交给另一匪徒。咔咔顶上子弹，助跑，蹬脚，蹬垮房门。只听一声惊叫，房中的西洋景呈现眼前：只见邱吉山光着膀子，穿着邵丽花的小单裤，如一头发了疯的野兽挟着邵丽花，枪口骇然顶着她的脑门，鼓着血红的眼睛，吼道："别过来，别过来，你们谁敢动，我马上毙了她。"邵丽花下穿裤衩，上身胡乱穿着邱吉山的臭大褂，在邱吉山肋下瑟瑟发抖，可怜得像头待宰的小绵羊，再也没有了往日的风采。胡高魁妒从心头起，恶自胆边生，就要进屋拼命，旁边的小匪抱住他说："连长，这样会害了特派员的。"邱吉山哈哈大笑："懂得这个道理就好。"胡高魁放柔语调说道："邱吉山，咱们都是自家人，放下特派员，一切都好商量。"邱吉山吼声如牛："还早商量个卵，我和你哥早已香量好，我要人，他要钱，关你个卵事！"胡高魁哈哈一笑说："原来是这样，那你何必还要为难特派员呢？""这是你们逼的。""我不逼你，你看我哥来啦。"邱吉山抬头一张望，胡高魁立即用驳壳枪顶住了邱吉山的大脑，但邱吉山没舍得开枪，用枪筒一戳邵丽花太阳穴，邵丽花痛得没命的尖叫起来。邱吉山吼道："要想活，快下令，灶他们放下枪扇开路，放我久。"邵丽花呻吟着说："弟兄们，放下枪，让他走吧。"胡高魁一使眼色，弓腰放下了驳壳枪，十几个匪兵，不得已只得放下了手中枪。邱吉山瞪着血红的双眼，凶光使人不寒而栗。不断左顾右盼。拖着邵丽花移动。嘴里喊着："闪开，都给老子闪开。"众匪们见到邵丽花那副既可爱又可怜的狼狈相，深表同情，只得连连后退，在狭窄的房中让出了一条血肉通道。突然一声尖叫，小全胜挣开大人掌控，从腿跨中钻出人堆，猛一下扑到邱吉山身边，在他腿上

347

狠狠一口咬住。邱吉山正高度紧张，根本没有注意胯下，自觉腿上钻心一痛。本能地狠狠一甩，将小全胜甩入火堆。高手过招，命在俄顷，邱吉山这么一分心，众匪们扑过去，扭着邱吉山的右手将枪口上抬，啪的一声枪响，困兽邱吉山到底开枪了，但弹头却飞向了天花板，击碎了瓦片，飞向了遥远的天际。邱吉山还待挣扎，但双拳难敌四手，驳壳枪被人夺了过去。但邱吉山究竟还是邱吉山，没容众人再度进攻，出手如电，双手捏住了邵丽花的脖子，捏得邵丽花白眼直翻。枪声招来了外围匪徒的无比愤怒，他们高声喊道："放下特派员，放下特派员，不放，我们叫你乱枪穿心，不得好死。"边喊边乒乒乓乓放起枪来。邱吉山这才意识到，今天可能在劫难逃了。他灵机一动，一把提起邵丽花，左手捏颈，右手箍肚，抱在胸前做了挡箭牌。他自认为得计，哈哈哈哈一阵猛笑，震得众匪心中发酥。他扬声喝道："弟兄们，先不转水转，岩石不转磨几转，我邱吉山过来待你们不薄吧，何必为了一个球女人香了和气。"屋内屋外的匪兵答道："只要你放下了特派员，我们保证不杀你。"邱吉山答道："我答应，君几一言戏马难追，不过，你们一定要讲信用。"胡高魁就近说道："邱吉山，我胡高魁用人格担保，你放人，我们马上放你走。"邱吉山半信半疑，结结巴巴说："金人面，面前，不，不削假话，防，防人之心不可无，我，我还要这婆娘送，送我去，去屋。"胡高魁说："只要你放人，我答应你，弟兄们，闪开道，让他走。"众匪们让路了。邱吉山终于脱离了人墙的包围，拖着邵丽花走到天井边。邱吉山想道：看来鱼和熊掌今天不能兼得，留得青山在不怕没柴烧，走。他猛地一把推开邵丽花。就地一滚，滚去丈外。嗖的一声长身而起，跳上了墙头，稍一坐地，借你纵上了河边的柳树，匪徒们的乱枪，总是差那么几步不能命中。此时，冻大麻子才从匪群中走出，命令道："弟兄们，快寻光洋。"匪徒们如梦方醒，立刻分散四处寻找。邵丽花见冻大麻子来到，掩面弓身跑入卧室更衣换洗去了。

看看日上三竿，几十个土匪将益兴昌翻了个底朝天，也没找出邵丽花的钱匣子。冻大麻子暴跳如雷，对群匪们命令道："快给我抓邱吉山的人，杀他个鸡犬不留。"匪徒们得令，自然是兴高采烈。因为头儿给了他们一个大好的发财机会。如一群没头的苍蝇。三人一伙，五人一堆。冲进各家各户抓人。苦的当然是百姓，可怜将兴隆街的富户穷户，都揭了个鸡飞狗上屋，除了满了匪徒的腰包外，邱吉山的人马如蒸发了一样，全部不见踪影。冻大麻子不断拍打着自己的秃头："赔了夫人又折兵，我上了邱吉山这龟儿子的当了，一定是进了樟木洞，断了老子的退路了，这，这如何是好呢？"急得他脑门冒汗，围着邵家天井团团直转。

姚尚富凑过来说道："大哥勿忧，我自愿带领弟兄们冲进去，杀了这群狗日的。"冻大麻子说："对，对，不入虎穴焉得虎子。弟兄们集合，血洗樟木洞。"胡高魁劝道："哥，万万不可，樟木洞易守难攻，咱们这点本钱不要亏在窝里斗，四周都是强敌呀！"冻大麻子狠狠一拳向胡高魁砸来，吼道："妈的个屄，他邱吉山抢我钱财，断我退路，真是欺人太甚，我岂能甘心？"胡高魁侧身闪过，笑着说："大哥真是急糊涂了，放着上好的摇钱树塞口肉不用，却要和邱吉山这个龟儿子去拼命，这值吗？"冻大麻子的水泡眼瞪得像铜铃，盯着嬉皮笑脸的胡高魁问道："什么意思？"胡高魁凑近冻大麻子说出一番计策来，乐得冻大麻子转怒为喜。

第四十三回

恩怨莫平泣血送友
情仇难消泪尽托孤

  公元一九四九年七月二十五日，中国人民解放军第四野战军第
三十八军所属，一一二、一一三两师官兵，顶着炎炎赤日，势如破
竹攻克常德城，国民党暂编师侯宗汉部匪兵作鸟兽散。二十七日，
一一二师向桃源县境挺近，在桃源石门临澧三县交界处金家巷与侯
宗汉罗文杰部激战，打垮了敌人的猖狂反扑。罗文杰往桃源溃逃，
一一二师乘胜紧追罗文杰残部不放，并于当天解放陬市镇，即留
三三六团驻守陬市大门，三三四、三三五两团星夜追赶罗文杰匪部至
双溪口，迫使罗文杰率残部缴械投降。二十八日凌晨二时，一一二师
三三四、三三五两团从双溪口出发直捣桃源县城，在县城西郊姚公潭
打垮了国民党桃源县自卫总队潘才锦部的狙击，随后与盘踞在县城的
县长宋旭说率地主武装及潘才锦残部激战，打得敌人落花流水。下午，
两团胜利攻占县城。宋旭、潘才锦残部逃至县城西北郊海螺山时，中
了武陵支队的埋伏，死伤大半，宋旭被俘余部逃散。人民群众自发涌
上街头，敲锣打鼓迎接解放军，整个县城沉浸在欢乐的海洋中。这一
切消息，都在电波中被邵丽花截获，只有冻大麻子等一股悍匪还蒙在

鼓中。

七月三十日，有坐探来报：八月初四碧云乡梁皇殿首富罗宏胜家办喜事，请来铜锣班唱戏助兴，届时将有富家商贾，名门淑媛云集。冻大麻子接报大喜，阴阳怪气对邵丽花说："特派员，你那洋匣子到底还灵不灵，弟兄们要吃要喝要钱用，我看你那个洋规矩得改一改了吧。啊？哈哈哈哈。"邵丽花眼皮低垂，连正眼也没瞧他一瞧，冷冷问道："你想怎样？"冻大麻子往前一凑，阔嘴唇儿撇说："我想，事不相瞒，我想带领弟兄们去抓肥羊，顺便帮几个娘们乐一乐，自打你来后，弟兄们没开洋荤了。大家该破戒尝尝鲜啦。"邵丽花鼻中一哼："下流，你们男人的事，我管不着，不过丑话说在头里，这样的事我可不参加。"冻大麻子讨了个没趣，麻脸一红，挖苦道："我晓得，无人请得动你的大驾。不过，只要我得手后，金银首饰由你挑。""谢谢大当家的好意，死人的动西，我可不敢要，丽花生性胆小，害怕杀人害怕血。"边说，边连连摇手，似乎脸上的容颜都由红变白。冻大麻子嘿嘿奸笑，右手掌往下一劈做了个杀人的姿势，侃道："做土匪就得杀人，你不杀其人其人必杀你，正如女人天生就得嫁人一样，自古有之。如果特派员执意不肯去，我也不勉强，给你十个兵留守兴隆街，可不能让邱吉山又乘虚占了去啰！"邵丽花听了正中下怀，抱拳一礼说："谢大当家的关心，其实，我土生土长熟人熟地，不要弟兄们保护也罢，我会尽力的。"冻大麻子哈哈大笑说："痛快，痛快，巾帼不让须眉，小匪不亚老匪。不过，这人还是得给你留的，你出了事儿，有人会找我拼命，哈哈哈哈。""既然大当家的执意要给我留人，丽花恭敬不如从命，人由我点。"说完，两人商量好了留守人名单后，接着初步推敲了一下打劫方案。

凌晨两点，报务员给王团长送来了一份电报，他报告说："是一个不明身份的神秘电台用普通代码发来的，内容真假难辨。"王团长即刻指示报务员，继续监听可疑电台。报务员走后，王团长仔细研究电文，只见电文如下："八月初四，土匪胡高强部七十余人打劫梁皇殿罗家，望歼之。"王团长左右推敲，心道："宁肯信其有不可信其无。保护人民群众生命财产安全，责比天高。"决心一下，王团长命令道：

"通讯员。""到。""火速通知武陵支队田队长，马上赶到团部开会。""是。"田聪来到后，看了电文。也深感奇怪。他简略地介绍了一下梁皇殿的地理位置和社会环境后，王团长即指会参谋人员连晚起草制定剿匪方案。

八月初三傍晚，太阳慢慢西沉，当邵丽花送走最后一船土匪时，一钩新月，已冲破舒卷的彤云，悄悄地爬上了天际，迷茫茫的沅水失去了它的碧，也失去了它的橙。只有清凉的晚风，为邵丽花送来了不着边际的愁肠。桨楫还清楚的吱吱作响，但是去了它固有的节奏美，显得杂乱无章，烦得邵丽花长长地叹了口气。土匪们一个个熟悉的脸盘儿，像幽灵般在自己脑海中盘旋，此一去她已将他们送上了一条不归路，心中难免过意不去。心中一急，几乎脱口喊出：回来呀，危险！但理智使她打住了，她在心中默默祝福：祝福他们悬崖勒马，像罗文杰一样走一条自新的道路。背在背上的儿子奶声奶气地问道："妈妈，他们还能回来吗？""他们能回来。""我不想他们回来。""为什么？""因为他们老想欺负妈妈。""你是怎么知道的？""这群人的眼睛告诉了我，我怕！""不怕，伯伯帮你打他们。"邵丽花大吃一惊，还未等她回过头来，母子俩就被两条粗壮的男人臂膀箍住，不由自主地倒在他的怀里。从来人说话的声音，她听出了来人是谁，邵丽花火冒三丈："胡高魁，你好大的胆子，你放手，放手啊！""我不放手，我觉得，这是我人生最美好，最幸福的时刻，我真心想你们能成为我的亲人，我的亲——人——"邵丽花心中一颤，放缓语音说："你想我们成为你的亲人，那你就替我抱抱孩子吧。"胡高魁大喜："好，好，我抱，我抱。"他急急忙忙从邵丽花背上接过孩子，对着邵丽花傻傻地憨笑。邵丽花机智地脱离了胡高魁的掌控，奇怪地问道："你怎么回来啦？""我压根儿就没上船。""临阵脱逃，你就不怕你大哥一怒杀了你？""为了你，我甘愿担这份风险。""这值吗？""值，因为我爱你。""我不信。男人没有一个好东西。""我可以把心挖出来给你看，我对你的爱，已牢牢地刻在了心里。"邵丽花怎么也不肯相信，这个野蛮的男人居然柔情似水。他就着月光，像欣赏西洋景一样欣赏着胡高魁，发觉她眼中的真诚与期待。似乎像火一样在燃烧，盯得胡高魁不由自主地垂下了头。他觉得眼前的女人，不但是自己的上司，要命的是她的美丽气质，早已将他压得喘不过气来。邵丽花轻叹了一声，摇了摇头，独自走到码头石阶上坐下，半晌，胡高魁才抱着邵丽花的儿子，小心翼翼地走到邵丽花身边，陪着她一块儿坐到石级上，将孩子放到腿上骑着马马。双方都沉默着，彼此都能听到对方的心跳。小全胜拍着胡高魁的大腿，突然说道："胡伯伯爱我妈妈，我妈妈不会爱你的，她爱我爸爸。"邵丽花眼中激情一闪，捧着儿子狠狠吻了一口。赞道："还是儿子懂事儿，真乖。"随后，她转面对胡高魁说道："高魁，现在世道巨变，咱们的性命朝不保夕，还谈何婚嫁，再说，我也不是个好女人，不值得你爱。"胡高魁抬起头，满脸委屈，叹道："我知道，我知道你瞧不上我，咱们这些粗人，命中只能为匪，只能像动物一样强奸，没有享受爱情的权力，因为，我们是坏人，可我觉得，日本人、当官的人、富人，比我们更坏，为什么他们就能为所欲为，这公平吗？我家祖祖辈辈在黄洋坪给矿主打金，可我们得到了什么？流出去的是血汗，得到的是忧伤。日本人来了，我父亲伯父被日本人赶入矿井日夜开采，因洞顶崩塌，尸骨无存啦，我哥一怒之下，杀了日本监工，带领弟兄们占山为匪，从此，招来了日本人追杀，官府追捕……一天也不能安宁。我们也是人啦，要吃要穿要快活，可这些都不属于我们，我们只得抢，抢，抢——受害的只能是老百姓。我真不愿作孽了，多想安安静静过日子。我多想有个家呀！"说到伤心处，胡高魁泪如雨下。邵丽花感动了。小全胜也听懂了，都在哭。他们似乎已成为了一家子。半晌，邵丽花突然说："高魁，男子汉何患无妻，我有男人，这样，不但害了你，而且害了孩子，我告诉你一条新生之路——""路？茫茫黑夜，路在何方？""路在心中，路在桃源。""我到桃源何益？""因为那里来了共产党，解放军，你可以前去投诚，脱离苦海。""桃源来了解放军？他们来得好快呀。""不光来了而且他们已经解放了县城，消灭了保安团，捉了宋旭……""是谁告诉你的？""是我的洋匣子。""这可靠吗，他们抓住我会杀了我的。""可靠，我听到了他们的政策：坦白从宽抗拒从严，立功受奖。罗文杰投降了，他活得好好的。""要去，咱俩带着孩子一块去。""真没出息，男人家办正事还要女人陪着？""你为什么不去？""因为我没有你单纯，我有苦衷。""你有苦衷，我就不能分担吗？""你分担，谈何容易！你永远都不会懂的，要分担，你就先把我房里的洋匣子和二胡一块儿给我背来吧，就是放在床上的那口箱子里。""那你现在干什么？你一个人，我不放心。""我把儿子送到章恒昌交给他奶奶照看。你在旁边，老人家会不高兴的。""这么说，你是张老头儿的儿媳妇，张琛的堂客？""是。""张琛真好福气！""这些不提也罢。这是钥匙，你提来后给我送到章恒昌，事不宜迟，自己连夜下桃源去吧，否则，错过机会你会后悔的。""好，我听你的。"胡高魁接过钥匙，站起身来，将孩子递给邵丽花，转身就走。一条黑影从大柳树上悄悄跃下，如幽灵般尾随胡高魁而去。邵丽花满腹心事如盲人骑瞎马，眼前的危险一点儿也不知道。背着孩子心事重重地一步步向熟悉而生疏的章恒昌摸去，不得已叩响了门环……

　　幺姑、月香见邵丽花背着孩子突然回来，惊得张目结舌，幺姑转身向里而走，邵丽花以为她老眼昏花没看清人，急得大喊道："妈，我回来了，我是丽花，丽花呀！"幺姑连头也不回，狠狠答道："我认得你是丽花，我怕你，怕你还不行吗？"丽花知道老人对她误会很深，急赶几步扯住老人说："妈，您误会我不要紧，你看，这是你亲嫡嫡的孙儿呀，胜儿，快叫奶奶，这是你奶奶。"小全胜在母亲背上，睁着惊恐的眼睛，怯生生叫了一声奶奶。幺姑心头一震，老泪夺眶而去，她哽咽着说："胜儿，不是奶奶狠心，只是你妈，你这个不争气的糊涂娘不守妇道，整天跟着一群土匪疯，辱了张家的祖宗。"幺姑的责骂，就如一记重锤，砸得丽花心头发痛，眼睛发黑，傻傻地站着一动不动，任由眼中泪、心头血滴滴流淌，湿了胸头衣，湿了孩子的手……连空气都滴得沉沉的闷闷的，仿佛要撑破这个家。月香剔亮桐油灯，走到邵丽花身边仔细端详着邵丽花，片刻，她长长叹了一口气说："老姐姐，闺女瘦了，也黑了，她向来都是个懂事儿的孩子，她这样做，也可能是另有隐情。人回来了，就好了。老张家缺人手啰！"幺姑垂下头，扯着袖子揩了揩眼泪，哽咽着说："大妹子，想我张家世代清白，如今倒好，出了个当土匪的媳妇，还出了个乱搞十七八的儿子，真是家门不幸啦，我以后有何面目去见列祖列宗？老头子，这都是您作的孽呀！"邵丽花将儿子放下地，牵着儿子的小手绕道幺姑面前，母子俩扑通一声跪在幺姑足下，声泪俱下地诉说："妈，请你相信我，丽花还是以前的丽花，媳妇还是以前的媳妇，我和我爹不一样，上一辈的恩怨，我绝不会留给下一代，天地可鉴。""够了，你不要扯着个死鬼说话，你是成心气死我呀，我什么人也不恨，我只恨自己命苦。""对不起，妈，是媳妇不孝，惹您生气。但我也有苦衷，我不回来看您，是因为我不想因为我的关系，给您带来更大的伤害。""那你今天黑黑夜回来干什么？""妈，不瞒您说，我今天回来，是求您收留照看胜儿，他是张郭两家唯一的命根子呀，他肩负着延续两家香火的重托啦！""你以前带得好好的，今天怎么突然想起我老婆子来啦？""妈，现在世道动乱，我的性命朝不保夕，我不想胜儿成为孤儿，更不想胜儿夭折，这是一，我是想胜儿成人，成为一个有用的好人，我不想让他从小在土匪窝里滚爬，学得匪里匪气的，这是二。妈，您寻思寻思，答应我吧，我求您啦。""自己孙儿，我何尝不痛，要我答应，除非你先答应我一件事。""妈，您说。""脱下这身狗皮，给我老老实实待在家里。""妈，媳妇何尝不想脱下狗皮做人，但这身狗皮好穿不好脱呀，脱下，将会给您，胜儿，还有这个家，带来更大的灾难。咱张家，再也赌不起啦，我只能这样独自撑下去，您以后会明白的。""还等以后明白？有苦衷阴在肚里更苦，说出来，大家也好有个商量。""妈，恕媳妇不孝，我有苦衷。""这当土匪真有你的好吗？""不好，妈，箭在弦上不得不发。""削得好，我鳖您箭无虚发！"众人一惊，只见一个高大的身影，鼓着巴掌闯了进来。邵丽花就地一个翻滚，滚向一边，趁机拔出了腰间的左轮手枪，对准来人的胸膛，怒道："邱吉山，你滚，你给我滚。"邱吉山两手乱摇："老婆，我滚，我滚。"蓦地一声枪响，震撼夜空。只听——哗啦一阵肉响，倒了一个，但不是邱吉山，反而是邵丽花跌了个四脚朝天，左轮手枪脱手而飞。室内立刻大乱。尖叫声哭喊声怒骂声……声声入耳句句钻心。邱吉山乐得哈哈大笑，拾起左轮手枪吹了吹枪口，逼近邵丽花说："跟我玩枪，没门！"幺姑惊叫一声，像母鸡救雏般猛扑过去，倒头跪在

邱吉山脚前连连叩首，大哭道："吉山，咱老头子生前待你不薄，看在老头儿的份上，你就饶了她吧。我老婆子求你啦。"邱吉山鼻中一哼，怒道："饶了她？她饶过我吗，最毒妇人心啦，依我的脾气，我一枪崩了她。"话音刚落，只觉右手钻心的痛，左轮手枪吧啦一声掉地。原来勇敢的全胜故伎重演，一口咬住了邱吉山持枪的手。邱吉山大怒，飞起一脚将全胜踢飞，啪啦一声碰着储柜再反弹落地，几滚几滚滚入旮旯声息全无。邵丽花，幺姑，月香三人猛扑过去，抢起脸色惨白，奄奄一息的全胜悲天呛地。邱吉山像头发了疯的狗熊。一把揪住邵丽花的头发，往后一扭。翻过邵丽花的脸儿，啪啪两个耳光："我叫你哭，我叫你哭，我杀了这个野杂种。"邵丽花愤怒得像头刚穿棬的小牛犊，哭喊着又是跳又是蹦，又是抓又是咬，闹得邱吉山兽性大发，他松开邵丽花，拔出驳壳枪，就近抵住了余月香，喊道："邵丽花，我只问你两个字，你跟我久还是不久？"邵丽花话未出口，只听内房门吱呀一声而开。冲出一个十来岁的孩子，"妈妈呀，妈妈呀。"抱着余月香的大腿哭成一团。邱吉山乐得哈哈大笑说："好，好，又多了个垫背的，我不怕你们犟。"幺姑大惊，放下孙儿，跪着膝行到邱吉山面前说："这事与月香母子无关，要杀就杀我老婆子吧。"邱吉山狞笑着说："你，好削，好削，邵丽花不跟我走，到时候我会给你一枪的。邵丽花，你听着，我数一二三，你还不走，我就杀了这老婆子。"说着，他后退一步喊道："一，二……"邵丽花颤声说："别开枪，我跟你去，我——去——"邱吉山将驳壳枪舞动一个大圈，提在手中哈哈大笑说："借还差不多，不讲你们几个母猪，就席张恒田岳张合冻大麻子斗得过我吗？没门，你们给老几挺好，谁要席在共产党面前削我的坏话，我杀他全家。"说完，他推着邵丽花说："还不给老几久。"邵丽花边走边喊："妈，媳妇不孝，累你受苦。告诉全胜，叫他忘记我这个妈。""他妈的，哪里这么多废话。"邱吉山骂音刚落，反手砰的一枪将油灯击灭。章恒昌就如一艘倾覆在大海中的船。

邵丽花被邱吉山推搡着走出张家大门。在朦胧的月光下，依稀看见街心躺着一个男人，心中大疑，加快脚步向男人身边走去。邱吉山骂道："邵婆娘，难道你对喜男人也感兴趣？""死者是谁？""胡高魁。""是你杀了他？""不，不，不，席你杀了他。""你血口喷人。""我席话席削。""魔鬼。"邵丽花怒骂一声，反手一爪对邱吉山面部抓去，邱吉山嘿嘿冷笑。轻舒猿臂一手接住邵丽花来爪手腕，另一手却向邵丽花胯部探去。醋气熏天嚷道："让我来摸摸你有多消。我告诉你，席你对这个小儿动了心，席你要这个小儿去投共产党，席你告诉这洋匣子的秘密，所以，他就得喜。"邵丽花如五雷轰顶，身体一软，瘫倒在地。邱吉山弓下腰，伸手摸了摸邵丽花的脸蛋儿，只觉满脸泪珠。侃道："可怜啰，可怜，堂堂党国特派员，到头来还是落在我邱吉山扣朽。可恨冻大麻儿这个混卵，这时候去绑票捉肥羊，金他妈的席憨猪。这不席明摆着把共产党引来吗。起来，起来，咱们赶快逃进樟木洞，削不定天亮共产党就要到了。"说完，邱吉山一边哄一边扯，邵丽花理也不理，坐在地上依依的哭。忽然，一阵沉重的脚板响传来。在寂静的深夜，显得特别怪异。邱吉山心中一紧，正要掏枪。"大哥，是我。"贾三强上气不接下气跑来。"事情办得怎么样啦？"贾三强顾不得气定息喘，结结巴巴地说："大哥，办得不好，田岳这个老家伙服毒自杀了。""姓么？田岳自杀了。"邱吉山暴跳如雷，当胸一把提起贾三强，骂道："你他妈啦个屄，姓么席都办不好，弟兄们袖了香，没有田岳诊，我割你的肉补。废物。"邱吉山越骂越气，照着贾三强的猴脸就是几耳光。对被打得晕头转向的贾三强说："告诉邵大成，用滑竿抬着田岳赶快走，陈老妈补她一刀。"贾三强捧着火辣辣的脸，小心翼翼地问道："大哥，死尸还要抬走？"邱吉山听他一问，心中又火冒三丈，骂道："笨电，你不削我不削，共浅党他鸡道田岳席喜人还席活人啦。有田岳在朽做人及，谅他田聪张媛不敢打我的江木洞。"邵丽花又气又恨，突然提高嗓子喊道："畜生，畜生，你们害了田岳，连死人也不放过……"邱吉山一把捏住邵丽花的脖子，骂道："谁席秋生谁是人，这时候都不重要了，重要的席人秋一般，都写不得喜，都知道逃命，几有你这个蠢婆，几鸡胳膊往外拐。"说着，他使劲拉起邵丽花，提起皮箱，抢先逃离兴隆街。

不久，傅云城、周子胜、邵大成、贾三强等人也将田岳家洗劫一空。着乡丁将田岳死尸绑在滑竿上，抬着就走，其余的人肩挑手提，

把田茂昌药房的成药尽数劫走，来到街上，傅云城故意高喊着："诸位，大家好好抬着田师傅，不要摔了他，小心点，慢点，慢点，不要惊了田师傅……"一行人吵吵嚷嚷刚上石拱桥。突然身后有人一拉枪栓。喝道："什么人，站住，老子开枪啦！"话音刚落，砰砰几枪射来，弹头带着尖锐的呼啸擦头飞过……

第四十四回

冒名赴宴命付流水
挥师追踪威震深山

只听——"哎呀"一声，"老十二"贾三强踢着一块石头，跌了一个狗吃屎，又痛又急尿了一裤裆。还有几个胆小的，甩掉胆子就跑，中成药散了一地。不待来人再次开枪，傅云城趴在地上高喊道："喂，来人可是昆山兄？咱们一家人不打一家人。"陈昆山一听口音熟悉，高声答道："正是在下，莫非你是傅乡长云城兄？""正是，正是，请不要开枪，有事儿好商量。""傅乡长，明人不做暗事，你就把特派员给放了吧。"傅云城听了，计上心来，轻声如此这般对手下叮嘱一番。"怎么？傅乡长有难处？那就别怪小弟不讲义气啦！"傅云城紧急答道："慢着，如此大事，总该有个商量吧，请昆山兄借一步说话如何？""傅云城，你别他妈的套笼子了，你一撅尾巴我就知道你要拉屎，咱可不吃你这一套。""哪里，哪里，我是关心你昆山兄，你如不信，我拍着手过来见你如何？""好，好，君子一言驷马难追，我是不会伤害你乡长大人的。"

傅云城真的拍着巴掌走了过来。陈昆山哈哈大笑说："老兄真有本事，你就不怕我抓了你为人质？"傅云城扬了扬手，在黑暗中他也没有忘记和其他匪人套近乎，突然一语石破天惊："老兄，你已经大祸临头了，我是来救你的。"陈昆山一惊，急切问道："此话怎讲？"傅云城晃动着两根手指头说："第一，咱杀了胡高魁，抓了邵丽花，冻大麻子将唯你是问。第二，桃源来了共军，冻大麻子这次出去必是送肉上砧板，这里我们又断了你的退路，你是黄泥巴掉到裤裆里，不是屎也是死，不如和弟兄们一起投了咱们吧！"陈昆山听得毛根直竖，挺着的驳壳枪不由自主地低下了头，结结巴巴地说："来了共军，投你们还不是一样挨打？""那可不一定，樟木洞枪精粮足，又有天然屏障之险，进可攻，退可守，起码可与共军周旋五年之久。这五年不长也不短啦，国军就可大举反攻，到那时，你我都是有功之臣，岂不比你当流寇要好？"陈昆山左划右算，觉得他的主意也是上上之策，但还是心有不安的问题："我得罪过邱吉山，他哪能容我？""老兄说哪里话来，邱警长心胸豁达，重义爱才，为兄投他，自是求之不得，且我等都是党国基石，一切都以党国利益为重，他怎能害你？放心吧，我担保。"说着，拍了拍陈昆山的肩膀，身后几个土匪也随声附和着。陈昆山见大势已去，决心一下，带着九个弟兄加入了傅云城的行业。一行人赶到樟树寨，天已大亮。邱吉山果然热情接待了陈昆山一行，用邵丽花的钱，学着邵丽花的样，给每人发了三块大洋，陈昆山等自然是感激不尽。不过，邱吉山只字不提让他们进樟木洞，只是安排他们和原守山寨的喽啰一起防守山寨要塞。

冻大麻子因为胡高魁突然失踪而恼怒，一路上骂骂咧咧发着虚火，等来到双河坝地脚家里，已时过半夜。吃过宵夜，即安排地脚悄悄送诸人入寝。第二天清晨，狡猾的冻大麻子一改与邵丽花商定的方案，突然决定将人马分成三拨向梁皇殿罗氏山庄悄悄靠近。第一拨由姚尚富带队，统领十名精健细作，怀揣短家什化装成吃喜酒的亲戚朋友，敲锣打鼓放鞭炮，抬着抬盒混入山庄作内应；第二拨由老匪谭太山带领大队人马为主攻力量，午时三刻冲进山庄与第一拨里应外合，实施抢人劫财，冻大麻子亲统第三拨二十人，藏在山顶望风做接应。分派已定，姚尚富等穿绸挂缎，假冒碧云乡乡长一甲城绅士陈有福的送礼队伍，有脸有面地混入了罗氏山庄，自然被罗宏胜敬为座上宾。时隔不久，一甲城又来了一伙陈有福的吃酒队伍，罗宏胜不免心中疑惑。冻大麻子百密一疏，听凭了地脚介绍罗陈两家素无往来的鬼话，临时改了方案。罗宏胜即与管家黄文清商量，黄文清也觉得事有蹊跷。两人不动声色，着重注视场中动静。宾客们喝酒正酣，猜拳行令，呼三吆五闹成一团。与唱戏的锣鼓点子混成了近乎疯狂的噪音。悍匪们被这热闹的气氛搅得晕头转向，得意忘形。黄文清罗宏胜发现了陈有福家先到的宾客，屁股后面露出了驳壳枪管，大吃一惊。来者不善，善者不来，看来土匪定是有备而来，今天定然不能善罢甘休了，不如拼个鱼死网破。两人一商量，不动声色地组织了几十个青壮年，手持火枪菜刀斧头锄头钉耙等工具，隐蔽在两边偏房之内。单等黄文清砸杯为号发动突然袭击。少许，黄文清看看时机已到，即满端酒杯单单挤到姚尚富等一桌敬酒，他酒杯一举说：“诸位，薄酒一杯不成敬意，抱歉，抱歉。哪知诸位这么不胜酒力，主人还未敬酒，诸位怎么就先醉了？”有一醉徒闻听此言，气得七窍生烟，一把抓住黄文清嚷道：“你，你，你看人不起，打，打，打架不来，老子打死你。”说着，伸手就是一巴掌，黄文清叫道：“你怎么可以打人呢，太不像话了。”说着高举酒杯，狠狠一把掷下，“叮当”一声响亮，埋伏在偏房中的勇士大吼一声：“打土匪，打土匪。”如猛虎下山般向姚尚富这边扑来。姚尚富大惊，高喊：“弟兄们，抄家伙。”但迟了，土匪们已经喝得晕头转向。还没听清什么意思，就被锄头锹板砸翻在地。不一刻就到阎王那里喝酒去了。几个活着的酒意立刻被吓醒了大半。求生的欲望使他们推翻桌子，砸垮饭甑掀倒宾客……一时间，叮叮当当呼爹叫娘乱成一团。宾客们一乱，反而阻碍了壮士们的手脚，眼看着几个土匪突围而去。黄文清高声喊道：“大家不要乱，土匪跑了，大家让开道，我们捉土匪去。”活着的细作连惊带吓，意念虽已清醒，吃饱了喝足了撑着，还是立足不稳，步履踉跄，看看就要被群中追上拿获。这才记起自己还有枪，急忙拔出驳壳枪返身射击。但心慌手抖，枪头儿失了准头，尽管这样，还是很有几个群众受伤倒地。群众更加愤怒。人不分老幼，地不分东西，性不分男女，一起高声呐喊，呼啸着向土匪包抄过来……埋伏在两边半山腰的解放军三三四团第一营官兵，看

看土匪大队人马就要钻入他们布置的口袋，正值高兴得手痒痒的，突然被眼前惊险的一幕搅乱了，刘营长当机立断，先救群众要紧，即令狙击手开枪射击，其他人不得乱动。姚尚富等背向山侧，正持枪向群众射击，狙击手们的枪声响处，几个土匪先后栽入小溪沟不动了，但群众还不明真情，乱纷纷向前涌来。谭太山的大队人马听到前方枪响，情知有异，登高一看，只见滚滚人潮追逐同伙姚尚富等而来，心中大怒，即刻摧动队伍向前接应。刘营长大惊，绝不能让群中钻入包围圈，这样后果不堪设想。果断命令部队收缩口袋，全线出击，将群中隔离战场。命令一下，嘹亮的冲锋号响处，战士们如猛虎下山一样，漫山遍野冲下山岗，群众哪见如此阵势吓得呼爹叫娘，你推我挤，如潮水回头般往村里急逃，踩伤摔伤多人，就是不见子弹落到他们头上。相比之下，土匪倒算乖巧，在挨了一顿暴风骤雨般的子弹手榴弹的袭击，留下十几具尸首之后，一个个乖乖跪地举手投降，一经清点，只有二十多人。刘营长见此数与情报相距甚远，心中疑惑，就地审讯俘虏。一问之下，大吃一惊，匪首无一捕获。几经推敲，决定分兵二路，猛追穷寇。令所属一连挥师兴隆街，追捕邵丽花胡高魁一伙，自统二、三连继续围歼冻大麻子，决不能让他们有机会钻入深山老林。留下部分医务人员交武陵支队参战战士，处理群众损失及治疗伤员等事务。

躲在后面督阵的冻大麻子听到前队枪响，以为得手，不由得心花怒放，洋洋得意。正准备催人上前，赶到村里喝酒，忽听前面枪声骤紧，喊杀连天，还响起了嘹亮的军号声。自己的队伍没有那洋玩意儿，急忙登高望远，倒抽一口凉气，只见村前到处都是黄呼呼的一片大兵，知道大势已去，回兴隆街吧，退路又被邱吉山切断。情急之下，只得硬着头皮带领二十多人往自己的老家逃窜。

因大河阻隔，一连赵连长带领战士们赶到兴隆街时，已到第二天清晨。街上各家门户不启，商招不挑，一片死气沉沉的景象，凄惶得骇人。满街都是狗，黄的黑的白的，见了生人狂吠乱跳。忽然，一股恶臭与血腥扑鼻而来。战士们举目望去，只见狗堆中倒着一人，似乎已成狗的主食。但战士们认为，还是有必要查一查，增加一点有关敌人的线索。侦察员赶开狗，发觉死人已被狗撕咬得支离破碎，可能是狗认为头部没有多大油水，但面貌还能辨认，是个不满三十的男人。叫来俘虏辨认，确定了是匪首之一胡高魁的尸体。是谁有胆子杀了胡高魁呢，连俘虏也百思不解。赵连长决定，擒贼先擒王，攻敌先攻司令部，即令俘虏带路，指挥战士们包围了天主堂。天主堂朝门紧关，院内寂静无声，静得有股阴森之气。侦察兵一马当先，踢垮朝门，进入天主堂逐一搜查，除了发现厨房中有柴米油盐，寝室中有铺盖棉絮证明有人居住过之外，其余一无所获。赵连长交代："群众不了解我们，一概不准惊扰百姓。"战士们只得暂时借用天主堂歇脚。掏出干粮胡乱咀嚼，权当早餐。俘虏吃着战士们给的干粮，吃得愁眉苦脸，难以下咽，他真佩服有这样傻的大兵，放着现存的柴米油盐不煮饭吃，而吃这个。转念一想，他们可能是怕食物中有毒，只在心里暗暗发笑。饭后，赵连长召来三个排长，共同提审俘虏，据俘虏推测，邵丽花可能杀了不听话的胡高魁，带领十个弟兄去了樟树寨，赵连长听他推测得有些道理，即详细询问樟树寨的地形地貌工事设备人员武器配备等情况，但遗憾的是，这个俘虏是新近砍香入伙的小匪，平生只到过一次樟树寨，对樟木洞武器装备等土匪核心机密一无所知，赵连长无奈，只得决定先乘敌人立足未稳，赶往樟树寨，打他一个措手不及。随即命令俘虏带路，威风凛凛杀奔樟树寨而去。群众一个个提心吊胆的从门缝，窗户中偷偷打量这些共产党的兵，心中不由得暗暗佩服。

经近一个钟头的快速跋涉，部队来到一个去处，只见两壁峡持的夷望溪水，如万马奔腾一路咆哮一路碰撞，喧嚣着向沅水奔去。活生生地阻住了战士们的去路。回顾四周，不见有人，也不见有船，显得那么空旷，凶险和凄迷。只有对岸那苍黑山体脚下的皱褶里，似乎萦回着一条小船随波颠簸的浮影。赵连长浓眉紧锁，举起望远镜向对岸观察，果然，在斑驳的秋草和杂树丛中，隐藏着一艘小渡船。赵连长兴奋至极，高声喊道："老乡，我们是解放军，是帮助你们打土匪的，请接我们过河，船资照付。老乡——"除了空谷传音外，不见有人回答。赵连长正在恼火，蓦地，对岸传来一阵窸窸窣窣的声响，在惊涛骇浪声中隐约可辨。只见对岸那棵状如巨伞的古柳枝叶一阵晃动，一条黑影如猿猴般滑下，抓住缠绕在古柳上的藤蔓，像荡秋千般的只一荡，

荡去二丈开外，伸腿夹住沟中杂树稳住身形，再顺势几个起落，不见了踪影。战士们大怒，不等连长下令，几个会水性的战士当场跳入河中，奋力向对岸游去，翻腾的白浪，冲击得他们时浮时沉，急速向下游飘去。全体战士们的心肝都跳到嗓子眼里了，为他们捏着一把汗。这几个战士几经拼搏，终于在远离船只几里路的地方靠岸了，但岸边没有路，全部是笔陡的悬崖峭壁，战士们只得蹚水而上，相比之下，比河中的水势平缓得多了。他们花了近一个钟头才来到古柳下，发现了隐在溪沟中的小渡船，他们扒开荒草解下船索，合力使劲儿将船推活，再上船将船撑到河边。蓦地，一具须发皆白的男尸从船底猛然冒起，胸口骇然插着一把匕首，看样子死者定是老船工无疑，战士们向老船工敬了个礼，齐声说："老人家，我们一定会替你报仇的。"由于时间紧迫，战士们急忙将渡船架回，赵连长及战士们听了船工惨死的情况，个个义愤填膺，纷纷向连长表示请战决心。又经一个多钟头的来回接渡，才将战士全部接过河。赵连长指示战士们埋葬了老船工的尸体。人不卸甲马不停蹄地直刺土匪的老巢——黑石溪樟树寨。

这里：山高林密，怪石嶙岣，终日云飞舞漫，山移地飘，就是大晴天，太阳也只能刺破树冠，竹梢的缝隙，将些许耀眼的光亮投入林中。照得地面斑斑驳驳，让人感到压抑而迷蒙。战士们钻进树丛，只觉浑身徒的清凉，一条小溪绕着黑石漫转，终年哼着无奈地哀歌，仿佛控诉着土匪的罪恶。战士们拨开荒草细心地前进。时时提防毒蛇的致命一击。行不多远，小路突然踪迹全无，原来，溪沟又代替了路。虽近中秋，但大山里的蚊子还十分贪恋这个世界，像飞机一样嗡嗡地一轮又一轮向战士们发动了猖狂的进攻。叮一口肿一个包，钻心的痛痒，战士们顾得了头，又顾不了脚下，刚刚清凉的身体，又累得臭汗直流，沿着弯弯曲曲似路非路的小径拼命往上攀爬。也不知爬了多长时间，蓦地眼前一亮，他们走出了丛林，一道陡峭的绝壁阻住了去路。赵连长一挥手，战士们迅速悄无声息地趴到树丛荒草丛中。只见那犬牙交错的石壁上，骇然修建了一排用石头垒起的似屋非屋似碉堡非碉堡的建筑。可笑的是，顶上却盖着茅草，就权作是石屋吧。只有唯一一条几乎是垂直的石级通往崖顶，最陡的地方高约两丈，仅容二人擦肩通过。二面是刀劈斧削般的崖壁，一经失足，便可坠入谷底，战士们仔细观察，只要上了这段陡级，前上方有块板桶大的突出石块，又阻住去路，人要爬上才能通过，这真是死亡之堆。但如果趴在下面，却是敌方的射击死角。此等地形让赵连长始料不及。不免愁眉紧锁。此时，石屋中传来猛犬的吠声，只听一个操着沅陵口音的汉子喝道："什么人？我开枪啦。"战士们更不答话。突击排长急中生智，迅速拾起身边的石块儿使劲往石级投去。啦啦一声落地，随后一阵滚动，掉入万丈深渊。石屋中的土匪已成惊弓之鸟，他们立刻扣动扳机，机枪步枪从石窗中吐出无数道火舌。子弹呼啸而过，打得石级火星直冒。土匪火力一暴露，隐蔽在草丛中的狙击手瞄准石洞一串点射，土匪的机枪立刻成了哑巴。突击排长大吼一声："同志们，冲啊。"突击队员一跃而起，在土匪发懵的短短几十秒钟，冲上了石级，趴在石板下应付土匪的反击。果然，敌人的机枪又死灰复燃了，子弹如疾风暴雨般倾泻过来，石块儿变成了一道死亡门槛。敌人见我方战士毫不还手，胆子大了起来，有的人甚至站起身往石级堆边扔了手榴弹。手榴弹冒着白烟骨碌碌滚下，碰着门槛改变方向，纷纷坠落山崖爆炸。赵连长大怒，猛喝一声"打。"嘹亮的冲锋号声峰鸣谷应，我军的机枪，掷弹筒，冲锋枪一齐猛烈开火。爆炸声枪声喊杀声震撼山谷。炮弹子弹无情地撕裂了地皮炸毁了土匪的工事。茅草屋顶化作颗颗火球飘飘落下。引发漫天大火，土匪赖以生存的第一道屏障，刹那间变成了焚烧他们的火葬场。活着的土匪凭借复杂的地形，像兔子一样四散逃窜。全体战士顺着突击队员开辟的道路，势如破竹般冲上主峰，占领了聚义厅，在如此强大的攻击下，残匪望风而逃。几经搜查，偌大的山寨不见一个活匪。经询问俘虏，他们交代：有七八个土匪跟着陈昆山钻入了丛林，可能逃往沅陵唐家坪或王家湾。这样大的原始林带要搜索十几个残匪，真比大海捞针还要困难。赵连长听说土匪要逃入沅陵，心想不如将他们逼出丛林抓捕还要容易。因此，命令部队分散开来，成撒网式推进，边放枪边喊话，加大政治攻势，他们马不停蹄，穿过密匝匝的灌木丛绕过峰峦叠起的怪石，突破阴不见天日的山谷，步步为营稳扎稳打地拉动大网。终于在第二天早晨走出森林，但网中不见半个鱼儿。部队稍事休息和碰头

研究敌情后，赵连长指挥队伍押着俘虏直奔唐家坪。要称这里为坪，不知先人是凭什么给它安上的。无非是个住有十几二十户山民的小山谷罢了。战士们的到来，吓得山民鸡飞狗上屋，几乎跑了个干干净净。好不容易找到了一个来不及逃跑的老大爷，七问八问才问出有一群土匪连晚跑到洞庭溪去了，战士们大大地晚了一步。

赵连长顾不得吃饭和休息，指挥队伍边啃干粮边前进，风风火火赶到洞庭溪时，与先前赶到追剿冻大麻子的二连三连会师。两路队伍前攻后阻，将土匪挤入洞庭溪后一道山梁，刘营长大喜，随即封锁了全部路口，发动群众，鼓励土匪亲属喊话，在我军强大的军事政治攻势下，冻大麻子山穷水尽，摔三十多名残匪缴械投降。经审问冻大麻子，冻大麻子交代邵丽花可能随邱吉山钻了樟木洞，一问之下，邱吉山一伙只是隆平乡的伪职人员，他们逃跑钻山洞是意料中的事儿。至此，追剿冻大麻子的战斗胜利结束。根据团部电令，刘营长将俘虏移交地方政府，又开赴沅陵突入追剿蒋银州潘才锦郭炎等匪徒的战斗。

三二四团基本肃清桃源匪患后，中共桃源县委遵照上级指示，抓紧了组建地方人民政权的步伐。把桃源全境划为八个行政区，各区相继成立了以武陵支队为骨干的区中队，维护地方治安，保卫新生政权，在全县展开了土地改革运动。中共桃源县委委员，县妇救会主任张媛向县委请战，回隆平乡担任土改工作队队长。县委批准后，她带领五十多人的土改工作队伍来到隆平乡。扎根串联访贫问苦，放手发动群众，群中见是张恒的女儿，更加拥护支持隆平乡土地改革运动工作，风起云涌，成绩斐然。

第四十五回

革命无悔英雄血洒
情场失落玉女归贞

1949年11月22日，大雪初晴，碧空如洗，地洁似银。这天，是隆平乡第三保土改工作队召开群众大会的日子。扎根在楠木山的土改工作队队员，大清早就顶风冒寒，来到林家大屋准备会场。堂屋内炭火熊熊，温暖如春。只见讲台高搭标语满墙，政治气氛浓浓的。参加会议的群众三三两两来了，有男有女有老有少，只有那些闲不住的孩子，瞅准这一难得的机会，集中在一块儿吆三喝四地打起了雪仗。热烈中透着祥和，但平静中却隐藏着邪恶。上午十点多钟，三保土改工作组组长，共产党员郑中驿正准备上台讲话，忽见背后挤来一个高长大汉，他略一迟疑，就被大汉突施擒拿手法将右手扭到了背后，接着出手如电，抽走了腰间的驳壳枪。郑中驿高叫道："同志们，有土匪，掩护群众突出去。"高猛大汉哈哈大笑说："你看看，你们还走得了吗？"说着，砰的一枪打得瓦片直落。群众立刻大乱，高长大汉吼道："不准动，谁动打死谁。"群众被吓懵了，傻傻地不敢动弹。区中队战士罗海城，土改工作队队员罗习初甩开长枪正准备战斗，两人头上各被狠狠击中一棒，刹那间倒地昏了过去。长枪立刻成了土匪手中武器，持枪把住

367

了大门。战局一定，傅云城邵大成才手提驳壳枪走进会场。傅云城抓住一个小孩，给了他两块糖，笑嘻嘻地问道："小老二，这里还有谁是土改工作队的？告诉伯伯，我给你更多的糖。"小孩儿看看傅云城的脸，又看看他手中的枪，吓得手里的糖也不敢往嘴里塞。傅云城拍了拍他的脑袋，笑着说："啊，你怕枪，只要你告诉我谁是土改工作队的，伯伯不打你。"小孩儿睁着惊恐的眼睛往人群中扫射，突然指着一个学生模样的年轻人说："他，他是。"傅云城邵大成哈七刘二等扒开群众冲过去，将土改工作队队员曾祥云掀翻在地，捆了个结结实实。还有四名值外勤的队员，其中两人被群众救入薯洞，两人开枪击倒两名匪徒，杀开一条血路冲上了屋后高山。傅云城趾高气扬地走上讲台。狠狠一拍桌子说："肃静，肃静，大家都认得我，老子是隆平乡的乡长，讲话赫赫威灵，俗话说，远亲不如近邻，你们别听共产党的话，他们是兔子的尾巴长不了，想分老子的田，分老子的山，没门。现在，谁也不许回去，我请大家看看杀人的把戏，我要杀尽这些共产共妻的人，你们谁想偷偷溜走，就是和共产党一腿的，我杀他全家，大家听明白了没有？"到这时，群众才认识到了眼前处境的严重性，连冷带吓，一个个浑身直抖。傅云城话音刚落，邵大成又砰的放了一枪。吓得小孩子哇哇大哭起来。他很得意地一摆驳壳枪说："将共产党押上龟灵庵。"刘二哈七等应声将四人连推带拉，拖出了林家大屋，傅云城哈哈大笑说："怎么样？乡民们，大家都请吧。"他见众人像泥人一样呆头呆脑，猛喝道："走，跟着前面走！"群众被逼着走出堂屋，哎呀！外面骇然还站着一长溜荷枪实弹的土匪，好险啦！他们分开十人上前开道，又分开十人在后压阵。中间还有两头兼顾保镖的。真个固如铁桶，好不威风。一行百多人登上龟灵庵，围绕大樟树挤满一坪。土匪将郑中驿绑在千年古樟上，其余三人绑着手陪看。傅云城用枪管儿敲着郑中驿的头说："乡民们，大家看好了，这就是当共产党，要共产共妻的下场。"邵大成生怕落后，赶上前照嘴啪的扇了郑中驿一记耳光。问道："我看你像条汉子，放着千条路不走，为什么要当共产党？""说！"土匪们齐声助威。郑中驿抬头喷出一口带血的痰，眼中喷着火。"妈的，不说？拿锥齿来。"傅云城暴跳如雷，贾三强应声拿出早已准备好的锥齿斧头，哈七抓住郑中驿的右手，将其狠狠拉直，贾三强将锥齿插入郑中驿掌心抵在樟树干上，手起斧落，当的一声将郑中驿的右掌钉在樟树上。郑中驿大叫一声，头上冷汗直冒。钉着的右手指不断震颤，痛苦到了极点。傅云城嘿嘿奸笑，用枪筒挑着郑中驿的下巴问道："为什么要当共产党？这滋味比分田分地要好吧。"郑中驿底气十足地吼道："畜生，当共产党就是为了革你们的命，共产党人是战无不胜的。""呸，你有种，我看你怎样胜我，再钉。"贾三强哈七又故技重演，将郑中驿的左手反过来钉在樟树上。郑中驿再也把持不住痛得昏死过去。贾三强照头一瓢冷水，冷水的刺激迫使郑中驿悠悠醒转。傅云城指着郑中驿对群众说："你们别怕，哭什么，就是这些共产党，外乡人，领着穷鬼分田分山占堂客，你们当中也有不少有钱人，你不杀他们，他们会挑动群众杀了你，你们可怜他干什么，给我钉脚，钉脚。"贾三强哈七得令。很麻利的将郑中驿的双腿分开钉在樟树上。此时，郑中驿已成一个血写的大字。他昏过去了，又被贾三强浇醒。傅云城声嘶力竭地说道："只要你喊一句打倒共产党，我立马放你一条生路，这个条件不难吧。"奄奄一息的郑中驿艰难地抬起头，眼中精光爆射，提高嗓音喊道："共产党万岁！"傅云城恼羞成怒，抬手就是一枪，砰地一声，鲜血飞溅，郑中驿的头耷拉下了。邵大成走上前，用驳壳枪管挑着郑中驿的头看了看，嚷道："乡长，还有气儿啦！"傅云城没好气地说："瞎嚷什么，你不会再补一枪吗？"邵大成一拉机头，瞄准郑中驿头部又开了一枪，立时脑浆横飞。邵大成杀得性气嚷道："乡长，另外三个也让我给崩了吧。"傅云城冷冷答道："不，邱吉山交代，他要亲自崩。"随后，傅云城对惊吓得面无人色的群众抱拳一礼说："乡邻们，请你们给共产党分子捎个信儿，这就是分田分地的下场，后会有期。"说完，一招手"弟兄们，走。"众匪立刻推着其他三人就走。罗习初、罗海城、曾祥云三人宁死不屈，一路上与土匪进行百折不挠的抗争。累得众匪臭汗直流。没有办法，只得在箭门垭下将三人枪杀。土匪制造了骇人听闻的楠木山事件，隆平乡人震惊了，桃源县人震怒了……一一二师李师长得报，专门从三三六团抽调隆平乡籍一营营长杨珍富，及其所属部队赴隆平乡剿匪。

369

已拟任桃源县人民政府卫生局局长的余贵，向县委坚决请战回乡剿匪。理由是樟木洞地形复杂，邱吉山武功高强，他去，可以减少同志们的伤亡。经县委批准后，他随三三六团一营官兵开到了樟树寨剿匪前线，将樟木洞团团围住。采用强攻火攻毒气攻多种战术攻击，但收效甚微。有爆破手想出了用绳索捆住炸药包手榴弹束，垂放到横洞位置实施爆破的方法，但竖洞就如一个巨大的竖笛，爆炸的冲击波，弹片反震回来，洞口变成了一个巨大的炮口，只听轰隆隆一阵巨响，千山回应，经久不息。洞口浓烟滚滚，烈焰如炽，一下重伤了十几个战士，洞中土匪乐得哈哈大笑。邱吉山喊道："田聪，你听着，田老爷几在我朽里，咱们谈个条件如何？""哒哒哒哒"，回答他的是愤怒的枪声，枪声一住，邱吉山又喊道："田聪，我瞎了你的银，你也瞎了我们的银，冤家宜解不宜结，假们大路桥天，各久一边井样？"余贵大怒道："邱吉山，你等着，老子就是挖也要把你挖出来法办。"余贵一句蛮话，倒使邱吉山吃了一惊。她知道余贵以前进过樟木洞，樟木洞确实怕挖，再也不敢出来答话。洞中死一般寂静了，但洞口还冒着散不尽的硝烟。余贵的话，也同样提醒了杨珍富，经研究，决定发动全营官兵，实施掘洞捉鼠战术，听说大兵要掘洞捉匪，群众也自发参加施工，洞口穿进的叮叮当当的钢钎锤击声爆破声，惊得邱吉山等坐卧不安，嚣张气焰立刻收敛。但几天下来，围剿部队的战果也并不理想。只爆炸了斗垫大一个坑，照此下去，要炸穿十几丈硫岩，将等到何年何月？这时，报务员兴冲冲地跑来报告："收到一个神秘电台电文，位置就在附近。"杨营长接过电文："后洞出口在黑洞沟巴尔岩。"急问余贵道："余兄，黑洞沟巴尔岩在什么地方？"余贵答道："我熟悉，大地方叫李子溪徐家河，离这儿有近二十里的山路哇。"杨营长思考着，隔这样远的距离，难道这大山完全是空的？他将电报交给了教导员魏长寿，魏长寿看了看眉头紧锁，忽而说："这可能是个阴谋，设套引诱我们上钩。"说着，又将电报交给了余贵。余贵接过电报，乐得哈哈大笑说："邱吉山这下无路可逃了。我给你们讲个故事吧。听老人们说，很久很久以前有位美丽的姑娘因躲避父母的包办婚姻，只身一人逃进了樟木洞再未出来，父母急了，就请来两个法师到樟木洞口作法，两个法师作了一阵法后，脱下自己的鞋换上草鞋要钻樟木洞拿妖，临行前，交代外面的人要不停的打锣鼓，否则他两人会大难临头。他们进洞后不久，法师脱下的布鞋突然自行打起架来，年轻人们大奇，停下锣鼓观看布鞋打架，也不知过了多久，洞中突然传来一声巨响惊醒了年轻人，他们立刻又敲锣打鼓干起来，打了几天几夜，再也不见法师出来。他们的布鞋也不见打架了，几月后，有两只鸭子从巴尔岩钻了出来，有人说这是法师的化身，从这个传说可以推理，樟木洞一定有后门，可能如电报所说，就在巴尔岩。"张媛接过话头说："根据报务员称神秘电台就在附近，这附近到处都是荒山野岭，别说是电台这种高科技产物，就是人也很少光顾，电台一定是在樟木洞中，而土匪都是些大字不识几个的大老粗，听说邵丽花在暂编师中是搞报务的，这情报一定是她发的，此女虽然亦正亦邪，但主流还是好的，他可能是不满土匪的行径向我们举报，其信誉度应该是很高的。我建议立刻分兵两路，一路直奔巴尔岩。"杨营长思考片刻，用征询的目光盯着魏长寿说："我同意张媛同志的意见，你带一连二连和张媛同志及群众继续施工挖洞，吸引敌人注意力，掩护我们，我和余贵同志领三连去巴尔岩，你看如何？"魏长寿说："你的兵力够吗？""够了，钻山洞，抓土匪，讲究的是机动灵活，出其不意。"张媛突然发难："营长大哥，你瞧不起女同志，我有意见，我要去。"杨珍富睁大双眼瞧着张媛说："你要去？钻洞子打仗，黑灯瞎火，可不是闹着玩的。""闹着玩？本姑娘从来都是认真的，对付邵丽花，我想我这女人比你们有办法，杨大哥，你说呢？"杨珍富见张媛满脸真诚，心想：张媛的话也不无道理，咱们这些大兵如果疏忽伤了邵丽花错杀了好人就后悔莫及了。他一拍大腿，站起身来，对张媛说："好吧，张媛同志，你把工作及时对地方的同志安排一下后，中午十二点准时随队出发。"

下午，杨珍富余贵张媛带领三连战士，翻山越岭，钻林跨溪急行军，二十多里山路，足足用了五个钟头才到徐家河。山旮旯里的山民突然见到如此多的大兵，吓得乒乒乓乓关紧门户躲藏。杨珍富知道心急吃不了滚汤圆。命令战士在黑洞沟小溪边原地待令。经研究，派出了五个临时工作组深入山民家中访贫问苦与群众促膝谈心，山民中有认识

小药匠余贵的，一下子与战士们更加近乎起来。天，在军民鱼水情中不知不觉黑定了。第二天，杨珍富指挥战士们对巴尔岩进行了地毯式搜索。最后经老猎户指点，在悬崖峭壁上一个爬满吒藤遮盖的地方发现了箩筐大的洞口，用刀拨尽青藤荆棘后，杨珍富身体一弓，就要当先爬进洞。余贵一把拉住说："营长，慢。"说着，拾了一坨石块往洞中扔去。只听石头骨碌碌往下滚动。共鸣声如音乐般悦耳动听。好半天才渐渐平息。不见有毒物猛兽出现，余贵手持驳壳枪，身体一弓当先爬入洞内。杨营长命令战士们用红布包紧手电头，一个个鱼贯爬入。洞中气温很低，湿漉漉的，散发着火药的硫黄味儿。同志们为之一喜，这完全证实了此洞与樟木洞相通无疑。慢慢的，石洞越来越宽阔，倾斜向下，一不小心，就会跌个仰面朝天。行约五十多米，石洞已宽若住房了，洞顶不断往下滴答滴答的掉着水珠儿，滴到战士们脸上脖子上，冰凉冰凉的，不由不使得人们浑身起着鸡皮疙瘩。奇怪的是，越往里走，越感到气温不断上升，行进半个多小时，已感觉到温暖如春了。隐隐约约还听到流水淙淙，又行数十米，只觉洞势一缓，他们已置身于一条地下阴河中，水温热乎乎的，用电筒一照，水清如镜，水中小石五光十色，水蒸气冉冉升腾，沁人心脾。最深处水可及膝。战士们仿佛置身于地下游乐宫般愉快。但战场纪律约束得他们谁也不敢说话，摸黑淌水逆流而上，摸着走着，走在前面的余贵头上碰着一硬物，两眼直冒金花。哎呀一声脱口而去，后面的战士急忙扶住了他。有战士大胆地按亮了电筒，只见一座天然石桥，横跨在阴河之上，伸手一摸，石桥光滑如玉，银光闪闪，战士们大奇。按亮电筒上下左右探看，只见阴河两边岸上，钟乳石成千上万，形态五花八门，看什么像什么，他们完全进入了一个冰雕的世界。石洞顶上则冰柱高挂，柱尖一点一点滴着泉水。如果是在岸上行走，一不小心，就会碰个头破血流。手电光过处，绚丽夺目，千姿百态，战士们无不赞叹大自然的鬼斧神工。杨珍富大怒，禁止战士们再不得交谈，不得乱亮电筒。越往里面走，觉得水流越来越急。温度也渐渐升高，远方传来哗哗的急流声，随着阴河流转，洞势一个急转弯，转了战士们一个晕头转向，只觉水响如雷震人耳鼓，水珠扑面来，不得已杨珍富按亮了电筒。只见地下阴河此时已化作一道地下瀑布飘飘洒洒，从两丈多高脸盆大小的石洞中喷射而去。已实打实地阻住了战士们的出路。战士们无奈，只得另辟蹊径。在漆黑的石洞中摸索着找呀找呀，怎么也不见前进之路，有的人甚至迷失方向退了回去。余贵以他山里人的敏锐听力，从雷鸣般的水声共鸣中，分辩出了隐隐约约传来的爆炸声响。爆炸气浪震得他耳膜发胀，他一兴奋，顺着爆炸的方位向上攀登，几个战士紧随他身后往上急追，这时，地形已根本不能叫有路，只能凭直觉，在乱石坎中往上爬了。他们摔倒了，再爬起来，也不知爬了多长的距离，只觉前方出现了一白点时隐时现的萤火虫般的亮光。他们朝着亮光出现的地方爬去，爬到近前，终于发现了一个箩筐口般大小的岩洞，亮光就是由这个小洞口透出的。余贵爬到洞口往里一瞧，喜欢得心都快跳出来了。他发现里面一个巨大的石厅，只见廊壁曲折，厅堂宽敞，廊壁四周挂满了蜡烛。这不是樟木洞正厅是什么！杨营长率战士们陆续爬到了，此时，只听洞外枪声大作爆炸轰鸣。震得战士们耳朵发胀喉头发干。杨营长抬腕一看夜光表，凌晨四点，这一定是魏教导发动了新一轮骚扰攻势，机会难得。杨珍富正要当先上前，余贵一把拉住他说："营长同志，请你不要忘记，你首先是指会员，其次才是战斗员，杀鸡焉用牛刀！"说着，从背哒中取出一件奇门兵器，杨珍富一看，是把硬弩，暗暗佩服余贵冷静机智想得周全。余贵手持硬弩，猛一下钻进暗洞，爬行丈余，猛然发觉一挺机枪正对着自己的脑袋，吃了一惊，定睛一看，机枪射手背朝着自己，正伸长脖子往前洞张望，余贵大喜瞄准匪徒扣动了硬弩机栝，嘣的一声弦响，土匪机枪手不声不响地倒下了。余贵正要跃进，忽听前面一个家伙问道："哈七，你怎么啦？"连问几声不见回话，这个家伙即起身往这里走来。余贵就着烛光一辨认，是周子进，仇人见面分外眼红，余贵瞄准周子进的脖颈一按机栝，周子进应声而倒。余贵不等第三个匪徒发觉，一跃而下，端着土匪的机枪顶住了剩匪的胸口，低声喝道："不准动，不准喊，喊就打死你。"小匪哪敢作声，身体早吓得像条蚂蟥——软了下去。战士们一个接一个跃进石厅，不声不响地占领了有利地形，掩护后续部队鱼贯而入。经审讯俘虏得知，全洞共存三十七名土匪，除他们三人守后洞外，还有两名火头兵做饭。

其余三十二人全部集中在前洞口把守。杨珍富听罢大喜,正准备发动攻击,但洞外的火力却慢慢稀疏下来。在枪声的间隙中,偶尔传来一种美妙的音乐,飘飘拂拂,忽如流泉搅涟漪,忽如微风拂银铃……这种声音太熟悉了,进而,优美的旋律越来越清晰,如电流般震撼了张媛的心。她向后队战士做了一个噤声的手势,侧耳聚听,啊!是琴音,是瞎子阿炳的二泉映月。优美动听的旋律跳动着,将人们的思绪带入了一个清泉流水、明月佳人、如诗如画的恬静和谐意境中。使人们忽而增添了对家的眷恋。张媛不禁脱口而去:"邵丽花。"旁边的杨珍富心头一震,就要跃起拿人。张媛压低声音说:"慢,营长,邵丽花在这生死攸关的时刻拉琴,且琴音不乱,她一定心平如镜,寓意深远。凭直觉,她不是我们的敌人。"杨珍富点了点头。这时,琴音突然一转,发音低沉,婉转抑扬顿挫,如泣如诉。她适时转奏出刘天华的病中吟,将一个垂暮老人的悲哀跃然曲中。悲痛的旋律引起了土匪心中的共鸣,撕裂了他们临死前对亲人的怀念。有人流泪,有人抽泣,继而,悲伤的情感如决堤的洪水一泻千里,化成了整体的大声恸哭……

"校丽花,你饶喜,胆敢乱我军心。"邱吉山一挺驳壳枪就要杀人,邵大成挺身拦住邱吉山说:"邱吉山,你太过分了,弟兄们陪着你一块儿死,在临死前听听琴音也不为过吧?""谁削我们要喜?他妈的谁怕喜我先崩了谁。"邱吉山眼中喷射着惨碧的光,吓得众小匪们再也不敢出声。匪首们的争吵声,将他们的位置暴露无疑。杨珍富夺过旁边战士的冲锋枪,瞄准邱吉山喊道:"土匪们,你们被包围了,放下你们的武器,解放军不杀俘虏。"战士们齐声怒吼:"丢下枪,转过身去,缴枪不杀。"解放军如神兵天降,钟乳石下,廊壁后,廊道里……到处都是黑洞洞的枪口,杨珍富余贵张媛带领部分战士,挺枪向土匪一步步逼近。土匪真是上天无路入地无门,一个个纷纷举手投降。有几个土匪嚯里啪啦扔掉手中枪,只听砰砰两声枪响,扔枪的小匪倒在了血泊中。杨珍富大怒,手中的冲锋枪响了,邱吉山的右手立刻被射穿了十几个洞,驳壳枪再也拿捏不住,咣当一声掉入石缝中,他不甘就此灭亡,身形一晃,气沉丹田腾身而起。又被杨珍富一枪击中左腿。他啪塌一声掉地。狂呼道:"贾三强,点火,快点火。"杨珍富猛然醒悟，大惊失色，急呼道："同志们，趴下。"邱吉山哈哈大笑说："大蕈夫兴有何欢，喜有何惧，有借么多共浅党为我陪葬，痛快，痛快，哈哈哈哈。"笑声未落，侧洞中邵丽花高喊道："邱吉山，你做梦，贾三强已经被我杀了，导火索，雷管也被我破坏了，你认命吧，我报仇啦。哈哈哈哈。""校丽花，臭婆娘，我瞎了你。"邱吉山单足点地，猛一提气，侧身直射侧洞。忽觉两股劲风劈面袭来，他受伤失了灵活性，躲闪不及，正中前胸左膀，身体像断了线的风筝后飞出去。只觉口中一甜，哇地喷出一口鲜血。他还待挣扎，杨珍富余贵双双上前，将他像提死鸡儿般提了起来。两人一看，不觉得到吸一口凉气。邱吉山胸前绑满炸药，原来他是想用人体炸弹引爆侧洞中的炸药库，好险！战士们正在打扫战场，清点俘虏。邵丽花衣冠齐整乌丝不乱地走出了侧洞，高声说道："还算我一个！"众人循声望去，邵丽花已将左轮手枪抵住了自己的太阳穴。张媛惊叫道："邵丽花，你这是干什么？"战士们纷纷围上去，叫道："放下武器，解放军优待俘虏。"邵丽花惊叫道："滚，快滚，我讨厌你们这些臭男人。"张媛放缓语调说："同志们，退后吧，邵丽花是好人，她刚刚还救过咱们的命。"战士们半信半疑，多年对敌斗争的战场经验告诉他们，不得有丝毫的麻痹大意。邵丽花大叫道："我对张媛还有话说，女人们的私房话，你们也想听吗？无耻！"杨珍富一挥手，带领战士们退到一边。邵丽花长长地叹了口气，悠悠地说："张媛，咱们姑嫂一场，我求你三件事。你一定要答应我。"张媛往前走了两步说："丽花，什么事你讲吧。"边说边往前进。邵丽花惊叫道："别过来，别过来，你别逼我开枪。""好，我不过来，不过来，你说吧。"邵丽花机警地瞧了瞧战士们，又瞧了瞧张媛。才颤声说："第一，请你代我和张琛孝敬妈妈，白发人送黑发人，太可怜了。第二，代我和张琛照顾好胜儿，这是我们的，也是张家、郭家的唯一后代。叫他永远不要摸枪，要读书，读书。第三，我死后，请你把我的手表摘下交给胜儿，这是他爸和她妈留给他的唯一遗产。""丽花，这几条我哪条都不能答应你，因为这是你为人媳，为人母应尽的责任，我不能越俎代庖，你自己去尽责吧。""不，我不能出去，我是个乱女人，土匪婆，我的出现，只会增加他们的难堪和痛苦。""丽花，你错了，你是旧中国千百万受压迫受剥削的劳动妇女中的一员，你为我们党为劳苦大众做了很多工作，你是我们党的好朋友，人民的功臣，你用自己的英雄行为证明了自己的清白，我可以给你作证，我身后的同志门都可以给你作证。""这些对我来说，都不重要了。金钱荣誉过眼烟云。"丽花边答话，左手从口袋中摸出一张地图，她喊道："张媛，这是你爹交我代管的藏宝图，我献给人民政府。"张媛一怔，道："谢谢！谢谢！丽花，你看，天亮了，外面的阳光多么美好！""妹妹，没有了你哥，太阳再美好，我也感觉不到温暖，只会凭增我的眷恋，孤独与痛苦，我生不如死！""凭我哥的聪明才智，他一定还活着，放下枪，随我一块儿回去吧，妈妈和胜儿还等着你啦！""我累，我好累呀！……"

"砰"的一声枪响，全洞的人为之一震，张媛猛扑过去，但，抱着的只是邵丽花美丽的躯壳，张媛凄厉痛呼："嫂子啊！嫂——子——"

完